THE CHINESE CULTURE MAP OF 21st CENTURY

(VOLUME 3)

21世纪中国文化地图

第 三 卷

主编 朱大可 张闳

广西师范大学出版社
·桂林·

图书在版编目(CIP)数据

21世纪中国文化地图.第3卷/朱大可,张闳主编.
桂林:广西师范大学出版社,2005.9
ISBN 7－5633－5334－8

Ⅰ.2… Ⅱ.①朱…②张… Ⅲ.文化－概况－中
国－2004 Ⅳ.G12

中国版本图书馆 CIP 数据核字(2005)第 032478 号

广西师范大学出版社出版发行

(桂林市育才路15号 邮政编码:541004)
(网址:www.bbtpress.com)

出版人:肖启明
全国新华书店经销
发行热线:010－64284815
山东新华印刷厂临沂厂印刷
(临沂高新技术产业开发区工业北路东段 邮政编码:276017)
开本:787mm×1 092mm 1/16
印张:25 字数:370千字
2005 年 9 月第 1 版 2005 年 9 月第 1 次印刷
印数:0 001～7 000 定价:38.00 元

如发现印装质量问题,影响阅读,请与印刷厂联系调换。
(电话:0539—2925659)

编撰人员名单

主编:

朱大可　张　闳

编委(以姓氏笔画为序):

王晓渔　朱　其　李多钰　汪民安　张　念

张　柠　崔卫平　颜　峻

撰稿人(以姓氏笔画为序):

王月华　王　珏　尤　羽　邓华龙　叶晓倩

曲筱艺　羽　戈　李业业　张斌璐　杨轶臻

金　健　唐　彬　徐红刚　徐　来　殷罗毕

黄小鳄　蓝　丹　颜　峻

按图索骥，寻找时代的精神出口（代序）

张 闳

《21 世纪中国文化地图》这个名字，在一定程度上促成了"地图"一词成为近年来的"文化关键词"。但对于编撰者自身而言，这个名字更重要的是表达了我们少年时代对"地图"这一事物的迷恋。对地图仔细和不倦地查看，曾经构成了我们少年时代精神生活的一部分。在那个书籍匮乏的时代，一本地图册足以满足少年人对外部世界的好奇和探索的冲动。在那些密密麻麻标示着山川、河流和城镇的图纸上，想像着那些我们不曾见过的世界，并想像着自己神游其间。我们会孜孜不倦地查找我们所知道的地名，并把它标示出来，或者，沿着那些蓝色或红色的线条，蜿蜒曲折地前进，以抵达某个预设的目的地。而传说中的藏宝图，则在这种浓重的知识论色彩的"地理关怀"中，引入了浪漫主义的惊险情节，激发起我们的冒险冲动和漫长的白日梦。"地图"就如此这般把历史与当下经验、现实与虚构、知识与白日梦巧妙地编织在一起，并构架起属于我们自己的精神空间。

《21 世纪中国文化地图》各卷在一定程度上是我们少年时代想像性的精神游戏的一种延续。这张分年度精心绘制的 21 世纪中国文化指掌图，是我们对当下中国文化长期持续关注的结果。毫无疑问，这一工作有别于"学院派"文化学者的那种严肃的学术工作。"学院派"把文化当作知识来关怀，更多的是因为这种知识是他们的口粮，而非出自热爱。他们在心底是当下文化的敌人。从表面上看，近年来有关大众文化的学术发展迅猛，以高等院校为主体的各种"文化理论"、"文化研究"、"媒体研究"、"传播研究"、"大众文化研究"等新专业纷纷推出，大有言必称"文化"事必关"传播"的趋势。一时间文化研究成了一门超级"显学"，但实际效果却差强人意。学院学者们纷纷忙于构建各式各样似是而非大而无当的"理论体系"，面对当下活生生的、具体可感的文化现实，他们却兴趣缺缺，表现出极度的冷淡,或者是虽然看上去兴致勃勃,却在阐释上陷于无能。文化批评在学院里播下了丰富的理论种子,收获的却是一箩子秕谷。学院学术之贫瘠可见一斑。

另一方面,文化批评也必须有别于文化媒体记者的资讯通知。对于记者而言,文化现象一般只有新鲜的外表才有足够的吸引力。而真正的文化批评必须深入当下文化的现场,并能够以批判的利刃,剥除附着在文化现象表层的种种脂粉和油彩,切中腠理。文化记者的即时性的事件关注,虽有快速便捷的敏感性和尖锐性,却很难进行深度作业。倒是媒体批评中的那些散落于民间的独立撰稿人,或多或少更能接近这种批评理想。但独立撰稿人却往往穷于应付大众媒体的约稿,或有时不得不迎合大众媒体的趣味,久而久之,批评写作在强度上和深度上,就不免落入肤浅和乏力的境地。

当然,文化批评还必须经受与互联网 BBS 上的"帖子"书写之间进行艰难和痛苦的精神剥离手术。电子公示板上的短暂的即时书写,将一切文化现象一律归之于"帖子",它一方面制造庞大的文化泡沫,另一方面又制造一种每一个人都以自己为文化的生产源和中心的幻觉。"帖子"飘浮于数码虚拟空间的表面。这种"飘浮性"的特质,决定了往往是质量越轻的就越是浮在最表层,就越是能够以其浮光掠影和花里胡哨来充当锋芒毕露的批判,反而使真正的批判精神光芒陷于黯淡。

《21 世纪中国文化地图》的编撰工作,是建立在对上述三种写作的打量和批判的基础之上的一种认真而又妙趣横生的事业。我们在这个时代辽阔的文化荒原上搜寻,偶尔显现出来一些文化乔木,散乱地分布在开阔地带。对这些事物的偶然发现,有时比在茂密的"林中路"中作海德格尔式的哲理沉思还要令人兴奋。

本卷《21 世纪中国文化地图》的编撰依旧沿袭此前各卷的基本原则,从数量庞杂的文化研究和批评文章中遴选优质的作品。尽管文化批评从总体上来说,还处于杂乱无序的状态,基本面貌并无太大改变,但却有一些新的迹象引人注目,那就是文化批评写作的"群落现象"。一些小规模的批评群落正在悄然形成,其中值得一提的有,北京的汪民安、徐敏、宋晓萍群体,广州的杨小彦、冯原、李公明群体,还有上海的"文化先锋网"群体等。这些"批评群落"一般以写作者所居住的城市为基本空间,群体内部成员之间关系密切,思想立场、学术倾向、艺术趣味，均十分接近，尤其是具有鲜明的文体风格，这是群体凝聚的最明确的标志。而这些个"群落"之间虽然彼此并不直接相关，但却构成了某种程度上的默契和精神上的呼应。

但这种组合带有相当大的偶然性。这些散落在各地的星星点点的"批评群落"，虽然有着学术流派的某些基本形态，但仍有许多致命的欠缺。一个学术流派的形成，除了观念性的因素，还需要许多辅助条件，如独立的和高度自主的出版物，统一的研究机构和学术活动空间，合理可靠的学术制度和人才梯队培养制度，等等，而与当下僵化而又庞大的学院学术大军相比，这些"学术群落"更像是一群散兵游勇，他们多半是学术制度的边缘性人物，浓重的游击作风和江湖习气，严重妨害了他们的成建制的文化批评行动。因此，要形成规模化和建制化的学术流派，还是相当遥远的事情。

在与各种各样的文化现象打交道的过程中，我们试图真正有效地突入文化精神的现场，以独立立场和批判精神作为这张"文化地图"的基本坐标系。"文化事件"的经线，以年度时间区划为单位，展现各文化领域的重大事件。"关键词"的纬线标识出公共文化空间中各个层面的关键记号，而"批评文选"则刻录着年度文化批评的精神标高。由此描摹出来的年度文化的全息图像，应该能够帮助各种不同文化身份的读者，查看文化的全貌或局部，并通过它确认文化个体的"自我"方位，从而得以以更清澈的目光洞察当下中国文化的精神定位及其走向。在这张虚拟的文化"地图"上行走，人们将会与各种各样的人物和事件相遇，在观察和打量中，呼吸到这个时代的精神气息。

编撰工作如同一次艰难的长途跋涉，在此过程中，编撰者强烈地感受到，在文化的地图上，我们仿佛已经走到了一个的沙漠地带，似乎种种莫名的力量，正在把这个时代的精神生活引向未知的深渊。而我们自己就像卡夫卡笔下的地图测绘员 K 那样，在这个时代的精神之午夜，找不到自己的旅馆。我们艰难地在自己的"地图"上查找，寻找精神迷宫的出口，然而却无法保证这个出口指向何方，但我们相信，这是这个时代的精神真貌和一代人共同的精神诉求。《21 世纪中国文化地图》将记录这一寻求的轨迹。

目　录

文化批评文选

艺术批评文选

影视批评文选

音乐批评文选

文化关键词

文化事件

文化批评文选

1980：新流氓话语的租借与复兴

朱大可

80 年代的流氓语境

新流氓起源：身份的总体危机

70 年代后期和 80 年代前期社会组织的剧烈变化,构成了当代流氓话语诞生的重大语境。鉴于政治结构的全面调整,旧的婚姻结构率先发生剧变。中国现代史上第二次离婚大潮,在 70 年代末和 80 年代初全面爆发,都市家庭被这种身份变更所深刻摇撼。在"文革"中丧失了城市户籍身份的知识青年,开始踏上返回故里的感伤旅途,他们像洪水一样重新涌入城市,并触发了关于住房、就业和再教育等一系列尖锐的身份冲突。[①]而那些在"文革"间作了良好英语储备的学生,则在海外亲友资助下纷纷留学欧美。西方使领馆的门前,每天都簇拥着等待签证的表情焦急的人群。北京、上海和广州的机场里,到处是家属与留洋者热烈道别的动人场景。

随着前所未有的现代化和城市化的进程,几乎所有城市都卷入了空间扩张的浪潮,从 20 世纪 20 年代一直延伸到新世纪,至今没有消退的迹象。这种城市化引发了两个互相关联的重大后果:一方面城市基本建设需要大量民工,而城市居民本身无法应对这种职业需求;另一方面,圈地运动使那些临近城市的优质土地遭到了地方政府强制和廉价的征用,从而导致大批农民的破产、转业和流离失所。与此同时,为了增加劳力,许多农业家庭罔顾"计划生育"的限制,生育了大量无法纳入户籍的隐形人口,进一步加剧了土地资源危机。

---

① 至 1977 年,知青中已有 86.1 万人,或尚未回城中的 10% 在乡下结婚。当时,云南西双版纳曾经发生过一个农场 5 天之内 3000 对知青夫妻离婚的重大事变。1980 年中国政府修订颁布的《婚姻法》把"爱情"第一次法定为中国人婚姻的基础而使离婚变得简单后,回城知青的离婚案迅速增加,促成了改革开始后中国第一次离婚大潮。(摘自北大荒网站:http://www.beidahuang.net/second/index.htm)

正是城市的扩张和乡村土地的匮乏,从两个不同的向度逼迫农业人口向沿海城市(深圳、广州、上海和北京等)迁徙,出现了与现行户籍制度冲突的大规模"盲流",成千上万的内地(主要是安徽、四川和江西等省份)农民,放弃了传统的田地耕作,利用火车和轮船等廉价交通工具,大批涌入沿海城市,自此揭开了中国历史上最彻底的农民与土地的分离运动。

由农民发起的浩大的土地离弃运动,以及知青的回城运动、学生的出国留学运动、新兴城市(如深圳和珠海等)的崛起所引发的城市人口迁徙运动,社会政治角色的转换所引发的婚姻变故等,不仅显示中国社会正在从一个坚固的身份板块秩序中松动出来,变得混乱和富有活力,而且引发了大规模的游民运动。这是国家身份地理学的壮观的图景:被家庭、土地、户籍和国家所束缚的人民,现在终于获得了空前的自由。他们流走和泛滥在大地的表面,仿佛是被解冻的河流,最终凝结成了新流氓社会的辽阔版图。

身份焦虑

所有这些大大小小的流走导致了中国社会普遍的"**身份焦虑**"。我是谁?我从哪里来?我到哪里去?这些问题突然间成为生存的首要问题。人丧失了原先的身份,同时又没有及时获得新的身份,这种身份缺失就是流氓社会的基本征候。

由此导致的**身份确认**随即变得异常迫切起来,仿佛是一场个人及其群体命运的紧张角逐。在社会剧烈动荡的年代,在身份、角色和话语的全面转型中,也就是在一个身份(角色、话语)向另一个身份(角色、话语)过渡的进程里,基于某种内在的不确定性,人的流氓性不可阻挡地显现了出来。毫无疑问,人首先是他自己的灵魂的流氓,而后才是他的"在所"的流氓。

在人性解放的黎明,随着乌托邦信仰的瓦解,流氓精神和各种边缘意识形态一起悄然复苏了。它起初是一种空间反叛(土地、单位、家庭、国家,等等)的愿望,继而泛化和推进为时间(历史)的反叛。这种内在的欲望需要一种表述的话语。从 1977 年到 1980 年,裸露的流氓精神一直在四处寻找着它的外衣。旧的流氓话语被历史腐蚀了,变得臭气熏天,而新的话语始终下落不明。

黑夜流氓主义

耐人寻味的是,这种流氓化运动总是在黑夜里趋于激烈。那些涌入都市的成千上万的民工,以非法居民的身份建造每一片楼宇,却无法成为这个城市的主人。严格的户籍制度注定了他们是永久的"盲流",甚至无法成为都市的草根阶层。为了谋生,他们漂浮在城市各个街区或各个城市之间,一方面为城市"添砖加瓦",一方面充满着难以言喻的仇恨。他们白天是城市的建设者,而在夜晚则成了它的破坏者。许多人大肆拆卸和偷盗各种可以倒卖的"废铜烂铁",从电缆、铁栅栏门到阴沟盖子:这不仅是一种谋生的"手段",而且是一种蓄意的挑战。① 中国的现代化进程并没有终止这种漂泊的苦难,相反,它加剧了前农夫的身份绝望。部分民工们这种工匠和盗贼的双重脸孔,以及白昼和黑夜的精神分裂,暗示了一种"黑夜流氓社会"的涌现。这种流氓社会属于夜晚,也就是属于未能被希望照耀的地方。

"黑夜流氓社会"不仅侵占了城市,而且蔓延到了广大乡村地区。一些留下来继续与土地为伍的农民,在白昼里辛勤地耕作,俨然良民模样,保持着用体力换取口粮的传统信念,而在夜晚集体出动,到公路上挖坑设陷、拦路抢劫。省级公路和国家级公路上到处是这样的夜袭队,在 80 年代后期的中国流氓地图上留下了无数个肮脏的印记。②这种景象是以往的时代所无法想像的。黑夜不仅掩蔽了流氓的面容,而且捍卫了他们复仇的权利。

人民和流氓的同一性,无疑是一个值得争论的命题。在某种意义上,人民就是流氓的一个侧面,或者反过来说,流氓就是人民的那个隐藏起来的背面。白昼和黑夜瓜分了这两种人格。黑夜是流氓主义滋生的摇篮,在 80 年代,黑夜语境不仅庇护了司法意义上的流氓,也在秘密滋养了一种文化学意义上的流氓精神和话语。

酷语的租借

墨镜和"黑化病":黑夜流氓在城市的复活

80 年代的流氓话语风暴起源于墨镜,一种小小的物件,它曾经如此地深入人心,成为中国男性的普遍饰物。这似乎是一种眼部的黑化过程,使用者的目光被掩藏了起来,仿佛变得深不可测,但它显然不是要对耀眼的阳光说"不",而仅仅是一种舶来品的炫耀,甚至

---

① 参见胡正民《农民工和城市的历史恩怨》,文化先锋网,2003 年 2 月 3 日更新。

② 参见杨明义《80 年代中国的车匪路霸》,新华文摘 1991 年第 6 期,第 78~81 页

镜片上的假冒商标都被保留了下来,像白内障一样覆盖在黑色的镜片上,和喇叭裤一起,成为身份的虚荣性标识。这意味着长期受到压抑的金钱欲望正在苏醒,并且已经融入时尚商品,发出了塑料般的轻浮的喧嚣。

纵观 80 年代新流氓话语的构建过程,我们不难发现,它最终来自某种"话语租借",也就是从香港和台湾的文化产品中获得基本语法和词汇。墨镜是一个流氓的道具,蹊跷地闪现在电视屏幕的现场。随着毛泽东时代的逝去和文化的解冻,中国各地电视台开始播映通过严格审查的香港爱国武侠剧《霍元甲》(1981)、黑帮流氓剧《上海滩》(1982)和日本武士片《姿三四郎》(1983)。在那些激动人心的夜晚,几乎所有的中国观众都聚集在 14 英寸的黑白电视机前,围观着那些戴着墨镜的流氓英雄,被他们的传奇故事所震撼。每当播放时刻到来,大街上空寂无人。流氓话语在黑夜里迅疾奔行,像高蹈狂欢的闪电,而那些流氓的情仇爱恨则如文化蒙汗药,迅疾麻翻了全体中国人民。墨镜作为一个标记性物件,成了流氓社会诞生的微妙信号。那些在大街上戴着墨镜行走的人,仿佛是那个隐形社会的神秘成员。

酷语的租借:霍元甲和上海滩神话

"文革"后西方文化解冻的最初信号,是印度电影《流浪者》的广泛放映。这是有关社会弃儿的贫困、偷窃和跨阶级爱情的廉价神话,却受到了文化饥渴的中国观众的狂热追捧,其中的插曲《拉兹之歌》成为 1977 年间家喻户晓、全民哼唱的第一首外国歌曲。它是关于一个有道德的街头流氓的赞歌,显示出为流氓主义作道德平反的普遍愿望。借助一个与中国有着相似地位的第三世界国家的视觉文本,民众找到了映射着自我命运的镜像。但它毕竟只是一种"他者"的浪漫叙事,还不能完全吸纳与整合中国人的更为复杂的愿望。在原创话语尚未诞生之前,话语租借的对象,最终只能移向同属华人文化圈的港台电视。

以民国初年上海著名拳师霍元甲为原型的《霍元甲》,成功组合了古典的武功神话与近代爱国主义,这两种完全不同的事物互相融合,构成新的意识形态神话。流氓精神不仅找到了一个"武侠"的酷语范式,而且获得了一个强大的国家主义的道义外框。这是大众文化所经历的一个重大变更,从此,流氓精神从南方殖民地文化或大陆边缘文化中获取了新的言说方式。与《霍元甲》相比,《上海滩》则是一部更加完整的流氓话语"词典"。在上海黑帮的残酷厮杀之中,浮华、时尚、暴力、仇恨、阴谋、欺诈、温情、感伤和抒情的死亡,所有这些包括酷语在内的流氓话语都已俱备。它为中国作家的流氓叙事提供了最初的参照范本。更重要的是,《上海滩》第一次让中国观众窥见了一个人性的秘密,那就是流氓(如周润发饰演的主人公许文强)不仅是杀人越货的匪徒,而且也是一个在爱欲的漩涡里浮沉而难以自拔的寻常男人。义与爱的英雄"许文强"扭转了国家主义塑造的流氓的丑恶形象。这是流氓在道义和美学上的一次双重翻身。流氓叙事学获得了新叙事伦理的有力声援。

越过这场全民动员的租借运动,中国流氓话语发生了戏剧性的突变。几乎在同一时期,金庸的武侠小说《书剑恩仇录》(1981)在中国内地刊印发行。它的第一个大陆版本被印刷在粗糙的再生纸上,仿佛是一种廉价而庸俗的地摊读物。尽管其影响当时还无法与上述电视剧媲美,但它却是一种更加纯粹的平面叙事,受到那些无法享受电视大餐的大学生的热烈拥戴。此后,金庸的《射雕英雄传》和梁羽生的《萍踪侠影》陆续在各地出现,它们和香港电视剧一起,促成了政治酷语向文化酷语的转型。金庸的《射雕英雄传》是武侠小说的一个典范,它进一步确立了**流氓英雄**的美学地位。如果说梁羽生的小说是流氓主义包装下的国家主义,那么金庸的小说就是国家主义包装下的流氓主义。他的爱国主义完全取决于江湖法则,那其实就是流氓的信念与道德。在80年代,武侠作为成人神话,已经成为国家主义的隐秘敌人。

"白化病":白色流氓对黑夜流氓的颠覆

与酷语遥相呼应的是"阿飞话语"① 的复辟。这其实就是色语在近代中国的一种特殊称谓。当它逐渐苏醒时,作为最初始的时装,皮肤率先受到了青睐。80年代初期,上海郊区的一家以残疾人名义注册的乡镇企业,向市场推出了一种名叫"霞飞美容增白霜"的护肤品,它在中国北方大面积流行,成为"白色意识形态"的复辟信号。它是对白色皮肤的梦想,完全违反了国家主义美学的基本原则——黧黑的肤色和健壮的肌肉,恰恰相反,它是西方资产阶级美学的一种卷土重来。

----

① 阿飞,上海方言,来源于英语 fairy,原指男同性恋者。一说起源于 freak,指吸毒者、行为怪诞的人,嬉皮士、性变态者;又有人认为起源于 fink,原义为告密者、(被资方雇佣的)破坏罢工者、卑鄙的人,与"阿"结合后成为上海洋泾浜俚语,指追求时髦,有脂粉气的男人,又指打扮花哨、玩弄女性的流氓。在本文中,"阿飞"和"流氓"一样,都是借喻性的中性语词。

这场白色脂粉运动不久也扩大到了整个北方,并在 1986 年前后达到了高潮。中国东北的女孩们不仅大量涂抹增白霜,而且还要在脸上涂抹厚层脂粉。几乎所有的青年女子都卷入了抢购脂粉的热潮之中。但由于她们忽略了颈部的延续性,因而总是在脸与颈之间的形成鲜明的色彩分野。以下颌骨为边界,其下是黯黄的本色,而其上则是惨白的面容,仿佛戴着可笑的羊皮面具。这种妆式是具有戏剧性的,它令东北城市的大街小巷成了演剧的舞台。

白色对黄原色的覆盖,无疑是皮肤美学苏醒之后的第一工程。在过度的白色欲望的背后,以皮肤的颜色为起点,色语启动了它对灵魂的改造。而就在北方"白化病"泛滥的同时,上海女人的脸部装修工程也全面展开。到处是耳朵打孔(为耳环之用)的广告和文眉的面孔。女人们烫着卷发,把眉毛弄成细细的月形,嘴唇上涂着色泽鲜红的劣质唇膏,穿着紧身"踏脚裤"、超短皮裤和半高跟的皮鞋,仿佛是一些艳俗的流莺,把街市弄得花团锦簇。这些低级的趣味、欲望和扮相的美学源头来自香港与台湾,它经过大陆的市民化改造,在都市的大街上瘟疫般流行开来,为初级开放的中国提供了最粗俗的时尚理念。

"迪斯科"的身体叛乱

在"黑化病"和"白化病"的时代,听觉与身体的颠覆运动是由所谓的"迪斯科"舞蹈所引发的。这种来自美国同性恋俱乐部的大众自娱性舞蹈,是黑人音乐公式化的产物,它包含了灵歌(Soul)的唱腔,疯克(Funk)和布吉(Boogie)的合成节拍,并由摇滚乐作为它的灵魂支柱。[①] 它的节奏狂欢颠覆了传统的娱乐方式。当它最初出现时,和喇叭裤、太阳镜一起,成为 80 年代初期中国叛逆者的三大辨认标志,也是警察辨认"流氓"的外在记号。官方对这种大众文化运动表现出了持续的敌意。直到 90 年代晚期,迪斯科仍然是一种受到严密监视的公共娱乐活动,具有"宣扬淫秽、色情、迷信或者渲染暴力,有害消费者身心健康"和"违背社会公德"的重大嫌疑。[②]

与官方认可的古典交谊舞(华尔兹、桑巴或狐步舞)截然不同,迪斯科的激烈节奏和自由舞姿具有强烈的性暗示,它的每分钟 125 个节拍的感官节律,比其他任何舞蹈都更像是

---

① 参见卢德平:《迪斯科的世界———一种青年流行文化的解读》,世纪中国网站,2002 年 7 月。
② 参见国务院 1999 年颁布的规范性文件《娱乐场所管理条例》,转引自上文。

一种朝气蓬勃的床帏运动。舞蹈者放肆的姿态和表情也充满了性挑逗的意味。这是一种被充分节奏化的色语，但又是宣泄的和代偿性的。舞蹈者在舞动中颠覆了自身——在迷幻旋转或快速闪烁的灯光里，他（她）的身躯以及所有的骨骼崩溃了，分解在大汗淋漓的现场，但他（她）却传递了一种生命的能量，并重组了整个舞场或街区的叛逆精神。毫无疑问，迪斯科是80年代大众娱乐中最具身体叛逆性的一种，它用充满诱惑的色语挑逗了国家主义的威权。

色语的租借

在市场化和消费主义的引领下，"情色话语"开始从港台输入，其中不仅有琼瑶的小说和三毛的散文，更出现了邓丽君演唱的磁带歌曲。那些身穿喇叭裤、大翻领衬衣和连衣裙的时髦青年，使用三洋牌收录两用机，反复播放着容貌秀丽的台湾女歌手的"黄色歌曲"。小邓的甜蜜而俗气的情歌，响应着人们的秘密的灵肉渴望。轻柔的旋律性呼吸和肉感的喉音（俗称"气声"），在听者耳边回响，犹如小女子的低柔的呵气和耳语，回旋在单调严酷的空间。她的《何日君再来》、《甜蜜蜜》、《月亮代表我的心》和《小城故事》，开辟了一个崭新的言情时代。耐人寻味的是，邓丽君演唱的上海旧殖民地情歌《夜来香》再次强化了黑夜语境的意义。黑夜是鲜花盛放和散发香气的时刻，也是点燃人们情欲的温暖的围炉。

是的，邓丽君的黑夜歌唱瓦解了集权主义话语。长期以来，坚硬的话语通过专政体制建立了稳固的强权。毛泽东去世后，这种话语仍然在掌控中国人的意识形态生活。邓丽君的歌声令管理者感到不安与愤怒，他们采取了严厉的禁播措施，并组织媒体展开政治批判，将其斥之为"资产阶级"的"靡靡之音"，企图终结这种声音的传播，但却无法阻止它在民间的风行。

这与其说是邓丽君的胜利，不如说是中国民间情欲的一次强大的激活。经过长期的压抑，人们终于从一个小女子那里获得了灵魂和肉体的宽慰。从此，以情欲为特征的"阿飞话语"开始在中国盛行，它逐渐融入以暴力为特征的"流氓话语"，成为支配80年代民间中国的核心话语。

1979年，中央歌舞团歌手李谷一首次公开按邓丽君式的气声法唱出《乡恋》，突破了民族唱法和美声唱法的国家主义制度，尽管不断遭到围剿，但却在民间备受欢迎，成为港台唱法大陆化的一个香艳的先声。随后，朱逢博、程琳等歌手都起而模仿，从而推动了校园流行歌曲的迅速发育。程琳和朱晓琳是校园歌曲首唱人之一，此外便是台湾歌手蔡琴和苏芮的加入，后者因更加知识分子化的抒情方式，成为内地高校学生进行"情操训练"的听力教程。这些后邓丽君时代的歌手进一步拓宽了"阿飞话语"的道路。女性主义的肉体声音全面介入了中国"改革开放"的伟大进程，并为 90 年代的色语化转型奠定了坚实的基础。

流浪话语的租借

不仅如此，经过酷语和色语包装后的港台流行歌曲，意外地把"流浪"母题注入了中国的演唱事业之中，台湾女歌手齐豫的《橄榄树》（三毛作词，李泰祥作曲，1979 年发行），在点燃乡愁的同时，率先唱出"流浪"的序曲——

> 不要问我从那里来 我的故乡在远方/为什么流浪 流浪远方 流浪/为了天空飞翔的小鸟/为了山间轻流的小溪 为了宽阔的草原/流浪远方 流浪/还有还有 为了梦中的橄榄树 橄榄树/不要问我从那里来 我的故乡在远方/为什么流浪 为什么流浪远方/为了我梦中的橄榄树

李泰祥在配器上使用了空心吉他作为主奏，再辅之以吹管乐器、笛子、铁琴以及古典弦乐，惆怅与忧伤在空气中缓慢扩散。而齐豫的声音则成了另一件罕有的乐器，恬淡地颂扬着那种遗世独立的树木。它生长在西班牙南部，三毛已故丈夫荷西的故乡，其间隐含着一个中国女人对失去的男人的固执追思。

我们已经看到，"橄榄树"不仅是男性生殖器的古老象征，而且也是流浪者的土地信念的隐喻。由于诺亚的鸽子在大洪水之后首先衔回的是橄榄枝，它作为大地、故土和家园的代码是毋庸置疑的。流浪，就是为了能够在适当的时刻终止这种无望的行走，皈依到家园的温暖怀抱。《橄榄树》与其说是流浪者的赞歌，不如说是它的一个反题，幽怨地诉说着终止流浪的愿望。"不要"的否定句式反复重现，进一步暗示着它所具有的反题特征。

只有叶倩文的《潇洒走一回》才是流浪母题的一次真正题写，它把整个生命纳入"红尘"的佛学解释框架，而后引入"潇洒主义"加以修理，令"行走"成为生命的一个必要程序，并且洋溢着流氓美学的世俗光辉。比起三毛的"小资"咏怀，叶倩文的节奏轻快的平民励志,无疑更加切近 80 年代流氓美学的真谛——

> 天地悠悠过客匆匆 潮起又潮落/恩恩怨怨 生死白头 几人能看透/红尘呀滚滚 痴痴呀情深 聚散终有时/留一半清醒 留一半醉 至少梦里有你追随/我拿青春赌明天 你用真情换此生/岁月不知人间 多少的忧伤/何不潇洒走一回

与此同时,来自台湾的歌手罗大佑头戴墨镜,一袭黑衣,俨然流氓帮会的暴力先锋,运用古典诗词句式从事政治民谣书写,其风格在社会批判和言情风月之间剧烈摆动,为中国听众塑造出一个温情流氓的怪异形象。他的墨镜向大陆民众验证了流氓的道德无害性。尽管罗大佑的歌最初仅仅指涉台湾政治批判,但他的表情绝望的愤怒、辗转低回的悲凉、百死无悔的坚毅,混合着滚滚而来又呼啸远去的嘶吼和低语,却成了大陆早期愤青的迷人楷模。

然而,对游走和流浪的母题,罗大佑仍然反应迟钝。墨镜似乎妨碍了他的行吟。直到90 年代,他才如梦初醒,谱写了《滚滚红尘》,令游走和流浪再度成为一个有关人生的坚固隐喻。情爱式行走所卷起的“滚滚红尘”,是对数年前叶倩文的潇洒呼吁的回应。在一种惯常的古典句式中,罗展开了“来”和“去”的哲思——

> ……来易来 去难去 数十载的人世游/分易分 聚难聚 爱与恨的千古愁/于是不愿走的你/要告别已不见得我/至今世间仍有隐约的耳语/跟随我俩的传说……

这是被高度雅化了的流氓诗歌,镶嵌在精致的歌唱性旋律里,成为两岸三地歌迷所酷爱的波普经典。经过反复的吟唱和颂扬,港台艺人的流氓主义先声就这样唤醒了沉睡的大陆,促成了一种本土先锋音乐的崛起。但我们看到,尽管游走和流浪的母题起源于台港的流行乐坛,但它最终只能在大陆激起广阔的回响,因为后者才拥有全球最大数量的流氓。

崔健摇滚：本土流氓话语的现代崛起

1.中国摇滚的诞生

在所有的大众文化现象中，摇滚的诞生是最具戏剧性的。它成为中国本土流氓话语的激进先锋。1986年5月10日这天，成了中国摇滚乐诞生的日子，在一场名为"让世界充满爱"的大型慈善义演中，崔健穿着乡村对襟大褂，首次演唱了他的成名摇滚《一无所有》，由此一鸣惊人。此后，他多次举办了个人演唱会，身穿军装，用一块红布蒙住眼睛，构筑了一个极具煽动性的隐喻式的视觉语句，对国家主义（军装与红布）进行反讽性挑战。而台下是疯狂得不能自抑的听众。他们在大批警察和民兵的监视下，挥动蒙着红布的手电筒，发出震耳欲聋的黑夜呐喊。这声浪在广阔的中国空间里是微弱的，它甚至无法被送达到两公里以外的地点。但奇怪的是，它却在很短的时间内掠过了每一个城市青年的耳朵，并在他们的心上留下了一个鲜明的记号。

这在当时无疑是一种惊世骇俗的景象。除了"文革"时代的政治集会，没有任何一种个人行为能够引发"群众"如此热烈的反响。作为一种意识形态隐喻，"红布"和眼睛的反讽关系是显而易见的，它象征人民所遭受的文化专制和文化蒙昧。在大多数人看来，军装显然是在暗示军事化体制下毫无个性的个人存在。但这却是一种误读。事实上，军装不过是崔健个人怀旧的某个组成部分，正如参军是王朔等大院子弟的梦想一样，军装是崔健个人信念的自然延伸。

2.崔健：一无所有的流氓

《一无所有》是一个在身份（财务、道德和社会尊严）上"一无所有"的人的自白，同时也是一种社会公告，宣示了新流氓主义的诞生。与邓丽君式的甜媚歌喉截然相反，崔健从西方摇滚中引入了嘶哑吼叫的音色，在主题和感官上同时展示着"流氓"的特色，它随即成为中国大陆新流氓群体的军歌。此后跟进的唐朝乐队，则唱起流氓版的《国际歌》，高声叫喊："起来，饥寒交迫的奴隶！"粗鄙的嗓音和狂放不羁的节奏，形成了对国际歌正谕性唱法的动人反讽，却还原了"国际歌"的主题语义："不要说我们一无所有，我们是天下的主人。"这是利用反讽来实现语义还原的一个罕见的范例。最终，文化管理当局只能以禁止演出来制止这些"一无所有者"的非国家主义宣传,但"一无所有"的歌声,却和邓丽君的磁带一样,取代"主旋律"《东方红》,成了 80 年代的"最强音"。

流浪叙事

《一无所有》的另一个特征是套用了陕北民歌"信天游"的旋律。黄土高地的粗犷和摇滚曲式自身的反叛性发生了奇异的融合,它不仅是一次对农民的原始生命力的招回,而且从刻骨铭心的伤痛中迸发出了一种罕见的都市流氓英雄的温情。这样的混合型话语产生了激动人心的回响,并在中国各地诱发了"西北风"的盛行。高原赶马的脚夫的山歌,最终演变成了都市"流氓无产者"的街头民谣。

> 我曾经问个不休/你何时跟我**走**/可你却总是笑我,一无所有/我要给你我的追求/还有我的自由/可你却总是笑我,一无所有/噢……你何时跟我**走**/噢……你何时跟我走/脚下这地在**走**/身边那水在**流**/可你却总是笑我,一无所有/为何你总笑个没够/为何我总要追求/难道在你面前/我永远是一无所有/噢……你何时跟我**走**/噢……你何时跟我**走**/脚下这地在**走**/身边那水在**流**/告诉你我等了很久/告诉你我最后的要求/我要抓起你的双手/你这就跟我**走**/这时你的手在颤抖/这时你的泪在**流**/莫非你是在告诉我/你爱我一无所有/噢……你这就跟我**走**/噢……你这就跟我**走**/噢……你这就跟我**走**

由于崔健的卓越"发明","一无所有"成了 80 年代流氓主义的一个核心命题。这个"无产阶级"命题中蕴含着复杂的语义。它的主体是一个男人对情人的求爱自白,其中指涉了"我"的财务状况和社会角色——某个贫困和没有任何身份地位的底层男子,而另一个则是总嘲笑他而最后又被说服、愿意随之浪迹江湖的女人。其中"走"成为灵魂性动作,它被言说了 9 次之多,另一个关键词"流"则被言说了 3 次。这是流氓话语的隐秘印记,隐藏在"一无所有"的自白后面,仿佛是自由呼吸的节律,诉说着流浪和行走的生活方式的梦想。这是针对国家主义的一次政治地理学反叛。摇滚歌手在嘶哑的唱诉中展开了内在的流亡。①

数年之后,也即 1989 年,崔健又推出他的第二张专辑《新长征路上的摇滚》,延续了这

---

① 内在的流亡,与外在的出国政治流亡相对,原指知识分子从国家意识形态的自我放逐,它可以是身体性的,也可以是纯粹精神性的。

种流浪叙事,并且强化了崔健作为首席流氓歌手的地位。与《一无所有》不同的是,这是一次以意识形态名义所进行的二度书写,用正谕话语展开令人难以察觉的反讽。它的流氓性被机智地包装在国家主义的"长征"记忆里——

听说过,没见过,两万五千里/有的说,没的做,怎知不容易/埋着头,向前走,寻找我自己/走过来,走过去,没有根据地……问问天,问问地,还有多少里/求求风,求求雨,快离我远去/山也多,水也多,分不清东西/人也多,嘴也多,讲不清道理/一边走,一边想,雪山和草地/一边走,一边唱,领袖毛主席……噢——,一、二、三、四、五、六、七!

在这里,有关长征的集体记忆成了现实个人流浪的隐喻,或是歌手从事精神性逃亡的一个历史镜像。它们的同构性遭到了歌手的夸大。长征与摇滚、向北方大逃亡的红军和自由歌唱的思想叛逆者,两种表面上完全不同的事物的界限突然消失了。我们看到了一次微妙的意识形态颠覆:由于语义和时空的错乱,国家主义和流氓主义发生了价值融合。行走的节奏(一、二、三、四……)掩蔽了这场政变,令它看起来就像是一曲有关"长征精神"的新时期颂歌。它企图表明,流氓主义就是国家主义的光荣前身。

而就在同一个专辑里,还出现了另一首名叫《假行僧》的流氓歌曲,它密切呼应着"长征"母题,唱出了一个流浪者的爱情独白——

我要从南走到北/我还要从白走到黑/我要人们都看到我/但不知道我是谁/假如你看我有点累/就请你给我倒碗水/假如你已经爱上我/就请你吻我的嘴/我有这双脚我有这双腿/我有这千山和万水/我要所有的所有/但不要恨和悔/要爱上我你就别怕后悔/总有一天我要远走高飞/我不想留在一个地方/也不愿有人跟随/我要从南走到北/我还要从白走到黑/我要人们都看到我/但不知道我是谁……

这里再度出现了崔健由"一无所有"开始的话语模式:利用 80 年代最流行的爱情叙事去展开流浪叙事,以"走"为核心,聚结着山和水、风和雨、南和北(东与西)、白昼与黑夜等诸多与行走时空有关的地理元素,它们被纳入韵文化的口语里,旋即演变成了行走的风暴。这些被嘶哑地吼叫出来的流氓歌谣,就是80年代城市愤青的"主旋律"。

红布叙事

《一无所有》作为中国流氓摇滚的重大开端,不仅揭开了流浪叙事的序幕,而且打开了意识形态的反讽之门。"红布叙事"对眼睛的反讽,制造出一种视觉的黑夜,或者说,制造了身份和灵魂的双重盲目。红布是集权主义的鲜明象征,它是制作旗帜、领巾、袖标等各种政治标识的素材。在思想和资讯的严密控制下,人民精神的纯洁性得到了捍卫。红布的象征主义造型曾经令无数大学生感到震撼,因为它是如此的"反动",却又洋溢着意识形态反讽的光辉。演唱者的嘴逾越了红布的限定,在它的下方说出某种令人惊讶的流走"真相"。

但这组象征还暗示了另一种语义,那就是要表明"流走"和"寻找"始终处于"盲目"之中。也就是说,"走"的行动从一开始就陷入了信仰性黑暗之中。这无疑是流氓主义的一个意识形态特征。"走"就是对黑暗、零度身份以及零度信仰的肢体性赞美。在意识形态的"黑暗之行"之中,脚足的意义上升了,它超越了头颅,成为诗歌的盛大母题和80年代流氓精神的伟大旗帜。

就在红布叙事的现场,狂热的听众模仿西方听众点燃蜡烛的习俗,打开蒙上红布的手电筒,表达出照亮黑夜的企图。这是全球摇滚自由主义者的共用语法。这种照亮表面上是对崔健的响应,但他们之间却横亘着一种巨大的差异:歌者沉浸于并赞美着黑暗,而听众要逾越这种流氓式的黑暗,去寻求那些散布在红光四周的真理。但无论如何,崔健摇滚都意味着中国流氓话语的复兴:它在这种现代音乐媒体中找到了本土的叙事方式。

道在屎溺间

蒋 蓝

  几年前,偶然在《神秘的舞蹈》一书里看见一段记载,说萨德侯爵喜欢随身携带满满一盒裹了糖衣的西班牙苍蝇,在嫖妓时给那些不知情的妓女服下。萨德这么做,是因为他认为西班牙苍蝇能使生殖系统兴奋起来,激发交媾的欲望,是一种很不错的春药。从概述性的描述里,我们知道作者省略了事件的背景与细节,而且,西班牙苍蝇仅仅是常识性的春药么? 这是汉语资料无法回答的。后来读到莫里斯·勒韦尔的《萨德大传》,才明白萨德使用西班牙苍蝇(另一说是一种叫芫青的甲虫)的本意。他把这种小虫压碎,其中含有刺激肠胃的物质,能够刺激血液循环,两者组合后,促成阴茎或阴核的有力勃起,但它却会伤害肾脏,甚至可能致命,这也是萨德犯下种种罪孽的罪证之一。这是浮在药物表面的性力,萨德其实青睐于秘藏在本质深处的西班牙苍蝇的不安分力量,它可以使服用者的肠道产生大量气体,于是不停地放屁。萨德侯爵焦急地等候在妓女的肛门外,侧耳聆听着激情的发声术,他一个猛子扎到粪门,对异质气体采取了令人背气的深呼吸方式,他激动得发抖,在妓女排泄的尾声中,西班牙苍蝇的鬼魂开始翔舞,香屁放尽处,坐起看云时,停车坐爱枫林暖,文学的萨德终于破裂,日破云涛万里红,开始冲刺肉的高潮……

  从心理机制看,这种带有受虐倾向即承受痛苦或污辱而获得快感的方式,自古不衰。比如恋粪症、恋尿症,包括萨德爵士的恋屁症,并不属于精神病。除了取得性满足的方式偏离正常模式外,其情感、理智等其他方面均表现正常,只是性心理诡异而已,患者往往在高峰时刻不能控制自己。他们要御风。他们渴望御女,或者被御。因此,我理解这种为缓解一己情欲的古怪方式,尽管有伤风化,毕竟是隐蔽于私人空间的。就是说,除了满足生理欲望,特异的方式不为身体之外的目的服务。

  在中国历史上,我们难以发现私人空间的存在证据。也就是说,个人的欲望几乎被执政为公的宏大叙事完全遮蔽了,欲望只是在宽大的道袍里像老鼠一样吞吐起伏。也许有一些嗜好特异之士,但他们的龌龊绝对不可能在历史上留下丝毫痕迹。让我们欣慰的是,由于他们与皇权勾搭在一起,不但开发了自己的特异功能,而且将私人空间转化为公共领域,以"辅佐王道"或"排忧解难"的一心为公的献身面目,解除了王道甚至天道的隐疾,他们留下了彪炳史册的身体政治话语。尽管到了20世纪,西方才开始对身体政治展开研究,但无师自通的汉语先人们,早已经在体制帷幕下完成了有关操作技术的广阔实践。实践出真知。实践是检验真理的唯一标准。至于理论嘛,在这个重视纯技术的国度,人们不感兴趣。

但是,思想并不因为你是否感兴趣而存在或消亡。身体政治在于探讨根植于文化与历史的身体再现如何成为各种权力染指的场域,并探究扭曲的身体再现与性别、性欲、阶级、种族以及国家认同的关系。由于历史与艺术出现了许多与暴力、复制、疾病、整形与虚拟实境相关的被厌弃或杂种的身体,被政治染指的身体是一个角力场。在这个角力场中,各式各样的政治符码与认同实践将以背书、交涉、挑战或颠覆既有权力的方式互相竞逐。现在,我们不妨看看作为个人身体的政治化过程。

刘敬叔的《异苑》说:东莞刘邕性嗜食疮痂,以为味似鳆鱼。尝诣孟灵休,灵休先患炙疮,痂落在床,邕取食之,灵休大惊。痂未落者悉褫取饴邕。南康国吏二百许人,不问有罪无罪,递与鞭,疮痂落,常以给膳。这种制造痂壳的方式,固然暴露了嗜痂者的残酷,但尚不能充分体现变态的身体与政治的暧昧关系。但在下面这个历史典故里,财富欲望开始向身体本身进发了。

宋国有个叫曹商的人,被宋王派往秦国做使臣。他启程的时候,宋王送了几辆车给他做交通工具。曹商来到秦国后,对秦王百般献媚,千般讨好,终于博得了秦王的欢心,于是又赏给了他一百辆车。曹商带着秦王赏的一百辆车返回宋国后,见到了庄子。他掩饰不住自己的得意之情,在庄子面前炫耀:"像你这样长年居住在偏僻狭窄的小巷深处,穷愁潦倒,整天就是靠辛勤的编织草鞋来维持生计,人饿得面黄肌瘦。这种困窘的日子,我曹商一天也过不下去!你再看看我吧,我这次奉命出使秦国,仅凭这张三寸不烂之舌,很快就赢得了拥有万辆军车之富的秦王的赏识,一下子就赐予了我新车一百辆。这才是我曹商的本事呀!"

庄子对曹商这种小人得志的狂态极为反感,他回敬道:"我听说秦王在生病的时候召来了许多医生,对他们当面许诺:凡是能挑破粉刺排脓生肌的,赏车一辆;而愿意为其舐痔的,则赏车五辆。治病的部位愈下,所得的赏赐愈多。我想,你大概是用自己的舌头去舐过秦王的痔疮,而且是舐得十分尽心卖力的吧?不然,秦王怎么会赏给你这么多车呢?你这肮脏的东西,还是快点给我走远些吧!"

这就使我们发现,曹商是身体政治的活学活用的先锋,他不但可以舌灿莲花,还可以施展舌头舐舐之术,抚平皇帝的伤痛,进而激发起皇家潮湿的愉悦。一份付出一份收获,体现了效忠皇权必然得到皇权回报的买卖大体公平的体制规律。在此,曹商是身体政治著名的先行者,他无法从话语的舌头获得帝王的赏识,他使用身体的舌头,不但吃回去那些废话,而且在唾液的加盟下,实现了对皇权的清洁和愉悦。舌头上的功勋,就成为曹商自己为身体树立的纪念碑。反过来看,庄子则是第一个把身体提高到形而上领域看待的大师,他不但看到了个人的身体,更看穿了作为皇权器官的身体,那些附加在权力之躯上的身体——作为权力之躯,因为得到了个人身体的附着而倍显伟岸和自适;作为个人的身体,因为器官被权力借支或勇于献身而处于残缺状态。对个人来讲,这些舐痔之徒的身体基本上只是作为货币和实惠的暂时存放点而存在的,他们作为寄生虫的性质在这种身体交易里得到了肯定,也得到了强化。

社会学家布莱恩·特纳曾经指出:"人类有一个显见和突出的现象:他们有身体并且他们是身体。""在世界之中"的个体偶在,必然在血肉心气化的身体中体现其所在、实现其所是,并且在拥有身体的同时,个体偶在本身就已经是身体。人作为身体的存在,是人之为人的一个特征。因此,身体是一个重要的维度,也是我们理解历史的一个具体的锲入点。通过身体的管道,我们很清楚地看见,身体是如何被权力淘空的。那就是说,除了帝王本身,所有人的身体不具备自适的能指,能指已经被权力全然占据;个人的身体在私人空间只是一个所指,一个毫无血肉言路的空壳。但他们如屎壳郎一样,深情而细腻地推进在皇权之路上。

可以再看几个身体的特殊例子。

北齐奸佞和士开权倾一时,拍马奉迎之徒不绝如缕,他家门庭若市,冠盖云集。有他的亲戚,有他的家乡人,有他的朋友,有他的兄弟辈自称是他干儿子的。总之,和士开认识的或不认识的人都有理由求他出手。一开始，和士开还担心这样影响不好，后来便是面不改色，习以为常。送什么收什么，且登记下来，以备办事时参考。

在这帮一心想巴结他的人群中，有一个士人叫曾参，他必须做出非常人举止才能引起和士开的重视。他一直等待一个献身的机会。某天，他听说和士开有病，特备厚礼前往探视，正好碰上医生说他的伤寒病十分严重，只有喝黄龙汤才能痊愈。何谓黄龙汤？就是陈年粪便的汤水，谁能喝下这污秽恶心之物？正在和士开面露难色、犹豫不决时，曾参马上意识到这是良缘闪现，自告奋勇，端起一大钵粪水，说："此物甚易与，王不须疑惑，请为王先尝之。"一口气把粪水喝得干干净净，还咂舌舔嘴，大呼"好喝好喝"。和士开见此，受到精神胜利的鼓舞，才勉强咽下这物质之臭。

这完全不同于萨德侯爵的怪癖，我无法完全判断这个曾参是出于天性喜欢吃屎，还是为了致富梦想而铤而走险。根据描述，可以发现曾参仅仅是富有心计，而缺乏机会，因此，他是在味觉和嗅觉完全正常的情况下痛饮黄龙汤的。粪便，作为身体范畴中的一个特殊成分，其镜像以黄金的通感修辞为我们敞开了它至上价值的一面。

民间对这种人有个痛快而准确的说法——屁眼儿里开火车，火车还要长翅膀，这个屁眼儿虫要飞！

而另一个极端案例，出自沈晌等著的《旧唐书·列传第一百三十六·酷吏》——

郭霸，庐江人也。天授二年，自宋州宁陵丞应革命举，拜左台监察御史。如意元年，除左台殿中侍御史。长寿二年，右台侍御史。初举集，召见，于则天前自陈忠鲠云："往年征徐敬业，臣愿抽其筋，食其肉，饮其血，绝其髓。"则天悦，故拜焉，时人号为"四其御史"。时大夫魏元忠卧疾，诸御史尽往省之，霸独居后，比见元忠，忧惧，请示元忠便液，以验疾之轻重。元忠惊悚，霸悦曰："大夫粪味甘，或不瘳。今味苦，当即愈矣。"元忠刚直，殊恶之，以其事露朝士。尝推芳州刺史李思征，搒捶考禁，不胜而死。圣历中，屡见思征，甚恶之。尝因退朝遽归，命家人曰："速请僧转经设斋。"须臾见思征从数十骑上其廷，曰："汝枉陷我，我今取汝。"霸周章惶怖，援刀自刳其腹，斯须蛆烂矣。是日，间里亦见兵马数十骑驻于门，少顷不复见矣。时洛阳桥坏，行李弊之，至是功毕。则天尝问群臣："比在外有何好事？"舍人张元一素滑稽，对曰："百姓喜洛桥成，幸郭霸死，此即好事。"

恶人就有邪恶的智慧，恶人敢于冒天下之大不韪，恶人已经把功夫深入到了体制的裤裆中，吃屎又算得了什么。或者说郭霸之流本身就是屎。看看他"自刳其腹"，但"斯须蛆烂"的内部构造已经揭示其表里何其如一耳！

在此，分析一下吃粪者与施粪者的心态是有必要的。粪便作为人类第一个从身体脱落的物体，弗洛伊德指出："排泄物和性的事物是非常密切而不可分离的；生殖器的位置……在屎尿之间……仍然是决定性的和不可改变的因素，它们仍然保留其动物特色。因此，即使在今天，爱也依旧在本质上与动物相似。"他特意指出，早期医学就曾将精神官能的症状与痔疮相连，而诊断出患者多有便闭之倾向；"憋便乃为一种痛苦与享乐交鸣的感官经验，会产生一种自慰式的肛门刺激"。

有关粪便的精神分析，往往根植于人类童年的经验，揭示了普通人在童年时代的幻想：粪便原本是自身肉体生命的一部分，因此是可爱的。民间谚语说的是"自屎不臭"。从小形成这种"肛门人格"的人，一旦成为权力拥有者，往往"顾粪自怜"，把粪便混同于赏赐物。那排泄出来的粪便属于死亡了肉体生命，因此，迷恋粪便接近于迷恋死亡。在这种自恋倾向中，自己的排泄物，既可以作自己的食物，也可以作他人的食物，进而成为一种赏赐品。恋粪者往往有一种既爱又恨的矛盾心理。如果一个人宁愿要一个死的生命而不愿要活生生的生命，那么，尽管他自恋自己的身体，却可能把自己的身体同样视为粪便，并且把周围的对象世界视为粪便，从而把一切都降低为无生命的僵死的东西。这既是值得吃粪者警惕的，因为你至多就是排粪者眼中的大粪；更是值得所有人重视的，弄不好，我们全体就会成为权力视野中的活动排泄物。

粪便在成年人梦中主要表示肮脏和厌恶，但对渴望在仕途上实现大跃进的人来说，粪便与黄金直接完成了二度空间转换，并与代表封建权力的华贵黄色，再次实现了色彩重叠。正如先锋美术的领军人物达利在著作《沉默的告白》中所说："一个精神分析学家，应该知道金子和粪便在潜意识下都是同等性质的。这没什么惊奇，就像我把玩我的粪便，简直如同把玩着母鸡的金蛋。这仿佛是通过妄想的批判主义在表演传闻中的'点石成金'术。"于是，点粪成金的法术，在骗子、道士们屡次失败以后，终于在一帮体制屎壳郎的努力下,完全了本质的大逆转。

因此,比照《新唐书·宋之问传》的记载,说唐朝张易之深得女皇武则天的宠爱,宋之问、阎朝隐等小人便竭力巴结张易之,为其撰诗写文,甚至争端便器,以献媚邀宠。这与历史上的特异身体事件比较起来,这些无耻文人就变得有耻了,他们几乎是好人。

但事实真是如此吗?吃物质之屎到吃权力之屎,其性质却是还有区别的。看看那些拥挤在权力粪门处的"仁人志士",他们风度翩翩,但其危害性应该比吃物质之屎的人还要大得多。

鲁迅先生在《热风·随感录三十九》中一针见血地指出:"即使无名肿毒,倘若生在中国人身上,也便'红肿之处,艳若桃花;溃烂之时,美如乳酪'。国粹所在,妙不可言。"我倒是觉得,现在的文学恰如排泄,学术研究则如射精,要排泄便排泄,要射便射,都是排泄而已。不同之处,还在于要把排泄物赋予情感和风度,才能成为嗜粪者献媚必须保持的风姿和体位。

可以略讲一点题外话。隋炀帝撒尿时,宫女们争相以嘴接之,末代皇帝溥仪幼时喜欢往太监嘴里撒尿,他们沉浸在这种排泄方式的喜悦中,但这并不"极端"。嘉靖时代,权臣严嵩吐痰,不用痰盂,而要美女用嘴去接,一口咽下去,名为"香痰盂"。他夜间小便的夜壶,用黄金铸成,并且制成美女形,化装涂彩,华美而诱人性欲,小便时就如性交状。这就是说,连撒尿也没有忘怀御女的本能。

在历史的身体叙事过程中,可以总结的是,吴王夫差生了病,降臣越王勾践亲口去尝他的粪便,说,大王的病情已经见好。这是复仇雪耻之邦的一种大忍策略,我们尚可理解。但汉文帝生了疽痈,侍臣邓通则为之奋力吮脓;秦王有痔疮,曹商和御医就为之拼命舐舐,这就开启了身体倾斜于政治的坡道。于是,"嗜痂"、"尝粪"、"吮痈"、"舐痔"、"接尿"、"吃痰"等立意曲折的富含能指的实词,不但为中国留下了男根媚术的身影,成为最为知名的诟媚或残酷的经典,也为汉语创立了身体政治的专用术语。它们的隐喻反卷而上,使那些附着在权力肠道里的西班牙苍蝇,尽力发散着迷人的气体。于是,历史在沼气蓬勃的喷射中与时共进。

精神、价值与身体、感性通过"嗜痂"、"尝粪"、"吮痈"、"舐痔"这一系列流水作业,造就了一种准确的"翻身论"。所谓"翻身",就是身体的生存体位的挪移——女人从下面到上面,从被贬损、驾驭的对象,翻转成为存在的基础和准绳。考察"翻身"的现实意义,一直是劳苦大众所必须正视的,也是一些人效尤的榜样。

于是,古书《神相全篇》特意收入了相术中的"大小便相":"大便细而方者贵,小便如撒珠者贵,阴生黑子者贵……大便迟缓者富贵,速者贱,小便散如雨者贵,直下如篙攒者贱。"古文化对相学的观察早已深入屎溺之间,充分体现了古文化的变态程度。也可以说,传统文化在深入屎溺的同时,已经完成了对仕途的解构与重构。

两千年前,有个姓东郭的哲学爱好者向庄周问"道":"所谓'道',何在?"庄周答曰:"无所不在:在蝼蚁,在秭稗,在瓦甓,在屎溺。"在庄周看来,屎尿虽然等而下之,但亦有"道"存焉。基督教义也认为,神是灵体,不像物质有一个特定的位置。"无所不在"只是指神的能力能够临在时空的每一个点,所以说,神也在耳垢中和粪便中。

中国历史上的身体革命,并不是孤立的事件。史家认为吮痈舐痔的行为是对个人升官发财欲望的表达和追求,他们一头扎进体制的裤裆,埋头苦干,兢兢业业,也是数千年以来对专制主义仕途之路的浓墨重写。他们在当代历史和现实政治里投射出来的镜像,使我们可以着手把日益标准化、一致化、机械化和腐败化的功利社会逐一复原。这些以身体器官参与政治的小人,也是历史上的改革家,是集艺术、性别、个人和大众于一身的解放。单就他们挑战个人与皇权差异的传统一举,不论在身体实践上选择的内容是什么,已是一篇以身体实践财富增值的独立宣言。

身体政治告诉我们,一旦充满想像力的倒错由控制者用强力施加到被控制者的身上,则会成为最狠毒的性虐待。但可惜的是,乐于接受者恐怕要多于反抗者。舐痔之徒们的诸种动作,更是充满了政治性的象征。他们经常体现为一个英雄式的阴阳性人物,身兼双性功能,操持着比农民更为艰巨的耕种,直捣大粪的根部。他们大胆地斡旋于困境、压制和种种剥削之中,苦苦思考由厕所之瘦鼠一跃而成为粮仓之硕鼠,反映了他们从男性器官到倒错使用的物质主义理想。作为奉献身体价值于专制主义的个人,在数千年以来,已经身体力行地展示了身体进入权力,同时对权力广开方便之门,最后被权力"反插粪门"的完美历程。

于是,仅仅说从历史的天头地脚看到"吃人"两字是不够的,这反而使肮脏卑污的历史得到了一种"暴力的清洁";说黑暗历史仅仅是"厚黑"也是不充分的,因为"厚黑"之幕掩蔽了他们下半身的身体交易细节。我总是在罄竹难书的中国历史中，首先看到御者与被御者之间，那些晃动着的大粪的表情、兴奋，以至五官挪位。

道在屎溺间，同样适用于倒错之权与倒错之欲。这，正是那些高于一般献媚意义之上的知识人、仕途贪婪者的身体史、排泄颠倒史和爬行史。按照民间说法，对妖物泼上一桶大粪就可以使它露出原形，但我还是怀疑，这粪泼出去，说不定还没有泼到妖物身上，就被分忧者抢着吃光了。

孟姜女与长城

许　晖

鲁迅是一切塔式、墙式地上建筑的仇恨者。如同欣幸于雷峰塔的倒掉一样，鲁迅于1925年间切齿地说："何时才不给长城添新砖呢？这伟大而可诅咒的长城！"80年过去了，如今它仍然稳稳地矗立在北中国的苍茫暮色之中，龙脊龙脉，添砖加瓦，为GDP贡献百分点，为意淫者贡献"太空可见"的神话。

在一片"伟大"的赞誉声中，诅咒者的声音总是显得那么单薄，寂寥。两千多年前，第一位诅咒者现身了，她就是孟姜女。孟姜女哭倒了长城，从而使这一传奇成为中国史上最经典的传说之一。但是，传统语义中长城的功用乃在于防御北方游牧民族的侵袭，此一定位部分抵消了孟姜女对长城修建过程中劳民伤财的指控，国家安全上升为主流意识形态。

据顾颉刚考证，孟姜女故事的原型出于《左传·襄公二十三年》：齐侯攻伐莒国，大将杞梁被莒国俘获。"齐侯归，遇杞梁之妻于郊，使吊之。辞曰：'殖之有罪，何辱命焉？若免于罪，犹有先人之敝庐在，下妾不得与郊吊。'齐侯吊诸其室。"——杞梁又名杞殖。杞梁之妻义正词严地谴责齐侯在城外吊唁杞梁，不合礼节。汉代刘向编著的《列女传》增添了"哭城"的情节："杞梁之妻无子，内外皆无五属之亲。既无所归，乃就其夫之尸于城下而哭之，内诚动人，道路过者莫不为之挥涕。十日，而城为之崩。"而她亦"赴淄水而死"。

杞梁，就是后世"孟姜女哭长城"传说中孟姜女丈夫万喜良的姓名来源；而孟姜女，在任何一部史籍中都没有提到过这个名字，只出现在口耳相传的民间传说之中。而且显然，孟姜女故事经过了一代一代的演化，才定型为今天耳熟能详的面貌。

民间传说为什么单单把孟姜女故事放置在秦始皇时期？权威的说法是民众无法忍受秦始皇为修建长城横征暴敛，遂虚构了一个丈夫被征为民工的民女，又把杞梁之妻哭城的情节移植过来，作为对秦始皇的血泪控诉。而在我看来，此说大为可疑，内中牵扯一个十分重大的命题——长城的修建及其功能。

《史记·匈奴列传》载："因边山险巇溪谷可缮者治之,起临洮至辽东万余里。"长城并非秦始皇始建,而是统一六国后,把秦、赵、燕三国的长城连接了起来——是谓"可缮者治之"。

《史记·秦始皇本纪》载："三十四年,适治狱吏不直者,筑长城及南越地。"这是一句极其重要的记载。前此一年,即秦始皇三十三年(公元前214年),"使将军蒙恬发兵三十万人北击胡,略取河南地……西北斥逐匈奴。自榆中并河以东,属之阴山……又使蒙恬渡河……筑亭障以逐戎人。"蒙恬出兵的范围早已远远超出了长城,一直到达了阴山,而且设置了34个县,迁徙罪人驻守。在如此富有成效的占据之下,匈奴不堪压力,远远避让到了北边的蒙古高原。终秦一朝,匈奴始终被压缩在上述地域。而后一年,即秦始皇三十四年(前213年),却又筑长城。值得注意的是,筑长城的主力军是"治狱吏不直者"——不公正的治狱的官吏们,而并非通常以为的从民间强行征召的民工!

如此,则孟姜女的身份就成了一个大问题。孟姜女不可能是民女。

别小看了"孟姜女"这三个字,这是一个信息含量非常丰富的名字。孟姜女并非姓孟,而是姓姜。孟者,长也,孟仲叔季排行中的老大;姜者,齐也,齐国的国姓,也是孟姜女的姓。孟姜女即齐国的长女之意。什么叫"齐国的长女"? 如同皇帝称为"天子",继承皇位的必是长子;长子的大女儿才能称为一国的长女,一国的长女非公主莫属,只有公主才能称为长女。孟姜女毫无疑问是亡国前齐国的公主。在漫长的故事流变过程中,公主的名字已经漫漶不清,怀念她的民间就用"孟姜女"这个高度凝练的名字指代公主。

秦始皇灭六国,虽然被后世的历史学家们赞誉为统一的不世之功,但六国之人却和他们的感受不同,他们身怀着亡国——也许还有亡家,亡命——之痛。荆轲的朋友高渐离拼死也要击杀秦始皇,使秦始皇胆战心惊地"终身不复近诸侯之人";即使在统治稳固的二十九年(前218年),还有张良在博浪沙椎击秦始皇,致使"天下大索十日"。可见,六国之人时刻没有忘记家国之恨。

在这样伴随秦始皇一生的险恶情势下,这位鸡胸蜂准(马鞍鼻)的阴挚帝王,不得不颁布了严苛的秦律,大兴牢狱。《史记·秦始皇本纪》载："于是急法,久者不赦。"——法令严苛,犯了法久久不能得到宽赦。终秦一朝,人口不过2000万至3000万人(葛剑雄),仅仅修建阿房宫和骊山的受过宫刑和徒刑的罪人就多达七十余万之众！

犯人多，治狱的官吏们就多。而狱吏必须是具有一定经验和知识水平的管理者，否则，连秦律都理解不了，还怎么治狱。现成的人才是招募六国原有的治狱者，给他们在新帝国里一个出路。孟姜女的丈夫，齐国的驸马，应当就是其中的一员。

虽然有了出路，这些六国的精英们在侥幸之余，家国之恨依然无法尽数消除。决狱、治狱的过程中，对六国之人稍怀同情之心就是不可避免的人之常情了。因此而被秦始皇称为"治狱吏不直者"。我估计，秦朝的监狱里大概不止一次发生过有一定规模的政治抗议事件，或者此起彼伏，令秦始皇下决心根治。这就是《史记》中频频出现的迁徙和苦役的原因。动辄数万人或数十万人的迁徙，让罪人们去边远的地方填充新的郡县，直接面对凶猛的胡人或土著；对付"治狱吏不直者"，发配他们去筑长城和南越地，在日复一日望不见尽头的苦役中，消耗掉他们政治抗议的热情和旺盛的精力。漫长的北部边地，这个被称为"长城"的怪物，成了他们新的辽阔的监狱。

还不仅于此，还不仅仅是把异端同他们的家人，同他们的故国隔离开来，所谓孟姜女寻夫式的"亲人离散"的长城悲剧远远没有说出本质。

20世纪初的美国地理学家欧文·拉铁摩尔（Owen Lattimore）在《中国的边疆》一书中有过一个有趣的论断："中国从有利于建立中国社会的精耕农业的环境中，逐出了一些原来与汉族祖先同族的'落后'部落，促成了草原社会的建立。"拉铁摩尔多次强调，在农业社会与草原社会的关系史中，主要是农业社会限定了草原社会，而不是草原社会"扰乱"了农业社会（转引自唐晓峰《长城内外是故乡》，《读书》1998年4期）。——因此，秦始皇长城的修建，人为地限定了，或者说加速了长城内外政治、文化、经济的分割状态。阿根廷小说家博尔赫斯以其天才的直觉发现了这一秘密："目前和今后在我无缘见到的土地上投下影子的长城，是一位命令世上最谦恭的民族焚毁它过去历史的凯撒的影子。"（博尔赫斯《长城和书》）

——长城分割了历史和传统，分割了异端和民众，分割了两种社会形态。

孟姜女的眼泪，穿越两千年的漫漫铁幕，还在哀哀地哭着。传说中被她哭倒的那段长城，又不动声色地砌起来了，就像没有发生过任何意外一样。因此，与其骄傲地说孟姜女事件是"一场伟大的'性别—政治'战争，而且是女性一方为数不多的胜利中最辉煌的一次"(张闳《孟姜女:水与土的战争》,2004 年 2 月 12 日《南方周末》),毋宁说从此开启了更其严酷,更其没有漏洞的修补成例。

逝者如斯夫,两千年如一日。

皇帝、书写与时间

王晓渔

公元前 221 年，也就是嬴政在位第 26 年，终于平定六国。这位年轻的皇帝，在此起彼伏的恭维声中一定会感到一丝空虚，就像一百多年前的马其顿国王亚历山大，每当听到父亲的捷报就会黯然神伤，惟恐世界全部被征服，自己将无所作为。与过去那些强大的敌国不同，此时的嬴政必须面对看不见的敌人，暂且不说随时可能出现的刺客，与时间相伴而来的衰老、国境线以外不可捉摸的空间，都足以让说一不二的帝王寝食难安。多年以后，博尔赫斯在《长城与书》中揣测："在空间中修造城墙以及烧毁代表时间的书籍，犹如一道魔术的屏障，旨在阻挡死亡的来临。"虽然这位阿根廷作家常常犯一些中国史实上的小错误，但他对于秦始皇的心理分析却非常准确。需要补充的是，空间的象征不仅是城墙还有陵墓，而时间的象征不仅是书籍还包括书写，它们所要阻挡的不仅是死亡还有空虚。

在谈论书写与时间之前，我们先看一下建筑这种空间象征。自我加冕没过多久，就有人告诉秦始皇："黄帝得土德，黄龙地螾见。夏得木德，青龙止于郊，草木畅茂。殷得金德，银自山溢。周得火德，有赤乌之符。今秦变周，水德之时。昔秦文公出猎，获黑龙，此其水德之瑞。"(《史记·封禅书》)在这种阐释系统里，每一个朝代都有着自己的吉祥物，"黄帝、夏、殷、周、秦"与"土、木、金、火、水"一一对应。"五德终始说"成为皇家意识形态，为了抹去它的不确定性，通过对五个时代的追溯，人们把它从超验理论改装成经验陈述并进而上升为历史规律。与水相配套，数字以六为尊，颜色崇黑，法度刻削，甚至黄河也改名叫"德水"。毋庸置疑，这种学说并不具有科学性，可是它却能够给秦始皇以莫大的安慰，让他得以有条不紊地展开自己的"行为艺术"，比如把一棵避雨的树封作五大夫。让人纳闷的是，这位信仰水德的皇帝居然会"避雨"，他似乎没有意识到雨水是上天的信物；更让人不解的是，他还建造了巨大的长城、宫殿和陵墓，这种土制(石头)的建筑物又意味着什么？我们不妨重温孟姜女哭长城的传说,评论家张闳把它称作"水与土的战争"——脆弱的泪水出人意料地摧毁了坚固的城墙。与"水来土掩"的相生相克不同,这是一场没有赢家的战争,孟姜女投水自尽的命运,暗示水的制造者也将被水淹没。尽管如此,这个传说还是向后来者说明,秦始皇很快遭到报复是因为他背叛了自己的信仰。事实也证明,毫不间歇地建造那些土制堡垒,恰恰加速了这个水德王朝的灭亡。如果说秦始皇做过什么让自己欣慰的事,那就是派遣海上使团寻找长生丹药。筑城是在建造一种封闭空间,出海则是对未知空间的探险,那些永远不会回来的使者,恰恰使得皇帝的希望始终不会破灭,直到他闭上眼睛的那一个瞬间。

正如博尔赫斯所说,秦始皇在空间上的各种努力都是对时间的抵抗,他试图逃避死亡。于是,他烧毁代表记忆的书籍,粉碎了来自过去时的威胁;他取消继承者给他添加谥号的权力,阻止了来自将来时的威胁。把自己的身份从"秦王"加冕为"秦始皇",这绝非一个可有可无的词语游戏,他借此让自己生活在开天辟地的现在时之中。一个水德王朝似乎不害怕那些竹简点燃的幽蓝色火焰,文字和书生们的呻吟声成了伴随皇帝入睡的小夜曲。当然,他不会想到,自己长眠之后的安魂曲是焚烧阿房宫的噼噼啪啪声;他更不会想到,一个叫作章碣的唐朝诗人竟胆敢写下《焚书坑》嘲笑自己:"竹帛烟销帝业虚,关河空锁祖龙居。坑灰未冷山东乱,刘项原来不读书。"这首诗的表面含义被大家所称道,一个焚烧书籍的王朝最终被不爱书籍的莽汉推翻,但它还有着另一重含义,一个焚烧文字的王朝最终也没有躲过书生的文字非议。两重含义不尽相同,前者宣布书籍是失败者,后者则暗示文字是胜利者。传说秦始皇焚书坑儒时,民间暗藏六经于芭蕉茎内。为纪念这个无声的反抗,在泉州文庙的建筑上有六柱似芭蕉茎的绿色圆筒,称为六经筒。这个传说的真伪无法考证,六经得以躲过火焰的劫难却是不争的事实。再退一步,即使书籍被焚毁,那些化整为零的文字依然会存活下来,并随时准备排列组合成一份记忆白皮书。秦始皇将通行文字从小篆改成隶书,最常见的解释是书写简便,可这又何尝不是一次文字的断裂。通过字体的变化,皇帝试图与往事干杯,重新开始帝国的书写传统。他似乎忘记了文字的本性就是记忆,不管小篆还是隶书,它们都像幽灵一样记录着自己的故事。狱吏程邈因为得罪了秦始皇而被投入监狱,他将自己发明的隶书呈递给皇帝,因此被赦免并得到升迁。关于隶书起源的传说,不仅说明一个书生如何通过文字而获救,也说明他如何巧妙地让自己的不幸遭遇广为人知。隶书仿佛秦始皇脸上的金印，人们只要提到它就会想起聪明的书生和冷酷的皇帝。

书写无法抵御衰老，但它也不必然引向死亡。在张艺谋导演的电影《英雄》中，侠客成为书法家。残剑在赵国书馆练习书法，那些不谙武功的学徒只能在秦国的乱箭中像风中芦苇一样纷纷折断。一边听着利箭穿过皮肤的清脆声，一边安然若素地挥笔书写，这与其说残剑日益坚强果敢，不如说他越来越坚硬独断。侠客们可以跳芭蕾舞般地用长袖甩去致命的箭矢，可以用剑准确地穿过人体两个并不致命的穴位，他们以为别人也丧失了疼痛感。残剑在书写中体认到所谓"天下"就是要让嬴政完成统一大业，可他却忘记了那些可笑的真理仅仅是沙上幻象。按照这种梦游似的逻辑，"荆柯刺秦王"的独幕剧，变成了"荆柯爱秦王"和"秦王刺荆柯"的二重唱。侠客们的死亡是他们走火入魔的必然结局，只可惜那些书馆里的学徒，成了侠客们的殉葬品。当然，这也要怪学徒过分拘泥于师傅的教诲，他们只知道书写的庄严，却没意识到笔下那些文字最终只不过是一抔细沙，并不需要用性命来捍卫它。让我们的话题重新回到隶书上，它的发明者至今尚未验明正身，有些传说中的主人公不是程邈而是王次仲。最有趣的是两位曾同时出现，王次仲是隐居山中钻研文字改革的青年，程藐则是三番五次劝他出山的朝廷官员，前者由于拒绝了后者的要求，被秦始皇下令囚禁起来。突然有一天，程邈被扔进王次仲的牢房，并且大骂皇帝的种种劣迹。同是天涯沦落人，相逢何必曾相敌。两人从敌人变成朋友，并且无话不谈。最后的结局可想而知，程邈得到隶书的秘密后被释放，王次仲则在通往刑场的路上拒绝成为书写的祭品，化作大鹏鸟飞去。

不难看出，上面这个"苦肉计"属于后人编造，虽然故事发生在秦朝，原型却极有可能产生于唐朝。那与另一位皇帝有关，事情发生在唐太宗和《兰亭序》之间，同样有两个版本。被誉为"天下第一行书"的《兰亭序》，传到第七代孙智永那里，被他的弟子辩才得到。第一种版本里，唐太宗派监察御史直接到辩才那里拿到这本著名的"手抄本"。第二种版本则颇费周折，辩才宣称帖子早已遗失在乱世之中，隐瞒了身份的监察御史通过与他的诗书往来获得信任，最后得知帖子悬于屋梁之上。两种版本有着共同的结局，唐太宗最终将真迹带到他的坟墓昭陵。在这场延绵近千年的捉迷藏游戏中，不管其中有多少小插曲，最后的赢家似乎都是皇帝。秦始皇通过推广隶书开启了书写的新纪元，唐太宗则把那本行书看作他安息的枕头。可是，在轰轰烈烈的"兰亭论辩"中，郭沫若把上面两种版本的记载都看成"虚构的小说"，只承认"部分真实"。他大胆假设：兰亭传奇的关键人物智永，正是《兰亭序》的作者和书者。事实上，郭沫若的说法并非首创，清人就有类似说法。我不打算也没有能力从书法史上评判其中真伪，但智永导演了兰亭传奇的说法，却让我们重新考虑谁是这场猫和老鼠游戏的赢家。据说唐太宗收藏的历代书法作品达二千二百九十纸，他最偏爱王羲之的墨迹。可以想像，当他毕恭毕敬地沐浴焚香，然后小心翼翼地摊开《兰亭序》，那种神圣感肯定不亚于属下官员面对圣旨的感情。在阳光照射下的宫殿，这位皇帝并非说一不二者，一个逝者留下的墨迹仿佛不可更改的遗言，让人亦步亦趋，一勾一捺都惟恐有半点差错。此时的唐太宗虽然拥有了《兰亭序》，但他被《兰亭序》左右；正如秦始皇拥有了隶书，却也成为隶书的奴隶。不同的是，秦始皇试图通过书写阻止衰老，唐太宗则是让书写陪伴死后的岁月。

两个皇帝的共同遭遇，见证了书写与时间的关系，皇帝想通过书写控制时间，最终时间却使书写恢复历史原貌。书写存在着自动的反控制装置，它与自己的载体、内容和所有者若即若离。第一，书籍是有形的，书写是无形的，无形的东西无法被火焰焚毁，它只能被火焰照亮，焚书最终将是无用功；第二，尽管有人愿意为书写献身，书写却不鼓励这种行为，侠客们的真理像沙上水滴一样虚幻；第三，一份文字只有一位书写者，却可能被无数人所有，但最终还是书写者享有权威，即使所有者是皇帝。不过，秦始皇和唐太宗至少还是形式上的胜利者，前者推广隶书成为汉字简化进程中的重要一环，后者的书法也是有口皆碑。相比之下，宋徽宗和乾隆在书写上是彻底的失败者，一个笔走龙蛇但不知亡国将至，另一个以书法泛滥而闻名天下。

宋徽宗与南唐李后主有着非常相似的地方，他们都是有着艺术特长的亡国之君。虽然前者的"瘦金体"在书法上的成就，一点也不亚于后者在诗词史的地位，两者对书写与时间的不同处理，却使得后人对他们的评价截然不同。对于李后主，人们往往因为那些啜泣的词句同情地理解了他的无能。宋徽宗没有受到如此礼遇，他成为玩物丧志的代表人物。记得小时候看的连环画中，宋徽宗、宋钦宗被金兵俘虏之后，连监狱也没住成，只是囚禁在一口枯井中。人们冒着落井下石之嫌，借金兵发泄了对这两位皇帝的不满。假如宋太宗能够未卜先知，知道后代的命运，他还会不会派人给李后主送去致命的牵机药？李后主的诗词和宋徽宗的书法,就像体育明星和演艺明星之间不具有可比性。但如果把诗词和书法都看作一种书写,我们就会发现为什么人们采取双重标准评价他们。李后主的词分成两个时期,亡国前多靡靡之音,亡国后多家国之痛,我们所熟知的"春花秋月何时了"就属于后期作品。其实,幽居于井中的宋徽宗,一定像误入山洞的侠客一样,会精心揣摩书写的技巧聊以度日。不幸的是,金兵没有像宋朝那样为囚犯准备笔墨纸砚,宋徽宗的后半生几乎完全被遗忘。李后主没有成为后主的时候夜夜笙歌,甚至大兵压境还在琢磨如何填写《临江仙》。在《水浒传》中,柴进潜入宋徽宗的书房,素白屏风上御笔亲题四大寇的名字:山东宋江、淮西王庆、河北田虎、江南方腊。由此可见,宋徽宗的行政能力很有可能要胜过李后主。但与诗词相比,书法更具形式感,鉴赏书法要比鉴赏诗词更困难。同时,人们又把历尽沧桑的后期李后主与不谙世事的早期宋徽宗相比,书写与时间以不同的方式排列组合,自然会推出那个不太公平的结论。

与宋徽宗相反,乾隆恰恰属于事业有成者,六下江南、五幸五台、三登泰山,和格格、太监、私生子们造就了无数传说。他还有着题字的癖好,不管是一处风景还是一道地方小菜,都有可能挥毫泼墨,乃至后人将这种不节制的书写称作"乾隆遗风"。根据价格规律,它的直接后果就是真迹贬值,在某次广州的拍卖会上,乾隆的一幅御笔书法仅售4.6万元,而当代旅美画家陈逸飞的油画作品《小提琴手》却价值49.5万元。一个是皇帝、一个是平民,一个是古人、一个是今人,后者的作品价格居然是前者的十倍,这不能不说是一个小小的讽刺。与书法类似,乾隆的诗歌产量是中国第一,据说有十万首之多,但没有一首称得上家喻户晓。如此多的产量,如此少的杰作,说明这位皇帝不但没有遵守价格规律,也没有遵守艺术规律。从某种意义上说,书法或诗歌都是比慢的艺术,它们需要耐心等候。如果说宋徽宗在书写上的慢,使得他面对国家反应迟钝;乾隆在治理帝国上的快,又使得他下笔过于雷厉风行。他们都没有意识到纸张和帝国之间的"时差",宋徽宗的指针偏向纸上,乾隆的指针偏向帝国。一个没有处理好书写以外的时间,一个没有处理好书写内部的时间,他们只能面对失败的结局。大概亡国的宋徽宗早已洞悉了自己的错误,拒绝继续书写,并将后半生隐没在井中黯淡的光线之中。只是风流倜傥的乾隆,一定没有空暇躬身自问,而是坚信自己的书写能够透过时间的磨损,散发着迷人的光芒。

皇帝、书写与时间,成为三角形的文字学难题。不管敌视还是热爱,皇帝都必须与书写打交道;书写不是匀速运动,它时快时慢;皇帝害怕自己的衰老,有时却乐于目击死亡和屠杀。秦始皇终止过去的书写(焚书),开启全新的书写(推广隶书),以阻止时间的流动;唐太宗则通过书写(临摹《兰亭序》)锻炼着自己的耐心,以安详地面对死亡;宋徽宗放弃书写,以对自己的慢表示自责;乾隆则进行着加速度的书写,以示对快的偏好。皇帝们拥有着互不相同的文字学,可是他们都称不上胜利者。最后的笑容属于文字,哪怕有一天人类销声匿迹,文字依然会在沉默中讲述这些故事。

革命性空间的"叙事语法"

敬文东

　　革命性空间以及革命性空间的超强所指,经过漫长的生产过程和惨烈的赋予过程,终于来到了作为空间形象的整体的中国。无论是超强所指的生产过程还是赋予过程,在 20 世纪后半叶的中国文学中,都有着相当彻底的展现。我们的文学——假如它们确实可以被称作文学——非常成功也堪称完美地展示了这一意念。当然,文学对革命性空间的超强所指几乎无孔不入的特性的深入描叙,既是革命性空间的意识形态对文学的本己要求,也是生活在革命性空间中的人(比如诗人、小说家、戏剧家、散文家)对革命性空间的正确回应。诗人、小说家、戏剧家、散文家也在"正确回应"的过程中,和文学一道,寻求到了他们的自我内涵。正是在这种情况下,空间绝对主义、空间一元主义的文学时代降临了 。而 20 世纪后半叶的中国文学,在表达革命性空间及其意识形态的过程中,同样经过了诸多步骤。

　　1949 年之后,许多来自解放区的作家开始用饱含革命激情的笔墨,从各个方面,从各种角度,叙述了革命战争年代火热的、艰苦而又充满希望与理想的革命生活,也把空间生产者为了争取生产者身份的过程给详尽地描述了出来。这一类作品相当繁多,其中经常为人提及的,差不多已经成为"经典"的作品大约是:《风云初记》(孙犁)、《铁道游击队》(知侠)、《敌后武工队》(冯志)、《苦菜花》(冯德英)、《野火春风斗古城》(李英儒)、《保卫延安》(杜鹏程)、《红日》(吴岩)、《红岩》(罗广斌、杨益言)、《林海雪原》(曲波)、《百合花》(茹志鹃)、《党费》和《七根火柴》(王愿坚)、《青春之歌》(杨沫)、《红旗谱》(梁彬)、《赶车传》(田间)、《一个和八个》(郭小川)……无论这些作品涉及的具体内容如何不同,涉及的具体空间形象如何迥然有别,也无论它们的叙事方式如何大相径庭、文体方式如何形同泾渭,却至少有一个共同点:在回忆中追溯了革命性空间与革命性空间的意识形态的来历,在回忆中追溯了革命性空间的广泛来历的必然性；更重要的是，还在回忆中将许许多多具体的、不同的空间再一次追认为革命性空间。在这些按照"一二一"的整齐口令形成的整一谱系的作品系列中，无论是高山（比如《红日》），河流（比如《风云初记》），铁道、湖泊（比如《铁道游击队》），雪山（比如《林海雪原》），还是农村或者城市，都在回忆中，成了革命性的空间。在这些作家浓厚的革命叙事框架中，上述诸多具体的空间集合在一起，实际上已经框架、包纳了绝大多数的中国人——其中既包括被称作人民的部分（比如工农兵及小资产阶级），也包括被称作非人民的部分（比如日寇、官僚资本家、国民党、土匪、军阀、地主等）。

而所谓回忆，就是在已经被生产出来的革命性空间的超强所指的支持、鼓励、怂恿和要求下，通过形象化的叙事，在回溯中，再一次承认革命性空间的生产者在身份上具有充分的历史合法性，具有绝对的历史必然性；在回溯中，重新把这种合法性、必然性的身份叙述一遍，以便在现实中，能起到这样的作用：帮助革命性空间的超强所指，将自身尽快、尽可能全面地递交到革命性空间内每一个自我内涵之中。而所谓追认，应和着回忆的叙事学目的，就是要在已经被生产出来的革命性空间的超强所指的鼓励下，将曾经不是、不可能是、不完全是革命性空间的地方，"想像"成革命性空间。

正是依靠"追认"的"想像"功能，中国 20 世纪后半叶的文学，完成了叙事和抒情结构中的空间绝对主义和一元主义。很显然，这种"想像"可以看作是对非革命性空间的"掠夺"和"侵略"。但在 20 世纪后半叶的中国文学中，"掠夺"和"侵略"却是相当有道理的。即使不考虑文学本身所拥有的"想像"功能和虚构功能（那是美学要处理的问题，此处可以不管），革命性空间形象所具有的意识形态，也希望文学能担负起"掠夺者"和"侵略者"的身份，完成对非革命性空间的革命性"蚕食"，从而将空间绝对主义化和一元主义化。这是革命性空间的超强所指赋予文学本身的"自我"内涵、赏赐给文学的干将莫邪 。这毋宁是说，20 世纪后半叶的中国文学，通过它拥有作为叙事语法的回忆和追认，也拥有了新质的"自我"或者自我内涵。

的确，作为革命性空间所需要的叙事语法，回忆和追认本身就是革命性空间的意识形态赋予文学的法宝。革命性空间的意识形态在被生产出来、被赋予到这个硕大无朋的空间之后，空间本身一定要将这种意识形态传达、转赠给存身于该空间中的每一个人，同时也要求构成整个中国的每一个具体而微的空间，分有和分享革命性空间的本有欲望、本有规定性。正是在这个意义上，按照革命性空间的本己要求，回忆和追认作为革命叙事在特定阶段的特定"语法"，也赢得了自身的"合法性"。与此同时，它的自我内涵也逻辑性地获取了"合法性"，甚至是唯一被认可、唯一被称作正确的合法性。不过，更重要的是，仰仗这一叙事语法，从前未必是革命性的具体空间，也在文学的叙事想像中，被认定为革命性空间。在此，作为叙事语法的回忆和追认，显示了它超强的想像力和"侵略性"。但超强想像力和"侵略性"的正当性与合法性，都天然来自革命性空间的超强所指的本己要求。

"想像"和"侵略"的终极目的，是为了在叙事中"掠夺"别人的领地，"侵占"别种性质的空间的势力范围，并通过将别的"领地"、别种性质的"势力范围"据为己有，来证明革命性空间的无处不在、无孔不入；也由此证明：革命性空间的生产者从来都是"顺乎天而应乎人"的最佳人选。平心而论，在一个早已革命化的空间绝对主义的文学时代，文学听命于文学重新获得的自我"本质"，来叙述这一理念，既有可能是自觉自愿的，也有可能是迫不得已的。

而在这一方面，被人称作"八个样板戏"的八个剧作，在"文化大革命"中，几乎达到了登峰造极的地步。在这几个非常值得分析的剧目中，作为叙事语法的回忆和追认所具有的想像力和"侵略性"，以其迅雷不及掩耳之势和雷霆万钧之力，将1949年以前的几乎整个中国，都处理成了革命性的空间。这一结局，是革命性空间形象所本有的逻辑和超强所指在无限"扩大化"、无限自我膨胀时的可能性结局之一。只是这一可能性结局，在20世纪后半叶中国文学的叙事和抒情结构当中，竟然真的化作了现实性的结局。不过，站在革命性空间形象的本有立场，这都是正常的、正确的、合理的。它没有任何理由受到非议——正如毛主席说"革命不是请客吃饭"。它符合空间绝对主义的文学时代对文学的基本要求、基本指令。

回忆和追认的超强想像力、"侵略性"，不仅作用于革命性空间形象的来源上，还体现在对纯粹的历史事实、历史事件的叙事上。在20世纪五六十年代的中国文学中兴起的历史剧，遵循的就是这一思路。无论是《蔡文姬》（郭沫若）、《文成公主》（田汉）、《王昭君》（曹禺），还是《关汉卿》（田汉），都在叙事想像中，将曾经的古典性空间改建成了革命性空间。而将古典性空间改换成革命性空间的重要武器，就是人民性。人民性是革命性空间的意识形态的重要内容。无论蔡文姬、王昭君、文成公主、曹操和关汉卿本来身份是什么，在回忆和追认的本有功能的透视下，他们最后居然都成了"人民"的一部分，都拥有"人民"的特性，都获得了"人民"之所以为"人民"的自我规定性。这差不多是在说，作为叙事语法，回忆和追认有能力将早已死去的、早已尸骨无存的统治者（比如曹操），或与统治者有裙带关系的人（比如王昭君），都转化为具有革命性质的"人民"，并被赋予"人民性"的自我内涵。

　　"人民性"在革命性空间的超强所指的规定下，有它的具体内容。从"原教旨主义"的立场，我们可以说：一切同意幸福、自由、民主生活之达成的人，一切反对任何压迫的人，更重要的是，一切自觉拥护革命语义的人，都是人民，都能配给人民理应配给的自我内涵。人民被认为是由最广大的人群组成的团伙。但20世纪后半叶的中国文学在将古典性空间处理成革命性空间的过程中，"人民性"的主要内涵，却主要集中在它的反压迫功能上。正是仰仗"人民性"具有的这一叙事学功能，我们的文学才能在叙事框架中生产出理想的结局：无论是关汉卿（此人在戏剧中被认为是反对元代统治者的英雄），还是在叙事想像中主张汉民族与所有少数民族和睦相处、反对民族压迫与民族歧视的曹操、王昭君、文成公主，最后都成了人民的一分子。在这种强大力量的威慑下，曹操杀人如麻、出尔反尔的军阀特征，王昭君的皇妃身份，文成公主的贵族血统，关汉卿的浪荡文人气质，都被删除殆尽了，留下的都是他们作为"人民"的自我规定性。但剧作家们这样处理他们笔下的人物是合理的，因为追认和回忆所具有的想像功能和"侵略"功能，已经先在地拥有了合法性。上述人等，不过是这种合法性的"既得利益者"罢了。

　　在回忆和追认完成了革命性空间在文学叙事中的重建后，20世纪下半叶中国文学的空间主题，将叙事重心和中心视点对准现实中的、实存中的革命性空间，就是逻辑之中的事情了。正是沿着这一思路，在很短的时间内，就大批量地出现了许多作品。无论是《创业史》（柳青）、《三里湾》（赵树理）、《三家巷》（欧阳山）、《艳阳天》（浩然），还是《李双双小传》（李准）、《在和平的日子里》（杜鹏程）……都是对这一思路的正确体现。当然，它们也是在这一思路的要求下，产生出的符合这一思路要求的杰出范本。这些作品都具体地展现了许许多多不同的、细致而微的小空间，而这些小空间在文学的叙事中，正好是组成作为革命性空间的整体中国的一部分。被众多具体而微的小空间框架住的人，也按照空间转换价值的规定，成为革命所需要的人。他们都拥有了革命性空间所要求的新质自我。

　　《李双双小传》很好地传达了这个意念。李双双是一个旧式农家妇女，但在叙事想像中,她又是新社会的积极分子。她在新质的革命性空间中被配给了新质的自我内涵。按照这种自我内涵的要求,李双双始终愿意遵循革命性空间的超强所指的教导。于是她合乎逻辑地想走"农业合作化"的道路,反对自私自利的"单干"行径。而她丈夫的一门心思,则是如何在"单干"中发家致富。因此此人对二元对立中的另一元——"农业合作化"——居然不屑一顾。这是一场发生在家庭内部的路线斗争。作家李准在叙事想像中,有趣地把厨房甚至卧室都处理成了"斗争"的场所。在李准的叙事中,我们能够看到,丈夫在灶前烧火,李双双在灶台前炒菜。就是在这种纯粹私人性的空间形象里,夫妻二人还在为是走合作化道路呢还是走发家致富的道路争论不休,居然致眼前的肚皮问题于不顾。甚至两人准备就寝,在脱衣上床准备办更为隐秘、也更为纯粹的私事时,争论还在继续——在革命眼里,至少是在我们的文学的叙事结构中,发生在床上的事情是不可想像的。小说的结局充满了喜剧性:在文学的叙事想像中,李双双的丈夫在现实面前受到了教育,发现了合作化的好处,也明白了"单干"干不成社会主义,"单干"也不是社会主义,终于放弃了发家致富的错误思想,准备改走合作化的道路。此人也因此一举赢得了新的自我定义,接受了革命性空间随身携带的转换价值。

如果我们把《李双双小传》放在 20 世纪后半叶中国文学空间主题的维度进行观察,我们就会很容易地发现:我们的文学确实具有一种很奇特的能力,它可以把最隐秘的场所处理成革命性的空间形象,能把革命性的超强所指,传递给任何一个隐秘空间中的任何一个人头上。李双双的丈夫只是其中的一个。但李双双早在她丈夫之前,就已经是其中的一个了。

革命性空间赋予了文学新的自我内涵。本着这种新质自我的严正要求,文学在对新的现实、实存中的现实进行叙述的过程中,叙事语法也从回忆和追认一跃而为陈述。《李双双小传》的成功,平心而论,有一多半要归功于陈述的帮衬。因此,完全没有必要在两种"语法"之间分辨孰优孰劣、孰高孰低,因为它们分别针对不同的对象,要分别完成革命性空间的超强所指赋予它们的不同任务。作为叙事语法,陈述表面看起来是对一件事物或事情的真实描述,但实际上,在革命性空间的超强所指的规范性要求下,陈述同样具有想像功能和"侵略性"。这种想像功能和"侵略性"最深刻地说明了:在一个已经高度革命化的空间里,甚至连古典性的空间形象也被革命化的文学年代里,现实中的任何一个细微空间,哪怕是厨房或者卧室,都得在文学的叙事想像中,分享、分有革命性空间的超强所指。不过,也正是通过这一路径,文学终于达到了对它的新质自我的专一性认同。文学从此在很长一段时间内,不再朝三暮四、朝秦暮楚。我们的文学通过自己的实际行动,公开表示了对空间绝对主义和空间一元主义从一而终的决心。

尽管革命性空间的到来是广泛而全面的,但遵循百密一疏的人间通则,仍有一些空间死角并没有分得革命的意识形态。因此,某些人在这两种不同性质的空间形象中进进出出时,获得的自我价值的差异量(即空间转换价值)在绝对值上就肯定会大于零。不过,随着 20 世纪后半叶中国文学空间主题中两种叙事语法的广泛作用,几乎任何一个可能的具体空间在叙事想像中——也至少是在叙事想像中——都被革命化了,空间转换价值的数值也因此在叙事结构中越来越趋近于零。这充分显示了转换价值和革命性空间的明暗辩证法的威力:一个人或一个空间要么成为新生的、红色的,要么就是有待于消灭的黑色的敌人或异质空间。在 20 世纪后半叶中国文学的空间主题中,空间转换价值和明暗辩证法就是在这个维度上,起到了保证革命性空间的纯洁的作用。平心而论,我们的文学确实很好地完成了革命性空间赋予它的光荣使命。空间的绝对主义在文学中得到了维护。

青春小说及其市场背景

张　柠

青春小说中的派别之争

策划者将一批上个世纪 80 年代后出生的写作者的产品称为"青春小说"。青年作者春树登上美国《时代》杂志封面,将"青春小说"推向了高潮,这一事件给年轻人疲惫的写作躯体注入了兴奋剂,"全球化"和"资本化"的写作摇头丸,将他们搅得心迷神醉。于是,他们刚刚浮出水面就开始相互撕咬了。他们将自己分为"偶像派"和"实力派",像港台歌坛一样。春树、韩寒、郭敬明等人属于"偶像派",胡坚、李傻傻等人属于"实力派"。

"偶像派"更注重个人外在形象在消费者心中的地位。"实力派"更注重表演技巧,最终目的都是市场回报。文化消费市场要满足不同消费者的口味,不能说只有"实力派"才有代表性。正如歌坛的刘德华和张学友一样,他们都有自己的铁杆消费者,有自己的 fans。从市场影响力和份额占有量来看,"华仔"的可能还要更大一些。张学友唱得的确更专业,刘德华也唱得很卖劲、很敬业。这并不代表刘德华更有价值,也不能说只有张学友的唱法才对。消费市场的所谓"需求",对"偶像派"和"实力派"一视同仁,两者似乎都有自己存在的充足理由。

从争论的观点中可以看出一种倾向,"实力派"明显掌握了道德优势,"偶像派"则羞羞答答。如果按照传统社会分工的观念,的确是这样。所谓"实力派"就是很专业,能创造**使用价值**的意思,就像种稻子一样。使用价值取决于产品自身的属性,比如文学作品的美学特征(语言、结构、叙事方式等)。所谓"偶像派"就是不怎么专业,但借助于专业之外的因素,也就是产品功能之外的因素(比如年轻、漂亮、有个性、说狠话等),制造了**交换价值**。这在农业文明价值体系中是要遭到鄙视的。在农民眼里,不创造使用价值的"偶像派"跟二流子差不多了。现代社会分工越来越复杂,不但需要创造使用价值的"实力派",也需要创造交换价值的"偶像派"。

一件产品的使用价值(比如文学作品的纯形式功能)的确是恒久不变的。但是,没有交换价值的使用价值,是一种潜伏的价值,就像潜伏期的病毒一样。它没有通过交换(阅读消费)而铭刻在社会关系之中。对这种潜伏的使用价值的迷恋,产生了鲍德里亚尔所说的"使用价值拜物化",它与"交换价值拜物化"本质上是一样的,两者合而为一成为"商品拜物教"。当代中国文学内部,一种农民式的迷恋"使用价值"的固执心态十分普遍,以为只有种谷子才有意义,卖谷子为人所不齿。他们将自己对产品交换价值的期待,消弭在自恋的怨言之中。另一方面,一种脱离使用价值而追求交换价值的趋向也是明显的,它导致了文学产品原有的纯功能(美学意义)的丧失,文学成了满足消费欲望的符号系统的元素。这是"偶像派"的死穴。

因此,无论是"偶像派"还是"实力派",都是商品社会消费逻辑内部的问题。在这一逻辑前提下,生产者(偶像派和实力派)不是创造者(劳动),而是**劳动力**(一种商品)。传统生产者不是劳动力,是因为他们无须进入交换领域,他们是传统宫廷政治系统内部的休闲者(专事"创造")。

媒体与写作互为人质

今天的创作者(他们自称"写手"),在社会制定的劳动力价格中,一方面被**消费者**(不是审美者)的"需求神话"所捕获,另一方面也参与了"阅读需求"神话的制造,写作者就这样将自己抵押出去了。从成功的角度看,他们是幸运的,前辈们苦苦等待伯乐时那暗无天日的时光,在他们那里也就一个签字仪式而已。但是,媒体扣押了今天的青年作家,就像青年作家扣押了媒体。他们互为人质,相互敲诈勒索,谁也无法逃脱。青年作家将什么东西抵押出去了呢?是创造性的才能吗?我看更多的是一组数据(比如年龄)。而媒体本身也像疯狗一样在市场上乱窜,为了发现让人吃惊的新数据。有人认为,市场就像激素,过早地催熟了一批少年作家。其实是一种假熟,像人工西红柿一样。

这种传播学上的怪圈,正在像烟瘾一样控制着整个阅读市场。媒体追求的是新奇(死亡的代名词),它通过信息传播的速度竞赛,增强社会(资本)新陈代谢功能。它迷恋数据

（起印数越来越高、写作速度越来越快、作者年龄越来越小、版税创了新高）。当数字增长速度即将减弱的时候,它会通过添加催化剂(主人公病了,疯了,暴徒出现了,花园里有死尸,爱情夭折了、眼泪哭干了等)来加速阅读的化学反应。

文学的创造性就这样被抵押出去了。更可怕的是,媒体通过重新命名,将平庸的、高雅的、抄袭的、独创的、正统的、邪儿门的,统统收编,并迅速使之"中性化"。所谓的"中性化",目的是为了便于市场的数字换算。因此,"80后"的创作,要摆脱"新概念作文"的思维并不难,难的是如何应对商业炒作、起印数、媒体话语的思维怪圈,不被它牵着鼻子走,在市场这个奸夫面前保持文学的一点贞洁。

"新概念作文"的版本升级

无论是"偶像派"还是"实力派",都与"新概念作文"有着若即若离的关系。我称之为"新概念的版本升级"。所谓版本升级,就是产品功能不变,只增加附件,通过夸大附件的意义而保持销售的持续性。这就是非生产性的消费。为了让一次性生产的使用价值能够永远保值,所有的产品都会进行版本升级。升级的确可以延缓产品的死亡,但不能阻止死亡。在今天的写作和出版市场里,也可以看到这种升级现象,"新概念作文"已经成功地升级到了"青春小说"。

通过阅读我们可以发现,"新概念作文"的两个基本要素:奇思和反叛,在"青春小说"里得以延续(很多作者就是从"新概念"赛场上来的),但篇幅更长了,情节更复杂了(增加了性爱、死亡等成人要素),作者年龄更大了,市场前景更可观了。不同之处在于,新概念作文比赛是有血缘关系的爸爸妈妈参与,现在是没有血缘关系的爸爸妈妈(出版商)参与。这种版本升级式写作的结果是,"写作断奶期"尚未结束,一批少年老成的帐房先生却在茁壮成长。"青春小说"就是商业写作的专业命名。

其实今天这批"80后"作家也都不小了。在文学史上,二十多岁写出惊世杰作的例子并不少见。但在今天这个"装嫩文化"盛行的时代,我们人为地推迟了成熟和衰老的期限,45岁还称"青年作家",20岁当然是"少年作家"了。我读了一批所谓"青春小说",基本上是个人经历(从小学到中学再到大学,谈恋爱和找工作的麻烦等)的写实性演绎,外加一些反叛个性和周星驰式的调侃。

文学有自身的特殊要求。不要看到那些比你年纪大的作家不成了，就降低文学应有的标准，甚至用起印数来吓唬人。书商炒作和媒体宣传，人为地拔高了这批正在市场中风行的作家的文学意义。这种传播正在改写文学的规则，使得一些有潜力但阅历尚浅的作者匆匆披挂上阵（不读大学或者退学，提前进入写作市场），实际上是超前消费的市场价值在文学流通中的反映。

与作文写作相比，文学创作是一个断裂性事件。从精神分析学的角度看，作文是"压抑"（禁忌），文学创作是"宣泄"（放纵），完全是背道而驰的两回事。能进入重点大学的，谁没有一两张省级作文比赛大奖证书呢？但他们一进中文系，原有的那点功夫基本作废。他们终于发现了作文与文学的差别，知道系统的人文教育和人文素养的重要性，知道胡思乱想是有限度的，知道反叛是有社会历史背景的。但书商和作者为了让作文比赛证书保值，通过"版本升级"技巧，强行维持了作文与文学之间的连续性。它的确打乱了文学教育的旧秩序，但也废除了文学与中学作文的边界。

既然高中作文可以进入市场，初中的又何尝不行呢？"青春小说"作者年龄越来越小也是一个趋势。书商和做着"星爸星妈"梦的家长正在合伙，试图将孩子变成一张透支信用卡，不断地在超市里刷卡。弹钢琴、学画画也就罢了，还要让他们写小说。很少有像兰波那样14岁就写诗的，都在写小说，因为诗歌没有阅读市场。

文字（特别是文学或小说）、照镜子和交媾，在深层次上有相似之处，就是会繁衍出数不清的同类，以冲破某种秩序和规定性。如果将社会语言比喻为"道德家"，那么文学语言就像是"荡妇"，它们之间构成紧张的对峙关系。因此，文学（小说）语言带有"色情"或"污秽"（一种社会批判的武器）性质，属于"少儿不宜"行为。少儿的确有"恋污癖"倾向，但被成人社会的语言（行为）规范压抑了。语言训练（作文）就是这种压抑的重要手段。现在他们的"恋污癖"倾向还在蠢蠢欲动，就提前进行"文字繁衍"工作了。文学（小说）创作就像一种"语言交媾"行为，应该是成人的事情。18岁以下的少年搞文学创作，实际上就是让少年提前进入成人世界。还有一些成年人（比如村上春树、金河仁等），整天撒娇式地写一些所谓"青春小说"，有"恋童癖"的嫌疑。

几个案例分析

在一个"泛传播时代"，一个消费符号过剩的时代，我们无法也不可能面对一个单纯的、自足的"作品",而是面对一件"产品"。我们得考虑到它的生产和流通机制,这就是对文学的文化批评。面对一个在市场中流通的作家,我们不一定非要去评价他有多大的文学才能(这一部分功能被书商和市场取代了),而要分析其中的消费机制和社会病症。我们要看他为什么会起来、读者为什么会喜欢他(交换价值),而不是孤立地分析它的所谓美学意义(使用价值)。

韩寒借助于写作来充当了一个反传统的角色。他就是"文革"期间的"反潮流"和今天的"商业模式"的混合物。少年成名本来是商业社会里一件极其时髦的事情,谁都想当"星爸星妈",它吻合了今天对成功神话的追求。也就是说,它本来就是一个市场的故事、市民文化的故事。但是,韩寒的写作却给它披上了一件严肃的外衣:批判现行教育体制,一下子就把问题搞大了。对教育体制的批评,本来是一件很严肃的事情。到了韩寒这里,最终跟商业写作搅到一堆。社会政治问题、商业炒作问题,界限变得十分暧昧,弄得年轻的孩子们心里乱糟糟的,不知道是去反抗教育体制,还是去埋头炮制能一夜成功的小说。我没有从他的小说中看出让过去的作家吃惊的、代表一个时代年轻人的创造性的东西,才能平平。

春树的才能相对高一些。如今她成了西方人想像中国的符号。西方人夸大了其写作中对抗传统意识形态的文化因素,忽略其与市场意识形态的亲缘性,说她们是五六十年代的"垮掉一代",把她们吓一跳。她延续的其实是卫慧的"反传统"写作姿态。这说明更年轻的一代认可了卫慧的写作姿态。这种写作并不是一种满足人们内心深层需要的深度写作,他们可能有表达和宣泄的欲望,但更多的是获得市场认可的欲望。这是一种需要市场认可的姿态,市场认可的冲动压倒了写作本身的冲动。而所谓的"实力派",应该是写作冲动大于市场冲动,当在两者之间犹豫不定时,有人更乐意于满足写作自身的冲动。我不怀疑他们的写作动机,但市场黑洞会将他们吸进去,他们身不由己。

郭敬明"抄袭"事件也不是文学问题,而是一个知识产权问题。网络使得很多东西都可以进入传播领域。传统的报纸、杂志等媒体有严格的审稿制度。在这样一个审稿制度渐渐退位的时候,就不存在版权问题。那些在网络上写得很火的人一旦被书商看上,就成为作家了。等到我们回过头来,再用传统文学的价值观来看他们时,发现很多作品都不是那个所谓的作家原创的,很多都是七零八凑的拼帖之作。现在如果想用传统观点来衡量这些作品,就会和网上的标准产生冲突。像郭敬明这种情况,应该属于"后现代时代"的拼贴式写作。传统社会提倡原创(生产),而不是搬运(贸易)。现在的写作并不是这样,而是拼贴、戏仿。

李傻傻被视为"实力派"的中坚之一。"80后"对文化产品的需求是以城市为主的,有一种城市压倒农村传统的趋势。实际上,农村一直是年轻人一个非常陌生的领地。与美国和香港不同,中国还是一个农民的国度,农村是城市的一个巨大的、不可忽略的背景。李傻傻的出现表达了这个时代的年轻人对农村的理解。现在有的年轻人从小学、中学到大学这样一直读下来,他们虽然是农村的孩子,你要问他农村是什么他会知道,但你问他为什么他就不知道了。不管农村还是城市的孩子,他们不知道为什么会有这样的反差,为什么他们会喜欢城市而不喜欢农村。中国的现代文明是建立在农村这个巨大的背景之上的。李傻傻之所以引人注目,和这个社会背景有很大的关系。自1940年代末期以后,文学在农村题材方面一直在探索,但又一直被忽略。农村变成了"想像的农村"。文学一直没有在经验上提供一个可靠的东西。这个空当一直是年轻人心中的空当。李傻傻是在这个意义上表达了自己的东西。像李傻傻这样的年轻人,一开始他可能会迷恋城市生活,模仿城里人。当他熟悉了城市的一切的时候,他就很可能要返回农村。

新经验和批评的可能性

文学是一个残酷的行业,文学批评更是如此。一只手在键盘上匆匆敲打,一只手在钱袋里哆哆嗦嗦,年纪轻轻就老谋深算、老奸巨猾的样子是不成的。要庸俗也得到35岁之后吧。任何一个时代的写作,不管以怎样奇特的形式出现,"大话"也罢,"拼贴"也罢,"身体"也罢,它还是"文学",它应该有与文学相关的共性。文学与"制度性"的东西总是格格不入的。这个"制度性"可能是权力的、道德的,也可能是市场的、金钱的,也可能是性别和身份等级的。不管你用什么样的形式表达,用什么样的声音说话,任何制度性的东西都不能束缚你,否则你就是假先锋、假代言人,是文学政客的谋略。

一般来说,传统文学史里面断裂性写作往往会导致流派的产生,比如20世纪初的巴黎、伦敦、纽约、彼得堡,文学青年的反抗性写作造就了大量的先锋流派,如超现实主义、达达主义、意象派等。这些年轻人对当时社会有自己深刻的思考。他们通过自己全新的写作、独特的行为和话语方式,标示了一个新的时代的界限。我们今天的年轻人没有这种东西,他们在市场中如鱼得水,像老潜水员一样。因此他们写作中的市场冲动比较强劲。他们是不是发现了我们这个时代、这个社会的病症? 是不是敏感到了传统文学话语腐朽性的根源? 是不是创造了一种独特的艺术形式? 如何通过自己的阐释让这种观念和形式产生让人不得不震动的艺术力量? 这都是问题。在这个消费主义盛行的时代,为消费添砖加瓦,一点也不新鲜。

新的经验、新的价值观念、新的写作方式早就出现了,但缺乏系统的阐释。究竟什么是新的原创性,正是一个需要重新阐释的问题。比如"大话式写作"的文化批判意义,以及它的市场消费效果;比如所谓"身体写作"的潜意识动机、市场背景和消费心理;比如"拼贴式写作"产生的社会背景、与拼贴文化的关系;等等。如果没有阐释,人们就会一锅粥地将它当作纯粹的快感消费品。对新经验而言,对一个真正的新流派而言,创作、行动、阐释,缺一不可。

"80 后"成长在一个西方背景很浓的时代,却在寻找一种属于自己的表达方式,或者说一种对当代"中国经验"的表述。这并不一定是所谓"主体的自觉",或许是外在动力胁迫的结果。这很类似于"日剧"和"韩剧"的生产模式,市场发育到了一定程度,市场需求到了这种地步。批评界有没有可资借鉴的理论? 有没有足够的阐释能力? 事实上问题已经出现。如果说他们的写作是小孩子的游戏,那么成千上万的人都这样游戏就显得蹊跷了。中国批评界已经到了没有理论资源可借鉴的地步了,经验式的批评也丧失了阐释能力,因为批评界与年轻一代之间有了经验的代沟。

一个时代有一个时代的批评家,"80 后"应该有自己的批评家,不要等到 30 岁才搞批评,更不要试图通过阐释几个经典作家而成为批评家,要直接对自己的同时代人说话,应该自己对自己进行阐释和总结。文学批评和理论研究不一样,文艺批评必须和写作同步。什么人能够同步呢? 你们自己才能同步。"80 后"的"实力派"之一胡坚还是有一定水准的。他应该和他的同时代人一起对"80 后"写作发言,要对自己的经验及其背景有一个历史的和美学的整体把握,既要发现压抑你们经验的老话语制度的死穴,也要充分展现一代人成为市场殉葬品的真实形象,并从中提炼出一种残缺不堪的经验体系。面对这一庞杂的"美学废墟",我们丝毫也用不着害羞。

布莱希特说，要从新的坏事物开始，不要从旧的好事物开始。本雅明说，新的经验是在时代尿布上啼哭的婴儿。"从新的坏事物开始"，不是跟着"坏事物"跑，更不是跟着市场和书商跑。"啼哭"应该理解为一种文体情绪，而不是作秀式的"啼哭表演"。"婴儿"也不是"少年作家"的意思，而是一种心灵状态。一种全新的经验表达模式，是文学真正期待的。从这个意义上说，文学史就是形式史，而不是主题史。

没有自己民族服装的民族

林思云

世界上有很多民族没有自己的文字,但没有自己民族服装的民族却不多。中国 56 个民族中,藏族、蒙族、维族等均有自己的民族服装,唯独汉族没有自己的民族服装。汉族没有自己的民族服装,在不少情况下显得比较尴尬。比如 1964 年发行的第三套人民币 10 元券,俗称"大团结",票面上的各民族穿着各自的民族服装,汉族却穿着中山装。再比如1987 年发行的第四套人民币,描绘了中国人口总数在百万人以上的各民族的图案,其他各民族都有自己独特的民族服装,唯独 10 元券上面的汉族和 1 角券上面的满族,却穿着同样的服装。甚至不少中国人有这样的印象:穿民族服装是少数民族的象征。

其实汉族并非自古以来就没有自己的民族服装,相反汉族古时的民族服装还是非常有特色的。春秋战国时期,汉族的民族服装基本定型,这就是宽衣肥袖的汉式服装。宽大的衣袖是汉式服装区别于其他民族服装的最大特点,除此之外,肥大的衣袖还有一个作用就是兼作衣袋,把东西往衣袖里一塞,用手捏住袖口东西就不会掉出来,和西装的衣袋相比,汉式服装的衣袖可以放更多的东西。

古时有个著名的孝子(名字一时想不起来),是个穷书生,到一个财主家做客时,财主请他吃橘子,他乘人不备就偷了几个橘子藏在衣袖里。可是他临走前向财主作揖告别时,忘了衣袖里面还有偷藏的橘子,没有用手捏紧袖口,结果一作揖橘子就滚落出来。旁人都嘲笑他偷橘子,他却面不改色心不跳,振振有词地说:"我家老母从来还没有吃过这样美味的橘子,我不敢一人独享美味,所以想拿几个回去让老母尝尝。"旁人听后立即由嘲笑转为肃然起敬,盛赞该书生孝心可嘉,偷橘子也成为人们孝行的美谈。可惜今人不像古人那样孝顺了,现在如果有人偷了橘子后以同样的借口解释,不会被人们当作"孝子"来赞叹,而是当作"笑子"来嘲笑。

汉族服装的另一个大特点就是不用衣扣。但由于没有衣扣，所以必须用一根宽腰带把衣服束住，才不至于敞胸露怀。当时直接从事体力劳动的劳动阶层穿"短衫"，上身穿的叫"衣"，下身穿的叫"裳"。现代汉语中仍有"衣裳"一词，但口语中已把下身穿的改称"裤子"。对于那些有钱有地位的人，以及不直接从事体力劳动的读书人，一般则穿"长衫"，即上衣下裳连为一体的袍服。从汉代起袍服被用于朝服，此后唐、宋、明等各朝代，均沿用衣袖宽肥、不使用衣扣的典型汉族服装作为朝廷官员的正式服装，宽衣大袖的服装也成为中原地区汉民族文明的一种象征。

宽衣大袖的汉族服装，也反映了汉族的生活观，即追求悠闲清净的安详生活，不喜欢搞激烈冒险的活动。宽衣大袖的服装，对于观月赏花、吟诗作画、抚琴下棋的悠闲生活是再合适不过，但穿这样的服装搞骑马打猎等激烈活动就非常不便了。自古以来中原周围的少数民族，多采用窄袖紧身的服装，以适应他们喜欢骑射冒险的生活方式。战国时赵武灵王曾经想推行窄袖紧身"胡服"，但由于传统势力太大并没有取得多大成果。唐代开元、天宝年间窄袖紧身的胡服也曾风行过一时，但并没有对传统的汉族服饰造成很大影响。

宽衣大袖的汉族传统服装到了清代时突然绝迹。这倒不是汉人主动抛弃了自己的传统服装，而是在屠刀下被迫改饰易服。满族人主中原后，开始推行强制性的剃发易服运动。汉族男性传统上一直是把头发盘在头顶上梳作一个发髻，用发簪来固定。杜诗云，"白头搔更短，混欲不胜簪"，意思是说每天因为发愁而搔抓发白的头发，以至于头发越来越少到了卡不住发簪的地步。满族人入关后，除了用"留头不留发，留发不留头"的方式强迫汉族男性按照满人的习俗剃发梳辫外，还禁止汉族男性穿戴传统的宽衣大袍，强制推行满族的紧身长袍马褂。至此延续了两千多年汉族的宽衣大袍传统服饰从此灭绝，汉族成了没有自己传统服装的民族。

满人入主中原后，最担心的问题之一就是少数的满人被多数的汉人同化。满人原本试图通过强迫汉人穿着满人服饰的方法来同化汉人，但最后还是被汉人同化了。这主要是满人倒置了本末，只看表面，不重内容，只强迫汉人效仿满人服饰穿戴，却没有强迫汉人讲满语写满文。虽然说要求汉人改讲满语改写满文，要比改穿满服困难得多，但只要方法得当，也并非一件难事。康熙乾隆大帝虽然精明过人，可是和洋人相比，还是逊色了一大节，没有想出用"考托福"那样的方法来掀起汉人的学满语热潮。

不管怎么说,清朝满人成功地消灭了汉族服饰。等到辛亥革命后,汉人们开始为自己的服饰大伤脑筋:沿用满人的长袍马褂吧,汉人们不愿意;全民改穿西装吧,又有些不伦不类;复辟清朝以前的汉族传统服饰吧,已无人知道200多年前的汉式服装是什么式样。所以最后汉人不得不为自己重新设计一种服装,来摆脱没有民族服装的窘境。新的民族服装采用什么式样?思想先锋的革命党人和一般民众的想法并不相同。

革命党人思想西化,所以在服装问题上也考虑采用西洋式的服装式样。辛亥革命时的革命党人多为留学日本的留日生,那时日本大学的学生一般都穿学生服。据说孙中山本人为了躲避清廷侦探的耳目,在日本时也常穿学生服化装为学生模样,因此革命党人对日本大学的学生服有一种特殊的感情。革命成功后,孙中山根据日本大学的学生服为原本,稍微改动了一下式样,就为汉族制定了新的民族服装:中山装(有心者看一下鲁迅等人留学日本时的学生服照片,就可以明白中山装与学生服的相似程度)。中山装得到了革命党人的一片喝彩,但普通民众的反映却是冷水一坛。当时中山装除了革命党人外,并没有在民间掀起一场中山装热。袁世凯北洋政府中的武官穿军装,文官穿西装,也没有采纳中山装作为正式官服。不过袁世凯当皇帝时,根据汉式传统服装设计了宽衣大袖的皇帝服和大臣服,但这些服装也和袁世凯的皇帝梦一样一现即逝。

普通民众的思想远比革命党人保守,在服装改革问题上也没有走激进的道路,而是选择了渐进的改良主义。民间服装设计师结合传统满服和外来西服的特点,设计出了多种款式的新式服装,其中最为成功的就是"旗袍"。本来旗袍是指旗人(不论男女)穿的袍服,但我们现在一般所说的旗袍,是指1920年代以后兴起的新式女装。这种新式女装是在旧满式女旗袍的基础上,吸取西式裁剪方法,使袍身更为紧身合体,并加大了服装外露程度,充分显露出女性的身体曲线美。新式旗袍最早在上海的女学生中开始流行,一时间穿新式旗袍成为新时代新女性的象征。到1930、1940年代,旗袍进入全盛期,成为中国女性的标准服装。

革命党人提倡的中山装太为西化,没有什么东方的特点,外国人也没有把中山装作为一种具有中国特色的服装来理解。而旗袍则东方风味浓厚,得到了世界的承认,博得一个洋名"CHINA DRESS",旗袍所用的小布扣也被称为"CHINA BUTTON"。但大多数洋人并不知道所谓"CHINA DRESS"和"CHINA BUTTON",与占中国人口90%以上的主体民族汉族,并没有什么直接的血缘联系。

虽然中山装是一种脱离民众的长官钦定民族服装,并没有得到广大汉人的认可,没有在中国流行起来。可是1949年后,情况为之大变。思想更为西化的共产党人开始半强制地推行中山装,各种款式的服装纷纷消失,中山装(亦称人民服)一夜之间变成了中国人的标准服装。还有一些不明底细的外国人称中山装为毛服,因为中山装是毛泽东时代流行起来的服装。这次服装改革虽然没有采用"留发不留头"的暴力方式,但强制的气氛也相当浓厚。毛泽东时代西装代表资本主义,旗袍代表封建主义,谁敢冒被批斗之险穿西装或旗袍?尽管大多数中国人并不喜欢中山装,但在强权的压力之下,中国人还是顺从地改穿了中山装。从中国历次的服饰大变更也可以看出,汉族是一个容易向强暴低头的民族。

毛泽东时代过去后,服装也得到解禁。虽然旗袍等1930、1940年代的流行服装没有起死回生,但西式男女装开始流行,以前半强制穿上的中山装又重新被送入服装博物馆。1950年代穿中山装代表思想进步的革命青年,1990年代穿中山装却变成了思想守旧的老顽固象征,就连当年穿中山装闹革命的老干部们,也多半换穿了西装。现在中国除了一些特别偏僻的地方,已很少看到中山装的踪迹,也再见不到专门生产中山装的服装工厂了。看来孙中山等革命党人为中国汉人设计的民族服装中山装,始终没有得到广大汉人的认可。虽然说洋人把旗袍称为"CHINA DRESS",但汉人们都明白旗袍不是汉人的传统服装,所以到现在为止汉人还是没有摆脱没有自己民族服装的窘境。

尽管传统的汉式服装在中国绝迹,却在东邻日本生根开花。早在推古朝代,汉族服饰就逐步进入日本;奈良朝代向中国大量派遣遣唐使后,日本更是积极引进唐朝汉式服饰,日本民间也大举流行所谓"唐风"服装。日本今天的和服,就是在唐朝汉式服饰基础上形成的。从历史的角度来看,现在日本的和服倒更应该称为"汉式服装",因为和服的历史比汉式服装晚得多,而且和服是汉式服装的仿制品或翻版,完全继承传统汉装宽衣大袖、不用衣扣的主要特征。女式和服采用宽大的腰带束住衣服,腰带要在背后打个结,打结的花样多种多样,有的看上去像个小包袱,以至于有人认为日本女人在和服后面背个小包。日本人对和服有特殊的钟爱,虽然一般日本人平时都穿西式洋服,但在节日庆典活动时,很多日本人还是要穿和服。如果有人看过1993年日本皇太子成婚时身穿和服的"御照",就可以缅怀一下中国古代汉族王朝宽衣大袖官服的感觉。

但现在汉人已无法讨还自己发明创造的汉式服装的发明权,世界上已把和服看成是日本的民族服装,西方人也按照日文发音把"和服"称为"KIMONO"。真正汉人发明创造的宽衣大袖服装被称为"和服",而和汉人没有直接血缘关系的旗袍倒被称为"CHINA DRESS",这也是历史对汉人的捉弄吧。

　　不仅外国人不知道"和服"是"汉服"的翻版,一般日本人也不知道,以为和服是日本人独创的民族服装。有一次我和一个日本人谈起和服是仿照古代中国服装的式样,那位老兄把脑袋摇得像榔鼓一样说:"不对,不对,你们中国古代的服装用衣扣,CHINA BUTTON,还有衣领,和服不用衣扣,也没有衣领,和服和你们中国的古代服装完全是两回事。"一般日本人心目中的古代中国人形象都是长袍马褂、梳个长辫子的满人打扮,不知道中国人这身打扮是外族的刀口下强行穿上身的。

　　现在世界各国都以穿西装为主,日常生活中大家也都穿基于西式洋服的各种款式服装,但在节日庆典活动时,各民族的人都要穿上自己的民族服装。中国汉人即使在春节这样的纯粹汉人节日时,也找不出合适的民族服装,只好用穿新衣服的方式来滥竽充数。尽管汉人总是自豪有5000年的悠久历史,可是一个有5000年历史的民族却没有自己的民族服装,亦是让人难以置信。不过好在汉人的自慰精神特强,很少有汉人为没有自己的民族服装而感到难过或羞愧:"没有就没有吧,有自己的民族服装又怎么样?"

女装的精神分析

张 闳

旗袍:殖民地性感道具

旗袍是东方的神话。

旗袍是殖民化时代的、东方的、女性的、摩登的和性感的服饰神话。

旗袍将东方传统和摩登风格混为一体,其似是而非的文化语义,代表了 20 世纪中国文化本质上的暧昧性。必须将旗袍放置在殖民文化的特殊语境下来考察,才能够真正理解旗袍所特有的文化语义。而如果没有西洋的女性服饰系统作为参照系,旗袍的语义将变得模糊不清,甚至会导致严重的误读。

西洋女子长裙通过凸现身体各部位之间的反差,来强化性感部位,其语法是陈述性的,而且带有明显的浪漫主义风格。西洋女子长裙庞大而又结构繁复,最大限度地延伸了身体的面积,而且往往是人尚未至,即远远发出挑逗性的窸窣声。从抒情的胸部(极度隆起并敞露)出发,经过腰部的惊险情节(突然被抽紧的细小蜂腰),一路上跌宕起伏,达到一个神圣的高潮(高高翘起的臀部),最终指向一个开放性的结尾(孔雀屏一般铺张敞开的裙摆)。这一极度夸张的 S 形叙事结构,仿佛一部哥特风格的小说。

旗袍则不然。旗袍的语法是想像性的,带有东方式的象征风格。它悄然无语地紧贴在身体的表面,丝毫不张扬,如同东方女子温顺文雅的品质。旗袍的丝质质地,暗示着东方女人光洁滑腻的皮肤,甚至仿佛有体温。旗袍的叙事是平缓的,同时又是紧凑的,仿佛白描笔记,简约而又凝练。紧身的裁剪,则将东方女人柔顺曲美的身体线条凸现无遗。西洋女子夸张的体形并不适合穿着旗袍,她们的大幅度起伏的线条,使旗袍变得崎岖坎坷,高低不平,因而显得相当滑稽。然而,这种外观上的差异性,正是殖民语境下所谓"东方情调"的真正来源。旗袍是东方的,穿旗袍的女子也是东方的,但旗袍的神话则是建立在西方视角中的想像的性感东方,是殖民化半殖民化东方的性感道具。

另一方面,旗袍又是一个自相矛盾的服装。如果说繁复的服饰必须在"脱"的时候才属于色情的,那么,旗袍在丝质面料留下一条窄长的缝隙,则省略了"脱"的侵略性的行为。这使得旗袍首先成为"看"的对象,但它又不是过于直接的裸露,而是乍有还无地"泄露"。它无须"脱"就能够满足观淫癖的欲求。通过像一道缝隙——这道缝隙看上去是那么的自然而然,好像是因无意中面料破裂而形成的——"泄露"出其包裹之下的若隐若现欲说还休的身体消息。而极端的高开衩,则是一个含义鲜明的提示符,它提供了为被目击的身体部分的想像性的暗示,仿佛是诱惑天使向着远方的某处绽开的暧昧微笑。旗袍这种介于掩饰和暴露之间闪烁不明的状态,将服饰色情学推到了艺术的高度。它巧妙地利用了服装的矛盾修辞,使之成为一种极度色情的服装。或者说,这一修辞的矛盾性正是旗袍的色情学基础。事实上,产生在殖民地时代的上海的现代旗袍,首先是一种色情的服饰。如果没有现代西方文化的高速渗透,现代旗袍要从妓女身上转移到良家女子身上,恐怕需要一个更漫长的过程。

毫无疑问,旗袍的革命性意义在于,它向东方女性发出了身体解放的号召。透过一条若隐若现的缝隙,女性的肉体呼之欲出,突然闪烁着白金般耀眼的光芒,照亮了东方女性身体空间的漫长黑夜。小说《子夜》中的吴老太爷的遭遇,揭示了这一事变的严重后果。当这位冬烘老朽首次目击旗袍的时候,带给他的是触目惊心的视觉打击。女性身体的光芒不仅灼伤了吴老太爷的眼睛,也灼伤了他古老的心脏,并给其衰老脆弱的身体以致命的一击。

鉴于旗袍的色情的语义特征,其在一场神圣革命中的毁灭性命运就不可避免了。到了 20 世纪中期,一场以农民为主体的革命无情地扫荡了这一充满情欲诱惑的服装。其后几十年的岁月里,女性身体重新被回收到外表坚硬沉闷的服装中,甚至被收回到完全男性化的军服当中。直至 20 世纪末,经过张曼玉在电影《花样年华》中的倾情演绎,人们再一次感受到了旗袍神话的春光乍泄的魅惑力。

列宁装:乌托邦身体实践

一场圣洁的革命将性感旗袍连同它所附带的小资情调,从女性的身体上驱逐出境。

从此,旗袍开始了漫长的流亡生涯,旗袍的领地迅速被革命的"列宁装"所占领。无产阶级革命在女性身体上的实践,其重要途径之一即是对女性服装的改造。

列宁装,这种双排扣的西式上衣因属于革命领袖列宁所钟爱的服装,而成为布尔什维克的身份标志。然而,这种本为男装的上衣,在1949年革命后的中国却阴差阳错地变成了女装。在一段时间里,女性的列宁装与男性的中山装(军服的变种)相呼应,构成了革命的"时装"。这一男性政治领袖的着装,携带着革命的政治意识,悄悄接近并包裹了女性的身体,象征着女性身体的"地表"从此归属为革命的领地。

这一服饰变化,除了表明中国女性对革命的明确诉求之外,或许还因为列宁装或多或少带有一点点装饰性的元素:双排纽扣和大翻领。在当时中国的革命者简陋的服装中,列宁装上的这些多余的纽扣略显奢侈,不失为一种有趣的甚至可爱的小装饰。而可以扣上或翻开的大翻领,则有别于男性中山装严格的对称性和规约性,给压抑和刻板的革命服装,带来了一点小小的变化,聊以满足女性在衣着上对装饰和变化的本能欲求。除此之外,列宁装有时还会附加上一条腰带,腰带的紧束功能则有助于女性身体线条的凸现。于是,女性身体在厚实而坚硬的卡其布面料的严密包裹下,身体线条含糊潦草地一笔带过。这是革命的服装史上残存的一点点可怜的、聊胜于无的性感标志。

列宁装的"时装"风潮直至中国与苏联的交恶,方逐渐退潮。而随着社会政治思潮的进一步"无产阶级"革命化,对服装的禁锢也就越严重,女装上的最后一点装饰性终于被彻底剥夺。1960年代的主流女装代之以更简陋和更禁锢的军装。对此,连革命领袖也大为称奇,赋诗曰:"中华儿女多奇志,不爱红妆爱武装。"女装的军队制服化倾向,在"文革"期间达到了极端状态。

在男性权力占主导地位的神圣革命中,革命者真正要战胜的并不只是政治敌人的邪恶,而更重要的是要战胜自身欲念的"邪恶"。出于对情欲冲动的恐惧,"禁欲"几乎是任何一场神圣革命的常规。将"性感"判定为罪孽的象征,以压抑自身的情欲冲动。这样,女性身体往往首先成为革命的对象。如果说,"无产阶级"革命试图通过消灭阶级,来抹平社会阶层的差异,那么,在性别政治领域内,革命同样试图通过抹杀性别差异的方式,来实现男女平等。革命首先使女性的身体"无产阶级化",来达到对女性精神"革命化"的目标。对于女性而言,"无产阶级"革命不仅是政治上的"无阶级化",同时也是一场"无性别化"的革命。

从革命的禁欲理念来看,制服是一种乌托邦服装:严谨、刻板和整齐,保证了乌托邦的纯洁性。革命化的制服帮助实现了对身体的禁锢,它以掩耳盗铃的方式,试图使性别特征和性感归于视而不见,甚至消失。但在密封的制服包裹的下面,始终潜伏着女性的危险的身体,它是对男性革命道德的严重挑战,也是对男性想像力的考验。

出人意料的是,在革命样板戏《红色娘子军》中,突然出现了短裤和军装相结合的女装。这部表现女性革命精神的戏剧,将军装的禁锢与短裤的裸露奇怪地混合在一起,令禁欲时代的男性观众浮想联翩。这或许是革命样板戏的制造者们所始料未及的。但这并非女装革命的信号。它只是革命舞台上的一个意外,与现实生活中的女装无关。

文革期间仅有的一次“女装革命”,是由“文革旗手”江青亲自发动的。文革后期,出于种种复杂的原因,“旗手”江青亲自担当服装设计师,设计了一款风格奇特的连衣裙。从其设计理念上看,江式连衣裙依然带有明显的制服痕迹,但由于是连衣裙,面料又一般选用有一定下垂性和柔软性的仿绸、棉绸等,一定程度上保持了女性身体线条的完整和流畅。

拥有政治特权的江青对女装所进行的有限的“柔性革命”,透露出革命时代的女性的性别意识的微弱萌动。但这并未从根本上改变那个时代对女性身体的禁锢局面。人民依旧只能通过革命电影中的女特务的打扮,来缅想遥远的花枝招展的女装。直至“文革”结束,服装的性别意识才逐步苏醒。而流亡的旗袍卷土重来,则要走过更修远的道路。

文化衫的喜剧

余世存

　　在文化和社会思潮领域，如果说上个世纪 90 年代初留有什么遗产的话，那么没有比文化衫更特别的了。自 90 年代第一个夏天起，三四年的时间里，中国的城市里行走着民众的姿态。人们身着背心汗衫的前胸后背，写印着大大小小的图案、文字、口号。这个一时被称为文化衫的空前的"民众的创造"，其历史内涵和现实意义，并不为人们自觉地认知。倒是敏感的市场很快征用了这一新创造的形式，商学结合，使得文化衫有了直接的宣传和表达功用，直到今天，文化衫仍是人们表达其愿望和诉求的工具之一。

　　用学者的话说，80 年代是一个充满了"宏大叙事"的年代。那是一个政治家、革命家、理论家、作家、学者、知识分子主导社会思潮的年代，那是一个中国社会有着明确的来路和去处的年代，那是一个民众有着家国感、"我的父亲母亲"、"我的兄弟姐妹"，有着希望和人生意义的年代。但这个年代进入到最后一年时上演了悲剧，经过 90 年代初的沉默，经过反抗、背叛、试探、调适，人们在 90 年代中后期有意无意又任意地加入了"微小叙事"的合唱，这就是今天人们所熟悉的"众声喧哗"。

　　因此，谈论文化衫的喜剧色彩或创造意义，没有比其历史背景的映衬更有趣味了。文化衫确实是在整个社会无声的状态下登上历史舞台的。政治家已经远走，知识分子已经沉默，小人物走上了街头、广场、闹市，他们没有能力把愿望和诉求上升为观念主张或标语口号，但他们有能力表达自己的生存状态，即写印文字图案的文化衫本身是他们强调自己有意无声的生活方式。

　　我们不能从文化衫的文字说明中强作解人，那些亦庄亦谐、涉及众多领域的话语是不能代表人们的内心真实的。那些文字是流行歌曲、诗词、影视、习语、旅游、卡通等话语或关键词的混合：有对家国领袖的流行说词，"太阳最红，毛主席最亲"、"大海航行靠舵手"；

有人们的口头禅,"跟着感觉走"、"别理我,烦着呢"、"人很善良,但老吃亏";有流行歌曲,"世上只有妈妈好"、"好人一生平安"、"我的未来不是梦"、"来自北方的狼";有生活用语或哲理,"当心触电"、"不喝一杯"、"我吃苹果你吃皮"、"天生我才必有用"、"钱非万能,但没钱却是万万不能的";有旅游宣示,"摸到棒槌山能活一百三"、"我登上了南天门",等等。但这些文字没有任何意义,它们或者好玩,有趣,或者是装饰,姿态。它们不代表自己,它们只是被用来代表一个广大的社会阶层的精神,即当英雄或歌队遭遇毁灭性悲剧的时候,他们还活着,他们得活着,而且他们要活得张扬、健康,他们要活出意义。

因此,说文化衫是民众"自由的创造"是真正名实相符的。当历史舞台上空落无人的时候,这些平日做惯了观众的人们,居然以穿着文化衫的方式完美地参与了历史性的演出。联想到政治家和知识分子敏感而脆弱的病症,我们有理由对这一民众的创造表达由衷的敬意。

但在当时,文化衫上场的时候,人们却是惊疑交织、目瞪口呆的。习惯了任一事物都有直接明了意义的中国人不能从文化衫的文字里读出意义。面对流行起来的文化衫,"别理我,烦着呢"、"跟着感觉走"、"情人一笑",人们不知道他们在想什么,他们要干什么。文化衫挑战了人们的生活习惯,人们难以理解,文化衫就是生活本身,就是民众活生生的创造。

多年来,文字之于中国人的精神有两种关系:一类是合一性的,这种关系只有在少数人那里才能建立起来,即中国人的精神附丽于并更新了文字;一类是引导性的,即多数中国人把文字当作生活的工具,文字引导了当下的追求,人们以名为实,因名称义,使自己的生活具有某种"政治正确"或特别的意义。但文化衫却是民众发现发明的产物,它有如中国书法,只不过比书法更朴素更简洁更正当。因为它是在一个民族的精神停滞下的民众创造,它表明在一个礼失乐坏的社会里,中国民众具有创造的意愿和活力。在经历过全国人民穿着清一色服装的年代之后,在经历过 80 年代的绿军装、白衬衫、中山装、连衣裙等衣服之后,中国人用五花八门的文化衫为自己清教徒式的生活、为自己被代表的生活画上了句号。

尽管文化衫的出场不为更多人理解,有心人却发现了这一社会生活现象的特别之处。连续三四年夏天,摄影家李晓斌出没于北京的天安门广场、西单、王府井,为那些身着文化衫的无名人士"立此存照"。这些中年、青年男女举止自如,目光平静,文化衫已经成为他们生活的一部分。透过李晓斌的摄影,我们可以想见一个时代的生机和民众健旺的力量。

文化衫后来的遭遇是喜剧性的。它一旦进入官产学的视野,后者将其征用为工具,它就变得精致、有用、目的昭然起来。社会分层,人们各归其位。民众的创造再一次被遮蔽,民众的声音无由听见。社会上演的是另外的戏剧,家庭剧、贺岁片、影视、流行音乐、大众小说、网络,所有这些,都以民众的名义倾销给了人民,都以世俗生活的力量灌输给了人民。文化衫也不再是全民流行的时装,不再是中国人人伦生活的庆典。民众被强行纳入到一个叫作"市场"的社会里,文化衫不再是无情世界的感情,反而成了这个无情的市场世界的殖民手段。到今天,文化衫已经跟民众的背心汗衫有了距离,而跟一种叫做T恤的时装结盟。文化衫已经成为扶贫、志愿、环保、保钓者的衣饰,至于民众,我们已经无能知晓他们的喜怒哀乐。

身体符号的文化解码

凌麦童

蒙娜丽莎的神秘微笑

近五百年来,《蒙娜丽莎》,这个编号为 779 的卢浮宫镇馆之宝,人类艺术品中名头最响亮的杰作,每年吸引了 550 万游客的造访。达芬奇的杰作描绘了一个奇异的女人,身着华丽的连衣裙,梳着时髦的贵族发型,一绺绺鬈发散在双肩,体态丰满,两颊绯红,纤指曼妙,玉手如兰,其表情端庄而又性感、安详而又傲慢、天真而又狡黠、高贵而又妩媚,在其忽隐忽现的微笑里,毫不掩饰地流露出讥讽与挑衅的意味。它微妙地捉弄着人类的智性,令其成为一个难解的历史悬谜。她到底是谁?向谁微笑?为何如此微笑?在她光芒四射的微笑里,究竟隐含着怎样的人类学深意?

在我看来,《蒙娜丽莎》成为文艺复兴以来最重要的女性形象,是因为她主宰了观者的眼睛和灵魂。与其说是男人们在观看她的肖像,还不如说是她在俯察男人的命运,并且为之发出无言的笑声。这笑声回旋在卢浮宫四周,在整个欧洲发出了经久不息的回响。

据说蒙娜丽莎原型在作为模特时已经怀孕,这可从《蒙娜丽莎》这幅画本身找到证据。有人认为,画中女人肿胀的手臂和微胖的脸颊,都表明她是个孕妇,她双手交替放在腹部,正是要掩饰怀孕的事实。耐人寻味的是,她的手上没有戒指,而在当时的佛罗伦萨,一个富姐不戴指环是不可思议的,唯一的解释是怀孕导致手指变粗,以致她不得不摘下戒指。对这个"密码"的破译,验证了蒙娜丽莎作为母亲的文化身份。

蒙娜丽莎的现身,勾起了私生子达芬奇对生母的痛切记忆,他向那位生母的化身倾诉了自己的孤独身世。这次倾诉导致了一场长达四年乃至更久的爱慕:画家狂热地迷恋自己的模特,并在她的肖像上涂满了隐秘的激情。但只有弗洛伊德发现了达芬奇的秘密,并用"恋母情结"解码了"微笑"的语义。弗洛伊德宣称,这幅杰作表露出画家对母爱的渴望。

他毕生都在寻找母亲的代用品,蒙娜丽莎成为伟大女性,是因为她就是人类母亲的最高形象。

然而,恋母情结并非达芬奇的专利,而是整个文艺复兴时代的集体情结,它几乎支配了从达芬奇、拉斐尔到但丁等所有巨匠的灵魂。但丁所迷恋的早夭少女贝阿特丽克丝,在《神曲》中她的灵魂导引但丁升入天堂,成为一个慰藉灵魂的母亲。她一方面如此年幼,一方面又如此成熟,洋溢出母性的温情,不倦地引领着诗人的形而上梦想。文艺复兴就是一场人类母亲的复活运动,她们从集体记忆的深处醒来,越过漫长的中世纪,向四面楚歌的男人们发出灿烂的微笑。

母性女人是文艺复兴的主宰,她们滋养欧洲男人长达数世纪之久,直到第一次世界大战爆发,这场情感的慈善事业才被意外地终止。卡夫卡的荒谬世界里没有母亲,有的只是被遗弃的男人,他们是一些卑微的虫子和啮齿目动物,孤寂地生活在无尽的黑暗之中,他们的人伦标志就是没有母亲以及所有与此相关的事物。母亲偶像在战争中死去了,而一种更加自立而成熟的男人,开始在战后大规模涌现,成为新世界的主宰。

1998 年,48 岁的澳洲著名女作家琳达与一个只有 21 岁的男人相爱了。那是个英俊的男孩,在红灯区英皇十字街的一家小书店当店员。他们之间的狂热爱情,令我想起了文艺复兴时代的景象。我曾经这样向琳达发问:他是不是有"恋母情结"? 琳达断然答道:"No!"琳达说,"我是他的女朋友,不是他的妈妈!"琳达的回答向我证实了欧洲(澳洲)与恋母情结的断裂。基于男性人格的普遍成熟,母亲偶像早已被推向边缘,并且成了第三世界或亚细亚民族的道德专利。母亲从欧洲的退场,意味着文艺复兴男孩已经长大,而蒙娜丽莎的微笑则将永久地冻结在达芬奇的画布上,见证着旧时代的梦想、爱情和迷惘。

麦当娜和香烟变法

上世纪 80 年代麦当娜式的叛逆女人,如今已在西方蔚然成风。当年的女权主义者,从麦姐身上找到了开启"自我解放"之门的钥匙。抽烟、吸毒、纵欲、同性恋和天体运动。似乎女人的时代,就此轰轰烈烈地降临。

在西方,抽烟女人的数量远远超过男人。男人是啤酒的爱好者,而女人则是香烟的专有者,他们分别占领了火与水这两个领域。由于办公楼大多采用封闭式空调系统,严禁室内抽烟,于是只要轮到早茶和下午茶时间,办公楼的大门外都会站着许多女人。她们衣衫单薄,站在冷风里点烟,呵气如兰,表情怡然地吐出袅袅的烟圈,然后心满意足地返回各自的写字间。纤长手指和女士香烟的优美组合,融进玻璃幕墙和维多利亚风格的建筑,构成了城市风景的迷人一面。在 20 世纪晚期,香烟已经成为悬挂于西方女人唇边的美丽旗帜。香烟是原初的反叛。它火焰微弱,烟气细小,但它却直接进入了女人的体内,在里面盘旋然后返回体外,消失在都市澄明的空气里。但绝大部分西方女人抽烟只是一种口腔运动,烟在口中停留片刻之后便被吐出,绝不进入气管和肺叶,这是男人和女人抽烟的本质性差异。抽烟被固化在日常生命仪式的范畴以内。

香烟和女人的结盟从嘴唇开始。在饱满的嘴唇的环绕下,香烟显得如此细小,并且在十分钟后化为灰烬。这是含蓄的性挑战,它仿佛在向人们宣示说,我征服,而且我是这最终的胜利者。

麦当娜是第一个以抽烟来炫耀性权力的西方女人,她是这种香烟女权运动的发起者。这个俄罗斯裔女人在移民美国后,率先发现了下半身的真理。她的首部写真集,展示了一具瘦骨嶙峋的躯体,仿佛是一株营养不良和轻度畸形的女树。无论从哪方面看,它都远不如玛丽莲·梦露的躯体:性感、柔滑、珠圆玉润、光芒四射,成为布尔乔亚客厅里的性感宝贝。但美国人仍然为麦当娜的全裸形象而深感震惊。优雅的中产阶级一直在竭力抵制这种"低级趣味",而麦当娜却用她的"贫肉弹"和抽烟姿态炸开了山姆叔叔的道德大门。

一个女流行歌手就这样引发了香烟和啤酒的战争。香烟成了女性前卫解放运动的首席兵器,它在城市里到处燃烧,挑战男人的霸权,散发着蛊惑人心的魅力。甚至中产阶级女人也不得不缴械投降,放弃传统的布尔乔亚生活模式,汇入抽烟者的庞大队列。中产阶级的贡献不仅是人数,而且还是流行趣味理念的介入。在战争平息了之后,它把抽烟从叛逆变成了优雅。由香烟引燃的火焰,最终转换为女人时尚生活的点缀。尽管发生了这样的变化,女权的性意识形态革命已经悄然完成。在 20 世纪晚期,西方女人一直在享用着"香烟变法"带来的"丰硕成果"。

香烟!香烟!香烟!女人从男人手中夺过了香烟,把它变成了以性别权力为核心的女权象征,而男人则只能饮酒浇愁,在嘈杂的酒吧里度过苦闷的黑夜。他们握着作为男性表征的酒瓶,从泡沫中得到了宽慰。啤酒话语看起来是如此悲凉,仿佛是男人自我安慰的一种隐喻。当女人夺取了吸烟权之后,啤酒(及其瓶具和销售店)便是男权意识形态的最后堡垒。

我们看到,失败的男人通常倒卧在沙滩上,抱着空无的啤酒瓶昏然睡去,他们是长期失业者、啤酒爱好者和被女人抛弃的烟蒂。他们的身上残留着新西兰红嘴鸥遗留的鸟屎。有时候,他们目光也会越过温暖柔软的沙地,失神地注视着那些在写字楼下抽烟的女人。她们是他们的前妻,同时也是这个崭新时代的真正主人。

香车美女：身体的私有化与异性恋快感

徐　敏

　　进入一台汽车，发动它，细心感觉机器的运行，给它上路的指令，加速、转弯或刹车；尽量使自己的躯体保持稳定，让手和脚的动作与汽车机器系统的运转融为一体；让自己的神经识别和认知系统与汽车技术的原理合拍；明确行车方向，辨别道路环境与交通标志，按照特定的外在情况与心理，进行临场发挥，感受未知的驾驭乐趣；让汽车及汽车中的我成为一个统一体，一个人一机合成品，一个主体，一个掌控者；遵守交通法规及人性道德指南，避开行人，超过障碍，适当地突破法规限制，让汽车和自己能流畅起来；与我们所在的城市形成一种熟悉的、灵活的、具有充分机动性的关系，使城市有利于我们的汽车，我们的汽车有利于我们的生存，我们的生存有利于我们自己，以最终达到目的地。

汽车与身体

　　这一切，都有赖于我们熟练的驾驭技能。手与脚的动作，它们的协调性，快速反应能力，需要在训练中、在驾驶经验中得到强化。这是一整套围绕汽车技术而发展起来的身体动作，汽车技术体系需要我们用熟练的和灵活的身体动作来发挥其动态功能，在基本的身体动作程序基础上，按照车外的物质环境与驾驶者的主观愿望对汽车进行操作。

　　在同样的层次上，我们还有以性器官为中心的性爱动作，以肉体及其肌肉组织为中心的劳动、体育与健身动作，以节奏或旋律为中心的舞蹈动作，以及以笔、电脑或手机键盘为中心的书写动作，等等。在这里，我们发现，身体动作及其身体的技术，主要围绕两个中心来运作，一个是身体自身的中心，如性爱或体育；一个是机器，它外在于身体，如汽车、笔或电子产品，这是身体技术的工具性领域，身体的中介化，这是一种工业及后工业化时代的身体活动形态。在这种身体活动形态中，存在着稳固与强大的指令、程序与规则，但这些文化的要求，给予身体有较大的自由活动空间，并需要这些身体自由动作来实现自身。

由于身体的运动具有这种自由，所以，针对驾驶者的规则是多方面的，既有内在于身体活动的驾驶操作规程，服从于汽车技术体系；也要有外在于驾驶的交通法规的监控，使得汽车服从于整体社会的有序结构与形态。所有这些有关驾驶的制度，就是要保证驾驶者有一个正常、健康、有效率的身体，使得从驾驶者个体的身体动作开始，到社会整体构架的常态运行，能够形成了一整套围绕汽车与身体的社会体系，包括物质生产、能源供应、空间与交通形态、法律制度、生活方式及其消费文化，甚至于还包括家庭及其空间建筑形式。所有这一切，都凝聚在驾驶者日常驾驶汽车的身体活动之中。

在汽车的技术体系高度成熟的今天，手与脚的驾驶技能已经成为我们身体技术的必修课。驾驭一辆车，就是在当代社会中成为一名合格的生产者与消费者，以汽车消费者的方式来生产与再生产这个汽车社会，又以汽车社会生产者的方式来消费驾驶者自我。而这一切，都来自于驾驭汽车的身体技术，正是在这种技术中，驾驶者的自我，与全球化汽车社会的命运，得到了统一。从这个意义上说，驾驭汽车，正是现代人生存形态的基本缩影，而驾驶汽车的身体技能，已经成了现代人的基本生存技术。

从私有制的角度来说，汽车的诞生，类似于一夫一妻制的人类学意义。汽车成为了个人或家庭私有财产中继房产之后最重要的组成部分。它以流动的、具有高度机动性的和景观化的方式，巩固着私有制的稳定性。汽车，使得社会公共空间，以及整个社会空间，已经越来越接近于一个私有财产的宏大展示舞台了。汽车在当代，不仅表明了我们的社会主体性，还表达着这种主体性具有一种个体性的、原子化的形态。汽车，像是这种形态的一件外衣，包裹着我们个体的身体，使我们扮演起私有财产舞台上快速流动着的主角。可以说，这是继启蒙运动以来，伴随着工业化的推进，我们个人主体身份进一步个体化的最近历史进程。汽车，让我们的身体流动起来，四处游荡，而整个社会空间，都在尽力在使这种身体个体化与财产私有化运动获得更多的可能性、更大的影响力和更远的道路。

所以，鲍德里亚尔才会说："日常的私生活因为汽车的加入，而有了（作为）世界的维度，但它仍然是日常生活。如此，系统有效地达到饱和，却不进行自我超越。"这个所谓的日常生活系统，就是个体的私有财产系统，当它达到饱和时，世界，这个最为巨大的人工制品，在其生产规模、发展方向与战略设计方面，继续行进在空前的膨胀状态之中。汽车，有如一台动力机器，强化着驾驶者自我的力量，全面加剧并加速了世界的扩张性。

就个体的驾驶实践而言,汽车,作为一种工具,让驾驶者成为了一个操控现代机器的人,一个不仅拥有这台机器,还能操控它的主人。驾驶汽车并不是一种纯机械性的身体运动,驾驶者要根据外在条件进行灵活的身体反应。在一定程度上说,此时的他,是一个工人与主人、劳动者与管理者的自我结合体,一种生物机制与机械装置的合成器,一名自由的自我身体的劳动者,一架个体的自我生产的机器。驾驶汽车因此成为了一种身体劳动,这是现代人自我生产与再生产在其空间范围、机动形态和时间向度上的一种延伸。为了生存,我们在改变劳动方式时还在一步步地加大着自己的劳动强度。

在汽车广告中,大众传媒给汽车的驾驶实践、生产与消费体系进行了全面的文化重写,侧重从个体生命感受与活动方式方面,让汽车从一种劳动工具,演化成现代人身体活动的一个大玩具。这个玩具需要我们对之付出足够多的、有制度约束的和具有特定目的的肢体动作,需要我们以更多的时间与精力对之付出情感,使得驾驶汽车的活动,逐步摆脱其物品性、工具性与功能性,逐渐演化成一种富有生命感受的有机体。从而,使得我们与汽车的关系,我们围绕汽车所展开的一切活动,具有了一种生存游戏的特征。汽车,成为了现代人生存游戏中的一个玩伴,用鲍德里亚尔的话来说就是,汽车,加强了"自我与自我的亲密感"。这样,我们在身体驾驶技能的知识化之外,既能获得社会权力机制之内的安全感,还能产生一种源自于人—汽车合一的身体快感。

在一个贫富差异巨大的社会里,在一个个体的社会身份正急切地进行表达,社会整体形态正进行着多重分层与整合的时代里,汽车,这个包含特定身体技能及其知识体系的机器,这个现代社会制度的遵守者、享用者与拓展者,这个潜在的与额外的身体快感来源,当它还可以作为一种财富的标志,一种特定个体社会身份的象征物时,就被体验、再现和再生产成了一个有着自由、人性与命运之旅等神奇隐喻意义的物品,一种"物品中的物品"(鲍德里亚尔语)。当汽车获得这种神奇性时,驾驭汽车的人自然就获得了一种崇高品质。

实质上,汽车的神奇性与崇高性就是,它是一个阳具或一个阳具性物品(鲍德里亚尔语)。这个阳具并不只属于男性,而是属于所有已经拥有汽车的人。正是因为如此,汽车总是与美女在一起;也正是因为如此,在针对汽车的广告宣传中,在我们的潜意识中,甚至于在整个汽车文化传统中,汽车已经与美女构成了一种根深蒂固的联想性关系。汽车如同是现代人的第二个家,在这个家中,我们以自由的、个体的和不受真实家庭与社会关系所约束的方式,可以与美女组建出全新的、超越家庭的情感关系。在这里,在我们情感、身体和财产的综合基础上,我们能看到包含在汽车以及汽车与美女关系中的文化人类学基本原则,这一原则已经延伸进了机器的领域,使得汽车成为一夫一妻制核心家庭制度的现代工业继承者。

美女意识形态

与汽车的出现几乎同时,也就是大约 20 世纪初,女性在社会与身份地位上发生了相当大的变化。女性逐步获得了自己的公民身份,而不再仅仅是男人为延续其私有财产的可继承性的一个血肉之躯,而工业革命以来的消费文化的迅猛发展,也在促进女性获得独立的社会地位方面发挥了积极影响力。而美女,则诞生在一个更为久远的历史时刻,它意味着,我们的文化中有一种非常重要的视觉主导体制。

美女的身体,包括脸及其表情、肢体及其姿态、服饰及身体的背景等,也就是再现为文字与影像的身体,既可以构造出一个独立的、比资本主义社会更为久远的美女文化传统,又是工业革命以来的商品生产与消费文化的核心影像之一。美女既可能是作品,也可以是产品,还可以是商品,它是我们这个人工制品世界的一个重要符号元素,并被长期地塑造成这个星球上最美丽的物品之一。这里所谓的美女,指的是文本与符号形态中的,那些现实生活中的美女,也如符号美女一样,构造的是互文性的和文本与现实之间的关系。而这种文本特性,才是呈现于我们观看者面前的最终符号关联物。美女是一种文本,在对其观看中,隐藏着社会与文化的再现与再生产机制。

因此,美女往往被塑造成一种神奇的人种,已经在我们的欲望中占据了主导性地位。美女的诞生,源于对女人物品化的观看;女人之美,似乎已经不再是由于其包含的社会性因素,而仅仅只是来自其自身;在特定情况下,女性的美,她的身体轮廓、曲线、器官搭配、表情等,似乎具有了不可捉摸的神奇性,是一种纯粹状态中的女性。此时,女人只是如同物品一般成为观看者的视觉玩物,她在观看者如同聚光灯似的审视之下,只剩下自己的身体,而剔除了其生命中的社会性关联,甚至可以没有家庭、物质财富与灵魂,只是一个身体,以此构建着与观看者的身体关系。可以说,正是在美女身上,我们看到了强调理性思维、美的感性体验及相关道德评判相统一的启蒙思想的模糊之处。美女,也就是美女符号与美女文本,总是或多或少具有色情性。

如果说,因为有美女存在,我们的文化必然保有了色情的含义的话,那么,也是因为有美女存在,我们的社会仍然是一个男性中心的等级社会。源自视觉主导文化的美女,显然是与一种特定的男女社会关系与生产关系的整体分工分不开的,是与一种知识(在这里是审美知识)及其权力分配处境结合在一起的。美女既是女人对自身的社会化生产,也是男性通过对女人的观看而去再生产出美女的社会性,只是这种再生产,是以消费的方式展开的。男性掌管一切政治、经济、文化与权力的生产,因而也自然成为天生的和天赋的优先消费者,美女自身甚至都不是消费者,而只是一个消费品,是由其观看者所生产并被其所消费的物品。美女由此从一个物品而变成一个符号,一个视觉性的(画面与文字)符号,存在于观看者的视觉、欲望与生命之中。美女因而是主导性视觉思维的性产品,并上升为文化领域中性的图腾,既删除了一切社会关系的纠缠,又能同时覆盖、容纳所有的社会关系,而能为所有的人所仰慕。在美女身上,现代社会通过其特定的生产关系与文化形式,创造出了一种表面上是非经济形态的最高拜物教形式,一种现代人的恋物癖,而其全部过程就是通过女人在其社会性方面的抽象化来达到的。因此,美女在强化着男性社会霸权的同时,又再生产出社会与文化的男性意识形态统治来。

美女,本质就是美女意识形态。在这种意识形态中,我们的文化,主要包括大众文化与商品消费文化,经由商品生产的整体技术体系,共同把女性的性别形象,书写成既是一种自然或天然的身体形象,又是一种与财富、权力、社会地位及身份交相辉映的特殊人种,一种抽象的、女性身体美的化身。这样一来,美女,经过文化、艺术及消费文化的共同谋划,也就是经过符号化与文本化的生产,导致了女性形象的景观化与商品化,并进一步形成了美女的资本化。这使得美女已经成为了我们这个社会的一种珍稀资源,她看似是一种公共财富,却必须经由商品交换才能获得。观看与拥有美女(无论以何种方式)已经成了一种大众文化与精英文化一直以或明或暗的方式所倡导的一种社会性运动。

就其生产与加工过程所涉及的技术难度与产业范围来说,美女及其身体要想成为不动产、可增值的资本或有社会与文化内涵的品牌,必须首先使自身成为一种精工制作的奢侈品,一种需要付出大量社会必要劳动时间的昂贵之物。但另一方面,由于美女已经全面渗透进了我们生活、经济、文化与政治等领域之中,我们社会对美女的需求又是数量巨大的。再加上美女自身的生命周期并不长久,这就意味着我们的美女们是一种易耗品,她们必须服从于我们社会在各个领域再生产与扩大再生产的周期、节奏与速度,需要不断地被大量生产出来。因此,美女,是当代社会的一种快速消费品。这样一来,在根本上说,作为一种具有所谓高品质身体特性的物品,美女实现了奢侈品与快速消费品的奇妙结合,是一种既值得珍惜,又需要快速占有和消耗的符号商品。

美女没有灵魂,只有身体。与其说美女是一种视觉审美理想,不如说是经由一整套社会文化生产机制所制造出来的有关女人的性身体的抽象理念,一个呈现为女人身体的性符号。美女就是抽象的女人,是女人被抽象后的身体理念的欲望可感形式。在此,美女,是这一整套社会文化生产机制的最高级产品,而观看者,同样也被这一整套生产机制反复地扩大再生产出来,同样也只是这一整套生产机制的奴仆而已。当女人经由美女而成为性玩物时,观看者、恋物癖者与拜物教者,则成为了社会文化生产机制下一个心甘情愿的买单人。当我们的社会越来越需要大量的美女作为扩大性欲望再生产的催化剂或催情药时,美女们则同时也在以其身体侵蚀着,也就是削弱着我们这个世界的深度与广度。由此,当来自古典审美理想的美女,在今天被大量复制与扩大再生产出来的时候,社会与文化生产体系得到了一个最简单、容易和直接的扩大再生产途径,并由此得到了其所能得到的最大的利润与利益。

汽车—美女:异性恋消费

香车美女已经成了一种消费文化的经典表意模式。

我们说过,美女诞生、成长于一个男性社会之中。所以,香车美女作为一种能带来快感的景观,来自一种社会性的构建。这种构建,也可以同样发生在美女与财富、美女与权力、美女与地位的社会关系之间,发生在美女与国王、美女与才子、美女与珠宝、美女与自我的大量叙述之中,而香车美女是这种社会关系及其叙述的一种替代和最新发展。也就是说,如果没有国王、才子或珠宝,女人就没有向美女变迁的历史维度,也就不可能演化成美女。没有社会性的要求,也就是没有男性社会的需要,女人只是女人,而不是美女,美女就无法诞生。可以说,围绕美女,围绕女人身体的一种社会与文化性构建,是我们社会最重要的一种快感模型。

我们还说过,汽车,已经成了当代社会私有财产及其欲望与扩张性的主要象征,而站在汽车旁边的美女,则使得这种私有财产的本性能够获得持续生产快感的能力。美女在此不仅象征着汽车的私有性质,而且还在生产与再生产着汽车背后的个体化社会,使我们对汽车及其私有制的欲望,成为一种动物般的本能。所以,我们注意到,在几乎所有汽车广告的表意(创意)与现场展示活动中,美女,无论她们是以何种角色出现,一般都不被表现为汽车的财产拥有者,而只是一个乘坐者;不是表现她拥有车,而是着意表示车(及车的男性主人)拥有她;美女,不是待在车内,而是在车外,在车旁,与汽车紧紧依靠在一起。这种策略,正是在塑造汽车与美丽女人之间一种类似天然的亲密关系。

从文本解读的方面来看,一个香车美女的广告或现场展示活动,暗示了汽车与美女在功能、形态、品质等方面的同质性与协调性。汽车在此总是人化的,尤其是男人化的,如同美女在此是物化的、高档消费品化的一样。经过当代制造业的努力,汽车已经成为一个有身体(外形)、内部构造(设置及其技术参数,就美女而言,这一点主要是指器官的特征)与性格(驾驭表现)和灵魂(品牌价值)的生物体。它与美女一样,都是一种内容与形式高度统一的、完满的、充满人性的物品,是财富、品德与趣味的物质化身,是人性之光辉的升华与浓缩之物。与这一文化表意策略相比,美女则走的是一条从人性向物性转化的相反之路。当汽车成为人时,美女则在成为物品,它们相遇在广告与现场展示活动之中。

具体从符号意义的角度来说,香车美女的快感模式形成了三种表意关系:

第一种关系,就是刚才说过的美女与汽车的相似性,即两者都是精心制造与加工出来的东西,是高品质的东西,两者在一起,有一种相互辉映的加强效果。两者是同一种物质或符号,在其色泽、形态、质料等方面都是如此。在一定程度上我们可以说,美女就是肉体的优等或高档物质(品)。在此我们要注意到,并不是所有的汽车在其文本与符号宣传中都要有美女的陪伴,比如豪华汽车。在豪华汽车的表意或创意实践中,一条潜在的原则是,豪华汽车就是汽车中的神,不需要也不应该有别的东西在旁边衬托。神自身的形象已经充实、饱满了,其本身就是一切。

美女与汽车在一起,还有一种可能比较庸俗的精神分析意义,那就是,由于汽车是一种阳具性物质,是阳具的象征,所以,美女与汽车组成了一种隐喻性的异性恋关系。美女与汽车在一起,总是摆出各种迷人的表情与姿态,似乎她在享受着汽车,如同享受一个阳具。而汽车则以符号的方式生产出美女的满足表情。这是一出在大庭广众之前公开上演的性爱仪式,这个仪式暗含了一整套由生产体系与文化经济体系共同制造出来的消费逻辑,即,只有高档货,才会有高档的性爱,才能拥有公共展示的权利。高档货,不仅需要,而且能激发强大的欲望行为,更能使之成为一种仪式化的公开展示。汽车与美女一样,就是天然为了公开展示而生的。而这种公共性的仪式,正是私有财富的秘密。这样,对香车美女公开展示活动的观看,其实就是人们在对财富及其社会关系非拥有状态下的窥视。这种窥视的欲望越强,意味着香车美女越具有快感的生产能力,意味着我们社会的整个机制越具有稳定性与号召力。由于有快感的生产,香车美女已经成为了一种普遍化的文化消费心理结构,这种结构既是财富的社会结构,也是财富的生产与再生产的心理基础与社会基础。拥有财富,就拥有了一切。这种消费文化的心理结构及其逻辑,与财富的巨大现实力量结合在一起,构成了一种普适原则。那就是,财富,或私有财富,不仅直接就是权力,而且还直接就是现世的终极幸福本身。

汽车与美女的关系还有第三个方面,与前面二个意思不同,或更甚,这是一个更具有矛盾性的和戏剧化的方面。金属物质与人体,汽车世界的广阔与汽车内部空间的完满,物品的耐用性与美女的易碎或易逝性,构成了一种相反、互补与强化的二元对立关系,造成了一种需要快速占有与消耗的速度感。这进一步强化着香车美女的快感模式,一次又一次使女人,尤其是美女变成了私有财产的一种类型,一种附属物。只不过是,这场公开展示的性爱游戏,通过文化工业的扩大再生产,已经发展成了一个被反复讲述的美丽爱情故事,香车美女,已经结成了商品世界里的一桩美满的终极性婚姻。当代社会与文化中,似乎已经没有什么力量能够破坏这种神话般的联姻了。

在汽车身边的美女,让汽车所开创的广阔世界回到了一具身体身边,回到了一个象征物身边,一个符号身边。在此,美女只是一种功能性商品符号,汽车的社会功能与意义,只凝聚在美女的身体上,这样,汽车掩盖了自己是一种社会化的结构性商品的实质。所以,香车美女的快感模式,既是一种文化性的表意模型,也是一种社会关系的体现。在这种关系中,我们可以看到,汽车作为现代工业的一种集合性高端产品,正如美女是现代文化产业的高端性产品一样,在汽车广告及其他经营活动中,在人们的欲望中,在整个资本主义生产机制中,实现对接与统一。汽车在给美女带来欲望的满足之后,在与美女组建了美满的联姻之后,汽车社会也就全部获得了自己的生存空间,并且铺架出了一条市场经济及其私有制的无尽发展之路。

欲望机器的蛮荒时代

当汽车开始起动、加热和飞驰起来时,我们的身体随之驶上了一条欲望的高速路。在这条路上,我们被告之,我们会高潮迭起。汽车,本身就是一个全能的性物。想像它,购买它并使用它,也就是把它当作一个性对象,从中获得快感,也产生焦虑,与它一道,共同生产出一个汽车化社会,以及这个社会中更具有原子性的个体自我。在这个意义上,我们可以说,堵车,是汽车社会无法勃起的性烦恼,是汽车时代的阳萎。而车祸,则是汽车社会的最恐怖的性暴力。

在这个汽车社会中,古典的天涯已经消失了,只有地平线,急速后退着的路标及下一个想像中的高潮。更经常地,这一个个的高潮,被我们叫作成功、进步与发展,这是一个既关涉个体,也关涉整个社会的向度,即方向与速度相结合的一条轴线。如同从经济角度来说,或者从资本主义生产方式与形态的角度来看,我们的社会在扩大再生产与加速度方面,即在数量与时间方面的强化性追求已经不可遏制。当然,这也是个体欲望的轴线,一条在欲望坐标系中不断上升着的曲线,这条曲线也有可能下降,但在方向与速度方面,我们知道,这条曲线的向度,是没有回头路可走了。

汽车,作为当代的核心商品,是汽车社会的生产力与生产资料,在其消费意义上,必须被塑造、被想像成是汽车时代的性工具。当汽车与美女在一起时,工业与文化技术就此展示了一出具有强烈催眠与迷醉效果的崇高戏剧。在这出戏中,色情得到了升华,成为一种对当代社会诱导机制的快感性臣服。汽车,作为我们的身体,作为社会的身体,已经不同于我们的肉身,超越了我们的肉身,成为了一种人体与社会机体的机器之躯,一架持续发热着的永动机,一架与社会整体生产体系秘密相连的欲望机器,其能源来自资本主义生产与我们肉体的欲望,来自前者对后者的生产、构建与改造,来自二者以性为中心的全面结合,来自资本主义在把我们当作生产资料的时候,反过来把我们与资本主义的关系隐喻成、美化成或诱导成一种性关系。我们被反复告知,只有在这种性关系中,我们才能持续获得生命的快感。

消费时代的女幽灵

张 念

一则电视广告:女人的躯体,当然是起伏有致的那种,晃呀晃,突然变幻成一款手机,女体残留的线条,融化在手机的边缘,圆润、光亮并且玲珑,通过这些中介元素,手机和女体完成了某种转喻……这时,一只男性的手伸过来,把手机握住,手语充满了温存、把玩和掌控的意味,然后特写,才是手机的品牌……

一个天生的女权主义者,当然会从这则广告中读出刻板女性形象:把女人等同于玩物,男人们的意淫渗透到了消费主张之中,女人被高度符号化,被感官效应简化成一个普遍的欲望标本。这欲望首先是占有和控制,而快感也从色情现场被抽离,就是说男人快感的心理指数明显不足,他们的神经中枢基本处于休克状态。愉悦来自理性的提示,你看,我拥有她/手机,仅仅是获得,这就够了。这和战士对阵地的渴求一样,目的取代了过程。

当消费社会把女人高度符号化的同时,他们早就彻底地丧失了女人。女人实际上不存在,而看起来她们似乎又无处不在,娱乐工业(女明星)、广告(电视、招牌和印刷品)、时尚杂志、色情杂志(针对男人的),所有的一切,都是在这样的对立结构中呈现的:男人/女人、主动/被动、积极/消极、看/被看、消费/消费品。男性中心的思维机器,必须依靠这样的二元对立才能运转起来,女人也就成了他们想像的产物,他们一厢情愿地面对这幻觉的影子兴奋不已。而如何无止境地制造兴奋,这是消费社会的生产秘密。女人被高度抽象之后,仿真女人是以匮乏的面目出现在公众视野里。她们如此地醒目,如此地富有吸引力。女人的楷模就是以精确比例制造出来的芭比娃娃。芭比向消费社会奉献出她的躯体,在躯体之上,芭比可以是女警察(穿制服的芭比),可以是卧室里的性感小猫(穿情趣内衣),可以是探险家(披挂上一整套探险的行头),可以是成功职业女性(她穿阿玛尼职业套装),我们可以用任何梦幻组合来打扮我们的芭比。而装饰物之下的躯体,注意,是女人的,女人的胸、腰和臀,就是说和平板的男性躯干不同的凹凸部分,像遥远神秘的异国情调一样,满足我们生活在别处的平凡梦想。于是,男人们梦想拥有芭比,女人们梦想成为芭比。梦想拥有芭比,实际上是想占有这种差异性,以此缓解他们的匮乏,即曲线的匮乏,这曲线匮乏还可以延伸出对生育的嫉妒。在生育事件中,子宫是根本性的,而父权文化非常狡猾地偷梁换柱,他们以妻妾概念和子嗣中心论,来把女人比附成生育工具。而试管婴儿的出现,是对父权文化的毁灭性打击,因为试管里的受精卵还得重新植入子宫,子宫才是最根本的生命腹地,而在子宫里日新月异、突飞猛进的受精卵,让变化、差异、增进、成长在女人的生命中,早已就是一种内在化的体验。精子只能是精子,是可以无限复制的泛滥的存在的,是真正的刻板单一;从离开男人身体的那一刻起,男人才正是因为子宫的存在而被彻底地工具化了。所以,当他们对女性想像停留在一种刻板印象中时,是他们的生命结构自身的映照,绝非男人的偏见,他们很无辜,或者说,被男权中心所塑造的女人的匮乏,就是他们自身匮乏的镜像。刚刚过世不久的大思想家德里达曾在他的传记纪录片里说,我的母亲可以是哲学家,但哲学家绝对不是我的母亲。

制造符号,是男人们的强项,而这符号生产能力的登峰造极之作,就是最近有新闻说,韩国变性人何莉秀以6000万新台币的高额报酬,代言某女性内衣,在此之前,她(他)还在韩国代言过卫生棉。卫生棉是对女人生理现象的转喻,抹杀本体——月经的缺失,凸显喻体,就像借壳上市的股份公司一样,用概念股/符号来刺激你购买金融商品(股票)的欲望,市场效应除了轰动性,没有其他。这也是芭比肉身化的消费神话,芭比已经从一个塑料模型,带着体温、声音和行动能力走到了我们的面前。当何莉秀对着镜头说,我就是一个女人,这句话的完整表达应该是:我就是一个女人的符号。这符号,是消费社会提供的“相异性外科手术”,是男人力图占有这差异性所做的极端努力。当我们力图借助外科手术来达到对差异性的长期占有的时候,恰恰是男权社会因为玩不转同一性(男女同体)的绝望表现。对女人的掌控,被消费逻辑所支撑的时候,女人越来越像产品,男人这个固执的消费者内心的恐惧就越深。这恐惧,就是当人与物在窃窃私语的时候,物更像一个幽灵。我们知道,消费社会恰恰是物质的世界,物质/物欲完全地控制了生命的情境。占有企图本身,已经被占有所占有。

而女人不需要处心积虑地去占有差异性。她们就是差异性本身,成为芭比不是一件糟糕的事情,她们的兴趣集中在变化。标准身材只是小女孩才玩耍的幼稚把戏,因为标准身材不是目的本身,而只有让标准身材进入流通领域(比如选美)——美丽而又自持的女人是少见的——变成硬通货的时候,标准身材才能够带来生活的变化。变化成了目的,而这是一个无法终结的目的,当变化发生的时候,现实就会被新一轮的变化渴求所覆盖。如果把女人当成现成的产品,就是非女人的存在,因为世界上根本没有一个可以定义为女人的概念。或者说,女人永远是那个在生产线上的女人。非成品但似乎又接近了成品,在成品与非成品之间游荡的幽灵,她们是概念和秩序的敌人。消费社会的运转机制,永远气喘吁吁地想寻找女人的脚步,然而幽灵们是无迹可寻的。如果非要在文化上区分,女人是天生的后现代;如果非要在意识形态上划分,女人是天生的激进的自由左派。撒切尔夫人和赖斯国务卿,实际上已经成为了有异装癖的男人。而无法完全进入男性政治系统的台湾女名人陈文茜,被她自身的离心力,甩出了这个系统。在脱口秀节目中,电视观众消费的,她以为是她的观念。尽管陈文茜说:我们想看什么,想看陈文茜这个星期有什么想法,但如果她真正的非常有想法,她应该是台湾的女"总统"。我们消费不是陈文茜的观念,因为她根本就没有观念,她是"独派"还是"统派",你根本就弄不清楚,我们消费的就是这个弄不清楚,不是吗?作为一个女性观众,我注意到的,只是这个女人很时尚,她的皮草披肩和衣服搭配不当。我喜欢的是,一个女人 50 岁了,还可以这样张牙舞爪,还可以制造不安。

只有在让渡躯壳的前提下,女幽灵才得以在消费社会里自由出没。但这个让渡的被滥用的躯壳,显然已经不能满足歇斯底里的消费社会。只有更强烈的肉体刻写,比如变性,才能让消费者获取短暂的现实感。显然,女人变手机的俗套广告已经落伍了。你要展现这个躯壳的制造痕迹,比如选美现场的直播,直播仅仅是痕迹,并且是有选择性的痕迹,因为观看,正如男性中心主义者都以为,女性作者的"身体写作"就是脱衣服,脱衣服是为了迎合观看一样,看到的是什么,女幽灵显形了,她留下一个塑料躯壳,然后周游世界去了。这已经被大打折扣的观看主动权,在消费社会受到更加彻底地戏弄。他们越是想把握什么,就越是失去得更多。贪婪本身,是一个耗散型的结构,除了口干舌燥之外,你什么也没有获得。

产品所经历的生产、流通、分配和消费等各个环节,都围绕符号(交换价值)而进行。消费方式及其衍生出的消费文化,比如时尚,作为消费文化的关键词,是消费社会的女幽灵,扔给我们的短暂一瞥。时尚是一个阴性的词汇,你看时尚界人士,那些男性设计师,大多数都女里女气的。时尚和变化相关,当满街都是玉腿林立的超短裙,比如雅典奥运会张导演的八分钟,就已经非常的不时尚,非常的不现代了。所以,消费社会的叙事语法,也呈现为阴性。是的,这阴性非常的负面,她们肤浅、心不在焉、摇摆、古怪、难以捉摸。所以后现代文化批评家鲍德里亚尔才说,这是一个变性人的时代,与差别有关的冲突都会在两性的外在差异消失之后,长久地存在下去。

变性人成为卫生棉代言人,这真是一个时代的讯号,也是女权主义的抵抗策略更加隐秘,并且也更加有效的时代。所谓"男色时代",只不过是时尚杂志的符号仓库中,一个并不新鲜的存货。鲍德里亚尔说,女人贪婪地看着男人,并非为了诱惑,她们是在斜视,一种道德和文化价值的斜视。所以,男人们,要谨慎,更谨慎些,当脱衣秀在你面前展开的时候,你一不小心,就成了门缝里的扁平剪影。女人解放,比如激进女权影片中,那些雄壮的主动劈开的双腿,并不是简单地从被诱惑者到诱惑者的机械转换。这虚晃的一招,只是为了鼓励面前那位——此时此刻的体力劳动者,劈开的大腿向他传达的仅仅是怜悯。

时尚是什么?时尚就是我们所说的"作女",看上去的迎合本身,就是反手倒戈的回马枪。记得台湾歌星蔡依林有首歌叫《爱情七十二变》,嬗变是终于被"80后"琢磨透了的爱情真谛。当然,我们得慎用真谛这个词,才是真谛的真谛。中流砥柱依然是男人的事业,就让他们继续中流砥柱下去吧。"你不可能两次踏入同一条河流",这句名言暗示给我们的真正的变动的差异,正如你不可能两次遭遇同一个女人一样。围困砥柱们的阴性河流,奔腾不息,作女就是奔腾不息。当我们以为现代女人身体写作就放荡了,但这个女人摇身一变,又说我是"熊猫",一年只做两次爱(见棉棉的小说《熊猫》);当我们以为女人收敛了,她又说,把那偷懒的男人踢下床(见于女性时尚杂志的封面策划);当我们以为女人职业化了,她又说,企业就是我的孩子(据报道,珠三角的很多小企业主大多是女性);当我们以为女人回归母性了,她会用进口奶粉代替母乳(当代的年轻妈妈已经形成的共识)……天然的女权主义,从来没有想和男人作对,她们自己和自己作对,她们自相矛盾,自己诱惑自己,前言不搭后语,她们把这个关于自我的想像无限地推延。她们不必和男人去抢夺麦克风,宣称我独立了、我解放了,她们一直在玩自我束缚和自我松绑的游戏,她们进退失据,她们也不想去追问女人之所以是女人的理由。她们不喜欢玩二元对立的性别差异游戏,她们自己和自己构成差异,所以后现代思想大家齐泽克才说,"女人的本质"不是某种肯定的实体,而是妨碍她成为女人的一个绝境,一个僵局。新晋诺贝尔文学奖得主耶利内克的《钢琴女教师》,就是在书写这样的绝境以及绝境中的性别暴动。

当消费社会把日常经验审美化,变成艺术经验的时候,看看铺天盖地的房地产广告就知道,比如广州的地产清华坊——仿古建筑群,把居住等一系列吃喝拉撒睡的日常行为,转换成和撑着油纸伞的丁香姑娘浪漫邂逅的时候(戴望舒的诗歌已经成为销售环节),精英文化和大众文化的界限已经消失,这和女性主义对男女等级秩序的消解一样,都是在不经意之中发生的。

镜城突围:消费时代的视觉文化与身体焦虑

陶东风

一

在当代的消费社会,身体越来越成为现代人自我认同的核心,即一个人是通过自己的身体感觉来确立自我意识与自我身份。随着对于身体的学术兴趣的空前高涨,出现了"身体社会学"、"身体美学"、"身体文化学"。与此同时,人们的身体观念也产生了巨大的变化,除了认为身体是目的、追求身体的外观以外,还有一个重要的观念变化就是:身体不是自然生成的、固定的,而是可以改造的,是可塑的。过去我们常常认为:身体是固定的、先天的,是父母给的,把身体看作是生理的、物质的东西,是人的自然属性的表现;与之相对的是文化、灵魂、理性;身体既然是自然的,因而也就是天生的不可改变的。这种观点现在遭到了激烈的批判。

在消费文化中,随着现代科技(特别是生命科学)的日益发展,特别是出现了外科整容手术、变性手术、器官移植、克隆人等以后,关于身体不可改变的观点进一步受到质疑,身体的特征(不仅人体的个别器官,甚至包括性别与肤色)成为可塑的而不是固定的,人们通过自己顽强努力以及"躯体塑造"(bodybuilding)技术,可以达到特定的、自己想要的外形。这样就有了所谓"身体规划":身体成了可以按照人的意志加以塑造的东西,成了一个应该不停地进行加工、完成、完善的对象。这与传统社会中如何打扮自己的身体(主要集中于身体的外在装饰)是不同的,因为它更具有反思性与规划性,不仅范围更广,而且更触及身体的深层本质,与继承下来的、被社会广泛接受的身体模式与观念(这个模式常常是通过共同体的仪式塑造的,传统的身体装饰常常只是强化这种被文化规范认可的身体观念而不是颠覆它)更少联系。而在消费社会中,承认身体是一个"规划"意味着接受这样的观念:不仅身体的外观装饰物是完全自由选择的,而且其大小、高低、性别、肤色等都是可以依据身体拥有者的意志改变的。在这样的语境中,身体变成了可以锤炼的实体,这个实体可以通过警惕、看护身体以及与艰苦的"造体"努力得以实现。这里我们应该感谢现代的科学(生物学、外科整容手术等),现代医学可以改变一个人的性别、身高与骨架(报纸上就有换骨头的报道)。现代外科技术使得人体的再造不再是神话。西林(Chris Shilling)在其《身体与社会理论》的"导言"中说:"现在,我们有了一套程度空前的控制身体的工具……随着生物学知识、外科整容、生物工程、运动科学的发展,身体越来越成为可以选择、塑造的东西。这些发展促进了人们控制自己身体的能力,也促进了身体被别人控制的能力。"也就是说,身体成为一种有意识、有目的的规划与工程。这就是所谓"不确定的身体"。身体不再臣服于从前曾经规范肉体存在的那些限制。

大众传媒对于身体的兴趣无比强烈。各种各样的时尚大众化报纸杂志到处充斥着各种各样的身体意象,花费大量的篇幅大谈化妆、减肥、健身、整容外科(plastic surgery)技术等,介绍如何使身体显得年轻、美丽、性感。女孩子们为身上"多余的"脂肪而愁眉不展,她们提出了"全世界姐妹们联合起来,为了苗条而奋斗"的口号。减肥与健身工业于是蒸蒸日上。当然,对于身体的兴趣并不是新鲜事物。但是身体的外形、身体的审美价值与消费价值成为人们关心的中心,则是当代消费文化的语境中出现的新生事物。

由于消费文化注重的是身体的观赏价值、审美价值而不是生产价值、实用价值,所以,身体的图像在其中起非常重要的作用。为了打造合意的身体外形,消费文化为我们提供了大量"理想身体"的意象(特别是女性的身体意象)以供大众模仿。以身体为核心的视觉图像工业开始兴起。

一系列通过电子摄影技术、电影与电视技术生产的身体图像使得我们置身于一个身体图像组成的符号城("镜城")中,也使得我们时时刻刻意识到——通过反复的比照,与广告中的"理想身体"的比照、与周围他者的身体的比照、与自己以前的身体的比照等——自己的身体,特别是其外形的存在(不管是美的身体还是丑的身体)。图像使得个体对于身体外表的呈现、对于自己的"外观"具有更加强烈的意识。有学者研究指出:电影、电视等影像工业通过把人从词语引向运动与姿态而改变了 20 世纪人的情绪生活。受词语支配的文化倾向于内向性、抽象性与不可触摸性、想像性(比如中国古代文学作品《陌上桑》对罗敷的美的描写),把人的身体还原为一些看不见的文字;而对于视觉形象的强调则把注意力引向躯体的外形、穿着以及姿态。

　　这样，处于由身体图像组成的"镜城"中的当代人常常陷入对于自己身体的严格自我监督中，比如购物中心、超级市场、百货商店就是这样的一个镜子之城。商店中的商品展示越来越精致讲究，许多人到这里进行窥视性的消费（voyeuristic consumption）。人们不仅仅是来买东西，同时也来进行审美：他们在看别人的时候知道自己也被人看（那些含有不同意味——鄙夷、羡慕、崇拜等——的目光从各个方向投射过来）。所以在这里，特定的穿着标准与外观标准是非常重要的。随着个体穿越于被展示的商品场域，他自己也处于被展示的位置。我们对于自己外表的日常意识大大加强。通过与自己过去照片的比较，与广告与大众传媒中宣扬的理想美女俊男的"标准"身体的比较，我们对于外表的敏感程度、挑剔程度以及不满程度变得更加强烈。《时尚的面孔》一书的作者詹尼弗·克雷对 1985 年加州大学洛杉矶分校的一次调查进行了分析，发现在认同超级模特的身材、以她们的体形为理想的调查对象中，声称对自己的大腿不满的有 71%，对臀不满的有 58%，对胸不满的有 22%，对髋不满的有 40%，对小腿不满的有 32%，对上臂不满的有 17%。另外一个英国调查研究揭示：有近九成的英国少女表示不喜欢自己的外表，13 岁以下的女孩中有 60% 曾经节食，14 岁的女孩中超过 25% 考虑过接受整容手术或服用减肥药。

二

　　在这里，我们不能不说说广告。在消费社会中，广告信息是使我们的整个文化迷恋身体的主要教唆者。在这里各种模特以及影视明星常常充当了"形象大使"、"形象楷模"的角色。她们的身材成为使大众既自卑又羡慕的"理想身体"。电影、电视、各种各样的广告图片是消费文化中标准的身体图像的生产者与供应者，许多青年男女就是以这种标准来监管、打造自己的身体。这些明星为了保证自己具有完全符合完美标准的形体，利用各种各样的化妆技术、整容技术以及假发等以消除不完美性。他们当中的许多人常常（比如著名的 20 世纪 20 年代早期明星 Mary Pickford）遵循严格的饮食、训练以及化妆。据说美国的化妆工业就是从这种做法发展出来的。

　　消费社会无处不在的身体图像与广告不断吸引人进行比较，不断地提醒我们："我们看上去是什么样的？ 通过努力我们将会变成什么样的？"我们不是要开拓身体产业的市场么？怎么开拓？必须制造对身体极为挑剔的消费者。他们养成了对于身体的横挑鼻子竖挑眼的态度，而以广告为核心的视觉文化所塑造的"理想身体"意象是制造这样的消费者的主要工具。这些广告越来越使接受者情绪不稳定，它通过这样的"事实"——体面的人都不是像他那样生活的——来对他进行当头的棒喝。当代广告让一个家庭主妇焦虑地瞧瞧镜子中的自己是否像广告中的那位 35 岁的太太一样，因为不用 Leisure Hour 电子洗衣机、洗碗机而憔悴不堪。广告的配方：先是要制造一个供你对照的"理想"身体图像（就像一面镜子），使你感到自卑与焦虑；然后又不失时机地给你希望：只要用了我的产品，你也能够有一种理想的身材。据说在美国，一次世界大战以后几年，化妆、时装以及广告工业的主要冲击对象是女性，而对于男性的冲击则出现于六七十年代。但是，20 年代的男性明星 Douglas Fairbanks 在塑造男性躯体偶像方面发挥了巨大作用。他还改变了皮肤以白为美的观念，导致棕色皮肤以及阳光沐的流行。

这样，广告有助于创造这样一个世界——在这里，个体被迫在情绪上变得脆弱，持续地监视自己身体的不完美性，这种不完美性不再被认为是自然的。是啊，如果是自然的不可改变的，谁还会用化妆品？在《符合标准：广告如何影响自我形象》中，谢尔茨（Shields，Vickie Routledge）探讨了广告是如何影响当代人特别是女性的自我形象的。也就是说，它研究的是：我们在广告中看到的理想化的性别形象与我们的和这些形象相关的思想、感情、行为之间的关系。作者在导言中向读者提出的问题是："你是如何依据电影或电视中的时装广告中的完美身体塑造自己的？努力做到符合标准是否对于你的生活产生真实而持久的影响？你对于自己的身体大小胖瘦颜色挑剔么？"她的研究结果表明："我们怎么才能符合标准"是当代人普遍具有的一种焦虑。她指出：那些因为自己太胖而不敢穿着游泳衣去海滩旅游的人（怕被人看到自己太胖），那些没有洒除臭剂就不敢出门的人，对此会深有体会。她指出：任何一个在健康的胸脯注入硅胶的人，那些拼命节食以便"瘦"一些的人，都受到了文化所塑造的"美的理想"的深刻影响，这种"理想"形成了对于当代人的巨大的心理—文化压力。是广告所兜售的所谓"理想形体"塑造了我们自己认为"缺少的东西"与"应该得到"的东西。作者认为：理想的身体形象是广告所生产的最具有支配性的、最持久的信息，而在整个广告历史中，占据核心地位的是关于完美的女性身体的详细信息。这些信息被用以销售从化妆品到汽车的一切东西，它告诉我们应该看上去如何，应该如何被看、如何行为、如何感受与被感受。这些信息描述了人们所渴望的特定性别身份,告诉我们并给我们演示应该如何使自己"性别特色鲜明"。性别是我们在日常生活中卷入文化的结果,也是这种卷入所构建的。

三

对于身体的严格规划与控制导致了"精心计算的快乐主义"(calculating hedonism):你要享受理想身体带来的种种好处,就必须按照消费文化中的"理想身体"的标准严格甚至残酷地规划与控制身体,这是一种享乐主义与禁欲主义的奇特结合。以饮食为例:

饮食管理原先是源于一种肉体神学,这种肉体神学通过道德主义的医学得以发展,最后将自身确立为有效的身体科学。最主要的变化是,规定饮食最初是为了控制欲望,但在消费主义的现代形式下,规定饮食是为了刺激和保留欲望。这种转化与身体管理的世俗化有关,在这个过程中,规定饮食对欲望的内部管理通过科学的体操运动和美容被转化为身体的外部表现……作为当代资本主义这些发展的结果,随着禁欲主义被精于计算的享乐主义所取代,资本主义积累与身体禁欲实践之间的传统联系变得越来越不相关。

饮食控制的目的变了,但是控制依然存在甚至更加残酷。消费文化中的人们一方面以身体的享乐为最高的生活目的,另一方面又严格控制自己的身体。这样,他们对于身体的态度是矛盾或者说是双重的:一方面,我们的时代是空前放纵身体的时代;另一方面,它也是对于身体的控制空前严厉乃至残酷的时代。在消费文化中,广告、流行出版物、电视、电影文化等,提供了大量理想化的身体形象。此外,大众传媒持续不断地强调化妆品对于身体保养的好处。对于严加约束的身体的奖赏,不再是灵魂的拯救,甚至也不是改进了的健康状况,而是强化了的外表(enhanced appearance)与更加适合于销售的身体。如果说,在宗教的语境框架中,节食被理解为对于肉体诱惑的抵制,那么,在今天,节食与身体保养(body maintenance)已经越来越被视作释放肉体诱惑的载体。控制身体与享受身体已经不再被看作是不相融的。事实上,通过身体保养的严格的程序来对身体实施控制,才能够造就被大家接收的外表。消费文化并不意味着彻底地用快乐主义来取代禁欲主义。

身体的规划以及高科技在提供人们控制自己身体各种方式与潜力的同时,也刺激了一种对于"身体是什么"的高度怀疑以及由此产生的道德焦虑(特别是表现在对于克隆人的讨论中）。换言之，在高科技促进我们更高程度地卷入身体塑造的同时，也动摇了"身体是什么"的知识，使之变得捉摸不定，而身体是什么的观念有是与"人是什么""我是谁"等身份认同问题联系在一起的。比如，我们的身体观念与身份观念，总是与性别观念、父母观念、肤色观念等联系在一起的，而现在这一切似乎都变得捉摸不定了。在挑战肤色与种族身份方面，美国歌星迈克尔·杰克逊是一个非常典型的例子；而在挑战身体的性别身份方面，韩国的变形人何利秀则是一个著名的范例。科学发展的历史表明：我们关于"到底在多大程度上可以允许科学重构身体"的道德判断，总是落后于科学的发展。

我们越是能够控制与改变我们的身体，我们就越不知道是什么构成了我们的身体，什么是身体的"本质"，什么对它来说是"自然的"。实际上，现在的情形似乎是：在这个缺乏稳定性的后现代消费社会，我们对于自己身体的意识也越来越不稳定。我们目睹了正在改变的各种前所未闻的身体现象：试管婴儿，器官移植，与人一样聪明或比人更加聪明的、能够思维的机器人，等等。

同时，以改变性别与整容手术为核心的现代科技也以特别敏感的形式提出了"什么是身体"的问题以及其他敏感的道德问题。身体塑造（bodybuilding）活动是身体规划的一个极好例子，这是因为身体的塑造者所达到的肌肉质量与大小挑战了传统的关于什么样的女性身体、什么样的男性身体是"自然的"的观念。在一个男人在工厂进行的体力劳动被机械取代的时代，在女性挑战家庭妇女角色的时代，传统的身体观念受到了极大的挑战。现在有各种各样的方法可以改造自己的身体。除了减肥以外，还有更加激动人心的：改变性别、增加高度、丰（用作动词）乳肥（用作动词）臀、人工制作处女膜（这样一来，似乎"贞节"的定义也要重新界定了。一个处女的标志还是是否拥有处女膜么？一个妓女经过重新安装处女膜，是否还是处女？报纸上常常有这样的报道：某某妓女声称：等自己赚够了钱以后就重新装一个处女膜嫁人，然后永远忠实于丈夫）。"造人"（正确地说，是造躯体）的时代正在到来。

亚洲结缘

张颂仁

　　"亚洲"和"东方"都是从域外界定的概念,所以只能从反面的"非"亚洲(欧美)和"非"东方(西方)来定义。希腊盛期用"亚洲"一词指称今天的"中亚",罗马又把"亚洲"延伸到印度。"东亚",或"远东",比较晚后才落入欧洲观念世界的版图。"亚洲"中几大块截然不同的文化领域被统一地称谓,反衬出这些不同的文明于近世的被动,相对于西方它们都不在"正位"而成为被吸收与被调整的对象。可是,相对于西方强势的现代化调整,亚洲各地亦开创出容纳现代机制和技术的另类文化模式。其中因现代化而急速富强者大多以重复欧美现代化的掠夺天然和政治经济资源为速成手段,不过亦因此更全面进口了欧美现代化的症结。不过由于各地独特的历史背景,各有不同方式结合现代化的分科系统思维和产业精神,因此各自适应现代化的手法提供了"非西方"的现代模式。同时,各自的保守意识也因为顽固不冥或好运气而扣下了未被现代化"开发"的文化自留地,保留了回归历史的线索。

　　所谓"亚洲",除了以"非欧美"来定义,也代表了一连串渊源早于西欧的文明,甚至直到近世这些文明还不断与西欧争一日短长。因此"亚洲"也代表了在"非欧美"世界之中文化资源实力最雄厚的地域。"地之缘"的旅程也就是环顾这些邻近的资源,凿空设想下一代的"现代化"遗产,考虑资本和信息产业网罟的漏洞,和未被现代化消耗的传统文化潜能。具体的观察方向是从各地的视觉文化中推敲不同的时空观念对文化创新的可能。时空观念的多重并行,或许更可以成为抗衡产业需求和信息消费的解药药引。

　　"地之缘"从中国以东向西推移,所经历的几个城市在历史文化上大略属于儒道文化圈,佛教印度教文化圈,和伊斯兰教的阿拉伯文化圈。三者长期互相渗透,各自对西欧亦立足于不同的距离,成为三大系非西欧的文化动力。

以技术更生的必要来说,西欧式的现代化无论在工业、学术或政制都是亚洲无法不正视的现实。可是"现代化"作为一种迹近宗教的信仰,和"现代主义"作为西方追求突破与寻求文化的内在批判逻辑,是机制转化和自我更生的文化精神两个互相依赖的领域,这两个领域又使亚洲纠缠于不同程度的文化革命和自我检讨之中。西方现代主义的更新力量,加上成熟的论辩架构与吸收能力使亚洲对现代化的批判消化系统不断地被纠缠在西方文化的题旨里,以致参与西方的现代化改革工程成为亚洲人自我反省的第一步。现代主义与配套的解构、后现代主义及其他衍生的辩思,作为西方霸权的"大一统"体系,也积极地为他人作冯妇。非西方文化在现代世界所遭遇的困境,无一不被转化成西方学术界的主题,以致自我诠释主权亦不断滑落在西方窠臼之中。与此同时,欧美文化大国也参与争取他人传统文化的诠释权。以中国为例:传统以经史为纲的"国学"研究与海外从比较文化和材料整理入手的"汉学"的权威互相抗衡,后者近世更有执牛耳之势。中东古文明的研究当然更不在话下。若以文化交流的角度透视,这应该视作强势文化对他人的贡献,负面的关系在于对弱势文化自我诠释主导权形成威胁。

现代化作为一种信仰是很多国家进入现代的历程启始:中国对"德先生"和"赛先生"的寄望贯彻至今天的政策,日本明治后期追求"文明开化"而鼓吹"脱亚入欧",土耳其国父凯末尔放弃穆斯林世界发言权的哈里发制度,而以欧洲政制为模范。这种"西化"的情绪往往远超出对现代化的效益的算计而成为文化上的西化。今天非西方国家的文化两难局面在于最终希望摆脱"西化"的全面"开化",追求别开新面。纵观现实情境,西方的金融经济体系已实现全球化,而西方政体法律制度与此经济息息相关,因此其价值观亦随经济势力全球推进。今天代表"政治正确"诸如"民主","人权","自由"等笼统口号,也成为强权干涉外政的超然借口。事实上这些标准附属于西方政经制度和法律的运作,而且也有特定范畴约束,并非超时空地四海皆准。

西方现代化的原创力有赖文化上的现代主义精神,现代主义的自我挑战使西方不致泥于启蒙期对客观知识和人类智能的盲目自信。现代主义在文化领域中最显著的旗帜是更新了对时间和历史的感观,这种更新具体表现于反传统反前代,以及逾越禁区。现代主义对未来的态度是完全开放的,追求的是未知的新景象。这种新生力量对非西方文化界的感染极大,尤其是西方体制对"前卫"的认可和奖励更使世人前仆后继。可是往往被忽视的是西方现代主义的更生力量和文化创意另有基础,不独依靠"立新"和"破旧",也不纯赖新科学知识。西欧启蒙期以前的文明历史观以希腊罗马为黄金时代,这个"古典"观被实验科学的知识打破后,新的黄金时代一度在浪漫期被定位于欧洲中古,然后才出现游离的"非历史"现代心灵。今天的"经典"虽说只消是"曾经新创",可是新经典的参考基础和反面教材还是西欧古典。虽说现代主义以至后现代和后来的新学派都围绕着新经典的内在逻辑作文章,可是现代主义的历史(或"反历史")一直有轨可寻,新知识一直有机地被消化,被连贯在直系的文化渊源和论述脉络之中;而这个渊源和脉络也成了西方论述主权,甚至论述霸权的基础。在反历史的旗帜下,西方现代主义其实没有放弃其历史资源,西欧的经典更因为现代主义的成功反而增添参考价值。西方重视历史脉络的精神,最明显的只要看其城市的旧民居建筑:西欧以拥有旧民居建筑来巩固其文化优越地位,中国以旧民居建筑自卑,至今还未下决心保护旧城区的资源。

在非西方世界的现代主义没有自己的思想史渊源,只得刻意移植西欧史,把本国史史实配/插入西方思想论述之中,共产主义引用的马克斯社会发展论是典型例子。由于不是西方思想史的传承人,非西方现代主义的反历史很容易一下子就发展成反文化的革命,把传统文化资源消耗在政治运动的权力争斗中,而不能为现代化所善用。中国的"文化大革命"就是个明显的例子:反史的新精神一下就变为毁史毁文化的暴力运动。

现代化和作为其精神支柱的现代主义以及其后各派新学说都已成为当今不能回避的现实。西方现代主义的困境也随现代化和产业交流被出口到世界各地,正如西欧的思想史已成为全球的标准尺度。因此亚洲的解药在于积存文化底气,保留非西方的透视。从宏观的形势落实到具体的现况,反思西方的主流论述必须从平民生活里感受到本地生活的历史气息作为起点;那是呈现在起居习惯、思维尺度之中的时空观念。重新认识各文化生活中的时空感受也就是认识当地文化的历史观,以及这种根深蒂固的史观相对于现代主义隐喻的西方史观,互相调节共处的实况。重新发现亚洲也是要发现新的历史渊源,认可双线的经典;在希腊罗马的现代影子下平视中原,重审恒河流域,认识伊斯兰和古波斯。另找历史脉络最终是为了要整理出双线的经典,重审论述现代世界的发言准则与寻求新契机。

历史的视野反映在日用的历法上。在国际交流中,耶稣教的欧历已是被认可的公历,可是在平民生活中,由日本到地中海边沿的古国都在生活中奉行另类历法。不同的历法反映了时空和历史有其他的天枢地轴,对宇宙有多样的理解和另类的创生资源。中国除了轮回的干支纪年尚有直线的朝代纪年;亚洲最现代化的日本在民间还奉行天皇纪年;伊斯兰国和佛国当然都是教历和俗历并行。传统历法与西欧历法并存反映了保守传统和现代西化两股力量的互动和互相制衡。亚洲的丰富多样在于多种历史资源同时被使用。

现代社会以耶稣教历制定纪元还有语义上的渊源:"现代"这个拉丁字 modernus 最早在公元 5 世纪出现就被用以标志当时罗马帝国被转化为基督教的新时代,以别于之前的罗马多神教时代。因此"现代"在"反历史"的立场而言,也暗示了耶稣教世界观颠覆其他文化的时代标志。所以,在亚洲,传统与现代的互动是文化多重融合和价值观角力的表现。

西方现代主义的冒险精神依靠对未来的憧憬,终极的依归在于基督教式的未来历史终点,对时空的姿态是全速向前,抛离过去。中国传统正好相反。中文称未来为"以后",过去为"以前",语言中的视野据点很清楚,就是"以前"的在眼前历历可见,"以后"的在背后是眼看不到的。传统中国人于是尊重历史,因为知道那是真实经验;眼看不见的"以后"必以经验推论,对探险冒进如履薄冰。中国传统节庆都关乎农时天时,是天地宇宙的大事。这种时序的记忆跟今天追求现代化的政治似乎分歧,但这双重的时历恰好是让中国人不致失落的依归。

从欧洲地中海东岸向亚洲东走,观察现代与传统两者交错重叠,平民生活的时空组织各地不同。现代伊朗人对约会时刻的准确与每天随日光定时的唱经时刻同样有序;泰国人的细腻感官世界在产业社会的物化下尚保留了佛文化的超然透视;日本的礼仪文化渗入了生活每个细节,为刻板而理化的现代时空找出活泼的基础。中国已彻底屏弃礼仪文化的教育,并较其他各国更积极西化和崇尚现代化。传统里跟天地宇宙交往的节庆和礼俗只在"落后"地区保留;不过真正民族的现代化正开始重新在知识界被研究和整理。

地域性的时空观相对于全球化之下的西方大一统是新的活素,也是现代主义反叛反思精神绕了大弯后,以本地资源解构现代世界最真实的指针。亚洲反思的大题目似乎还是西方价值观这个旧题。西方价值观之被默认和形而上化可见于刻画在时历和尺度的西化、衣冠器物的西化和金融政制的西化。庄子所谓:"重圣人而治天下,则是重利盗跖也。

为之斗斛以量之,则并与斗斛而窃之。为之权衡以称之,则并与权衡而窃之。为之符玺以信之,则并与符玺而窃之。为之仁义以矫之,则并与仁义而窃之。"西方对现代制度的制订和输出,沿庄子的说法乃"并天下而窃之";对历史和历法的重新制定是"并与历史与未来而窃之"。故此亚洲民间生活中的双重历法和多重时空观可以说是在主流制度阴影下的遥远历史记忆,地下播种。文化关乎开辟,开辟需要新的时空,要对天地带有惊喜心。亚洲的潜伏文化资源人皆可见,那也是属于全人类的资产;至于谁来开发,能否善用,则有待于各文化自我的觉醒和开创。

态度和图像的实验：1990 年代的前卫绘画

朱 其

　　在 90 年代前卫艺术中，绘画、观念艺术和摄影是三个重要的方面。装置、行为、Video 虽然也进行了众多的艺术实验，但总体上，不如绘画、观念艺术和摄影在艺术实验和表现水平上来得完整，并有一条明确思想和表达线索。

　　前卫绘画在概念上并没有一个明确的定义，我想探讨的是绘画在中国经历了几乎一百年的演变，在 90 年代终于在艺术思想和文化态度的先锋性等方面趋于成熟。至少，90 年代可以报得出名字的一系列优秀画家及其他们创作出的优秀作品，不仅比上几代画家在艺术水准上有了几乎全方位的超越，即使拿到西方也开始毫不逊色，虽然总体上离西方大师级的画家尚有距离，但绘画在经历了 80 年代的现代主义艺术思潮的萌芽之后，在 90 年代真正开始具有前卫性。

　　这种前卫性主要表现在两个方面：一是前卫性的文化姿态和自我反省深度；二是在图像模式、视觉观念以及叙事性和绘画性方面都进行了大量的视觉实验。前卫绘画在 90 年代基本上经历了三个主要阶段。90 年代前期的新生代绘画，以刘小东、赵半狄、喻红、曾梵志、宋永红、方力均、岳敏君等为代表。新生代绘画主要表达了 90 年代前期北方政治社会的一种个人的政治寓言叙事以及无望抵抗的政治情感，画面上表现为一种封闭的社会空间内的带有虚无色彩的心理场，在绘画性上致力于对写实主义、表现主义和现代主义的视觉本土化的探索。在 90 年代前期，对于政治主题的绘画探索也是一个重要现象，比如像李山、王广义、刘大鸿、余有涵、唐志刚等人。

　　90 年代中期观念绘画对于绘画性和图像观念的实验是一个重要阶段。这个时期绘画受 90 年代前期以装置和观念艺术为代表的艺术实验的影响，以石冲、王兴伟、曾浩等为代表，使得绘画在这一时期开始吸收观念艺术和后现代图像的视觉概念，开始真正形成图像的观念实验。

90 年代后期的绘画主要以青春绘画的崛起为标志,以谢南星、尹朝阳、何森、赵能智、忻海州等人为代表。青春绘画几乎吸收了整个 90 年代中前期绘画实验性探索的各个方面,像叙事的寓言性、图像观念的摄影性、表现性和写实性的结合等,在文化态度上反映了 90 年代后期具有后社会主义和消费社会混合社会特征的青春残酷经验。

在整个 90 年代,绘画的前卫性实验还包括主要在南方进行的抽象视觉绘画性和不定型具象的东方性经验的实验。前者如丁乙、秦一峰、李华生、陈墙等人,后者像周长江、孙良、李路明、尚扬等人。另外毛焰、张晓刚、周春芽等人进行了对写实绘画性的表现性探索。

前卫绘画在 90 年代初实际上表现为对于 80 年代中后期即"85 新潮"的几个根源演变而来,即观念性(如"北方理性")、社会批判和自我表达三个主要方面。新生代绘画、政治主题绘画以及抽象绘画在 90 年代前期已经在 80 年代绘画前卫性的探索基础上取得了重要进展。但在整个 90 年代中前期,绘画实际上一直没有受到应有的评价,这主要由于以装置艺术、新媒体艺术和观念艺术为主的 90 年代中前期,绘画被视为一种传统媒介,毫无前卫性可言,一直到 90 年代后期,绘画的前卫性才获得应有的肯定。

新生代:对于政治无望和生存虚无的表达

我所使用的新生代绘画的概念,实际上并不仅仅指 90 年代初刘小冬等人参与的"新生代"艺术展的那些艺术家。这个概念我认为除了包括刘小东、赵半狄、喻红之外,还应该包括曾梵志、宋永红、方力均、岳敏君等人,而且这一代艺术家几乎都生于 60 年代前期。新生代这个词本身并没有什么意义,只有在联系 80 年代末 90 年代前期的一种社会政治语境时,才具有一种分析含义。新生代绘画主要在于对这一代人存在虚无感的自我表达,其艺术主要是对于社会政治环境的一种存在主义式的个人境遇的自我表现。与"85 新潮"相比,新生代绘画的主体性的一个特征是从集体情感和意识形态的表达,回到一种个人的自我境遇和去意识形态时期的个人绝望的情感表达,但新生代绘画仍然具有 90 年代前期政治社会变化前的视觉经验特征:现实色彩极浓的社会空间,沾染意识形态时代体验的自我情感,以及精英青年的现代主义虚无感。

新生代绘画的主题突破在于回归一种个人性的自我境遇和日常性视觉表现,并且在美学风格上确立了一种晚期社会主义的精英青年的小知识分子视觉情调。在绘画性上的重要贡献则在于找到了一种以北方肖像和社会空间为主体的成熟的图像形态和美学特征,如刘小东的北京城郊结合部和边缘知识分子的表情、曾梵志的头手眼大身体小的形体夸张,以及方力均的表现性变形和形象的意识形态符号性。尽管新生代在绘画性上仍然可以看出弗洛伊德、伊门道夫等人的影响,但不可否认,在美学情调以及人物的肖像和形体表现上具有本土化的视觉独创性。

当然,新生代绘画在更具体的层面也有不同的风格区分。比如刘小东、赵半狄的绘画更具有一种维美尔式的日常神性,主要的表现对象是一种在内心"自我流亡"的体现"边陲美学"的青年知识分子形象;方力均和岳敏君则表现一种玩世不恭的泼皮青年形象;宋永红和曾梵志则表现为一种具有现代主义色彩的寓言性的在幻觉中存在的病态青年。宋永红和曾梵志(像"协和"系列)在形象的青春残酷和图像叙事的寓言性表达方面,实际上可以看作后来 90 年代后期青春绘画寓言性表达的一个早期萌芽。他们在绘画性叙事和现代主义的自我困境的寓言性表达方面的探索实验,其艺术水平没有在 90 年代中前期受到应有的重视,那一时期的绘画批评更侧重于绘画主体形象的意识形态符号性。

后社会主义时期的政治题材

90 年代前期的另一个重要的绘画现象是对于后社会主义时期的政治题材的表达,尤其是像李山、王光义、刘大鸿的政治主题绘画,具有一种不同于 80 年代政治性绘画的独创性表现。这一时期的政治主题绘画实际上都涉及一个后社会主义背景和政治性绘画的表达方式之间的关系。

李山的《胭脂》系列借用了一种超现实主义的现象性身体,这个系列的杰出之处在于不再使用一种直接的政治文化的图像资源,而是表达了一种身体性的关于政治宰制的内在的寓言性经验,它融合了唯美、同性恋、自虐以及自我消费等一切福柯式的政治图像。这也是 90 年代关于政治性绘画在表达方式上的一个里程碑式的作品系列,它试图创造一种更精神化的政治视觉,不是关于权力的政治批判和抵抗,而是关于权力总体结构中的生死爱欲。

王广义、余友涵和刘大鸿在 90 年代前期侧重于对于"文革"图像资源的使用。王广义借用了美国 60 年代波普艺术的方式，使得后来绘画的符号化和版画化方式受到很多画家的追随。对于政治图像的使用实际上都会涉及一个绘画的后现代方式或者后现代态度的问题，王光义的"大批判"系列主要在于试图在一种反讽的后现代姿态下进行政治符号解构。

刘大鸿对于以"文革"图像为主的历史图像的使用主要在于一种想像性的现代性视觉境遇的重构。他使用的不是一种简单图像拼贴的后现代方式，而是实际上将每个图像单元当作一个象征"词汇"，进行关系重组，并构成一个超现实的政治场域。如将法国大革命和上海"文化大革命"的各种图像元素的想像性重组，这个想像场域并不是对于革命和政治的道德判断，而是进行一种可以转换视觉场域的现代性景观，是一种图像的转义。

唐志刚在 90 年代中期的开会系列不仅概括了中国政治社会关于"开会"的视觉模式，而且使政治性题材绘画具有一种出色的黑色幽默风格。

政治性主体的绘画在 90 年代前期的探索，实际上是一种后社会主义文化结构下的限定性表现，但这一时期在探索政治性主题的视觉观念方面关于身体性、美学、后现代风格和现代性的语言探索都是非常深入和独创的。

青春残酷绘画：对于 70 年代生人的矛盾性表达

青春残酷绘画是 90 年代后期前卫绘画的一个重要阶段，以尹朝阳和谢南星为代表的青春残酷绘画事实上将中国的写实绘画的绘画性和整体水准推上了一个新的台阶。在某种意义上，青春残酷绘画吸收了整个 90 年代绘画各方面的视觉实验元素，比如叙事性和寓言性、青春艺术的感伤气质、对于个人自我境遇的和矛盾情感的表达等。同时，青春残酷绘画在摄影图像和绘画性写实绘画的心理现实主义、空间的自我寓言性，以及去意识形态化等方面，进行了很多实验和探索性表达。

青春残酷绘画在主体性上准确了表达 90 年代后期中国社会从政治社会向消费社会转型完成后的新社会形态背景下，这一代人的矛盾情感和青春苦闷，以及去意识形态化的自我虚无感。这种社会政治语境特征表现在画面上开始具有完全不同于 90 年代中前期新生代绘画和政治主题绘画的五六十年代生人的自我特征，真正体现出 70 年代生人的自我特征和青春艺术的全球化风格和大都会情调。

在绘画性上,青春残酷绘画实际上解决了写实绘画和现实主义的区分问题,即写实绘画实际上是指库尔贝意义的绘画对象外观的那一层视觉表皮。这层表皮可以用来表达任何东西,可以是社会批判现实,也可以是心理表现性的或者观念的。现实主义则是关于现实内容的表达,即使是用抽象表现风格表达现实的情绪,也可以称作现实主义。青春残酷绘画在绘画语言上走向一种感性的新学院派风格,表现出在感情表达和绘画性上更为细腻和丰富的画面层次。

青春残酷绘画的主要视觉实验是绘画与摄影性的关系。谢南星、尹朝阳、赵能智、忻海州、何森在摄影图像的光线、空气感、心理场、视觉真实等方面都对绘画性作了广泛的视觉实验。

青春残酷绘画的主要特征是通过画面上的视觉的精神征候反映出这一代人关于社会背景和文化结构在90年代后期的根本变化,如社会空间背景的消失,青春情感不再具有精英知识分子和意识形态痕迹,社会批判色彩的消失,自我转向内部等。青春残酷绘画也塑造了这一代人在中国社会转型时期矛盾而丰富的道德形象和内心焦虑,前者如尹朝阳的站在北方灼热阳光下焦虑苦闷的光膀子青年,后者如谢南星个人精神分析式的残酷梦魇。

在绘画性上,青春残酷绘画比较成功地融合了观念性和感情性表达、视觉写实和精神分析心理表现、叙事和寓言性的关系。

观念性:绘画和观念艺术

绘画和观念艺术的关系在90年代中期达到一个实验高峰。这个实验时期的主要特征是绘画受到来自观念艺术和装置艺术的实验潮的压力,石冲和王兴伟等人试图通过绘画对观念艺术的吸收使绘画进入观念艺术的探讨范围。

石冲在绘画性上采用的是超级写实主义的方式,他的画像一幅巨大的摄影。石冲的实验像是在画面上作行为表演、观念和装置艺术,在绘画的图像视觉向摄影性吸收的问题上,没有像谢南星等人那样进行实验,而是试图将绘画当作一面超级镜子折射观念艺术。

王兴伟的绘画实验主要在于后现代式的对于欧洲经典油画的图像结构的挪用,他保留了图像的人物和空间的基本构图关系,全部都置换成现代人物和情景。王兴伟的绘画方式可以看作一种以绘画史为资源进行图像游戏的后现代方式,即一种只取材于绘画史的绘画,尽管他的画面有现代形态,但反映的还是某种超时间的社会和人性处境。

图像的观念实验还包括许江、曾浩、徐累、钟飙、陈文波的实验。许江在绘画中试图结合装置艺术,可以看作装置艺术在 90 年代中期对绘画性的直接影响。曾浩一直试图将人物和家具画成一个漂浮的无根源的元素世界;徐累则试图将布莱希特的间离手法应用到中国文人画的图像结构中去,从而使文人画的美学意境产生陌生化和虚无感。图像的观念性在 90 年代后期仍然在实验,如钟飙的绘画试图营造一个像 MTV 的视觉世界,好像一个美丽的全球化幻境。陈文波的绘画则把人物的皮肤画成类似塑胶材料的质感。

绘画观念性实验在 90 年代还包括抽象绘画实验,像丁乙、秦一峰、李华生、陈墙等人对于几何抽象视觉在观念艺术和重复性方面的实验;另外也包括一种类似"不定型具象"的东方性经验实验,如周长江、孙良、汤国、李路明、尚扬等人。他们实际上区分了国际性的以观念艺术和概念艺术为背景的抽象绘画和以非几何不定型具象,后者像周长江等人几乎在 90 年代坚持不懈地进行一种东方性抽象的实验。还有一种表现性写实的富有才气的绘画,包括毛焰、张晓刚、周春芽等人的作品,具有一种吸收文人画美学的当代写实绘画风格,也具有独特性。

绘画在 90 年代的前卫性实验几乎是全方位的,甚至于它作为当代艺术的一种视觉语言的实验在学术性上并不逊色其他媒介的艺术。事实上,通过 90 年代绘画广泛的前卫性实验,中国绘画基本上完成了油画真正意义的本土化,并且在艺术实验的层面将油画带入了当代艺术的范畴,这是 90 年代前卫性绘画的一个杰出贡献。

喻体与镜像的迷津

高氏兄弟

"喻体与镜像"是 798 新生艺术空间"北京新锐艺术计划"推出的第一个当代艺术展。首先应当说明,这不是一个按图索骥式的主题展。"喻体与镜像"只是展览的名称,而非展览的主题。与那些主题先行的展事有所不同,此展无意探讨某种预设的学术命题,而旨在尽可能地呈现今日中国当代艺术家自在的创作状态,展现当代艺术发展的某些迹象与状况,借助艺术家现阶段创造的纷杂各异的喻体与镜像,反观我们身处其中正发生着深刻裂变的社会现实。

"喻体"原本是一个修辞学概念,是比喻的基本要素之一。当我们说"人生如梦",梦即人生的喻体。不久前,王怡由于介入《南方人物周刊》的一次推举活动而成为的网络话语肉搏的焦点。一位上海作家抛出一篇洋洋两万余言的长文《中国的喻体——以自我神化的"网络意见领袖"王怡为例》,上纲上线,大批王怡"不可批评,永不认错,伪造作案现场,掩盖历史真相",是"只想为自己寻找喻体"的"江湖知识骗子"、"两千多年专制主义中国的喻体"……

了解一点内情的人都看得出,这位作家出手有些用力过猛,反伤了自己。不过,这位作家能将一个直言不讳的青年俊杰斥为"两千多年专制主义中国的喻体",这种非凡的超现实主义的想像力却是我们这些一向崇尚想像力的艺术从业者自愧弗如,深感匮乏的。我们不禁反思自省:我们自己是不是"两千多年专制主义中国的喻体"? 也许,从某种意义上讲,我们大家都是"……中国的喻体"。

应当承认,当我们设想为这个有 30 余位当代艺术家参加的新作联展命名时,这篇在网络论坛上引起不小反响的文章给了我们某些灵感,它使我们重新审视、重新发现了喻体这个概念,并将其挪用于当代艺术的语境。

至于镜像,这个概念可能首先使人想到法国哲人雅克·拉康著名的镜像学说。拉康有关"镜像阶段"的理论认为,6至18个月的幼儿可以利用反映于镜子之中的影像逐渐确认自己的形象,伴随着误读误认,获得自身的同一性与整体性。在此之前,幼儿无法通过自我感知认识自己身体的完整,是外在于自身的镜像为主体提供一个虚幻的结构性整体。当然,在很多时候,拉康所说的镜像不仅仅是指一般的镜像,而是一种外在于主体同时又给主体定位的具有象征性的喻体。

对于浩瀚的宇宙时空来说,人类也许尚未走出拉康所说的幼儿"镜像阶段",它需要透过文化艺术的镜像,不断地审视,不断地怀疑,不断地重新确认自我的形象。而人类的文化与现实就是一个充满了多重喻体与镜像的世界。如果我们将艺术视为人类精神欲望与现实存在的喻体与镜像,那么艺术家就是喻体与镜像的承载者和制造者。

迄今为止,中国当代艺术一直是通过西方的价值镜像来确认自我的形象,显然尚处于幼儿"镜像阶段"。透过西洋镜像中的自我认知难免掺和着某种错位的虚幻与飘渺,但只要不陷入纳喀索斯似的病态自恋,他者眼光的镜像也并非什么妖物。毕竟"地球村"早已成为当今人类文明的喻体与镜像,世界无可挽回地朝向全球一体化方向迈进的程序早已启动。重要的是映照者是否具有反思自省的意识,是否脚踏实地地站在了现实的大地之上,是否发掘了艺术与现实的新异而真实的对应关系及其隐喻属性,创造了真正属于自己的"喻体"与"镜像"。

在这里,我们不打算沿着喻体与镜像的思路一一阐释参展艺术家的具体作品,那些观念不同、材质各异的作品需要人们去直接审视与评判。你将面对的东西既不是真理,也不是谎言,它们只是些因某种机缘聚集在一起,可以看到、摸到和想到但却无法被统一规定的存在之物,一些可能相互转喻、相互映照的喻体与镜像。

误读在所难免。不要害怕"误读"。没有"误读",就没有今天的世界,也没有艺术家们这些与现实相对应的喻体与镜像。

"在一个完全本末倒置的世界上,正确只是错误的一次运动。"想起了让·鲍德里亚尔这句颇有意味的后现代箴言,它似乎抵达了一种语言与思想的极限。

影像:一种四处蔓延渗透的细菌

Maya

生成对一种疾病的免疫力的最直接途径就是经历这种疾病侵袭之后所获得的某些抗体,这似乎已经是不言自明的常识了。但是由于基因属于一代甚至几代人与生俱来的底色,或者某些无法预料的变异,一些疾病似乎又在所难免。人类视觉对于影像的适应性或者依赖性已经形成了各种形式的影像赖以生存的培养基。经过将近两个世纪的演化,影像的力量变得渐趋强劲,无孔不入。影像正在变得更像是一种四处蔓延渗透的细菌,人类的生存肌体在这样的环境中正在或将要呈现出怎样的形式与激变引起越来越多的关注。如果打比方说,我们面对影像如同面对某种细菌,那么这种微生物正由于各种生成手段上的复杂变种而使得其所寄生的肌体——人类生活处于一个微妙、丰富和尴尬相混杂的地位。

曾经,源于技术发明和保存记忆梦想的摄影促进着光学仪器制造技术的发展。从这个角度上看来,摄影反过来造就了技术。但是与此同时,摄影也在努力远离技术。我们看见更多的摄影作品将对象呈现为扭曲、变形、模糊……所有的表现突出了对于各种操作禁令的努力和挣脱的快感。扭曲将坚硬化为柔软,变形令常识分崩离析,而模糊的影像带着彗星呼啸而过时燃烧而成的闪烁光带使静止的片断延伸成为某段过程。面对不可违反的摄影技术操作常规,我们看见形式上"垮掉一代"式的胜利。有关影像形式对于意识形态方面的越轨一直与影像表现形式的突破相辅相成,在近期最明显的一次就体现在"中国人本"摄影展中。这次展览中入选的摄影作品大约有 592 张,而其中 80% 的作品此前都没有在媒体上刊用过。当前的环境令影像表现的视角趋于丰富、自由而多元。生存状态的表象被繁多的影像包裹之后,犹如被放置在万花筒中那样气象万千。喜忧参半来源于事物存在状况的复杂,今天,被众多影像附着、影响着的人类生存环境也正是如此。

在狂欢影像繁荣的时候总还是会有一丝疑虑从内心划过，我们的生存环境仿佛一个被喧哗的影像层层包裹的美丽彩蛋，热闹到极点又让人困惑到极点。太多的记录、太多的虚构似乎如此轻易就能够遮蔽反省生存本质的目光。冷静与安静变成稀有的品质，过分的雕琢与故意的粗糙构成了影像的拼贴。生活，在花哨的外壳里面发出几声闷响。能够引起视觉惊叹的形式的增多与其引起的震撼力正呈反比递增，我们的感觉神经也正在变得更加迟钝、粗壮，由影像点燃的反应频繁了，也细碎了，却不再能够持久。曾经作为历史记忆的影像随波逐流，我们对其产生的信任度在确认其身份时开始彷徨不已：究竟它们是人文关怀的助手，还是商业攻略的帮凶？我们快乐，却快乐不到纯粹的程度；狂欢之后只遗留下空旷到更加困惑的空场，影像总是附着透明的膜，即使看透也戳不通的那一层膜。

影像可以申辩自身的无辜，当然它们也并非全无是处。后现代以来概念上的折中主义引起了符号、信息和意义方面的战国状态，宏大元叙事可靠性的丧失同时解放了影像的形式，给予其在表现上的充分自由度。借影像方式表现的主题事物是混乱的，它们使得意义变得更像一个急速旋转的太极。在摄影的初期发展阶段，人们通过照片寻求身份以及家庭的承续证据，于是照片作为证据的一种也很容易地产生了隐藏与伪装的功能。既然，影像是一种可以任意组合的碎片，我们为何不可以重新构筑属于自己的历史？这种雄心在当今的观念摄影与时尚摄影中间表现得尤为明显。时空的如实再现一再地出现危机，而这种危机推动的是新一轮的变革企图：必须寻找更新的思考与感受方式。由此而来的有意识与无意识的新型叙事形式将摄影的现实主义意味从学术和艺术两方面彻底地颠覆。作为这种结果的注脚，让·鲍德里亚尔所言是确切的："照片的强度取决于它把现实事物否定到什么程度，并且可以做出什么样的新场面这一点。"

视觉陶醉于更多的影像，而不是更多的本质。事实上，摄影不再追求价值判断方面的交流与共享，而是成为一个网络游戏式的共享角色。将影像作为游戏的主角或手段是恰当的，因为这在不经意之间暗合了游戏的魅力：源自相似物和幻觉间的类似关系，从现象中获得不断变化的解释。游戏要求不断地升级，提供紧张之后的轻松，充实之后的空虚。而摄影，处于追求趣味与服从规则之间，游戏与发现正在成为它的新规则。与其说当今影像繁多的表现形式反映了更多对于人类生存体验的发掘，还不如说是对纯粹形式语言方面的追求。正如游戏的升级换代是对于游戏操作形式上的精益求精，而九分的形式创新似乎还是有可能挑动起一分的感受更新。新的形式呼唤更新的形式,这是一个以加速度运行的循环。似乎只有"新"才会让影像自身的被接受程度提高,也只有"新"具备着对眼球的吸引力、冲击力。于是,新的形式影响了影像的流通程度,而交流畅通程度也决定着影像的存活能力。大量的影像生产决定了观看的频率,因此,那些无法流通的影像将如一份作废的文档那样被毫不留情地删除,而无论其中是否存在着更本质的意识。

不断被生产、无限叠加下去的影像在很大程度上造成了人类关于自身生存感受的异化现象。法国人安德烈斯·费宁格的著名摄影作品《摄影记者》,非常形象地指明了摄影用机械将人的观看与体验加以异化的状态与后果。影像,成为切身体验的最直接而又最富于蛊惑力的替代物。过多的影像,过多的模拟,偶然并且无穷的瞬间片断对于真切的生活产生了不可否认的侵蚀。影像的仿真力量如同高超的催眠术,让人们觉得影像中的生存具有比日常现象更加确切、更加令人信服的真实度。因此,摄影不是社会之镜。恰恰相反,社会其实是摄影之镜。影像以其似乎无极限的裂变形式重建、塑造着人类本体,几乎成为基因的外化之物。影像愈加受到重视和强调,在各种表现形式中的比例不断加大。而来自资金方面的限制同时显示出:无论对于纯艺术摄影,还是商业摄影而言,不是智力而是金钱权力才是大多数影像得以被承认的决定性因素。因此,能够流通的影像除了在形式上符合选择者的趣味之外,实际上也获得了评说存在身份的话语权。

被颠覆的美学边界,混杂着反讽、拜金、犬儒等态度,如同大型科幻片的荒凉而杂乱的场景。在这个拍摄场地里,修辞方法成为影像生产过程中不可缺席的佐料。影像在游戏中的粗糙除了表达一种反叛的热情,同时隐含着个人关照和自娱的本质,而这也正是游戏的素质。生存是游戏吗?而我们知道游戏是为了生存更加快乐才出现的。希望在影像的包围之中我们的生态圈会更加繁荣。

街道的面孔

汪民安

如果像荒木经惟那样，将城市比作一个身体的话，那么，街道就是这个城市的血管。在密密麻麻的城市建筑中，街道总能闯出一条通畅的路径来。街道似乎有某种魔力，它的延伸十分有力、充满耐性、不屈不挠，最后，总是能够巧妙地绕开建筑物的围追堵截，将其终端伸向城市的边缘：只有城市消失于泥土和村庄的时候，街道才藏起它的踪迹。

街道，正是城市的寄生物，它寄寓在城市的腹中，但也养育和激活了城市。没有街道，就没有城市。巨大的城市机器，正是因为街道而变成了一个有机体，一个具有活力和生命的有机体。街道粗暴地将一个混乱的城市进行切割，使之成为一个个功能不同的街区，但同时，它又使整个城市衔接起来，城市中的建筑物正是因为街道而有了千丝万缕的联系。街道就像城市的语法，它们绝不会撕断自身的链条。建筑物就像这个语法轨道中的单个词语，借助于街道，它们具有句法上的结构关联。正是因为街道，建筑物才可以发现自己在城市中的位置。街道和建筑物相互定位，它们的位置关系，构成了城市的地图指南。城市借助于街道，既展开了它的理性逻辑，也展开了它的神秘想像。同时，城市在街道上既表达它清晰的世俗生活，也表达它暧昧的时尚生活。街道还承受了城市的噪音和形象，承受了商品和消费，承受了历史和未来，承受了匆忙的商人、漫步的诗人、无聊的闲逛者以及无家可归的流浪者，最后，它承受的是时代的气质和生活的风格。街道，是一个没有寂静黑夜的城市剧场，永不落幕。

街道上的人群

街道这样一个剧场，总是让目光应接不暇：

街。街有着无数都市的风魔的眼:舞场的色情的眼,百货公司的饕餮的蝇眼,"啤酒园"乐天的醉眼,美容室的欺诈的俗眼,旅邸的亲昵的荡眼,教堂的伪善的法眼,电影院的奸猾的三角眼,饭店的蒙眬的睡眼……桃色的眼,湖色的眼,清色的眼,眼的光轮里展开了都市的风土画:植立在暗角里的卖淫女;在街心用鼠眼注视着每一个着窄袍的青年的,性欲错乱狂的,梧桐树似的印度巡捕;逼紧了嗓子模仿着少女的声音唱《十八摸》的,披散着一头白发的老丐;有着铜色的肌肤的人力车夫;刺猬似的缩在街角等行人们嘴上的烟蒂儿,褴褛的烟鬼;猫头鹰似的站在店铺的橱窗前,歪戴着小帽的夜度兜售员;摆着史太林那么沉毅的脸色,用希特勒演说时那么决死的神情向绅士们强求着的罗宋乞丐……①

一个接一个的并列句子,一个接一个的形象拼贴,一句赶似一句的语速,这是叙事的眩晕,它暗示和匹配着街景的眩晕。穆时英的小说就这样将街道上人群的丰富性展现出来。这是街道的一个局部的人群素描。这些人群并不相识,妓女、乞丐、人力车夫彼此不知道对方的历史,但各自以对方作为自身的浓密背景。这些在城市中没什么机会的人,只能在街道上耐心而又无谓地等待机会。陌生的个人等在街道上,也被淹没在街道上,然而,它们的等待还被另一些人——那些闲暇的文人——所等待。文人、乞丐和妓女成为街道上的三个经典形象。穆时英在30年代的上海街头捕捉到的这些人群,在波德莱尔的巴黎,就出现了。本雅明称这些人为游手好闲者,这些游手好闲者也是一些逍遥法外者,他们既抗议劳动分工,也不愿意勤劳苦干,于是,任何一个工场都不是他们的合适场所。街道成了他们的去处,他"走进一个又一个商店,不问货价,也不说话,只是用茫然、野性的凝视看着一切东西"。② 市场变成了他们的最后一个场所,而人群则是"这些逍遥法外者的最新避难所,也是那些被遗弃者的最新麻醉药"。③ 街道就这样包容了逍遥法外者。他们将街道转化为自己的室内。文人迈着龟步,在这里寻章摘句,他们从街头的每一个片断中采集诗的意象;乞丐蜷缩在这里,紧缩着脖子,看起来是胆怯的目光,却富有经验而锐利地盯

---

① 穆时英:《上海的狐步舞》,中国文联出版公司,1998,第159—160页。
② 本雅明:《发达资本主义时代的抒情诗人》,张旭东、魏文生译,三联书店,1992,第72页。
③ 同上,第73页。

着过往的行人；而妓女通常借助于符号的招摇，带着客人穿过街道的尽头，消失在城市的黑暗深处；城市，正是借助妓女的脚步而展开它全部的街道秘密，"在嫖娼之举的推动下整个街道网络都打开了"。① 文人并不刻板地安排自己的时刻表，他出没于街道全靠兴致，街道是灵感和生活的双重源泉；对他们来说，写作不是在房中，而是在街头，引文不是书籍，而是街景。乞丐则永远在街道上，街道是他的长年居所，是他的密切家宅。乞丐惺忪的双眼看护着街道的一切秘密。他不是来到了街道上，而是生长在街道上，就像路灯柱子安装在街头一样。较之乞丐的懒惰、文人的闲暇而言，妓女则辛劳得多，工作使她改变了街道的时间，她们将街道的夜晚改写为工作的白昼。她们袜子里面的钱，既像乞丐不离手的饭碗，也像文人书籍底部的脚注。街道的这三个相关联的经典形象，一直刻写在大城市街道的历史上，无论是 19 世纪的巴黎，还是 30 年代的上海，以及今天的北京和纽约。街道的形象和两边的建筑物在变化，但是街道的这三个经典人物形象却一直长存着。今天，文人还是纷纷地挤在了小酒馆密布的街道；妓女则一直保持着她在楼层下的黑暗阴影形象；而乞丐永远是在人行道上无休止地纠缠。街道塑造的这三个形象，可以同任何一部伟大名著的人物形象相提并论。

这是街道生产出来的稳固常客，他们是街道的栖居者，同街道相依为命。目光搜索，是这三个形象的共同姿态，对他们来说，街道是献给纯粹目光的礼物。同时，他们也是街道的构造本身，是街道不可分离的要素。这些形象，也是街道奉献给过客目光的特殊礼物。这纯粹是街道催生的产品，一开始，他们就对街道进行强盗式的占有，将街道生活悄悄地挪用为自我的生活。将街景变成自己的装饰背景，将人群变成自己的顾客，街道变成了他的私人财富。"他靠在房屋外的墙壁上，就像一般的市民在家中的四壁里一样安然自得。"② 这种抢占式的街头风格，是德塞都抵抗理论的最早的实践种子：大都市的诞生，一开始就伴随有对大都市的廉价而巧妙的利用。

还有另一些对街道的利用方式。劫匪和小偷通常利用街头的广袤性来行动，街道提供了他寻觅猎物的机遇，也为他提供了一幅能够迅速逃离的布景。街道是作案和流窜的绝佳舞台。街道是不设防的，敞开的，流动的，并且十分广阔，罪犯既可以巧妙而安静地厕

---

① 本雅明：《柏林纪事》，潘小松译，东方出版社，2001，第 208 页。
② 《发达资本主义时代的抒情诗人》，第 55 页。

身于人流中，也可以一头扎进人流中。借助于密密麻麻的人流，他形单影只的罪恶身影得到了克服和掩饰。即便出现了追逐，罪犯还是富有经验地将人流作为追逐者的障碍。街头的追逐，绝不会是两个人在旷野的狂奔。人潮，被罪犯视作是天赐的屏障。罪犯对街头的选择，就下手而言，是对单个个体的选择，就逃离而言，是对整个人潮的选择。街道的敞开性和广阔性，既使罪犯的步伐收放自如，也令另一些心事重重的人可以得到片刻的喘息——这是些愁绪难以排解的人，他们孤单的身影在街道上徘徊。不过，这些身影既不对街道充满好奇，也不对街道抱有任何的实用目的。街道，在这里并没有得到反复的打量。相反，他们的眉头紧锁着，眼睛不是在往外观看，倒像是在内部埋藏着困扰。这些身影踯躅于街头，是因为只有街道才能消化这些困扰。喧嚣可以反衬他的孤独。对他而言，街道可以当作一个片断的回避性场所，一个逃离了限制性空间的场所，街道临时性地变成了一块自由飞地。街道，由于暂时将日常的政治逻辑和权力逻辑置于身后，因此，在这些心事重重的人们那里，却奇特地变成一服安慰的药剂：当人们发现家庭难以忍受的时候，他们往往就身不由己地选择了街头。同样，当内心的波澜无法平息，复杂的矛盾难以解答的时候，人们还是可能步履蹒跚地踏上街头。最常见的是，当人们实在不知去哪里的时候，他们就不由自主地迈向了街头。晚年的波德莱尔，由于疾病和债务的追逐，"并不总是很情愿在巴黎的街角上撞见他的诗的问题……他一点一点地抛弃了他的布尔乔亚生活，街头便日益成为他的庇护所了"。① 有时候，在广阔街头的漫步排遣类似于一个人在卧室内的低声啜泣。后者是让重重心事在一个隐秘的场所不顾一切地轰然洞开，前者则是让重重心事缓缓地消耗和播散在一个空旷地带。在此，街道承受了焦虑，并且试图慢节奏地化解焦虑——来自封闭的空间政治的焦虑。对于那些难以面对现实的人来说，街道，是一个恰当的回避性场所。如果说，密闭的空间总是会被各种压力充斥的话，那么，人们踏上了街道，似乎就甩下了一个令人不堪重负的担子。此刻，街头混浊的自然空气，却奇特地转化成为清新的精神空气。

不过，这是少量的街道人群，街道还充斥着大量形形色色的匆匆过客。如果说，街道提供给乞丐、妓女、文人、劫匪和心事重重的人以庇护的话，那么，对于这些大量过客来说，

---

① 《发达资本主义时代的抒情诗人》，第88—89页。

街道提供给他们的仅仅是一个通道。在过客这里，街道的功能发生了变化，它成为庞大城市的必要通途，是两个建筑物的必经桥梁，是城市的理性逻辑。文人在街道上漫步，他等待着灵感的降临；妓女在街道暗处察言观色，她等待着同男人的目光进行微妙的交接。但是，这些形色匆匆的过客们，目不斜视。爱伦·坡这样描述了这些人："绝大多数行人有满足的、公务在身的表情，而且好像只想着走出拥挤的人群。他们皱着眉头，眼睛飞快地转动着；在被其他行人冲撞时，从不表现任何不耐烦，而是整理一下衣服，继续向前。还有另一类为数不多的人，他们的行动烦躁不安，脸色红涨，口中念念有词，并向自己做各种手势，好像就是因为周围的人太拥挤而感到孤独。"① 街道真是将历史的时间沟壑拉平了。坡所描述的那个时代的街道行人同今天并没有太大的差异，坡笔下的这些人是"贵族、商人、律师、经纪人和金融界人士"。如果加上现代科层制度所产生的大量上班人群，这就是今天在街头匆忙过客的主体了。坡是作家，他绘声绘色描述的是街道行人的行色，恩格斯则是带政治抱怨地评论了这些行人的关系："他们彼此从身旁匆匆走过，好像他们之间没有任何共同的地方。好像他们彼此毫不相干，只在一点上建立了默契，就是行人必须在人行道上靠右边行走，以免阻碍迎面走来的人；谁对谁连看一眼也没想到，所有这些人越是聚集在一个小小空间里，每一个人在追逐私人利益时的这种可怕的冷漠，这种不近人情的孤僻就愈使人难堪，愈是可怕。"② 街道仅仅是通向一个建筑物的路途，一个被交通惯例操纵的路途。这依然适合于今天的街上行人的描述。人群不仅彼此没有联系的愿望，而且连街道的细节都没有时间打量了，人们此刻的愿望是快速地将街道抛在脑后，占据他脑子里的是即将抵达的室内的事务。一旦将街道看作是路径，那么，街道是否通畅，人流和车流是否密集，人是否构成另一些人的障碍，就成为这些街道行人出门前的一个茫然心事。而行走，无论是方向还是姿态，则全凭着养成了惯例的本能，这是毫无意外性的行走。它如此的刻板，如此的单调，如此的具有目的性，以致可以将这种行走当作工作的一个紧密环节，而不是工作之外的必要前提。而今，在街头等公交车的人，对他人不仅仅是冷漠，而且还夹杂着微妙的敌意。在街道上，最常见的戏剧行为是对于公交车的抢占，当公交车驶入站内时，等待的行人争先恐后，一拥而上，并且奋力地将他人挡在身后，从远处还有人喘

---

① 《发达资本主义时代的抒情诗人》，第 70 页。
② 同上，第 75 页。

着粗气往车站大步地奔来。这是街道上陌生的行人之间发生的唯一关系,只不过这不是恩格斯期望的热烈关系,而是彼此的竞争关系:所有的人都将他人看成是妨碍自己的对手。街头的这一短暂骚动时刻,也是街头最富有活力和动感的时刻,行人感觉到了人群的存在,但和文人不一样的是,他不是将这个人群看作是一个诗意的想像来源,而是将人群看作是焦虑和烦躁的根源。对乞丐和妓女而言,人群既是庇护,也是机会。对匆忙的行人来说,人群是一个巨大的怪兽,人们总是抱怨庞大的人群挤满了街头,但从来没有自我谴责地将自己认作是其中的一个多余分子。人们心安理得地习惯于这种街头的交通抢占,但这种抢占不是为了徘徊于街头,而是为了尽快地离开街头。在这里,街道完全是一个毫无景观性的冷漠器具,一个烦人的机器,一个充满噪音的怪物,而街旁的建筑物像一些盲目而呆滞的树桩一样毫无生气。街道,并不值得驻足停顿。就这样,匆忙的过客改变了街道在文人那里的暧昧含义,街道的语义随着步行者的身份变化而发生了变化。

由于这些上班的人群遵循固定的工作时间,他们被一种刻板的时间表所严密地编织。街道就根据这种时刻表展开它的运动节奏。他们几乎是在同一时刻从居所和办公室拥上街头。这样,某个时候的街道的人群总是饱和的,此刻,街道上人头攒动,街道缓慢、拥挤、令人烦躁不安;在另一些时候人群则相对稀少,这个时候,街道清闲下来,变得稍稍安静、稀松和快速,有时不免带一点点寂静的荒凉。街道就这样有规律地布置着自身的节奏和密度。就事件而言,街道是偶然性和机会的伟大场所,但是,就节奏而言,街道又是日复一日地重复的、单调的、乏味的。街道牢牢地把握着自身的节奏概率。这是街道的法则。那些对街道的规律和秘密洞若观火的人,知道如何对这种秘密进行利用和反利用,驾驭和反驾驭——无论是看护街道的巡逻警察和交通警察,还是伺机行动的街头劫匪和街头骗子,都是驾驭这种街道节奏的高手。警察和罪犯的街道争夺,总是围绕着街道的法则而展开的争夺。

人人都可以随时踏上街头,但人人都怀揣着隐秘的目的。街道就是这样一个宽容的器皿,是一个可以不需要门票地将任何人盛装起来的慷慨而巨大的器皿。这是街道的平等精神,而平等正是人群得以在街道上聚集的前提。无论是谁,都可以在街道上自由地迈着自己的步伐。人们常常是根据数量来看待街上的人群,量化的人群表现出来的是体积和密度,而不是等级和财富。在一些特殊的时刻——比如政治游行的时刻——之外,街道上的人群就完全是异质性的:阶级、意识形态、财富、品位、性别、年龄、身体等方面的异质性。人们总是惊叹街道人群的多寡,而不是惊叹街道人群的贫富。没有任何的等级障碍使人们踏上街头的脚步羞羞怯怯。街道不会在心理上给人们添加等级和贵贱的负担:每个人都能找到自己的差异对象,但每个人在这里也能发现自己的同类,发现自己的归属阶层。每个人都会不时地惊讶,但每个人都不会产生无所适从之感。每个人都想惹人注目,但每个人都难以鹤立鸡群。街道一方面在激励个性,另一方面在无情地吞噬个性。同密闭的空间不一样的是,街道是对异质性人群的宽厚接纳,它可以容忍人们对街道的肆意闯入;而密闭的空间对外具有排斥性,对内则有生产性;集体性的空间对内部的人群具有一种挤压性的塑造,这种空间塑造是有规律、有目标和方向的塑造。而街道并没有内外之隔,没有一个要奋力踏越的界线。街道是反空间的,是露天舞台性的,它不是在强制性塑造人群,而是让人群作为自然的主角主动上演。如果说,街道是在改变个人的话,那也是激发性的改变,而不是压制性的改变。这种改变正是解放,这就是部分压抑的人们常常走上街头的原因。囚徒从监狱里出来,会狂热地爱上街道;少年的争执如果发生在街头就会很快演变为斗殴。街道使人兴奋。笑声和欢乐通常在街头的人群中毫无顾忌地爆发,街道具有一种天然的解放力量,并且似乎天生就安置了一种激发性的电源:"生活在芸芸众生之中,生活在反复无常、变动不居、短暂和永恒之中,是一种巨大的快乐……一个喜欢各种生活的人进入人群就像是进入一个巨大的电源。也可以把他比作和人群一样大的一面镜子,比作一台具有意识的万花筒,每一个动作都表现出丰富多彩的生活和生活的所有成分所具有的运动的魅力。"[1] 如果说,集体性的空间多多少少都带有监狱的禁闭性的话,那么释放性的街道则是监狱的反面,街道以及它的人群在反复激发个体的能量。所以,贡斯当丹·居伊说:"任何一个在人群中感到厌烦的人,都是一个傻瓜! 一个傻瓜! 我蔑视他!"[2]

这样,街道变成了一个感性的场所。心智上的密谋总是在室内悄悄进行,而身体性的情感表达总是在广袤的街头。这是感性街道的巅峰时刻:当某些人群要强烈表达自己的共同情绪和要求的时候,他们会一起走上街道。声势浩大的街头游行总是一场能量大爆发。游行首先是那些受挫者的集体性的身体释放,是身体彼此激发和碰撞出来的欢乐,其

---

[1] 《波德莱尔美学论文选》,郭宏安译,人民文学出版社,1987,第 482 页。
[2] 同上,第 482 页。

次才是理智的政治示威。只有街道才能承受这种身体的游行,也只有街道才能让这种游行的身体得以被观看,进而得到进一步的强烈刺激。街道为游行者搭起了一个欢乐和破坏的双重舞台。在这个舞台上,感性能量压倒了理智谋划。街道上的政治从来都是身体政治,因而也是浅薄的,表层的,但是是粗俗而性感的。密室政治从来都是深邃的,复杂的,但同时也是单调而乏味的。街道只能表演政治,而不能切实地履行政治。街道从来是属于莽撞而混乱的身体,而不是属于殚精竭虑的心机。

感性的街道既可能使单调的人们充满激情,也会使紧张的人们自然地放松下来。人们在街道上是匿名的,既没有背景,也没有历史。在街道上,人丧失了他的深度。人的存在性构成是他的面孔和身体。光线只是在他的表面闪耀。人,只是作为视觉对象和景观的人,是纯粹观看和被观看的人,是没有身份的人,是街道上所有人的陌生人。这种丧失和隐瞒了内在性的陌生人,是自由的基本条件。陌生人在街道上处处都能遭遇目光,但没有一种是熟悉的目光,没有洞晓自我秘密的目光,没有严厉的权力目光,没有审查的目光。目光只能洒到表面,这样被观看的陌生人就是隐匿的,安全的,固守自身秘密的。因此,他既没有包袱,也毋须戒备,街道上的脚步总是踏着轻松的节拍。街道上的行人需要刻意装束的只是表面形象,表面形象是他的一切,也是他提供给周遭目光的一切。街道激发了人们装扮自己和表演自己的热情,也激发了人们形象练习的热情,街头的人们被一种形象的魔力所宰制。身体和形象更容易在街头起舞。"街道不仅具有表现性,而且是日常生活戏剧的展示窗口。"①

街道是所有人的共同背景,但却是每个个体的异质性背景:街道使人从一个熟悉的语境中挣脱出来,并且甩掉了庸常的制度和纪律——除了一种基本的交通纪律外,纪律对街道鞭长莫及。这样,街道就成为城市中最混乱但又是最轻松的场所。在科层制主宰的今天,一个反纪律的场所当然是一个乐园,如果这个乐园还充斥着各种各样的俗世物品的话,那么,街道就是今日名副其实的乌托邦了。这是个充斥着拜物教的乌托邦,它日复一日地等待着人们的朝圣。

---

① 奈杰尔·科茨:《街道的形象》,选自约翰·沙克拉编:《设计——现代主义之后》,卢杰、朱国勤译,上海人民美术出版社,1995,第120页。

街道上的物品

街道既是一个人群的综合,也是一个物质的集合。实际上,街道是"人与物之间的中介:街道是交换、商品买卖的主要场所,价值的变迁也产生于这里"。① 街道的真正秘密核心是商品。街道被各种各样的人群强制性地使用,进而被生产出各种各样的意义,因此,它的语义变动不居。但是,街道仍然存在着一种固定的核心意义:它是商品的寓所。这也正是街道的魔力所在,它促使人们一遍遍不厌其烦地奔赴街道。实际上,人们常常将街道理解为店铺林立的商业性大街。如果不是将街道当作一个过道,而是将它当作一个目的地的话,那么,人们对街道的奔赴,主要就是对这些商品的奔赴。商品既是街道生机勃勃的跳动心脏,也是人群簇拥于街头的内在秘密。

商品的寂静聚集却使街道喧哗不已。作为商品的寓所的街道,就是要将商品展现出来,商品,就是要力争拥上街道,并尽可能在街道上醒目地成为一种可见物;而真正的商业性大街,则应该成为囊括一切商品的百科全书。街道和商品的关系,是相互寄生、相互激发和相互生产的关系:缺乏商品的街道是单调的、乏味的,灰暗的,严格说来,这不是我们通常意义上的街道,而只是一个素朴的交通过道;它完全被实用的交通功能所控制,车辆密密麻麻地堆积在此,驾车人内心焦躁,却面无表情。他们无可奈何地但又是在安静地寻找空间和时机。交通过道是城市刻板制度的贴切表征。剔除了商品的街道,在某种意义上,也会剔除人群。即便这种街道被赋予强烈的意识形态色彩,即便它有一种政治和历史的神秘传奇,即便它气势宏伟,高楼林立,这样的大街也只会不时招募一些零星的外来游客。在这样的意识形态的大街上,行走,只是一种对历史的震颤经验,这样的行走步伐紧张而兴奋,它踏越的不仅是街道,还是漫长的历史记忆和喋喋不休的政治说辞——这同充斥着商品的商业性大街的体验完全不同。反过来说,商品如果不寄寓在街道上,它就是孤独的,闭塞的,荒凉的。街道应该成为商品的恰当语境,脱离了街道的商品,就脱离了它的交换句法,而成为一个被甩掉或者被耗尽的矛盾字词。这样的商品当然自会有它的命运,但是它不会有被反复挑剔和阅览的命运,不会有一种集体性的辉煌展示的命运,不会有一

---

① 前注,第 120 页。

种扩大自身符号表现的命运,不会有虽然昙花一现但毕竟历经繁华的命运。商品,只有存在于街道上——无论时间多么短暂——才能获得商品独树一帜的意义:才能经历出售和购买的巅峰瞬间。

商品和街道就这样达成了一种"自然"关系。正是在商品和街道相互激发的关系中,正是在它们融洽的句法关系中,正是在它们彼此作为背景的窃窃私语中,它们各自的独特意义才纷纷涌现。同时,这种关系,以及这种关系的秘密,就成为整个街道的秘密:街道形象的秘密,街道活力的秘密,街道文化的秘密,街道上的人群的秘密,人和街道的秘密关系的秘密。

街道一旦成为商品的积聚之地,那么,它的交通功能和意识形态功能就会大大减弱,政治建筑不会置身于此,一些繁华的街道甚至禁止车辆通行,这样,它就变成一种完全的买卖和景观场所。对于行人而言,扑入眼帘的,首先是街道的景观。街道当然有它的形成历史、设计和建筑,也就是说,街道有它的从历史深处浮现出来的空间轮廓,这个空间轮廓在某些历史关头被一再地改造,扩充,伸展。不论这种改造是悄然的还是激烈的,街道的历史就是其空间和建筑被改造的历史;但是,一部街道的发生史也是一部商品的变迁史,是商品的展示史。街道的历史是被商品逐渐包裹和粉饰的历史。街道的改造,绝对还包含着商品的形象对它的改造。即便街道的空间和建筑长年不变,并始终保持着某种固执的静止状态,商品对街道的改变仍旧让街道不断地推陈出新。人们会毫不费力地记住街道上的一般建筑秩序,但人们很难记住街道上的具体形式细节。商品的频繁变换导致了这些细节的频繁变换,对商品面目的改写也是街道面目的改写。

使用性,是商品的内在属性;交换性和出售性,则是商品的必然宿命。但是,商品及其广告,凭借它的符号和形象,还顽固地保持着对街道的装饰功能。现在,商品越来越不满足于安静地呆在店铺的一隅,等待着某个顾客兴之所至的偶然光临。相反,它们力图挣扎出来,溢出寂静的角落,奋力在街头获得自身的光亮和可见性。这样,商品的表征符号——巨大广告牌或者商品的记号模型——赫然出现在街头,这是商品的代理和符号再现,是有关商品的二次书写,这是夸张的放大的形象书写,它暂时藏匿了商品的劳动价值,而突出了商品的符号价值。商品的这种再现符号,交织着双重意义:商品的展示意义和街道的装饰意义。就展示而言,这是一般性的商品推销术。展示必须尽力地在每个角落抓住人们的目光,这样,它就会无所不在。这种展示的广泛性,在另一方面,构成了对街道的大面积装饰。就装饰而言,这些商品广告组成了街道的真正表面,它不仅占据了墙壁的表层,甚至夸张地伸展到街道的上方乃至地面。相应的,街道的建筑本身就失去了它的固有色泽。街道,就被这些商品形象和广告严密地包裹起来。广告的色彩,就是街道的色彩;广告的形象,就是街道的形象。"广告无所不在的陈示,垄断了大众的生活……这是我们今天唯一的建筑:巨大的屏幕上闪烁着运动中的原子、粒子和分子。已经没有公众活动的场景或真正的公共活动空间,只有庞大的旋转、交换和短暂联结的场。"[①] 广告不是布满了街道,而是占领了街道。

但是,实际的商品本身仍旧存在于店铺内部。而店铺总是在寻找店铺,店铺的法则是物以类聚的法则。店铺如果茕茕孑立,它只能等待着纯粹的巧遇,等待一个偶然的顾客:虽然这个唯一的店铺可能吞噬全部的却又是寥寥无几的过客,但没有人专程奔赴一个孤独的无名店铺。这样的店铺只能等待四周的定居者,它绝没有吞吐万物的远大气概。一般来说,店铺的本能是汇集于商业街道,或者说,商业性大街正是因为店铺的本能汇集而自发地形成。在这里,店铺会撞上自己的悖论:它要冒着竞争的风险和其他店铺比邻而居:它既嫉恨另一些店铺的竞争,又依赖它们的招徕效应。这是店铺复杂的双重感受。店铺只能在庞大的店铺群中找到自身的感觉。每一个店铺都想拼命地招摇,但每一个店铺都被其他的店铺无情地湮没。

但是,街道上的店铺还是存在着自发的秩序。大型购物中心注定是街道的重心,它庞大的建筑醒目而隆重地矗立在街头,并成为街道上的一个要点,一个景观,一个高潮。街道通常是根据这种购物中心而展开自身的叙事。如果一个街道上存在着多个这样的购物中心的话,那么,这就是一个喧哗的、高潮一再出现的街道。各种各样的小店铺环绕在它们周围,构成它们的依附和补充,并悄悄地将这些保持距离的购物中心连接和填充起来。这使得街道层次分明,衔接紧凑,错落有致,并具有一种轮廓上的丰富性和变化性。充满活力的街道是整齐划一的敌人,同质性的街道是在扼杀街道。同购物中心的稳定性——它几乎成为街道的固定品牌——相比,这些小店铺是临时的,机动的,灵活的,变迁性的和游击

---

① 鲍德里亚尔语,转自上书第 122 页。

式的,它们反复地改头换面,而且,这些店铺是异质性的,它们的商品和功能并不雷同。小店铺的改装在书写街道的兴衰。它们不仅仅依附那些大型购物中心,也和购物中心形成一种相互寄生的关系。它不是购物中心的终结,而是它的一个自然延伸;它不是和购物中心充满敌意地对抗,而是和它保持着通畅的过渡关系;它在地理上外在于购物中心,但在逻辑上却内在于购物中心。小店铺和大型购物中心织成了一个买卖的整体。而街道,并不因为建筑物的地理隔离而形成严格的区分场所,相反,街道是没有界线的,四处都是敞开的门,供人们自如地穿梭。从这个意义上说,街道是一个有机整体,是一个包罗万象的巨型建筑物,是一个没有封闭点和终结点的开放场所。街道,既是多种店铺的综合,也是某种单一的庞大店铺。如果说,一个综合性的购物中心将众多小型店铺囊括其中,并让它们保持着自然过渡的话,那么,在同样的意义上,街道囊括了所有的店铺。街道,成为一个放大的通畅的而又无所不包的购物中心。

街道各种建筑物的可穿透性,保证了街道的流动性,这也保证了街道的活力。实际上,所有的建筑物,所有的店铺都在焦急地等待人们的光临。店铺一定要招徕,要展示,要夺人耳目。这样,街道两边充斥着的不是禁闭性的森严围墙,而是敞开的透明的玻璃橱窗。橱窗将店铺包含的内容展示在外,使店铺和街道在光线中相接,橱窗不是让店铺和街道保持严肃的黑暗界线,而是将这种界线拆毁。橱窗既让店铺保持着可见性,也让店铺保持着同街道的沟通。透过橱窗,商品摆在店铺里,"就像是摆在一个耀眼的舞台之上,摆在一种神圣化的炫耀之中(这就像在广告中那样,并非是单纯展示,而是像拉格诺说的那样,是赋值)。陈列物品模仿的这种象征性赠予,陈列物品和目光之间的这种安静的象征性交换,显然会引诱行人到商店内部去进行真正的经济交换"。[①] 橱窗,使商品披上了光晕。它镶嵌在街道两侧,但并不令人感到空洞和刺眼。正是在橱窗的保护下,商品能自在地暴露于街头。橱窗是商业大街最显著的品质,它使街道获得了透明的深度,获得立体效应。街道不再是个封闭的线型的笔直通道,不是一个堤坝筑起的顺势而下的河流,而是一个可以向四周悄悄渗透的立体网络。

这样,街道上的行走就变得极其缓慢。由于各种店铺的展示性和透明性,行人会一再

---

① 　鲍德里尔:《消费社会》,刘成富、全志钢译,南京大学出版社 2000,第 188 页。

地驻足探寻其间,好奇心总是驱使人们对店铺反复深入,而店铺常常会令希望和失望发生瞬间更替。行走变成了对店铺的饶舌般的探秘,于是,直线步行变成了横向游逛。目光扯住了脚步。在街道上——如果人们确实是去购物的话——时间会很快地流逝而去。一般来说,人们在街道上的实际时间,总是会超出预定的时间,人们容易被层出不穷的可能性,被各种显现的物品,被各种诱惑性的店铺抓住。街道需要眼睛保持着运动,而步行和时间因为目光的过度兴奋失去了知觉,它们往往沉默无语。但是,街道和行人却永不知疲惫。街道的尽头看起来近在咫尺,走过去却遥遥无期。游逛,就这样改变了街道上的时空:街道的长度获得了意外的增加,而时间却在加快地流逝。街道从不让时间显得无聊而漫长,它压缩了时间感,却拓置了空间感。

除了商业购物的店铺之外,还有其他类型的店铺存在于街头满足人们各种各样的要求。广泛的店铺类型就这样留住了人们的脚步。街道是一个自足的世界,人们可以在此满足他的一切消费愿望:人们可以在此吃喝玩乐。饭店、旅馆、银行、邮局、理发店,酒吧、照相馆、澡堂,等等,这些消费场所的功能相互补充,并构成一个完整的生活世界,它不留下任何的消费漏洞和缺憾。它们常常没有规律地挤在街道的两侧,这些功能性的场所,因为在满足人们的不同需求,因而也在反复地改变人们的街头经验。这些不同的场所空间,针对着感官的各个层面,它让人流、让感官、让经验、让心率迅速地转换。空间的功能变换和地理变换,使街道的经验失去了稳定性,也动摇了人的整体性。人,在不同的时刻,受到不同的对象和空间的刺激。街道上的人们,从购物商场中出来,迈进隔壁的饭馆,他的注意力就从视觉转向了味觉。街道轮番地作用于身体。它将身体的整个世界包围着,并探索身体的全部感官奥秘,它可以沟通感官世界,打开这些世界,刺激这些世界,满足这些世界。相应地,它也就会压制思考和哲学,压制晦涩和深邃,压制理性和算术,压制永恒和本质,压制各种各样不变的决心:街道是感官的,又是瞬间多变的。

而这,就同时尚一拍即合。时尚同样是感官的,瞬间多变的,街道的多变禀性就是时尚的多变禀性。街道当之无愧地成为时尚的天然舞台。街道不仅仅是时尚的载体,而且还生产和造就了时尚。时尚的形成,必须得到街道的内在支持——没有街道,就没有时尚。如果说时尚是新奇和活力的标志,那么街道的热情部分地来自这种时尚。时尚的反面是孤芳自赏,它不是某些少数人秘而不宣的内部趣味。相反,时尚的发生,要么是高级阶层的特殊品位的优越流露，要么是某些浪漫群体对平庸价值的文化抵抗。因此，时尚的发生是文化政治的显豁表达，它要展示，要招摇，要公开地炫耀或者示威。时尚的文化政治不是激进的暴力政治，而是表达的目光政治。时尚的政治倾向，必须被阅览，被体验，被看见，而且应该像游行一样被人群看见，被最大范围内的消费者看见。只有被观看，时尚内在的政治性才能发生效应，时尚才能获得它的实践意义。因此，时尚决不会固守在一个隐秘的角落，而应当在活生生的街头大摇大摆。时尚，必须将街道作为表演舞台。时尚像波浪追逐波浪一样地反复更迭，街道目击了时尚的这种瞬间兴衰，而时尚，也在一遍遍地改写街道的色彩。街道和时尚是一曲永不落幕的双簧戏。时尚内在的求新欲望，让街道永远生机勃勃。而街道的生机勃勃，总是能让时尚找到用武之地。街道能够承受一切的时尚好奇。时尚的速度成了街道的速度；时尚的面孔成了街道的面孔。如果说，年轻人和妇女是时尚的狂热追逐者的话，那么，街道就是他们的天堂。

感官和时尚的街道当然还是个松弛的街道。人们将街道当成一种松弛场所——只要是感官场所，一定就是没有负担的场所。这，正是街道的魅力所在。有些人选择街道，就是为了选择一种轻松的夏日般的欢乐氛围。成年人对街道有一种周期性的想像，如同孩子们对节日有一种周期性的期待一样。即便在街道上一无所获，即便购物只是一个自欺的神话，即便那些商品的价格足以让人汗颜，上街，仍旧是今天的单调世俗生活的拯救形式。上街，永远是打着实用主义的购物旗帜，但是，最终收获的就是在街道上的感官释放。空手而归的人们，脸上并没有挂满失望：因为，街头的无目的的游逛和观看是一种成年人可以掩饰的安全游戏。游逛可以生产快感。上街，就这样变成了一种风格化的生活政治学。这种生活政治，不是别的，就是对抗理性政治的感官政治，对抗实用政治的耗费政治，对抗官僚政治的娱乐政治。如果说今天有什么普遍悲剧的话，就是有些人无法上街的悲剧。一个远离街道的人，是一个远离生活的人；一个体验不到街道魔力的人，是一个感官退化的人；一个没有时间踏上街道的人，是一个科层制度中乏味的机器人。我相信，一个不爱街道的人，断然也是一个不爱大自然的人，因为，大自然的秘密就是街道的秘密：在今天，二者都是一种超现实主义经验，都是日常生活法则的脱轨，都是对权力逻辑的短暂溢出，都是官僚机器的一个反面补偿，都是非政治空气的贪婪呼吸。只不过，街头的补偿和呼吸是激进的，而大自然的补偿和呼吸则是温和的。在温暖和煦的阳光下，一个人无目的地漫步街头,四周的人群和喧哗编织成他的音乐背景,这样嘈杂之中的漫步所携带的悠闲,不就是在茫茫无边草原上单个身影的故意孤独吗?

结 语

深夜来临,人流四散,店铺各自关起了自己的大门,街道要休息了:白天的喧哗似乎令此刻的街道疲惫不堪。街道逐渐安静下来。但是,安静的街道并没有夜晚,各种叫不出名字的彩灯让街道处在一种黄昏般的闪烁之中。这个时候,在某个街灯难以顾及的充满阴影的角落里,阴谋或者缠绵的爱情在嘀嘀咕咕地发生。如果说,街道的白昼被声音和人流汹涌地点燃,那么,它的夜晚变成了夜游神的诡秘温床。充电般的街道激情随着夜幕的降临而退缩了,它留给夜晚的,就是暧昧,如同闪烁的街灯面带嘲讽地散发出的暧昧。

建筑史的"镜像"

冯 原

建筑史的"镜像"

古典建筑的历史似乎是在 18 世纪中才突然被发现的。倒不是说在此之前没有建筑史,而是说,只有当人们有意识去梳理历史时,历史才会浮现。自布罗代尔出版第一部建筑史之后,欧洲迈进复古主义时代,建筑师纷纷从希腊、罗马和哥特式建筑中寻找风格的依据。贯穿于 19 世纪的新古典主义建筑就包含了各种对于历史的想像和解释。

全然的复古实际上是做不到的。自文艺复兴时期开始,人们从哥特式教堂的尖顶竞争中恢复了理智之后,塞利奥就重新为西方建筑寻找到真正的源头——希腊和罗马建筑。然后是巴拉蒂奥开创了建筑考古学的传统。尽管萨默森早就指出:巴拉蒂奥的考古学,经常是想像多于现实。这种现象对我们却是一种难得的启示。从 15 世纪以来,西方建筑的每一个阶段都创造出某种古典建筑的"镜像"。站在今天的立场看来,每一面镜子里映射的希腊、罗马建筑其实都渗透着建筑师的个人意志。然而在历史现实中,个人消隐在古典希腊和罗马建筑的光环之中,建筑师自然也乐得如此,似乎不唯此就不能获得建筑的合法性。所以,一直到 19 世纪中叶,古典主义建筑完全如同萨默森在总结古典柱式的传统时所说的:恒定,又能够适时有所表现。

看来,对历史的认识程度并不会影响建筑生产的实质,只要每一个时期的建筑师自信地以为他们复原了古典建筑的正宗样式,每一代的建筑都被创造性地建造出来,同时又成为整部历史的一部分。关键在于,无论与古典建筑的传承关系如何,建筑都是适应和服务于现实的产品。建筑物既是由石块、雕刻和砖瓦等材料构成的物质实体,它还是精神的载体。在精神和象征的层面上,建筑联系着社会统治中的权力格局。舒尔茨在分析巴洛克建筑时说:巴洛克建筑中,主要的纪念性建筑是教堂和宫殿,它们代表着这个时代的两种基本权力。如果没有耶稣会为了增加宗教权力而发动的建筑竞争,巴洛克建筑中繁琐得无以复加的装饰风格可能也无从出现。在这个意义上,巴洛克式的山花与涡卷装饰与宗教权力有着明与暗的关系。

在建筑史上,最有趣的现象不是样式的创造,而是样式与现实权力的"对位游戏"。在19世纪初,当巴伐利亚王储路德维希为了纪念打败拿破仑而修建英灵纪念堂时,建筑师克伦策毫不犹豫地为位于雷根斯堡的纪念堂选择了帕特农神殿的样式。象征的逻辑如此:希腊人打败波斯人的经历与德国人击败拿破仑相类似,于是帕特农神殿的建筑样式也就顺势被挪用于象征民族英雄。在这里,帕特农神殿就是某种历史的"镜像"。两千年之后,它还能适时地从克伦策的手中显形出来,照射出新兴的普鲁士民族—国家的国家精神。另一个例子是托马斯·杰弗逊,这位美国式民主制的开创者尤其热爱希腊神庙建筑。结果,他把弗吉尼亚州议会大厦搞成了一个梅宋卡瑞神庙的复制品。他认为,举世公认的典范之作好过任何建筑师的个人想像。显然,杰弗逊的选择告诉我们,复古的任务分为两个:一个是寻找古代的经典建筑样式,另一个是为古代经典找到符合社会现实的用途。当然,建筑师手中的"镜子"必须照射出政治家能够接受的内容。政治间接地操控建筑似乎是个普遍规律,这与社会制度的优劣有何关系尚待进一步研究。关于这个现象,我们从本世纪的北京城和天安门广场的改建计划中完全能发现相同的道理。只不过五十多年前,梁思成先生的"历史之镜"没有能囊括新时代的内容,中国式的古典主义"镜像"最终还是遭到肢解的命运。

毕竟建筑的历史还从未中断过,这样或那样的特殊性造成了各种建筑和建筑史的"镜像"。没有现代主义,古典主义的轮廓是不完整的。只有当整个古典建筑史都成为现代主义的"镜像"之时,古典才终于找到了永久的栖身之地——与现实交相辉映。如此说来,历史与现实一直是在"互为镜像"。

红色经典与国家想像

自明成祖朱棣定都北京后,紫禁城就一直是天下的中心。满族人的入主虽然颠覆了朱明王朝,却把旧朝的制度和文化一揽子接收下来,包括巍峨的皇城。确实,与努尔哈赤的上京(沈阳)比起来,只有北京城的中轴线建筑群才真正具有普天之下唯此为大的意象。

由明人清，大明门改成了大清门，承天门改成天安门，改朝换代简化为统治权的命名法。盖因为朝代可以更迭，但天下的秩序仍然运行不悖。

到了辛亥革命后，国家取代了天下。既然天下的秩序大变，紫禁城就不再是君权天授的空间象征，皇城易名为故宫，大清门改为中华门。整个北京城中轴线上的建筑群从统治者的意识形态中退身出来，成为最大规模的民族建筑标本。国民政府之放弃北平、定都南京伊始，就一直在寻求新的民族一国家形象。吕彦直的中山陵代表了南京政府对于折中主义风格的偏好。民国式建筑的国家形象是由传统的大屋顶和西洋式的建筑格局混合而成。不过这种造型正好与民族一国家的观念相吻合：大屋顶象征着民族；西式建筑格局则象征着现代国家政体的性质。但是，民国的折中主义建筑固然典雅和精美，却很难体现恢弘的气象。民国式建筑延续到台湾后就到了尽头。1949 年之后，新中国再次要重新寻找符合国家政体性质的空间象征就显得势在必行。

这一次，焦点又再次引向了北京城。天安门从中轴线建筑群中脱颖而出，它不再是旧皇宫的外城门，而是被塑造成历史的屏幕。它的后面是有名无实的古典型权力中枢；在它前面，历史建筑必然要遭到清除，这样才能打造出一个全世界最大的广场空间。天安门广场重构了中轴线的空间秩序，也为寻找新的民族一国家形象奠定了基础。在天安门前，"左祖右社、面朝后市"的古训已不大管用。人民英雄纪念碑就像嵌入到中轴线上的时代坐标，以它为核心，西边是人民大会堂，东边是中国历史与中国革命博物馆。整个组合造出了符合新中国之国家意志的空间意象。

这片空间注定是不同凡响的，但北京城的历史给国家形象的定位带来了困难。重构北京城的中轴线，等于让历史成为新国家权力的基底。作为政体象征的人民大会堂尚好理解，而历史博物馆与革命博物馆的建筑定位却另有含义。选择在最具有历史感的中轴线上建造一个历史容器和革命祭坛，而不是像梁思成先生所倡议的那样彻底保护历史，其实最大的目标只有一个——为了重新诠释历史。这一点也体现在命名上，将中国历史与革命历史放在一起，实际上恰恰是为了区分古典中国和新中国两种历史的性质。由此而得到的建筑形象出奇的大，长长的柱廊让人们想到斯大林时代的苏联建筑风格。它真正是个社会主义建筑的典型，拥有意识形态所偏好的宏大体量，里面的展品收藏却与它的规格形式不相衬。

当历史之书翻到了 2003 年,中国历史博物馆和中国革命博物馆要正式更名为"中国国家博物馆"。这意味着,古典中国史与近代革命史之间的界线已被国家的概念所涵盖。但是,接踵而来的问题是:什么是国家的形象呢?

今年,北京举办的"中国国家博物馆改扩建国际招标"就是一场新国家形象的预演赛。与 50 年前的拆旧建新正好相反,新的国家博物馆以历史主义为原则——任务书要求保留旧的历史与革命博物馆的四个立面。库哈斯提出的社会主义经典说在此得到了回应。这就是说,新的国家形象必须从红色经典的胚胎里产生出来。虽然不少世界一流的建筑师努力给出别具一格的答案,但是,最有创意的,如 H&D 的方案却被放弃。我以为这也是意料之中的事。无论如何,保持红色经典的原则使得张开济先生(原博物馆的设计者)要比梁思成先生幸运得多,在梁先生保护北京旧城的计划落空多年之后,国家的想像已经和整个天安门广场建筑群融为一体。此时,我们确实很难分清楚,旧北京的中轴线与新中国的政体式建筑群哪个更具有中国精神? 哪一个才更能体现国家的想像?

水运与骑楼

在现代型工商社会出现之前,商贸活动的运转完全依赖江河水道。水运的优势催生了珠三角或长三角等前工业化时代的商贸中心。广州虽地处岭南一隅,但位于三江汇流的出海口,千年以来都是沟通海陆的枢纽城市。

顺着河道向内陆延伸,重要的商埠市集沿河而建,自然也是图舟楫便利的选择。由广州溯江西行至两广交界处,便是梧州地界,浔江与桂江在此交汇而成西江。梧州曾是商贸繁荣之地,俗称"小香港",当是水路交通时代中扼守粤西云贵的门户。

今天,沿江而建的骑楼街区已成为梧州昔日繁盛的孤证。两广境内,可能只有梧州至今还保留着规模最大、最完整的岭南骑楼群。梧州也以水患频发而著名,奇怪的是,整个旧城区仍要濒水而建,究其原因可能还是与水运的特点有关。要取得运输的优势只好不惜遭受水患的困扰。我甚至于去猜测,近码头区的商铺,其过去的地价绝不比地势较高的商铺来得便宜,只要近水的便利性大于每年遭受水浸的损失,城区就向水边靠拢。实际上,靠近江边的骑楼建筑更高大,门脸也更气派,顶部大多带有西洋建筑的装饰符号。此类骑楼建筑完全是水运型商埠适应当地气候和贸易方式的择优产物,想像一下火轮驶进码头时水客所看到的情景,骑楼群的正立面一律朝着西江,即使被盛夏时的洪水淹没了下半截,也不影响这个临江商埠的整体气势。

岭南骑楼是个很有地域特点的建筑样式。有关的研究已有不少,大多都把骑楼建筑的起因归结到南方湿热多雨的气候条件上。不过气候只是影响建筑的外部原因之一。所谓骑楼,一般要具备三个特点:(1)底楼退缩而空出一条公共的走廊,是为人行街道;(2)像北美的 Townhouse 一样连成一片,建筑只有临街的正立面;(3)正立面不大,而纵深却很长,形成"前店后居"的格局。因此,骑楼不是单体建筑的概念,而是连片成群的商业街区,甚至会扩展成规模不小的城镇。梧州的旧城完全包括了上述三个特点,因而也是研究骑楼建筑的典型标本。

以梧州为例,我们可以看到两个层次的交易圈,大交易圈以水运为中心,决定了重要商埠临江而建的定位;小交易圈以店铺贸易为中心,这就决定了骑楼建筑和街区的形成。两者都与降低交易成本和生产成本有关。水陆转运一直是内河商贸的核心,商埠的形成自然会选择最靠近河边的位置,这样才能最大限度地利用水运优势、节约陆路成本。在此基础上,商埠店铺式的交易方式决定了城市与建筑的形态。广东俗语说:出处不如聚处。意指产地的货品不如商埠的便宜及选择性大。此话已挑明商贸活动的实质——资本逐利的聚集方式。店铺云集能够方便交易、减少做买卖的各项成本,于是商埠少有独栋式建筑,而是连成整片的街区;多雨的气候导致了底楼退缩,把街区进一步变成公共的避雨走廊;更为关键的还是以下两个因素:最具商业价值的是临街店面,因此,几乎所有的临街空间都必须用于经营;此外,建筑向纵深发展,一来是可以占用较便宜的后部空间,二来可以用作居住、仓储等。这些最终导致了集居住与商贸为一体的岭南生活方式。

骑楼生活也是个两难选择,为了经营的便利只好牺牲掉大部分舒适性。可过去哪有今天的郊区生活方式? 商埠之外就是中世纪式的农耕村落,山野间偶尔点缀几个零星的豪门庄园罢了。相形之下,骑楼街的喧哗吵嚷、油烟污水全变成了繁华商业市镇的象征。广东移民甚至把这种亦商亦居的生活方式带到了北美。把纽约或三藩市的老华埠与老梧州比较一下,只要不去看帝国大厦或金门大桥,唐人街的底蕴与梧州式的骑楼生活实在是一脉相承。

骑楼、茶楼、裙楼

两层以上的建筑谓之"楼"。广州地区最有特色的建筑类型称为"骑楼",实际上它是集商贸和居住为一体的建筑群或街区。两广及闽南一带,稍具规模的城镇都是骑楼街的天下,可见岭南城镇的主要功能是商业活动。过去广州城西的骑楼街纵横交错,并形成专业化的街市体系。专营海味干货的一德路,骑楼下的海产堆满如山;香港的德辅道西也有个同类的海味街市。旧骑楼和呛人的咸鱼味提醒我们,省港澳的基底是几近相同的广东文化。

城镇从乡村世界中独立出来是分工水平提高的结果。杨小凯把城乡分离的过程称为"分工演进"。工商业比分散型农业分工程度高,也需要更高的交易效率,所以,城市主要是便于集中居住和交易,以降低工商业的交易费用。

与城镇的出现相同,广式骑楼大概也是分工演进过程中的产物。在今天的超级购物中心——Mall 诞生以前,骑楼街区实际上就是一个没有天棚和空调的 Mall。按照杨小凯的古典城市化理论的模型,城市化是在分工经济和交易费用、分工经济和城市拥挤两个两难困境中的择优演化,在相应的社会生产方式和条件下,骑楼街区式的商居形式便是个最佳均衡。首先,骑楼是高密度的"群居"建筑,店面与店面紧密相连;其次,连片的骑楼退缩后留出的走廊形成一个公共空间,它是全天候的商业走廊,其店面的宽度与密度正好达至最佳重合点,没有丝毫浪费,也不至于拥挤不堪。分工与密度的折中导致了骑楼街的典型外貌——沿街立面构成一个个的柱廊式门脸,正好容纳牌匾、旗帜和广告等标识物。

骑楼建筑本是商居合一的,而偏向商贸的比重要大得多。这并不是说居住不重要,但是在以经营为主体的商埠中,居住和仓库等不过是商业活动的后勤保障。集中式居住与集中式商贸一样都明显地降低了交易费用。在人力车的时代,我们难以想像居住在郊区工作在市中心的现代生活模式。把居家和仓库都放在骑楼的楼上,出行成本就几乎降到零。这个道理谁都能明白个八九分。同时,骑楼式建筑也提示我们要注意到这个可能:骑楼街市是个小店主的世界。众多的以家庭为单位的商铺表明密集型城市里人人皆商,小老板的数量并不会比杂役工或店颗计少得了多少。同样的道理也可用到上海的石库门建筑类型上,与骑楼相比,沪上的石库门可能更适合上下班的生活方式,毕竟是上海产生了中国最早的大型商务公司和上班族。

广东生活的嘈杂喧闹也变得容易理解了,尤其当粤式茶楼也夹杂在骑楼街中间,车水马龙的食客每天营造出人声鼎沸的场面。茶楼把餐馆和咖啡厅的功能集于一身,它是骑楼式生活的社交中心,很适合小老板们比货论价。名闻遐迩的粤菜大概也是得益于此种密集型生活。最起码粤式早茶的发端就与骑楼街的商住模式有关。为何早茶不会出现在胡同林立的京城或里弄纵横的上海,原因当然有很多,不过我可以肯定卤煮火烧和泡饭不会出现在广州的骑楼街茶楼里,道理却简单:只有早茶才兼顾了交际和谈生意的目的,这与骑楼的形成同出一辙。

今天,广州城连片的骑楼街已被拆得所剩无几。但是骑楼却以另一种方式得到延续——高层商厦中的裙楼。"前店后居"的横向骑楼变成了"上居下店"的竖向高楼。现在虽是个汽车和高科技年代,以商住型大厦为核心的密集型生活仍然占据着主流,要点还是与分工经济和城市拥挤困境中产生的交易费用有关。如果选择郊外住区的优美景观和清新空气却回避不了交通堵塞的时间和成本,那么许多人仍会选择住进"新骑楼"。毕竟住在茶楼上面,每天喝早茶要来得方便些吧。

瓷片美学

直到19世纪,考古学家才发现古希腊的建筑和雕像原来是着色的。新古典主义者最为珍视的白色大理石质材,其实是表层颜色脱落后的结果。德国的桑佩尔据此提出了"面饰"的概念——如同人戴上面具,建筑也应该被掩盖起来。这个看法揭示了装饰的起源。看上去,掩盖的目的是为了美化,因为用于装饰的材料要比需要掩盖的材料更"漂亮"。其实,只有联系到社会情境的上下文,美化才具有确定的社会意义。

任何材料的漂亮只是相对的,当时间和风雨侵蚀所造成的效果已经成为深入人心的美学特征时,斑驳的肌理与单纯的质感很可能就会变成人们有意识追求的美感。如果人们已经习惯于欣赏敦煌壁画古旧的色彩时,也不容易接受这个事实——刚画成的壁画色彩亮丽。与古旧的效果对比,亮丽几近俗气。欧洲的城市都以古老为荣,罗马和威尼斯的老住宅区总是刻意保留一切历史的痕迹。很难想像一个翻新的罗马城,用佛山石湾生产的瓷砖片贴满那些建筑,这场"亮丽工程"可能与维苏威火山毁掉庞贝城一样可怕。

当追求亮丽的瓷片与维持古老肌理的欲望几乎同样强烈时,那就要看具体的社会情境支持哪一种美感倾向。在一个立志求富的社会中,新建筑的数量成倍增长,人们需要的是最容易体现富有的外观形象。新的、亮丽的价值就要比旧的、古老的质感更受人们追捧。南方是中国近 20 年来最先迈入富裕竞赛的地方,光洁亮丽的建筑面材从这里发端也就不足为奇。广东的佛山跃升为中国首屈一指的建筑陶瓷生产基地,产量最大的当属建筑的外墙瓷砖(广州俗称瓷片)。近十多年来,瓷片自我复制的速度不亚于中国经济的增长幅度。从南到北,由城市到乡村,中国成为一个到处闪烁着瓷片光芒的"亮丽之国"。

对亮丽的追求必定伴随着人们摆脱污垢记忆的潜在愿望。从瓷片最早使用于公厕和医院裙墙的历史来看,早期瓷片的符号语义意味着"卫生"。当瓷片大量地从内墙转移到外墙时,瓷片已被注入了"新富"的社会共约。所以,能为建筑穿上"瓷片外套"反映了业主的财力,一旦这种符号语义成立,为自己的新住宅贴上光亮的瓷片就演化成脱贫致富的标志之一。在日新月异的乡镇,簇新的贴瓷片建筑总是最醒目地从其他的旧建筑群中脱颖而出。随着大城市高层建筑的增长,瓷片也成为追求光亮和拼花图案的首选。构成城市高楼群新风尚的"三大件"材料只能是瓷片、玻璃幕墙和大理石。它们也是设计院建筑师们剪裁"建筑外套"的常用材料。如果我们把 90 年代以来的中国建筑风格看成一件拿破仑时代的法国军服,瓷片就是呢面料,玻璃幕墙有如前胸的绶带和纹饰,大理石裙楼外墙等于是锃亮的马靴。假设把瓷片从建筑材料的清单上一笔勾销,中国的城乡将会变成一片片没有外套的"烂尾楼"。从这个意义来讲,佛山的瓷片工业形势仍然大好。以城市的形象着眼,为北海或三亚的烂尾楼群贴上瓷片也许比炸掉它们还来得省钱吧。

陶瓷和马赛克材料的另一个原产地是地中海沿岸国家,如意大利和西班牙。不过,图案瑰丽的瓷片只是用在盥洗室和地板上。用各色涂料来装饰的建筑外观在岁月的洗刷下显得多变而迷人。只有在中国,瓷片美学才在建筑的外立面大行其道。在广东农村,村民们为了修葺祠堂,也要在上等的水磨青砖上贴上闪光的瓷片,如此的旧貌换新颜,孰不知道青砖本身就是颇为贵重的面饰材料。不知道桑佩尔知道这种情况后会作何解释。在我看来,从社会经济学的角度更好理解:在一个把光亮等同于现代化的社会中,瓷片是最便宜的光亮材料。与其说用瓷片去掩盖水泥砖头的粗陋,还不如说我们更喜欢廉价的现代化想像。如此,把瓷片美学当成生产力决定生产方式的例证就一点也不为过了。

兽头与柱式

两百年前,中华帝国的建筑映入了来访的英国人的眼帘,他们既惊讶又感到奇怪,因为据他们看来:"(中国的)寺庙和宫殿或者漂亮的王府没有区别,根据风水,所有的建筑都是坐北朝南,屋顶都呈角形,上面有一些守护神的小塑像或者令人生畏的兽头。"

西方式的认知虽然很粗陋,不过也多少表明了这一点:与西方建筑相对照,中国建筑有着大一统的风格。归根结底,建筑是文化的一部分,建筑的样式的意义也必须在"文化显影液"中才能显现出来。就拿屋顶来说吧,与哥特式教堂或巴洛克建筑相比,中国木构建筑的屋顶可能都差不多,而在中国营造体系的社会意义上,建筑的形制与等级却很分明。同样都"呈角形"的屋顶分为庑殿顶、歇山顶、悬山顶、硬山顶。屋顶的等级自不必说,即使那些"令人生畏的兽头"(其实是屋顶上的琉璃瓦脊饰,称为吻兽和小跑)在样式、排列和数量上也有着严格的规制。把屋顶样式与瓦件装饰合在一起,中国建筑的屋顶与大清官员的补服和官帽上的顶子一样简明易懂。建筑有如另一套等级语言,成为确保整个社会制度运行的符号工具。此种意义,当然是来自彼文化中的人难以读懂的。

在西方建筑中,与中国式屋顶形成对照的建筑元素是柱式。从维特鲁威开创的柱式原型到塞利奥确定出 5 种标准的柱式,在两千多年的跨度上,5 种柱式成为"长期的、象征性的、几乎统治一切的"建筑要素。木构的屋顶和石构的柱式看上去差异极大,不过有一个特点却是东西方建筑所共有的,正如萨默森提出的疑问:为什么是 5 种柱式而不是 4 种,或 16 种,326 种? 在中国传统建筑中,"正式建筑"的屋顶分成了上述 4 种之后,也没有无止境地分化下去(园林或杂式建筑除外)。这个问题,可能还是要回到建筑物与社会制度的关系上来解答。社会的共性是形成统治的结构,文化的共性则是不断地突破技术或风格的条件。即便中国的鲁班门徒还是西方的主工匠具有不断创新的"本能"也罢,只要在特定制度的约束下,屋顶与柱式都会倾向于达到变与不变的均衡态。如果社会统治者从屋顶和柱式的变异中得到的收益太小,4 种屋顶或 4 种柱式可能就成为某种临界点。显然,样式的无穷演变不仅导致等级识别的混乱,还是一种"文化浪费"。联想到中国的九品文官制,为何是九品,而不是十五品? 也与社会统治的均衡态有关。在表达等级的方法上,大清朝的官服是最节约成本的样板,清一色的蓝色大袍上缀以不同的"补子"来分辨等级,这个办法要比 18 世纪法国宫廷五花八门的假发、礼服和花边服饰来得节约成本。反过来说,法王路易和他的贵族们要比中国官员更热衷于个人炫耀,以炫耀为原则,夸张的法式装束也有着外人难以读懂的等级含义。

　　问题出现在相异文化的碰撞之间。1793 年,绕道北上的英国使团在浙江定海上岸,身穿"窄得包身的欧洲服装、涂有发蜡"的"红毛人"自居为世界主人,却遭到中国人的围观和哄笑。可是两百年后,西方建筑中的 5 种柱式却如飞蝗一般席卷中国大地。当柱式掉进了中国式的"文化显影液"里,全被笼统地称为"罗马柱"。15 世纪的塞利奥要是看到中国人如此大规模运用他的柱式会作何感想? 当代中国"建筑师"对于柱式的使用可谓无所顾忌又登峰造极。想想也是,柱式本不是原产地文化,也与我们的制度无关。柱式不过是谁都能用的时髦符号。于是从乡村中的新住宅到高新开发区的门楼,从豪华酒店到政府建的市民广场,从珠三角的东莞到浙江的温州,"红毛人"的柱式成了泛滥成灾的炫耀道具。

　　当然,节约与炫耀的双重原则到了今天仍然有效,过分泛滥既不节约,也会使炫耀丧失独特性。柱式在中国的命运表明,失去了文化与制度的约束,流行的"罗马柱"不仅比"令人生畏的兽头"还可怕,而且只能滑向庸俗和遭人哄笑的谷底。其实这一天已经到来了。

符号漂变与文化边界

　　如果我们把建筑史看成一部风格演化的历史,这很容易让人联想到语言的播散过程。贡布里希在谈到拉丁文的变化时说:"在语言的历史发展过程中有两种主要的变化因素:其一是语言的自然演化,如用法和发音的变化,这种变化使拉丁语变成了'俗化'拉丁语和方言……。"显然,把建筑风格与文化模式对应起来,在每一种文化类型中都存在着风格的纯正性。以纯正的风格为中心,建筑样式在空间中流布和变异,这确实类同于语言,各种变异的地域性风格就像是偏离中心的"俗化"方言。

　　建筑风格上的"中心—边缘"模式,规定或暗示了文化传播的边界。在汉文化圈,虽然帝国的版图一直在变动,但皇权的地理中心始终保持在中原一带,数千年来,国都—皇宫的变迁本身就构成一部建筑风格的演化史。然而,从唐代长安的大明宫到明代北京的紫禁城,风格的递进仍然不会改变中心的性质。中心的内涵是朝代、皇权和建筑样式的三位一体,并在文化的效能上控制着帝国的边界。这使得长江以南的政权不是易于夭折就是缺乏统摄力。愈是往边缘地区走,譬如岭南,其文化的混合性随着正统性的减弱而增强。

定都岭南的帝王大多经不起考验,但这里却是古代中国最早吸收西洋文化的区域,其中必然有着地缘上的理由。从经济学的"边际效益递减"的规律来推测文化的"效用",岭南处于大中华文化圈的临界面上,所以广东文化的内向性仍然超过它的外向性。而文化的外溢性总是要比国家政体的权限大得多。以建筑样式为例,当风格溢出了中心权力的控制边缘时,比如从岭南到了越南,就会发生"符号漂变"的现象。

漂变是个社会生物学的概念,"社会漂变"指的是"行为和社会的组织模式及社会群组的随机趋异……社会群体之中的变异是遗传漂变、传统漂变及其相互作用的总和"。而社会组织的变异必须伴随着符号表征的变异,这一点,建筑风格与语言的相似性再次得到映证。看一看越南的古都——顺化的皇宫建筑群,我们应该更容易理解"符号漂变"的含义。从建筑样式来观察,李朝的皇城完全是北京紫禁城的"模拟版";然而在政体的意义上,它已经是文化边缘地区的另一个"中心",因而代表着社会行为与组织的变异。当边缘的中心仍然沿用大文化圈中心的符号体系时,这就会发生"符号漂变"。从空间上来看,顺化的皇宫不仅与北京的紫禁城相隔万里,它还构建出变异的认知图式,暗示着文化语境的偏移。这个现象告诉我们:建筑风格的外溢性可以远远超过客观权力的边界,但是,一旦逾越出文化中心的辐射范围,它就不再是俗化的方言,而是另一种自成体系的符号语言。

"符号漂变"的发生也并非完全是以政体权力的格局为基础的,不同文化间的碰撞也会促进建筑样式的跨文化分布。一百多年前,广东四邑的农民大批移民北美,最后成了衣锦还乡的"金山客"。他们在珠三角的乡间大量地兴建碉楼——这是一种四五层高、充满西洋建筑韵味的防御性建筑。暂且不去讨论碉楼所映射的社会现实,仅从碉楼上戴着五花八门的西洋帽子来看,岭南又一次发生了民间自发的"符号漂变"现象。以西方文化为中心,"金山伯"的建筑风格已经溢出了文化效用的边际,因为碉楼是西洋建筑符号的大杂烩。但是在近代广东乡村的特定语境中,碉楼却是炫耀性的身份符号,异域想像完全可以化约为现实社会中的符号工具,这种作用当然也与西方建筑文化的原定意义没什么关系。

无论是顺化的皇宫还是广东开平的碉楼,本土文化的读解方式都在赋予异域的建筑符号以新的意义,"符号漂变"的表象是建筑样式的变异,而建筑风格的"误用"其实与"社会漂变"的发生过程一脉相承。所以,只有在社会、政体、风格三位一体的前提下,我们才能确认"符号漂变"的具体定义。意识到这一点,我们也就从建筑学跨进了社会学的范畴。

上海:城市废墟中的幽灵

吴　亮

寻找的终结

历史的喜剧性常常表现为:一种开始时承诺要与大众截然不同的东西,结果总是以与他人相似而告终——这不仅指思想、生活方式或另类趣味,也指本文将述及的议题:20年来在上海的抽象艺术如何从边缘走向主流,又如何从少数人从事的寂寞寻找逐渐演变成一种超级时尚。

由于上海这座城市特殊的政治地缘和商业传统影响下形成的文化性格,艺术的反叛从80年代初起,就表现为一种分散的、小圈子型的新形式的模仿和创新尝试,它始终没有成为表达社会异议的工具。抽象艺术在上海的出现和发展的源头、动力在于上海的抽象艺术家们的视野从一开始起就在谋求某种国际化。而在当时,无论是社会的文化主流还是市民大众均未注意到身边正在发生的、与他们的生活毫无关系的图像变革,这不仅因为这些图像与人们的视觉经验和期待严重脱离,更由于抽象艺术的最初呈现几乎带有秘密结社和半地下状态。从那些年有记载的相关活动及其展示中,我们可以得知,抽象艺术在当时被认为是学院的、实验性的、主张形式引进的,从而也是理性的、温和的,甚至是专业化的。

差不多同时,在北方、南方和内地其他一些城市相继发生的新潮艺术运动则要比上海的抽象艺术更具有社会内涵和意识形态特征。相较之下,上海艺术家们的特征之一是他们的自我化和非群体化,这使得他们很少提出自己的艺术宣言和社会主张。此一特征使他们及他们的活动在日后多种版本的中国当代艺术史中都没有占据重要的位置,而在相当长一段时间里面,不论是官方主流文化还是90年代末由艺术批评家合谋写成的新主流文化中,上海的抽象艺术仍然没有成为重要的章节。

有趣的是,上海的抽象艺术家绝大多数都生活在学院体制内部,并非是不合时宜的边缘人。他们仅仅是视觉上的持异议者和孤独的探寻者,他们的思考和工作基本上都围绕着形式展开,而不是通过作品将他们的思考和工作与社会作挑战性的交流。事实上现代艺术的特征之一也正是如此:它是一种专业内部的活动,并不谋求交流对象的广泛性;它可以和千里之外的同行沟通,却和身边的邻居形同陌路。上海这座近代发展起来的市民城市所具有的自私性格,无意中留给了抽象艺术家一个自行其是的小空间,并没有人去干扰他们的工作,陌生邻居的冷漠正是艺术家们求之不得的,因为他们并不指望得到陌生邻居的认同。与此同时,上海的抽象艺术家们精明而有远见地抓住一切可以和外部世界交流和展示他们作品的机会,孤独只是他们必须暂时忍耐的工作过程而不是他们的工作目的。

如果没有一个国际化的艺术机制的承认和对这种承认的等待,上海抽象艺术家的创作是很难单凭内心的热忱和偏执的意志长期坚持下去的。上海抽象艺术的诞生源于逐渐扩大的国际化艺术的影响和交流,以及这种影响和交流所激发的内心愿望和观念的改变。就上海乃至中国本土的视觉要求而言,抽象艺术的生产并没有相应的需要诉求。作为一种特殊的生产,上海的抽象艺术从一开始起直到现在都是面对国际的,因此,90 年代以后上海经济和金融的持续开放就促成了这座城市在文化艺术方面也不得不逐渐融入国际贸易的游戏。事实上,上海抽象艺术能从一种寂寞的少数人的游戏演变成商业成功的时尚典范,经历的并非是一次艰难的文化阵痛,甚至不是有关它们的艺术阐释理论逐渐为人所知,而是一种特殊的形象和文化符号被商业化,以及被国际艺术机制所承认的过程。由此而言,抽象艺术在上海的出现的确是"一个恰当的东西出现在一个恰当的地方,并且终于等到了一个恰当的时机"。

除了个别情况,大多数上海抽象艺术的共有特征是温和、冷静和富有教养的;它们善于学习和仿效,它们的灵感源头既非沉思也非激情,多半是某种形式元素、构成、材质以及风格的强调、放大和重复;它们是抽象艺术中的形式主义分支,在它们那些零碎的、似是而非的、晦涩而模棱两可的自我表述中很难看到清晰而深入的思想脉络和令人为之一震的观念;它们的基本内容至多是一种常识意义上的文化隐喻和哲学术语,在它们背后很难找到一条特殊的精神线索。当然,这一切和上海这座城市重形轻质的文化性格是平行的,这座城市排斥深刻。具有讽刺意味的是,当初这座城市出于它的冷漠和自私曾经无视抽象艺术在它身边的发生,哪怕那些抽象艺术是如此的温和、冷静和富有教养。现在,因为上海抽象艺术的日趋商业化和变成一种超级时尚,几乎所有的时尚媒体都不遗余力对此大唱赞歌。套用波兹曼的句式不妨这么形容:"以前我担心抽象艺术将毁于人们的冷漠,现在我担心抽象艺术将毁于人们的热爱。"

也许人们会说上海的现代艺术包括抽象艺术远远没有形成它应有的市场规模,获得商业成功的只是极少数人。但问题在于,现在还有多少人在追问艺术的意义何在,抽象艺术的意义又何在? 这些意义和它们的成功其实根本没有必然关系,倒是相反,成功才是最大的和最终的意义。艺术评论如今只是艺术包装纸上的一段短短补白,谁都知道今天的艺术评论只是商业的帮闲,如果它做不到这一点它就不应该继续存在于这座食利的城市。这座食利的城市向来缺乏青春反叛、血性和酒神精神,当短暂的青春踏入循规蹈矩的中年,当残存的血性变成温文尔雅,当少数人的酒神精神演变成养生之道,那就意味着敲响了现代艺术的丧钟。有一句话我本不愿意说却如骨鲠在喉,现在请原谅我把它说出来:"上海的所谓现代艺术没有困扰,没有寻找,没有欲望,没有饥渴,没有漂泊,没有疯狂,没有咒骂,也没有幻灭,我不再需要你们!"

城市工厂废墟里的幽灵

因为城市疆域的扩张、道路改建和交通的急剧拥堵,人们已经不可能凭着手里的地图在短短的几天中遍访那些至今仍然遗落在本城的工厂旧址和工厂废墟。那些鲜为人知的僻远马路和号码,那些将要从视野中完全消逝的建筑轮廓线,那些安静空敞的仓库,被废弃的塔吊,巨兽肚子般的车间以及在夕阳照耀下的钢梁和道轨——它们已经走到了生命的尽头。一座因工业而兴起的城市最终抛弃了工业,各种各样的服务业应运而生。现在,那些工业时代留下的残骸,还静静地分布在本城那条著名河流的沿岸,散落在本城的边缘甚至混杂在本城的居民区中。人们可以沿着媒体所指示的路线、新闻报道和摄像机镜头,通过叙事和影像去寻访这些城市工厂留下的躯壳,却没有人能看到在其中游荡的幽灵——人们发现:有一些新的角色,替代了幽灵的位置,它们是今日后工业城市的文化—生物。这种文化—生物是一种虚拟的、造梦的、享乐主义的服务制造业,它划出了城市中的新边界,在曾经象征着机器工业时代的笨重、噪声、尘雾、肮脏和污染的工厂躯壳中,创造性地搭建出一片全新的工作区域和时尚生活空间。这种对舞台旧布景和遗留下的无用道具的翻转性使用,使那些本已阒无人声的工厂剧院突然重获生机,成为吸引人们喜新厌旧的眼睛的新焦点。

后工业城市的文化趣味包含着善变性、混合性和奇异性。对工厂遗址和工厂废墟的保护性再利用,正好满足了上述三种风格特征。后工业时代的美学是一种拼贴的,或此或彼的,充满时间差异的和多种空间并置的美学。它善于利用一切现存之物,善于阐释和重新命名,善于挖掘历史遗产和制造梦幻。换言之,后工业时代的美学并非是真正原创的,而是生产性的(后工业时代的美学同时也是媒体时代的美学,媒体不仅是当今城市生活方式的传播者和同谋者,更是生产者本身)。作为新的现实局面下的文化美学生产,和机器制造时代的物质生产最主要的区别在于:前者提供的是虚拟性的产品,它涉及的是梦域中的欲望通过文化和美学的幻觉在现实中获得等级和认同性的满足;后者则只是提供具体的物化产品,它仅仅解决人们基本的日常所需和物质匮乏。因此在那些工厂还没有成为遗址和废墟的时代,工厂空间和设施向人们所呈现的就是它的功能性和为资本创造利润的工具性一面,它向来被大多数艺术家所诅咒。即使当初那些未来主义画家和诗人一度狂热地讴歌工业文明带来的速度、力量、节奏和魔法,也没有忘记描绘与展望工业化造成的混乱、贪婪、贫富分裂和社会动荡。如今这一切似乎在某些幸运的城市烟消云散,也许这些景象已经转移到了世界另外一些角落,已经消失在新闻报道和摄影机镜头所能观察到的范围以外。不管怎么说,至少在本城,机器工业时代已经顺利地转型为以服务业为主的后工业时代。在这有限的区域中,工厂遗址和工厂废墟似乎早已忘记了它当年的艰辛岁月,新主人的粉墨登场使它旧貌换成新颜,那些被刻意保留下来的建筑外壳和某些丧失了原初功能的设施(烟囱,钢梁,管道,锅炉,甚至墙上的残留的文字符号),不过是一种表明历史和地点特征的点缀,以及一种形式上的后现代错位并置风格。事实上,历史已经改变,地点也随着使用者的进入而改变了它原有的性质,问题在于恰恰是这种改变迎合了当今流行美学非历史的历史趣味。所谓非历史的历史趣味就是不在乎历史的幽灵只在乎幽灵曾经活动过的舞台和空壳,不在乎还原历史原貌只在乎把历史碎片转换成时髦的品位,不在乎历史的真实叙事只在乎历史的个别符号和细节并把它塑造成全新的版本。这一切其实无可非议,时尚生活的生产者并非是考古学家和历史学家,他们是今天城市叙事的策划者和推动者,他们致力于把工厂遗址和工厂废墟经典化和浪漫化,他们制造了新的历史。

　　让我们尝试着思考这样一个问题:城市工厂遗址和工厂废墟本身是否具有诗意? 那种诗意是在对它进行改造之后才有的,还是相反? 回答这个问题其实并不复杂,我们需要的仅仅是回到经验本身。一座工厂被废弃,如同一片荒废的家乡土地或一间不再住人的老宅。面对它们,"废弃"给我们的刺激和诗意唤起会引发另外一些词语——伤感、怀念、虚无和物是人非的醉意。它(即眼前的废弃之场所)曾经在,现在它却是不在之在;它将消失,现在它却是仍在。诗意只有在旧地凭吊时才会真正的发生,它是一种丧失之痛,一种无可挽留的伤恸。至于那些已经被改造成时尚之地的新工厂和新仓库,它使我们获得的快感与诗意无关。它是一件产品,一件生长在后工业时代诱惑机制和生产线上的产品。这件产品告诉我们生产还在继续,就像生活还在继续。它所挪用的厂房建筑和地址号码,和那个真实的历史无关,它是一个正在开始的历史,它竭力在很难有个性的后工业时代展示其拼凑的个性、身份和资格。那些烟囱不再冒烟、气锤不再轰鸣的厂房轮廓依旧,但是它们曾经有过的意味已经消逝,形式和内容已经剥离,或者已经翻转。一个多层面的空间,一个只讲究押韵不在乎上下文的后工业时代的文本空间,一个充满歧义的新空间,如同群岛在本城不断浮现,如同一块块闪亮的时尚飞地。这一切,我们都看到了,尽管我们在那里还没有发现新的幽灵。

说/被说:两种空间中的"阮玲玉"

宋晓萍

空:沉默—被说

默片时代的明星

阮玲玉常常是无声的。作为中国电影默片时代最重要的女演员,在少量残存的电影片断中,我们看到,她用全部的身体——眼睛、眉毛、嘴、面部微妙的纹路波动以及手、腰肢、肩等柔软的身体运动轨迹——来说话。当话语/声音这种表演途径被封闭时,阮玲玉使她纤细而柔弱的身体(中国传统中最具代表性的女性身体)产生了一种匪夷所思的流淌性——全部的身体动作和身体部位之间似乎没有任何间隙和停顿,身体本身仿佛像柳枝一样轻盈飘扬;它们在银幕上四散流淌,彼此交汇、穿插、叠加或背离,从而在平面上构筑起了极富立体感的女性身体。而电影制造的"表演的框架"——詹姆斯·纳尔摩尔认为不仅是镜头的边框,而且是隔离带——把观众的世界和银幕上的世界隔离开来,无疑使这种看似平常的举手投足,脱离了日常的生活。

这样,她的眼睛、眉毛或手指、腰肢以及整个的身体既不是程式化的(默片时代的电影演员常常带有过重的舞台表演痕迹),也并非完全的日常化(由于默片每秒 16 格的拍摄速度略慢于生活中的正常速度,而使细微表情和内心变化被充分展示甚至放大),它似乎是往外渗透意义、情绪和微妙的变化,而声音的缺席,使这种奇特的言说方式充满了开放性:它远不是标准化的,约定俗成的,当然也缺乏任何逻辑性。观看(或者说阅读)的过程,意味着身体和身体的直接撞击:对一部分人来说,这种阅读开启了曾经有过的身体经验,几乎可以重新感觉到这种身体内部的波动,以及这种波动导引出的外在的起伏;而对另一些人而言,它们毫无意义或者过于神秘以至无法解释。

阮玲玉在电影中的无声状态,现在看来,几乎可以视作女性在历史上的存在方式的一个最直接的寓言:电影的全部组织、策划、操作人员几乎完全是男性,他们共同决定、预设并落实了阮玲玉的角色的全部内涵——身份、经历、性格、命运和结局,当然也安排了她的沉默。甚至在她最怒火中烧和激情澎湃的时刻,她的必然出现的高亢而尖锐的嘶叫呼喊,也被制作成了无声的黑体字,一次一次地放大在银幕上。《新女性》中,阮玲玉扮演的韦明在弥留之际被重新唤起了生的勇气,不甘心就此瞑目,拼尽全力喊出"我要活!""我要报复!!""请救救我,我要活!!!"这样震撼人心的呼声,在生和死的边缘,却只能以黑色的文字形式出现,平面的,无声的,因而只具有有限的冲击力。从某种意义上说,她的直接源于身体的生理性声音(当然,并非符合某种女性标准的社会性声音),以及伴随这种声音而来的可怕而神秘的力量,来不及爆发,便被僵硬的文字死死堵塞在嘴唇之内。

银幕上的无声状态无法遏制地溢出了电影的框架,深深介入了阮玲玉的日常生活;而演员本身在电影生产过程中的被动地位,也深深折射着阮玲玉在现实世界中的无能为力。她只能静默地任人把各种各样的话语,赞美的或攻击的,真实的或污蔑的,善意的或恶意的,统统抛掷在她身上,却无法为自己说一句话——即使以死亡为代价。在 30 年代的上海,影星特别是女影星处于一种微妙的地位:既是出尽风头受人崇拜的人物,又是抛头露面受人鄙视的"戏子"。阮玲玉风光无限,却并不足以保证她拥有某种说话的权力;在公众和媒体面前,阮玲玉和银幕上一样处于无声状态。即使她曾试图发出一些自己的声音,也因为太细小而轻易地被喧嚣的众声湮没。"一犬吠影,百犬吠声。"几家黄色小报的捕风捉影,白纸黑字,假的也成了满城风雨;走在街上听到报贩们大声喊着报纸上耸人听闻的标题,甚至连卖报的小孩也在乱喊着莫须有的罪名——这些声音此起彼伏,交织着人群的指指点点、窃窃私语,掺杂着传统中对红颜祸水的偏见,汇成一股声音的洪流指斥她,吞没她。她自杀前留下的那句话"人言可畏",应该既指那些声音,也指那些文字。

于是,有了电影《阮玲玉》中,那个由关锦鹏和张曼玉共同塑造的银幕下的她,一个寡言少语的女子。她爱张达生,是轻轻地替他套上在北平外景地买的戒指,因为可以送礼物给他而微笑喜悦;她喜欢蔡楚生,是看到他蹲着,也慢慢地蹲下来,陪他;她被唐季珊的良苦用心感动,也只是站在新屋的阳光里笑,悄悄把手伸进他的肘弯;田汉他们在慷慨陈词,她悄悄伫立在最不起眼的角落;她心里千回百转,是轻轻走过有着优美弧度的楼梯;她慢慢吞下拌着安眠药的夜宵,沉默不语……她的日常言说方式同样带有如此浓厚的表演性质，仿佛电影中的虚幻生活悄悄蔓延出了银幕，直接插入了她的现实生活；她的个人生活的界限，她的内心的边界出现了破裂，角色的故事和她自己的故事纠缠掺和在一起；在那个变得千疮百孔的自我背后，角色深深地溶入了她的身体，与她合而为一，再也无法分离。阮玲玉的一生有很多地方跟她所扮演的角色相同，她的艺术和生活有着奇妙的渗透。于是，电影中的无声状态和身体表演，无意识地潜入她的现实场景中，她的人生也因此被电影的结局引导着：电影预告了她的命运，亦或，她的命运印证着电影——她的自杀，似乎是对她的角色的一次复写，一次对镜中影像的折射。于她，原来已无所谓真实，无所谓虚幻。

银幕上的阮玲玉是无声的，银幕下的阮玲玉即便曾经试图发出自己的声音，也是微弱得几不可闻。这种沉默制造了巨大的"空"，也彰显了这个形象的他者性或物性，就像她演的那部电影——《小玩意》。作为一个公众人物，一个家喻户晓的明星，注定她无法保有完全属于自己的某种静默的私人性。她的名字，她的故事，被各种各样的声音反复诵读、传播，捕风捉影、添油加醋或穿凿附会；她的面孔，不同的角度和表情，不断展示在大大小小的报纸、海报和广告上——一张私人的脸，在一次又一次的流传中，终于成为一个公共的"物"。她本身的静默和关于她的喧闹形成了最鲜明的对比和互补：她越是一言不发，围绕她的话语就越丰富多彩；而关于她的描绘越是五花八门，就越是无法捕捉到真实的她，倾听到她真正的内心。对于阮玲玉自己来说，那个众口相传中的"阮玲玉"几乎是另一个人，"她"盗用了她的面孔，从她的身体上生长出来，但最终脱离了她，变成了一个陌生人。而对于大众而言，他们熟悉的明星"阮玲玉"才是唯一真实的存在，"她"完全替代和掩盖了真实的阮玲玉（如果有一个更真实的阮玲玉的话），从这个意义上说，阮玲玉早已被银幕、媒体、流言和大众印象中的"阮玲玉"共同谋杀了。

而在阮玲玉死后，那个公共的"阮玲玉"还长久地存在着，继续作为一个"空"符号被肆意填充着各种各样的内容：殡仪馆的尸体被报章称为"艳尸"而大加渲染；国货公司春季大廉价活动以"阮玲玉"为国货倡导者；书局以"阮玲玉不死"的大标题，刊登广告促销《女明星的日记》、《女明星的情书》及《阮玲玉自杀与小传》；占卜师以阮玲玉为例登广告吹嘘自己是神算；冠生园陈皮梅（阮生前主演的《香雪海》外景地杭州冠生园梅林出产）也打出了"阮玲玉"的旗号，宣称"吾人食冠生园陈皮梅时，阮女士之玉影，每萦回于吾人之脑海中也"；电影院大放阮玲玉主演的电影，生意兴隆；照相馆赶印阮的遗照高价出售；无聊文人胡编出了《阮玲玉自杀》的话剧本子,某舞台也赶排《玲玉香消记》……甚至在联华公司主办的《联华画报》所辟的《阮玲玉纪念专号》上,封底的"力士香皂"广告也充分利用了"阮玲玉"的轰动效应:观众在看阮的电影,男士发表评论说:"阮玲玉做得真好,她的皮肤也白嫩。"女士回答说:"这是因为她用力士香皂的功效,所以我也天天用它。"(取代了之前的女士问:"怎么明星们的肌肤总是这般娇嫩?"男士答:"因为她们天天必用力士香皂洗濯,致以如此。")

电影里的"阮玲玉"(表演者)被镜头捕捉和固定,平面的形象,没有自己的声音,没有自己的肉体的厚度;电影外的"阮玲玉",被各种话语叙述和虚构,她自己的声音和肉体同样空缺——就像电影《阮玲玉》一开始,她就被一个平淡而理性的男性声音描绘着:

> 阮玲玉 16 岁开始拍片,大部分是民间故事片、风花雪月片,甚至有一些神怪片、武侠片,大都是些没有机会发挥的角色,也就是我们现在说的"花瓶"。1929 年加入联华后才有机会拍一些严肃的、认真的电影。

对她的影片的归类和总结,对她的角色的定位,对她的表演的评价,以及对她 1929 年之后的表演的肯定(严肃的、认真的),这些具有明显的男性特征的话语方式(确定的语气,大量的以"是"为核心的肯定句型,没有使用"大概"、"也许"、"可能"之类摸棱两可的词语),以及由此体现出来的居高临下、把握全局的姿势,使阮玲玉虽然是整段话语的主语,却几乎没有任何主动性,反而被某种类似全知全能的上帝的声音笼罩和覆盖。这大概是阮玲玉命运的第一个隐喻。

浴室里的阮玲玉

一个女性的名字在公共浴室里被一群男性反复提及;她是话题的中心,却是不在场的;她在一无所知的情况下被决定了今后的命运;有关她的谈话夹杂着男人间粗俗的玩笑;而谈论她的男人们衣衫不整,仪态全无——"阮玲玉"在一种相当暧昧的气氛中出场,这也许正暗示了她和男性之间的必然关系:作为欲望对象的她和作为欲望主体的全体男性。

公共浴室显然是一个非常特殊的场合。洗浴行为本身具有相当的私密性,尤其对于中国的传统来说，与身体有关的内容始终是一个禁忌丛生的领域，一个秘而不宣的场所。然而，公共浴室在某些方面又打破了这种私密性，由于个体身体的群体袒露形式，使得浴室呈现出一种双向的矛盾状态：在其内部，身体被允许并鼓励公开显露和交流，因而具有一种有限的公共性；而对外，浴室和浴室里的身体仍然是封闭的、秘密的、不能展示和流通的。总之，身体和欲望在氤氲水气中获得了短暂的合法性外衣。在公共浴室的男性无疑是纯粹的，属于社会角色层面的差异随着衣物的解除尽皆剥离，由此更彰显出性别；阮玲玉作为性感符号的出现因此具有了更广泛和普遍的象征意味。

这个世界和电影界的主宰者——导演、制片人、公司老板——男人们，在洗澡、修脚、捶背、按摩和抽烟的间隙，以嬉笑的方式这样谈论着阮玲玉：

> 阮小姐演妖里妖气的女人，全国也找不出第二个人了。
>
> 她演有高尚情操的女性，另外有一种味道。
>
> 阮玲玉演一个妓女是一定没问题的。(《故都春梦》)跟着《野草闲花》我们全力**捧**她，**令**她突然改变戏路，做一个冰清玉洁的歌女。
>
> 如果成功的话，那就不得了，等于说我们**手上**也**有**一个胡蝶。(《野》)片中的母亲也由她扮演，从北方逃荒过来，冰天雪地里她的小 baby 没有吃的，她咬破自己的手指头用自己的血喂她的孩子。不知道她(阮)行不行。

这段关于阮玲玉的对话展示了有关她的身份的诸多侧面。"阮玲玉"在这里被设定了戏路(妖女/神女)，某种意义上也限定了她的女性角色，并常常处于话语结构的宾语位置，是男性主宰者"我们"的动词"捧"和"令"的对象，无论是"妖里妖气"还是"冰清玉洁"，以及两种气质之间的突然逆转，事实上都不是阮玲玉本身可以控制和把握的，而是被男性电影人预设并最终通过影像制造出来的。她的走红，似乎也更多地显示了男性针对她进行的某种商业策略的成功。她仅仅是一个"物"，可以被"捧"在"手上"，成为一个重要的竞争砝码——从这点而言，她是阮玲玉或是胡蝶没什么区别。而下一次，她将被安排做一个母亲(尽管在现实生活中，她一直没能成为一个真正意义上的母亲)，一个具有自我牺牲精神，作为母性象征的意义远大于女性主体意义的单面人的母亲。即使这样一个假设的母亲，她仍然被怀疑是否具备这种能力(这种怀疑也许包含着某种鄙视——一个这样的女人是否有资格做母亲)。

洗澡,彻底放松的身体,也意味着完全放纵的欲望;在这样一个非正式的场合,以一种玩笑式的谈论,决定她今后一阶段的演艺事业,使这次有关她的议论带着更多的色情因素,和明显的狎邪轻薄味道;这段对话最终由其中一人脱衣服和另一人粗俗的性玩笑突然中断。这样看来,恰恰是在这里,阮玲玉本人的不在场——"空"突出了她作为欲望符号的能指功能:她可以任人填充各种各样的内容,包括性幻想,而没有反对的权力。

疏离:另一种无声

30年代的中国,充满了动荡不安,外有日本帝国主义的侵略,内有国共两党的斗争,民族救亡运动风起云涌——这样一段大历史,很自然地忽略了阮玲玉这个花边新闻的主角。而对于阮玲玉而言,家国大事似乎也是她无法真正介入的空间。

阮玲玉虽然是电影史上的大明星,但社会地位接近传统社会中的优伶,这种低下的社会身份使她的生活被排除在历史关注之外。而她不符合社会规范的情欲关系(先跟了东家少爷张达民,又和有妇之夫唐季珊同居)使她被指为"淫妇",也并非五四运动以来提倡的所谓"新女性"的楷模(尽管她主演了《新女性》,但电影《新女性》本身实际上强调了"新女性"的悲剧),当然也不会被致力于现代化和新文化的新中国历史所关注。影片《阮玲玉》更是刻意着重阮玲玉私人空间的生活:和闺中密友林楚楚谈论爱情、婚姻和孩子,在男人睡着后一个人独自在灯下记着日常的收支账目,与母亲及养女闲话家常,个性的软弱,等等。那时候的她是真实的,活生生的,一个再普通不过的女人、女儿和母亲,一个生活着的、有着全部琐碎的生活细节和念头的女性。

但这些日常的、琐碎的声音同样是不被倾听的,它们要么被大众疯狂的窥淫欲和猎奇心所吞没,要么就被家国民族的救亡运动所疏离。正如周蕾在《妇女与中国现代性》指出的,中国现代史中"堂皇的感知结构"与社会真实细节之间有相当大的差距。电影中阮玲玉和母亲、养女小玉一起吃饭时,灯泡突然坏了,母亲换灯泡时感叹,说用国货,一用就坏,还不如用日本货;显然,抵制日货以示抗议的抗日运动,和现实中老百姓的日常生活细节之间不无出入。同样,阮玲玉以及她扮演的韦明(《新女性》)的原型艾霞,这两位"新女性"的自杀,也是这些国家民族历史大论述所视而不见的社会实际。

电影中,男人们在阳光灿烂的室外打篮球,阮玲玉在光线暗淡的屋里化妆(新演员陈燕燕问阮是否真的如传言般一条眉毛要画一个小时);学生代表来鼓动电影公司的人参加抗日的示威游行,男人们群情激愤,化好妆的阮玲玉静静站在一旁等待电影开拍。大家都在学唱聂耳为"一二·九救亡运动"创作的歌,纷纷表示要与日本人拼,手握拳头,歌声铿锵有力,阮玲玉微笑地站在一侧,始终没有发出声音融入到歌声中去。阮玲玉站在楼梯上,与站在下方的唐季珊谈着关于张达民的事,又和上方的蔡楚生谈着拍电影的事;同事们热烈讨论着抗日和救国话题,这却和阮铃玉完全无关。在香港,大家困守饭店探讨中日开战的可能性,阮玲玉却为留在上海的母亲和女儿担心……每一次,关于家国大事的论述和阮玲玉近在咫尺,却仿佛和她远隔千里。她只执迷于画眉,演戏,她的爱情和她的亲人,她的私人性的、和她密切相关的一切。在宏大的历史叙述的声音中,阮玲玉细小、琐碎的声音似乎是用完全不同的频率发出的,因而无法被听到。

私语:方言、反讽及其他

方言/反讽

阮玲玉不能忍受小报对她的肆意污蔑,又无处为自己申冤辩白,更不愿在众目睽睽之下出庭(事实上此案庭审的旁听票早就被乐于打听名人隐私的市民们一抢而空了),终于决心一死了之。她盛装参加了 3 月 7 日晚黎民伟的家宴,与合作过的导演同事一一告别。在这最后的晚餐上,阮玲玉一反常态,热情地和每个人说话,第一次也是最后一次成为公共空间里在场的、主动的核心。在这场聚会上,她见到了联华公司从美国请来拍有声片的技师史坚那先生,并表示了自己对可以在银幕上开口说话的欣喜,为此她正在学习说国语。她兴致勃勃地向大家展示她的学习成果,用普通话讲演(应她的同学女校校长的邀请,第二天即三八妇女节她将去女校做一次讲演)。

"庆祝三八妇女节,庆祝什么呢?庆祝我们女人从五千年的男人的历史中站起来了!"当阮玲玉用很不标准的国语,说着对她来说十分生硬而不自然的话语,这正好暗示了女性想要开口说话所面临的尴尬处境:她找不到真正属于自己的发音、词汇和语法;可以说话了,却不会说话,就像三八妇女节本身无法回避的悖论性质。阮玲玉承认自己的国语说得不好(已经有一个先在的标准在那里);即使她有一天可以说一口标准的国语,那一定是她自己的声音吗？会不会仍然像那句慷慨激昂的"女人从五千年男人的历史中站起来了"一样，因为离阮玲玉本人太遥远而更像一句玩笑，或一种反讽。

标准普通话（国语）在阮玲玉那里，完全是一套异质性的话语结构；在这个话语结构中，女性成为"被削弱了声音的群体"，被男性掌握的强大社会权力限制和决定了说话的方式。而阮玲玉说的这句话本身的宏大气概（集体性名词——女人/男人，漫长的历史——五千年），坚硬的语法（陈述句，缺少修饰性和约略式词语，结构紧凑），以及由此产生的整体性的宏观陈述，使得阮玲玉的嗓子在这一刻变成了宏大叙事的传声筒，丧失了私人肉体的真实性。但是，当阮玲玉说"女人从五千年男人的历史中站起来了"时，恰恰是在预告她此后即将永远倒下（死亡）的事实：她用自我消亡这样一种无声的身体话语，事实上否定了这一宏大陈述，并以一种悲剧性的方式对这一乐观的陈述构成了反讽；同时，她以个体自身所特有的生活形式和死亡形式，消解了这一集体性（女人）的肯定陈述。

在晚宴上，阮玲玉向那些合作过的导演一一敬酒告别。她对导演卜万苍说："他就是教我反抗的导演，那喝酒算是**反抗**吗？"一个意味深长的细节是，阮玲玉的"反抗"发音不准。"抗"应该是掷地有声的第四声，加上之前的"反"通过第三声已经达到了最高处，"反抗"的声音从高处飞速跌落，因此显得异常强硬尖锐，并伴随着某种力量的呼啸。但是，阮玲玉口里的"反抗"，因为方言发声方式的干扰，第四声的"抗"变得较为平滑，没有从高到低的陡峭坡度，因而无论如何努力，声音仍然是柔软而轻盈的，只有轻微的起伏，接近第一声。

一整套标准化的语言体系（比如普通话，包括有约束力的标准语法规则和统一的发音）的背后，实际上埋伏着父权制社会复杂的权力实践——中国政权长期以北方为核心导致了以北方语音为基础的普通话，并由此统领中国其他方言区（比如南方的吴方言、闽方言和粤方言区），把它们贬为边缘的、不规范的和有局限性的。一个有趣的现象是，一旦拥有至高的权力，领袖的个性往往通过地方口音得以张扬，而且，这还暗示着并悄悄地巩固着领袖神话：领袖总是能凌驾于规范和标准之上（中国电影中的领袖形象多数说方言，多次遭受质疑却始终没有改变）。反之，一个处于无权地位的人，必须矫正自己的地方口音，抹杀不合普遍规范的话语方式，才具备进入主流社会的可能性。那么，作为一个无权者，说广东话和上海话的阮玲玉，只有学会普通话，才可以在银幕上发出公共性的普遍声音；

同时，她还必须进入这套话语体系内，反复练习它的词汇、句法、腔调，尽管这些可能会完全外在于她个人，脱离她的日常生活实践，并使习惯性的自我表述时刻遭到挫折，从而使她的叙述链条变得支离破碎。

阮玲玉无法以标准普通话说出充满力量的"反抗"两字，正如阮玲玉式的反抗本身，其实也是偏离了女权运动作为一个大规模的群体性运动所提倡的那种激进的方式，不可能是愤怒、火焰、刀锋般的极端手段。与抽烟、喝酒这样的行为一样，阮玲玉的所谓"反抗"也仅仅是一种姿态，一种表演，一种短暂的假象——柔顺是一种姿态，反抗也是。

为什么我们觉得说国语的阮玲玉是奇怪的，仿佛是另一个人？如果是阮玲玉，她应该怎样说话？用符合标准的语音和语法，说出来的有关群体（"我们女人"）的抽象内容，在多大程度上和她个人相关？为什么说方言的阮玲玉给人更真实的感觉？

一直到死，阮玲玉都没有真正学会说普通话；就像她也来不及在有声电影中发出自己的声音一样，阮玲玉从来不曾在这个男性中心的话语传统中占据一席之地。她和她所讲的方言一样，永远处于边缘状态，非主流的旁支末节，因而缺乏权威性。但与其说是阮玲玉在现实生活中从未开口说话，不如说她的话语没有被有效地倾听，更准确地说，她的话语因不符合标准而无法纳入男性话语体系内，也就无法被男性中心社会所接收。

3月7日当晚回到家中，阮玲玉和唐季珊谈及几天后的庭审。唐对阮内心的痛苦和烦恼无动于衷，反而沾沾自喜于当日的风头："我穿黑西装，打墨绿领带，衬你的新旗袍，做一对高贵的奸夫淫妇。"阮玲玉的回答则是：

> 你广州有老婆，又有张织云，又有我，你是奸夫。
> 我明知你有老婆还跟你，我是淫妇。
> 穿得再漂亮也没用。就算赢了，还是奸夫淫妇。

这大概是整部电影里阮玲玉说得最尖锐的一段话。这段话既是模仿又是回应唐季珊的话；表面上，阮玲玉的话和唐的话也没有什么分歧，只是作了一些补充，说明他们为什么被称为"奸夫淫妇"。同时，这段话也重复了小报上连篇累牍的关于这场官司的报道中，对她和唐的关系的描述；其中暗含着当时大量流传的有关绯闻及由此形成的社会舆论，在对她和唐的关系进行推断和界定时,所使用的习惯性的逻辑基础——男女通奸,男方是奸夫,女方是淫妇。

这样一种逻辑基础和推断过程看似公平,落实到这件事上则不然:唐季珊已婚,而且并未与元配解除夫妻关系,他与张织云的关系也是众所周知,还和其他女演员不清不楚,是上海娱乐圈有名的花花公子,称"奸夫"可以说是名副其实;而阮玲玉既未曾和张达民有过正式婚约,后更与张脱离关系,本人在私生活上也一向严谨,说她是"淫妇"显然过于苛责。这种不公平其实包含了传统习俗中对男性和女性在性关系上的不同要求,给予男性更多的选择、变化的机会,而特别强调了女性的从一而终。因此,即使阮玲玉事实上已经脱离了张达民,她追求新的爱情和投入新的男女关系也仍不被认可。

这段话一方面是对当时主流舆论话语的套用,另一方面也是对唐季珊话语的套用;这二者都是有力量并且本身不受言论伤害的强者形象,从某种意义上说,也都对阮玲玉构成了压力——它们其实是同一套话语体系:男性中心话语。阮玲玉在这种话语的强大压力下只有两种选择:或者沉默,丧失发出声音的能力;或者巧妙利用这种话语形式的有效性和力量,暗度陈仓,在缝隙中悄悄传达出另外一些含义。

阮玲玉的话既可以视作对这种男性权势话语的依赖和屈服,她不得不用这样一种方式说话,服从和遵循这套话语规则及其背后的逻辑和思维,她似乎认命地接受了这套话语对她的陈述和界定。事实上不管法律最终的裁决如何,不管是否构成通奸,阮已经被贴上了"淫妇"的标签(就像霍桑《红字》中那个"A"),再大的冤屈,也是"有冤无头,有怨无主",和谁去斗、去辩?一张白纸染上了颜色,无论如何也无法回复最初的纯白。这也是阮玲玉在法院开庭之前即自杀的原因。所以,官司的输赢,外表的风光,都不能弥补或修正已经形成的印象。

同样,阮玲玉的话也可以从另一个角度解读,即对男性话语进行讽刺性套用,她进入**"他"**的文本,但不是作为他的被动无力的陈述对象;她取代了他的声音,成为叙述者,同时把他变成受述者,颠倒了说和被说的位置。在此,唐季珊的位置被显著地安排在最前面,凸显出其在这一关系(如果确实是通奸的话)中的绝对主导地位——他是奸夫证据确凿,三个"有"强调了他主人式的占有女性的事实,而阮玲玉处在次要因而也是被动无力的地位,最多只是知道事实但没有警醒。唐说自己和阮玲玉是一对高贵的奸夫淫妇,而且津津乐道于当天出庭时的打扮,这种自嘲中包含着强烈的自信,是在完全能把握全局、占据主动、主宰一切的前提下给自己开个无伤大雅的玩笑;而当类似的话由一个弱者、被主宰者、他者口中说出时,它的反讽的意味显然更强,而且无懈可击——明明遵循他的话语方式,又不知什么时候逸出了原先的意义范围;明明话中有刺,又挑不出毛病在哪儿。

这应该就是阮玲玉那样处于边缘的弱势群体开口说话、表达意义又能被听到的方式之一了。

身体话语及其他话语方式

在大多数情况下,阮玲玉处于沉默无声状态,无论是在银幕上还是生活中。但这种无声既包含着被动性和对象化,同时,也带来了无限的可能性——事实上,女性身体的表现力很难被完全而精确地控制。鉴于身体往往被看作是野性难驯的,并且与逻辑、道德和思想背道而驰,这种生理性、感官性和私人性特点,使得用身体说话有时可能逸出原先设定的路线,拥有一种反控制的力量——与阮玲玉合作过的导演孙瑜就曾回忆,阮在现场很多时候反转过来启发和帮助导演,她在镜头前的身体表演比导演的想像好得多、高明得多,她甚至经常用直接的形体动作纠正导演原先的设计。关锦鹏的电影《阮玲玉》中,"阮玲玉"在拍摄《新女性》最后一场戏的时候,痛哭失声,机器停了,工作人员撤了,演员却久久不能平息,身体仍处于极度亢奋状态;而导演蔡楚生"**怕**难为情,**怕**到**不敢**揭开被单来看我",主导者突然丧失了操控场面和角色的能力,是因为身体的张力突破了剧本的界限。可以命令它发生,却无法命令它停止。

对于一向在人群中沉默含蓄的阮玲玉来说,在最后的晚餐上,如此肆无忌惮地说话,展示她的身体语言:一个一个亲吻她身边的男性,可以说是非常罕见的。整个场合她好像是唯一的主角,所有人都注视着她,倾听着她,为她奇特的言行而惊讶——而这次,不再是别人给她的角色安排使她成为众目睽睽的中心,而是一出真正由她自己决定、自己安排、自己表演的告别戏剧;她说自己想说的话,做自己想做的事,并以一种突如其来、毫无预兆的断裂,打破了习惯性的"阮玲玉"形象。她第一次拥有了自己的力量,这种力量使她可以从高处去看蔡楚生,并且宽宥了他的懦弱和胆怯;她像一个母亲那样宣告他的害羞和恐惧,也深深明白他甚至不愿也没有能力承担她的悲哀和热烈。蔡楚生因而永远比阮玲玉低,他蹲着,阮曾经蹲下去陪他,和他平视;阮也曾第一次主动向异性示爱,问蔡楚生,能不能带她走,只要他舍得同居的舞女和乡下的老婆——但她终归还是失望了。

导演孙瑜曾请阮玲玉在老朋友的纪念册上题字,阮表示要想点好意思,最终,阮玲玉只留下了拍《小玩意》时在孙瑜帽子里绣的一个"孙"字——这也许是有关阮玲玉和女性命运的又一个象征。文字的历史里很难找到女性的踪迹,她们被某种主导性的书面记载有意遗忘和抹去。阮玲玉并非典型的知识女性,她自己几乎没有留下个人的记录,除了最后的那封遗书(围绕遗书本身又有太多的争议而使这份唯一的文字材料也真假难辨);阮玲玉也不是重要人物,她没有在历史进程或历史事件中留下身影,她甚至没有和什么大人物发生过联系,因此,也丧失了被书写进正史的可能性。电影《阮玲玉》中仅有的跟书写有关的细节是她一笔一笔记下日常收支账目,显然,这种行为的日常性和功利性,和我们所探讨的"书写"(历史性、文学性、哲学性的)不属于同一范畴。阮玲玉的这种宿命只是再次印证了这个事实:白纸黑字从来都不是女性的书写方式。但是,我们似乎也看到了女性书写的某种可能性:**绣**。这个"孙"字显然有完全不同于纸质书写的形式:它是深度穿透的,在正面和背面都留下了痕迹;它是迂回反复的,一根连续不断的线;它柔软,但连接着尖利;它拥有厚度和触感,甚至可以用手指来阅读。女性,以这样一种方式,在时间中穿梭并留下了她独有的印记。

说/被说:晚餐/葬礼上的阮玲玉

阮玲玉的死亡事件至今仍是一个无穷无尽的象征。她在最后的晚餐上一反常态的放肆言行,恰恰是对后一个场景——葬礼上她的无声无息的沉寂的有效反射和矫正。她几乎一个人面对所有人的喋喋不休,和其后所有人面对她的种种话语,形成了一种微妙的互补和对应。她用死亡落实了她在晚餐上的发言,也用发言预告了她的第一次自主的行动——死亡。事实上,她恰恰成为自己葬礼上最大的一道大餐(她躺在花丛中的样子多么像一道被煮熟了、任人享用的大餐),不仅如此,她的自杀事件本身还不可避免地成为媒体和大众娱乐的一场盛宴。

在她即将在银幕上发出自己的声音的前夕,在她第一次在晚餐上说了很多话之后,在三八妇女节之际,阮玲玉平静地吞下了安眠药。

晚餐,最后的晚餐,好象是提前上演的葬礼;葬礼,也许是晚餐上被延误的那道大菜——无论如何，阮玲玉似乎第一次决定了自己的命运，尽管在事件发生之后，事实上又不可避免地滑向了别人给她限定的路线。

有意思的是，阮玲玉在晚餐时的几乎全部话语，都更像是自言自语；尽管面对众人——朋友、合作者、情人、丈夫——说话，但这些话语（其中部分是问句形式）如同石沉大海，没有任何直接的回答或回应。话语交流中的另一方事实上似乎是不存在的，因而话语的流向只有单一向度，这种状况使得阮玲玉在公共空间中的话语，仍然明显地具有私语性质；明明是敞开的言说，但由于缺乏对象和反馈，不可避免地带有内心独白的某种封闭特性和从我到我的自我循环。一种不被倾听的声音，一种没有交往的话语。一方面，这是阮玲玉现实处境的又一个暗示，她是没有**力量**的，或者说，她没有话语权因而甚至不被承认其主体性，这样的"她"到底只是一个空的"物"。另一方面，也未尝不可以理解为，阮玲玉在另一个层面上说话，这种话语和传统的男性话语系统完全不同，以致没有人可以听懂，当然也无法作出回答——从这个意义上说，阮玲玉似乎已经进行了不为人知的隐秘的逃遁，就像她的没有预料的死亡。

开始，阮玲玉只是问，却并不很在意有没有答案：有些问题不需要答案，她以自问自答的方式拒绝了别人的介入。比如，"庆祝三八妇女节，庆祝什么呢？庆祝我们女人从五千年的男人的历史中站起来了"；另一些问题，她明知道不可能有答案：她这样问费穆，"你看我算不算一个好人？"她问卜万苍，"那喝酒算是反抗吗？"这"算"里包含着一些悲哀，因为"算不算"都要由（男性）他们界定，（女性）自己反而无能为力作出界定；但是，这"算"里同样还有一些（女性的）反讽：他们的评说归根结底并非绝对肯定性的"是"，只是一种似是而非的"算"，一种无法确定或者不太有把握的言说，一些模棱两可的质疑，一种"是"和"不是"之间的推测。

到最后，阮玲玉不再问，或者说，放弃了向世界提问，放弃了向男性他者释疑，也放弃了男人的标准答案。她开始用另一种方式说话，用非常清晰明确的话语陈述自己，也用非常放肆的身体动作表达自己——这是她的自杀死亡的前夜的一次自我表述，可能也是唯一一次在男人面前的主动而放肆的表述：难道（女性）话语权力的最终爆发只能在预料到的死亡来临之前？（女性）话语的瞬间爆发导致随后长久的沉默？

是的，在电影《阮玲玉》中，对阮玲玉在晚宴上的全部话语的回应，都被奇异地延宕了，延宕至第二天的葬礼上——所有人只能面对沉睡的她发言。她发言的时候，无人回应；而别人对她发言的时候，她永远也不能回应了。（男女的）对话永远错置在两个空间和两个世界中。也许，一个从未有过说话的机会和权力的女人突然开口，让所有人震惊，以至失去了应对能力；而阮玲玉的话语的某种自我封闭特性，似乎也无法让人介入其中；她在一个一个人物和话题中游走，几乎没有人能跟上这种率性而为、没有条理的话语迁移；她借酒说话，在真假之间闪烁不定，在场者的男性文化逻辑崩溃了，他们困惑地选择了沉默。只有当她以死亡的方式沉默时，只有当她失去了表述能力时，只有当她脱离了世界（男性所主宰的文化世界）时，表述能力、话语能力以及随之而来的肯定能力才再次返回到他们身上；对一个失语者进行各式各样的表述，是因为表述者的绝对的盲目自信，是因为他们面对死者的安全感，是因为死亡导致了一个身体的空洞，这个空洞可以被反复地填充、改写、叙述和描绘。于是，我们看到，在死亡的阮玲玉身上，覆盖着大量的话语"意义"。如果说，活着的阮玲玉的一生主要是沉默的一生的话（只是在死亡前夜，才有真正的话语表述），那么，葬礼上的悼言场景是她一生的一个堂皇却悲呛的隐喻：对一个沉默者/死者来说，悼言和流言，它的表述形式、流通形式、生产形式又有什么差异呢？

功夫片的七种武器

孙孟晋

功夫片的七种武器之一——后功夫时代的符号游戏

在新一波功夫片浪潮中,只有周星驰的《功夫》与众不同,他的谐星智慧是不愿随便浪费的。而其他几个人中,尽管徐克打着"魔幻"的旗号,陈凯歌披上"浪漫"的外衣,但他们和走进后张艺谋时代的张艺谋毫无区别——是对虚幻的武侠境界的朝拜,对夸张的美的贪婪,对空洞的符号的沉溺。

看一下还未上映的《无极》的人物名字,光明、倾城、无欢、鬼郎,很对应于《英雄》里的名字:无名、残剑、飞雪、如月。人物形象宛如字面意义那样简单而概念化。后功夫时代电影的本质是抽空意义,剔除前功夫时代的招式俗套,其中张艺谋更是玩转视觉刺激。

说后功夫时代是符号游戏,不仅是陈、张这两位顶梁级的内地大导演不约而同地走进形式世界,还在于他们对传统功夫与武侠电影的颠覆。举个例子,文人气息很浓的李安是有根源的,他怎么变都脱不开胡金铨的美学境界。而张艺谋是反胡金铨的深邃的,他只需要肢体语言,而不是肢体语言背后的禅意;他只需要浓艳的景色,而不是空山灵雨;他只需要虚幻的过程,而不是虚幻的本质。

再看剧本,李安取自清末王度卢的武侠经典,而张、陈两人才不会从那里入手,他们的功夫电影是一种天马行空般的虚构,虚构是本,侠义是次;唯美的浪漫是本,修身治国平天下是次。在后功夫电影中,我们应该发现张艺谋的玩兴大开,他用虚构的轻飘颠覆了前半生的体验的沉重。他比别人更快地领悟到他的功夫电影世界是一种符号,也只有游戏生命的人才会拆破这个符号。

其实,周星驰的《功夫》严格地说,也属于后功夫时代的范畴。且不说搞笑的出处在上个世纪80年代,只看周星驰的解析就知他的用心。"如来神掌"是功夫电影里的一个典故,早在上个世纪30年代就有人拍摄,周星驰居然用玩笑的方式篡改了一番。

看似张彻的功夫,却是周星驰的功夫,这便是周星驰对功夫游戏的参透。

功夫片的七种武器之二——欲罢不能的搞笑

当年香港功夫电影的没落是因为徐克倡导的娱乐风气所致。无论是《新龙门客栈》还是《笑傲江湖》,新武侠电影已经把张彻的个人英雄主义和胡金铨的侠士骨气全部推翻,取而代之的是超级"无厘头"。典型例子是《东成西就》,而这样的有功夫展示的电影只能算是"无厘头"文化的代表作。

"无厘头"的代表人物是周星驰,他当年拍摄《少林足球》也是一反少林题材的。而这次在西方刮起的周式功夫片其真髓还是令人捧腹的喜剧因素。大家知道,少林是有约定俗成的题材的——那就是练就拳脚功夫,但周星驰却以"少林功夫"来踢球,更为"恶毒"的是里面的一招一式全是跆拳道动作,可见其嬉戏之程度。

所以,我们不用去期望《功夫》一片会向李小龙、成龙等前辈叫板,虽然李小龙是周星驰少年时代的偶像,日后周也学了一身并不十分高明的腿功,但是在前辈大师面前他实在是敢于班门弄斧,他在其很多"无厘头"电影里都要展示"三脚猫"功夫。估计拍一部功夫电影是他觊觎已久的了。

周星驰对旧上海功夫经典如《马永贞》了如指掌,他依然不忘加入各种噱头,那些早期神怪武侠电影的元素一经搬用,就有无尽的笑料可呈献。加上黑帮片里的小混混情结,周星驰端上来的是一道颠覆传统文化的功夫大餐。

无独有偶的是多年前的成龙的搞笑功夫片。在李小龙仙逝后的那段日子,谁都想成为李小龙第二,成龙早期并不成功的《醉拳》便是。但是,现在人们回忆起功夫片的历史就会使用这样的评价——"英雄已死,小丑登场",这个小丑便是刻意改革的成龙。他的价值是用谦卑的小人物形象颠覆了李小龙高大的英雄形象,他有一种奇怪的说法:"李小龙腿踢得高,我则踢得低。"功夫喜剧片的奠基之作是刘家良的《神打》,日后成龙的杂技与笑料在此片里涉猎不少。

尽管到目前为止,周星驰在功夫片上的地位和成龙还不可同日而语,但成龙的"傻"和周星驰的"刀"将是功夫喜剧片的两大形象。

功夫片的七种武器之三——可以飞的"威亚"

现在回想一下:几年前《卧虎藏龙》风靡西方是因为什么？是飞檐走壁的魅力,是展示轻盈的吊钢丝(英文里即"威亚")。这和深受香港电影影响的《黑客帝国》有殊途同归的味道,也许有人认为是武术指导为同一个人的缘故。其实,《卧虎藏龙》刚开拍时,袁和平受不了李安的文人指导,因为得之于中国北派功夫的袁和平讲究"力从地起"。

好莱坞的枪战片与功夫片"空中飞行"的精髓是东方的,这和大批香港武术指导浪迹于好莱坞有关,这其中有袁和平,也有赴西方的第一位武术指导元奎。

当然,真正让西方观众感兴趣的是:《卧虎藏龙》的"空中飞行"和他们的电影还是不同,这便是老外无法模仿的美学意境。李安曾经在拍戏时书写了八个字提醒自己:"动静起落,进退虚实。"仔细分析,你就会注意到每个人的轻功动作是不同的,李慕白功力最高,也飞得最灵巧。

《卧虎藏龙》里最美的一出戏是竹林打斗,节奏把握得非常优雅、轻灵。这直接影响了张艺谋的功夫趣味。同样是竹林打斗,当年胡金铨在《侠女》一片里的拍法完全不同。胡拍的是从上而下的剑刺,剪接快捷,烘托一种令人胆战心惊的效果。难怪功夫片基本功不扎实的张艺谋谈起胡金铨非常的隔膜。

但是李安是延续了胡金铨的东方神韵的,只是李安把胡金铨的有张有弛的节奏放得更慢,胡金铨出自京剧与舞蹈的动作、婉约派的山水迷蒙都在《卧虎藏龙》里有展示。把功夫片拍出舞蹈的韵味,西方人是很难学会的。昆廷的功夫片《杀死比尔》既有后现代意义的大杂烩印记,又有让角色舞蹈起来的企图。但败笔也随之而起。

东方气韵在功夫片里的审美是一门学问,"威亚"是令其飘逸起来的独门武器。胡金铨藏在里面,李安透在外面,张艺谋则由于过于铺张而味道变质。

最难忘的是胡金铨,在一场你死我活的拼杀中,突然出现太阳照射的空镜头。奇妙无比!

功夫片的七种武器之四——传达秘密的空间

在一个并不宽敞的空间里比武,突出不同力量的制衡,这是中国功夫电影尤其是胡金铨的一大特色。胡金铨的客栈戏是出了名的,从《大醉侠》到《龙门客栈》,包括《迎春阁之风波》,在客栈里都发生了精彩的功夫比拼。其实,客栈的本质是戏剧化地隐喻阴险多变的江湖,至少具有戏剧空间概念的暗示。

胡金铨客栈戏的精彩还在于——一种蓄势待发的静态与阴谋横布的动态之间的韵味。以《大醉侠》为例,女侠一上来就身临危险的胁迫,而四周围的东厂特务的排列又有构图的美,这种从形式到内在的双重力量构成了又一种中国文化特色。有意思的是打斗延伸到外的意味——是对空间的打破,也是一种韵味上的自由度。同样一部《龙门客栈》,后来徐克的翻拍片就没有胡金铨在客栈里腾挪自由的自信,徐克的《新龙门客栈》反而是沙漠里的一场打斗更为精彩,不妨看作是走出传统文化氛围的例子。

张艺谋在《英雄》一片里有一场棋馆打斗戏。是开放的空间结构,尽管以黑白片的处理来暗示"秦尚黑",但没有了那种命运无法捉摸的压迫感。

相比之下,邵氏时代的功夫片大将楚原就很懂得在有限的空间摆布人物的生命走向。楚原是"布景大师",他很少有外景拍摄,这不仅是美学上的刻意,更是悬疑的空间点拨。楚原的布景是谜一样的道具,谁能判断在布景的背后会发生什么?从《楚留香》到《三少爷的剑》,从《白玉老虎》到《流星蝴蝶剑》,他把古龙武侠小说的悬念起伏把握得极其扣人心弦。

往往是晚霞映照的布景一出现,就要死人了。又往往是一进入客栈,敌我不分的人就要出现。楚原的空间永远藏着无穷无尽的秘密。这是功夫片在击打以外的另一道风景。

功夫片的七种武器之五——个人英雄主义

如果要问谁是功夫电影史上最阳刚的导演,毫无疑问是张彻。他对阴柔的东西似乎天生反感。在他最出色的武侠电影《独臂刀》里,他公开了对女性的轻蔑。像一个打不开的错结,张彻与其说张扬的是男性力量,还不如说是远离儿女情长的个人英雄主义情结。在功夫电影史上,人生坎坷直接导致性格刚毅的最典型的有两个人:导演张彻和演员李小龙。拿《独臂刀》来说，王羽非要遭受他爱着的女人的斧劈，他拼命练就一身超人武艺，某种程度上是对女人的报复。

有仇必报，有敌必杀。张彻的暴力美学的另一个潜台词是个人英雄主义，像《十三太保》的空前惨烈，其实是他的生命哲学。男性之间存在着忠心耿耿的友情，好汉一条宁死不悔。其实在70年代的香港特别需要这样的英雄主义情绪。从功夫片的角度看，《马永贞》是最悲怆的一部。身中致命一击，却要誓死同归。当然张彻的阳刚之美非超人神话，而是具有草根特性的。张彻的好血腥和昆廷有着本质区别，昆廷是反个人英雄主义的，因为崇尚英雄主义只可能是某个时代的产物。

形成壮阳气候的张彻一生拍片数量令人恐惧——近百部。他的活力是否意味着在胶片上的射精。他的人物可以没有绝顶功夫，但一定会有绝顶气魄。这就是把生命的雄浑奏响到极致的张彻，他的血色黄昏是鲜血，也是悲剧。

另一个人也是英雄主义的产物——李小龙，他实现了他的生命价值——从生到死。

功夫片的七种武器之六——龙啸

这个人给所有中国人赢回了尊敬。但在他昂起头颅的时候，身后的影子却倾斜了。一个注定要短命的英雄，但他的一声标志性的长啸使无数人吓破了胆。客观地说，此人得爱不多，所以愤恨有加。若不是早年在西方受尽轻视，他不会以复仇的名义练得如此一身好武功。

李小龙曾经被拒绝出演美国连续剧《功夫》的主角，这可能是他"怀恨在心"的一个重要原因。后来在《猛龙过江》中，他描写了他早年的受欺凌史——一个为人忠厚的乡下人。有趣的是最后那个一身好武艺的人在西方文明的象征地——罗马竞技场大动干戈。在所有的功夫电影人士中，唯有李小龙把民族性的题材上升到那样的高度。李小龙的长啸是爱国主义的号角，

从性格上分析，李小龙刚强有余，弹性不足。功夫史上练就超人武艺的，李是第一人。虽然出自南派功夫，却杂糅北派腿功，甚至柔道、菲律宾武术、空手道，乃至泰拳都不放过。有人将这种"武术博学"称之为李小龙武学。据说他的长啸来自日本空手道，这种兽人不分的声音也是关于武学的警句。

当今天我们在李小龙的影片里看到这个摇头摆脑而怒目圆睁的家伙,我们就明白当年他是如何为自己壮胆的,他又是如何战胜所有敌人的。他是一个"功利主义者",因为在他练武的逻辑中只有一条:学武就是为了战胜别人。这样来看,那声长啸又是一种义无反顾的征服。

李小龙的离经叛道是反传统文化的,当他朝着洋人拳打脚踢的时候,为什么洋人甘于受罪?因为这是符合西方精神的。也就是说,那声长啸不断响起,震动的面积远远大于我们想像的范围。

最后,这个非凡的人在一声长啸后倒下了。这是命运。是关于长啸的报复。

功夫片的七种武器之七——少林寺的寺庙象征

在功夫片史上,有两个题材是被拍滥的。一个是黄飞鸿,一个是少林寺。其实都和少林寺有关。关于黄飞鸿题材,如果没有当年关德兴的黄飞鸿,也许会没有后来李连杰的黄飞鸿。黄飞鸿的流传是粤文化对香港文化的影响。

巧的是当年在内地影响最大的《少林寺》也是李连杰主演的,全民习武,大概是有史以来影响面最厉害的几次之一。中国历代对少林寺的禁武最严重的是元朝和清朝,方世玉和洪熙官也是传说人物中被拍摄的较多的,这也和"反清复明"的题材浩瀚无边非常密切。如果这样的判断成立,那么少林寺的寺庙象征着一种对统治阶级的反抗。南北少林的功夫不一,但是却以拳脚为主,这正好是器械被禁的结果。

从少林寺的寺庙象征,我们也得出另外一种阐释:那就是刻苦练武的形象。在众多少林寺题材里,"笨鸟先飞"的现象比比皆是。这尤其是武术指导出身的导演最乐于"卖弄"的,代表人物是刘家良。他的《少林三十六房》就是意志磨炼的最佳写照。刘家良少林题材更有名的是《南北少林》。

如果划分功夫片的文儒与武将,那么刘家良肯定是武将,而胡金铨绝对是文儒。现在回忆起胡金铨的经典电影,除了美学以外,印象深刻的可能就是他对明末野史的喜好。没有一个导演比胡金铨更乐于拍"反清复明"题材的,他至少是个理想主义的文人。

是回避现实,还是励志,从功夫片狂潮的缘由不难看出:功夫片是乱世时代的集体性的幻想。

相见欢:王家卫与王家卫的聚会

——解读《2046》

苏七七

　　《花样年华》中,周慕云先生远赴柬埔寨,对一个树洞说出了自己的秘密,再用泥土把它封起。5 年之后,这个树洞以一个特写镜头出现在宽银幕上,所有人都知道了开启的密码:2046。

　　这是王家卫事先张扬的一次倾诉,当然,所有的倾诉都以秘密为号召。2046 是一个房号,一个年份,也是一部小说。它意味着地点、时间和虚构。王家卫的这个故事有一个套盒结构:他用一部小说串联起过去和未来,却又让人分不清过去与未来谁真谁幻。庄生梦蝶,是耶非耶,错乱中的虚无感,也许倒是他的本意。《花样年华》当然为《2046》作了铺张的预告,但更早的伏笔已经在《阿飞正传》里埋下,梁朝伟无端地在最后一个镜头里登场,衣着齐整,默默不语。那正是 60 年代的香港。我们与他像是街头相遇的陌生人,目光相触,彼此走开,后来居然相识相熟,知晓了他的所有故事。

　　60 年代是王家卫热爱的年代。《2046》中,王家卫位于过去,虚构未来,1966 年的小说里写的是 2046 年的故事。过去是充满细节的,丰富得几乎拥挤,旗袍绸光耀眼,耳坠子轻声叩响,发油亮得像能闻到味道,在充裕的物质中,感官被培养得骄奢放纵,以一次次艳遇来磨炼自身。这是王家卫眷念不舍的花样年华,开往 2046 的列车,开向的是一个记忆存留的地方,这何尝不是要在时光的灰烬里,重新燃起以往的幻象。通过小说的、虚构的轻巧搭设,过去与未来直接衔接在一起,它们像是圆圈一样在每一个点上汇合,就达成了重合:于是"现在"被忽略了,悬搁了,只是记忆与想像后暗藏的一个存在。但也正因为身处"现在",王家卫才需要以这种时代形式表达他的怀旧念想——而"现在",是何时? 在 1966 与2046 里,1997 这个点很容易凸显出来。王家卫玩了一个小小的数字游戏:1997 与 2046 间的50年,正好合着"50年不变"这句诺言。

但政治对于王家卫来说,只是一个模糊的背景色。他总要通过一些小设计来提醒观众政治的存在,作一些如有如无的暗示,他真正的问题,却是文化认同的犹疑不定带来的情感漂泊。《2046》的地点设在香港,而这个香港却太像上海,王家卫的移民身份,使他总将故乡投射在他乡,他的香港不像王晶那样百无禁忌,不顾体面,而是矜持的、微妙的、步步为营打量着左右上下。身心安处,即是吾乡,他原本也可以把他乡当作故乡,但是这个他乡,却岁月难静好,现世难安稳,让他一颗心总也难安定。《2046》里提到了新加坡,可是周慕云的两个苏丽珍,一个不肯和他到新加坡去,一个不肯和他回香港来——倒是伶俐要强的白玲,最后孤身一人去了那里。周慕云的那一股文人气是大陆的流韵,只能就近在香港还有个凭依。

《2046》里这些时间空间的设计,动的心思太多,反而绞成了一团,不知哪些是无心哪些是有意,哪些只是些小把戏。因为可以进行太多解释,结果使解释失去了意义。王家卫的虚无感当然可以分析出文化的政治的种种原因,但他不是许鞍华那样的知识分子,念念不忘家国万里。他大概是个先天的虚无主义者,然后生得其所,生得其时,性情切合语境,最后变成了作品。张爱玲的小说《倾城之恋》,写上海女人白流苏到香港去,适逢其乱,成就了一段姻缘,倒是可以比拟。

在空茫的时空中,一个虚无主义者如何找到依靠,王家卫在他的电影里作了种种尝试。一种简便的方法是将时间与空间劈薄,在足够的薄中,找到一种纯粹的、无可置疑的存在。比如王家卫的典型台词:"下午3点51分,我看到她,爱上她。"或者:"我离她最近的时候,只有0.01毫米。"但这种时空切分法很快受到了大规模的戏仿,而丧失了情感的严肃性,在《旺角卡门》与《重庆森林》中的类似台词,已经有了完全不同的意味。而更为有效的方式,是恋物癖,在物质细节的观照与塑造中,从物质的审美通向不灭。《花样年华》中的旗袍是个浅显的例子,而王家卫在美术摄影音乐上的细节上的精雕细刻,也未尝不是这种恋物癖的贯彻。

在《2046》中,旗袍还是一袭又一袭地出场,更有别的小细节做补充:手套、耳坠、攀带漆皮鞋。但这个总结性的电影里,王家卫谱写的是一曲丽人行。他最终在女性的美与对女性的审美中,找到了对虚无感的最佳纾解。他发现着,同时也塑造着她们的美,她们的性感之处。章子怡的美是红玫瑰，王菲的美是白玫瑰。爱着别人的白玫瑰，自然是床前明月光；爱上自己的红玫瑰，只有离弃了，才能成就心头的胭脂痣。张曼玉只要一个黑白镜头，就众芳摇落独暄妍了，她既是红玫瑰也是白玫瑰，既在回忆里也在念想里。她只不在现在，所以他永远爱她。而巩俐是一个镜照，那个苏丽珍是柔里的刚，这个苏丽珍是刚里的柔，他们相会太迟，彼此的过往都不能搁下，拿一个重吻当作交待。刘嘉玲匆匆而过寻找着她的无脚鸟，她的美在她的执拗折腾，于是王家卫给了她一个迎面而来时光倒退的镜头，留存一段鲜艳时光。当年演"无脚鸟"的是张国荣，此曲只应天上有，人间哪得几回闻——人间里留下的是处处笙歌的周慕云。

周慕云有着绝妙的东方式分寸感。念旧、追新、感情、身体、钱，他样样编排得滴水不漏让人无话可说。也就是梁朝伟还能担当得起这样的重任：只有他能带着章子怡演出调情的经典片段；也只有他，能隔着玻璃窗看王菲打电话，表情里是无限的人生自是有情痴此恨不关风和月。王家卫的细节真是精巧，巩俐嘴角洇开的口红，王菲脸上慢慢滑下的眼泪，还有章子怡和周慕云春风一度，第二天早上憧憬未来，那微微肿着的眼皮！

凡此种种的"刻意为工"，使《2046》洋溢着一种享乐主义气息，虚无感真正被消解在一种情色气氛中。王家卫一以贯之地用着喃喃呓语式的旁白，以解释来缝合叙事，最后达成了一次圆满的倾诉。这种倾诉是面向大众的，它貌似私语，却是真正的流行消费品。而王家卫的长处，在于他在极其矫揉的故事与细节中，却保持着一种贴切的感受力与理解力，并且不失一种自觉与幽默感。好比鲜花被焙制成干花用以观赏，王家卫有着一种制作上的极其认真耐心，也正是这种认真耐心，使他的干花成为品牌，一种消费中的信得过产品。

当人们在消费《2046》时，到底在消费什么？王家卫以《阿飞正传》、《东邪西毒》、《重庆森林》、《花样年华》成为小资教主，在虚无的土壤上，他生长出一种对自我的过度关注，从而培养出极其敏锐的感受能力。在《2046》中，女性与性被独立脱离出来，成为一种审美对象，快感不是来源于性，而是对性的感受与审美，这是《2046》的"性感"之处。而这种感受的具体体现方式，既不是爱，也不是性，而是"调情"——主体欣赏的不只是对象，而且是自身的调情能力。所以观众消费《2046》时，不仅在消费丰裕的影音效果带来的恋物快感，更在验证种种感受中，消费着一种自恋情结。

对于王家卫来说，《2046》是一部总结。他的叙事主题在此得到了回响，形式上的唯美主义也走到了一个极端，这部总结之作几乎是"凝重"的，稠密得失去了王家卫原有的轻逸。面对时间的流逝，将物恋与自恋作为双重倚仗，达成虚无之上感受的狂欢节。这是一次王家卫与王家卫的相见欢，也是王家卫与类王家卫们的相见欢。

《可可西里》:情节削减与境遇凸现

郝 建

    《可可西里》给当下的中国电影观众带来了许多感动和引起思考的问题:本片几乎没有故事,作者怎样让我们在观看中维持注意。许多事件是偶然发生的,在这种时间流逝中,有没有生产意义?他这种叙事方法本身对于中国电影有什么意义,这种方法在今天大陆的电影氛围和话语引力场中处于一个什么地位?此前,我看到中国的"现实"被许多电影做了完全不同的呈现,也看到它在许多影片中被明显地强暴或者了无痕迹地虚化、遮蔽。本片导演明确地表示"想表现的是真实"。那么,中国的现实在本片中是怎样被对待的?为什么一部被认为没有故事的影片在各种不同的观众群中都得到"有力","强烈"、"真实"这类的评语呢。我试图从剧作、风格、艺术史的角度来考察这些问题。

编导合一与雄心勃勃的风格设计

    本片的风格十分强烈,像一部纪录片。如果用典型的形式和制片厂创作流程来写本片的剧本,剧作的风格和意念就不容易传达,其文学剧本在没有导演认可、阐释的情况下根本不可能在制片厂获得通过。而且,就现在的形态看,我估计编导在拍摄时期和剪辑台上也在不断对影片作出有重要剧作意义的改动。因为故事性很低,它的意义产生很大程度上依赖于影像和镜头语言,依赖于它选择的现实空间和事件材料。

    就一部体制内运作的电影而言,本片的风格颇有令人触目之处。美国的哈罗德·布鲁姆在论述当代作家与文学传统的承继关系时曾提出了"影响的焦虑"这一著名概念。他认为作家面对前人艺术形式与人性的挖掘会有一种被强大的作者和文本压制的焦灼。[①] 我

---

    ① 参见[美]哈罗德·布鲁姆:《影响的焦虑》,徐文博译,三联书店,1989。

认为,在中国语境中这种影响的焦虑还包括来自某些主导话语的话语陈规和计划性生产出来的形式系统和观赏定势。让我们看看编导在设计影片的总体形态时所面临的外在边界和内在动机。作者必须考虑的外在边界:这是一部体制内的、投资较大的、在商业系统内运行的影片。作者的内在冲动:这是该片导演的第二部作品,他已经有一定的自由和空间去突破已有艺术文本的影响,显示自己的艺术创造能力。他要以此引起自己希望引起注意的那一部分观众的注意。作者在下笔/开动摄影机时面临着总体风格的选择,这种选择必然在创新动机和呈现自己所认识的现实这二者之间摇摆。由于作者以前在媒体上多次高调表示过绝不拍摄地下电影,他在选择题材和设计风格时一定会慎重考虑,绝对不能像《17岁的单车》和《鬼子来了》那样在制作过程中被导演或者管理者"拍"到地下去。那么,在现有的话语引力场中作者怎样寻找一个突出而又被允许的风格形态来作为自己话语冲击的出发点就是十分重要的。首先,在题材选择上来看,他选择题材和对现实的认定都必须远远地躲开地下电影的阴暗面题材,必须明确地区别于某些地下导演观照现实的视点和题材聚焦点。就叙事形态看,现存的诸多形式系统也对他构成巨大的影响。我们可以看到,一边是大量的主旋律电影,其叙事顺滑,线性叙事,时间坐标要求绝对清晰,意义指向要求明确;还有最重要的一点,影片的主题和社会(历史中的、现实的)认识要符合当下政策贯彻的需要。此外,还有一个今天话语环境的特征导演也一定很熟悉:世界电影的叙事形态已经极为丰富,并且还在不断发展。更为严肃的一个事实是:在今天这个资讯交流极为迅速的时代,这些多样丰富的叙事形态早已为中国大批热爱 DVD 的青年和文学、电影、电视专业人士所熟悉。我们看到三个主人公分段做主角但又互相镶嵌的《孔雀》;将三一律更推向严格化的《24小时》;重复回到起点但剧情在另一种可能性中变化的分段式结构:《盲目的命运》、《罗拉快跑》,在《维罗尼卡的双重生活》和《双面情人》中,这另一种/几种可能发展的结构变形成为一个人演两种可能性的平行发展、偶尔交叉式结构;心理时空闪回式:《美国往事》;剧中几个人的故事暗中重合式的《江湖》。还有像伊朗电影《谁能带我回家》这样的影片,它在不断地打破叙事的认同的机制,不断揭示摄影机、导演、剧组存在的间离叙事中巧妙而有趣地推进故事。

这样,我们再来看《可可西里》,就会发现一种精心设计的独特性,它以自己影片十分强烈的风格差异性在内地现有的叙事形态中作了突破。就叙事风格的营造和凸现作者寻找差异性的能力而言,本片十分成功。相对于主旋律电影的叙事顺畅化、模式化和商业电影的复杂化、丰富化,《可可西里》采取了逆向创新的方法,它的叙事极简单化,竭力朴素化,编导严厉地削减了影片的情节性。也许就是因为这一点,我是以一种十分理性的态度喜爱这部作品的。本片意义产生的第一个重要元素就是它与现有的叙事风格、叙事成规所形成的比较。凭借着与现有那些规范化、纯化、美化的叙事风格形成对比,本片才构成了自己的有力、震撼和冲击。

叙事:削减戏剧性和冷高潮

作者在叙事和镜语风格方面显示出雄心勃勃的姿态,在与观众的对话关系,与现存艺术成规的对话关系等方面都表示了自己的大胆。但是,我认为这种新异的风格设计具有平稳扎实的基点,是跟作者强烈的现实感相联系的。

本片的色彩处理是消色,朝灰走,画面只有几个场景用了饱和色,而且不回避大量的高反差镜头和大量夜景。有一些能拍到天空的镜头是可以拍得透蓝透蓝的,但本片没有一个那种夸张、提纯、人造的漂亮镜头,这跟主旋律电影的唯漂亮主义形成强烈对照。[①] 剧作跟它的色彩处理好像有呼应,没有强化,没有机巧,没有华彩。本片的故事性很低,我将大陆电影中这两年出现的这类作品称为一种削减戏剧性或者低戏剧性的剧作。有的评论对此持有负面看法:"'故事'成了中国电影最大的瓶颈。而在《可可西里》中,我们很难看到主创在这方面有所建树的努力。……逃避了'故事'这个中国电影的核心问题。"[②]的确,在亚里士多德的戏剧理论中,情节是第一位的,语词是第二位的,这是我们几千年来写戏、看戏的默契。即使在真正的纪录片中,也有很多作者要在其中营造叙事性、发掘纪录片中的趣味性内容。作为一部故事片,本片的叙事因素跟常见的"故事片"有根本性的不同,就常规剧作的规范来说,我看到只有时间的清晰坐标被作者规矩地遵循。

本片剧作上因果事件用得少,偶然因素用得多;技法上也没有用技巧来制造炫目效果;结构上连开端、发展、高潮的三段式的情节曲线也不讲究。但这里我看到的不是现代

---

① 关于唯漂亮主义的形态和概念可以参见拙作《张艺谋与"唯漂亮主义"》,《新闻周刊》2004 年 9 月 13 日,《将"唯漂亮主义"推向世界》《新京报》2004 年 7 月 19 日。
② 刘铮《〈可可西里〉:遗憾的缺失》,载 2004 年 10 月 14 日《新京报》C50 版

主义的反戏剧性,本片是有时间坐标的。与反戏剧性不同,本片是走向主题的,是在理性主义的信念中,是在"主体"(理性的)和被主体认识的"真实"(在讨论中可知的)的信仰中很"古典"地营造叙事文本。

削减戏剧性还表现在本片剧作没有设立人物之间的对立,反面人物"我们老板"在剧作意义上没有写,直到结尾才有让观众认识的笔触。而且,这个本片的高潮点也是低情节性的写法:主人公死的第一原因并不是"我们老板"。我们不知道,如果不是手下人慌忙开枪,"我们老板"会拿日泰怎么样。这种高潮的处理是很冷的。导演似乎在竭力地、小心地避免自己在叙事中显示出调动观众情绪的企图。在大陆今天的语境中,煽情一词多数被看作贬义。本片剧作上的这种非因果性提供给我们的是作者感受到的生活,这种剧作不是带着观众进入情节,而是进入一种情境。那么,本片的戏剧张力在哪里?我认为最主要的就在人物面临的死亡危机和物质环境构成的境遇中。因为对现实的展现具有极大的生活态,所以要把偶然性作为给我们看到、让我们感到的生活性质。这背后蕴涵的感受是:理性、法制、善有善报这一系列美丽信念和愿望在这块土地上是如何被狂风刮得烟消云散。因为剧作的情节性很弱,所以在时间交代和叙事进程上,字幕的第 XX 天成为时间串联的线索。

在经典的戏剧性电影中,铺垫的事件或者人物性格会导致后面发生的事情,重大的逆转一般要事先不止一次铺垫,要在情节的推进中埋伏好。但本片的重大事件都没铺垫,为了稍微有点预示,剧作上只是用台词提及一下。以最后高潮段落的两个人死亡为例,都不是在情节中推进,也不是靠冲突中人物的动作必然冲撞。刘栋被流沙吞掉,观众连这里会死人都不知道,只是前面晚上看星空时一个队员提及自己带路领进来的科学家被流沙埋了。高潮段落,日泰被偷猎者打死,原因是队长日泰与偷猎者遭遇时只有他和一个作为局外人的记者。他们与别人走散的原因是自然的困境,而不是来自反面人物的冲突性动作。这个情境形成的原因只是用日泰说的一句交代性台词:"他们能从雪山走出来吗?"

导演试图用一种真实境遇,用看不见的技巧构成戏剧张力和观赏的吸引力。影片中有张力,有悬念,而影片中最大的悬念是死亡,是我们对人物面临死亡威胁的担忧。片头引子中让强巴被打死就是为了建置这个大威胁。但就我个人的观赏来说,一直到洛桑等三人被扔在吉普车中,日泰跟记者念叨"但愿不要下雪,但愿不要下雪"之时才被人物面临的死亡危险震慑住了,紧接着洛桑在雪地上哭叫:"我们走不出去了。"音乐起,风声袭来,死亡随着漫天风雪笼罩在人物和观众头顶。

一般的高潮是正邪两个主人公之间的冲突,政治电影中往往是正面人物死去,恶势力冷笑着离去。而本片中高潮点的死亡是可怕的,因为它带着极大的偶然性。但是就是这种随意的、失手的杀人凸现出杀人这件事情在影片展示的境遇中不算一回事情。本片是一种无抒情的悲剧,沉浸在无力、荒诞感中的悲剧。日泰死了,马占林看他一眼,抄着手走掉。看看我自己的生活,这种死亡仅仅发生在沙漠上?这种无力和冷漠、荒诞只发生在可可西里?

角色:主要人物的非英雄化和沙漠化的自然环境

主要人物是日泰,但是这个人物绝对不是理性意义上的英雄人物,他是一个在荒诞境遇中已经放逐了自我、已经把自我的位置和意义全部抵消、异化掉的人物。他不是警察,是以西部工委名义行动的自愿巡山队员。剧作没有交代他的经费跟他罚来的款项有没有相关性。就我对剧作的读解,日泰未必能做到收支两条线。对于描写日泰,有几个点在剧作上起着重要作用:在冰上抓住捕鱼的人罚款,卖皮子,不顾队员和自己性命地追那个老板,单身遭遇老板被打死。第一次对卡车上带羊毛人的罚款,观众还认为他们在执行任务的法律身份只能允许他们这样做。抓到冰上捕鱼的人对他们罚款,镜头语言交代了开条子和现场从口袋里把公章拿出来盖的镜头。这时我们就对这个人物的正义性和纯洁性产生了怀疑。可是后来我们才发现,这个乱罚款行动跟他指示队员卖皮子的行动比起来只是一个无伤大雅的小小违反规定。结尾字幕交代:有四个巡山队员因为卖皮子被逮捕。如果承认这也是剧作的重要笔触,我们发现日泰的牺牲是对他银幕形象的升华,准确地说是保全。因为严格按照法律,日泰是卖皮子这一违法行为的主要策划人。这样,我们就看到影片塑造的是一个非英雄,是一个在沙漠化自然环境和艰难、充满无力感、荒诞感的社会环境中的枯萎、坍塌的人物。在一般戏剧结构中,主要正面人物如果死亡一定是在与邪恶势力的冲突中英勇、辉煌地死去。导演处理日泰的死亡是完全没有浪漫化、英雄化的。

其他人物大多数是非典型化的,按照我们常规剧作的要求来说就是没有"写出来",观众对许多人物看完了影片也不认识。最主要的反面人物"我们老板"在开头打死强巴的场景可能出来过,可是没有一个观众能记住他。他一直是在远处看不见的地方被追寻的,到结尾的时候出来一下也不是这个高潮点的动作发出者。两个女人也不好说是剧作意义上的人物。冷雪出现两个场面,好歹写了巡山队员生活与性生活的一个侧面。日泰的女儿央金的出现就没有什么剧作意义,她的功用就是日泰死后躺在那里时有她坐在旁边才能构成悲情场面。

也许,现实生活中可可西里巡山队的事情全靠着记者的勇敢艰辛工作才让中国和世界知道。可在剧作上,本片最尴尬的人物就是那个记者,他是一个只为了实现一些剧作功能的外在人物,他最大的戏剧功能是让日泰有一个口子谈出没钱养活队员只能卖皮子的困境。这个人物在队员们的行动中完全是一个旁观的他者,别的队员行动时,他不能作为一员参与,而是非常多余地在行动中或者行动后拿着一个照相机拍来拍去。最重要的是,我认为这个人物的功能性设置与本片的纪录片形态不合,他的在场其实使导演甚至使整个摄制组露出画面,是一个非常间离的角色,他是一个简单的寻找、旁观视点。还好,在最后的完成片中,我在前一个剪辑版本中看到的记者抹眼泪写文章的镜头删掉了,那更是一个由这个多余人物出来代替作者引导煽情的镜头。

自然环境是本片的重要角色。看本片时,我想起了《惊蛰》中的一个镜头。女主人公二妹在看戏,反切镜头从露天舞台后部拍摄看戏的人群,上摇至沙尘暴遮蔽天空的空镜。那个镜头和本片的大量自然场景一样,构成了人物生存境遇的物质空间,同时我又将它看作是作者自己的视点,是作者现实感的一种外化。这是显示作者现实认识和现实阐释的重要笔触。这种自然造型远离了许多现有文本,远离《黄土地》中那种强化构图镜头后面的呼喊和悲怆。今天的这几部写出自然环境的影片与主旋律电影和张艺谋的武打片和申请(申奥、申博)电视专题片镜语中的那种唯漂亮主义形成了巨大的反差。

境遇叙事与最高任务

那么这种环境展示和人物的惨痛、非英雄化死亡到底有没有完成思想的聚焦呢?对于"立主脑"(李渔)这个剧作的首要问题,有的评论认为没有完成:"而在《可可西里》中,我们很难看到'意义'的构建。在电影中,我们看到巡山队员和盗猎者之间追逐、杀戮,有时相互帮助,时时沉浸于其中,然而到最后却很难看出有什么意义凸现出来。"①

　　我认为本片在境遇中凸现了某种核心意念,它的主题就是死亡,是人在荒诞处境和极其恶劣环境中的意义不明、突然而来的生命陨落。导演竭力躲避煽情,对死亡的冷静处理构成本片最大的力度,也是平静展示境遇的着力点。这样一看,就明白本片为何一开始就让强巴死去,那是要与结尾日泰的死亡相呼应,这首尾呼应的死亡在戏剧情境和人物命运上都是一样的。本片死亡是无浪漫的、非英雄的死亡,让人绝望的死亡。就死亡的动作形态来讲,这里导演处理的死亡是真实的、平常的,它非常像《辛德勒的名单》的处理,那里面的死亡也是极其真实的栽倒在地上就死,而且杀人者也像那个集中营司令官一样处于随心所欲的状态。本片的死亡是执法者的尴尬和困窘,这是影片呈现的社会的物质环境和社会氛围所共同构成的恶心和荒诞。

　　在一些长大成人于 80 年代的导演那里,死亡是在潜意识中萦绕挥之不去的一种灰暗情结,他们常常在叙事处理上跟华丽的剪接与设计精巧复杂的结构配合,他们的作品中常常表现对主人公到底死去没有恍惚不明,常常是死去的人又被我们见到,是一种恍惚回头就遇到的迷茫,看看《苏州河》、《月食》、《安阳婴儿》,都能看到这种不约而同的结构,这极大可能是他们经受过精神电击的心理后遗症。而在本片中,死亡有一种坚硬的现实感。在这死亡恐惧笼罩过来的情景中,在这自然风沙、冰雪扑面而来的威胁中,我感受到自然压迫和社会现实的寒气逼人。我将本片的这种环境和人物境遇共同构成大情境,构成作者冷静展示的叙事称之为一种"境遇叙事"。这里的"境遇"既关乎作者在所处的作品境遇中理性和富有道德律的处理、选择,又指文本处理上的忠实、有力,指作者展示了现实生活,即人的现实存在的复杂境遇。我看到,本片的结尾用字幕消除了它的悲剧性,字幕完成了影片表现光明、积极、信心和向上功能。本片字幕的重要性和构成的那种"正面"转向与《卡拉是条狗》结尾的字幕完全一模一样。

逼人的生活质感与现实主义的回归

　　我认为理想的境遇叙事不光有物质现实的真实,更重要的是有一种老实的态度。如

---

① 刘铮《〈可可西里〉:遗憾的缺失》载 2004 年 10 月 14 日《新京报》

影视批评文选 | 161

果公共领域建立了，一个作者在提供社会关系和人性认识、人性描述时，他是否老实，是使用自己的眼睛还只是简单地重复或者华丽地包装权威话语，观众完全看得出来。我认为本片呈现的现实质感是有某种相对可知的社会共识支撑的。我看到，这种相对共识在影片的票房数据中反映出来，也在影片放映后的观众评论、报刊评说中反映出来。

本来，在西方文艺理论中现实主义跟自然主义是一个概念，它追求实证的、平等、冷静的写实主义。但是，自 1928 年钱杏邨从苏联引进"新写实主义"以来，茅盾等一大批文学家在"五四"之后发展、提倡的忠实的现实主义就已渐被批判和彻底铲除。后来现实主义在中国逐步发展为由政治信念和政治立场决定的主导话语，发展出为政策服务工具论文艺观。社会主义现实主义是按照某种既定话语，先行认定好什么是"本质的"，什么是不应该注意、不应该看到的"偶然"。所以在这种美学中，现实是有高低之分的，是必须按照某种权威话语构造的。近年来，我看到一批跟《可可西里》类似的影片，它们复活了现实主义。这些影片都是淡情节性的，镜语富于平实态度，表演上大多用非职业演员，整体风格上是富于生活质感的。本片和《站台》、《卡拉是条狗》、《惊蛰》、《盲井》、《安阳婴儿》都脱离了"两结合"式的政治现实主义。在这些影片中，现实没有等级之分，也不是按照预设信条去阐释的。它们很接近巴赞以现象学为基点的写实主义或者是早期茅盾们的实证的现实主义，而不是那种按照政治理念和政策需要对现实进行提纯、强力取舍和严密地阐释的现实主义。像《可可西里》就有着十分强烈的自然主义色彩，面对现实，一些作者打开了自己的眼睛。在我看来，本片在叙事上的非因果性，对现实展示的偶然性是具有重大意义的，它不是按照所谓的"现象/本质"二元对立法去强力建造一种现实。摄影机具有某种一视同仁的态度，多少有点冷漠，剧作上对去往哪里的结局也不是胸有成竹。我估计导演在拍摄、剪接中对事件、顺序的安排甚至结局的处理都是在不断改变中的。在我的眼中，今天的这些重新以老实态度对待现实的影片拍摄出来和被承认，是对我们 80 年代引进巴赞时将他削去一半的行动赎罪和观念补课。

《可可西里》是一部削减戏剧性影片，它用境遇叙事展示现实，它在中国现实的土地上打了一口地质资料井。

现代城市的第二历史

——略论香港陈果的"游民"电影

司 若

　　查克拉巴迪曾经提出第一历史（History 1）和第二历史（History 2）的概念：第一历史是发展进化的历史，具有宏观叙事结构。马克思的理论在第一历史上论述得非常透彻，他利用生产方式的叙事语言分析了社会进步发展的内在规律。而第二历史否定发展的轨迹，且没有目的性。马克思主义对人文的探讨仅仅到人的异化为止，人被抽象成为单纯的劳动力，情感、生命、宗教、文化等诸多因素都排斥在影响历史进程的因素之外，查克拉巴迪则将情感的历史和文化特殊性的历史都归入第二历史。少数族群的经验提供了与社会的发展既重合又歧异的第二历史轨迹，它可以通过与第一历史之间形成的翻译关系而改变前者。[①]我们可以看出，文化历史差异并没有改变社会发展的历史，二者是通过第一历史与第二历史之间的翻译关系为社会发展史相互提供了补充。

　　斯皮瓦克的《属下能说话吗？》将不能表述主体意识的城市"贱民"归入了第二历史的特殊陈述对象。现代社会的危机，突出地表现在这些游荡于城市中的"游民"们的命运上。他们没有固定的工作或从事于"不正当"职业，没有稳定的经济收入和居所。对于现代社会的危机深感焦虑的艺术家将镜头转向这一不幸的人群。从六七十年代起，先后有法国戈达尔的《精疲力竭》、美国塞尔吉奥·莱昂的《美国往事》、西班牙阿尔莫多瓦的《关于我母亲的一切》轰动影坛。在中国则有陈果的《香港制造》等多部影片和贾樟柯的《小武》等作品引人瞩目。这些影片从一个独特视角构建了对现代城市第二历史的书写。由于香港这座国际化大都市的特殊历史和现实，使得陈果的电影更具有典型性。本文拟以陈果编导

　　[①]　Dipesh Chakrabarty,"Provincializing Europe: Postcolonial Thought and Historical Difference", Chapter 2. *The Two Histories of Capital*, Princeton University Press, 2000.

的电影为例,对这一电影潮流作一些分析。

1995 年电影诞生一百周年之际,香港导演陈果思如泉涌,以极快的速度写作了剧本《香港制造》。1997 年,他用 50 万港币和刘德华天幕电影制作公司 8 万英尺的废弃胶片,完成了这部影片的拍摄和制作。《香港制造》低成本独立制作的诞生过程在当时香港低迷的电影市场和许多艺术片导演纷纷走上商业化之路的背景下堪称奇迹。更加传奇的是,随后陈果凭借此片获得了金像奖、金紫荆奖、金马奖等多个最佳导演大奖,由此一举成名。之后的两年里,他又拍摄了《去年烟花特别多》和《细路祥》,与《香港制造》一起组成了"九七三部曲"。这三部电影都是围绕"九七"香港回归的背景,分别表现了青少年、中年和孩童在这个历史转折点前后生活和心态的变化,以及他们的压抑、忧虑、愤怒和无奈。2000年陈果出品了自己在新世纪里的开场作《榴莲飘飘》,这也是他"妓女三部曲"的开端。此三部曲之二《香港有个荷里活》在 2001 年拍竣,并与前几部力作一样,获得了多项电影大奖。

陈果 1997 年以来的五部电影(《香港制造》、《去年烟花特别多》、《细路祥》、《榴莲飘飘》和《香港有个荷里活》)无论在风格上是激烈愤怒还是漠然平和,本质上都存在着一种漂泊者的孤独感以及对于香港认同危机的忧虑。20 世纪末的香港在结束了 150 年的殖民历史之后,重新回归祖国怀抱,但主权的回归并非意味着文化心理上的回归,在这一历史转折点上许多香港人都心存茫然。世纪末文化上的怀旧浪潮便是一佐证,人们无法在现实生活中获得方向感,所以必须回到过去的年代找寻温暖和慰藉。而从回归之后持续到现在的经济萧条又使香港老百姓发出"今不如昔"① 的感喟,虽然经济萧条来源于多种客观原因,且统计数字证明,回归之后香港的确在经济发展、社会保障、教育改革等方面取得了许多成绩。② 回归后的香港,困扰着香港人的除了经济萧条之外的另一问题是内地女子的"越界",这些以性服务为职业的女子构成了对香港家庭关系、伦理情感和都市空间的冲击。她们自己身上也存在着跨越两地的角色分裂。但是香港这个欲望之地除了让她们获得金钱之外,更成为她们实现另一个跨越和飞升(进入西方社会)的阶梯或者过渡——香港的中西交汇的位置在此发生了作用。陈果有感于这些社会问题,并使它们进入到自己

---

① 据中新网香港 2001 年 12 月 17 日消息。
② 《香港商报》载文指出,香港回归以来,经济增长是主调。

的电影中。

　　陈果的"九七三部曲"和"妓女三部曲"(已经完成的两部)的影片故事都是以香港底层平民作为描写对象,陈果的镜头常常对准低矮破旧的棚屋、旺角脏乱的街道、拥挤的屋村、混迹社会游手好闲的阿飞、失业后毫无方向感的中年人、贫穷而快乐的村民、艰辛地讨生活的偷渡者,以及在肮脏的小巷里走来走去的"北姑"和皮条客,所以评论界把他称为"草根导演"。与言情片和枪战片中的豪华现代的香港不同的是,陈果镜头所反映的是一个中环的摩天大厦和尖沙咀的商贾云集之外的香港。在他的影片里,狭窄的街道、简陋的房屋、黯淡的光线随处可见,但这并非小资的怀旧,而是生活的实况。陈果说:"香港大部分市民依然很贫穷,很低下,甚至还保持着 60 年代的状况,这些都是我们想逃避,不想提起的,我的电影好看之处就是在这些地方。"① 陈果自幼生活于草根阶层居住的屋村,了解底层市民的生活和苦乐,拍摄草根平民生活的影片是他埋藏心底多年的愿望,因为他相信"底层里有无限的生命力"②。他所塑造的残酷的青春、愤怒的中年、昏暗的童年以及像机器一样运转的妓女与主流媒体宣传中香港社会的繁荣稳定、回归后经济的稳步增长③、犯罪率的持续下降④ 等宏观叙述的社会状况具有一定的冲突之处,但并不是完全二元对立的。陈果的目标在于成为"属下"阶层的代言人,尝试让被掩盖的"属下"⑤ 发出自己的声音,并使这些声音成为宏观叙述的补充,从而展示出香港社会复杂的多样性和偶然性。

"九七三部曲":从残酷到淡漠

　　青春意味着什么,是烙印在个人生命成长史上的一段不可逃避的年龄,还是被文化塑造和许诺的一个神话。普遍地说,在个人叙述中,青春代表着年轻和朝气,它与成长的故事紧密相联,并存在于或残酷或阳光灿烂的回忆中;在历史话语中,青春则代表着激情和

---

① 摘自《陈果、余力为访谈》,载北大新青年网站。

② 马寿成:《与草根电影导演陈果零距离》,载《电影评介》,2002 年第 6 期。

③ "香港在 2000 年出现 10.5% 的经济增长,这也是整个 90 年代以来,香港所获得的最高经济增长速度,亦是亚洲以至全球同年度的最大增幅。"摘自中新网 2001 年 12 月 17 日消息。

④ "回归祖国四年来,香港的犯罪率持续下降,成为全球最安全的大城市之一。"摘自央视国际网站新闻频道 2001 年 7 月 1 日消息。

⑤ "精英"之外的人口,根据加亚特里·查拉拉沃尔蒂·斯皮瓦克《属下能说话吗?》,载于罗钢、刘象愚主编:《后殖民主义文化理论》,第 120 页,中国社会科学出版社,1999。

希望,作为一种集体的命名"青年人"往往被组织到一代人的文化记忆当中,并凸现那个充满着共同的生命经验的年代。在这个意义上,个人叙述与历史话语达成契合或同谋关系,从而完成了关于青春的叙事。但是,陈果要做的是叙述个人成长与历史话语之间的差异,从而完成对历史话语的补充,这也是他创作《香港制造》的起因,这是个"九七"临近时发生在一群问题少年身上的成长故事。

问题少年们也有梦想,他们也曾挣扎:中秋想多挣点钱治好阿屏的肾病;阿屏说她不想死,因为她有中秋。但是最后,他们都失败了。整部电影里反复出现的阴霾的天气、寂静的坟场、灰暗的十字架、恐怖的红色白色的血液都迷漫着肃杀的死亡气氛,压得人透不过气来。后殖民主义学者斯皮瓦克教授在《属下能说话吗?》一文中,写到一个孟加拉北加尔各答十六七岁的少女用自杀进行了对"社会文本的一种无力的属下重写"[1],用死亡证明自己的清白和对抗社会,努力发出属下的声音。当斯皮瓦克就这个少女的生与死同一位孟加拉女哲学家探讨时,这位孟加拉妇女对于斯皮瓦克的兴趣感到十分不解。她认为斯皮瓦克更应该关注这个女孩的妹妹们,因为她们的生活比这个女孩幸福得多。这个事例也是促使斯皮瓦克得出"属下不能说话"[2]这一结论的原因之一。相似的,中秋、阿屏等少年,他们的青春如此残酷,他们在很年轻的时候就死去。陈果用自己的方式表现出现实社会的混乱和成人世界的阴暗,这些使中秋们采取了拒绝长大的方式,向残酷的现实作出坚决的反抗,但最终他们都失败了,然而空荡荡的坟场里飘荡的是毛泽东1957年在莫斯科向中国留学生发表的讲话:"'世界是你们的,也是我们的,但是归根结底是你们的。你们年轻人朝气蓬勃,正是兴旺时期,好像早上八九点钟的太阳,希望寄托在你们身上。'——现在您收听的是香港人民广播电台,以上播送的毛泽东同志对青年代表的谈话,现在让我们用普通话学习一次。"香港忙着"九七"回归,问题少年的生与死并无法引起社会的关注,他们用死亡发出的凄切声音被欢庆回归的大事宣传所遮蔽。这就如同阿珊的体育老师撕毁的遗书,残碎的纸片在风里飞舞。青春的死亡就是这么轻,青春的反抗和逃离在高声的历史话语和巨大的社会力量面前都沦落为无力的无人理睬的表演。"《香港制造》你可以说

---

①　罗钢、刘象愚主编:《后殖民主义文化理论》,第 156 页,第 157 页,中国社会科学出版社,1999。
②　同上

是一种对生命的糟蹋和对生命的惋惜。"①

《去年烟花特别多》延续的不仅是《香港制造》的纪实风格,而且更突出了其边缘化的倾向。华籍英军曾经是殖民政府维护地方平安的倚重,然而随着回归的到来,解散后的这些普通士兵却无人关心他们的前途,英方过去的所有承诺无法兑现。英军撤离,结束了香港作为殖民地的历史,在满天灿烂烟花中,这一群"问题中年"却只能游荡在社会边缘。1997年长长的夏天是香港历史的重要转折期,也是他们人生的转折期。影片的最后,男主人公家贤再次出现时,从开篇一直以来一直阴霾的天空和昏暗的镜头变得阳光明媚,此时的他已经成为一个送货工人,而以前的记忆却已全部丧失,但是他的心情很愉快,他的脸上有笑容。同香港一样,他获得了重生,但是这种重生却是以失却记忆为代价。

影片的结尾,刘德华在主题曲中唱道:"千头万绪的心中,已经没有梦。四分五裂的思念,也许只有痛。我告诉我自己,不要冲动,灿烂的烟花也是一场空。"烟花本应是喜庆的象征,但是弥漫于整部影片的是灰暗的气氛。烟花也有另一个特点:转瞬即逝、变化多端。也许陈果要用烟花暗示香港的混杂性的认同空间和快节奏变化的现实社会。现代世界的每个人,就像他或她拥有一个性别一样都应该拥有一个身份,但是在《去年烟花特别多》中,影片中的人物都难以找到自己的身份,也许身为香港人的陈果也在为香港的"身份缺失"感到困惑和焦虑。其实香港在一百多年的殖民历史中一直存在这样一种身份认同上的两难,它的身份早已经历了从一种身份变为多重身份的过程,因而对自己的民族和文化的认同也是双重的:"既有殖民地的怀旧又不乏宗主国的遗风。"② 在香港的历史中,本土文化的成长蕴含着反殖民倾向和对中华文化传统的赓续,成长环境施予的文化整合力又造成其对中华文化传统的离析和与中国内地当代文化之间的裂隙。作为国际大都市,香港成为两个世界(中国内地与西方)之间一块含混的边缘地带,其双重被看——西方世界眼中的东方奇观、中国大众眼中近在咫尺的西方标本——的镜像效应,成为香港文化身份自我指认的双重设限,并造成不断的自我边缘化。从1984年中英协议达成开始,香港骤然面临的不仅是政治意义上的主权回归,更面临着文化意义上的"回归"——与当代内地文化的磨合。香港本土文化与中国内地当代文化之间存在的裂隙与隔膜并未被"血浓于水"

---

① 张文中:《"这世界有什么好看?"——香港导演陈果访谈》,载北大新青年网站。
② 王宁:《叙述、文化定位和身份认同——霍米·巴巴的后殖民批评理论》,载《外国文学》,2002年第6期。

的传统观念和经济合作的前景所遮蔽,这个裂隙从 1982 年中英谈判开始延伸到平稳过渡和回归之后,一直困扰着香港,并影响着未来香港文化身份的自我重设。

《香港制造》的主角是几个问题少年,《去年烟花特别多》的主角是一群失业的中年人,《细路祥》主角却成为纯真的孩童,借他在街坊中一连串生活的趣味和琐事见证了"九七"到来前的生活变化。《细路祥》的故事背景仍是"九七"回归,只不过看不到现实中倒数"九七"的气氛,然而香港粤剧大师、艺坛闻人"新马师曾"(祥哥)的重病,却成了市井百姓每日关心的重点。新马师曾从病重住院到逝世,正好在时序上和"九七"回归发生了巧合,影片中这两个时间交互出现,陈果以此标识时间的演进,具有一定寓意。《细路祥》的色调不像《香港制造》和《去年烟花特别多》那么残酷和激烈:孩童的天真,老人的纯朴,让片中不断出现诙谐的片段;故事展开的场景也由干井似的封闭压抑的屋村转移到狭窄简陋的街巷,虽然也有凌乱之感,但室外的空气总归可以让人透过点气来。延续《去年烟花特别多》中身份认同的迷雾,《细路祥》中陈果依然致力于叙述这个问题。影片中祥仔从小被身边的事实教化成金钱至上的新一代香港人,同时他又被循循善诱地认识五星红旗、行队礼、讲普通话,认识自己的祖国,内地文化已经渗入香港新生代的现实生活中。陈果的摄影机留连在旺角的街头巷角,展现出一幅幅拥挤凌乱的生活画面。但是当摄影机跟随祥仔和阿芬的自行车钻出旺角狭窄的街巷,来到九龙尖沙咀的观光大道时,碧蓝的海湾、宽敞的街道、纯净的空气、明媚的阳光顿时进入观众的视野。在这里,祥仔和阿芬就香港"是谁的"这个问题发生了争执,他们的身份自然分别代表了香港与内地的立场。阿芬说:"以后江主席一来,香港就是我们的了。"祥仔大喊着:"不是你们的,是我的!香港是我的!"他固执地坚持着香港是香港人的,不是其他人的。虽然祥仔和阿芬争执过后依旧是好朋友,但是我们从这段孩童天真的争执中,可以看到裂隙和差异并未随着回归的到来而消失,香港的流浪性并未因此而得到缓解,也许内地与香港同源异构的文化性态只有经过互相磨合的过程才有可能渐渐弥合,但那并非一个短期能完成的事业。《细路祥》的结尾笼罩在淡淡的忧伤之中:奶奶的去世、菲佣离开了祥仔的家、阿芬被遣送回大陆,这些使细路祥再度成为一个徒有其"家"却无家的温暖,徒在香港却没有自己的都市,徒有父母却没有一个亲人的小小精神流浪者。

从《榴莲飘飘》到《香港有个荷里活》

结束了"九七三部曲"的压抑和愤怒,陈果在新世纪里进入到相对平和的"成熟"时期,重要标志就是 2000 年《榴莲飘飘》的诞生,成为陈果"妓女三部曲"的开篇之作。这是一部没有剧本的电影,如果说这是个故事,不如说是一个中国东北女孩在香港和家乡两地生活的真实记录。《榴莲飘飘》的前半部分发生在香港油旺一带狭窄凌乱的街巷,《细路祥》里的阿芬依旧在小巷里饭馆的后门干着一成不变的洗碗工作,而持双程旅游签证来到香港的东北姑娘小燕也是一成不变地穿梭于这些街巷并出入附近的低档旅馆,从事着洗浴和卖淫的工作,无论是走路、吃饭还是洗浴、做爱,一切都是快节奏的重复,小燕最高纪录的一天接了 38 个客人。对于小燕和阿芬来说,她们的香港生活与消闲娱乐和享受大都市的繁华没有任何关系。影片的后半部分,小燕结束了香港三个月紧张的卖淫生活,返回中国东北的家乡牡丹江,亲戚朋友都认为"荣归故里"的她在南方做生意挣了大钱。在家乡的日子轻闲安静,她和老同学们一起去看曾经一起学习的戏校教室,引起一段段美丽而青涩的回忆。亲戚托小燕再回南方时带上表妹去闯闯,香港卖淫生活中认识的姜姐不断打来电话召唤她回去继续工作,被遣返回大陆的无证儿童阿芬从深圳寄来了一个大榴莲,这些都让她不得不回忆起曾经的香港生活。

影片前后两段对比鲜明的叙事方式自然地透露出陈果二元对立的情节设计。开场的第一个镜头就毫无掩饰地呈现出欲望化的香港和荒凉的东北小城的景观对比:碧蓝的维多利亚湾渐渐变成象征着欲望的红色,而背后的中环湾仔一带豪华的摩天大厦是冷漠的青灰色;镜头渐渐过渡到中国东北的牡丹江及其周围的景物,一切呈现着泛黄的怀旧气氛,但这并非是在怀旧,而是小城今天的面貌,这一镜头传达出凄凉破败的气息。片中的二元对立还体现在小燕的两地生活环境和生存状态上。在香港,小燕每次吃饭都是匆匆忙忙,常常草草扒几口饭就赶紧开工;而在家乡,她可以悠闲地站在路边吃完几个肉串,也可以和父母或者朋友一边聊天一边慢慢享受食物的美味。影片还抓住洗澡这一象征动作大做文章,洗澡,即香港人所谓的冲凉,这一动作在电影里被反复使用。小燕的冲凉不过是接待客人时一道必不可少的程序,冲凉已没有任何沐浴的欢愉。当小燕一次次地在镜头前摆弄她褪皮的手和脚时,当前辈好心地劝她尽量减少冲凉次数以便多接客时,我们都能强烈感觉到洗澡的异化,而这无疑是人的异化的一个信号。反观小燕在牡丹江的两次洗澡,都是在正在进行的情节中的突然插入,其叙事功能非常微弱,画面没有任何声音,和小燕与客人冲凉时的喋喋不休形成对照。洗澡在这里被处理成一种脉脉温情的抚慰,我们在这样的镜头中第一次看到小燕对自己身体的珍惜和留连。

相对于较为保守的《榴莲飘飘》,陈果在2001年拍摄的《香港有个荷里活》更加具有时代感。前者讲的是妓女在中港两个时空下的生活对照及内心挣扎:小燕虽然具有胆量和意识独自走出家乡来香港淘金,但其三个月的卖淫生活还是始终处于被动状态,她在一个陌生的环境里讨生活,给客人服务的时候总是谨小慎微,重复着:"老板,舒服吗?舒服就多给点小费吧。"但后者《香港有个荷里活》的东东已跳出这个被支配的领域,自己主动在互联网上推销色相,主动在大磡村找生意,更与流氓律师合作(勾结),大肆恐吓骗财,还会"聘请"打手进行"暴力处分",她处事干净利落,完全反过来控制了"大局"。

影片一开场,画面上出现的是肥胖如猪的朱家三父子和他们要制成腊肉的一头头猪,随后是打在猪肉身上的一个个形色各异的印章,上面写着这部电影主创人员的名字。从这个开幕起,影片就透露出鲜明的黑色幽默的色调。此片画面所呈现的色泽以鲜红及铁锈色为主调,总体给人以原始性欲的感觉:无论是烧猪的红、炉火的红、衣履的红、布幔的红,在大磡村的铁锈之下,男女情欲都在不断燃烧。烤肉场面与性爱场面的平行剪辑更鲜明地呈现出火热气氛。但奇怪的是,一切的欲望幻念都没有交流,只依循着线性的发展,而且是循形而下到形而上的推进:男性对女性有无尽的原始性欲,可女性却只心存西方"好莱坞"的乌托邦梦想,每个人都停留在自我封闭的欲望空间里。"《香港有个荷里活》里的东东虽也是妓女但她并不是'贱民'……她学会了利用掌握敲诈别人的欲望,而不仅是服务于别人包括香港嫖客皮条商的欲望。从香港的荷里活到加州的好莱坞,'上海小姐'从比香港富裕社会低一头的地位跨到了比它高一头的地位。这个跨越是对错位的错位,而且对'资本全球化',包括对香港丰腴的嫖客皮条商们本身,都不失为一则绝大的、以毒攻毒的反讽。"① 陈果说这是一部关于性、关于欲望的电影,但是性作为人类最原始最本真的一部分,可以反映出许多真实的意识或者潜意识。陈果的这部电影的内涵并不仅仅是

---

① 孟悦:《越界与错位:才女妓女财女天女魔女》,载《今天》2003年61期夏季号。

讲大陆女子对香港男人的控制,而在熊熊欲火之下,陈果所呈述的内地和香港之间的关系又再向前推进了一步:在内地和香港以外,还有个西方"好莱坞"的梦幻之乡。

何兆武教授曾说过,历史的立法者不是历史,而是历史学家。所谓历史,从来是历史学家的主观视角同客观材料的奇妙混合。艺术家所陈述的历史更具有很大的虚构性质。不同的摄影机所摄下来的历史是由摄像机背后的那双眼睛决定的。陈果的视角带有香港人的锐敏和局限,他所构建的第二历史本身带有浓重的感伤和颓唐,但是,他终究给我们提供了一个观赏现代都市的新的万花筒,带给我们并非无益的思索。

美国电影中华人形象的演变

张英进

从现存的默片《娇花溅血》(*Broken Blossoms*)(格里菲斯［D. W. Griffith］执导,1919)算起,美国电影塑造华人形象已有 85 年的历史。本文选择 6 部不同时期的美国电影,历史地分析、解读华人形象如何成为美国大众文化中种族、性别与政治冲突的体现。在 20 世纪初,华人曾一度被塑造为热爱和平、与人为善的形象,如《娇花溅血》,但由于美国 19 世纪末驱赶华人劳工后,"黄祸"意识的延续,好莱坞更热衷于将华人想像为对白人构成威胁的"野蛮的"他者,如《阎将军的苦茶》(*The Bitter Tea of General Yen*)(卡普拉［Frank R. Capra］执导,1933)。到了中国抗战及欧美二战时期,美国宗教救世话语影响下的好莱坞及时推出了《大地》(*The Good Earth*)(富兰克林［Sidney Franklin］执导,1937)之类的影片,赞扬中国妇女的勤劳勇敢及对土地的"原始情感"。而冷战时期持续不衰的东方主义想像又投射出一批如《苏丝黄的世界》(*The World of Suzie Wong*)(奎因［Richard Quine］执导,1960)宣扬西方"白马王子"超俗爱情、东方女子感恩献身的神话故事。美国国内 1960 年代起日益剧烈的种族冲突也使华人一时凸显成"模范少数族群","自愿"同化于美国主流白人文化,在银幕上演出了歌舞升平的轻喜剧,如《花鼓歌舞》(*Flower Drum Song*)(罗杰斯［Richard Rodgers］执导,1961)。作为难得一见反思西方中心神话的影片,《蝴蝶君》(*M. Butterfly*)(克罗嫩贝格［David Cronenberg］执导,1993)布下性别迷阵,揭露了西方男人的情感和身份危机,精彩地颠覆了西方冷战话语及东方主义的叙事模式。

美国电影中的华人形象可以作种种解读。按学者马凯蒂(Gina Marchetti)所论,好莱坞利用亚洲人、美籍华人及南太平洋人作为种族的他者,其目的是避免黑人和白人之间更直接的种族冲突,或逃避白人对美国本土印第安人和西班牙裔人所持悔罪及仇恨交加的复杂心情。①

马凯蒂认为好莱坞电影的叙事运作方式是神话般的,利用多种故事模式迷惑观众,如:强奸模式、俘虏模式、诱惑模式、救世模式、牺牲模式、悲剧爱情模式、超俗浪漫模式及同化模式等。本文所分析的影片,都在不同程度上印证了这些好莱坞电影模式经久不衰的影响力。正因为如此,揭示了这些模式的意识形态内涵及其话语运作方式,对我们更深刻地理解好莱坞有着不可忽略的现实意义。

《娇花溅血》:种族危机与性别体现

《娇花溅血》讲述一位简称"黄人"(亦称"程环")的中国人离乡背井到伦敦谋生,暗恋一位屡遭父亲蹂躏的英国少女的悲剧爱情故事。影片开头即明确表现东西方的文化差异。黄人到中国佛寺进香,祈求远赴他乡后的平安,但他一出寺庙,就遇上西洋水兵聚众闹事街头。东方的和平和西方的暴力一方面揭示了两种文化的差异,另一方面又体现了种族的性别定型。踏上异域后,黄人的行为与价值取向一直呈女性化,从而与爱尔兰拳击手巴罗所体现的西方男性化形成二元对立:前者为文弱、温雅的店铺伙计,后者为粗暴、强壮的酗酒工人;前者为浪漫的梦想家,沉溺鸦片,醉心审美,后者为施虐的父亲,折磨女儿露西而得快感。露西为黄人店中的东方精美物品而陶醉,黄人热心献出丝绸衣料,让露西得到前所未有的"家"的温暖。这一跨种族的恋情,威胁了西方父权中心的秩序,巴罗一怒之下鞭打露西致死。赶来营救的黄人与巴罗对峙,一枪击毙巴罗,将露西的遗体抱回店中,放于床上,烧香超度,然后用匕首刺心自杀而亡。

马凯蒂指出《娇花溅血》标题本身透露了影片中"幻想"的施虐及拜物的本质:吉什(Lillian Gish)扮演的露西像一朵娇花,生长于贫乏之地,虽如期开放,但不可避免地被蹂躏而凋谢夭折。②在影片中,导演格里菲斯为强调东方(女性式的)的温文细腻和西方(男性式的)的蛮横粗暴,将黄人的床铺同时塑造成一个战场和祭坛。黄人先是在床边细心照料露西饱受创伤的心灵,然后在床前尽力保卫露西不被巴罗带回家,最终又在床边殉情自杀,

---

① Gina Marchetti, *Romance and the "Yellow Peril"*: *Race*, *Sex*, *and Discursive Strategies in Hollywood Fiction* (Berkeley: University of California Press, 1993), 6.

② *ibid*, 41.

完成了现世中不被认同的一段跨种族、跨文化情缘。由于格里菲斯在影片结尾时刻意营造香火萦绕的诗意氛围和黄人凝视露西遗体和匕首时的跪拜姿态，马凯蒂等西方学者认为黄人的自杀场景潜意识地表现了一种"恋尸情节"及视觉上的"性快感"，因此更为影片增添欲望和幻想的空间。①影片对这种欲望和幻想的定位也体现在露西身上：作为一个未成年的少女，她代表了一种超越性行为的，因此成为可望而不可及的纯洁女性。

正因为露西的纯洁，施虐的父亲成为《娇花溅血》抨击的西方男性文化的掠夺形象。格里菲斯在影片中设置了两个象征性的"强奸"场面。第一，巴罗手持象征"阳具"的鞭子，鞭尾从他的腰间向前垂下，正面威胁着摔倒在地、面色惊慌的露西。第二，露西为躲避父亲，藏身在窄小的储藏间门后，而巴罗怒持利器，砸开门洞，破门而入，将露西揪出殴打。两个象征的"强奸"场景都表明了传统女性在西方专横的父权制度下的悲惨境况，也体现了影片的自虐—施虐的情节结构。

从性别的角度看，黄人所代表的是另一种当时可能令西方女性所倾心的男性美德，但却无疑是一种在西方被视为"女性化"的男性形象。勒萨热（Julia Lesage）称黄人为"浪漫的英雄"，一个倾向自审、谦卑、文弱、被动而终究无能的善良人。格里菲斯正是利用这个美学化的形象来表达一种道德观："亚洲的文明及其利他的精神与欧美的非道德和粗糙相比而光彩耀眼。"②为了提高《娇花溅血》的美学地位，格里菲斯的影片在纽约市首映时，设计了一出由芭蕾舞演出的序幕，因此将影片定位于贵族及中产阶级才能欣赏的高级艺术品，而非当年移民众多的纽约人花五分钱便可观看的一般默片。③

不可否认，格里菲斯美化种族间的谦让和互容，在某种程度上是为了缓减他早年影片《国家的诞生》(*The Birth of a Nation*)(1915)中对黑人歧视的描写所造成的不良效果。这里，《娇花溅血》对东方文明的赞美本来为的是缓解西方社会的种族冲突，希望电影观众提高修养，认同高雅文化。但从电影史的角度看，格里菲斯在有意无意之间为好莱坞确定了男性华人在银幕上的一种典型的女性化形象，从此产生深远的影响。

---

① *ibid*, 44.

② Julia Lesage, "Artful Racism, Artful Rape: Griffith's Broken Blossoms", in *Home Is Where the Heart Is: Studies in Melodrama and the Woman's Film*, Christine Gledhill, ed. (London: BFI, 1987), 239.

③ Russell Leong, ed., *Moving the Image: Independent Asian Pacific American Media Arts* (Los Angeles: UCLA Asian American Studies Center and Visual Communi-cations, Southern California Asian American Studies Central, 1991), 133—43.

《阎将军的苦茶》: 性威胁与俘虏情节

当然,另一类众所周知的好莱坞男性华人形象与黄人的成另一极端——杀人不眨眼的军阀或土匪。在《阎将军的苦茶》里,专横跋扈的阎将军在中国目视无人,根本不把西方女传教士玫根的善意劝导放在眼里,当着玫根的面展示他下令集体枪杀战俘而毫不眨眼的绝对权威。不过,《阎将军的苦茶》转而刻意营造阎将军和玫根之间暧昧的情感游戏,因此有别于早一年发行的《上海快车》(*Shanghai Express*)(斯滕伯格[Josef von Sternberg]执导,1932)。

在《上海快车》中,同样杀人不眨眼的革命党首领是一位混血华人,在骑劫京沪快车后,对乘客中红极一时的西方妓女"上海百合"(迪特里希[Marlene Dietrich]扮演)垂涎三尺。为胁迫"上海百合"就范,他一方面威胁要用火钳弄瞎英国医生("上海百合"以前的情人),另一方面强迫"上海百合"同车厢的中国妓女慧菲与他过夜。《上海快车》因此融合了好莱坞的强奸模式和俘虏模式,强调了华人对西方人的性威胁。按弗洛伊德的理论,瞎眼是男性去势的象征,而革命党首领用火钳烫伤一个德国鸦片商则意味着象征性的强暴占有之举。

《上海快车》的转折点是慧菲意外地复仇杀死了强奸她的革命党首领,从而解救了京沪快车上的"俘虏",也成就了影片结尾处"上海百合"与英国医生的爱情梦。在复仇一场戏里,导演斯滕伯格以其特有的神秘场面营造,将华裔影星黄柳霜(Anna May Wong)扮演的慧菲的巨大身影投射到墙壁上,通过扑朔迷离的光影交错,重现了黄柳霜自《巴格达盗贼》(*The Thief of Baghdad*)(沃尔什[Raoul Walsh]执导,1924)之后所体现的阴险毒辣、深奥莫测的东方"龙女"或"蜘蛛女"的形象。但是,华人的性威胁一旦解除,《上海快车》即以好莱坞固有的白人之间的男女爱情大团圆结局。

回到《阎将军的苦茶》,中国军阀与白人女传教士之间的爱情则难以在常规的好莱坞模式中发展。影片开头,玫根初抵中国与她的白人未婚夫相见,不期在兵荒马乱中落入阎将军的行宫。与《上海快车》中的革命党首领相反,阎将军虽倾心玫根却不强加己意。相反,他让玫根尽其福音传教的义务,自由活动于行宫中,在情感游戏之间证明了最终是谁感化了谁。由于玫根轻信阎将军之妾,使阎将军军事机密外露,军火列车被打劫一空,从此阎将军丧尽权势,众叛亲离。

有趣的是,随着阎将军权势的削弱,他在玫根眼里的"文明"程度则不断增加,从一个野蛮的刽子手渐渐变成风度翩翩的绅士。阎将军的变化在玫根的一场白日梦中充分体现出来。玫根先是梦见阎将军以毫无浪漫色彩的游侠形象出现,这游侠酷似当时在好莱坞盛行(1926 至 1952 年间共出品 46 部)的侦探片系列《陈查理探长》(*Charlie Chan*)中女性化的陈查理探长,随后阎将军又以一副狰狞的、色情的傅满洲的形象出现,追逐玫根不放,使她从梦中惊醒。阎将军在玫根的梦中扮演了好莱坞假设的华人男性的两个极端:其一,善良但女性化或无性威胁的男子,如陈查理或早期的黄人;其二,阴险野蛮的恶魔,如傅满洲或 1936 至 1940 年间影片《飞侠哥顿》(*Flash Gordon*)系列中要征服世界的华人奸臣"无情的明"(Ming the Merciless)。

玫根的梦既表达了好莱坞对华人男子形象二元对立的思维,也揭示了这种对立实际上来源于西方人内心的矛盾,一方面向往异国的奇情,另一方面又恐惧他者的威胁。与自己平庸乏味的未婚夫相比,在玫根眼中的阎将军既是性威胁又是性诱惑,等到片尾阎将军人去财空时,玫根宁愿留下来服侍阎将军。她穿上阎将军赠送的丝绸中装,跪在阎将军跟前,但一切都已太晚了,因为阎将军此时已服毒自杀,面带性征服异族女性胜利后的欣慰而逝,留下玫根一人在遗弃的行宫里哀叹人世苍凉,命运叵测。

《阎将军的苦茶》在一些细节上回应了《娇花溅血》,玫根身着丝绸中装与露西相仿,而阎将军的自杀更与黄人相似。从象征意义来看,这两部影片——加上《上海快车》中革命党首领的遇刺——都证实了好莱坞叙事模式对华人男子至少是要象征性"去势"的欲望,即从银幕上根本除去华人对西方女子的性威胁。不难想像,好莱坞从此很少再编织华人男性与西方女性的爱情故事,取而代之的是西方白马王子征服东方美女的演绎不尽的缠绵情爱(如本文第四节将述)。

《大地》:农妇土地与原始情感

马凯蒂推测《阎将军的苦茶》将中国描述成"一个任何事情都可能发生的奇异、危险、混乱的地方",为的是转移当年饱受经济萧条之害的美国观众的注意力①。这一推测也许言过其实,但数年后《大地》对中国灾荒和贫穷的渲染,的确可能给美国观众一种高人一等的自豪感:美国社会已经进入了现代化,而中国人却还在水深火热中挣扎。美国观众的自豪感还可以来自他们宗教救世的信仰:中国农民像美国建国初期的拓荒者一样,本着对土地坚定不移的信念,克服天灾人祸,建立属于自己的家园。《大地》改编自在中国生长的美国传教士后裔赛珍珠(Pearl S. Buck)的同名英文畅销小说,其中的基督教关联自然不言而喻。

《大地》中的中国农妇勤劳勇敢的形象,被称为是美国电影史上的突破,一改早先刻板的华人形象(如鸦片病鬼、滑稽厨师、洗衣店员等配角,及前文所提阴险妖女和野蛮军阀等主角)。影片描述一位农妇欧兰历尽千辛万险,生儿育女,勤俭节约,默默地帮丈夫种田持家,在荒年也坚决不肯卖地,而宁愿沿途乞讨到南方,维护了立家的根本,最后又为丈夫纳妾安度晚年。影片结尾,欧兰悄然病死,丈夫望着窗外的桃树,缅怀妻子而感叹:"欧兰,你就是土地。"厄尔林(Richard Oehling)认为影片中中国农民对土地的热爱是西方人无法想像的,只有在"原始的"中国才可以理解。厄尔林进一步指出:"《大地》使中国农民的形象变得真实可爱,成功奠定了后来40年代战争片中中国农民形象的塑造。"②诚然,另一部改编自赛珍珠小说的影片《龙籽》(Dragon Seed)(康韦[Jack Conway]与比凯[Harold S. Bucquet]联合执导,1944)同样渲染中国农民对土地的热爱,为了不让日兵收获粮食,他们自愿放火烧毁田园农庄,进山避难,让儿女加入游击队保卫土地。

《大地》代表的形象突破与时局有着密切的关系。一方面,日本的入侵使中国成为美国的盟友;另一方面,好莱坞接受《上海快车》和《阎将军的苦茶》等片在中国屡遭抗议而禁演的教训,在《大地》拍摄时邀请中国官员预审剧本,到中国购买道具,又在洛杉矶动用众多华人自愿者参与摄制。③虽然中国官方对完成的影片不尽如人意,但雷纳(Luise Rainer)

① Gina Marchetti, *Romance and the "Yellow Peril": Race, Sex, and Discursive Strategies in Hollywood Fiction* (Berkeley: University of California Press, 1993), 49.

② Richard Oehling, "The Yellow Menace: Asian Images in American Film", in *The Kaleidoscopic Lens: How Hollywood Views Ethnic Groups*, ed. Randall Miller (Englewood, N.J.: Jerome S. Ozer, 1980), 195—96.

③ Kevin Brownlow, "Sidney Franklin and The Good Earth (MGM, 1937)", *Historical Journal of Film, Radio and Television* 9, no. 1 (1989): 79—89.

扮演欧兰的成功,使她荣获当年奥斯卡的最佳女主角大奖。值得说明的是,时至40年代,好莱坞明文规定男女主角不得由少数族群扮演,使得白人演员为"扮黄脸"而化妆得奇形怪状,面目全非,丝毫谈不上什么真实或美感。

但时过境迁,《大地》影响之深远还表现在这类影片培养了几代西方观众对中国形象单一、片面的认识:中国等同乡村、土地、民俗、农妇。可以推测,热爱土地和勤劳勇敢的品质,不能不说是西方观众80年代以来偏爱中国第五代导演所代表的、类似《黄土地》(陈凯歌执导,1984)和《红高粱》(张艺谋执导,1987)这些反映旧中国的"民俗电影"的潜在因素。同样,欧兰的执著性格也为西方观众认同《秋菊打官司》(张艺谋执导,1992)和《二嫫》(周晓文执导,1994)这类山区农妇出家门说理、求生的中国当地农村题材的电影打下坚实的基础。当然,对好莱坞而言,这些影响已属后话。①

《苏丝黄的世界》:白马王子与超俗爱情

到了放映《苏丝黄的世界》的60年代,"扮黄脸"现象已经结束,女主角已由华人扮演。这部东方主义色彩浓厚的爱情片描写美国白人画家罗伯特到香港寻求自我,爱上苏丝黄小姐,克服种族、阶级和文化的鸿沟,有情人终成眷属。苏丝第一次在轮渡遇见罗伯特即以不标准的英文宣称自己是"美琳",一位富家"处女"。罗伯特进入九龙城,街道两侧拥挤的货摊、行人和车辆组成一幅东方主义视野中典型的杂乱无序的第三世界城市景象。这一景象令人回想起《上海快车》片头京沪快车被北京古城的行人和动物阻挡的景象,而时隔近30年,两个景象都表示西方文明的视野对第三世界落后的无奈。然而无奈并不等同无能,在《苏丝黄的世界》里,罗伯特即肩负起改变东方落后无知的责任。他在所住旅店的酒吧里发现"美琳"原来名叫苏丝,是当地颇负盛名的舞伎。泼辣、迷人的苏丝,在罗伯特面前展示自己性感的身体。为了拯救苏丝"堕落"的灵魂,罗伯特请苏丝作模特儿,挖掘她所体现的东方美,从而逐渐改变了她个人形象的艺术品位。

《苏丝黄的世界》依据东方主义的典型话语模式,让罗伯特代表西方文明的视野重新

---

① Yingjin Zhang, Screening China: Critical Interventions, Cinematic Reconfigurations, and the Transnational Imaginary in Contemporary Chinese Cinema (Ann Arbor: Center for Chinese Studies, University of Michigan, 2002), 240 - 44.

解读"愚昧的"东方,创造出东方人所"不能理解"的"新"意义。一天,罗伯特惊讶地发现苏丝穿了一套在街上买来的昂贵的欧式服装,责怪她"没有任何美感",装扮得像"下贱的欧洲街头妓女",进而将苏丝脱个半裸,在银幕上演了一出脱衣舞。讽刺的是,罗伯特从来不曾为苏丝穿香港街头妓女的中国服饰提出异议。更讽刺的是,他让苏丝穿上他为她购买的中国古装行头,将她装扮成西方人想像中的"东方公主"。这里,罗伯特重新"创造"东方,为的是强调自己的主体性:是他让西方的"艺术品位"在不知自身价值的东方女性身上"体现"出来。他将作为古装公主的苏丝绘入画中,从此创造出另一个比现实"更美"的苏丝,而丝毫不顾苏丝本人是否认同这种"美"的体现。

似乎单让罗伯特在艺术上"拯救"苏丝还不够,《苏丝黄的世界》又让罗伯特在影片高潮时演出了英雄救美的惊心动魄场面。苏丝与罗伯特同居后经常不辞而别,消失几天后才重返。心怀疑惑的罗伯特跟踪后发现原来苏丝有个私生子,寄养在山上的贫民窟里。适值香港大雨倾盆,山洪暴发,危及贫民窟。苏丝为救孩子,冲破警察的阻拦,冒雨奔向山腰。罗伯特紧跟其后,在棚屋被洪水冲垮前救出苏丝,但孩子已不幸身亡。影片结尾时,苏丝在庙宇烧香为孩子的亡灵超度,答应同罗伯特移居美国,因此满足了白马王子的心愿。如果说电影中的孩子一般代表将来,那么苏丝的孩子代表的便是第三世界没有前途的将来。所以,作为第三世界贫困、落后的记忆标志,这位无辜的私生子就在好莱坞的超俗爱情故事里轻而易举地一笔勾销了,因为影片要观众憧憬的是苏丝脱离第三世界后与白马王子在西方世界的幸福前程。

其实,《苏丝黄的世界》并不完全是一个简单的爱情故事,而是设置了一个三角恋情节。英国富商之女凯·奥尼尔倾心罗伯特,主动出击,令罗伯特处于被动。为解决罗伯特经济上的拮据,凯安排罗伯特的画到海外展售。对苏丝的爱情挑战,凯先是不屑一顾,信心十足,但最终情场败北。我们该如何解释影片所设计的凯的失败呢?首先,马凯蒂从女性主义批评出发,认为凯代表了二战后受女权主义影响的能干的"新女性",其咄咄逼人对男性而言,是一种"象征性去势"的威胁。凯的情场败北因此是对各种肤色的妇女提出的一个警告:为了吸引并保住你的男人,你必须保持男人对你的欲望。①其次,罗伯特拒绝凯

---

① Gina Marchetti, *Romance and the "Yellow Peril": Race, Sex, and Discursive Strategies in Holly-wood Fiction* (Berkeley: University of California Press, 1993), 115—16.

的爱情也许暗示了好莱坞对势利的英国贵族传统的批判和对"平等的"美国民主价值的认同,因此暗示美国将替代英国成为新的殖民帝国。再次,从传统的殖民主义心态来看,罗伯特放弃凯而追求苏丝,表达的不仅仅是对东方美女的爱恋,更是西方帝国扩张的想像:占有异国女人象征性地等同于占有异国土地,占有异国土地也意味着可能占有异国女人及异国女人所体现的美。①罗伯特正是通过这种占有,完成了西方自我的重新定位。

西方白马王子征服东方贤淑美女的好莱坞诱惑模式从此取代了早期暧昧的东方男子与西方女子的爱情故事,既在美学上丰富了东方主义的叙事,又在意识形态上支持了西方的冷战策略。同样发生在香港的另一个超俗的爱情故事是由韩素音自传改编的《生死恋》(*Love Is a Many Splendored Thing*)(亨利·金 [Henry King] 执导,1955)。影片在对抗共产主义意识形态的立场至少表现在两个细节上。其一,韩素音在新中国成立后不愿回国而宁可留在香港,继续与有妇之夫的美国情人谈恋爱。其二,美国情人作为战地记者进入朝鲜战争的前线而阵亡,韩素音对他的悲伤怀念,让私人情感的泪水淹没了朝鲜战争错综复杂的国际政治背景。美国情人的死亡在影片前半部的超俗浪漫模式之外增加了悲剧爱情模式的感染力,而这感染力的影响在新世纪之交时好莱坞和华裔合拍的《庭院里的女人》(*Pavilion of Women*)(严浩执导,2001)中仍然清晰可见。同样选择超俗浪漫模式和悲剧爱情模式,由赛珍珠小说改编的《庭院里的女人》描述了一位美国福音传教士与中国江南富家妇人的婚外恋,从而在诱惑模式中又融合了基督教意味浓厚的救世模式和牺牲模式。

《花鼓歌舞》:移民故事与文化异同

如果说西方中心的意识形态在以上分析的电影中都以主流话语的形式出现,《花鼓歌舞》则通过华裔移民主动认同美国文化的同化模式,表现西方中心的无所不在。这部改编自畅销百老汇歌舞剧的电影全部由华人扮演,通过爱情三角的价值设计和两代移民的观念冲突,既赞美了孝顺、贤惠等传统中国美德,又支持华人接受主流文化、享受现代文明的意愿。香港在影片中是美丽和她父亲非法移民的出发地,他们躲在船舱的木桶堆里漂洋

---

① Ella Shohat and Robert Stam, *Unthinking Eurocentrism: Multiculturalism and the Media* (New York: Routledge, 1995).

过海来到旧金山。美丽自幼许配给他人，此行正是为践婚约。父女初到旧金山，人生地不熟，幸亏美丽灵机一动，在唐人街唱一曲花鼓歌，让有心人带见夫婿（一位开餐馆的花花公子）。但花花公子倾心舞女琳达，而琳达又爱慕吉姆。花花公子介绍美丽到吉姆的父亲家暂时居住，贤惠的美丽打动了吉姆恪守中国传统的父亲，使他有心为吉姆拉线，从而使吉姆陷入两难的三角恋。一次吉姆与琳达驱车郊游，琳达亲吻吉姆，让他享受"美国式的"爱情表示，但如同《苏丝黄的世界》中的罗伯特，内向的书生吉姆在咄咄逼人的新女性面前颇不自在。

琳达代表西化的新女性，在她出浴化妆的性感歌舞场景里充分体现出来。面对数面化妆镜，她高歌一曲《我欣赏做一个女孩》，在镜前尽情抒展自己的酥肩玉腿和柔美腰肢，还对观众频送秋波。这里，琳达不但代表西方男性心目中妖艳迷人的东方美女（所谓温顺的"中国娃娃"），也表现年轻的华裔完全接受物质化的豪华现代生活。这种现代生活的"未来性"也出现在琳达表演的另一个场景，一个与花花公子共建小家庭的梦幻片段。豪华的建筑、装修和家具、电器渲染舒适的生活，孩子们的追逐、打闹更增添家庭的喜庆气氛。尤其是从电视机中破镜而出的西部牛仔和印第安人加入孩子和父母的追逐，美国种族冲突的历史似乎早已被人遗忘，明天就是这么温馨美好。①

但现实中，花花公子和美丽的婚期已到，忧郁的美丽虽不满父母包办的婚姻，却也束手无策。无意中，她看到电视节目里墨西哥偷渡妇女在关键时刻宣布自己是非法移民而逃避包办婚姻。第二天在婚礼上，美丽如法炮制，背出英文台词，花花公子的母亲立刻宣布婚姻无效，吉姆随即表示愿意娶美丽为妻，得到父亲的准许。影片终于在吉姆和美丽、花花公子和琳达两对婚礼、四喜临门的气氛中落幕。

《花鼓歌舞》不仅掩盖了当年美国日益剧烈的种族冲突，抹煞历史，粉饰太平，而且还设计了一个各取所需、皆大欢喜的大团圆结局。倾向中国传统美德的吉姆和美丽与沉溺西方物质生活的花花公子和琳达终成眷属，表示美国这个移民国家可以容纳各种趣味、各种理想。这一"融合"主题在另一首歌曲《大杂碎》中得以展示：美国社会就像美国人发明的中国菜"大杂碎"，蔬菜、肉类样样都有，而且味道不错。众人高唱《大杂碎》这首歌的场

---

① David Palumbo-Liu, *Asian/American: Historical Crossings of a Racial Frontier* (Stanford: Stanford University Press, 1999).

合是吉姆的姑姑宣誓加入美国籍的日子,其用心不言而喻。作为美国"新发现的"模范少数族群,华裔似乎避免冲突而追求融合,因此成为好莱坞同化模式的最佳选择。

不可否认,《花鼓歌舞》中歌舞升平的唐人街只是好莱坞自欺欺人的掩饰。在西方主流文化里,唐人街如同军阀混战时的中国,是暴力和危险的象征。唐人街这种恶劣的形象到了 80 年代仍未消解。《龙年》(*Year of the Dragon*)(奇米诺[Michael Cimino]执导,1985)即将纽约的唐人街描述成黑社会垄断、暗杀成风地狱般的社区,唯有一位改姓"怀特"(White意指"白人")、愿为美国越战战败而"复仇"的白人警探孤军奋斗,对唐人街开战。受西方中心与东方主义话语的双重钳制,怀特先在一次餐馆枪战中"英雄救美",但不久就强暴了美丽的华裔电视台女记者,进而肆意占用她的公寓进行反黑帮活动。怀特的行为再次证明"占有异国女人即占有异国土地"的殖民心态,只是《龙年》的异国就在纽约,而这"异国论"又进一步揭示,美国主流文化从未将唐人街视为美国本土社会的一部分。应该注意的是,80 年代的美国华裔社会已渐渐成熟,华人社团联名向好莱坞抗议影片辱华,逼使《龙年》在公映时不得不在片头加上"纯属虚构"之类欲盖弥彰的遁词。

《蝴蝶君》:性别迷阵与身份危机

对西方中心的神话进行最彻底颠覆的影片之一是《蝴蝶君》。影片的故事在两条重叠的线索中发展:一是冷战时期东西方之间错综复杂的间谍战,二是东方主义话语中典型的西方男子征服东方女子的爱情游戏。这里说"游戏",是因为东西方之间犹疑不定的性别—政治迷阵的最终结局,是东方仍然是谜一样地不可思议,而西方到头来自欺欺人,意欲征服他人却无情地解构了自己。

影片开始,法国驻北京使馆外交官加利马尔在一次音乐会上被宋丽玲演唱意大利歌剧《蝴蝶夫人》的美妙歌声感动,爱慕之心油然而生,主动追求宋丽玲。宋丽玲不无嘲讽地提醒加利马尔,歌剧《蝴蝶夫人》之美是西方人幻想出来的美,不一定被东方人所认同。这部歌剧赞颂一位日本女子因美军情人离别后哀诉其思念之情,数年后发现情人已娶白人太太而痛苦不堪,殉情自杀,以完成一种坚贞不移的理想。然而,加利马尔无法从东方主义这种刻板的单向思维中自拔,自认是一位西方男子气十足的白马王子,理所当然地要征服才貌双全的东方美女。加利马尔几经周折后如愿以偿,占有了宋丽玲的身体,在"文革"

中回法国后又惊喜地得知宋丽玲像《蝴蝶夫人》故事所述为他生了个孩子。当他们离别多年在法国重逢后,加利马尔惊讶地发现过去的一切都是骗局,宋丽玲原来是中国间谍,两人因此双双入狱。更惊人的是法庭宣布宋丽玲是位男性,丑闻公开后一时成为头条新闻。

其实,这一耸人听闻的间谍案取材于法国真实的故事,影片改编自黄哲伦的同名畅销舞台剧。彻底颠覆西方中心神话的高潮设在影片结尾,此时宋丽玲被法国驱逐出境,乘机回国,而加利马尔则在监狱里自演一出《蝴蝶夫人》后在极端痛苦中自杀。加利马尔的自杀场景意韵深远。他一边用录音机播放一曲哀怨的《蝴蝶夫人》,一边以蝴蝶夫人的扮相粉墨登场,面对走廊上观看的囚犯宣布:"我,加利马尔,就是蝴蝶夫人。"然后用破碎的化妆镜片自尽,而不知就里的观众还在为他精彩的表演热烈鼓掌。加利马尔自杀表演时的诚恳自白揭示了西方想像中的东方美女最终不过是一个幻想,一个可望而不可及的概念,这个概念促使西方男子追逐幻想中的东方,最后意识到这个终生期待的幻想不在异国,而在自身的表演中!加利马尔最精彩的自身表演也是他自我终结的时刻:他不再幻想占有蝴蝶夫人(他原先占有的蝴蝶夫人宋丽玲早已无情地欺骗了他),因为此时此地他自己已经成为蝴蝶夫人(一个永远不会欺骗他的"她")。

加利马尔一生所窃取的间谍情报中没有任何一条比他生命终结时所发现的事实更真实:东方主义的完美男人(白种人)和完美女人(东方人)归根结底都不过是西方话语制造出的幻想。周蕾因此指出,加利马尔死心塌地地按这种幻想生活,以致走向极端而自恋自身(即自己的幻想)而死。①好莱坞故事的迷惑模式在影片《蝴蝶君》中绕了一大圈后回头颠覆了自己:西方男性(加利马尔)—东方美女(宋丽玲),蝴蝶夫人(宋丽玲)—蝴蝶夫人(加利马尔)。换成性别表述,他(西方男性)所幻想的她(蝴蝶夫人)最终不过是幻想本身(他和她的一体性),西方中心内在的身份危机由此揭晓。

显然,影片《蝴蝶君》对西方中心的颠覆是从西方男性身体(自我中心)开始做起。苏内尔(Asuman Suner)认为,现代主义意义上的男性主体性表现在身体对自然的完全控制,一旦经历变化、变异后身体失控,男性就因边界的模糊或瓦解而恐慌,其主体性也濒于崩

---

① Rey Chow, *Ethics after Idealism*: *Theory*, *Culture*, *Ethnicity*, *Reading* (Bloomington: Indiana University Press, 1998), 23.

溃,所以《蝴蝶君》不妨作为后现代的恐怖片来解读。①由此看来,加利马尔—蝴蝶夫人二者的可互换性从根本上瓦解了东西两方和男女性别的界限,颠覆了西方冷战和东方主义的双重话语,对西方观众造成"恐怖"效果。影片《蝴蝶君》精彩地解构了"殖民女性"(即对女性的殖民和被殖民者的女性化)这一西方话语策略,出其不意地来一个男性殖民者(西方)自身的女性化,而且将后者作为西方殖民幻想的本质。颠覆的结果是,西方中心本身是空洞乏味的,西方(男性)的主体性是危机重重的,靠幻想东方离奇、美妙的故事(如《蝴蝶君》及其他本文分析的影片)来充实自己向往扩张的殖民和占有的欲望。

影片《蝴蝶君》表明,对西方而言,东方终究是不可知的。西方想像出的华人形象宋丽玲主动向西方中心交还了东方主义所要的幻想:完美的女人(东方情人)和蝴蝶夫人(悲剧美),但他/她同时也让西方看到西方所不愿面对的冷战事实:"背信弃义的"中国间谍和危机重重的西方主体。宋丽玲因此同时体现了西方视野中东方的迷人(爱情)和危险(死亡),二者合力摧毁了加利马尔(自大、自负而自欺的西方代表)。不可否认,华人形象的这种双重性正是长期以来驱使好莱坞叙事欲望的一个动力:幻想他者,编造爱情,满足观众,扩张自我。在好莱坞的想像中,华人就像隐藏在奇观的面具背后谜一般的东方女人(华人男性因此必须女性化,从黄人到宋丽玲皆如此设计),既诱人销魂落魄又危及生命安全。但这奇观的面具本身也是好莱坞的虚构之一。面具背后并没有什么隐藏的真实,因为这面具本身就是好莱坞的真实,或真实的好莱坞:一个奇观的造梦机器,不停地在种族、性别与政治的交错层面间虚构自己的故事。

---

① Asuman Suner, "Postmodern Double Cross: Reading David Cronenberg's M. Butterfly as a Horror Story", *Cinema Journal* 37, no. 2 (Winter 1998): 50.

主体身份与影像策略

——"第六代"电影的美学与政治初探

张慧瑜

引 言

今年第 61 届威尼斯电影节,贾樟柯的《世界》成为唯一一部参加竞赛单元的中国电影,去年第 56 届戛纳电影节上娄烨的《紫蝴蝶》也是唯一一部参赛的中国影片,而王小帅的《十七岁的单车》曾于 2001 年荣获第 51 届柏林国际电影节的银熊奖。在这几年的国际艺术电影节中,贾樟柯、王小帅、娄烨等人的电影几乎成为中国电影的代名词,暂且不讨论他们与国际电影节之间的权力关系,[①] 这些 90 年代以后从事电影创作的青年导演,与张艺谋、陈凯歌为代表的第五代电影不同,通常被称为"第六代"导演。

相似的年龄(1960 年代出生)、相似的知识出身(北京电影学院)、相似的制片方式(独立制片)以及相似的运行策略(走国际电影节的路线),使他们的影片也有着许多相似之处,尽管他们并没有统一的艺术宣言,但是从文化史或电影史的脉络看,他们却有着基本的精神力量和情感驱动,从而在电影风格、艺术追求及其文化表达上呈现一种"同一性"。这种"同一性"包括他们对电影艺术的理解和他们所关注的命题,当然,在这些背后隐含着他们对世界和生活的态度。

简单地说,"第六代"电影尤其是早期影片,更多地讲述了他们这一代青年"长大成人"的故事,这与其说是"自我意识"的觉醒,不如说是找到一个主体性位置对于他们来说变成了一种必须。在这个意义上,"青春残酷物语"不过是他们构建自我身份的话语实践,其策

---

①　关于探讨"第六代"电影与国际电影节关系的文章,可以参考戴锦华的《雾中风景——初读第六代》(收入《雾中风景——中国电影文化 1978—1998》,北京大学出版社,2000)和张英进的《神话背后:国际电影节与中国电影》(《读书》,2004 年 7 月)两篇文章。

略是把"身体"作为"想像中的反抗"的修辞,在"自我与社会/家庭"的对立结构中寻找"表达自己"的空间和可能性。这些影片大概包括《妈妈》(张元)、《冬春的日子》(王小帅)、《周末情人》(娄烨)、《北京杂种》(张元)、《极度寒冷》(王小帅)、《长大成人》(路学长)、《昨天》(张扬)等。

本文并非要给"第六代"电影一个全面的评价,而是把他们的影像表达与他们对电影艺术的理解和他们对生活、世界的态度联系起来,尤其要处理这种自觉地寻找主体/自我确认的文化实践的意识形态逻辑,或者说其美学实践的政治性。在这个背景下,我试图提出以下几个问题:一是电影对于他们来说为什么会成为一种自我表达的媒介;二是摇滚为什么会成为社会反抗的表征;三是"身体"作为"自我"的再现方式是一种怎样的身份文化政治;四是在这些"长大成人"的故事中父亲的位置是什么。

"拍自己的电影"

与以前的导演不同,"第六代"把拍电影作为一种与"个人"、"自我"密切相关的行为。"拍自己的电影"是他们从事电影实践最重要的动力,[1] 借用《极度寒冷》中的一句台词:"他们不过在用自己的方式表达自己"。"表达自己"成为他们共同的文化命题。这是否意味着以前的导演都不是在"表达自己"? 为什么他们如此强烈地需要"表达自己"?!

这种把电影作为个人/导演的表达方式的观念,实际上是"作者电影"的产物。正如米歇尔·福柯所认为的,这种"把具体的作品归于作为作者的具体个人,以及这种归属所带来的所有伦理的、阐释的和法律的意涵,都是文化的构建物",[2] 其目的是为了树立作者对作品具有权威的解释权。[3] 而电影艺术中作者观念的确立,是在电影诞生半个世纪以后也就是20世纪五六十年代才出现。"电影作者论"成为法国新浪潮的实践法则和创作规范,这种美学原则不仅使导演拥有电影的署名权,而且使以电影导演为中心的电影史叙述具有了合法性,比如"第五代"就是典型地以导演为中心的电影史的命名法,但是由于"第五代"不是编导制合一的创作原则,还不能算纯粹的作者电影,"第六代"则无疑是这种"作者电

---

① 程青松、黄鸥在《我的摄影机不撒谎》中对"第六代"导演的访谈,中国友谊出版公司,2002。

② [美]理查德·A.波斯纳著:《法律与文学》(增订版),中国政法大学出版社,2002,第507—508页。

③ 同上,第286页。

影"在中国的实践者。在"电影作者论"的理论视野下,拍摄电影成为了导演/个人实现自我的一种再现方式,在这个意义上,"表达自己"与"作者电影"这样一种美学原则或者说创作方法就联系在一起。

这种产生于欧洲的电影观念,最初是为了抵抗以好莱坞为代表的商业电影的制作模式。但是,这种借重"作者"这一个人主义式的自由理念确立的电影实践,凸现了对个人风格等电影艺术价值和审美功能的强调,却"无视甚或遮蔽了电影在现代社会所负载的巨大的社会功能意义,无视甚或遮蔽了电影作为世俗神话系统,所具有以及可能具有的意识形态、反意识形态的功能角色",①在这个意义上,围绕在"作者电影"周围的"自由"、"独立"等个人主义式的表达本身是一种现代主义意识形态实践的结果,或者说"第六代"电影对"作者电影"的认同在某个层面上呼应着1980年代以来个人主义在中国文化中确立或构建的过程。

对于"第六代"来说,实现"拍自己的电影"的方式主要是通过独立制片,这与1990年代以来电影体制的松动和制作资金来源的多元化有着密切的关系。②尽管对于许多"第六代"导演来说,走独立制片的道路完全是无奈的选择,这种无奈选择的内在驱动则是讲述自己故事的强烈愿望,或者说他们获得电影作者的身份是把摄影机投向了自己。但是,这种"个人"、"自己"的表达似乎与"第六代"这样一种以"代"为命名方式的集体存在着某种错位和矛盾。或者说为什么一方面是独立的个人实践,一方面却又呈现为某种清晰的代际意识呢?这在很大程度上是因为"第六代"是断代叙述的话语衍生物。

电影断代法的叙述开始于"第五代",进而向前推出第一、二、三、四代,这种"对于20世纪六代导演的谱系描述对象绝非生理年龄组合,而是由社会时空所构建的文化精神集团"。③这种发起于"第五代"电影断代叙事,对于之前的导演不会有任何影响,但却对"第

---

① 戴锦华著:《电影批评》,北京大学出版社,2004,第50—51页。
② 对独立制片的讨论可以参考拙作:《看不见的中国电影——中国地下电影的文化解析》,《上海文学》,2004年第1期。
③ 杨远婴著:《百年六代 影像中国——关于中国电影导演的代际谱系研寻》,第99页,《当代电影》2001年6月,总第105期。

五代"之后的导演无疑造成一种"影响的焦虑"①。因为以"第五代"为代表的电影创作群体或流派,无论对于中国电影美学还是提高中国电影在国际上的地位都功不可没,或者说其经典的历史地位已经盖棺定论,它像一座可见的高山矗立在 1980 年代的中国电影史上,对于电影学院 1980 年代中后期毕业的学生来说将无形中承担这种"焦虑"。

这种代际的焦虑感可以从两个事例中看出。在一篇署名北京电影学院 85 级全体的《中国电影的后黄土地现象》的文章中,这些身处"第五代"之后的年轻人尖锐地指出,"第五代的'文化感'牌乡土寓言已成为中国电影的重负。屡屡获奖更加重了包袱,使国人难以弄清究竟如何拍电影"②,似乎第五代已经使中国电影走到了穷途末路的地步,历史需要他们来为中国电影鸣锣开道了。第二个例子是,在管虎拍于 1995 年由内蒙古电影制片厂出品的处女作中,片头打出影片名字《头发乱了》的字幕右下角也精心设置了一个"八七"的字样,以类比以"八二级"毕业生为创作群体的"第五代",其"良苦的用心与鲜明的代群意识只有心心相印者方可体味"。③

在黄式宪著《"第六代"被"命名"——中国影坛迎接新千禧春讯第一声》一文中把 1999 年在北京西郊举行的"青年电影作品研讨会",与 1980 年 3 月在北京"东方饭店会议"和 1989 年 9 月北京"西山会议"(冠名为"中国新电影研讨会")相并列,因为后两个会议分别确立了作为"迟到的花朵"的"第四代"导演和"横空出世"的"第五代"导演的命名。④ 所以,这次西郊会议便成为了"第六代"的命名会而将被载入史册。这样一种把"第六代"续接到"第四代"、"第五代"的辉煌历史的叙述,与其说是对一批青年导演艺术风格的肯定,不如说"第六代"成了一种自觉的断代叙述电影史的廉价品。

于是,在言说"第六代"时,往往把"第五代"作为一种潜在的参照系,因为与"第五代"的差异从而塑造了"第六代"电影的种种特征,甚至因为"第六代"的出现,而形成了一种

---

① 美国文学理论家哈罗德·布鲁姆在其《影响的焦虑》一书中,指出后代的诗人在面对诗歌史上几乎不可怀疑的经典大师与文本即"父亲"时,便不能自抑地在受到"父亲"恩惠的同时也"产生一种负债之焦虑",并在这种焦虑下从事一种弗洛伊德意义(俄狄浦斯和拉伊俄斯情结)上的误读式(布鲁姆提出了六种修正比即误读方式)创作。参见章国锋、王逢振主编《20 世纪欧美文论名著博览》,第 76 页,中国社会科学出版社,1998。

② 《上海艺术家》1989 年,第一期。

③ 对于"第五代"之后的导演的代群焦虑,在戴锦华著《隐形书写》一书中有详细的论述,在此就不再重复,江苏人民出版社,1999。

④ 黄式宪著:《"第六代"被"命名"——中国影坛迎接新千禧春讯第一声》,《电影评介》,2000 年 3 月 18 日,第 224 期。

"颠覆""第五代"的力量。① 比如杨远婴在《百年六代 影像中国——关于中国电影导演的代际谱系研寻》一文中这样总结"第六代"的特征:"他们作品中的青春眷恋和城市空间与第五代电影历史情怀和乡土影像构成主题对照:第五代选择的是历史的边缘,第六代选择的是现实的边缘;第五代破坏了意识形态神话,第六代破坏了集体神话;第五代呈现农业中国,第六代呈现城市中国;第五代是集体启蒙叙事,第六代是个人自由叙事。"② 在这些二元对立式的叙述中,"第六代"就在与"第五代"的差异中构建了自身,同时也简化了自身,因为现实/城市/个人自由与历史/农业/集体的对立中恰恰遮蔽了个人自由叙事的意识形态性。既然"第六代"是对群体的命名,个人又在什么意义上才成立呢?

想像中的反叛

"第六代"的自画像几乎都是关于摇滚人的故事,直接以摇滚人为主人公的电影就包括张元的《北京杂种》、娄烨的《周末情人》、管虎的《头发乱了》、路学长的《长大成人》、张扬的《昨天》等。摇滚成为了一种特定的修辞方式,一种讲述"他们的故事"而必需的佐料。为什么这一来自西方的音乐形式会成为一种他们自我身份的标识呢? 他们在摇滚上又投射了什么样的自我想像呢? 如果摇滚作为西方20世纪五六十年代反叛文化的一部分,那么对于"第六代"来说,挪用这些反叛文化的具体语境又是什么呢? 或者说在西方已经主流化、合法化的摇滚艺术,移植到80年代中后期的中国都市文化之中,这种边缘中的主流文化又在什么意义上被赋予了颠覆性呢?

大卫·沙姆韦在《摇滚:一种文化活动》中把"摇滚视为某个历史阶段一种特殊的文化活动",③ 认为摇滚"不仅是年轻人的音乐,而且还是他们热衷的一种生活方式",④ 这种生活方式意味着对社会/主流的反叛态度。而"第六代"电影似乎也借用摇滚表达一种自我放逐或边缘化的姿态,但是他们一致性地选择摇滚作为青春反叛的表征,一方面反映了八九十年代之交,摇滚文化作为都市亚文化的影响力,另一方面也意味着对并不遥远的

① 前注,第15页。
② 杨远婴著:《百年六代 影像中国——关于中国电影导演的代际谱系研寻》,第105页。
③ 《摇滚与文化》,天津社会科学出版社,2000,第57页。
④ 同上,第58页。

1960 年代西方反叛一代的回应或者说效仿。暂且不管这种挪用在很大程度上反应了某种文化的误读和错位,而他们所要表达的反叛与其说是对主流文化的颠覆姿态,不如说更是含糊地不适应于"社会"。

娄烨的《周末情人》中讲述了几个青年人错综复杂的感情纠葛,其中有个线索是写一个怀才不遇的作曲家张驰组建乐队的故事,一次次的挫折并没有使他失去信心。影片中出现了许多表示方位的城市交通路标,既暗示着城市井然有序的空间感,又表达了他们在城市森林中的迷失感。作为影片叙述者的李欣说:"我们把自己当成社会上最痛苦的人。后来我才明白,不是社会不了解我们,而是我们不了解社会。"他们的"摇滚生活"成了与社会相对立的东西,或者说摇滚成为横隔在他们与"社会"之间的屏障。在这个意义上,摇滚表明了他们对社会的拒绝态度,而进一步追问,"社会"又在哪里? 为什么会出现这样一种关于"社会"的态度或想像呢? 或者说"社会"为什么会在这个时候出来成为青年人反抗的素材呢?

在很大程度上,"社会"在以计划经济为运营模式的社会主义时期并不存在,国家/民众的二级结构没有给"社会"预留出结构性空间。可以说,"社会"是改革开放以来,才得以浮现出来的产物。作为填补国家/民众真空状态的单位制也出现了松动,使人们有可能生活在单位/体制之外,这就为摇滚青年的存在提供了制度基础。[①] 在这个意义上,反社会的前提恰恰印证了一种社会空间的存在。

张驰们通过摇滚所要实现的东西,是最终站在舞台上演奏自己排练的摇滚音乐,这样一种主体身份的确认很像这些"第六代"导演"以自己的方式表达自己"的愿望,在这个意义上,摇滚充当了自我实现的镜像。影片的结尾处,李欣非常动情地总结:"不是生活变了,而是我们对生活的态度变了,我们开始学着回过头来看自己和做过的事。"在这种无奈、妥协的回眸视野中,预示着他们的转变,也预示着他们接受社会。最后,影片给出一个带有浪漫荒诞色彩的结局,若干年后拉拉出狱,迎接他的有从豪华轿车中走出来的李欣、

---

① 孙立平在《改革以来中国国家与社会关系的演变》中指出:"改革开放过程中社会结构中所发生的一个重要变化,即社会正在成为一个与国家相并列的提供资源和机会的源泉,并且这种资源和机会的提供与交换,是在市场中进行的。"该文收入《转型与断裂——改革以来中国社会结构的变迁》,清华大学出版社,2004,第 150 页。其他文章《改革前后中国国家、民间统治精英及民众间互动关系的演变》、《"单位制"及其变迁》等也能看出关于"社会"从国家/民众之间分划出来的论述。

晨晨、张驰等人,似乎他们已经成功地进入了社会的主流。① 这种被金钱所标明的主体身份与那种以摇滚/先锋艺术所代表的主体身份之间形成了某种断裂。

同样反叛与复归的故事,在管虎的《头发乱了》也有所表现,最明显地就是张扬拍摄的影片《昨天》,讲述了电影演员贾宏声 1990 年代初期由迷恋摇滚、吸毒到解毒、重新开始工作的经历。这种借助摇滚来完成的叙述,很像一个浪子回头式的故事,但是,影片当中并没有给出这种历史/社会的阉割力到底是什么? 借用《长大成人》中周青对一个颓废的摇滚歌手的话,"你不觉得你每天都在装模作样吗?"在这个意义上,他们通过摇滚所呼唤出来的反叛不过是一种想像中的青春自恋式的抚慰。

身体的修辞

王小帅的《极度寒冷》中,记录了一个叫齐雷的行为艺术家用自杀的方式完成他短暂的行为艺术中最后一件作品的故事。中国的行为艺术是 1980 年代中后期逐渐兴起的先锋艺术之一,正如齐雷在片中所说,传统的绘画是通过一种媒介来使作者与观众达到沟通,而他希望通过自己的身体直接和观众交流。因此,与摇滚不同的,行为艺术是一种直接用身体来实践的现代艺术。

在后结构主义的理论视野中,福柯对身体/生命进行了重新阐述,身体在很大程度上成为批判笛卡尔以来建立在精神/身体二元基础上的本质主义叙述的基点。在福柯看来,身体不仅是生物意义上的,还是权力实践的地方或者说权力通过对身体的管理、驯化、惩罚来印证权力的存在和有效。而德勒兹则更为彻底地抛弃身体的生物基础,提出"无器官的身体",认为身体有更多的生产性。也就是说,"福柯的'身体'是可变性的,但是是被动地变化的,德勒兹的'身体'是可变性的,但是是主动地变化的,这就是这两种身体——驯服的身体和无器官身体——的差异"。② 对于齐雷来说,身体是驯服的,还是有生产性的呢?

齐雷所要完成的行为艺术由四部分组成:立秋进行土葬、冬至进行水葬、立春进行火

---

① 这与《阳光灿烂的日子》的结尾形成了有趣的对照,姜文拍摄于 1995 年《阳光灿烂的日子》也采用了一个昔日朋友重新在劳特莱斯豪华轿车中相聚的场景,使这份关于"阳光灿烂"的青春叙述成为一种成功人士的浪漫回眸。

② 汪民安著:《尼采、德勒兹、福柯:身体和主体》,http://www.culstudies.com/rendanews/displaynews.asp? id = 536。

葬、夏至则进行冰葬,再最后结束自己的生命,这种自杀也是他行为艺术的一部分。影片所要着力关注的问题是:"一个年轻人用自杀的方式完成了他短暂的行为艺术中的最后一件作品。没有人能说清他的动机和目的。只有一点是值得怀疑的,那就是用死亡作为代价在一件艺术品中是否显得太大了。"(影片的开场白)换句话说,齐雷这种对艺术献身的动因何在?

一个有趣的场景是,两个行为艺术家表演吃肥皂,周围观看的人群似乎并不能理解这种行为的意义何在,或者说无法对艺术家的行为进行有效地阅读/解码,从而在观看与表演之间形成了错位,或者说人群与行为艺术家不能形成对话。但这对于行为艺术家来说没有太大的关系,因为真正的观看者是不断拍摄的"照相机"。显然,这些记录下来的相片会成为某个国际艺术节上签署了艺术家名字的作品。在这个意义上,与其说是人们的无知(没有关于行为艺术的知识或者观念),不如说行为艺术本身就是参照西方先锋艺术的脉络来界定的。在这个意义上,人们对行为艺术的无效观看,正好说明了行为艺术无法在中国语境中获得有效阐释的困境。

在齐雷看来,自己的行为是对生/死这一永恒的哲学命题的回应。他执拗地一步步把观念付诸实践,周围的世俗力量越是反对(比如齐雷的大姐和女朋友)、讽刺(比如姐夫),他进行这一疯狂行动的决心越大,暂且不讨论这种看似"用自己的方式来表达自己"的行动始终处在父亲式(老曹)的背影之中,直到他以假死的方式模拟了一次"真正的"死亡。但是,这一似乎悲壮的献祭注定没有"唤醒"人们的关注,是世俗的生活无法理解这种为"艺术"献身的行动,还是这一行动先在地把与世俗生活相联系的历史性排除掉了呢?

正如齐雷的姐夫用梵高来嘲讽他一样,在很大程度上,齐雷的行为艺术是对梵高这一现代主义艺术的最佳典范的戏仿。或者说,这种"以艺术的名义"的自杀恰恰是"为艺术而艺术"的现代主义美学信念的结果。在这个意义上,身体并没有成为"无器官身体",反而是被现代主义所驯服的产物。

"父亲"的幽灵

一般被追认为"第六代"发轫之作的是张元的《妈妈》,这是一部献给国际残疾人艺术节的影片,讲述了一个妈妈抚养后天智障儿童的故事。影片在展现永恒的母爱主题的同时，也呈现了儿子对世界/社会的拒绝，而父亲的缺席或者说父亲的出现却带来了杀子的念头，这似乎成了"新一代的文化寓言"。① "第六代"电影中没有出现强势的父亲，父亲要么缺席，要么无能，这就使他们需要寻找另外的精神之父，父亲如幽灵般出现在这些"长大成人"的故事里。因此，影片中很少上演弗洛伊德意义上的俄狄浦斯情节剧。但他们也并非拒绝拉康意义上的父之命或父之法的秩序，否则，他们就不会去认同于一个精神之父。

在路学长的《长大成人》（原名《钢铁是这样炼成的》，英文名是 The Making of Steel）中，非常自觉地讲述了一个男性的成长历程，而且这部影片与奥斯特洛夫斯基的《钢铁是怎样炼成的》这一讲述保尔成长为共产主义革命战士的经典著作形成了某种互文关系。周青并不认同于自己的父亲，虽然他被迫接替父亲在工厂工作，但他更喜欢工厂中的火车司机朱赫来，而朱赫来是对《钢铁是怎样炼成的》中把保尔引领到革命道路的老布尔什维克的名字的挪用。这种对革命经典文本的戏仿，表面上使用了完全相似的人物关系，但是，这一在社会主义现实主义美学规范下的保尔的"长大成人"与路学长的"长大成人"之间有着深刻的断裂，因为在朱赫来与保尔之间所缝合起来的革命导师与革命战士的关系在《长大成人》中的朱赫来与周青之间并不能产生有效的询唤。因此，影片与其说讲述了朱赫来对周青的引领，不如说更多地展现了周青对朱赫来的寻找，这是一次注定被延宕的寻父之路。虽然周青始终渴望来自朱赫来的庇护，并且事实上因为一次事故，朱赫来将自己的骨头植入了周青的腿中，但是朱赫来对周青的精神之父的意义在很大程度上来自周青的自我想像。

在影片中，周青所要寻找的朱赫来，只是一个富有正义感的人，在这里"正义感"这样一种在道德谱系中永远处于善的价值成功地替换了共产主义的信念。但有趣的是，朱赫来书写自己见义勇为的书命名为《钢铁是这样炼成的》，在这个意义上，不是周青，而是影片中的朱赫来成了当代的"保尔"。因此，"寻找父亲"的故事就变成了寻找"自己"，或者说周青把保尔的自我想像投射到朱赫来身上，朱赫来成了周青的镜像。这种由于昔日意识

---

① 戴锦华著：《雾中风景——初读第六代》，第 396 页。

形态的坍塌而造成的匮乏感,使周青虽然"长大"但却迟迟不能"成人"。①

如果说《长大成人》传达了个人在社会转型时期的精神困顿,那么张扬的《昨天》则讲述了一个拯救与自我拯救的故事。《昨天》是以青年演员贾宏声的真实经历拍摄的电影,影片中的人物也大多是本色扮演。贾宏声迷恋摇滚并吸毒以后,把约翰·列侬作为精神之父,问他的父亲"咱们家有没有欧洲血统?"这一似乎荒诞的问题。其中最惊心动魄的场景是,贾宏声在自己生日之时,打了父亲两记耳光,让他的"农民"父亲"明白明白"他的这大半辈子活得多么没有意义。这种对父亲的否定,与其说是一种弑父行为,不如说是精神之父借儿子的手杀死了生身之父。②

如果把贾宏声的"患病"读解成一种文化征候,他对约翰·列侬的认同并非简单地是一种后殖民主义式的主题,同样,在他的幻听中也会出现"龙"这一中国的意象。他对父亲的拒绝来自父亲"骗别人,也在骗自己"的生活态度。或者更确切地说,摇滚给他带来的是一种自我的感觉,这种"自我"的意识使他把路边的人群骂为"傻 boy"。在这个意义上,摇滚/毒品使贾宏声获得的一种身体体验与同样是贾宏声扮演的行为艺术家齐雷通过身体来获得一种自我的认同具有相似的逻辑,或者说,拒绝生身之父是为了认同于精神之父的自我/主体的想像。

而在"第六代"作品中,经常会出现一个有趣的场景,就是主人公以某种方式穿过"天安门",背景中浮现毛泽东的头像,似乎暗示着他们与那个遥远父亲的对话,虽然他们并不能感受到父亲的权威。但是恰恰是父亲的逝去,使父亲以幽灵的形式出现,他们则在幽灵浮现中完成想像性的成长。

结　语

这些讲述"长大成人"的故事,几乎都发生在城市或者说北京、上海等大城市,难怪在

---

① 戴锦华在《重写红色经典》一文中,把路学长的《长大成人》解读为对《钢铁是怎样炼成的》的"后现代式的重写",而这种重写是"出生于 60 年代的一代人所遭遇到的后革命的社会与文化现实,断裂且破碎的意识形态,制造着某种特定的文化匮乏与焦虑,因而呈现了第六代所倾心的'长大未必成人'的叙述主题",该文收入《大众传媒与现代文学》,新世界出版社,2003,第 525 页。

② 王卓异在《弑父》一文中,还分析了《花园街五号》、《菊豆》、《荆轲刺秦王》等电影,来论证"精神之父杀死生身之父"这一中国式的弑父现象,修正了用俄狄浦斯情结和杀子文化来对这一现象的解释,见 http://www.cc-qtv.com/20020724/13954.shtml。

由纽约大学电影系和哈佛大学东亚语言文化系共同举办的中国电影节（2001 年 2 月 23 日—3 月 8 日）中，直接用"城市的一代"来命名这些中国青年导演的作品，① 在其"宣传册"中说"如果说内地第五代（张艺谋、陈凯歌、田壮壮）属于农村，那么比他们年轻的一代导演们则把镜头指向了城市生活——我们称他们为'城市内的一代'"。② 为什么城市会成为他们故事的底色呢？城市对于他们来说究竟意味着什么呢?③

从上面的分析中可以看出，"第六代"电影很大程度上成为导演寻找自我/主体性身份的文化实践，无论是作者电影的观念，还是借助摇滚、行为艺术这些先锋艺术样式，无论是在与社会的"想像中的反叛"，还是寻找精神之父的历程，都是为了把电影确立为一种关于个人的、自我的艺术表达媒介，而这种艺术观念确立的过程实际上是一种现代主义美学和个人主义政治取得支配地位的过程。

因此，可以说，"第六代"电影是一次现代主义美学的胜利，这在很大程度上，与 1980 年代的文化氛围有关。比如这种现代主义/精英主义式的艺术观，使他们始终处理不好艺术与读者的关系，也就是电影与市场的关系。在这个意义上，讲述男性成长的故事是现代性的产物，或者说，"长大成人"也许只能是在城市空间中才能得以讲述的故事。

---

① 其中包括《巫山云雨》（章明）、《邮差》（何建军）、《小武》（贾樟柯）、《月食》（王安全）、《长大成人》（路学长）、《呼我》（阿年）、《儿子》（张元）、《赵先生》（吕乐）、《民警故事》（宁瀛）、《横竖横》（王光丽）和《站台》（贾樟柯）。

② 李欧梵著：《中国第六代导演异军突起》，收入《都市漫游者》，广西师范大学出版社，2003，第 107—110 页。

③ 关于第六代电影与城市的关系，可以参考孙健敏的文章《超级城市和个人冒险的影像生理学——历史进程中的第六代城市叙事》。

艺术家主体位置与高雅艺术的体制出路

陆兴华

2001 年 8 月发生的中国交响乐团的指挥和音乐总监的权力合法性危机,就像朝代制度和人事更替一样,其乖谬、险恶,能使身处权力中心的名义上的领袖如临深渊,手里的权力成为一种反讽。

没有民意支持的艺术家主体,手中的权力变成了制服他自己的一种咒语。音乐总监汤沐海居然被"法人代表"的团长剥除一切权力,连安排演出曲目都要由团长批准,而该团长居然是一个吹中国笛子的交响乐外行。面对现状居然无处下手的汤沐海,只能在朋友间像孩子般地大哭诉怨,实在也很好理解。在合同、公论和民主投票形同儿戏一样的环境里,一个掌权者是最值得同情的。没有原则和惯例保护的领导人,最终都会像历朝末代皇帝那样被权力本身逼到亡命天涯,只是表现方式不同罢了。面对权力中心的空寂与凶险,一个真正艺术家只好像孩子一样捧着脸躲逃。哪怕这次又是中央领导过问,汤又恢复权力,这种噩梦将一辈子跟着他了。

作为艺术家的指挥不同于政治和军事领袖,但其处于权力体制内的主体位置是一样的。艺术家只有以一种明确的主体位置去过一种丰满的个人生活,才有艺术可谈。在艺术领域里,交响乐团的指挥最类似于内阁的总理或议会的多数派领袖,其主体位置虽然由选举和变动的席位数这样的相对因素确立,但只要一执棒,在作品和文本操作内,他的个人权威就代表着团体的意志,怀疑这种权威就是在怀疑自己的判断力。交响乐团也是艺术领域里最接近议会体制的一种组织,是一种最能自觉地作出自我牵制、进行自我立法、把权力的不稳定性圈入民主程序——对作品的集体阐释须表现为一种集体的民主行动,并接受团员、观众和舆论的监督——的团体。在这种意义上说,汤沐海此次的权力危机的确还象征着音乐界之外的很多东西。

在这个事件中我们注意到,身为国家最高级艺术团体的成员,其中还有许多国家一级头衔的团员们的声音,从未被认真对待。到目前为止,他们也容忍自己的精神领袖又一次不顾他们的意见被重新任命。没有任何一种事关交响乐团的命运的决定可以无视一百多位艺术家的意志,即使纯粹从权力争夺和利益平衡去考虑。不能征得多数人的共识的艺术管理者是不配去管理艺术的,而这样顺从的艺术家,怎么还可称作艺术家?从上面两点看,我们可以得出结论说,目前我国的艺术再生产体制内的确如很多人讲的那样,不可能出真正的艺术家;容忍这样的现状的艺术家哪怕最有才能也不能算艺术家;这样的艺术权力专制下也早扼杀了天生的艺术家。多少个朝代以来,我们的作曲家连个署名权都没有,音乐作品几乎就是那么自生自灭。明明是个人创作,也常常就被当作民歌或古曲,乐队也从来不能成为一种自治的组织。西方作曲方法的引进,与我们的文字改革、新文学运动一样,是一种向西方靠拢的努力,至今也仍无法看出这种靠拢最终会把我们的民族的总体音乐实践带向哪里。过去一百年来的交响乐引进和推广,其艰难程度,更可从我们这个社会对一种自治、自律、充分发展每个成员的个性和才能的乐队组织的不容忍中想见。也许根本不是乐团容忍不了一个有创意和个人权威的指挥,而是我们的传统、我们的文化、我们的体制根本不能容忍一个真正的交响乐团指挥,一个自决的艺术家主体。要不然,设了一个音乐总监,而且他还是常任指挥,为什么还得派一个团长去管他,而谁去管那个权力欲极强的团长呢?

哪怕我们不去谈论体制结构里艺术家的意愿,光从将统治他们的音乐总监的角度看去,艺术权力统治的稳定与长久,也在于让被统治者获得他们自己的权利,这是人性的可怕的对称原理。让被统治者有权反对统治者,才是统治者的最大利益,也才能最终保护统治者自己不受权力玩弄。最能保护汤沐海的主体位置的,只能是全体团员的艺术判断、反对能力和全国交响乐听众的集体意愿。这似乎是一个悖论:为了保护艺术总监和指挥的权力基础,你得首先真正赋予每个乐团成员真正的自治,能够反抗从指挥到文化管理者的权力。汤沐海事件是民主机制给我们上的又一课?

国交的接连的风雨飘摇和汤沐海的出走还使我们看到我们的高雅艺术体制已到了多么阻碍艺术生产力的地步。这事件不禁要让我们相信,这个体制里,高雅艺术团体早流落成典型的国企单位。由权力交易者霸占艺术单位的结果,就会出现像中国艺术研究院那样主要领导邓福星居然能贪污几百万这样的事情——他能使每一个想在国家级刊物发表作品的艺术家交几万"版面费"让他贪污,这事发生在艺术领域就令人发指了。在权力可以渗透到日常生活的每一个意念中的环境里谈艺术我们是在发癫了;一个最优秀的乐手如果领导不感冒,有可能一辈子吃不了兜着走;我比你官大,所以艺术上该怎样你得听我的。中国的艺术家们要不是像汤沐海那样有一个欧洲可投奔,不知多少个他们会走投无路。我们高雅艺术体制实在已走入绝路。

所谓体制也就是一个社会子系统对参与者的角色和利益的预先定义和安排,而这种安排是在长期的、真实的实践中积累排定,转而又强加到我们的实践之上的。艺术体制就是我们经多年经验而默认的那些艺术管理的惯例,主要涉及主体位置安排和利益分配规则。体制不是一种摆设,不是对权力和利益的赤裸争夺的粉饰。汤沐海不光是汤沐海,他的总监的位置的定位与生效,其权力的行使,能使乐队里的艺术家们的主体都有一个合理的安放位置,获得艺术家在艺术分工内的合法保护,这才能鼓励他们公平、合理地竞争,实现组织内权力的再分配、效率的最大化。这个主体位置一设定,就算汤不是一个好人或只是中才,他也能起到这种定义作用了,既然已上到他这个位置。哪怕在政治体制中也如此,只有保证总理有总理的权力,国家主席有国家主席的权力,老百姓才能有老百姓的权利。在政治专制的情形下,不光是老百姓活得没尊严,连国家主席都活不到尊严的。从这一意义上说,如果国交的音乐总监多少年都坐不住、坐不好位置,我们就有理由怀疑我们是否根本就没有一种维护契约式民主共识所保证的权利的能力,也许我们这个民族根本就不可能养成民主的政治体制? 这是一种严峻的考验。

身为总监的指挥是这样一个位置,他像政教合一的国家内的大主教那样,首先是一种团体的精神象征,选定他本身就表明了他的品格和才干的代表性。而人是这样一种东西,当被寄托了这种重任时,他真的会将这种仪式性的权力当作一种加于他头上的严肃责任的。这种使命感使富特文格勒能感召二战时柏林爱乐团员不去入国社党,连入冲锋队的比例也不到 10%。这种天命的征召感就会使一个人做出一种要不然凭他个人做不出来的气节。换句话说,对他的任命远不是一种职务的任命,而是一种加冕,除非我们发现了过去没有发现的汤沐海的不可告人的丑行,否则我们褫夺他的权力就无异于自打耳光了。汤沐海的权力基础的被蛀空,他的对于我们像国宝一样的才能的被玩弄,对你我意味着什么,对我们伟大的祖国意味着什么?

有成就的身兼指挥的音乐总监在德文里有一个吓人的称号叫 Staatsintendant,意为总的艺术督导或总管。照字面意思,他/她不光是乐团的,也是一个城市、一个州、一个国家的音乐艺术方面的象征性权力实体,相当于全国的音乐主教——我们喊惯了足球教练的下课,可千万不能小看了国家音乐总监对于我们的文化生活的象征意义。德国文化部部长瑙曼去年曾提议将柏林爱乐提升为德意志国家乐团——反正它实际上早就是——团长自然荣升为国家音乐总管,柏林吓得以为戈培尔从墓里醒过来了,总监阿巴多以辞职为威胁,本来吵着架的市议会这时都一致对外了,这事以后就没人敢提了。①过去还常有人笑话柏林人:你们的音乐那么金贵,可你们的音乐总监有谁是柏林出身的(只有上任不久的德意志歌剧院总监梯尔曼是德国人)。但柏林人现在反击了:谁有我们的世界情怀,将柏林爱乐和德意志交响乐团巴巴地请两个英国佬来玩?谁有我们对艺术的忠诚和自信!

当代文化政客们永远是没时间弄艺术而嘴上硬说爱好艺术的人物,艺术管理也是一种需要制约的权力。一年多以后才当政的柏林爱乐的未来总监拉特尔已派经纪人和个人代理常驻柏林;通过手机与官僚和政客交涉,俨然想把柏林爱乐当作了柏林目前的政治漩涡里的艺术梵蒂冈,未到任已几次以辞职为威胁,去捍卫乐团和自己的权利。②在他这个崇高的位置背后,是一个有黑金丑闻的市政府、一个同性恋看守市长、一个艺校校长出身的女权主义绿党活跃分子的文化部部长。一个艺术家要与这么多势力周旋,所以得柏林爱乐出钱给他请助手和私人代理。国交要是一开始就给我们的汤沐海请这么一两个助手和私人代理,他可能就不会被弄得这么心力交瘁了。

如柏林爱乐一样,如果总监兼任指挥,"法人代表"是插不进去的。这只能是一幅漫画:一个权力欲很强的人在跟乐队指挥和总监夺权力。他争去了这个权力干什么用?答曰:捏在自己手心美滋滋。外行都知道,指挥的权力不同于经理和总理的权力,在乐队这样一种分工清晰的组织里,他的权力域反而是被限定得最严格的,想做好指挥,想留名或不朽,就得使自己的心灵和肉体成为一种导体,成为儿童手里的印泥。一个负全责的领导兼艺术家所以自然会成为天主教神父一样的角色,既是训斥的权威声音,又是被告解的诉

---

① 《纽约客》,2001 年 8 月 20 日,第 138—45 页
② 《泰晤士报》7 月 2 日报道

求对象,而一切的灵验都要以他自己在世上的修炼境界与牺牲程度为前提。他必须像瓦格纳所说,使乐队"成为共同情感(乐队的,也是全体观众,甚至也是全体民众的)的无限的普遍的基础,某个特定的艺术家的个人的情感这时才能以最大的丰满程度开放出来"。[①]指挥或总监的权力运用最终都是针对着自己,观众的掌声是对他的最后审判。你无法想像他或她怎么可以为了搞派系斗争(如果一个乐队之长还需搞派系斗争这只能证明这个组织的黑暗!)和任人唯亲而去用在他眼里不合格的演奏员,或去安排无限超支的演出季,他要是真的这样做了,最终需付出代价的是谁? 好,我们就说这个指挥幼稚,不懂世故,让从没有交响乐演出经验的法人代表来确定谁是好指挥谁是不好的指挥,谁担保他就一定不会任人唯亲或别的猫腻了?

中国当代艺术的处境就是:作品或演出的水平和价值是小圈子里说了算,艺术家的社会地位可以决定他们的艺术水平。当代艺术要在商业环境下自创体制生存,必须先有一种市场社会内必需的契约和自治的保护机制(虽然这已受到西方艺术家的非难,但我们是还没有这种机制,得努力去养成,再去批评它,改进它),有一种合理的评价和评论机制。当前还没有这样的机制,相比之下,以市场反应和商业成功来衡量艺术家的水平,倒反而比那种黑箱操作更健康了,这实在是让人泄气、但是必须尊重的现实。反映在汤沐海事件上,就是国交的出路必须交由汤沐海这样的有实力的人物手里,艺术企业的一切经营行为必须以他的艺术实践为中心,无论以什么代价,哪怕出了某些问题,尤其在事关我国的交响乐水平这样的大前提下。

我们完全可以假设汤和俞都是好人,事情仍有两个为我们的未来开创先例的解决途径:请公正地组成的艺术委员会裁决,或仿效柏林爱乐,请全体团员投票表决。我们总不应最后又闹到爱好艺术的中央领导在百忙之中来干预才解决问题的地步。为此,我们要拉出那个在汤和俞两人背后的管不好、越管越乱但还要来指手画脚的"婆婆"——那个轮得着我们来数落,但仍非得靠我们自己来整治的那个机制——趁现在这个机会作一些实质性的改革。

比如,目前既然还是财政拨款为主,那么国交的股东应该是我们这些从未被认真对待

---

① 《未来的艺术作品》,见《散文和诗》,1887年,第157页

过的全体人民,他们的声音是最重的一票。那个可以将权力玩弄于股掌间的"法人代表"的行为,又一次证明我们的法治哪怕在艺术领域也是多么地需要跟进。明明是权力争夺,是越位,却要摆出是在维护法律定义那么的正当性。人民会告诉他你是我们雇来打工的。文化部拨了款,但也不是最大股东,管理方针也得等待民主的裁决。

高雅艺术之供养和体制出路

正如中国当代文学由于最热心的当代读者更多地去读翻译和外国作品,而绕开了中国当代文学不景气了一样,我们现在再热诚的听众也由于录音的方便而多少绕开了中国的音乐演出,交响乐演出市场局限仍很明显。所以,在一个时期内,国交只能依靠拨款——这也没有什么。据笔者了解,著名大乐团到目前为止也只有柏林爱乐是挣得出自己的成本和发展费用的,2000年光从版权收入里就积余一亿多马克。但就连它也仍在跟柏林市政府要钱,因为它有危机感,理由也很堂皇:我给柏林争来文化地位,这是该拿的报酬。谁拨款? 巴伐利亚州立歌剧院2001年的拨款是8000万马克。柏林为了其东西合并已欠债600亿马克,所有的银行家都被换过了,三大费钱的歌剧院的指挥却仍坐得稳稳的。前些日子刚刚还搞过同市同季上演三个版本的《伊莱克特拉》、《魔笛》和《费加罗》,就是为了给观众一个版本的比较![1]国交拿文化部拨款也是名正言顺,拨了款也只是它替人民支持这样一个为我们做文化的组织,它不是拿钱来涮人的大款。

也有一个折中的办法,成立一个像董事会那样的艺术管理委员会,来民主地监管国交的人事、重大政策调整,监督其经营状况,其财政支持可以放手给以全国彩票管理委员会和国家证券管理委员会或大公司为主的各资助者团体(当然它仍然有权向文化部要它分内的拨款)。这是目前能设想的最彻底的市场化改革,也是市场社会里高雅艺术团体最常见的体制出路。

社会学家卢曼认为,艺术与供养它的社会生产力之间的发展比例,是社会主系统自我参照过程中通过广泛的信息交往后所作出的选择。社会愿意拿出多少资源来达到怎样的

---

[1] 《明镜》周刊,7月30日,139—49页

艺术水准,根本上是社会各子系统对作为社会环境的文化的反应后作出的选择。① 原则上说,即使不作人为的干预,或者说只要不作人为的干预,社会通过自我参照能了解到需要腾出一个多大的空间,投入多少的财力和人力,来达到一种什么样的艺术水准。艺术史上某一时代的艺术高于另一时代这种说法,是不确当的;实际上,长距离看,每一时代都尽着自己的努力去撑它那个上层建筑的门面。从一种历史决定论的眼光看去,每一时代的前锋艺术都将自己发展到了极致,其水平是一种综合的选择结果,与投入多少关系没有像我们想像那么大,发达国家的艺术偏斜政策是其福利政策的一部分。

如果我们在一百年里让高雅艺术自生自灭,一定仍会有生命力很大的艺术从中脱颖而出,它实在不是依赖于一时一地的政策的。在商业社会里资助高雅艺术,是因为我们不能或不愿付出高雅艺术暂时落花流水这种短期后果。皇室、贵族、国家和如今的风险基金全球玩家们为什么格外需要高雅艺术?他们的需要不是一种社会需要?某个私人赞助者可能在附庸风雅,但正是社会整体的反应使他有了对艺术的不自觉的偏爱。一种为全社会欢呼,成为时代精神核心的艺术理想,在我们时代已被黑格判定为"早已过去的事",那已是我们对希腊艺术的怀想了。

事情永远是社会肯不肯出这么大的资源来养艺术的问题。社会本身能从各种信息里了解到,将多少资源投入到不能由市场保证回收、其使用和交换价值暂无法被确认的艺术行为中去,是合理的比例,虽然作决定的是议会、文化部或基金会。高雅艺术正是这样受制于社会整体的态度和由社会系统对它作出的各种反应的选择。只要有那么个结构在,就不怕没有高雅或先锋的艺术出现,但这个结构里的体制,却是需要我们好好操持的。

我们供养高雅艺术的结果,就是在一定程度上把它放进、变成博物馆。一种将什么高雅艺术都供养得很好的世界,自身就成为一个博物馆,所以一定的筛选是必然存在的,无论是自觉的还是被迫的。社会对高雅、昂贵艺术的筛选有两个途径:一是使它成为大众流行艺术,二是使它成为完整地保存的博物馆里的记忆。交响乐这种资本主义上升时期的产物,在今天的艺术市场里实际上也几乎成为一种保护物种,一百多人的乐队这种生产成本实在不是一种竞争优势(在劳动力成本最高的德国,光一年的工资就得这 2000 万马克)。

---

① 《生态交往》英文版,第 115—200 页

如果不是过去一百年里录音和无线电的发展使它能用版权费来贴补的话，它在今天的市场里会更脆弱。要在中国这样从来没有一个成熟的交响乐市场的地方创世界一流，难度自然是很大的。

中国的交响乐事业从历史上讲是一种移植，对于中国大众，它是一种文化空降，一块艺术飞地。西方思想话语和西方艺术形式的引进使中国 20 世纪的文学和思想遭遇那么大的困境，消化它然后抵抗它的过程那么的艰难，在今天都滞留着那么多后遗症，这使我们看到交响乐在中国的落地生根也不可能像看上去的那么容易。

社会对一切高雅艺术都长期地艰苦供养，装门面，是不现实的。中国没有一个世界一流的国交也没事，人口接近的印度和巴西就没有。交响乐也不是我们文化的遗产，没有一种直接的继承责任。为了普及而以教化的态度去培养未来的观众不可取。作为高雅艺术的一种，我们就把交响乐纳入体制，让它在市场里公平自在地沉浮，这反而可能是一种更好的态度。

十二个女孩与东西方不败

颜 峻

新国粹：新经济！新音乐？

"女子十二乐坊"的英文名字是 Twelve Girls Band,也有国外媒体称之为 Twelve Girls' Yuefang Ensemble 的。目前她们是中国向世界(主要是日本)娱乐经济输出的最成功项目。2003 年的第一轮版权秋收中,就为投资方斩获 9 位数日圆,这个项目的发明者王晓京更向媒体宣布,下一个目标,将是西方娱乐产业的金牌、全球化马太效应的跳板——格莱美奖。在经过电影学院表演系老师培训之后,12 位女性演奏者的表情得到了改善,她们被更频繁地派往机场,去迎接更多热烈的、发自内心的掌声,而在日本的唱片销量,也在 2004 年初超过了 200 万张。这个良好的开端,大致和中国民营企业家加快进军欧洲市场同步,并且不会被反倾销政策比如 301 法案阻击。

众所周知,中国经济保持快速增长已经是过时的说法,政治上正确的说法是,较快、稳定地增长。在本土孱弱而出口基本空白的娱乐业,"女子十二乐坊"不但增长,而且是以超新星的速度增长,那么从经济的角度来看,这种娱乐制造和娱乐原材料供应,是否也有虚火上升、增长过热的阴影？增长的是经济,还是文化,或者只是运气？至今仍在海外热销的电影《英雄》和美女作家,可否成为中国人面子和实绩的榜样？

紧随 12 个女孩的,还有一个"全女孩乐队"(all-girl group)正在被秘密加工。设计师是曾经在 1970 年代开发了"性手枪"乐队的经纪人马尔科姆·麦克拉伦,这个名字和朋克运动一起留在了摇滚乐历史中,但人们没有注意到的是,他首先是一位时装设计师和娱乐界的发明家。2003 年 11 月,这位大腕对《连线》杂志说:"我去了中国,和北京的全女孩乐队'野草莓'开发一种后卡拉 OK 之声。我(为她们)打造音乐的外观。这是一种创新的时尚,特帅！"

"野草莓"是否会在原有的时尚摇滚乐里嫁接唢呐或旗袍,我们尚不得而知。但无疑,来自中国的女孩乐队,这本身就是一个经济增长点——属于"另类经济"的范畴。早于木子美几年登上《新闻周刊》封面的中国女孩,正是当时还没有多少音乐成就的女子朋克乐队"挂在盒子上",而今西方音乐市场劲吹女孩风,而新一轮的文化殖民运动又正当其时,连姚明都可以作为种族万国旗的代表而走红,从音乐落后的中国出发,倒也成了一项优势。上星期,一位为大型音乐节选拔乐队的英国女士来到北京,她也传递了一些真实的想法:作为商业行为,老板需要的是有中国色彩的优秀乐队,像"脑浊"那样的(尽管优秀)美式音乐,除非是包装成马戏团——看啊,中国人也会玩摇滚!

原料出口国的转型

事实上中国人会不会玩西方人的音乐,并不是首要的问题,中国人有什么原料可以用来加工,使之进入国际市场的流通,才是关键。摇滚乐和古典音乐一样,已经被完成了,非西方人来得太迟,因此除了符合基本的、西方中心的标准,还必须提供花样,使该标准变得更完备、更具兼容性。至于一厢情愿的"中国的世纪",或者说西方之外的新标准,恐怕不是眼下值得期待的。因此对商人和官员而言,问题也不是如何去宏扬民族文化、建设自我的体系,而是在仍然被垄断的文化一经济语汇中,除了性别和马褂(还记得1996年出现在维也纳、1997年出现在纽约的中国音乐远征军吗?那些模仿着圆舞曲和交响音诗的可怜的二胡……),还有什么可以被编码、复制,然后又镀金、返销?

单纯的原材料出口是有的,正如"敦煌在中国,敦煌学在日本"。中国民间、民族音乐的发掘,也以西方的人类学、文化学机构和唱片公司最为操劳;单纯的返销,也就是少量出口、主要内销的策略,也很成功。在任何出国演出过的乐队、音乐家的报道中,无论官派记者,还是公司企宣,都少不了写上"轰动"、"倾倒"、"盛赞"这几个词。加工后出口,或者出口后加工,在10年前兴盛的世界音乐热潮中就已经开始,著名的西方中心主义流行世界音乐厂牌"真实世界",就曾经发行过央金卓玛、刘索拉等海外中国音乐家的作品;香港的"雨果"、台湾的"风潮",都作为《阿姐鼓》的脚注,持续地开发着以古中国意境为原料的新世纪音乐;甚至流行歌手李娜,也在1997年被学院派作曲家黄荟请来演唱声乐套曲《苏武牧羊》。随着西方世界音乐潮流的转移,和国内学院派的撤退,这一轮闯关算是无功而返。

随着谭盾成功商业化(从《卧虎藏龙》配乐到《水的受难曲》,盖莫能外),走高端路线的学院派也加快了融合的步伐。瞿小松在《秋问》里加上多媒体,2003年的郭文景则从现代派那里退了回来,试图以《狂人日记》等作品打通商业性(音乐的煽动力、感染力)、西方标准(歌剧和现代派传统)和中国特色(音乐语言)之间的关节,如果他能成功,那倒是既出口又内销还可以出口再转内销的好事。但国际市场似乎有一个谭盾就够了。走更通俗路线的何训田,一年多前的"新"作《波罗蜜多》,干脆就没有在大陆发行,更没了当年《阿姐鼓》全球同步发行的盛大场面。接轨着大众商业的何教授尚且如此,何况要接受小众商业、政府、学院和基金会各方检视的郭教授?

东西方不败

"女子十二乐坊"一枝独秀,多少唤醒了 10 年前唐小兵从电影《东方不败之风云再起》中选出来的文化符号——东西方不败。那个故事说的是,在逐渐培养起来的自卑文化背景下,霍元甲、黄飞鸿式的保守派已经不够用,加上性别/身份/权力的变更和冲突,统领东西方力量的狂人于是出现,武术玄学、性别政治、族群梦想被熔为一炉,最后在坚船利炮、盖世神功和道德伦理的大对决中灰飞烟灭……音乐不承载过多梦想,但作为大众娱乐,它至少折射着社会心理。蔡国强在 APEC 会议上燃放的巨龙,和日本街头液晶电视里的"女子十二乐坊",以及央视新闻里赞美"中国年"的法国青年,都经过想像的扭曲,塑成了大众心中的奇迹——是的,"女子十二乐坊"的唱片,也以《奇迹》、《辉煌》来命名——如果论功行赏,负责编曲的制作人梁剑峰恐怕要占去半数功劳,而策划者、经纪人王晓京大约可以取走另外一半,负责演奏和亮相的 12 个女孩,充其量也就是切蛋糕掉下来的零头;但作为梦想的承载体,这些被中国式音乐教育加工出来的演奏员,现在又被市场继续加工成神话。东西方不败并不是哪一个人或一个乐队的梦想,在经济和心理的市场,他/她是被整个族群塑造出来的新型弗兰肯斯坦——或曰,虚拟偶像。

青春神话、男性目光、国际化、传统符号、消费功能,所有我们需要的都有了,再加上和经济增长、市场潜力以及古代传说配套的西方殖民订单,所有别人需要的也齐了。一个策划人、一个制作人、一笔及时的投资、一股温暖的中国风,再加上 12 个女孩,要比所有的超高层建筑都更像是发展中国家的形象大使。尽管明知道商业音乐的苍白,也清楚面子工程的虚荣,但乐观的人总在说,唯有如此,才能被世界所关注、认可,从而全球化,从而分一杯羹。资本只认利润,而资本是唯一的神。

5 年前兴起的"新民乐"和国产世界音乐,经过学院和民间各自的努力,当然也经过国际目光及其代理目光的审视，终于在消亡之前搭上了"东西方号"快车。曾经野心勃勃的古筝演奏家、电子乐艺人、即兴音乐家王勇，现在是晚会式民族现代大杂耍的领班；早在1993年就创作出新世纪流行乐《天堂之花》的另类歌手宝罗和制作人苏放，几年前加入了新古典世界音乐的行列，以"中国的某某乐队"而倍受注目；曾经以《缠》、《中国拼贴》等作品进入国际前卫音乐领域的刘索拉，也回国赶上了这趟浑水；曾经以硬摇滚为理想的艾斯卡尔、艾尼瓦尔等一批新疆乐手，现在推出的最畅销产品是简化的"新疆弗拉门戈"……

值得注意的倒不是他们的音乐是否还有内容，或者形式是否成立，而是将他们呼唤出来的声音——外国基金、驻京外国人、国际演出代理机构、年轻的媒体人、购买品位的白领、时尚界娱乐界文艺界人士，以及，手摇小拨浪鼓为国货精品（王勇）助威的小康群众。无论是新派人物，还是同样为申奥成功而欢呼的群众，大家都希望看到新的世界图景，也就是分享、融合、多元，强者希望吞食，弱者渴望出席，平等论者期望着交流，没有人在乎多元化的背后，是不是只有一个规则。

千万个上帝站起来

从世界范围来看，西方流行乐中的东方主义倾向，原本是自古有之，根源上是古典乐的兼收并蓄，流变中却成为商业音乐的胜者通吃。总之作为中心，就有权制订规则，采风、掠夺、向白人市场兜售；但中心的威力远不止此，它要让边缘也接受它的规则，甚至进一步传播和完善此一规则。举个例子，我在新疆旅行，和风景区的营业歌舞团住在一起，当中央领导前来视察、与民同乐的时候，一台民族歌舞晚会被用来迎接贵宾。游牧者的后代，用央视演播厅里的神情和姿态，表演着被打磨、削减、扭曲、驯化后彻底净化了的歌舞，向上汇报着规范化的成功，向下炫耀着高于本土文化的官方美学。而这个场域内的中心，又以歌舞中的芭蕾或"国标"、西方和声、现代化音色，和更高级别的中心构成了上下级关系。

用声音艺术家、音乐史学家姚大钧的话说，症结所在，是"自殖主义"和"自东主义"。我并不怀疑音乐家的真诚，在资讯匮乏、交流艰难、产品禁运的情况下，年轻的中国音乐家不但没有"影响的焦虑"，反倒常常是歪打正着、重新发明（reinvent），但同时也会更轻易地掉进嫁接的陷阱。经过3个月艰苦劳作，为摇滚乐拼贴上电子节拍，或者经过3个月艰苦劳作，让二胡和MAX/MSP软件一起演奏，两种情况都不乏成功的可能。但通常，只是同样幼稚的喜悦——不加思索的发明，实际上无非是电脑崇拜、电子舞曲崇拜、新音乐语言崇拜、草原歌声崇拜、京剧采样崇拜，在短时间内让本土 DNA 进化成普适性语法，从而满足个人的创造冲动，和百年来追求进步的集体想像。用诗人廖伟棠的一幅画作来命名，这只能是"简易升仙图"。西方人还没有猎奇，中国人就已经为自己打扮出了"中国特色"；听众还没有被中心化，音乐家就已经把"筝"统一成了"Chinese harp"。即使是以左派自居，视新音乐为洪水猛兽的"人民音乐家"，也难免以西方标准来歪曲本土音乐。比如在张广天看来，"样板戏改革以前，几乎所有的弦乐器都是用腊肠作弦的，耐用性差，音准也不好"。

表面上的多元，促进了中心话语的活力，各种建立在它的语言结构上的变数，不过是以多元为幌子的深层霸权。上帝的确是死了，但是成千上万的上帝、各民族各文化的上帝、代理上帝和自动生成的上帝却站了起来，它仍然是唯一的神。

世界公民，中国境界

近年来，在流行乐模式中融入民族旋律和乐器的"世界音乐"，已经明显衰落，取而代之的，是融合更加紧密的世界融合音乐，和穿插了民族风情的 4/4 拍电子乐。厌倦了流行乐陈词滥调的西方音乐家，寻找新市场的娱乐专家，是主要的推动者。而年轻的，尤其是移民的非洲、拉美、印巴音乐家更是功不可没，他们的前几代人，曾经是为西方流行乐提供素材和影响、使之丰富强盛的幕后英雄，Reggae 和 Dub、斯卡、加勒比说唱、古巴和拉丁爵士、印度古典音乐、巴基斯坦宗教音乐、非洲部落和声和节奏……没有这些，就很难想像西方流行乐能不僵死。

一方面，商业因素依然是潮流变化的主要动力。电子乐的兴盛，跳舞文化的普及，使得埃及的娜塔查·阿特拉斯这类混血美女成为市场标兵，就连俄罗斯图瓦共和国的女性喉音演唱者珊蔻，也因为从人声实验转向电子流行，才获得广泛的声誉。至于法国的"菩萨吧"系列唱片，则正在全中国的新派酒吧中流传，这种空洞、舒适、混合了民族歌声和爵士元素的"沙发音乐"，俨然是全球小资的国歌。阿特拉斯从前所属的乐队"环球地下"，作为"世界节拍"音乐的代表，正在用 4/4 拍舞曲和民族音乐元素来实现世界大同的嬉皮理想——"世界节拍"的系列唱片 Funkadelica，就是用黑人英语拼写的朋克音乐和 1960 年代迷幻摇滚的合成词。

毫无疑问，商业已经造就了新的世界公民，无论在巴黎、西安还是加德满都，他们的根是一样的。但另一方面，出于对现有音乐语法的破坏，和实验、前卫音乐的普及，人们在

"打不过就加入"之外，又多了新的选择。像著名的独立电子乐艺人 Prefuse73（又名 Savath & Savalas）所创建的"东方发展"唱片公司，就在希腊音乐、爵士、电子的融合上开发出不少新的独立流行乐。伦敦独立厂牌"树叶"旗下的日本艺人"Asa Chang 与巡礼"，使用了电子、实验和各种民族音乐元素，但不在任何既成的音乐体系里，既不西方，也不"东方"。这种做法，和纽约的乐评人、电子乐艺人 DJ Spooky 的后现代理论倒是异曲同工，也就是以碎片的方式看待音乐元素，以全球眼光处理信息，最终落实在具体的新生模版中。

在中国，"爻释·子曰"、"二手玫瑰"、"野孩子"、"IZ"等乐队在"民俗摇滚"和新民谣方面取得的成绩，也鼓舞着更多的年轻乐队。但并不是所有乐手都具备良好的技术，和融会贯通的能力；即使这些分享着出国演出配额的乐队，真正珍贵的地方也是渗透在声音之间的本土气质，而音乐上的突破仍然有限。由一个中国人和一个在中国居住了 18 年的美国人组建的 fm3 乐队，正在以电子乐方式，实验性地处理中国氛围、意境和传统哲学，这多少也得益于他们的起点——由西向东传播、靠拢的"氛围音乐"。经常和 fm3 合作的窦唯，也正在爵士乐和其他音乐形式里寻找着中国式的意境，这位低调的乐手，代表着和民俗、民间倾向对应的文人传统和小众品位。在学院派新音乐只看得见文化符号的情况下，这些凭直觉创作的音乐家，可能会更接近中国一点。

······

对音乐家来说，是否需要加入世界图景，或者创造出融合、嫁接的新语法，这本身未必是一个问题。但从整体来看，音乐所依存着的当代世界、当下生活，并不是西方/本土、新派/传统、后现代/发展中这么简单的对立。十多年来，中国人在树立目标、加速进化的同时，也在诞生着新的、无法用二元论来解释的物种，资讯和沟通的壁垒正在瓦解，想不成为世界的一部分也不可能了。事实上，除非与世隔绝的乐手用传统乐器演奏传统曲目，我们已经无时无刻不被其他的文化所渗透，像经过音乐学院教授加工的"纳西今乐"，也迟早落得只有民粹派光顾的下场。

除去集体荣誉、外汇和个人野心，我想，中国人还有更多理由说自己是中国人。

中国乐坛的电工时代

张晓舟

> 不是说港台的制作水准有多高,但至少人家的录音师不是电工,他们有更多的技术专家。

——张晓舟

似乎有点不可思议,天上掉下来一个"亚洲录音艺术与科学(广州)文化节"(2004 年 10 月),而且是广州市政府联合中华民族文化促进会和中国录音师协会主办的,是动真格的政府行为,这是第一届,今后年年搞。

国内音乐产业似乎看到一点指望了,对此,软、硬件制造商们肯定也跃跃欲试。我不知道中国录音师协会有多少个会员,也不知道中国音乐院校的录音专业是什么水平,我只知道在国内高水平的录音师比拉登还难找。中国乐坛一向盛产"毁人不倦"的制作人和录音师。就不奢谈音乐观念和音乐素养了,光说技术 ABC,这个行当里很多人还都在幼儿园里。

最近观摩了一个颁奖晚会,那显然是国内最公正最讲求音乐性的评奖了,并且还设了一个录音大奖。然而这台晚会的音响制作恰恰完全暴露了中国乐坛的低劣水平。音响功率不够这也罢了,但有的音箱忘了打开实在难以解释。最说明问题的是:该台晚会上只要是乐队上台的,调音就乱作一团。有个吉他手在台上像喊救命一样冲着调音台张牙舞爪了五六次,但他的吉他声还是被活活闷死。一支流行电子乐队上台时,漂亮的女司仪只说了一句"下面请欣赏他们的精彩表演",结果观众只好欣赏台上乐队忙乱的准备,个别不明事理的观众开始嘘——他们和可怜的司仪一样,都不知道乐队总得有几分钟调试时间,尤其是一支设备比较多的乐队! 显然,调音师和司仪都见惯了从头到尾放伴奏带乃至假唱的晚会,真上来几支现场摇滚、电子乐队——这也算是该颁奖礼的一个突破——他们就全傻了。然而让调音的家伙(他有资格被称作"调音师"吗?)找到吉他轨,比没完没了地关起门来颁奖重要!一个假唱成风的乐坛一年居然有好几十个评奖实在是天下奇闻,建议有识者增设"最佳假唱奖"和"最佳伴奏带奖"。

前些天在银川机场和崔健说起这些笑话,他告诉我一个更绝的。老崔说有一次去某电视台,他问调音师"你这是立体声还是单声道",没想到如此小儿科的问题就问倒了对方,"我不知道啊!"崔健为此质疑:"我们要演出得有演出证,那么录音师、调音师是否也得有上岗证?"前阵子崔健在北京组织了盛大的"真唱运动"两周年音乐会,因为没有演出许可证惹了一点麻烦,然而真唱要证,假唱是否也得配个证呢?

崔健是这样评价不分立体声单声道的录音师的:"全他妈是电工!"记得王磊以前也说过这样的话——"内地的录音师都是电工。"

内地的音乐产业这么多年来都没有建立起一个良性的分工系统,只知道把金钱和精力花在炒作和颁奖上,而内地比港台在录制水准上又差了一截,只知道学人家炒作而不是制作。不是说港台的制作水准有多高,但至少人家的录音师不是电工,他们有更多的技术专家。前几天 Chanel V 在上海金山海滩搞的音乐节音响工程就交给香港人来搞。据泵乐队的小刀回来介绍:"非常 NB,全是香港的洋人,最棒的是调音。"贺兰山摇滚音乐节尽管内容很成问题,但黄燎原值得称道的一点是保证了一流的音响、舞台、灯光制作水准。这是一个良好的起点。

中国摇滚也一直在制作泥潭中恶性循环,前几年简直到了录一个死一个的地步。普涞厂牌由此树起"国际化大制作"大旗,然而在糟蹋了舌头乐队的第二张专辑后这厂牌就无影无踪了,舌头这张专辑让我一直难过到现在。如果不出意外,年底会有几张录制水准良好的唱片出来,比如废墟乐队的首张专辑和左小祖咒的第四张专辑,多少为中国摇滚确立了一个新的录制标准,就算是劫后余生吧。但废墟是因为朋友关系才有条件在棚里泡了大半年,左小祖咒也是有资金撑腰。没钱也是要命的。但更可怕的是没脑,没耳朵。

最后让我再讲两个笑话吧。

两年前参加了广州某"摇滚厂牌"的开张仪式兼演出。这是一场没有吉他音箱把吉他手活活憋死的摇滚演出!主办者都不知道花点钱去租个音箱,却知道要给记者派发红包。

两年前昆明搞了一个轰轰烈烈长达一周的摇滚音乐节，然而没有宣传，观众少得可怜。最惊世骇俗的还是该音乐节的调音师，演出的时候他竟然在打牌！有一次听得忍无可忍，我多管闲事地跑过去找调音师，结果发现调音台空无一人，那哥们上厕所去了，而且似乎一直不愿从厕所归来。

　　这样的音乐会当然和厕所差不多。

小资产阶级生活的两张面孔

孙健敏

对一个最终得以在城市生活的知识青年来说，成为小资产阶级似乎是不可避免的。既然选择了城市，也就意味着选择了城市这种空间性的规训方式，也就意味着将不得不去过一种小资产阶级的生活。事实上，这种小资产阶级的生活也是一个城市最基础性的生活方式，城市空间里所有甜腻或者危险的叙事因子，都以这种生活方式为温床，开始自己的萌芽和生长，并不时地迸发出一些充满了戏剧感的都市奇谈，为现有的小资产阶级提供继续维持这种生活方式的致幻剂，并召唤形形色色正在成长中的知识青年加入到这个小资产阶级队伍中来。

小资产阶级是这样一些人，他们即使不拥有一张大学文凭，他们至少也拥有一些必要的知识，同时他们还学会了把这些知识转化为一些特殊的劳动技能，这些技能包括写作诗歌或者公文、搞行为艺术或者广告招贴、高声吟唱摇滚或者赞歌，当然还有诸如拔一颗无关痛痒的牙齿、制造一些稀奇古怪的机器、因为热爱爱因斯坦之类的疯子而让自己也陷入到疯狂的境地中，等等。对小资产阶级来说，他们所拥有的那些小资产不是有限的货币或者不动产，而是他们自己，那些特殊的劳动技能让他们自身成为了重要的生产资料，他们是生产资料和劳动力的混合体，他们的小资产并不外化于他们的身体之外，而是内化于他们的身体之内。

因为拥有了一些体力劳动之外的特殊技能，小资产阶级在城市的神话系统中被赋予了一种特殊地位，他们被认为只要循规蹈矩就能去拥有一种体面而甜腻的生活。在这种生活中，他们被许诺能够拥有现代生活的全部精华，女人可以有机会抹 SKⅡ 穿 CK 内裤，男人可以有机会吃鱼翅捞饭听帕瓦罗蒂唱歌，总之可以在种种精美而眼花缭乱的物流中伤春感怀玩玩情调搞搞恋爱直至谈婚论嫁。这是小资产阶级生活的第一张面孔，充满了庸俗而志得意满的幸福表情。当然,作为维持这张面孔的代价,一个小资产阶级必须在更多的时间里,让自己投入到物的生产和消费中,或者为这些物的生产和消费提供一种所谓精神性的润滑剂。

但是小资产阶级的生活中,同样也存在着另一张面孔。作为一些有特殊技能的人,在城市的神话系统中,这些不断被规训的人还被要求去成为一些与众不同的人一些脱离了低级趣味的人。他们一方面需要沉醉于物感的城市生活中,另一方面又需要显现他们是这种生活中有生命的主体,显然在第一张面孔里,他们是看不到这种希望的。因此反叛的神话便成为了小资产阶级需要不断追逐的另一种神话。事实上无论在过去还是现在,小资产阶级都是反叛神话最热烈的制造者和拥趸,就像他们可以一方面坦然地享用着资本主义生产关系为他们提供的一切便利,而另一方面却可以在小资产阶级的"后花园"里热爱切·格瓦拉或者鼓吹无产阶级革命,仿佛浑然不觉他们的另一张面孔。对小资产阶级来说,这张反叛的面孔不是一服清醒剂,而是一服麻醉药,使他们可以在自己的"后花园"里全然忘记自己的前一张面孔,使他在这短暂的麻醉中,得以从前一张面孔的重压和屈辱中解脱出来,从而天天以一种重获新生的方式,再次投入到前一张面孔的生活中。

作为天生的"反叛神话",摇滚自然也是小资产阶级"后花园"里通常会有的摆设品。因此在这一意义上,所有摇滚并不是属于音乐的,而是属于行为艺术的,歌唱和弹拨只不过是这种行为艺术的表现手段。一个摇滚歌手不仅要在歌词和音乐中表现得很有反叛性格,还需要让自己的装扮和生活也表现得很有反叛性格。建立一个摇滚神话的过程,实际也是一个建立乐手个人神话的过程,约翰·列侬、科特·柯本的故事都为这种美妙神话的建立过程做了生动的注脚。在这个叫做摇滚的范畴中歌与人至少成为了一对打包起来的关系物品,从而得以在酒吧、社交场等一些小资产阶级自以为隐秘的"后花园"里,供路过买醉的小资产阶级顶礼膜拜。在小资产阶级聚集的大城市中,摇滚有时候就像是一种巫术,那些狂暴的歌手和乐手是被小资产阶级选中的代祭品,小资产阶级在这些代祭品身上看到了某些自己的影子,然后他们用热烈的崇拜和追捧把这些代祭品悄悄地扔上一个反叛的祭坛,让他们孤零零地牺牲在那里,从而让他们自己也获得一种在反叛中把自己牺牲了的幻觉。摇滚在某种意义上,正是小资产阶级另一张面孔的象征之物。

作为一个小资产阶级出身的摇滚女青年,幸福大街乐队的吴虹飞显然已经隐隐感觉到了摇滚和小资产阶级之间这种双面性的张力关系。在回忆自己少年时代的一位密友时，她认为她和那个过上庸俗生活的幸福女人，是同一类型的人。只是女友在替她过一种庸俗的小资产阶级生活，而她则在替女友过另一种不可捉摸的另类生活。这两种生活其实是她们两个人都想要的，但因为不可兼得，所以只能各执一端，替对方实现彼此不能实现的另一面。事实上，在摇滚了多年以后，吴虹飞也并不掩饰自己对另一种生活的强烈渴望。这种矛盾的小资产阶级情绪在《一只想变成橘子的苹果》中得到了充分的表现，在这首充满戏谑气氛的歌曲里，吴虹飞用一种甜腻的小女生声音这样无厘头地唱道："一只想变成橘子的苹果\一只想变成橘子的苹果\她以为\这样可以变得丰满一些性感一些\这样可以到电脑公司上班\她以为\这样可以变得丰满一些性感一些\这样可以变得酸酸的不被别人吃掉她\这么笨的苹果\我从来没有见过\帅哥哥,帅哥哥\路上走着帅哥哥\你不让我变成橘子\迟早让你知道我的狠。"虽然歌曲是对伤春的小资女子的反讽，但橘子与苹果的隐喻，又何尝不是小资产阶级和摇滚之间张力关系的隐喻。

不过，不要以为小资产阶级生活中这两张截然不同的面孔是矛盾的、分裂的，事实上它们从来都是和谐的、统一的。在城市这个用生产和消费关系构建起来的大他者中，这两张面孔实际上都服务于同一个规训的目的，就是让小资产阶级成为生产和消费过程中特殊的劳动大军。让一个城市保持稳定的合法性基础正来自生产和消费过程的基本平衡，但是摩登的城市里并不真正存在过一种摩登的人际关系，形形色色的等级制并不因为先进生产力的出现而完全瓦解，还在以不同的面目出现在生产和分配的每个过程中。这种既不自由也不平等的关系不断累积的结果，就是生产和消费之间出现了一个可怕的缺口，如何维持生产和消费自我循环的圆环特征成为了城市这个大他者真正的内在危机。

因此，这些两张面孔的小资产阶级便应运而生。因为他们人数众多，同时又在生产和分配的等级序列中，占据了中间的档次，所以他们必须成为一个不仅要为生产负责也要为消费负责的群体。他们不仅需要把自己的生产行为变成生产价值的劳动，他们还需要让自己的消费行为成为提供负价值的劳动，他们需要把消费当作和生产同样神圣的使命来加以完成。各种各样让小资产阶级觉得自己体面的意识形态，都在无时无刻呼唤着这种消费的自觉。但是小资产阶级并不是人群的全部，他们的小资产获取的报酬或者以此作抵押从金融市场中换来的贷款和风险投资，并不足以使他们消费掉所有已经被生产出来的过剩物品。因此反叛的神话理所当然地承担起了消耗过剩生产能力的使命，各种各样反叛神话的生产和消费都构成了一种负价值的生产形式，它将损毁和抛弃当作了它核心的法则。英国的迈克·费瑟斯通曾通过对巴塔耶的一般经济原理的分析，对这种负价值的生产进行了深入的阐释："实际上，生产的目的就是毁灭，关键的问题就成了怎样去应付铺张、该死的耗费……这样，为有效地控制增长、管理剩余产品，唯一的解决办法是通过游戏、宗教、艺术、战争、死亡等形式去摧毁和浪费这些过剩产品。"小资产阶级的第二张面孔显然正是为这个目的而生的。摇滚乐手和正常的小资产阶级在这一层意义上是毫无区别的，都是城市这个大他者维持自身平衡的燃料和润滑油。

当然，小资产阶级生活的这两张面孔之间的默契是一种隐晦而私秘的默契。通常，即使一个频繁地在这两张面孔中变来变去的小资产阶级，也不会轻易承认自己同时拥有过这两张面孔。有时这是故作不知，有时则是一种心理性的暂时失忆——他带上第一张面孔时，便忘记了他的第二张面孔，他带上第二张面孔时，也会顺理成章地忘记前者。这让他分裂的双重人格，终于可以得到某种微妙的平衡。

而吴虹飞却在她的摇滚生活中不小心触破了这种微妙的平衡，虽然她自称她的《幸福大街》充满了肮脏的噪音，但是在那些肮脏的声嘶力竭中，充斥的却是小资产阶级通常的伤春感怀和爱之怅惘。最暴烈的摇滚成为了最温婉的小资产阶级情怀的载体，小资产阶级的两张面孔，因此被很突然地拉扯到了同一个平面上，再也无法遮蔽彼此的真实景象。小资产阶级的温情面孔因此遭到了无情的揶揄，摇滚或者小资产阶级的反叛面孔也因此遭到了无情的揶揄。虽然这可能只是吴虹飞的无意识反应，但却毫无疑问地道出了小资产阶级生活的真相。在这一意义上，吴虹飞歌声里的温情和轻佻，呈现出来的是一种真正的绝望。它在摇滚上的表面化倾向，触及了小资产阶级生活内部最脆弱的神经，如果这两张面孔同样虚假同样不可信任，如果小资产阶级引以自豪的生活情调和反叛神话都是幻觉，都是大他者赋予他们的特定角色，那么小资产阶级的出路何在？

可能这是如你如我这样命定的小资产阶级都不得不去思考的一个问题。也许选择哪张面孔并不重要，重要的是能否真正睁开面孔上的那双眼睛，去穿越意识形态的种种幻觉，在顺从和反叛的姿态之外，去"看见"正在我们身边发生的真实的历史，去"看见"人与人之间真实的斗争，去"看见"物的洪流下权力和等级的真实图景。对一个小资产阶级来说，"看见"永远都是一件十分迫切而且必要的事情。

狂飙感孕的一代，何以摆脱暗示不再苦行……

韩锺恩

就一般艺术而言，如果要以某种名义对一个时代进行定位的话，必然所系两端：一端在大众流行通俗艺术方面，主要通过量来展开，一种广度意义上的铺张；一端在先锋前卫实验艺术方面，主要通过质来推进，一种深度意义上的发掘。进而，对参与其中的当事人来说，最具有典型性的，或者足以标志成就的，当处在这两端的顶尖。另一方面，从文化历史进程方面看，断代的理由在于：社会依据和艺术原因，以及与此直接相关的感性直觉经验。由此可见，所谓新生代，也必须在这些方面有别于在他之前。

以20世纪60年代出生的新生代为个例，他们虽然诞生在一个动乱的年代，但似乎所具有的明显标记也仅仅只有早年的记忆和父辈的传述。由于他们进入社会的时间已经是冠以改革开放名义的新时期，因此，相对顺利的仕途和愈益宽松的业境，使他们没有过多的精神负担，相应的超出自我的使命也几乎付之不存。所以在某种意义上说，他们也可以说是精神松弛的一代。进一步观察，则问题的复杂性逐渐展开，尤其把它置放在一个更大的国际环境当中。

1960年代，40年过去了之后再度回首，不夸张地说，就像是一个毫无遮蔽的世界。也许，从某种意义而言，对西方文化世界，这是一个生机勃勃的年代，一个个标新立异的事态层出不穷；而对中国文化世界，则像梦魇一般不堪回首，在充满杀机的语境当中，一个个陈旧过时的物态被摧残凋谢。好在全球化并没有成为当年的时尚进行唯一的叙事，一切都只是在自己相对封闭的铁桶里旋转。但一个不自觉的单向交通却耐人寻味地建立了起来，尽管西方先锋文化的辐射力度一时还难以穿透中国的幕墙，而中国疯狂的远程能力却意外地越过自己的厚壁射向西方。于是，西方出现了类似红卫兵的激进分子，毛泽东政治语录居然也成了崇尚自由主义的西方前卫文化的一种信条。虽然，五月风暴的规模远比不上天安门广场的八个红色海洋，但它们所留下的文化印迹，至今仍然有所驱动，甚至在一定程度上以折返的方式回授给了中国故乡，一种缺乏传统依托又近似极端作为的文化狂飙。于是，我以"狂飙感孕"和"西方暗示"为这个诞生于60年代的新生代命题。

历史地看，20世纪中国音乐有两个发端和传统：一个是意识形态，以及由此逐渐成形的政治制度，并作为官方资源存在；一个是艺术形态，以及之所以成形的技术规范，并作为西方资源存在。20世纪初，西方音乐在其他社会原因的主导下，大规模大面积地闯入中国。其直接结果，中国古代音乐史截然中断，中国现代专业音乐成形，并与中国传统音乐形成隔离。中国古代音乐传而统之的混生且单一体裁逻辑从此终结，替而代之的是新音乐，也就是受西方音乐影响，以西方音乐方式进行创作、表演，并扩及接受、教育等方面的那种音乐，开始占据主导地位。与此共生的现象有：(1)文化当事人社会角色和文化身份的转变（从陶冶自我品性的古代文人传统，到干预社会现实的近现代知识分子传统，再到面对音响本身的当代职业音乐家传统）；(2)音乐意义的置换（从表现别的到表现自己）。1949年中华人民共和国成立，虽然这一政治事件本身对音乐的发展没有直接的驱动力，但是在整体上对以后的中国音乐文化建设来说，尤其在政乐关系方面，几乎是又一个具有纪元性质的标示，即在一个新的聚合点上形成一统的格局。因此也可以这样说，随着国家意识形态在位，制度文化便自然成形。于是，受到西方影响并处在现代专业音乐基本模态当中的中国新音乐，又在制度文化的基本底盘之上，通过官方途径以求自身存在空间的可能性开始有所增强。由此，在这种预设之下，必然导致历史愈益走向主流化，而政治和艺术的关系，自然也就成为丈量历史进程的主要标尺，音乐的功能性和实用性极度扩张，而其自身的结构意义则或多或少被掩盖，甚至吞没。

进入80年代改革开放的新时期之后，随着国家政治状态的日趋正常和个性文化的逐渐复原，原先一统乃至僵化凝固的局面开始松动。即使再有轴心和边缘的明确分界，至少也是基本上处在同一个平面之上，从而为真正意义上的音乐文化繁荣与兴盛奠定了基础。在此前提下，这一时期除了形成经典音乐、民间音乐、流行音乐、实验音乐、宗教音乐共存的基本格局外，最耀眼的一道风景就是被冠之以"新潮"的音乐现象。从音乐自身的角度看，新潮音乐与20世纪西方现代音乐一样，主要是在创作观念、写作技法和音响结构方式上发生了许多新的变化。但从历史的角度看，这次变化形成了继20世纪初西方音乐大规模大面积影响中国音乐之后的又一次极大的影响。不同的只是,世纪初的影响来自以古典主义、浪漫主义为主流的西方传统音乐,而 80 年代的影响主要来自西方的现代音乐,并且以极端的势头和力度进入。并且,20 世纪西方音乐所经历的方方面面,几乎在这一时期的中国音乐中都有一定程度的反映,包括:大小调功能体系的全面瓦解和寻找新的音响资源以极度扩张乐音的取域范围。进入 90 年代以后,随着新潮音乐主将们(大部分出生在50 年代)的先后出国,国内新音乐创作的主要出品人开始发生变化,即形成了由相对固定的青年群体一直到老中青三代共生并共同发展的格局。

原本期待的出生于 60 年代之后的新生代却并没有在这个时候及时出场。尽管随着时间的推移,他们的面世不可避免,但好像始终没有被冠以一个群体的名义。以其生态而言,他们无疑都来自学院,出身科班,应该说接受系统教育和训练的条件都要比以往好得多,再加上更加宽松的意识形态环境,与过去相比,几乎可以说是到了无拘无束的状态,甚至可能连同压力也被消解了。那么,他们的依托又在哪里?有人说,对于一个无视传统价值的人来说,极端也许就是一种依托,无论是极端的激进,还是极端的保守。在此,如果择取全球视界来观察的话,无疑,声音至上可以说是 20 世纪音乐现象中的一个不可回避的事实。1996 年,德国音乐家拉赫曼在德国音乐节上借用尼采(上帝死了)的语调说:音乐死了。那么,音乐死了之后将会是什么呢?事实做了回答:音乐死了之后无疑就是音响的诞生。由此可见,当 20 世纪音乐几乎以断裂为主导,不断形成各种罅隙,并一再还原的时候,一大批前卫艺术家和先锋音乐家,甚至音响工程师,便开始以实验的姿态频频出场。于是,音乐的意义自然而然地朝向了音响。在此情况下,一个从听到听的目的和一种注意耳朵的耳朵,就必然会成为声音至上的既定追求目标。

对此,中国音乐的新生代又将以什么样的姿态来应对这一局面,并采取相应的策略呢?简单说来以这样两种倾向为主:一种倾向主要是通过尽可能奇特的技术,把声音中尽可能多的形式显示出来;另一种倾向主要是通过尽可能新颖的理念,把声音中尽可能有的内容表示出来。

前一种倾向,基本上与 20 世纪西方音乐基本特征相吻合,并且主要体现在技法方面。大致有:调式调性的瓦解,多调性和无调性以及泛调性,十二音技法和严格的序列主义,自由序列主义和整体序列主义,多种非自然音阶的重新结构,不按照三度叠置而同时发声的和音,缺乏歌唱性和抒情性的旋律以及声部进行,建立在非功能关系上的和声与调性,改变对称和均衡关系的节奏,内部结构关系发生极大变化的曲式原则,建立在音响意义上的和借助于电子化的音色和织体,基于偶然性之上的机遇和选择,以相对固定音型为基点长时段重复变化的简约手法,以及在其他方面已有因素影响下的原创,等等。对经过学院科班式正规教育和训练出来的这一代人来说,处于技术层面上的问题一般不是太大,难以处理的倒是如何显示出自己的特点来。因为光从技术角度讲,它的西方化色彩比较浓重,而如果想在这中间融入一些带有本土风情的意味,弄不好还是老一套,中国的曲调加西方的织体。因此,要想真正比较自如地把两者粘合和焊接在一起,并且不留下太明显的痕迹,学习民间,甚至深入下去泡上一段时间,也许就可以在中国的东西里慢慢嚼出一些与现代技法相近的东西来。另外对西方现代技法的学习,也不能仅仅停留在表层皮毛上的形似,它同样也有独特的神态需要把握,而且是最最主要的。至于风格意义上的复原,诸如新巴洛克主义、新古典主义、新浪漫主义等,对中国新生代音乐家的影响,似乎没有太大的反响,因而也没有给出明显的回应。这里的原因,除了中西音乐文化之间的天然隔膜以外,有一个不容忽视的情况,就是在新生代的基础学习阶段,那些正宗的巴洛克、古典和浪漫风格的音乐作品及其写作技术,恰恰是被排拒的。于是,既然无本可溯,那么自然也就无新可立了。

后一种倾向,更多来自音乐家对各种事项包括对音乐自身的理解。但是,与上述倾向相比,这种倾向在新生代身上显然不甚多见。理由是:一方面这一代人的生活经历相对简单,甚至很单纯,尤其是对社会的认识一般都容易流于表面,或者仅仅是与自身利益密切相关的那一部分,更加深层的思考很少,甚至几乎没有。特别是对这些从事艺术创作的人来说,社会的存在意义似乎就是对个人利益的一种保障,即便是不越出这条边界,个人参与其中的力度也总是保持在尽可能的弱,甚至往往是吝啬的,更不用说一旦越出这条边界,就没有任何使命可言。另一方面或多或少与 20 世纪美学思潮更多强调艺术的自律性有关,与音响结构自组织无关的理念或者其他意向,一般很少真实而又真诚地出现。因为在他们看来,音乐就是通过音响运动发言,除此之外的其他话语要尽可能地少说,多余的话只能说是艺术家在作秀,因为音乐本身就是在说一种言语所不能表达的言语,如果反其道而行之,再用言语去说言语所不能表达的言语,不就意味着一种自我否定? 因此说了也只是白说，还不如不说。但这里也暴露出一些问题来，就是新生代在人文方面的欠缺，以及专业音乐院校在文史哲教学方面的薄弱。当然，这些都是其他方面的问题，也不是一两天能够解决的。

与这两种主要倾向都有所不同的，是一些创作比赛、作品征集以及委约写作的事项。与有感而发的创作完全不同，很显然，这一类创作的驱动力大多来自艺术以外，比如：在创作比赛中可能获得的荣誉和奖金，在作品征集中除了获得演出机会之外，不乏有主题和奖金的作用，在委约写作中酬金更是首当其冲。毫无疑问，在当今社会，这类事项的出现都是十分正常的，而且，多多少少也会对艺术创作及其展示表演活动有所促进。但是也不容回避，在这种名义和条件下从事创作，难免会在一定程度上悖离艺术生产及其消费活动的基本规律。也就是说，这种创作毕竟和有感而发的创作不一样，哪怕是纯粹的技术作业，也必须有相当的声音感性经验积累之后，才会显现出成形的样式来。因此，在这一类创作当中，携带文字标题性的、粘贴肤浅标签式的做法比较多见，而真正能够显示创作才华的作品相对少见，至于成为经典性保留作品的几率则就更加难得了。另外，这种创作方式对社会经历和生活经验相对薄积的新生代来说，难度就更大一些，即使做出来了，也容易产生不伦不类甚至滑稽的效果。

除此之外，最最令艺术家尴尬的处境莫过于投入在冠以各种主题晚会名义的超级堂会之中，去进行一种无创意的打造。这类活动虽然非常引人注目，往往被各种舆论炒作，甚至通过权威媒体发送到千家万户，可以说艺术之外的荣誉是至高无上的，但由于在艺术上完全没有原创性可言，无论是题材还是体裁，都是强行预设的，甚至连高低长短厚薄浓淡都是被规定了的。很明显，这已经完全越出了新生代的特征所在，对此按下不表。

有人说，新生代处在夹缝当中，活动余地太小，该有的荣誉都留给了老一代，该玩的花样都让中生代给占了。其实，新生代的活动余地很大，从某种意义上说，他们是非常幸运的。因为此前，在先的几代已经在不同的方向上有所开拓，况且都是几近极端，就像是黑白两道在前面开路，为后行者留出了硕大的空间，经验和教训都在其中。如果新生代能够充分利用这富裕的中间地带，并且及至两端顶尖，那么，前景将会十分可观。关键在于，你的社会依据是否充分？你的艺术原因是否足够？你的感性直觉经验是否健全敏锐厚实？只求占有而不求贮存的行为最终将被淘汰，或者永远处于中庸地带。无所依托的行为最终也将被历史拒绝,尽管零点方案(从头开始)有其抽象的合理性,但对于每个具体的当事人来说,零度写作(排斥传统)的可能性几乎不在。办法无非是接着走,关键是要通过真正的自觉去尽快结束在别人暗示下的苦行,并将逢时感孕到的狂飙精神与时俱进地加以溶解融合,以不断地出新。

无疑,当代历史已经进入到了以世界性为标记、以全球化为名义的经济状态,尽管有不少声音在呼吁文化的多元性和本土化,但是,总体全局性的状态将不会有太大的改变。面对这种局面的到来,有过苦难经历的一代也好,被狂飙感孕的一代也好,实际上当大家不约而同地站在同一个起跑线上的时候,由年龄时段划分的代际边界其实已不甚明显,甚至于是无关紧要的,因为大家都需要寻求新的出路。

其实,在"新潮"之后,甚至在"新潮"之中,一种"声音实验"和"中国化"的双重历史进程就已然启动,尤其在经历了一系列具有颠覆性意义的革命之后。当技术手段不断主体化、技术现象不断本体化、技术局部不断全体化成为事实的前提下,以至于"音响媒体被极度关注"终于取得相应的合理性的时候,这种历史进程的双重性则必然会逐渐地显现出来。这里,举出两个例子来加以比较说明。

1991年4月,有七位中国青年作曲家带着自己的新作品参加荷兰新音乐节,其中,"声音实验"几乎占据其音乐作品的主导。比如:瞿小松(留美)的 Yi(《易》),以极其节俭的方式,仅仅用简单和分散的单音与两三件乐器偶尔的结合来占据空间;何训田(四川)的《幻听》,通过现场空间的分组安排进行移动音层的实验;许舒亚(留法)的《秋天的落叶》,以极为复杂的方式,使精致的音色和节奏效果相互作用;莫五平(留法)的《凡》,通过强烈的对比展现粗犷的声乐和精致的器乐的不同效果;谭盾(留美)的《距离》,通过无调性音列和传统东方音乐滑音的结合和交替,来展示不同乐器在音色和音域上的对比;陈其钢(留法)的《水调歌头》,通过声乐上的念唱结合,以及器乐与声乐的接续与扩展,来展现声音可能产生的外在效果和其自身的连贯性;郭文景(北京)的《社火》,通过各种各样的钹,创造性地再现出民俗传统中的声响。而在以下的作品中,则可以看到在声音实验的同时不乏直接发掘传统音响资源,比如:王西麟(北京)的《为钢琴和23件弦乐器的音乐》,在现代风格的基础上将12音序列技法与苏南锣鼓及上党梆子结合起来。杨立青(上海)的《山歌与号子》,将民歌因素与现代音块技法及多调性手法相结合;他的交响叙事诗《乌江恨》,将琵琶古曲《霸王卸甲》中的音乐素材,通过音色拼接、调性叠置、音区变换、节奏错落的手法呈现出来。许舒亚(留法)的《太一Ⅱ》,将中国乐器箫的三种特色声音(滑音、全音、泛音)通过计算机处理合成。谭盾(留美)的歌剧《马可·波罗》,以中国传统京剧为基础,通过大量的韵白方式和京剧打击乐器加以展现。

与上述"代际"关系以及"中国化"这一历史进程相应的是,不同文化传统所显示出来的"域际"关系,同样值得关注。就此而言,中国人和西方人之间的"域际"差别是很明显的,几乎不用多说。有意思的是,即使同为中国人旅居在外,也会显示出非常不同的情况来。这里,举出两个人的例子来加以比较说明。比如:旅居美国的谭盾,他的有一类被称为"乐队剧场"系列的作品——Ⅰ埙:为独奏陶埙、11个陶埙、乐队及乐队队员而作(1990);Ⅱ Re:为散布的乐队、两个指挥及现场观众而作(1992);Ⅲ红色预报:为女高音、音像、磁带与乐队而作(1996);Ⅳ门:为女高音、京剧演员、日本木偶戏、弦乐队、多媒体而作(1999)。很明显,这一系列作品愈益展示出了作者走出音乐之外的综合性艺术创意,与此同时,也可以看到作者经过美国移民文化洗礼之后的一种结果。与此不同,旅居法国的陈其钢,他的大部分作品还是处在音乐之中,像为三管制交响乐队而作的《源》(1987—1988),为独奏管风琴而作的《回声》(1992),为双簧管与室内乐队而作的《道情Ⅱ》(1995),为大提琴与管弦乐队而作的《逝去的时光》(1995),为管弦乐队而作的《五行》等,然而,从中似乎也可以显示出作者经过欧洲本土文化过滤之后的一种结果。而这种"域际"之间的差异,同样可以成为创作的一种资源或者动力。

也许,对中国音乐家来说,他们所具体面临着的所谓国际规则和世界取向的日趋同一,无非就是如何去读解西方的暗示,并努力通过自己的创新去摆脱它的束缚。就此而言,折返生态文化也许是一条出路。尽管它显示出了这样一个悖论:我站在我的影子里看我自己。然而,就社会依据和艺术原因而言,人如果过于封闭自己并过度保险,则会停止进化;就感性直觉经验来说,人如果过分依赖传统并唯有国际,则就会丧失安全。于是,所谓折返生态文化,就是在直接面对音响敞开的同时,把人的感性直觉经验作为音乐文化的本原驱动。进而,通过拉动技术,一方面推动音响结构方式的不断增长,另一方面引发人的音乐感性结构的不断转换,并不失时机地改变其先在的意义指向。就此而言,当现代也成为一种传统,并仅仅作为西方暗示的时候,怎么办?回答也许十分简单:走出去就是了。

19 世纪末,德国哲学家尼采说:上帝死了,并以此表明人之所以在的主宰不在了。20 世纪中下,法国思想家福柯说:人死了,并以此表明人之所以在的主体不在了。之后,法国思想家利奥塔说:知识分子死了,并以此表明主体之所以在的思想不在了。再之后,法国哲学家德里达说:语言死了,并以此表明书写之所以在的声音不在了。如此频繁的死亡通知书的发布,迫使人们再度面对这一系列问题的根源,以至于出于别一种理由,现在还有人接着说:语言死了,并以此表明思想之所以在的用具不在了。

如果说,语言死了的意义就在于思想之所以在的用具不在了,那么,其结果也许正好是显现出了别一个指向:语言之所以在的声音复活了。就像海德格尔在其《在通向语言的途中》中多次引述斯蒂芬·格奥尔格题为"词语"的一首诗的末行那样:词语破碎处,无物存在。当音乐已然退到了音响这条声音底线的时候,进而,再退到了单音节这个声音原点的时候,这种带有根本意义的还原,是否意味着一次从头再来? 就像分节音的语音那样,一端来自外向的模仿,一端出自内在的感叹。也许,针对现代主义或者后现代主义无穷膨胀和什么都行的做法,限制与障碍不啻一种明智的策略。但是,其实根本不用担心,在这种自然音节当中究竟还有多少人文含量存在。因为:一旦模仿,一旦感叹,就有别于自然。

《圣经》巴比伦寓言的意义,就在于说不同的语言。要是把它倒反过来,它的负面就是说同一种语言。在这里所显示的正是人文化进程的永恒逻辑:不断地走出去走进来,在一个先在的时空界当中,在被限定和规范了的范围与幅度当中。于是,即使语言死了,即使又一代断层出现,只要说还在,就总会有新的复原和显现。也许,这就是远古仪式一再延宕的内在驱动:一种自觉的变相,一种无终的更新。

跨时空对话:谭盾新作《复活之旅》观后

杨燕迪

2003 年 11 月 2 日晚 9 时,澳门。第 17 届澳门国际音乐节的最后一场闭幕演出在澳门的象征性建筑——"大三巴"教堂遗址前举行露天公演。是夜人潮如涌。免费入场的优惠,澳门怡人的初秋天气,"大三巴"教堂残壁上透蓝的灯光,广场上专为此次演出搭建的庞大舞台和各类音像器械与扩音设备,以及数以千计专心致志的热心观众——凡此种种,着实让人感到"盛况"的气氛。

以如此这般隆重而有趣的手法推出的"压轴大戏"是著名华人作曲家谭盾的《复活之旅》,一部尚未在中国首演过的宗教题材新作,由谭盾自己担当指挥,韩国国家合唱团和来自美国的独唱、独奏、多媒体艺术家多方加盟。回想 2000 年,也即耶稣基督诞生两千年的"千禧年"之际,德国的国际巴赫学术院(Internationale Bachakademie Stuttgart)出于新颖的理念,委约当今世界中具有代表性的四位作曲家——中国的谭盾(1957—   )、德国的沃尔夫冈·里姆(Wolfgang Rihm, 1952—   )、俄罗斯的索菲亚·古拜杜琳娜(Sofia Gubaidulina, 1931—   )、阿根廷的奥斯瓦尔多·高利焦夫(Osvaldo Golijov, 1960—   ),依据《圣经·新约》的四大福音书各自创作一部"受难曲",以纪念被爱乐人尊称为"乐父"的伟大作曲家巴赫逝世 250 周年。澳门音乐节的艺术总监、著名男高音莫华伦先生以及澳门文化局决定以谭盾这部原为纪念巴赫而作的"受难曲"为本届音乐节"压轴",可谓眼光不凡。澳门作为西方宗教文化传入中国的桥头堡,作为国内东西方文化交流的历史重镇,首演谭盾这部以东方人视角体察西方宗教故事的新作,确乎再合适不过了。

按音乐史常识,"受难曲"(Passion)作为基督教礼仪中专事叙述耶稣殉道圣迹的宗教音乐体裁,在巴赫手中达至无与伦比的巅峰。为此,国际巴赫学术院的这次创作委约兼具得体的初衷与大胆的创意。得体是因为所委约的作品与纪念巴赫直接相关,大胆则是要求接受委约的作曲家必须直面巴赫的挑战。谭盾接受的委约是谱写《马太福音受难曲》(为在中文环境中求得更好的理解,作曲家特意将曲名变更为《复活之旅》),令人瞩目——因为巴赫的同名作品是音乐史中同类作品的盖世皇冠之作。可以想见,谭盾接受该委约任务时,除却承受和其他作曲家相同的压力(如何以自己的语言和视角进行无愧于巴赫的创作)之外,还面临一些他独有的问题。例如,在中国现当代音乐创作史中,几乎完全找不到任何基督教叙事的人文传统和形式惯例可以依托,作曲家在这种语境中如何寻找构思的切入口? 又如,谭盾自己并不是基督徒,那么,以一个"异教"的音乐文化人身份,如何进入基督"受难"的内核?

　　不妨比较一下上述四位接受委约的作曲家的国籍身份和文化背景。有意思的是,在四人当中,当数谭盾与巴赫之间的文化时空距离最远。诚如谭盾自己在德国媒体的有关访谈中所言,由于"文革"时期反常的文化环境,他直至"文革"结束后进入中央音乐学院读书时,才第一次有机会聆听巴赫的音乐,而其时谭盾已经年过20。另外更显而易见的是,谭盾作为一个来自东方古国的当代作曲家,他所浸染其中的文化世界,与300年前的德国人巴赫作为一个虔诚的路德派教徒的心性质态,其间的差异一定也非常剧烈。

　　一个以中国文化为根基的当代作曲家,应邀以如此近距离的视角重新体察位于西方文化传统中心部位的《圣经》叙事(而且是早经巴赫之手成为示范性经典的基督受难与复活叙事),这一具有跨文化、跨时空性质的音乐事件,本身即是当今"后现代"时期"全球化"态势的某种表征。谭盾近年来的创作理念,明显着力于追寻某种超越文化时空界限的对话可能,从而以他独特的、有时甚至是引发争议的实践为全球性的多元文化互动加入独特而响亮的注脚。随手举例:从1996年的歌剧《马可·波罗》(以著名意大利旅行家的中国之旅隐喻精神/心理、身体/地理、音乐风格的三重"移植交流"),到1999年的多媒体歌剧《门》(三个不同文化背景的爱情故事的"对位"叙事),再到2003年刚刚首演的多媒体交响协奏曲《地图》(不同时空下"民间音乐"与"艺术音乐"的交互对答),谭盾似在证明,不同时代、不同传统、不同地域、不同种族、不同背景、不同风俗的音乐和文化在当前日益全球一体化的态势中,不仅应该保持原有的风貌和韵味,而且通过艺术家的个人努力,它们之间甚至有可能达成具有某种内在张力的"和平共处"。文化成分和音乐素材上的跨时空"远距离",几乎成为谭盾近期创作的前提条件之一。由此看来,谭盾应约谱写《马太福音受难曲》时所遇到的巨大文化差异和时空距离问题,不仅没有构成作曲家创作的障碍,反而恰恰是作曲家在当前的创作状态中所欢迎和必需的。

　　在克服(或称包容乃至超越)跨时空距离的努力中,需要寻找某种具有抽象意味、但又具体可感而且清晰可辨的意象,以使那些原本在文化渊源上彼此迥异甚至相互排斥的质料形成向心的聚合。《复活之旅》以混沌初开的"水乐"之声起始,复以空灵神秘的"水乐"之声结束,通过

"水"的介质在大范围的结构上使全曲头尾相交、构成循环,以东方佛教的"生命轮回"教义隐喻基督受难的内涵。在其原英文标题中,"Water"(水)一词赫然位于行首——Water Passion after St. Matthew(勉强可译为"圣马太受难水乐"),给人留下深刻印象。作曲家坦言:"水,作为永恒精神与外在世界统一的隐喻,也作为洗礼、更新、再生和复活的象征,在我的《复活之旅》的整体立意中扮演着关键角色。"(唱片说明书,Sony Classical S2-K89927,第7页)具体在此处,在耶稣基督被钉上十字架的殉道叙事中,"水"的意象与声响,和受难曲中着意刻画"鲜血"和"眼泪"的传统惯例构成内在的对应。作曲家甚至逾越了受难曲故事通常从"最后的晚餐"这一事件开始的配曲习惯,特意在耶稣受难的主体情节之前加入《洗礼》作为全曲的第一场,进一步突出"水"的中心意象地位。而特别在视觉上形成冲击的是,作曲家要求在舞台的水平方向和垂直方向上共置放17个透光水盆装置,它们在中心点交汇,由此在舞台中央构成醒目的十字架图案。抽象、复杂的隐喻意象"水",在这里具化为耶稣受难的代表符号——"十字架"。

以"水"的神秘、轻灵、无形和婉转,承载耶稣受难与复活过程的沉重事件和庄严戏剧。在这一中心意念的统率下,谭盾对这个所有基督教徒早已铭刻在心但又时刻念念不忘的动人故事采取了有效而富于对比的剪辑。最重要的主干情节按照事件发生的大致顺序得以保留,如《最后的晚餐》(第三场)、耶稣被捕(《第四场:在科西米尼花园里》)、犹大和彼得的背叛(《第五场:石歌》)、众人背弃耶稣而赦免窃贼巴拉巴斯(《第六场:最后的选择:耶稣或巴拉巴斯》)、《耶稣之死》(第七场)等。作曲家舍去了所有的次要情节和在巴赫"受难曲"中具有重要地位的沉思性抒情段落,以使整个故事叙述更趋单纯和简练。

基于这个干净、明晰的叙事骨架,谭盾从两个方向对音乐语言和戏剧形式进行探索与构筑。一方面,他大胆起用在原有的西方"受难曲"传统中前所未闻的音响素材和音乐风格,以从外围扩充乃至改变"受难曲"的特征与习性。如(首当其冲)对"水乐"音响富于想像力的进一步开掘(在谭盾此前一系列"水乐"作品的基础上),要求女高音独唱运用类似京剧"青衣"旦角的超高假声技巧,要求合唱队掌握类似藏族喇嘛诵经的演唱方式,在关键部位(如在耶稣被捕后的哀恸气氛中)使用中国本土乐器埙,以及在弦乐器上模拟西亚阿拉伯音调风格,等等。另一方面,作曲家又相当严格地遵循某些巴赫的"受难曲"创作惯例手法,以此向巴赫表示致敬。如要求男低音、女高音、合唱队时而充当剧情人物卷入戏剧动作,时而又站在戏剧之外对所发生的事件进行反思和评述——一种"受难曲"传统中特有的叙事手段;又如在开篇出现随即贯穿全曲的一个"主导主题",风格有意模仿"众赞歌"(chorale),旋法独特,和声单纯;与巴赫的《马太福音受难曲》

中多次重复使用一首主导"众赞歌"相似,谭盾的这首"众赞歌"也多次在全曲的关键部位重现,发挥类似主轴的功能作用;但与巴赫在"众赞歌"重复时逐次降低调性以象征耶稣受难痛苦的手法不同,谭盾却以"众赞歌"调性的步步"高升"来体现受难即是解脱和超越的佛学理念。此外,巴赫名字的音级(Bach)及其转调移位作为一个固定音调,在打击乐手的钟声中反复出现,这是全曲中最明显的"巴赫"象征。

于是,通过向巴赫致敬,谭盾的《复活之旅》以多元文化的音响材料和富有成效的象征手段,对基督教信仰中最具戏剧性和象征性的耶稣受难与复活叙事重新进行了诠释。从现场的整体效果看,观众自始至终被牢牢吸引,在1小时20分钟不间断的演出过程中,表现出强烈的兴趣和持续的关注。尽管可以猜测,就澳门的社会构成而言,观众群体中既不会包括大量的虔诚教徒,也不会包括很多的音乐行家。这不仅说明谭盾在辩证处理拓展音响语言与简化音乐语汇方面所取得的成功程度,也证明基督受难故事中隐含的"普遍人性"意义仍具有强大的心理效应。纵观全曲,作曲家所选择的音响手法和视觉手段并不刻意复杂,有些甚至是似曾相识——如几乎已成为谭盾近年创作标志性风格要素的"石歌"(敲击石头的节奏运用)、"水乐"(对水声表现力潜能的多方位挖掘)以及"多媒体"(视觉屏幕对音乐的支持和渲染),等等,但对观众造成的冲击是显而易见的。不是以音乐语言本身的创意为圭臬,而是追求音响效果的实际表现价值。而《复活之旅》因为有具体可感和实质性的戏剧内容,使该作品所有的音乐处理和音响效果获得了有力的支撑。我们甚至可以清晰地听到古典功能和声语言中的"套路程式"——大/小三和弦的对置(第四场耶稣被捕之后,合唱队再次唱出"众赞歌"的片刻),但并不感到"陈腐"。在某些局部的安排上,作曲家毫不掩饰地采用所谓"分节歌"的传统结构原则(即以同样的音乐配置不同的唱词),以方便听众的理解,并使音乐趋于紧凑(最明显是在《第二场:诱惑》和《第三场:最后的晚餐》)。显然,在谭盾的创作理念中,实际音响在具体上下文中的表现目的是第一位的。原创性不仅表现在语言技法的独特发现上,更体现为对传统手段的别出心裁的运用。

全曲最后的第八场《永恒之水与复活》,全体歌手和乐手以巴赫音乐典型的"赋格"手法将三个最重要的"主导主题"叠加再现("跟我来吧!让我们彼此相爱,这是一个平安的时刻;让我们欢歌起舞,这是一个安详的时刻")。音乐通过长气息的渐强,聚集能量达到坚定、平静的高潮,随后一切又逐渐复归于"水乐"的沉寂。这似乎是在暗喻,万物同源,世人同根,循环往复,生生不息。因此才有再生,所以成就复活。

文化关键词

文化关键词

数字和英文字母

【"80后"】 特指一批上个世纪80年代出生，以其惊世骇俗的先锋姿态和放浪不羁的生活方式亮相于世人的文坛新锐。和所谓"70后"一代不同之处在于，他们大部分人都是独生子女，在改革开放的各种喧嚣以及城市价值观的熏陶下长大，尤其是商业文化的生产机制和操作方式，过早催熟了一个个青涩的果实。"80后"的代表人物有：郭敬明、春树、张悦然、韩寒。他们或行为放诞、或善于标榜自我、或热衷新潮时尚。尽管"个性化"一直是其公开鼓吹的原则，但在花样面具下隐藏着的本质，则是一次面向社会的集体撒娇。（王珏）

【《2046》】 王家卫精雕细琢了5年之久并向自己致敬的影片。全片在时间的交错中叙述了落魄文人周慕云与三个女性之间的情欲关系，充满了回忆与冥想、深切的伤感和自我存在的焦虑。影片在叙述结构上与其早期影片《东邪西毒》、《阿飞正传》等多部作品一脉相承，甚至更像是《花样年华》的续集。但是此片的结构竟然完全封闭，男主人公过于自恋地纠缠于时间、爱情、男性情欲之中不得自拔。这一切与2046——这个关于未来的虚幻时间，指向的却是王家卫根深蒂固的怀旧情结，当然，这一切都与上海有关。影片几乎就是王家卫的终结之作，他终于将自己多年来一直表达的东西全部容纳其中，而对观众来说，能留在记忆中的恐怕只是稍稍飞扬的裙角、丰满的臀部和旗袍下扭动的腰肢。（小鳄）

【3G】 G，英文 Generation 的缩写，3G就是第三代移动通信。一种以高速的无线数据业务来逐步替代现在的低速无线业务的通信方式。近几年，中国为各种专利费用付出了高昂的代价，DVD、CDMA等非自主专利的产品让国人真正意识到了进入 WTO 后必须遵循的国际通行规则。NOKIA、三星等国外企业看准中国市场，纷纷表示支持中国特色的3G标准。与此同时，垄断国内电信业的两大运营商——移动和联通，对此却不急于作出回应。它们的主要利润来源仍是传统的语音短信服务，对于3G能否继续维持它们的巨额利润并不看好。（叶晓倩）

A

【A4Y】 Asian For You 的缩写，是以亚洲非日本模特为主角的 X-RATED 图片。

A4Y拥有经验老到、技术成熟的摄影制作团队，其作品画面艳丽，构图讲究，化妆布景也颇有水准，并且构成一个编号统一，有系统，有目录，有组织的图片集合。作为近年来新兴的一种满足网上猎艳的美女图片，与美国的PLAYBOY，日本的AV等有亲缘关系。是攀缘网络这一新技术而孳生并泛滥的变种，是与这个夜夜纵情的时代相应而生的。对肉欲、情欲赤裸裸的追逐和工业化大生产满足欲望的商品如此紧密地结合在一起，宣告了无限纵欲的横行地位。（邓华龙）

【阿玛尼】 意大利顶级时装设计乔治·阿玛尼（Giorgio Armani）于1975创立的奢侈品牌。2004年4月，伟大的阿玛尼先生开始了他的首次中国之行，分别访问北京、上海、香港，并出席了位于上海外滩的旗舰店开幕仪式，举行时装发布会，引起了国内时尚界的巨大轰动。阿玛尼先生的优雅亮相，标志着世界顶级奢侈品牌开始大规模入侵，在全球消费不景气的背景下，奢侈品牌集团把含情脉脉的眼光转向了中国消费市场。旗舰店相继开张，全球总裁争相访问，甚至那些不可一世的设计师也在为中国专门设计——一切预示着，中国即将成为时尚风暴中心。（曲筱艺）

【阿拉善】 公众对于西部的想像，是漫天的黄沙、鲜红的夕照，还有旅人孤独的背影。只能远远观望的诗意，偶尔能在心中掠过关于雄浑、坚强、古老神秘的原始气息。2004年的刀郎，用西域风味给甜腻的流行歌曲涂上咸涩，创下了狂销

正版碟120万张的高度。陆川则因着简陋的器材、吃紧的成本制作的《可可西里》，"拿奖拿到手酸"。他们的背后，是对西部这块沉默的土地的又一次误读。阿拉善这个位于内蒙古自治区最西部的"准西域"，以一种被扭曲的状态进入公众习惯酒红灯绿的视野。只是以声音、镜像存在的阿拉善，掏空了灵魂的感觉，是什么滋味？（邓华龙）

【安德鲁（巴黎机场）】 5月23日，巴黎戴高乐机场2E候机厅坍塌，这一事故在千里之外的中国引起了更为重大的震动，因为机场的设计师与中国那个著名的巨蛋——国家大剧院的设计者安德鲁乃同一人物。坍塌使这一脆弱蛋体笼罩阴云，人们纷纷对大剧院的安全性表示怀疑；同时这也打破了国人对于西方设计师的盲目迷信——只要是建筑都有坍塌的危险，无论它设计者的姓名如何拼写。坍塌事件对于全面引入西方高技术设计、正处于大跃进中的我国建筑现场无疑是当头棒喝：怎样的建筑才是我们真正的需要，如何评估和确保大型建筑的安全成为了中国建筑界必须面对和解答的问题。此后，中央政府对水立方、鸟巢等奥运场馆建筑方案的简化处理都暗示了一种更为务实的趋势。（殷罗毕）

【艾滋孤儿】 因艾滋病失去双亲的14岁以下的儿童，包括已经感染和没有感染艾滋病病毒的儿童。随着艾滋疫情在全国范围内蔓延，"艾滋孤儿"也成为一个不容忽视、严峻的社会问题。媒体对此更是热情高涨，似乎发现了宝藏，成群

结队蜂拥而至,进行现场挖掘。艾滋孤儿是社会的弱势群体,也是未来社会的隐患。父母离世、经济困难、情感缺失,使很多艾滋孤儿沦为童工、童妓,孤独流浪街头。作秀式的艾滋孤儿夏令营、领导的亲切握手、航天英雄的热情召见、大牌明星有条件的捐赠,并不是解决这一棘手的社会问题的根本。健全的、人性化的社会救助、保障体系才是千千万万艾滋孤儿立身之本、生存之基、幸福之源。(王月华)

B

【贝拉】 旅居加拿大的上海青年女作者,因其半自传体小说《911生死婚礼》等情爱三部曲,引发了一系列争议而名噪一时。书商安波舜策划引进此书,并邀请国内知名文学批评家陈晓明、孟繁华、王宁等进行有偿评论。和当年《上海宝贝》屡遭攻击截然不同,这些文章中溢美之词比比皆是。贝拉事件再一次演绎了文学批评界的道德操守在强大商业机制运行下的彻底沦丧。(王珏)

【波普时尚】 "波普"是英文"大众艺术"(PopArt)的简称,于上个世纪50年代诞生于英国,在60年代流行文化发达的美国大行其道。2004年成为时装节的主要流行风格之一,60年代明星头像和影视角色以及可口可乐商标开始攀上顶极时装品牌的宝座,颠覆了经典的贵族时尚品位。今年时尚界流行60年代的复古风,除了圆点、蝴蝶结、明黄色等元素,还包括电影海报和广告风格的美女像,这些都是具有大众化的"波普"风格,使得时装设计从贵族的围域中解脱出来。设计师们借着复古风的劲头,纷纷用60年代电影美女头像向当年的波普前辈致以最高的敬意。(曲筱艺)

【半糖】 S.H.E《半糖主义》很红,她们唱出的是关于女人把握爱情的态度,不要做甜腻的小女人,倡导半糖主义:"若有似无的甜才不会觉得腻。"这首歌旋律可能不甚动听,但半糖这个词却存留下来。在蜜糖主义与若即若离的半糖主义中,现代的独立女性选择后者,"爱的秘诀就是保持刚刚好的距离",距离美让个人的独立性和私密空间得到有效尊重。半糖女孩崇尚既不甜腻也不冷峻的爱情,在爱情的零智商里加入理性,让爱情有效保鲜。半糖也传达了中国传统的处事哲学,即所谓分寸感,对爱拿捏分寸,也包括其他事情,衍生出对待生活的态度。理想的半糖主义或许是一种姿态,因为生活夹杂着各种欲望。(蓝丹)

【变性人】 原指男女通过人工方式进行的生理功能上的性别倒置。自上世纪80年代第一例变性手术在原北京医科大学成功实施以来,中国已做了约二百例变性手术,但变性问题一直置身于社会关注的边缘,从未被传统伦理道德所接受。2004年关于变性人的新闻突然铺天盖地,使人们不知所措。变性人竞选环球小姐以及变性人结婚等事件在网上引发了激烈讨论。这些昔日被当作"异类"的变性男女,与其说是社会关注的焦点问

题,不如说是巨大商业利益驱动下的一个卖点。(王珏)

【别斯兰(校园人质事件)】 9月1日,一伙恐怖分子占据了俄罗斯南部北奥塞蒂共和国境内别斯兰地方的两所学校,扣押了人质,并与警方发生枪战。事件至9月5日告终,30名恐怖分子被击毙,335名人质死亡,其中大部分为儿童。别斯兰人质事件是自911之后第一起在西方世界之外的大规模恐怖袭击事件,这使得反恐在事实上成为了全人类的事业,而非仅仅在口头上的宣示。这在全球引起的政治格局变化显然也是重大和长期的,它校正了第三世界民众对于原先自以为遥远的恐怖活动的暧昧甚至同情态度。(殷罗毕)

【布列松】 当布列松于8月4日在法国南部小镇吕贝弘去世后,全世界突然陷入了照片和哀悼的包围。1908—2004的生命跨度使得布列松成功地纪录了整个20世纪的面容,他以700万张照片见证了20年代的波西米亚风格的巴黎、二次世界大战、法国抵抗运动、西班牙内战等重大事件,也见证了1954年的红色中国。但更为重要和珍贵的,也是令布列松更为独特的在于他捕捉了无数微渺、细小的日常瞬间:一个正越过路面积水停在空中的男人、一个手捧大肚酒瓶的男孩的笑颜。这些"决定性的瞬间"具有无与伦比的真实感。人类有了布列松,一个世纪的时光才没有白白度过,而敛收在一张张平薄的黑白照中,百年之后依然生机勃勃。(殷罗毕)

【BBS 100 强】 伴随国际资本对互动型网站投资热潮的来临,一项由《世界经理人周刊》和世界IT实验室(World IT Lab)策划并发起,与Internet自身所倡导的民主、自由、平等、开放精神相悖,类似于中国特色选举模式的网上投票评比活动。此次秀场旨在评选出最具投资价值的中文虚拟社区,为国内外风险投资商锁定投资对象,力图挤进明年第二波全球网站NASDAQ上市潮。依托门户网站(如:SINA、SOHU、163、QQ)巨大商业背景的BBS以及职业化运作的BBS(如:天涯、西祠、西陆、凯迪),大都毫无悬念地跻进百强。最终,天涯、网易、西祠入选三甲,各获荣誉证书一张、金质奖章一枚,并张贴获奖板猪玉照供8000多万中国网民瞻仰。商业利益的驱使让此次活动迸发出无与伦比的人气。为了支持和维护自己的社区,以上BBS无一例外充斥有标色置顶帖,内容均为狂热网友甚至板猪的劝说和鼓动,号召广大版友去积极投票。事实证明,天涯社区的宣传工作做得最有成效。这期间,国人固有的乡土情节和拉帮结派的江湖义气作风在网络上肆意蔓延,各种千奇百怪的网络作弊行为得到前所未有的继承和发扬,比如雇人投票、使用投票软件等。与此火热场景极不相衬的是,财力雄厚、号称媒体巨无霸的国有企业、中国最大的官方网站——CCTVBBS只收获寥寥几百票业绩。(杨轶臻)

C

【财经大报】 中国经济大热占据了世界

各大主流财经媒体的版面，以此推论，中国本土的财经媒体更应该是火暴异常，成为中国经济的风向标。事实上，中国的大部分财经类报纸都面临着关门"大吉"的窘境。《第一财经日报》作为第一份跨地区、跨媒体运作的报纸强势出击，宣告了"财经大报"时代的来临，不幸的是，它仍未跳出原有的财经类报纸"行家不看，公众不懂"的樊笼，从业人员素质低下与内地公众财经意识的局限让财经大报继续着"虚无"的"盛大"。（金健）

【拆了／啦（China）】 如果说 2003 年孙志刚之死拆了中国（China）收容站的铁栅栏的同时，也多少拆了人们对新一届政府能释放多大新能量的疑虑的围墙。2004 年"拆了"微微变调了：嘉禾等地方暴力强制拆迁虽然被媒体曝光，拆啦（China）几乎依然成为各地政府与房地产商合唱的主旋律。一个"拆"字外加一圆圈，就成为 2004 年中国特色的拆迁标志。（徐红刚）

【重修清史】 2002 年 8 月，国家再次启动了曾数次因故搁浅的清史纂修工程，这项承"二十四史"之后的当代修史工程规模前无古人，十年中将有几千名清史研究学者参与。这次编纂的清史与以往有很大不同，在具体历史事实上会肯定清兵入关带来的统一，《红楼梦》的作者曹雪芹可能列为与努尔哈赤同样重要的特级人物。此次项目总经费至少在 6 亿元人民币以上。（王珏）

【穿孔】 60 年代的嬉皮士视身体皮肤的完好光洁为耻，要改造美化他们的身体，用穿孔、刺青等身体装饰来释放叛逆的情绪和另类的资本。身体的穿孔除了耳垂、鼻翼、眼角、肚脐等通常部位，还有乳头、嘴唇、虎口乃至生殖器……只要是皮肉较薄的地方，全都可以穿孔，带上有各式各样图案的环状饰物。温软的肌肤遭遇穿孔的疼痛和金属异物的刺激，受虐狂们"留下残酷的美丽印痕"。目前世界吉尼斯记录最高的穿孔数是一名巴西女子，全身穿孔达 2000 个左右。另类的时尚穿孔艺术还在青年中流行，他们主宰自己的身体，用环、钉、珠等金属硬物装饰身体。（蓝丹）

【彩屏】 彩屏手机在 2002 年出现时，市场份额细小得得用放大镜来观察，但到了 2004 年，彩屏完全成为了手机中的主流。彩屏带来了手机彩信和照相的功能。彩屏时代，手机已不再是简单的通话工具，俨然成为了一种多功能的数码终端，实时的影像传输也即将在掌上实现。现代人生活的各个方面正在被越来越多地集合在掌中小小的一块彩色荧屏上，这是技术对于时空差距的全面征服，也是人类日常意识活动从疏广的自然空间向方寸间的人工拟像空间不断圈缩的进程。（殷罗毕）

【"藏毒"】 特指演艺界人士私藏毒品。本年度景岗山"藏毒"、零点"涉毒"、江涛"嗑药"，港台明星如苏永康、应采儿、吴浩康都传出了与毒品相关的负面新闻。港台演艺界对此已是心照不宣，而内地却是近几年才频繁爆出丑闻。明星吸食毒品麻醉自己的背后是娱乐业日益残酷

的激烈竞争。虽然这些事件大都不了了之，或者以一场误会解释之，但有一点可以肯定，明星藏毒不在少数。（小鳄）

【《茶马古道》】 第五代导演田壮壮的"冲动"之作，中国第一部高清晰度数字纪录片。云南马帮运输茶、盐、粮食，穿越横断山脉，到达西亚、东南亚、欧洲甚至南太平洋，开辟出一条传奇性不亚于"丝绸之路"的"茶马古道"。田壮壮自言这是个"浮光掠影"的版本，意指影片用110分钟的长度跨越了艰苦卓绝的茶马古道旅程。他将摄影机对准茶马古道怒江流域段马帮及在此区域内的原住民族，将马队的古道之行与沿途见闻互相牵扯，记录了一个社会群体真实而原始的生存状态，历史的、现实的、人文的、地理的都囊括其中。影片基本上保持了纯记录方式，壮美雄奇的异域风情和景观、被记录者近乎自动的倾诉都显示出客观的品质。（小鳄）

【陈果】 2004年的草根导演陈果拍起了主流大制作，《三更2之饺子》是部追求惊悚效果的恐怖大制作。其中有杜可风流畅细腻的镜头，有李碧华习钻到位的剧本，但就是没有陈果他自己。《饺子》无论是镜头还是故事都过于光滑，《细路祥》、《榴莲飘飘》、《香港有个荷里活》中陈果特有的"脏"不复存在，而这"脏"恰恰是陈果的草根意识在众多港产影片中显现的个人标记，也是市民草根阶层生活状况鲜有的纪录。陈果的此次回归商业主流宣示了富有草根意识的"脏电影"尽管为文化人叫好，但依然没有在香港

真正赢得自己的生存空间。（殷罗毕）

【城雕热】 城市雕塑是一种带有强迫性的公共艺术，是城市精神和个性的物化载体。经过90年代初的第一度"城雕热"后，近几年，为响应"树立城市形象"的号召，各地再度掀起"城雕大跃进运动"，并一发不可收。几乎各区、各街道、企业、学校、小区、开发区都把城雕视为首选的点缀物，某市拟建130米高巨型城市雕塑"东方女神"来愉悦大众，《思想者》、《大拇指》等名家名作更是n次地复制到各个公共空间。这些早产的城市"丑雕"突兀地抛置在城市上空，与周围环境格格不入，并且严重污染了城市空间。（王月华）

【"慈善"（慈善家排行榜）】 "慈善"成为了当下媒体的高频用语，这与中国富人阶层的壮大和成熟密切相关。《福布斯》杂志中文版在5月发布了其编制的2004年中国慈善排行榜，由此慈善成为了一种富人基本的道德指标。慈善显然是市场经济体制的产物：当社会资源由国家统一计划和分配时，压根没有慈善，因为不存在民间支配的资源可供慈善，民众之间也没有那么巨大的经济鸿沟需要慈善来安抚；但近年来整个社会资源分配的市场化孵生了相当数量的富人，而资源分配的不均造成的鸿沟也就需要富人和富有的企业来加以平衡。慈善对于中国还仅仅是个开始，它的进一步生长需要政府给予民间机构留出更多的权利空间。（殷罗毕）

【崔永元】 一度的中国式脱口秀传奇人

物,2004年4月在《东方时空》周末特别版中播出的《电影传奇》共有208集,崔永元通过主持和主演串连的手法叙说老电影。同时又监制推出了老电影歌曲联唱专辑《宁死不屈——一个影迷的回忆》。他对"红色经典"重新解读的态度是严肃的,对当下戏说、解构的潮流保持了疏离的姿态。受众定位在40岁以上中老年人,并打算继续拍《戏剧传奇》、《美术传奇》。"留住岁月"、"抢救老艺术家"的宏大梦想建立在稀薄的浮冰上,这一行为的意义也许大大超过了事件本身。(邓华龙)

【处女誓】 古有"守宫砂",今有"处女誓"。"处女誓"源于北京、南京一些女大学生发起的"青春无悔,天地宣言"大学生拒绝婚前性行为网上签名活动,倡议"珍视健康,保持无瑕,在婚前不发生性行为"。截至目前已收集到2万人签名,其中男性占1/3。签名发起人还希望成立"中华青春无瑕女大学生互助协会",而签名宣誓的主页更像是一个"中华处女数据库",不但要求宣誓人留下真实姓名和年龄,甚至还需填写三围等隐私数据。据查,该活动的资助者是一名28岁的男性房产商。"处女认证"也许是他接下来涉足的领域。(金健)

【传奇】 曾经是中国网络游戏盟主级的一款韩国网游 The Miracle of Legend,不仅拥有最多最忠诚的玩家,还有最多的亲友:私生子(形形色色的私服)、不和的兄弟(《传奇3》)、变种(《传奇世界》)、裙带关系(形形色色的外挂),蔚为大观。《传奇》一度因纠纷停滞成长达两年之久,终于在2005年初推出的1.8版,让玩家看到了新的希望。《传奇》已不只是一款纯粹的游戏,它见证了百万玩家数载的青春,见证了网络游戏在中国的抢滩登陆,见证了平凡生活的奇迹——暴富的陈天桥、崛起的盛大公司。公众只能在《传奇》中实现虚拟的传奇人生,它本身却是实实在在的力量、至炫至酷的神话、颠倒众生的传奇。(邓华龙)

【春天文学奖】 中国文坛唯一为文学新人设立的奖项,有中国青年诺贝尔文学奖之美誉。由王蒙先生发起、人民文学出版社主办,以奖掖后进是尚,风品良好。眼见文坛众声喧哗,"春风大奖"不甘寂寞,革故鼎新:初有并蒂花开,破例同时颁给"美丽作家"周瑾和东乡族青年作者一容;后有批评家周冰心拍案而起,断然斥责周瑾MM逻辑混乱、受奖有愧——MM反唇相讥,怒嗔"都是脸蛋惹的祸"。第四届获奖者彭杨走的是"墙内开花墙外香"路线,在国外占尽少年文学奖之风流,岂料惊爆出某终审评委竟是其图书策划人的内幕。由是,文学奖的公信力成为众矢之的。(李业业)

D

【短信小说】 网络写手千夫长,就跟当年的痞子蔡一样,先是在电子媒体上发布自己的作品:以SMS手机短信方式发布,随后则将4.2万字小说以18万元人民币的价格卖给了百花文艺出版社,印在纸上出版。小说名曰《城外》，意为走出婚姻的围城，享受自由的相遇和情爱。尽管用的是最新的手机短信技术，但其叙述的中心恰恰是传统流行文化的最为滥俗、煽情的核心。短信文学所做的则是将这些老掉牙的快感核心以一种翻新了的界面来叙述。生活在这个"酷时代"的时尚阅读者以时尚的名义来消费这些经年老朽的媚俗快感，避免了被指为媚俗、煽情的尴尬，因为它时尚，它是短信文学。（殷罗毕）

【电荒拉闸】 2004 年的夏天，长江三角洲地区爆发了大面积"电荒"，及至冬天，"电荒"警报又陆续拉响。连续的拉闸限电造成惨重的经济损失，也让管理部门对高耗能行业的发展策略进行调整。"电荒"演变成了一个长久性问题，困扰着长三角地区甚至整个中国的经济发展。至此，电荒是中国经济 20 年来高速奔驰一头撞上的终局，依靠能源消耗的粗放增长模式已图穷匕现。尽管政府提出了节约型经济，但要刹住原先过热的脚步，换上另一条轨道绝非短期所能完成的。（殷罗毕）

【单身公寓】 一种迎合婚前青年人独立居住而出现的住房类型，是市场细分和梯度消费心态成熟双重作用下的产物。这些奔波于大都市的公司职员、公务员、自由职业者们，一般拥有良好的求学背景、较高的收入、讲求生活品质。时尚、单身、独立、自由、隐隐的对父辈权威的反抗构成了单身公寓的魅惑神话。光鲜灿烂的华彩背后，却是大量毕业生工作

难找、房价过高、社会资源分布悬殊的冷酷境遇。此种过渡性产品正以一种变异的形态隐匿着内在的欠缺和虚无，拥有独立的住所不但是"住房梦"的提前实现，某种意义上，用金钱获取私人空间更意味着中国年轻一代确认个人独立身份的期望已经迫不及待。（小鳄、邓华龙）

【《大学自习室》】 2003 年最火暴的网络歌曲。作者郝雨，男，在校大学生。作品以一个大四学生上自习的尴尬遭遇，入木三分地讽刺了当前大学校园中存在的种种不良现象。其狂放的东北唱腔、强劲的 Hip-Hop 节奏、辛辣幽默的歌词，彻底撕裂了主宰十年之久的校园歌曲（《同桌的你》、《睡在我上铺的兄弟》）温情脉脉的面纱。大学生，这群原本引以为傲的天之骄子——人中的楷模，社会的栋梁，国家的精英，人民的希望——却受到作者"我是社会养活的宠物还是废物，苟且地活着是我的权利还是义务？"（《月光花朵》歌词）发自内心的深切质疑。歌曲甫一出现，便得到广大年轻网民的认可，被快速复制、转载至各大论坛，而倚天硬件门户网站根据该歌曲制作成的 Flash，则在一定程度上，为作品的广泛流传起到了推波助澜的作用。（杨轶臻）

【带薪度假（公务员强制）】 对公务员而言，带薪度假本来挺美好的，是上有劳动法规定，下有各单位细则实施的利好，无奈在国情与积习面前，政策和对策统统失策，以致为缓解每年"五一""十一"悠长假日出行的诸多不便，要由各地政府的头头出手拍拍下属的肩："带薪度假

去！要不算缺勤？"（徐红刚）

【德里达】 2004年10月8日深夜，一代哲学巨星雅克·德里达（Jacques Derrida）陨落，享寿74岁。该法国哲学家以"解构主义"名闻于世，被学术界誉为后现代思想大师。但因其思想艰涩，书写飘逸，在享受盛名的同时，遭受的攻击与批判也未曾止息。即使斯人已逝，相关争论依然火热，"学术骗子"的骂名重被提起。有的人欢呼：德里达死了；有的人欢呼：德里达万岁。（羽戈）

【对外汉语】 面向外国人的汉语：教外国人汉语、考外国人汉语。据官方统计，学汉语的热潮正在全球高涨，2004年学习汉语的外国人超过2500万，33万外国人参加了汉语水平考试，并有6万外国人专程跑到中国攻读汉语。热情更高的是中国人自己，就如同改革开放初年对英语的狂热一样，众多学子也开始朝对外汉语这一大有钱途的出口蜂拥，一时间学习对外汉语专业的中国人几乎比学汉语的外国人更多、更狂热。当然，英语也有针对母语为非英语的人群的教材和课程，但英语世界面对英、美人群或面对非英语人群讲的都是一种英语，绝没有所谓的对外英语，在汉语中却出现了对外汉语，面对外国人端出为外国人订制、服务的汉语，分明是中国人文化上自动低人一等的部落心态。（殷罗毕）

【《帝国时代》】 由微软公司游戏工作室制作的《帝国时代》系列，是一款经典的即时策略游戏。1997年，微软推出的《帝国时代》（Age Of Empire），吸取了当时红极一时的同类游戏《魔兽争霸 II》和《命令与征服》在操作上的优点，并加以融会贯通。在随后的几年中，《帝国时代》衍生出了更多经典的版本，如《帝国时代·征服者》、《帝国时代·探险时代》、《帝国时代·国家的崛起》，都深受广大游戏迷们宠爱。亮丽的游戏界面，方便的控制操作，虚拟、宏大的战争场景，紧张刺激的即时策略，极大地满足了人们的欲望宣泄和游戏快感。在游戏中，规则规定着玩家的行为，而行为又在游戏中不断强化规则。表面上看，它赐予玩家以无上的权力去书写人类数千年的荣辱争战。事实上，游戏是一个驯兽师，而玩家则是被驯的猛兽，在时空错置中顺从、机械地表演着。（王月华）

【夺冠】 从语义学上来看，"夺冠"绝不是什么新事物。2004年雅典奥运会上，刘翔在110米田径赛上夺冠却是爆冷门，令志在必得的田径宿将们大跌眼镜。而真正使夺冠成为一个热点事件，却是刘翔这个年轻高大的小伙子回国后受到的"礼遇"。不只是鲜花掌声奖金之类寻常之物，甚至连身价倍增娱乐商广告商蜂拥而至也不稀罕，许多女孩嚷着要嫁给这位"新秀"才是夺冠所带来的新事物。"十年寒窗无人问，一举成名天下知/书中自有黄金屋，书中自有颜如玉"的科举旧习悄悄地转嫁寄生在奥运体育上。文人千古功名梦破灭的今天，目睹喜新厌旧的"功名梦"花落他家，能否真的"忍把浮名，换了浅斟低唱"？（邓华龙）

【大学生结婚】 指 2003 年 10 月 1 日出台的新《婚姻登记条例》和《婚姻法》中不再明文禁止在校大学生结婚，大学生结婚成为一个合法行为。各大媒体据此纷纷发布"大学生可以结婚"的消息，无疑一颗重磅炸弹，在社会和大学校园里激起了千层浪。赞同者认为这是大学校园迈进民主自由的必然过程；而高校领导则以不禁止不等于提倡为由明确反对。辩论场上的硝烟未散，大学生们依旧困惑不已：尽管法律亮起了绿灯，然而面对层层关卡的高校管理制度，结婚又谈何容易？（王珏）

E

【(鼓励)二胎】 出于中国人口结构的合理化发展考虑，面对现行的人口与计划生育政策引发的社会问题（新生婴儿男女性别比不平衡危机、人口老龄化不正常危机和维护人口正常替换不合理危机），一些专家呼吁：在可行性的基础上，鼓励家庭生二胎。这一保护人权的倡议得到了越来越多文化程度和经济收入"双高"的白领阶层的认可。他们认为鼓励二胎是对公民人权的尊重，而将生育——最隐私的个人行为置于政府的直接干预之下，是有悖于人本精神的。（王月华）

F

【F1】 Formula–1（世界一级方程式赛车锦标赛之简称），世界级时尚贵族运动。

本着"让一部分人先玩起来"的宗旨，上海建设国际大都市的交响乐又加入了一个响亮的协奏，首期即耗资 26 亿人民币的全球第一流赛车场地落成并且启用，标志着中国越来越愿意承担国际经济协作链条中更加重要的角色。而如此庞大规模的投资决策程序和赢利模型却成为媒体及公共财政承担者共同的质疑。在这个全球顶级的赛道上，最高时速可达 327 公里，这样的狂飙也正反映了上海乃至这个国家焦灼奔向现代化和渴盼拥有财富的那种只争朝夕的迫切心情，但是在这个急行军中，越来越多的人正在掉队正在被抛弃，赛场外更多的中国人漠视着 F1 赛车一闪而逝的车影和巨大的轰鸣声，这似乎和他们无关。（唐彬）

【FQ(愤青)】 "愤怒的青年"汉语拼音首字母缩写。在中国，这个英语"Angry Young Man"的中文翻译语的所指，却背离了它自由右派的能指：20 世纪 50 至 60 年代英国下层社会一批反抗正统社会政治体系的青年作家，而成为不分男女甚至老幼的狂热网络"左派"群体。它长期浸淫于正统国家主义的教育与宣传，逢美国、日本等"敌对势力"必以狭隘民族主义粗口相向，对国内受侮辱与损害的弱势群体则采取视若无睹的犬儒主义态度。有时下网后，则会做出泼粪、砸墓等极端举动，发泄他们过剩的荷尔蒙，故又被称之为"粪青"。（徐红刚）

【粉红丝带】 粉红丝带是全球乳腺癌防治运动的标志，由雅诗兰黛集团副总裁伊芙琳·兰黛和美国《自我》杂志主编彭尼女士共同于 1992 年在美国倡导发起的。在国外，尤其女性中有很高的声誉和认知度，她们佩戴粉红丝带，志愿发放乳腺癌防治宣传手册唤起女性对这一疾病的重视，"关爱自己、定期检查"，每年的十月逐渐成为"世界乳腺癌防治月"。粉红丝带于 2003 年正式进入中国，2004 年在中国加大了推广力度。除了商场里专柜赠送粉红丝带和乳腺癌防治手册活动，还举行了"粉红丝带"音乐会、慈善摄影展等一系列艺术活动，获得了各界人士的支持，乳腺癌防治运动在中国女性中间更加深入。（曲筱艺）

【《反恐精英》】 一款在全世界大名鼎鼎的第一人称射击游戏（FPS）：Counter-Strike，玩家习惯上称之为 CS。游戏剧情有 Defusion、Hostage Rescue、Kill/To be killed 三种。这款游戏的盛行与当下国际社会如火如荼的"反恐"战争有着微妙的关系。表层上似乎是现实世界的反恐推动了玩家游戏参与的欲望，其实这是蹩脚的批评家可笑的附会。中国大陆玩家以"警"、"匪"来指称双方。第三种剧情：PK，纯属竞技；服务器以"对站平台"冠名等，与国际社会的所谓和平/恐怖、正义/邪恶为主题的"反恐"根本就是泾渭分明。剥离这层一厢情愿的看法后，在最内核的层面，CS 与"反恐"却是同质的。游戏中是以技巧纯熟、直觉好、反应快等实力因素来论成败论英雄，国际社会的"反恐"又何尝不是强大的经济军事实力来裁定正义与非正义。（邓华龙）

【分级】 2004 年"分级"在两大娱乐休闲领域电影、网络游戏中内热外冷了一阵。最终的结果是这个语词带着种种无关事件或者说是事件外的信息进入了公众的经验空间。这也似乎剖白了时代的一个普泛图景：一个事件的发生、一种现象的出现，能被这个人人焦虑的时代所关注，常常不是由事件本身、现象的实质所决定，而是受着同样飘浮不定的其他因素所牵曳。游戏规则的漫不经心，使得执著、痴情、坚守这一类传统的品格成了可笑的迂腐。"分级事件"的遭遇，不仅本身的意义陷入缺席的尴尬境地，"分级"这个无辜的语词也被不合时宜地暴露在公众的窥视下，看/被看的情境再一次返魂，或者短暂中场休息后粉墨登场。（邓华龙）

【非法性行为（拥吻）】 5 月 9 日晚 8 时许，成都某高校学生和女友在教室接吻、拥抱，学校安装在教室里的摄像头摄下了这一切。在学校管理方，这次拥吻成了"非法性行为"，两人被勒令退学。两名学生将母校告上法庭，最终败诉。"非法性行为"说一俟曝光便在媒体界遭到了猛烈围攻，但学校的握有权力者依然不为所动、我行我素。借着"法"的名义行使律法上全然乌有的条规，侵犯公民的私权，职能大面积的非法行为由来已久，此次终于在大众媒体的轰炸下引起了民众的注意和警醒，这也是我国社会法律意识和个人权利意识萌发的标志之一。（殷罗毕）

G

【G5】 2003 年 6 月 24 日，Apple 在旧金

山发布了搭配 64 位处理器的 PowerPC G5 电脑。苹果电脑创始人乔布斯表示新一代电脑配置了 IBM 设计的最新 G5 芯片，将使苹果电脑的速度比传统 PC 快上一倍。全新的 G5 芯片能够提供多达 8GB 的存储容量。尽管"全球最快速的电脑"的广告在英国被禁播，但撩起追求时尚和速度的人士心中的波涛一时难以平静。G5 身价不菲，1999 美元只能购置最低级别。无止境的更新换代和对速度的迷恋，疲惫奔忙的公众内心的焦灼和压力，只能短暂地麻醉在"全球最快"中一晌贪欢，然后陷入新一轮的追逐。没人知道未来在何方。（邓华龙）

【高耀洁】　她是河南众多艾滋病遗孤的可亲可敬的奶奶，也是当地某些官员可恨可惧的老人。裹过小脚的高耀洁，在她晚年却破门而出，大步不停地为艾滋病感染者及其子女争取为外界知晓的知情权、受教育权，以及不受歧视的人格尊严。她是一个女人，谈到卫生部门与地方政府当年鼓励农民卖血政策造成的恶果，点名道姓，毫不温和；她是一个老人，却敏锐地在媒体包括新兴的互联网上为艾滋病受害者鼓与呼；2004 年她出版了记录艾滋病受害者情况的《一万封信》，市场反应冷淡，却在 2005 年 3 月荣获首届华语图书传媒年度大奖。（徐红刚）

【高句丽】　自从 2004 年五月份传出韩国将"端午祭"申遗的消息后，申遗成为社会热点话题。6 月中国向联合国申报了高句丽王城、王陵和贵族墓葬为世界文化遗产。此举立刻引来了韩国学术界以

及民间的强烈抗议，从而引发了一场孰是孰非的争论。韩国认为高句丽是东北亚"独立文化圈"的历史证据，而中国则坚持将高句丽历史研究纳入正常的学术化研究轨道。争论尚未平息，而从申报高句丽文化遗产过程中则凸现出了东北亚微妙的政治和外交关系。（王珏）

【光棍】　不知道从何时起，11 月 11 日成了"光棍节"。以前的光棍不过是身边没有爱侣，现在如果你没有一套像样的房子，一笔可观的存款，一辆看得过去的轿车，最后才是没有伴侣，那你就是名副其实的"四个一没有"的光棍。如果这还只是正在向中产迈进的小资们的"四项基本原则"，那么 10 多年后因性别比例失调而冒出的至少 3000 万光棍大军，就不得不让人们重新审视实行了 20 多年的计划生育人口政策了。（徐红刚）

H

【哈法】　指迷恋并模仿法国生活方式，在室内装修、美食大餐、时装发型以及生活艺术方面追求法国派头。哈法的主要特征是精致、优雅、讲究细节，具体表现为热衷艺术电影、博物馆、咖啡馆、精美食品、香水和低调优雅的时装，并且习惯用优雅时尚的法语打招呼或者发出感叹。方兴未艾的"中法文化年"无疑又为哈法潮流提供了官方依据和民间方便途径。与往日哈日、哈韩流所不同的是，"哈法一族"需要一定的经济基础和文化底蕴，因此其主要人群定位于有相当时

尚品位的中产阶级。部分法国文化人士认为，中法文化传统有很多相通的地方，因此从某种角度上，哈法也是一种心理上的认同感。（曲筱艺）

【贺兰山摇滚音乐节】 甲申年夏，何勇大喊："我又滚回来了！"其他 17 支乐队也带着悲壮的模样满地打滚着喊："我们又回来了！"四代同堂地在宁夏银川贺兰山脚下喜滋滋地碰面了。这是自 2002 年云南丽江雪山音乐节之后，中国乐坛又一次皆大欢喜的摇滚老干部联欢会。与以往一样，盘古乐队再次缺席。崔健、黑豹、唐朝、瘦人、子曰、王磊等乐队虽然建制还在，但早已物是人非、体能衰退。而张楚、王勇、汪峰、眼镜蛇等几近一半的乐队则更像是临时搭建的草台民兵班子，随叫随到，演出一结束，便就地解散，银子一分，继续大路朝天各走一边。难怪左小祖咒总抱怨大陆摇滚在水准、技术、观念上都"很落后"。在所有主唱们的废话中，黑豹的秦勇倒是在无意中道破了中国摇滚 20 年真相："我们经历了萌芽、成长、辉煌与衰落。"说的人迷茫无奈，听的人唏嘘感慨。（杨轶臻）

【《华氏 911》】 2004 年度最受争议，也是最发人深思的电影，第 57 届戛纳电影节金棕榈大奖得主。曾经获得奥斯卡奖最佳纪录长片奖的导演麦克·摩尔以这部新作深入审视美国总统布什在 911 恐怖攻击事件发生前后的行为，并让世人看清楚这些行为造成什么严重后果。他以一贯的幽默讽刺手法，锲而不舍地揭露事实真相，猛批小布什的"对恐怖主义宣战"政策，并且揭发了布什家族与沙特阿拉伯王室及恐怖首脑本·拉登的暧昧关系。其真实性在全球引发激烈争议。但这无疑是一场流行媒体与政治权力之间的胜负难分的公开角力。（金健）

【胡润】 出生于卢森堡的英国注册会计师，在 1999 年编制、张贴了中国大地上第一张富豪榜（50 人）。其后，他与美国著名财经杂志《福布斯》合作，每年在 13 亿中国人中排出最有钱的一百人，称"胡润百富榜"。2003 年他中断与福布斯的合作，转而与欧万利合作，依然兢兢业业地推出一年一张的"百富榜"。和《福布斯》相比，"胡润制造"的排行榜在编制方法、上榜标准等方面尚有缺憾。但胡润更擅长利用媒体炒作，尽管胡润的百富榜受到了众多的争议和怀疑，但是国人对于私人财富的关注和兴趣正与日俱增。富豪们则对胡润惟恐避之不及，怕自己一不小心，会上了这份"辛德勒名单"，随时被证监与税务机关"用绿笔勾掉名字"。它将各级"人民公仆"的收入也纳入公众视野，涉及公共利益的财富状况也变得越来越透明，给公众监督财富与权力的关联提供了前提，特权或腐败的空间因此被大大压缩。1999 年道德上尚令人感到不安和敏感的"富豪"也转而成为了 21 世纪形象光辉、政治正确的"财富英雄"。胡润，这个外国人为中国原先暧昧不清的私人财富提供了一个较为清晰的形象，这个形象正日益激发和鼓舞着整个民族心中对财富的热情和志向，使其明确目标，加速成形。（王月华、殷罗毕）

【华语传媒大奖】 2003 年诞生于广州。由《南方都市报》和《新京报》联合举办。与第一届相比，第二届华语文学传媒大奖不但成为文学界的一个焦点，更受到了传媒界的广泛关注，被认为是"传媒界自己的事情"。王尧、韩东、余光中、莫言、王小妮、须一瓜分获奖项。文学开始了和传媒、网络甜蜜的"蜜月之旅"。文学界的权贵纷纷高举双手，为这一"联姻"干杯、喝彩，更坚信高高在上的文学，可以通过传媒——这一便捷的"天梯"，抵达芸芸众生空虚的内心深处。(王月华)

【"海带"】 留学海外归来，等着拿一笔高薪、坐一个高职，昵称"海龟"(海归)；海外归来找不到工作待业在家，就叫作"海带"(海待)。从海龟到海带，人都还是这些人，只是经济走低。而更为紧要的是各大公司已开始明白：无论你是"海"的还是"土"的，聪明人哪里都有，而笨蛋即使在纽约上学也还是个笨蛋。海带的出现令中国人欲图以一纸洋文凭一劳永逸地换取工作岗位和社会地位的美梦走到尽头，同时也表明了中国已经摆脱了西方崇拜症，能够平等、真实地看待来自大海另一边的事物。随着经济层面实实在在的全球化，中国人在文化心理上开始了与西方的接轨程序。(殷罗毕)

【后街男孩】 美国超级流行音乐组合后街男孩——BACKSTREET BOYS，确切地说，"后街男人"或许更适合他们现在的年纪。其实他们在 2001 年已经名满天下功成身退，2004 年首次来华举办个唱会，是想借机复合，还是另有所图？美国流行文化的代表，选择了中国作为重出江湖的第一站，是深谙中国年轻人对太平洋彼岸深入骨髓的顶礼膜拜，可以让复出的效果达到商业需要。而北京上海两个最大的城市果然应者云集。一个沉寂数年、过气的娱乐组合，居然可以和今天的中国最新流行文化集散地"同流"，构成了对中国所谓流行文化的隐喻：中国流行还滞后、停留在上个世纪。一个没有自己灵魂的流行文化，模仿和追随是永远无法成熟的。(邓华龙)

【"黄金时段"】 把时间和金钱焊结在一起，可以产生"时间就是金钱"这类所谓醒世恒言。但由于焊结工艺的不同，所导致的金钱质量也不同。有一种时间能煅造出最昂贵的"黄金时段"。比如电视节目广告插播是在晚上 8 点到 10 点之间，比如节假日是商场的促销时节，春秋两季是旅游旺季。当时间以金钱，或者以利润、经济效益来计算长度，时间与金钱建立了一种共谋关系时，人的生命就被纳入了以金钱来量化的境地。当经济学家、商人、广告商围绕着"黄金时段"做出或犀利或精到的分析和设想时，脸上浮现了"江山在我胸"的自信。而时间这个"不老的传说"正悲悯地看着它脚下蝼蚁般聚合离散、生老病死的人们，只有它知道金钱"其价几何"。(邓华龙)

J

【祭孔】 2004 年是孔子诞辰 2555 年，祭孔仪式由孔圣人的家乡起头，各地纷纷效仿，其规格由历年的"家祭"升格为国家"公祭"，以示官方对孔圣人的尊敬。9月28日，在每年一届的曲阜国际孔子文化节重头戏之一的祭孔活动上，各路官员纷纷到场，市长担任主祭，领读祭文。仪式上请来本地高考"状元"，身穿清代官服，披红戴花，招摇过市，再对孔圣人牌位行三跪九叩的大礼。不单服装错位，祭祀道具及形式的混乱程度更是近乎搞笑剧。祭祀的仪式看起来更像是一次地方招商引资的发布会，却打着弘扬传统文化的招牌，实在令人啼笑皆非。（叶晓倩）

【甲A】 又叫"假A"，中国足球最高级别联赛。不过，公众在宣称自我的观球标准时，一般不会这样提，而英超、德甲、意甲、欧洲杯则是津津乐道。甲A的假球、黑哨、球员打人等丑恶行径已成为煽起公众怒火的妙药。尽管中国足球无法在世界上扬名立万，但地大物博、人多势众的国情，何患无处立足。相对于国外职业球员的生存压力与足球尊严，甲A活得热闹而滋润。2004年是中国足球冲击世界杯后的低潮时期，却呈现一片升平气象。哪怕寥寥几个赛场的观众都是请来的，也不会妨碍他们"自娱自乐"的良好心境。（邓华龙）

【甲申文化宣言】 由语言学家许嘉璐、科学家杨振宁、国学家季羡林、哲学家任继愈和文学家王蒙发起签署的《甲申文化宣言》，表达了这样的主张：重新评估和重建文化传统，弘扬中华传统文化的核心价值。由这五位在不同领域的泰斗级人物倡议的宣言引起了"文化学术活动是否应由官方推动"的争论。《甲申文化宣言》也成为了2004年"文化保守主义运动"的标志之一，成为"拒绝儒化运动"的众矢之的。（金健）

【将爱】 2003年末王菲推出的全新专辑。专辑名"将爱"实则"将爱情继续到底"的缩写，这种看似简约却彰显王菲风格的小噱头弥漫于整张专辑，如歌曲"阳宝"即"阳光宝贝"，"美错"即"美丽错误"，等等。此专辑一经推出便突破百万销量，却被乐迷斥责"王菲已经堕落"。过去那个蔑视媒体甚至自己的歌迷、行事低调的王菲已然有巨大改变。另外，《将爱》原版中的新曲《假爱之名》因歌词"鸦片温馨"涉嫌对年轻人造成颓废及负面影响而遭内地有关部门禁播。（金健）

【教育产业化】 几年前，公共教育制度积重难返，走市场化道路，似乎是一线新的曙光，足以照亮灰暗的中国教育。教育市场化这个利欲熏天的商人巧妙地躲在"教育产业化"，一个意味着开放、竞争、自由、独立的现代新事物后面。私立中小学、民办高校、各式培训机构、与名校挂靠的二级学院等寄生物遍地开花，催生了一批披着教育企业家外衣的暴发户。公办学校收费也借此风显得顺理成章。只是"希望工程"宣传图片中那个睁着困惑、恐惧的大眼睛的小女孩，能否再次撼动人们的心灵？（邓华龙）

【金牌大国】 在国内媒体轰轰烈烈的强势宣传下，在职业记者勤勤恳恳的神话编织下，奥运会上的摘金夺银，已经被上升至国家荣辱的高度。金牌的名次和数量，成为国人新的强国梦的寄托。政府的直接干预和金牌战略（编制庞大的体委机构、专款专项的经费资金、专职教练和贵族式运动员）使得中国的金牌成本创下世界之最。而对于体育的理解，中国老百姓仍然停留在类似乒乓球大小的认知范畴上。至于曲棍球、棒垒球、水球、击剑之类的玩意儿，更是无缘亲密接触。（杨轶臻）

【甲申诗歌风暴】 2004 年，中国农历甲申年，《星星诗刊》联合《南方都市报》和新浪网共同推出"甲申风暴·21 世纪中国诗歌大展"。这是继 1986 年《深圳青年报》和《诗歌报》举办的"中国诗坛 1986 现代诗群体大展"以来国内最大规模的现代诗展示。组织者和参与者均认为，这是当代诗歌由小众的精英主义走向大众的良好契机。鉴于网络媒体本身的复杂特质，诗展不可避免地呈现出了泥沙俱下、鱼目混杂、热闹壮观的集市般狂欢景致。但同时，由于无数诗歌网站与诗歌民刊的参与，诗展亦被烙上鲜明的"民间"色彩。"让风暴来得更猛烈些吧！"成为本次诗展摇旗呐喊的口号。（杨轶臻）

【杰克逊】 昔日那位风靡全球的摇滚天王早已是为上世纪 80 年代歌坛作结的符号，作为歌星，他已谈出我们眼帘。而当迈克尔·杰克逊再度成为媒体的焦点，他的身份则是一个 46 岁的娈童嫌疑人。凌厉的眼神变得颓靡，热辣的舞步变得木讷，曾经让他骄傲的换色手术现今则演变成他的梦魇，千疮百孔的容颜也令

他难以回复自信。娱乐媒体关注的杰克逊是一个面目全非的怪物，好事者更希望在法庭上看到他的人造鼻子突然落下。杰克逊象征着美国梦的沦落，他的悲剧仍在继续。（金健）

【激情视频】 网上一种通过手机付费方能观看的可视情色画面。它将原本褒义的激情与现今高度娱乐化的视频捆绑组合，最大限度地激起后革命时代人们内心深处的情欲冲动，享受禁锢已久的感官刺激。激情视频往往使激情燃烧中的人们陷入手机被恶意扣费的陷阱，或者成为他们性交易的中介。（徐红刚）

【晋商】 山西这一中国西北地域，有很长一段时间处于被人们有意无意地遗忘的状态。曾有过的辉煌，只留在了云冈石窟等尘与土的遗迹上。山西陈醋、剪纸、《走西口》等都是极其民间与滞后的符码。2004 年春节，央视二套《经济半小时》这样的强势媒体播出《晋商》人文系列片。《晋商在线》、《晋商网》等用现代传播技术试图为山西的"当年勇"镀光。而山西的现状却是堪忧，"煤矿之乡"的声誉其实掩藏了多少辛酸。商业逻辑与商业霸权甚嚣尘上的当下，重拾"晋商"这一"旧时王谢堂前燕"，脱离了山西那黑土地的淳朴与坚韧的根，意义到底有多大呢？（邓华龙）

【《剑侠情缘》】 金山公司凭自身在技术上的优势，借支持国产游戏之风，重锤推出《剑侠情缘》这一号称扎根于民族性、深得传统武侠文化之精髓的国产大型网游。且不说游戏本身到底有多少突破，

但其包装与营销方式倒是开了先河,无所不用其极。这也许不是最具说服力的,2004年金山公司在网络游戏年度奖项上出尽风头,证明了这一切努力对准了方向。玩游戏本来只是休闲放松之举,但因为商机的发掘、商业机制的介入,成了香饽饽的游戏,便成了商场上疯狂掠食的对象。确切地说,应该是玩家才是猎物,游戏只是猎犬。(邓华龙)

【禁乞】 继江苏省推出《关于妥善处理大中城市流浪乞讨问题的意见》之后,多种版本的"禁乞令"被各大城市如法炮制,积极酝酿。以北京"禁乞令"为例,城市流浪者、拾荒者、行乞者被"禁止在车站出入口、车站和列车内乞讨、卖艺、吸烟、躺卧、擅自销售物品"。虽然有关条款尚未提交实施,但所引发的争议却日益激烈。官方声称,出此律令是出于保障公共安全和维护都市窗口形象之考虑,有知名法学家还从尘封的历史垃圾堆里翻出已被废止的《意大利刑法典》,援引其中的条款来为官方辩护。与此针锋相对的是,站在"反禁乞"立场的学者们,指出该法典制定于意大利法西斯统治时期,是一种极权主义乌托邦思想的产物。可以预言,在这场禁乞和反禁乞的交锋中所表现出来的两种截然对立的法学观点、政治理念和人文价值倾向,将会在以后不同的领域和社会问题上继续展开。(杨轶臻)

K

【《可可西里》】 当陆川感叹着别人都以为《寻枪》是"姜文导演,陆川署名的作品",《可可西里》无疑成为了他为自己正名的机会。这部在国际上屡获大奖的影片讲述的是可可西里巡山队的悲惨命运。在可可西里无人区的拍摄经历成为值得陆川炫耀的资本,姜文在《寻枪》时给他的强势记忆虽然遭致他的反感,但很明显,他无时无刻不在向姜文靠拢。当《可可西里》为他赢得了足够的盛誉,陆川极力希望从"第六代"导演的群体中脱颖而出,宣布自己属于"新生代导演",大有与姜文比肩之志。(金健)

【孔威廉】 美国加州大学伯克利分校土木工程系的华裔学生。由于在参加"美国偶像"节目选秀时,五音不准,舞姿滑稽、笨拙,外表另类、土气而被评委羞辱。但是,从龇牙缝里挤出来的那两句著名"格言"——"我已经尽了我最大的努力,所以我一点也不遗憾!"却让他咸鱼翻身,一夜之间成为"全球偶像"。这个被称为"可能是电视史上唱得最糟的歌手",具有独传秘笈:无比的勇气、自信、真实、诚恳。这位惨不忍睹的音乐亵渎者是美国人眼中的"小丑",却成为了华人心目中的"英雄"。首张处男专辑"勇气可嘉"成功蝉联美国独立大碟榜冠军,就连南加州年度最火暴的音乐盛会也请他压轴演出。这位"当红炸子鸡"颠覆了人们对偶像的标准认识,实现了作为文化祭坛上的牺牲品——偶像迷们心中的凤愿。(王月华)

【《孔雀》】 艾未未说,《孔雀》是中国最好的电影;田壮壮说,《可可西里》和《孔雀》是我今年看到的两部最好的华语电影；姜文说，《孔雀》"浑然一体"，打破了中国电影"样板戏"的局面；王朔说，《孔雀》是"第五代"导演的终结作品；"第五代"摄影师顾长卫首次执导电影便获得众多大师的一致称赞。影片讲述了上世纪七八十年代北方小城里一个五口之家的故事，分别描述了哥哥、姐姐、弟弟三个年轻人各自的一段生命历程与生命状态，呈现出来的是或明朗或冲动或懵懂的理想追求，以及理想幻灭、精神萎靡，以至日子平淡、尘埃落定的过程。与"第五代"导演最初过于精英的担当意识、而后"识时务"的转向不同，顾长卫关心的是普通个体在成长中的细微感受，隐秘的痛苦和忧伤。影片的叙事流畅悠缓、波澜不惊，散发出朴素而伤感的气息，导演良好的控制力可见一斑。作为一部纯艺术片，《孔》片的票房也出人意料。遗憾的是，本片进军年度各大国际级电影节均无甚收获，西方电影对中国电影继续停留在误读阶段。（小鳄）

【恐惧斗室】 耐克 ZoomLebron Ⅱ 篮球鞋广告片，男主角是 NBA 巨星勒布朗·詹姆斯。由于广告中詹姆斯接连击倒身穿中式长袍的武林高手、中国美女，以及象征中国精神的龙图腾，引发争议，被指"侮辱中国"。耐克公司随之出面辟谣，称该广告融合了武术、漫画、嘻哈音乐和篮球等多种元素，目的就是让全世界的人都有参与感，体会广告片所传达"直面恐惧，勇往直前"的精神。最终广电总局还是发出禁播令，命令各电视台停播此广告，却不想该款式篮球鞋非但未受广告遭禁影响，销量反而节节上升，媒体对此事的广泛关注恰恰为耐克公司做了免费宣传。（金健）

【矿难】 对于煤矿工人来说，2004 是个祸不单行的黑色年份。导致我国频繁发生煤矿特大恶性事故的"头号杀手"是瓦斯（富存于煤层及周围岩层中，是井下有害气体的总称，主要成分为甲烷，具有易燃易爆特性）。安全生产和经济成本之间的矛盾是所有煤矿面临的现实难题。在全国人民喧嚣的同情声的感召下，更多的遇害矿工及其家属鸦雀无声地承受着生命之轻。死亡，对于精神冷漠的国人，只是个不伤大雅、冰冷的数字。矿难已成为一个触目惊心的问题，它的背后是缺乏保障劳工权益的有效机制。（王月华）

【"空爱"】 "空爱"这个词本来不乏缥缈的意境：想付出一生来呵护的女孩，还是眼睁睁看她离别，只留下梦一样的空白与绝望。"空中做爱"实在是正常的公众难以想到的龌龊之举，指的是一种声讯色情台。利用互联网 IPLC 电话，声讯小姐在电话里按照客人的要求，说有关性挑逗方面的淫秽语言，描述做爱过程。孪生的还有"视屏色情网"等。相对于传统的色情业，这是一种相对"清洁"的方式。声音或者图像和声音为"新新嫖客"提供互动服务，实在是应对现在防不及防的艾滋、非典等的良策。但内心的恶性肿瘤，却无法用空间这个"安全套"来预防与免疫。（邓华龙）

【扩招】 继 1999 年"高校招生红火年"扩招 51 万人之后,中国的高校每年仍以超乎寻常的招生率吸纳数量众多的青年入学来圆一场大学梦。在教育部看来,大学扩招不外乎多几间教室、几张床位,并且按"教育产业化"思路,还可在一定程度上拉动内需,促进经济增长。而大学资源严重不足,生源质量无法保障,招生工作的腐败杂生,这些跟进的问题则不在有关方面考虑范围之内。"扩招扩招越扩越糟",已不再是句插科打诨的玩笑话。1 个茶壶灌 30 个杯子,研究生扩招已率先呈现出师生比例严重失调的现象。持续数年的"教育大跃进"一手制造了"本科满街走,硕士多如狗,博士抖一抖"的尴尬局面。事实证明,巨大的就业压力,将使扩招一代的大学生轮番上演"毕业即失业"的人间喜剧,天之骄子一夜之间沦为了知识民工。(杨轶臻)

【嗑药】 服食"摇头丸"、k 粉及滥用安定片,广泛称其为"嗑药"。"嗑药"的主力军,通常包括事业成功、工作压抑的白领,体育娱乐明星,小老板们及少数社会不良青年。这些药一般具有强烈的中枢神经麻痹,精神依赖性,抗焦虑,兴奋和致幻作用。嗑了这些精神高度亢奋的药能让人注意力集中到某个事物上,而且对其特别敏感。令人担忧的是,"嗑药"已成为时尚、个性、叛逆的社会潜在标志。药迷们在麻醉中释放自己无限的欲望和过剩的力比多。2004 年,零点乐队和歌手沙宝亮因在酒吧"嗑药",成为媒体追逐的热点。(王月华)

【快闪】 Flashmob 汉译,由词根 Flash crowd + Smart mob 缩写而成。Flash crowd,指网站上某个趣味相投的特定族群;Smartmob,指这群有着一定民意基础的陌生人,利用互连网、手机、随身移动装置,在无领袖、无组织的状态下,瞬间激发出强大的动员力,啸聚而至,转眼间又一哄而散。这是全球数字化趋势下新兴浮现出来的时尚搞怪运动。这股无厘头风潮 2003 年 5 月始于美国纽约曼哈顿,旋即风靡全球,横扫世界各大都市。迄今为止,这项无伤大雅的集体游戏,与其说是留给看客一份神秘和惊愕,不如说是参与者自己享受了一把神出鬼没的恶搞乐趣,借助集体的力量,人人演了回《不可能任务》中的汤姆·克鲁斯。网络幽灵瞬间变成大规模聚集闹市街头的靓男倩女,它的强大动员力,以及互联网和手机曾经参与政变的先例(委内瑞拉、菲律宾的民众通过手机短信聚集起来推翻政权统治,韩国总统卢武铉登上总统宝座一定程度上离不开新闻网站的竭力推荐)让一部分研究者开始担心:"快闪暴走族"是否会带动大规模的社会、政治革命。就目前而言,快闪族所有的活动细节均在媒体摄像机轻松的跟踪和捕获之中。(杨轶臻)

L

【"Linglei"】 2004 年 2 月,《时代周刊》亚洲版的封面上出现了身着一袭黑色朋克装的春树。在春树一片茫然的脸上,美国人想必看到了更多的意味,他们管它叫作"Linglei"(另类)。显然,用以定义春树他们新状况的这个词汇在汉语中早已陈旧,可见美国人隔怎样的太平洋在看中国。被一同归于"Linglei"的还有少年作家韩寒和少年电脑骇客满舟。《时代周刊》在这些成功少年的身上看到了中国的新文化、新生活和新时代,并由此直截链上了美国60年代的青年反叛运动和"垮掉的一代"。明眼人都知道,这全是胡扯。美国60年代那场浩大的青年运动是对资本主义经济体制和中产阶级生活方式的全面拒绝和打破,是以自由和爱为口粮的理想一代;但中国的少年作家恰恰是畅销书体制的产儿,甚至他们的 Linglei 都只是商品上的标签,那个商品是畅销书作者自己。(殷罗毕)

【拉风(拉动风尚)】 什么叫拉风? 时下拉风一词成为娱乐、时尚、休闲领域使用频率颇高的词语。拉风最初来源于敞篷车高速驾驶带来的快感,没有宝马跑车,骑单车兜风也不错,飚车族们喜欢风吹着头发的感觉。从拉风车滋生的够时尚、够酷的快感里,不知什么时候,拉风放大为拉动时尚、引领潮流之意。"最拉风"、"够拉风"、"很拉风",和曾几何时的"酷毙""够炫"不相上下。拉风的装扮、拉风的装备、拉风的男人、拉风的女人,要想拉风,就得站在潮流的浪尖,拉动一大片。拉风一词朗朗上口,适合快速传播、修辞。(蓝丹)

【莱卡】 LYCRA 的音译,是一种时髦的人造弹力纤维,多用于内衣、针织物、西装以及牛仔裤等面料中,增强弹性和舒适度。而更为人熟知的是创立于2001年的莱卡风尚大奖,作为国内少有的能将时尚、娱乐、品牌和传媒紧密的结合在一起时尚盛典,把众多明星和时尚潮流人士,明目张胆的以时尚的名义汇聚起来,据说其声誉直接影响到印度和英国的时尚界。2004年第四届莱卡时尚盛典名为"超越中国,超越时尚",更被定义为"中国时尚界的风向标"和"对中国时尚的年度总结",其意义已经超越了"莱卡"弹力面料本身。而据莱卡公司对"莱卡"与"时尚"关系的解释为:"我们的最终产品是一根人们无法看见和触摸的纤维,它就像基因一样存在于时尚的形式中。"(曲筱艺)

【李傻傻】 湖南隆回籍人士蒲励子的网络 ID。第一位在《花城》发表长篇小说的少年作者。曾荣膺"80后作家创作实力排行榜"(《羊城晚报》评)榜首,有"少年沈从文""少年余华""文坛刀郎"之称,被马原冠以"80后文坛实力派五虎将之首"的名号。处女作"青春痛感"小说《红×》首印20万册,另有散文集《被当作鬼的人》出版。擅长以湘西风土为背景叙述童年经验,意象诡谲,文字跳脱,用情深挚。痛楚的底层生命和剽悍粗砺的文风一扫"郭敬明时代"的绮靡柔弱,成为标举"惨烈青春"的又一面旗帜。(李业业)

【《龙票》】 一部讲述晋商命运的电视剧。该剧以清代晋商风云人物祁子俊大起大落的传奇人生为主线,人物命运的跌宕起伏背后,经济与政治之间某种微妙的权力关系显然具有影射效果，而钱商、官商、皇商三种类型的商人之间的斗争又指向了官场相互倾轧的现实。某种程度上，该剧隐约流露出从源头上梳理中国民族商业的意愿，但这一切淹没在主人公复杂的多角恋情之中，这说明以电视商品的形式审视历史必然是一场尴尬的走秀；或者，这本来就是向历史搜秘的同时趁机消费历史的把戏。（小鳄）

【亮晶晶】 首见于 2000 年香港报纸，意指国家跳水队员、雅典奥运冠军田亮和郭晶晶的"明星恋情"。因为天生丽质和阳光明媚，他们从普通的运动员摇身一变，成了娱乐版上的光芒四射的明星，成了时尚的代言人。同时，由于体育在中国还肩负着有关民族强大的政治使命和道德责任，因此他们在体育的舞台上所取得的辉煌成绩，以及自身的低调使得这段"恋情"又不同于一般的花边小道、明星绯闻，令人回味。（王珏）

【罗雪娟】 为中国在雅典奥运会上夺得了唯一一块游泳金牌。当罗雪娟从泳道引身出水，她的容颜亮丽惊人，她的发言更震动人心："我心里很明白，有许多人希望我输。可是，我赢了。"这位来自西子湖畔的女孩的一大特产却是麻辣格言："我喜欢像野兽一样游泳！""我身后的那池水不干净！"（九运会夺金后）"我很感谢生养我的父母，感谢教练和领导的培养，还感谢所有关心我、喜欢我和憎恨我的人。"（奥运夺金后）这些都不像是一个中国运动员的发言，倒酷似西方电影中主角的要酷斗狠。罗雪娟生于 1984

年 1 月 26 日，与她差不多同龄的是刘翔、郭敬明、李傻傻和春树们，都被称为 80 后一代——他们不客套，不自谦，更自信、更直接、更漂亮，行为方式不像中国人倒像西方人，是中国这块老土地上产出的新人类。罗雪娟、刘翔们的亮相为中国卷入全球化过程中产生的人种现代化提供了一个直观形象。（殷罗毕）

【梁弘志】 台湾音乐创作人梁弘志 2004 年 10 月 30 日凌晨病逝台北。《像我这样的朋友》，曾经有过《驿动的心》，总是要在《半梦半醒之间》，才能《读你》。多年之后，才想要对你说：《请跟我来》，其实我一直《但愿人长久》，《想飞》的心，在生活深重的《面具》之后，想要的一份幸福，《恰似你的温柔》。梁弘志的离去，浮华的乐坛，与人文精神、孤绝才华等寂寞的操守越来越远。（注：歌曲演唱依次由：谭咏麟、姜育恒、谭咏麟、蔡琴、苏芮、邓丽君、郑怡、黄莺莺、蔡琴）（邓华龙）

【李昌钰】 神探，有当代福尔摩斯的赞誉。1998 年起担任美国康涅狄格州警政厅厅长，成为美国警察界职位最高的华裔人士。轰动一时的大案，如美国前总统克林顿性丑闻案、肯尼迪总统遇刺的重新调查等，都在他的参与下发生重大转机，甚或真相大白。（羽戈）

【廉价时装】 廉价时装是指款式新潮而价格低廉的服装，包括街头小店的广州货，超级仿真 A 版以及商场打折狂季的中档品牌。目前，欧美正流行超市时装，中产阶级纷纷以购买价格低廉的超市限量版名牌为荣，连夏奈尔掌门人拉格菲，也开始与美国流行服饰品牌合作。在今天，夏奈尔经典套装与20元的街头牛仔裤搭配，米兰LV旗舰店的限量版与超级A版货色同处衣橱，已经成为有品位的象征。商场促销活动使得中档时装直接进入低消费领域，在奢侈品牌与廉价时装两极分化的过程中，起到了推波助澜的作用。而时尚和时尚消费者们，也得以从代表地位和身份的社会角色中解放出来。（曲筱艺）

【立邦漆】　2004年9月份的《国际广告》杂志第48页，刊登了一则名叫"龙篇"的立邦漆广告作品，画面上一个中国古典式的亭子的两根立柱各盘着一条龙，左立柱色彩黯淡，但龙紧紧紧攀附在柱子上；右立柱色彩光鲜，龙却跌落到地上。就是立邦漆这样一则广告，几天来却在网上掀起了轩然大波，骂声不断。作为中国传统象征意义上的龙遭遇如此尴尬的境地，触动了中国民众最为敏感的神经。（王珏）

【李成延（慰安妇）】　韩国艺人。因拍摄以从军慰安妇为题材的裸体写真，霎时成为韩国的耻辱、"国家叛徒"和"人民公敌"。这本让人目瞪口呆、"没有比这更好的写真"，一夜间引来了众人的汹涌骂潮，更掀起了声势浩大的"封杀李成延"运动。迫于舆论的重压，"聪明"的李成延在家乡父老面前，逼真地秀了一把演技，上演了公开道歉、削发谢罪、跪地求饶等好戏。名不经传的韩国艺人李成延彻彻底底成名了，并且，不费吹灰之力打开了国际市场，就连看惯性感美女的威

尼斯人，也一不小心，成了这位"韩国病毒"的超级粉丝。看来，想真正"娱乐大众"就必须出这样的绝招。无知从来不是错误的托词，诱人的商业利润才是慰安妇事件的"幕后元凶"。（王月华）

【郎旋风】　2004年8月，香港经济学家郎咸平教授连连在媒体上发出的"重磅炮弹"。郎咸平指名道姓地痛斥许多中国企业领导人借国企改革之机大肆化公为私，侵吞国有资产。这些被指责的企业几乎都是过去被树为改革成功典型的"明星企业"，包括TCL、海尔、格林柯尔、科龙等。在国内经济学界意识形态一统天下的主流话语语境下，郎咸平对诸多经济焦点和事件进行了深入浅出、精辟敏锐的分析，因其敢于揭露真相的勇气和大胆犀利的观点广受民众欢迎。和民众的热情截然不同，经济学家们对此褒贬不一，争议颇多。不管郎咸平本人言行是否合理，一句"不为任何阶层代言"，已经击中了国内经济学界相当一部分人的软肋。（王珏）

M

【莫拉蒂（国际米兰）】　2004年1月20日，国际米兰俱乐部董事长马西莫·莫拉蒂（Massimo Moratti）因直接导火索——国际米兰无缘意甲冠军，而黯然辞职。大学念的是政治的莫拉蒂，1995年接任国米主席，九年中显出了政治家的魄力与果敢。重金收购球星、炒掉大牌教练等大手笔，有政治家的野心，就其实际产生

的效果而论,却更像是一个恣意挥洒才情的艺术家。国米作为足球豪门,正是滋生这一种十分有性格的人物的良好土壤。但是人们并不理解他,像对待许多艺术家一样,只有他远离了尘嚣,才能被公众纳入圣殿。长发、有着艺术家脸庞的莫拉蒂,还有待后来者细细品味。(邓华龙)

【美腿】 美腿展现形体构造的线条美,和人体的挺拔美。丰隆有致、健康明朗的美腿,修长而笔直的天生曲线,成为女性性感极至的符号。都市里的MM除了天生的亭亭玉立外,更注重后天的营养饮食、健美运动、美容保养来打造她们幻想的美腿,花样百出的各式美腿妙招,种种美腿黄金法则,引导她们乐此不疲地塑造玉腿。超长的性感美腿,成为一个符号,一种炫耀的傲人资本被人反复意淫。莫文蔚的超级美腿,提高她大胆和放达的性感指数。动感的美腿,行走的步伐,在人群中展现卓尔不群的风姿,因为傲然挺立、出类拔萃的美而获得更张扬的空间意义,在炫耀,被窥视。(蓝丹)

【谋女郎】 张艺谋还在拍《红高粱》、《秋菊打官司》时,就喜欢用新的女演员。至今,从他的电影走向世界的女演员,已经有了三代。不仅影片本身能屡获肯定和关注,这些女演员也往往能从此成为耀眼的明星。巩俐、章子怡到尚在拍的《千里走单骑》的蒋雯,都是"谋女郎"。所以,无名的新生的女演员,都渴望能通过张艺谋的"龙门"。张艺谋与其说是一个点石成金的巧匠,毋如说是一个高明的

魔术师。魔术师能够在掌股之间,变幻出绚丽至极的烟火,但烟火散尽后,仍然只是空荡荡的舞台。(邓华龙)

【马加爵】 这是一个让4个被他杀害的大学同学的家人记恨终身的名字,也是一个大学生暴力犯罪的符号化象征。他的成长缺乏父母的关爱与沟通;他的教育跟大多数中国人经历的那样,目标唯一而方式粗陋,竞争残酷而少有温情;他的前途是迷茫未知的。他是一个贫困学生,笑贫不笑娼的社会风气给他带来屈辱甚至犯罪的杀机,但这并不能成为妖魔化贫困学生的借口。他的杀戮肇因之一据说是沉迷于网络,这是不同于以往的。人们忧虑,大学生虽然已经是成年人,却和多数中国成年人差不多,缺乏公民教育培养训练与公民自治的环境。因此,除了训斥,中国的成年人还该挺身而出做些什么呢?至少为了不再出现马加爵。(徐红刚)

【麦当娜】 一种现象。一个象征符号。美国文化的代名词。如果说,50年代是猫王埃尔维斯·普莱斯利,60年代是甲壳虫乐队,70年代是埃尔·约翰,80年代就是麦当娜时代!她是激情与性感的载体,是集流行乐坛天后、音乐神话和母亲三个身份为一体的女性。她用"性"表达属于女性的身体诗学。她说:"性等同于权力,如果女人拥有了这种权力,或是既有权力又很性感,这会使男人害怕。"这个强悍的女人,迫使男性匍匐在她熊熊燃烧的火焰之下。她是我们心中理想的偶像,她把精湛的舞台艺术表演形象和

前卫、个性的音乐融合在一起,创造出一种奇妙纯真的流行现象,把我们带回到卖弄风情、性感迷人的年代。她的特立独行、叛逆的形象深深影响着无数循规蹈矩的中国青年。(王月华)

【梅艳芳】 香港著名女艺人,2003年12月30日因罹患子宫颈癌病逝,终年40岁,一代天后香消玉殒。"百变天后"艺坛20年见证了香港演艺界的兴衰传奇。火葬当日,诸多香港高官及著名艺人纷纷到场,前来悼念的歌迷约7000余人,足见梅姐的社会地位。随着张国荣和梅艳芳在春天和冬天一前一后地相继离世,属于70年代一辈的偶像宣告凋零,标志着一个时代的终结。梅艳芳的逝世还引发了女性恐慌,2004年全港掀起了一阵妇检热潮,更多女性开始关注自己的生殖健康。(叶晓倩)

【每周质量报告】 央视唯一一档以消费者为收视目标的新闻专题栏目。栏目主要包括"记者调查"、"专家解读"、"调查回访"、"质量点击"四个版块。真实地报道过德州扒鸡、山西陈醋、平遥牛肉、四川泡菜、金华火腿、龙口粉丝、绍兴黄酒等一系列国内知名品牌的大量造假现象,影响巨大。节目不断揭发黑幕,与百姓的习惯认知产生强烈反差,这种反差就构成观众看节目时的戏剧性心理,并造成心理恐慌。面对迎面而来的"食品恐怖主义",除了大呼"天哪,没什么东西敢吃了",只有束手待毙。在《每周质量报告》这样的电视栏目后面,存在着四种支配媒介运作的力量:政府、商业、公众和媒体自身,它们之间在相互博弈。可惜,这样一个在世界上都极为罕见的电视栏目,注定历经风雨!(王月华)

【民族风】 民族风回归不再流于浮浅拷贝和故弄玄虚,从古董家具到旗袍唐装,从苗族蜡染到西藏银饰,越来越多的人开始热爱中国的传统古典风格,它已经突破少数艺术家的特权,扩展到大众时尚文化的领域。这些具有民族意味的符号,既不再是少数人标榜独立特性的旗帜,也不再是散发神秘气息的标本——实际上,大众化的民族风变得更加精致和平易近人。在时装设计上,当三位中国设计师首次到巴黎展示具有民族风情的设计时,民族风不再意味着唐装,东方元素也不再仅仅是龙和凤。(曲筱艺)

N

【鸟巢(国家大剧院)】 2004年7月,北京奥运会主体育场"鸟巢"停工,它原先设计中的移动顶盖被要求去除。鸟巢瘦身是"节俭办奥运"出现的第一个动作,引发了一系列关于奥运会场馆"瘦身"和缓建的争议。在中国国际艺术双年展上也出现了"北京不是世界建筑师的试验场"的说法,说明中国当局对于建筑奇观的狂热追求已开始降温,转为更为务实的态度。(殷罗毕)

【女体盛】 源自日本的一种极具色情意味的餐饮文化。客人用餐时,在接受专业培训的处女一丝不挂的身体上盛放菜肴,供其享用。自昆明惊现第一例"女体盛"之后，轰动全国，各地群起效仿。社会人士或从民族感情，或从伦理道德，或从女性权利对此展开了激烈的口诛笔伐。但具有讽刺意味的是云南卫生厅对"女体盛"喊停的理由仅是其没有经过消毒过程。食欲焉？性欲焉？文化焉？色情焉？就在人们对此狐疑不已时，餐饮文化包装下的商业情欲以其玉体横陈的撩人姿态又一次嘲讽了脆弱的社会道德。（王珏）

P

【陪舞】 2004年9月27日下午，南京某音乐学院03级舞蹈编导专业的全体女生，被学校"强行组织"参与了一场接待来访领导的陪舞任务。那些领导半搂半抱着她们，一边跳舞一边还和她们讲着一些什么身材好、皮肤好之类的话，有些人还追问她们的手机号码，有的则故意透露自己的身份。这场"女大学生停课陪舞事件"经媒体报道后，在社会上引起一片哗然。舆论矛头指向的并非陪舞本身，而是社会和官场中庸俗社交活动方式已向高校蔓延，大学生成了"官场婢女"，成了学校取悦上级、获取利益的工具。然而，被披露的"陪舞事件"仅是冰山一隅，许多人表示"女大学生陪舞，没啥稀奇"。大学也是社会的组成部分，而非圣地，这仅是隐藏在社会生活深处的潜规则而已。（叶晓倩）

Q

【Q版语文】 2004年最热的文字出版物之一，作者以他天马行空的想像力和无厘头的表达直指传统经典语文，从而引发了一场关于"保卫经典"和"且自由它"的论争，随着争论焦点由素质教育、教科书改革上升到文化精神领域的钳制和反钳制、大一统还是百花齐放的层面，使得Q版语文的传播成为又一个文化公共事件。行政权力习惯性的干涉终结了这场有可能引致"大众思想混乱和认知错误"的激辩，并冻结了这本"轻松解闷读物"的发行，这个结果也使得事件本事具备了某种浓重的黑色幽默色彩，并成为和谐盛世的一个小小注解。（唐彬）

【潜水】 网络术语。专指互动型网站上，网民不注册、不登陆或看帖不回的习惯性上网行为。在网络这片穷山恶水里，潜水员大致分为以下N种类型：(1)菜鸟级胆小网民，不熟悉网络地形并且尚未充分作好挨板砖的心理准备而不敢妄发言论者；(2)隐蔽于后台，数量众多的网络警察；(3)秃鹫型网鸟，以攫取猎物为目的，在BBS上盘旋巡视，不管腐尸与否，只要有用立即打包带走，不留筋骨皮肉；(4)把"宁静志远淡泊明志"人生格言镌刻于CPU的人士，置"有一种友谊叫跟帖"的网络名言于不顾，轻轻地走正如轻轻地来，挥一挥手不留下一片云彩；(5)对某一专业领域了如指掌，具备资深专业知识，颇具威望的侠之大者。此类极品人物，纵横网站无数，冷眼旁观，笑看风云际会，自己却从不轻易显山露水，而一旦冒泡发言，必精准独到，老辣犀利，震惊论坛内外。隐蔽深海的作战优

势、雷达声纳般准确的目标定位以及鱼雷般迅捷、出其不意的攻击方式,使之成为 BBS 上最具威慑力的网络批评家。(杨轶臻)

【禽流感】 继 SARS 之后,中国又迎来了对禽流感疫情的阻击战。禽流感是禽流行性感冒的简称。是由 A 型禽流行性感冒病毒引起的一种禽类(家禽和野禽)传染病。感染后可表现为轻度的呼吸道症状、消化道症状,死亡率较低;或表现为较严重的全身性、出血性、败血性症状,死亡率较高。其传播分为病禽和健康禽直接接触和病毒污染物间接接触两种。经历了 SARS 之后,中国政府对传染病的预警机制有所完善,此番禽流感的盛行,政府对应措施得当,对公众不再采取隐瞒的方法,而是公布各种预防知识、各地疫情。禽流感疫情因此很快得到控制。不过相当长的一段时间里,广大市民们谈"禽"色变,其餐桌也与鲜活家禽无缘,家禽市场更是萧条无比。(叶晓倩)

R

【人质】 人质在悲剧性事件中的本质就是劫持者和解救者均不同程度地不把人质当作人,而是可资质押交易的物品。2004 年国际恐怖事件中,劫持者已经改变了把无辜的人质"奇货可居"来"保值增值"的传统经济利益冲动,而是转向政治诉求与信仰表达,且矛头不仅直指西方"帝国主义"发达国家,还有历来自视为发展中国家带头大哥的联合国安理会常任理事国的中国。所幸多数中国人质转危为安,吹破了国内愤青"恐怖事件中国免疫论"和对西方遭袭击幸灾乐祸的"天谴论"泡沫;面对国内并不鲜见的人质绑架事件,不论是民众的心理困惑与承受能力,还是政府在解救过程中的微妙心态与技术经验,都是转型时期中国应该认真考虑并加以完善的课题。否则,于"和谐社会"大为不利。(徐红刚)

【人造美女】 "人造美女"一词的前身是整容,曾多出现在医疗事故的负面报道中。随着韩国女明星整容消息的曝光,整容终于得以昭雪,变得光明正大起来,拿着金喜善的照片去做韩式整容成为一种潮流。而郝璐璐事件让"人造美女"浮出水面,在一片置疑声中各地的"人造美女"络绎不绝,整容也由局部升级到全身。在一场关于人造美女是否可以参加选美的争论中,全国首届人造美女大赛拉开了帷幕,而先变性再整容的完全版人造美女,更令造美工程登峰造极。整容不再仅仅是爱美的个人私事,它已经成为一种时尚,进而扩展到经济、社会、法律以及伦理等各个领域。(曲筱艺)

【瑞奇·马丁】 肾上腺语言,热辣性感,活力四射。"拉丁王子"瑞奇·马汀是当今歌坛唯一能灵活运用英语、西班牙语进行双声带演唱的歌手,风格兼及流行与拉丁舞曲。曾以世界杯主题歌《生命之杯》掀起全球拉丁狂潮,被美国《人物》杂志评为 1999 年"25 位公众最关注人物",并两次入围该杂志评选的"全世界最美丽的 50 人"。尽管已过而立之年,这位波多黎各男子仍不失惊艳，接受"上海友好大使"称号一行，引沪上媒体倾巢出动。难能可贵的是，马丁不仅积极筹建"People For Children"儿童慈善组织，而且拍摄公益广告拯救雏鸡。所谓优质偶像，自当如是。（李业业）

S

【《杀死比尔》】 美国"鬼才"导演昆汀·塔伦提诺复出之作。其糅合意大利邪典、鬼怪、日本动漫和东方武打为一身的怪异风格，以及毫无节制、血腥异常的暴力场面满足了美国影迷的"嗜血"渴望。热衷于香港功夫影片的昆汀以美国的嘻哈风格代替港片中的"无厘头"本色，运用"黑白镜头"、"分割屏幕"、"标题语言"等非传统电影语言为观众献上一盘"大杂烩式的视觉快餐"。《落水狗》和《低速小说》里那位随心所欲耍弄镜头的"大顽童"昆汀又为自己打上新的文化标识——新暴力美学大师。（金健）

【SHE】 来自台湾的美少女三人组，成员有：田馥甄 Hebe、陈嘉桦 Ella、任家萱 Selina，首字母加一起就是：SHE，英文中是"她"的意思。SHE 在 2004 年推出电子风格歌曲 Superstar 和《波斯猫》，成为了整个年度轻佻但又不失快感的背景音乐。她们的音乐多为翻唱欧美已然成功的流行音乐，但旋律和节奏处理得更为轻巧、简易，在年轻人中赢得了广大的共鸣。SHE 为这个时代的烦乱人类提供了一种无痛无伤的电子声音按摩。但与西方世界完全电子化和强节奏的 techno 不同的是，她（SHE）性的华语电子摇头丸依然披着一层温柔、撒娇、自诩健康的抒情面纱，不愿扯去。（殷罗毕）

【审帖】 网络论坛（BBS）上对网友发表的帖子进行审查的程序。通常分为机器（系统）自动审查和版主人工手动操作两种形式：前者是网站按照监管当局提供的敏感词清单，由服务器上安装的关键词过滤系统自动删除问题帖子，此类敏感词汇包括政治、宗教与色情的专有名词；后者是网站管理员或论坛版主，根据具体情况对帖子进行修改、屏蔽、锁定、删除等技术处理。面对审帖，帖主可以通过帖子预览事先对敏感词作形式上的改装来规避过滤，改字、缺笔、空格、同名替换，中国古代各种文字避讳的妙法在 21 世纪网络里死灰复燃。（徐红刚、杨轶臻）

【审美疲劳】 原本是艺术美学上的一个术语：审美疲劳。指的是没有新意，重复、陈旧的作品所带给受众的消极效果。电影《手机》中有句"在一张床上睡了 20 年，难免会有一些'审美疲劳'"，就是这一语词进入公众经验空间的个案。今天公众生活呈现出精致化、温软化。对美的追求，从"美女"，到美居室，到了腻味的时候。这也是对当下唾弃艰苦朴素、躲避崇高永恒，以生活舒适安逸环境幽雅美观为人生准则之风的一次"审美疲劳"，也暴露了这种时代风尚的脆弱与空虚。（邓华龙）

【摄像头】 这种视频交流（网络聊天、远程电话等）的工具，正在沦为窃取个人隐私的利器。不论是公共浴室、洗手间内，有人以安装了摄像头的可拍照手机将入室者的原生态瞬间收取于方寸之间。还有政府部门如公安者，以便于管理、维护治安之名，推行公共场所电子摄像头全天候监视化，都是对个人空间的无形压抑与贬损。置身其中的人们仿佛进入英国作家乔治·奥威尔小说《1984》笔下的那个无所遁形的电屏世界，"老大哥看着你呢"不再是一句过时的玩笑。（徐红刚）

【少林秘笈】 2004 年 7 月底，媒体曝出在武侠小说和影视剧中被传得神乎其神的少林寺《易筋经》、《洗髓经》，"行军散"、"还魂汤"、"大力金刚丸"等一些从不外传的秘笈，被少林寺通过网站首次公布于众。一时间在网上纷纷热传，而在此之前由于武侠小说和影视剧中屡屡提及这些秘笈，更增添了其知名度。然而纵观此次公布的少林秘笈，并没有人们想象中那样神奇。摒除被影像和传说无限夸大的神话，如何理性地面对中华传统文明的秘苑之花，开始浮出历史地表。（王珏）

【石一歌】 这个词语，在 30 年前赫赫有名，与"罗思鼎"、"梁效"等并称为"文革"数大写作组之一，隶属于上海市委。它的此番复起，是与文化名人余秋雨先生息息相关。据传，余为当年"石一歌"中重要成员，并为此写出不少足具分量的大批判文章。而对这一经当事人举证的昭然事实，今日之余却竭力反驳，并在自传里为己辩护。2004 年围绕"石一歌"的争吵，可视作上个世纪末叶"余秋雨，你

为什么不忏悔"之追问的延续。（羽戈）

【《十面埋伏》】 《英雄》之后张艺谋又一部艺术品质极为低劣的商业大片。影片本身漏洞百出乏善可陈，却作为中国电影产业化的标本"大放异彩"。不明不白的故事、糟糕的剪辑、漏洞百出的逻辑、恶俗的灯光和服装……人们纷纷评点影片的多处硬伤、笑场和不得不说的可悲之处，为章子怡永远不死找到 N 条搞笑理由。传说中的《十面埋伏》居然无异于一场"猢狲出把戏"，可看性倒是有的，不过充其量也只是部搞笑剧。该片完全以商业化的模式打造而成，明星阵容、海外资本、豪华首映礼、发行得力，到票房一环更是以"完美"收场。7 月 16 日在全国同步上映以来，仅 4 天时间就有 6395 万元的票房成绩，超过了《英雄》同期创下的票房纪录，在台湾、香港也创造了当地华语电影的票房新纪录；首映开始 18 天后，席卷内地 1.5 亿元票房，超过进口大片《后天》和《特洛伊》的票房总和。同时，以《十面埋伏》为平台，新画面公司的招商范围涉及了各个领域，招商项目多达 10 余项；影片还未上映，《十面埋伏》的北美发行权卖了约 1.15 亿元，日本发行权卖了 0.85 亿元，成本收回了大半。而政府政策的倾斜也使其获益良多，比如对盗版的严格控制，对档期费尽心思的安排，舆论上的全力支持无疑也为其票房成功助了一臂之力。确切地说，《十面埋伏》早已超出了电影本身的概念，而具备了电影行动或文化事件的要素，尤其是对电影局的领导而言，该片运作的

成功承载着振兴民族电影的可悲重任。这一年，因而成为名副其实的中国电影"十面埋伏"年。（叶晓倩、小鳄）

【沙发】　　BBS灌水专用语。指楼主下面的"第一跟帖"。疑似源自"so fast"——"很快，如此之快"的意思。而"so fast"的发音近似于"sofa"（英文里"沙发"的意思）。所以第一个回帖者因捷足先登而自称为"坐沙发"。尽管坐沙发者看似没有对楼主的观点给予直接回应，没有指点江山似的发表长篇大论，而仅仅使用"沙发"、"SF"、"坐沙发"等寥寥数字顶帖助阵，但足以显示出一个资深专业灌水员对于网络潜力贴的判断水平以及一种坐山观虎斗的旁观者心态。（杨轶臻）

【《世界》】　　"中国第六代导演"贾樟柯的《世界》颇有意味，从片名到内容。片名很大气，而且并非虚张声势，因为剧情就是在北京世界公园缩微景点展开。据贾樟柯所称"想表现自己对来到这个世界的迷茫、蒙昧"，"取这个名其实是讲我对这个世界一无所知"。在公园里，从金字塔到曼哈顿只需10秒，这构成了对生活真实的隐喻：一日长于百年，世界就是角落。温情而忧伤的私人性故事，试图去揭开温情脉脉的生活的面纱。最后发现的却是对这个世界想像的幻灭与失落。这也是整个时代的境遇，很可惜的是，影片并没有走出这个时代，只是把这一命运也作为一个缩微景观展示给了观众。（邓华龙）

【塑身】　　美腿、美臀、丰胸，雕塑丰满迷人的S身形，达至享"瘦"的至高境界。要想有完美的身段，要想炫出曲线，除了要针对自己身材的特点进行减肥外，还要进行各种美形塑体运动：从有氧运动瘦全身，柔韧瑜珈塑纤腰，到美臀运动，塑形操修出美腿，到千奇百怪的瘦身美容食谱。甚至不惜到美容院操刀："修坐围"、"修肚腩"、"修大腿"等。女性是美感的偏执狂，不达完美身形誓不罢休。凹凸有致的体形和健康自然的身体到底哪个更重要呢？（蓝丹）

【"撒娇派"】　　"活在这个世界上，就常常看不惯。看不惯就愤怒，愤怒得死去活来就碰壁。头破血流，想想别的方法……我们就撒娇。"1985年，上海师范大学的几位理科学生发出了以上的宣言，在那个人人写诗、遍地诗社的年头成立了自己的诗派——"撒娇派"，主要成员是京不特、瘦山，以及后来加入的默默、郁郁和刘漫流等。2004年，无数诗歌流派早已风流云散，倒是撒娇派依然活得滋滋润润，参加城市诗歌研讨、出版《撒娇》诗集，搞得有声有色。在海南大学举行的第三代诗歌研讨会上，诗评家徐敬亚、李少君、陈超等人纷纷为"撒娇派"（和"莽汉"）翻了案，将其标榜为先锋精神的先进性代表，因为它口语（代表先进性民间话语），因为它撒娇（代表先进性消解性文化姿态）。因为自称撒娇，免去了被贬斥为撒娇（精神撒娇、知识撒娇、浪漫撒娇、抒情撒娇等等）之虞。同时，由于其轻盈无摩擦的犬儒书写方式，在上海的中产阶级生活氛围中，"撒娇"存活良好，并成为了一款合格的通郁气、

助消化的顺势疗法。（殷罗毕）

T

【铁西区】　铁西区，位于辽宁省沈阳市，中国最陈旧的国有重工业基地，一个被毁弃的世界。当一个完全的摄影业余选手王兵擎着 DV 进入铁西区时，随着晦暗的镜头，他开始了一场惊心的地狱之旅：其中面目灰黑的工人生存于铁与火之间，随时面临着没有预告的失业和饥饿。这部长达 9 个小时的 DV 纪录片的主人公是社会主义社会曾经的主人公——工人阶级，王兵以充满粗糙颗粒感的镜头摄下了他们的粗野、浑噩和无辜、无望，一个在市场经济中被抛弃了的绝望人群。《铁西区》令 DV 作品第一次赢得了学术界和媒体界的深度关注，也使得 DV 摆脱了形式主义无关痛痒的个人玩票状态，而成为一种可以深度介入现实的强有力的单兵武器。（殷罗毕）

【汤姆·福特】　这个优雅的德州天才设计师是国际奢侈品牌古驰（Gucci）的创意总监，并于 2000 年兼任 YSL 的设计总监，他以天才的设计风格和突出的个人形象受到国际时尚界以及好莱坞明星的追捧，曾于过去的十年中挽救了濒于破产的 GUCCI 集团，使其成为国际顶尖品牌。2004 年 4 月，由于新合约自主经营等条件未能谈妥等问题，汤姆·福特正式离职，此举动引起了设计界的轩然大波，这实际上引发了设计师之与品牌谁更重要的争论。后继设计师 John Ray 入主 GUC-CI 的男装后的第一场秀，与汤姆·福特的告别秀 2004 年米兰秋冬 Gucci 男装，是 2004 年引人注目的两场秀。（曲筱艺）

【涂鸦（上海涂鸦艺术节）】　嘻哈文化四要素之一，英文 Graffiti，指在公共墙壁上涂写的图画或文字，通常含幽默、猥亵或政治内容。起源于 1960 年代濒临毁灭的纽约社会边缘，是黑人问题青年重构世俗文化碎片以挑战当局的手段。当涂鸦随嘻哈族蔓延而风靡中国各大城市，其特征——"愤怒与抗争的文化载体"已然匿迹，从而成为时尚消费热潮中城市青年反叛传统、张扬个性的暗号，也是滑板、街舞、说唱的静态视觉表达。先有 LV、CD 及 Swatch 等超级品牌高调推出涂鸦设计的产品，后有 CONVERSE 在港汇广场举办了"2004 首届 CONVERSE 星动涂鸦大赛"，彻底地将这门边缘艺术主流化、通俗化、消费化。（李业业）

V

【V 领】　V-Line 是流行时尚界永恒的线条，从形态上看，V 领如同一个箭头，隐含着指向性，直指女人上衣的性征。在或高或低、似露非露的 V 流线间，一种优雅闷骚的性感得到彻底绽放，简洁、有力、震撼。聚焦的 V 领交叉处，被业界人士认为是个"黄金点"，是上装魅力的源泉。一件 V 领衫是女人衣橱里不可或缺的单品。流线的时尚定律在许多设计新作里分外妖娆：用 V 领衬衫表现帅性潇洒裤装风情；利用大 V 领的束身衣诠释性感；狭窄深长的"一线天"V领让胸部若隐若现地裸露；还有如日本传统服装的开襟款式成为融合古典味与现代感的绝妙设计。（蓝丹）

W

【外滩】 上海外滩又名中山东一路，全长约1.5公里，东临黄浦江，西面为哥特式、罗马式、巴洛克式、中西合璧式等52幢风格各异的大楼，随着外滩三号和十八号的成立，这里成为上海乃至全国著名的时尚地带。外滩三号是1916年落成的新古典主义宏伟建筑，重建后成为一个重要的时尚样板：四家风格不同的高级餐厅，奢侈的依云SPA、三个品牌时装专卖店，连顶级时尚大师Armani也青睐于此，分别开了两家规模宏大的专卖店……这里完全可以满足海派精英与众不同的口味和需求。而2004年底刚刚开幕的外滩十八号后来居上，从当年的英国渣打银行驻中国的总部，成为另外一个都市时尚地标：亚洲第一家法国米其林餐厅，以及卡迪亚的旗舰店等。外滩将变成一个高档消费品的集市，也许还会成为中国的"第五大道"。（曲筱艺）

【网游OL】 即在线网络游戏，Game On-Line。是网络游戏在国内兴起之后产生的新语词。其他的如3G、COSPLAY、FPS、仙境传说RO都是这种语词生产机制下的产品。当单机游戏有了在线游戏版时，也会加此后缀，如《最终幻想OL》、《剑侠情缘OL》。所以"新新汉语"与英语简写的拼接，一方面是时尚前卫的表征，另一方面是作为升级的仪式。这与80后的中国大陆新一代青少年的状态相关，只有当诸如OL这样的标签贴在身上的时候，才能找到自我存在的依据。当他们有勇气剥下这些的时候，才能成熟起来。（邓华龙）

【文化保守主义】 "文化保守主义"这一思想现象，以读经问题的争论、《甲申文化宣言》的签布，与《原道》十年纪念三个事件作为历史标轴展开，更为2004年冠以"文化保守主义抬头年"的称号。随着中国经济水平的不断进步，中国国力的不断提升，"文化保守主义"几乎瞬间获得了自五四以来从未有过的支持。这种长久已然湮没的文化自信迅速膨胀，似要宣告"儒化中国"时代的到来。在一片"儒声"喧嚣鼎沸之时，知名学者李泽厚、袁伟时等撰文反击，提出"要启蒙，不要蒙启"，"何须为儒家文化殉葬"等反对意见，引起文化论战。（金健）

X

【性别家具】 传统家具一般以档次、年龄来区分，比较中性化，如今京城出现针对6至25岁青少年儿童的性别家具，算作对性别特质的尊重和研发，也可以看出家具市场的个性化的细分程度，商家已经敏锐地嗅出性别家具的巨大市场需求。男女款家具在主题、风格和特色上变化，女款家具以柔和的暖色调、飘逸的线条，营造温馨、浪漫的氛围；男款家具以"硬"线条突出时尚的酷感。它们在颜色选择与搭配、造型设计与风格、展位陈列方式等方面更加突出性别差异，而更适合不同性别的青少年心理特征、兴趣爱好、购买习惯。性别家具对儿童心理健康和个性形成是否有潜移默化的影响有待考察。（蓝丹）

【"性产业合法化"】 一则北京民工性压抑的调查报告引发了公众媒体对"性产业合法化"的广泛讨论。性产业的一般定义是：以盈利为目的，自愿和他人发生性关系的行为。性产业合法化同时蕴含其存在和消费行为的合法化问题。支持者认为性产业合法化有利于保护性工作者的人身安全和健康，甚至认为这是体现中国人权进步的象征。而反对者则死守道德底线，认为性产业合法化是整个民族的堕落。眼看泰国、中国台湾等要跟上荷兰的步伐，中国的"性产业合法化"之路"任重而道远"。（金健）

【性贫困】 相对于"性小康"而言。指由感情、性能力、性压抑、性冷淡等各种原因造成的性生活不协调。如果说"性小康"象征着性生活的理想状态和未来走向，那么"性贫困"则体现了对现状的描述。各地妇科医院及高等院校研究所的《中国人性生活调查报告》纷纷出炉，惊爆中国人遭遇性生活危机。性贫困人口的日益扩大显然不利于个人的生活乃至社会的安定，如何满足人们日益增长的性生活质量要求无疑成为全社会所要面对的问题。（金健）

【性小康】 一个考量生活质量的全新视角，当代社会文明的标志之一。据某媒体称该词汇由中国性学会秘书长胡佩诚首创，但遭其本人否认。胡佩诚认为"性小康"是公众的提法，其实等同于"性健康"。"小康"作为一个政治术语与"性"结合本身并未得到学术界认可，但由于政治词汇极高的曝光率而使其更具新闻价值。在全面建设小康社会的同时，树立一种与新世纪生活相适应的性观念，其意义不仅在于传播科学、健康、全面的性知识，更像是一场性革命。（金健）

【性弱势群体】 学术界通常把弱势群体分为社会性弱势群体和生理性弱势群体。在性问题上，弱势群体可以取以上两者的交集。贫穷带来了性贫穷，弱势无法逃脱性弱势。面对农民工、丧偶者、下岗工人、成年学生、残疾人、服役者、服刑者等这些性弱势群体，社会没有合适的途径给予他们可接受的方法获得性幸福。同时，那些从事性工作的群体也处于弱势地位，暴力、疾病常伴她（他）们左右。唯有彻底解决好这些性弱势群体的问题，才能顺利奔向"性小康"。（金健）

【新富】 "新富"是个莫名其妙的概念：家庭月收入5000元以上，5000元在上海、北京也就刚够脱离温饱线；拥有自己的房产，绝大部分是按揭的；拥有金融资产，所谓资产就是买几张股票和银行卡里每月残余的可怜储蓄；拥有汽车，大多是POLO；吃喝开销1600元以上，一个上海大学生估计也是这个数字；新富上网、阅读周刊，这些都是大学生甚至高中生的生活习惯。"新富"的提出对这个"新富"人群而言完全是一个风凉笑话，他们都刚从大学毕业不久，朝九晚五、往返奔命，为每月的房租或按揭而苦苦挣扎，却有人跳出来说他们"富"了。"新富"是中国媒体继"小康"之后粉刷出来的又一枚美丽大饼，来伺候生于1970年代之后的白领族，让年轻人忘了自己几乎还没地儿住。（殷罗毕）

【下毒】　下毒作为一种既能致敌人于死地，又能安全隐匿自身的古老手段，一直是政治舞台幕后剧的最佳佐料。在2004年的世界政坛上布满了下毒的不祥气氛。首先是乌克兰反对党总统候选人尤先科，四个月里他原先英俊粗犷的脸庞布满了疣状痘疤，被怀疑遭人下毒，幸好安然无恙闯过鬼门关；比起尤先科，阿拉法特似乎就没那么幸运了。这位年迈体衰的巴勒斯坦领导人在不明原因的病情下不治身亡，其逝世给本来就不容乐观的巴以和平增添了变数。现代政治的竞技场上突然出现了这种古老的技艺，其动力和影响尚需进一步的观察。（王珏）

【小私产品】　度身制定的私人化服务，小资之后更专业周密的生活，如今小私族成就的一种时尚的消费方式。从健康服务、理财顾问、职业咨询，到私人造型、形象助理，为都市白领们提供一种专业的小私服务。小私生活是个人财力提升和消费观念个性化的结果，在小私级享受的优越感背后，更多的是身份意识扩张和时尚化生活，营造了一份充足的个性和私密空间。小私族从私人教练、私人医生、私人营养师、私人美容顾问、私人金融顾问、私人法律顾问的专业而周到的服务中，把自己从人群中区别出来，获得自己独立的话语权。市场也敏锐意识到小私群体潜在的消费欲望，纷纷推出独我无二的小私产品，迎合他们求新求变的心理，打造从入门级到发烧级的小私产品。（蓝丹）

【新退休主义】　其信条：退休与年龄无关，想退就退；退休与事业无关，想做就做。退休不是生活的尾声，而是另一种生活的开始。选择放弃比承担更需要勇气，特别是对那些事业有成的"成功"白领来说。选择放弃，作暂时的调整、充电、"大修"身体，其实是养精蓄锐、思考自我的发展前景，确立新的目标。他们读书、学习、约人喝茶、频繁聚会，为的是补充自己、发现另一个好的机会。退休只是一个驿站，稍事休息之后还会重整旗鼓。一大批在网络、广告、证券、艺术、实业等行业的自由职业者和实业家，潇洒转身，暂时把美好前程的幻想停留在想像中，投身到更加自由的自我生活中去，换一种从容、悠闲的活法。他们是城市里迅速崛起的新贵——悠客族。当然这种活法是需要物质基础的。（蓝丹）

【新懒人主义】　新懒人改变了传统的懒惰、不求上进、好逸恶劳的旧懒人观念，主张"人生得意须尽懒"，本着简约的理念，发现删繁就简、去芜存菁的生活与工作技巧；回避无效的人际交往和规章制度的束缚，赢得失去的个人时间和空间，尊重自己的实际需要，找寻人性化的生存方式。新懒人主义的目标就是清新、单纯、自然、健康快乐的高质量的新生活。在我国，中青年"职业枯竭"话题也已进入公众视野，"职业枯竭"主要表现为身体疲劳、情绪低落、创造力衰竭、人性化淡漠等。快节奏、激烈竞争的发条生活走到了一个谷底，新懒人主张是种反弹。有本德国的畅销书《懒人长寿》，主张"懒惰乃节省生命能量之本"，它提倡的不仅是一种养生观念，更是一种成功的理念。新懒人时尚群落不是对世界的罢工，不是绝对的懒惰，他们不用为衣食住行发愁，在生活细节上懒出品位、懒出智慧，崇尚简单和快乐。（蓝丹）

【新语文运动】　中国历史上第四次语文运动，始作俑者王佩。前三次分别为切音字运动、国语运动和白话文运动，其直接成果是促使现代汉民族共同语的最终定型。此次运动始于网上名为"语文运动报"的六期试卷，以"打击理科生傲气，换回文科荣誉感"为初衷，开列众多语文学习盲点，诸如为感冒的"冒"验明正身等，反响甚烈。至《新京报》创刊，王佩开设"语文运动"专栏，撰文百二十篇，模范《说文解字》，以经典、辞书为依据，正本溯源生活中鲜活的语文现象，尤其关注网络对汉语的影响。专栏继而变身《正版语文》，标举"倡导怀疑，鼓励创新"，俨然一场现代语言保卫战。（李业业）

【《新周刊》】　自我标榜为"中国最新锐的时事生活杂志"。以新锐的眼光来看时事生活成为《新周刊》的立刊宗旨。只有在这本杂志里，我们可以看到有2/3的篇幅围绕一个专题来做，这种气势与架势在同类杂志中无人能挡。由一班"知道分子"而非"知识分子"来办杂志为她树立了时尚、前卫、锐利等高品质的品牌印象，但其"无厘头"式的核心以及"标题向左走、内容向右走"的驾驭方法，盘点式的编辑理念"简化了现实生活的复杂性，又使复杂问题变得简单和易于理解"，使公众误以为深度报道如是，为杂志的发展方向带来隐患。（金健）

【胸贴】　百年前欧洲女人的紧身衣和束胸，严重束缚了女性身体的呼吸。伴随女性社会角色和女性审美尺度的不断变革，胸衣舒适、唯美的时尚功能正在纷呈作用，用硅凝胶仿真胸设计的自粘式塑身隐形文胸，穿着无痕迹，已经得到女性的接受和认同，正在大众化。而胸贴的变革就更彻底，两张"胸贴"恰如其分地遮蔽着乳头，以掩饰暴露的羞耻感。T型台上模特的彻底透空，是对肉身的直接解放，让肌肤畅快呼吸。除了身体解放的功能外，审美需求也在作用，女性的原始魅力和身形的曲线动感淋漓，在"真空"里尽致展现被窥视的快感。（蓝丹）

【迅驰】　迅驰那个心形标志，在不知不觉中已经成为了笔记本电脑的另一个商标，INTEL推行的捆绑芯片组、无限网卡以及CPU策略，让消费者和商家都意识到，有了迅驰才是好的笔记本。INTEL此举似乎直接在概念上把主要对手AMD逼上了绝路，使其在笔记本芯片的竞争中无力招架。笔记本厂商也不得不为了迎合消费者而将迅驰的概念放在了突出的地位。我们暂且不论INTEL在战略上的成功。其无线意识，也确实为互联网带来了一个巨大的进步——解放了被乱七八糟的网线束缚住的笔记本电脑，也解放了它的使用者。许多休闲餐厅及咖啡厅也逐渐开始提供无线上网服务，以此来争取更多的客户。PALM、PPC也受益于无线网络的标准，推出带无线上网功能的PDA。可以说，讯驰所带来的，不仅是一套捆绑的无线上网设备，更重要的是它推行的标准，正悄悄改变着人们的生活。（叶晓倩）

【新国学】 根据章太炎的定义，国学乃是指"一国固有之学"，因此当"新国学"这种说法最初流传开来时曾令很多人摸不着头脑。事实上，尽管倡议"新国学"的人强调他们的理论和现代的实际经验相切合，然而"以中国传统文化为根本"的说法并不能掩盖作为狭隘和保守的文化民族主义的真正意图。任何形式的封闭都不可能将文化生命延续下去，因此，像2004年一度沸沸扬扬的"尊孔读经"之类的运动，注定了是一场周星驰式的闹剧。（张斌璐）

【《新京报》】 一份有独立价值取向的舆论公器。一张与大国首都地位颉颃的报纸。一次承载中国报人光荣与梦想的尝试。在北京永安路106号，一群坚定的理想主义者以"负责报道一切"的气概实践着"百年大报"的梦想：如履薄冰是态度，勇毅敬业是精神，对时代产生影响是目的。报纸用"十面埋伏"来警醒担当媒体的道义，以"金蛇狂舞"的旋律展示中国经济发展之美，凭"高山流水"的亲和

关注娱乐真相，借"春江花月夜"的和音寻找快乐生活创意——责任感使它出类拔萃。《新京报》试图证明：以资本为纽带、以市场为先导、以人才为基础的跨地区办报模式，具有无穷生命力和宏阔的发展空间。（李业业）

【《仙剑奇侠传》】 一款有DOS版的中文PRG武侠游戏，自1995年出片，该游戏即以海啸般声势席卷两岸三地，成为PC游戏史上最经典的游戏作品。故事背景以幻想中的古代中国怪力乱神世界为蓝本，剧情围绕亲情、爱情、对大地万物无私的大爱展开，由玩家控制最多三个角色组成队伍向前行进；游戏路线依故事发展采取单线模式，从开始到破关大约需30至45个小时。2005年2月，这个众多玩家心目中永远的RPG游戏被改编成电视剧，作为第一部改自当红电玩游戏、由国人创作的剧作，该剧一经播映就招致无数骂声，剧情的拖沓、人物性格的变化无定、表演的虚假几乎让电玩迷们痛哭流涕。对他们而言，游戏中的虚拟世界就是真正的现实。（邓华龙、小鳄）

【《星际争霸》】 有"暴雪一出，必出精品"美誉的暴雪公司（blizzard）开发的《星际争霸》（starcraft），以及《魔兽争霸》（warcraft）等即时战略性类游戏在中国大陆最受喜爱的。暴雪公司开发的游戏总是一再跳票，在10年的时间内总共只推出6部游戏，其中《魔兽系列》占了一半。严格地说，只算三部系列游戏，平均三年磨一剑。相对于国内的游戏开发公司见风使舵，哪一类型的游戏火暴便一

哄而上，几个月鼓捣出来，结果问题重重，只好不了了之。事业上已很成功的盛大公司，尚且不能创造出好的科技与艺术结合的精品游戏。浮躁与功利的心态，也许可以投机取巧成为暴发户，但无缘成就一代经典。（邓华龙）

【校外租房】 8月初，教育部发出通知，"不允许学生在校外租房居住"，各高校也纷纷响应，态度强硬，声称对情节严重、屡教不改的学生将开除学籍。这一严令在社会上激起了激烈的争论，作为成人的大学生凭何没有决定自己居住的权力呢？教育部和校方的保姆式管理心态在此凸显，并越来越引起学生和民众的反感。显然，不许校外租房、教室内接吻被开除等问题以往其实并不鲜见，但在当下社会引起轩然争议，标明了我国公民的权利意识随着经济市场化而萌芽。更有论者认为，政府部门和学校管理机构依然睡在对民众个人生活的每个角落全面管理和紧密掌控的计划时代，拖整个社会健康发展的后腿。（殷罗毕）

【胸口写作】 继"美女写作"、"美男写作"、"下半身写作"之后，又一起用身体部位抢注写作商标的案例报道。主角是北京女作家赵凝。她称"胸口写作"就是用生命去写，其中包含了女性写作的全部含义：热血、激情、心脏、情欲、哺育，是女性写作"以血代墨"的完善和补充。赵凝认为，女性写作需要身体在场的感觉。此语一出，立刻在文坛引起巨大震动，招致圈内圈外各种批评和置疑，有读者甚至表示拒绝购买和阅读其长篇小说《夜妆》。胸口写作难以避免被归为庸俗之流，就像去年出现的"下半身写作"的变种。在道德危机愈演愈烈的今天，作家成了率先放下操守的一群。（叶晓倩）

【徐星】 1985年徐星以小说《无主题变奏》亮相文坛，并以此被视为"现代主义"在现代中国的复兴。之后便是长时间的沉寂，小说家也远走异国。2004年8月，徐星推出长篇小说《剩下的都属于你》，遥远的文学形象重被拉进世人的阅读视野。时光虽逝，锋芒未隐，反讽依然是徐星惯持的话语利器。"反讽是弱者唯一的强项"，接受记者采访时，年近半百的作家表示。（羽戈）

【先锋老狗】 语出朱大可在《新京报》上的一个访谈："今天的先锋老狗们正在努力与时间和潮流作战，以证明自己没有老去。"这番话的说出是在2004年两本小说的出版之后：沉寂了近十年的格非发表了《人面桃花》，在文坛几乎消失了的徐星出版了长篇《剩下的都属于你》。崛起于上世纪80年代中期的先锋写作在上世纪90年代中期消逝，但先锋写作者们依然咬牙切齿地活着，企图重新燃起当年的先锋之火。但时过境迁，在21世纪文化市场化的语境下，追求形式探险和实验精神的先锋写作几乎丧失了自己的阅读市场和写作语境。因此先锋老狗们尽管满心不服，竭力抛出几本先锋小说，但是终究难以伤及时代的神经，而仅仅激起几朵转瞬即逝的水花。（殷罗毕）

【选美】 2004年可谓中国选美的丰收年，国际旅游小姐、环球小姐、环球洲际小姐、亚洲小姐、国际小姐、世界模特小姐等各种名目的国际性赛事纷纷鱼贯而入，国内大大小小的选美更是遍地开花，中国成为了众多国际选美机构抢夺的一块"肥肉"，甚至展开了"美女经济"之战。真假美女就"人造美女"是否有权参与选美展开一番论争，最终结果是首届人造美女大赛的召开，变性美女参赛更成为2004年选美活动的一大噱头。在美女经济的刺激下，2004年还举办了首届"中国先生"大赛，选美之风甚至蔓延到中小学，以至于教育部明确反对个别中小学校园进行所谓"选美"活动。（曲筱艺）

Y

【杨小凯】　这位皈依了上帝的基督徒，却生着一副中国农民的朴实面孔。2004年他魂归天国光荣备至的时候，中国主流经济学家却陷入了几乎被全民质疑的道德危机；他开创的新兴古典分析为诺贝尔经济学奖获得者布坎南所激赏，然而引起国人对这位澳大利亚籍华人更大兴趣和景仰的，还是他在"文革"中《中国向何处去》的悲情思考，特别是去国怀乡的他在开放时期以"后发劣势论"对中国得意于经济增长而忘形于宪政改革所可能陷入发展停滞乃至社会动荡的警告。上帝不仁，华人世界因此少了一位角逐诺贝尔经济学奖的英杰。（徐红刚）

【《云的南方》】　朱文继《海鲜》之后编剧、导演的第二部电影，他原本是南京独立文学团体"他们"中以生猛、辛辣闻名的小说家和诗人。影片讲述一个退休工人到云南寻求年轻时的梦想和理想的生活，却被当作嫖客逮住、送去劳改的故事。《云的南方》参加了上海国际电影节，并可能在2005年的春季全国公映，这表明了朱文作为一位独立写作者和独立的电影导演已获得官方电影体制的接纳，这与贾樟柯一起汇成了"第六代"导演进入体制的潮流。《云的南方》在柏林电影节、香港电影节都有所斩获，朱文也开始走出个人经验世界，努力成为他人——去理解自己庸碌的父辈。（殷罗毕）

【月饼】　农历八月十五，一种"买的人不吃，吃的人不买"，具有中国特色交际功能，售价突破万元人民币的高档礼品。制作此类月饼，以下基本原料必不可少：鱼翅鲍鱼燕窝馅儿，纯金纯银工艺礼品盒儿，如果有天然玛瑙或大克拉钻石镶嵌其中，则更显豪华尊贵。皇帝的女儿不愁嫁，这些椟比珠贵的月饼尚未等到媒体和百姓关注其销路，就已完成其礼尚往来之使命。商家深入研究"腐败心理学"有了回报，而打着送月饼的幌子高明行贿受贿的人们亦各取所得，实乃"花好月圆"（月饼名），皆大欢喜。（杨轶臻）

【月光族】　时下消费文化的发达，物质丰裕，社会多元化。月光族是一群有知识、有头脑、有能力的年轻白领，他们的格言是"能花才更能赚"，花光用光自得其乐；每月花光所有的工资来满足对物欲的需求，过着"寅吃卯粮"的生活。他们摒弃老人们"会赚不如会省"的传统观念，他们对未来抱有信心，相信自己的赚钱能力,今天赚到的钱今天花完,明天要花的钱明天可以再赚。"月光族"自诩懂得享受生活,追求品牌的高消费,并成为信贷消费最坚定的支持者和实践者。那些靠信贷消费支撑的有房有车族成为都市的新"负翁"。月光族超越自己实际收入去追求时尚和享受,使个人理财成为迫切问题。快乐享受是有代价的,消费有度。(蓝丹)

【《英雄》】 所谓张艺谋第一部豪情武侠巨作,确切地说,其压迫公众的巨大沉重性来自铺天盖地的海量宣传,还有云集的巨星。爆炸性的能量结果是银子赚个盆满钵满,国内票房达2.5亿人民币,北美为3000多万美元。当《英雄》在世俗成就上达到巅峰时,就与另一个层面的成就无缘。几乎角逐所有奖项都铩羽而归。张艺谋紧接着拍出了《十面埋伏》,依然是地毯式的宣传、网罗明星的商业路线,他便显然更有经验,除了保证票房,获得了美国国家影评奖(NBR)2004年度杰出艺术指导奖,英国伦敦影评人协会2004年度最佳电影……囊括美国金星奖六大奖项。虽然惜败金球奖与奥斯卡,但已足以证明张艺谋是一个成功的商人,名利双收的商人。(邓华龙)

【养眼】 网络用语。通常用作定语,如"好养眼的东东耶!"是对于网上出现的优秀图片或文字内容所作的肯定性评价,有称许、赞扬和感谢之意。这个词语的风生水起,大概与网虫们普遍的用眼疲劳以及日常生活中审美资源的稀缺匮乏有密切联系。(杨轶臻)

【氧气美女】 指未经过任何整容,无论是外貌还是气质都清纯脱俗、充满活力的天使面孔,来源于韩国女明星李英爱——据说她和宋慧乔是少数没整过容的韩国女星,因此被称为"氧气美女"。国内此类玉女掌门代表为刘亦菲以及星女郎黄圣依。在千篇一律的人造面孔大潮中,有某选美竞赛公开拒绝"整容",也有明星公开坦承是"自然美女"。伴随氧气美女而来的是各种纯天然美容法的流行,如草本、热石、SPA、香熏等,而带点瑕疵的"缺陷美"也开始受到认同。(曲筱艺)

【欲望都市】 《欲望都市》(Sex and City)又被翻译为《色欲城市》、《性与城市》等,是美国HBO开播的电视剧集,1998年开播,2004年2月结束。该剧讲述了生活在纽约四位女士的感情生活,其摩登的生活方式让国内的都市女人们心神不宁,但是真正让她们尖声追捧的是四位女主角的鞋子、衣衫、发型、兴趣爱好和约会场所:Mix & Match(混搭),波希米亚、名字项链还有昂贵的Manolo Blahnik高跟鞋……从某种程度它已成为一部时尚教科书。虽然该剧未能在国内播放,但在都市白领女士心目中的影响力绝不亚于当年的《花样年华》,以至于要拍摄中国版《欲望都市》,不过更名为《好想好想谈恋爱》。(曲筱艺)

Z

【斩首】 一种最古老的处决犯人的手

段,在 2004 年突然大量出现在作为现代信息技术标志的网络上。随着互联网技术逐步走向世界,网络在方便人们信息交流的同时,也成为伊拉克反美武装组织发布消息的一个有效途径。2004 年 5 月,一家伊斯兰网站上突然播出了一组血腥镜头,被"基地"绑架的美国通讯商伯格,在画面中被一名头戴面具的伊拉克男子活生生地斩首。从那时起,类似视频画面在网上频繁出现,对美国的反恐战争造成了很大的打击。恐怖组织绑架人质、制造恐怖袭击后,又借助媒体的报道达到预期目的。(王珏)

【"朱甘事件"】 7 月 9 日,河海大学讲师甘德怀投书新语丝网站,将自己报考北京大学法学博士的曲折遭遇全盘端出,并不为尊者讳,将矛头直接指向北大法学院院长朱苏力。7 月 12 日,朱苏力亦投书新语丝,就此事做出细节说明。其后,有报纸专访朱苏力,朱声称"我没有不遵守制度,恰恰是制度给了我这样的权力"。此事风传网络,掀起轩然大波,众多网友与知名学者参与,争论话题从朱的人品,到当前中国的考试制度,不一而足。(羽戈)

【竹影青瞳】 一个有偿出售个人照片、有偿提供采访、有偿出版的网络写手。2004 年 1 月 5 日起,由于在天涯虚拟社区个人博客上实时更新自拍裸照,疯狂飙升的点击率致使天涯社区几近瘫痪。在此之前,她曾自称人间妖孽,以惊世骇俗的文字和标题引起争议。这是继木子美之后,一场实实在在的裸露表演。不

过这身体究竟是否美丽,当是仁者见仁、智者见智了。(叶晓倩)

【蜘蛛人】 蜘蛛人在暑期中的登陆显然是精心部署了的:一夜之间,上海、北京各大商场、地铁车站的每面墙上都出现了一个蹲伏着的赤红的蜘蛛人(形象),而上海影城甚至请来了特技演员扮演蜘蛛人从天而降。因此,当《蜘蛛人 2》正式公映时,孩子们拥进票价昂贵的影院都是满腔热情地去见一位熟悉而神奇的朋友。这部改编自漫画的好莱坞大片为全中国的孩子介绍了一位健康、正确而又强大的美国英雄,蜘蛛人身上近乎完美地集中了全部的美式中产阶级的优良品质:乐于助人、维持秩序、健康向上、强大自信、追求幸福。《蜘蛛人》以高科技特效营造了一个中产阶级梦想,并且塑造了中国孩子的英雄想像,据称在上海便有孩子模仿蜘蛛人英勇地跳下了自家的窗台。(殷罗毕)

【周刊】 在传媒界,2004 年是周刊的一年。《新周刊》、《天周刊》、《三联生活周刊》、《中国新闻周刊》等刊物都热烈造势、积极改版,摆脱了原先的古板面孔,在阅读眼球的视野中占据了主要位置。其中又以《新周刊》每期出奇出新的专题策划赢得了众多读者的注意。周刊从日报、月刊中突围胜出在于它们既提供相当密集的信息,同时又跟进深入的文化评论和分析,成为了当下时尚阅读的主要形式。但周刊的流行化趋势又令它们卷入过度频繁的话题代谢,资源耗尽之后出现了廉价的哗众举动,比如《新周

刊》的"保卫张艺谋专题"。因此周刊在经历了2004整整一年的高速膨胀之后，在今后的几年中还需更多的调整和内功修炼，建立起自己真正的文化立场以及精准的判断力和反映力。（殷罗毕）

【赵忠祥/饶颖】 作为中央电视台节目主持人，赵忠祥以其浑厚又不失磁性的嗓音，赢得了"赵老师"的美名。然而，一个叫饶颖的女医生在2004年起诉赵忠祥，使一场微不足道的经济纠纷迅速演变为吸引全民窥视欲的性丑闻。虽然法院没有采纳饶颖提供的录音和笔迹证物而判她败诉，但是赵忠祥已然被弃置：不仅中央电视台同行的道德自律书上不见他的大笔签名，连一年一度的国家盛典——春节联欢晚会也拒绝了他。同时，饶颖由于提供了含有床笫私语的录音，满足了大众心理消费，而在民间"声名鹊起"。（徐红刚）

【中法文化年】 2004年对外文化交流方面最引人注目的一次大型文化盛宴。1999年和2000年胡锦涛主席和希拉克总统在互访的时候共同确定举办中法文化年。双方商定，2003年10月至2004年7月，中国在法国举办文化年；2004年秋季至2005年7月，法国在中国举办文化年。文化年涉及文学艺术、教育、科技、广播电视、图书出版、青年、体育、民族、宗教、建筑等方面，共计300多个项目；文化年所覆盖两国的范围也很广。两国现有的46对友好省区和城市对文化年活动都表现出很大的热情。（王珏）

【足协】 中国足球协会的简称，官方定义为全国性群众体育组织，中华全国体育总会的团体成员。最高权力机构为全国人大。足协的商业与政治结合的特殊身份，加上中国足球的现状，使得足协呈现出一种奇特的存在。虽然泱泱大国的足球一直还不怎么景气，但足协的气势可以与欧洲足球豪门媲美。人事的变动常常成为热点，因为关涉诸多利益的划分。足协高层管理人员也是身份不凡。让人不禁要问：是以足协为中心，还是以中国足球为中心！（邓华龙）

【《指环王》】 美国好莱坞大片的代表作《指环王》三部曲（The Lord of the Rings），全球票房近30亿美元，尽管一二部只获得奥斯卡提名，第三部《王者归来》（The Return of the King）却成了第76届奥斯卡的最大赢家，捧走了几乎所有的技术奖项。这一切似乎在说明商业法则与现代技术在当下的霸主地位，也许能赢走公众所有的信心与荣耀，更别说财富与地位了。"王者归来"也成了一个绝好的反讽：贫乏时代，王者尚未归来。但制造这样一个可以填补公众经验世界空缺的娱乐大片，恰好迎合了公众内心隐隐的对"王者"渴望与期待，于是不可避免地落入了商业法则的陷阱。（邓华龙）

【章诒和】 1957年被划为头号"右派分子"，20多年后依然没有改正的原中国民主同盟副主席章伯钧的女儿，2004年在大陆出版先是被删改后来被禁售的《往事并不如烟》，使她从往事的尘烟中走入大众视野。在经历了反右、"文革"等一系列历史后，这个优雅的女子从容而精致地复述了"最后的贵族"们的末世悲欢离合的情节,为那段还未曾被彻底清洗的民族伤口留下了自由叙事的病历,足以使当世者警觉。(徐红刚)

【震荡波】 2004年"五一黄金周"第一日,一种"震荡波"(Worm Sasser)的病毒开始在互联网上肆虐。该病毒利用 Windows 平台,绕过反病毒软件,通过微软的 LSASS 漏洞进行传播,并且不断变种。最防不胜防之处在于病毒会自行在网络上引导有漏洞的电脑下载病毒文件并执行,真正的全程"无人值守",全自动传播和发作。"震荡波"因此也被称之为高危病毒。"道高一尺,魔高一丈"并非新鲜话题,但与公众正面遭遇时,还是如第一次涉及般在内心掀起"震荡波"。现代技术带给公众的经验世界的改变,正如这种蠕虫病毒,悄悄地进行,无人能躲开自己制造的"震荡波"。(邓华龙)

【中超】 2004年,中超这个酝酿已久的名字终于推出江湖。只是,由于国足世界杯的早早出局,频繁的罢赛事件以及赌球传闻而面临的巨大危机使得中超联赛的冠军争夺还及不上末代甲A。学了欧洲人的取名方式,却没有很好地引进欧洲的严管机制,球员过高的收入暴露了俱乐部运营的困难。首届中超,罢赛、退出、假球、赌球等事件在国足世界杯被淘汰出局期间达到了最高潮。足协掌门人阎世铎也因此丢掉了一个很不错的岗位。中超的失败暴露了足协不遵守体育运动客观发展规律的事实,功利色彩也过于浓重。新一年的中超又要来临,赞助商纷纷降低筹码,新的危机再度潜伏,告别了世界杯,中国足协又将全部的宝押在了2008年的奥运会上。(叶晓倩)

【中国绿卡】 2004年8月23日,中国宣布实施"绿卡"制度。北京、上海等各大城市公安局出入境管理处一下子热闹非凡,中国绿卡一时成为热门话题。外籍商人面对"新鲜出炉"的中国绿卡,表现出了极大的兴趣和高度的热情。根据《外国人在中国永久居留审批管理办法》规定,具有申请绿卡资格主要适用于三类人员:高级人才、投资额至少在50万美元以上的直接投资者、与中国配偶结婚在5年以上的外籍人。门槛颇高的绿卡,让真正想定居中国的"洋打工"们望而生畏。这张仿制美国的"中国绿卡",是中国高层向外籍精英传递着这样一个重要信号:中国将更加开放。(王月华)

【郑和】 明朝内宫大太监,信奉伊斯兰教,懂航海。"三宝太监下西洋"是国人尽知的历史佳谈。郑和的开放意识与执政高层不谋而合。2005年7月将是郑和下西洋600周年,为了弘扬这位英雄的伟大创举,政府在全国范围内举行各种纪念活动。这股波及全国范围的、代号为"郑和"的"强热带风暴",来势汹汹,威力无边。这是近年来,国内媒体首次对这一历史事件进行全程追访和深刻反思。一些研究结果更是令国人兴奋、自豪:郑和比哥伦布早72年发现新大陆,比麦哲伦先100年绕行世界一周,比达伽马领先一步到达印度,航线一度到了南极。(王月华)

【"做人要厚道"】 出自冯小刚电影《手机》中张国立饰演的"费老"对葛优饰演的"严守一"所说的台词。冯小刚电影总是依靠从普通小人物嘴里蹦出与其身份完全不符的政治话语来制造笑料。此番"做人要厚道"虽然脱离了政治话语的轨迹，却仍未超出以方言的口吻达到反讽效果的固有套路。该对白一经面世，立即引起群众追捧。在 2004 年"十大网络流行用语"评选中更是名列榜首，当"做人要厚道"成为全民的"口头禅"，我们到底是应该感叹冯小刚的力量还是网络的力量？（金健）

文化事件

文学事件
——小说、诗歌、散文、出版

1 月

1. **2003 年度"中华文学人物"出炉。**由《中华文学选刊》杂志社、中国当代文学研究会等五大团体发起评选的"2003 年度中华文学人物"本月 6 日,终于落下帷幕。文学老人巴金荣膺 2003 年度"文学先生"称号,杨绛凭借《我们仨》一书而摘得 2003 年度"文学女士"桂冠。此外,还产生了以下评选结果:"最具活力的作家"韩东、"进步最快的作家"麦家、"人气最旺的作家"贾平凹、"最具潜质的青年作家"邵丽、"最富争议的作家"余秋雨、"最有影视缘的作家"刘震云以及"最被看好的网络作家"慕容雪村。此次评选活动迥然相异于多数流行的文学奖项,获奖者只能得到一个荣誉称号,并无半点奖金。在一个功利主义的时代,此举显示了某种还原文学本性的努力。

2. **"中国文库"出版工程启动。**中国出版集团酝酿良久的打造千卷本"中国文库"出版工程本月中正式启动。"中国文库"将目光聚焦在刚刚逝去的 20 世纪的文化中国,其下分设社会科学、史学、文学、艺术、科学技术、综合普及类、汉译学术名著、汉译文学名著等 8 个类别,计划出版图书 1000 种,每年出版一至两辑、每辑约 100 种。依照"导向性、权威性、经典性"的原则,编选 20 世纪的汉语文化经典。这一被称为编撰新"四库全书"的壮举,企图向世人展示"文化盛世"的降临。

3. **阎连科《受活》出世,出版社惊艳炒作。**阎连科的小说《受活》于 2003 年第 6 期的《收获》杂志发表后,引发中国文坛一片叫好,被某些评论家誉为"中国的《百年孤独》"。

本月春风文艺出版社决定推出该书,是为"布老虎"丛书改版后的扛旗之作。春风社还特意制作了《受活》珍藏版,限量发行 9999 册;并且声言,只要读者有不满意之处,即可退货。这一促销手法吸引了世人的眼球,也显示出出版社对该小说市场前景的信心。

4. **老王蒙规劝新概念作文写手。**"中华杯"第六届全国新概念作文大赛于本月 19 日落幕。在颁奖大会上,大赛评委会主任,作家王蒙痛责那些以追求特立独行的形式主义为"先锋"要旨的写手们,而重提老调"言为心声"、"言之有物"等,并警告青年们不要为文学作茧自缚。此番发言点中了"新概念作文"的软肋。

2 月

1. **诗人臧克家病逝。**本月 5 日晚,诗人臧克家病逝于北京协和医院,享年 99 岁。臧克家以纪念鲁迅的诗作《有的人》蜚声汉语文坛达半个世纪之久,但臧本人最自珍的诗作,却是写于 1934 年的《运河》。臧生前以左派立场著称。据其女儿郑苏伊向媒体透露,她父亲曾表示,自己也走过一段弯路,诗歌完全为政治服务是错误的。2000 年 1 月,臧克家曾获首届"中国诗人奖"之"终生成就奖",2003 年再获由国际诗人笔会颁发的"中国当代诗魂金奖"。

2. **北京学者座谈吴思案,批评法院干预学术争鸣。**本月 10 日,众多学者在北京三联书店聚会,就吴思侵犯陈永贵名誉一案的判决结果展开争论。学者吴思因撰写《陈永贵——毛泽东的农民》一书,在去年被陈永贵的后人起诉。半年里,案件历经两次审理,吴思均被判以败诉。对这一结果,学者们大多表示不满。雷颐认为,吴思的著作,从学术角度而看,是非常严谨的。研究近现代历史人物,难免引爆其后人的争议。法院对吴思的判决,开了法律上的恶劣先例,将给学术研究带来无法估量的负面影响。

3. **文学年选争夺战开幕。**2 月中下旬,文学年选的市场争夺战又拉开帷幕,这似乎成了每年的文学节日性狂欢。如今有一定品牌魅力的"文学年选"主要有以下几种:长江文艺出版社的"精选系列";漓江出版社的"年选大系";辽宁人民出版社的"最佳系列";春风文艺出版社的"21 世纪中国文学大系";人民文学出版社的"21 世纪年度文选"等。在商业利益的刺激下,文学年选纷纷出笼,其存在一方面令文学与文化格局日趋多元;而在另一方面,各种年选对"最佳"的标榜,却导致了选本自身的信誉危机。

4. **"80后"写手荣登《时代》封面。** 20岁的小说写手春树登上了2月份的《时代》周刊(亚洲版)的封面。这一期的封面特写,还报道了21岁的小说作者韩寒。在《时代》周刊看来,他们代表着中国全新的一代。《时代》专门从汉语中找到了一个词:"另类",用来形容这些令父母错愕的一代新人。"和西方的叛逆青年不同,中国另类的主要方式是表达而非行动。"《时代》的这个评价很有意味。在表达的狂放偏激与行动的无力这一激烈冲突中,被命名为"80后"的这代人必然呈现出迷惘而暧昧的面孔,一如春树在《时代》封面上的表情。

5. **伪《少女之心》企图变乱文坛。** 出版界掀起"文革"手抄本出版浪潮,继《一只绣花鞋》之后,《少女之心》也成书商盈利目标。原手抄本《少女之心》,又名《曼娜回忆录》,讲述少女曼娜从初恋、破瓜到成为"床笫荡妇"的经历,全本充满详尽细致的性器官、性行为和性感受描写。因而在"文革"中遭到严厉查禁。但被出版人推出的所谓《少女之心》,却是被调包的赝品,描述16岁的少女黄永红在"文革"中的爱情经历。书商原想利用《少女之心》的书名制造市场卖点,不料反而引起主管部门"误会",下令予以禁止。一场利用赝品进行炒作的阴谋,终于胎死腹中。

3月

1. **2003年度中国小说排行榜出台。** 本月7日,中国小说学会主办的"2003年度中国小说排行榜"在山东济南揭晓,26部小说榜上有名。此次评选分为长篇、中篇与短篇三类。6部上榜的长篇小说为:阎连科的《受活》、董立勃的《白豆》等;10部上榜的中篇小说为:须一瓜的《淡绿色的月亮》、巴桥的《阿瑶》、李洱的《龙凤呈祥》等;10部上榜的短篇小说为:铁凝的《逃跑》、莫言的《木匠和狗》、叶弥的《猛虎》等。其中大多数作家已成"得奖专业户"。

2. **《同学少年都不贱》等待时光轻贱。** 本月13日,张爱玲遗作《同学少年都不贱》简体中文版在北京、上海、深圳三地同时首发。据称,这是张爱玲的最后一部遗稿。此书的出世,对众多张迷构成了深远的期待,但同时也是一个沉重的冲击。因为张爱玲晚年远离母语环境,心力不逮,才气黯然,已是不争的事实。在张爱玲写给夏志清的信里曾有说明,《同学少年都不贱》早于 1978 年便告完成,因其本身有很多毛病而搁置出版。一直拖至今日,确实耐人思量。

3.　**中国作家齐赴法兰西。** 中国官方作家团参加本月 18 日至 24 日在法国巴黎举办的"第 24 届法国图书沙龙"。本次出访由中国作协副主席陈建功担任团长,铁凝等担任副团长。赴法的作家有余华、莫言、苏童、李锐、残雪等 30 余名,其中大多数人都有作品在法翻译出版。这次出访的作家在法国举办多场关于文学的专题讲座,由苏童、莫言、陈建功等人主讲。迄今为止,官方作家始终在中外文化交流中扮演主要角色。

4.　**中国知识界掀起"三联保卫战"。** 本月的《文汇读书周报》率先披露《读书·中国公务员》、《三联财经竞争力·人才与财富》一号两刊的违规操作。紧接着,三联的 14 位中层干部给上级领导写信,范用等 10 位上世纪 30 年代参加工作的"三联书店部分在京离休老干部"等也给上级领导机关致信,反映现任总编辑买卖书号等问题,称其对重大选题没有判断力,常年难得在编辑大厅露一面,无法和普通编辑进行业务对话。4 月 30 日,由北京万圣书园、上海季风书园、广州学而优书店和贵州西西弗书店等中国 4 家著名书店发起,42 家民营书店联名参与递呈了"致北京三联书店暨中国出版集团的公开信"。信中对三联书店的现状表示严重不满。6 月 18 日,《中国青年报》以通栏标题刊发"三联保卫战"一文,公开披露和报道了这封声明,并表示将和所有有良知的老三联人和社会各界热爱及支持三联品牌的读书人一起,参与"三联保卫战"。至此,一家出版社的出版行为和人事安排成为公共事件,成为中国文化界的关注热点。之后,有关部门加紧了调查,并在 9 月间宣布了该书店的人事改组——将现任三联书店总经理兼总编辑调离,理由是他未能正确理解和维护"三联"品牌。旷日持久的"三联事件"至此尘埃落定。

4 月

1.　**出版社体制改革。** 2004 年文化体制改革试点工作的重点之一,是进行出版社的体制改革。2004 年春,国家新闻出版总署表示,全国现有的 568 家国有出版社将进行大规模的体制改革,在未来的 3 至 7 年中,除人民出版社和各省级人民出版社以外,其他所有出版社都将转型为经营性企业体制。本月初,中国出版集团正式改名为中国出版集团公司,转制为企业,成为首家以企业身份出现的出版单位。这意味着国家完全将出版社作为与其他企业一样的经营主体来看待。新华书店总店年内完成股改,民营书店取得与新华书店同等的权利……这些改制举措标志着出版社的体制改革进入实质阶段。

2. **《追忆似水年华》推出新译本。** 马赛尔·普鲁斯特的名著《追忆似水年华》再出新版译本,更名为《追寻逝去的时光》。内地唯一全本《追忆似水年华》在 1991 年由译林出版社推出后,为十余人所合译,难免因风格差异而出现缺憾。而此次全本是由曾翻译过该书第五卷的周克希先生一人独译。第一卷《去斯万家那边》于 4 月正式上市。而在 7 月初,同是 91 年版的译者之一,复旦大学法文系退休教授徐和瑾先生又宣布,由自己独自翻译的《追忆似水年华》第一卷已基本完成,并于年底由译林出版社正式出版。两译本相撞,但愿只是一出闹双胞的喜剧。

3. **第五届未名诗歌节成功举办。** 本月 2 日晚 7 点,由北京大学"五四文学社"主办的"交叉路径"——第五届未名诗歌节暨第二十二届未名湖诗会在北大图书馆开幕。西川、臧棣、王家新等 30 余位新老诗人分别在开幕式上朗诵了自己的诗作。评论家张颐武、唐晓渡、敬文东等作为嘉宾出席了此次诗会。在接下来的一个月里,还有"诗歌与电影"专题活动、诗歌沙龙和臧棣、宋琳、梁小明等诗人专场朗诵会陆续举行,并有系列讲座展开对诗歌的讨论。4 月 30 日,未名诗歌节闭幕。

4. **"身体写作"被提上学术评论台面。** "'身体写作'与消费时代的文化症状"学术研讨会于本月 10 日召开,钱中文、童庆炳、朱大可、陶东风、张颐武等批评家和学者参加了会议。这是学界首次将"身体写作"提上学术讨论的台面。据媒体报道,会议上有过激烈争论。如钱中文批评说,"身体写作"标志着文学从世俗走向了粗俗,甚至发出腐烂气息。对此,张颐武反驳,当下知识分子对于"身体"的不断挑衅而感到悲愤和焦虑,恰是"叶公好龙"的表现。朱大可则强调,对"身体写作"的文化批评一定要小心谨慎,既不要放弃批判立场,也不要伤害那些有价值的文本。

5. **"淫书"《骚土》重现江湖。** 曾被指责为"淫书"的作家老村的小说《骚土》全本出版,本月 12 日,白烨、雷达等文学评论家出席了由书海出版社组织的"《骚土》作品研讨会"。1993 年,《骚土》初版,但被删节近 4 万字,并被时人批评为"淫书"和"格调低下";1997

年,《骚土》的下部以《嫽人》为名在作家出版社出版。10 年的今天,《骚土》全本终于浮出水面,并得到了批评界的全面正名。《骚土》的曲折历程,也印证了中国文化观念变迁的艰辛与苦难。

6. **第二届“华语文学传媒大奖”颁发。**本月 18 日,由《新京报》和《南方都市报》联合举办的第二届“华语文学传媒大奖”颁奖典礼,在北京中国现代文学馆举行。“2003 年度杰出成就奖”得主为莫言,“2003 年度小说家奖”得主为韩东,“2003 年度散文家奖”得主为余光中,“2003 年度诗人奖”得主为王小妮,“2003 年度文学评论家奖”得主为王尧,“2003 年度最具潜力新人奖”得主为须一瓜。

7. **《上海文学》拒对“小圈子化”批评。**4 月中旬,一封署名“张敏”的读者公开信,对陈思和担任主编后的《上海文学》杂志提出了直接而激烈批评:“这本刊物,已经成了你和你周围少数人的学院派卡拉 OK 包房。”随后,文学评论家张闳就“公开信”一事著文发言,认为《上海文学》的“‘小圈子化’的问题,这恐怕连瞎子都看得出来”。此后众多相关人士陆续参与争论,将文学资源的公共化与私人化的冲突问题推向高潮。陈思和随后发表声明为此进行辩解,但无法就“小圈子化”的事实作出合理解释。

5 月

1. **《杨绛文集》出版。**本月初,为纪念杨绛先生从事创作 70 周年,人民文学出版社推出《杨绛文集》。这套文集共约 250 万字。其中一至四卷为创作部分,收入《洗澡》、《干校六记》等小说散文,还有尘封已久的两部喜剧《诚心如意》和《弄假成真》等。五至八卷则收入《堂吉诃德》、《吉尔·布拉斯》、《小癞子》、《斐多》等杨绛的重要译作。

2. **昆德拉两部名作再现中国。**与《杨绛文集》上市的同时,米兰·昆德拉的两部名作《告别圆舞曲》和《生活在别处》也由上海译文出版社隆重出版。“米兰·昆德拉作品系列”自 2003 年推出后,一年内在中国销售 110 余万册,堪称奇迹,包括昆德拉本人也为之惊异不止。等到 7 月,文学评论集《小说的艺术》和长篇小说《无知》出版后,这一系列丛书便告终结。而这对于昆德拉精神的中国之行,却只是个美好的开端。

3. **《我们,我们——80 后的盛宴》引发的争论尖锐化。**何睿、刘一寒主编的《我们,我们——80 后的盛宴》,是为“80 后”一代集体亮相的第一文本。该书汇集了 73 人、近 80

万文字的文章,可让人思虑的是,它没有将鼎鼎大名的"80 后"大将韩寒、郭敬明两人选进。此消息一经放出,当即掀起满城风雨。为此,正反两方开展了激烈的辩论,非但"80 后"作家,连他们眼中的"老人们"都纷纷发言,一抒胸中块垒。这场争论,正预示了"80 后"文学创作格局的分化,也为日后的《十少年作家批判书》埋下了伏笔。另,此书在 7 月中旬由中国文联出版社推出,7 月 19 日,春树、蒋方舟、李傻傻、彭扬等几十位"80 后"作家集体亮相北京图书大厦,出席此书的首发仪式。

4. 《清史》确定了"宏大"框架。本月 15 日,在国家清史纂修委员会第三次全体会议上,戴逸主编的《清史》编修的总体框架原则得到确立。国家清史纂修工程自 2002 年底启动以来,一直牵动着海内外人士的目光。到目前,已初步确定纂修体例和全书的总体框架。拟定 92 卷《清史》目录,以"新综合体"作为纂修体例,以通记、典志、传记、史表、图录 5 大部分构成总体框架。耗费巨资的《清史》,曾经遭到一些海内外学者的批评。

5. "赵树理文学奖"20 年后复活。本月 17 日,有报道称,山西省作家协会将恢复"赵树理文学奖"评奖机制。自 1985 年山西省作协举办首届"赵树理文学奖"评奖之后,这一奖项中断了将近 20 年,这时又被拂去烟尘提上台面。在很多业内人士看来,这正是对当前的各种华语文学大奖的"信誉危机"的间接反应。但这个奖项又能否力挽潮流,抵住所谓的冲击,以及催生新时代的农民作家,却只能留待时间的验证。

6 月

1. **杂文家牧惠去世。**本月 8 日,杂文家牧惠先生在工作时突发心脏病抢救无效去世,享年 76 岁。牧惠先生原名林文山、林颂葵,1928 年在生于广西,曾就读于中山大学中文系。先生以杂文出名,尤其是"史鉴体"杂文,可谓开一代之风,后人从事此业的多半受惠于他。据说牧惠病亡前,书桌上还摊开着刚刚写完的两篇写水浒人物的杂文草稿。

2. **新版《鲁迅全集》修订完工。**《鲁迅全集》修订工作委员会于本月 9 日宣布,自 2001 年 6 月正式启动以来,历时三载,终于完成了《鲁迅全集》定稿的修订,新版《鲁迅全集》的内容和格局都已基本确定。这次修订工作主要从收文、校勘和注释等三方面进行,书信与日记各增加一卷,对旧版做了 1000 余处的改动。预计以豪华精装、普通精装和平装 3 种不同版本形式推出,将于 2005 年与读者见面。由鲁迅生平及其著述构成的鲁迅神话,一直是中国人 20 世纪以来的精神支柱。

3. **短信文学盛况空前。**《天涯》杂志、海南在线"天涯社区",本月 15 日举办"中国首届全球通短信文学大赛",收到 15000 多篇作品,参赛作者遍及全国各地,并为多家重量级媒体所跟踪报道。这一盛况引发的"短信文学时代已经来临"的感叹,也让舆论界争议不断。有批评家认为,"短信文学"这一说法并不成立,因为它只为迎合时代的胃口,而剥离了文学的本原价值指向。文学不必与时代强行联姻,而应该保持自己的独立特性。

4. **北大诗歌中心成立。**本月 20 日,北京大学诗歌中心成立大会在北大英杰交流中心举行,傅璇琮、袁行霈、谢冕等知名学者,臧棣、西川、王家新等知名诗人,以及更多的诗歌爱好者参加了这一盛会。北大诗歌中心分设"古代诗歌与诗学研究所"、"新诗研究所",此外,还有外国诗歌、比较诗学等机构在筹建之中。老诗人林庚担任诗歌中心主任。但诗歌学术研究的繁华,并不能阻止诗歌书写的衰败大势。

7 月

1. **哲学家出自传,大众哲学是否可能。**7 月,学者周国平的自传《岁月与性情——我的心灵自传》由长江文艺出版社推出。凭借周在大众中的持久影响力(一句流传于大学校园的格言是:"男生不可不读王小波,女生不可不读周国平"),加上早期宣传到位,此书一旦上市,便荣登各大畅销书排行榜的顶层。学者著作能如此热卖,在当今中国,似乎只有周国平能够做到。也因此,很多人对他投以疑虑的目光;更有甚者,尖锐质疑他的"哲学家"身份,追问"哲学"在周国平的思想体系里能否成为一种可能的存在。《岁月与性情》所引起的"大众哲学是否可能"的话题,是这场争论中最有价值的所在。

2. **崇儒读经风波大爆发。**针对"儒学传人"蒋庆编纂的"中华文化经典基础教育诵本",及其主张少儿应该读经这一事态,居于美国的政论家薛涌率先发难,在本月 8 日的《南方周末》上发表批评文章《走向蒙昧的文化保守主义》。其后,秋风、王怡、许纪霖等知名学者纷纷参与论战,或支持,或反对,但都以主动而热情的介入姿态表示对"读经"活动的关注。这一争论持续达四个月之久,谈及的话题也已超越哲学、文学、政治学的限定,而动摇到"安身立命"之本。于此,文化保守主义与政治自由主义之间的理论紧张,将取代"新左派"与自由主义的争斗,进而成为中国知识界所不得不直面的思想难题。

3. **上海评论家"毁容写作"言论引发激辩。**26 日,在上海举行的女作家虹影的新作《绿袖子》的研讨会上,上海大学教授王鸿生的言论引起风波。王在会上感慨写作生涯"毁容",语中指涉某些女作家的年龄与相貌,被记者渲染夸大而产生戏剧化效应,由此点燃了被评论者的怒火。虹影生气地诘问:作品研讨会不谈作品,一开口就是评女作家的长相,用意何在? 对此,上海评论家们纷纷声明,对虹影在内的女作家并无偏见。最终王鸿生发表谈话,含蓄委婉地批评媒体:"我只表达一点看法:真不想看到任何一个人,成为某些缺乏职业伦理的媒体行为的牺牲品。"

8 月

1. **余秋雨掀起"回忆录风云"。**在整个炎热的夏季,关于文化名人余秋雨先生的回忆录《借我一生》的争论,成了喧嚣文坛的最高声调。自 7 月《收获》杂志选载了此书的两个部分开始,批判的苗头便已兴起。8 月,50 万字的著作终于上市,由此而发的争论更达至沸腾状态。余秋雨的煽情腔调一如既往:"我历来不赞成处于创造过程中的艺术家太激动,但写这本书,常常泪流不止。"而舆论界的批评之刃,并不因他的感伤而变得迟钝,却是更为激烈。众多批评家与当事人纷纷指称,余秋雨不惜扭曲事实,以减弱其在"文革"中的罪恶,这已有违一个作家的基本良知,同时也是对历史不负责任的卑劣行为。这场争论延续数月,最终以闹剧收场。

2. **《一万封信》呈现血泪关怀。**8 月,"中国的德兰修女",为防治艾滋病事业而奋斗的古稀老人高耀洁编著的新书《一万封信——我所见闻的艾滋病、性病患者生存现状》出版。这本血泪之书,以书信与照片的方式,再现了中国艾滋病患者的苦难生存现状。从这本书里,人们可以看到这个被央视评为 2003"感动中国"的老人坚强而柔弱的影子——"她尽自己最大的力量推动着人类防治艾滋病这项繁重的工程,她把生命中所有的能量化为一缕缕的阳光,希望能照进艾滋病患者的心间,照亮他们的未来。"

9 月

1. 文化名流联手打造"甲申文化宣言"。本月3日至5日,北京举行"2004文化高峰论坛",由许嘉璐、季羡林、任继愈、杨振宁、王蒙等5位发起人提议,杜维明、黄俊杰等文化名人签名,共同发布《甲申文化宣言》。宣言主张:"文明对话,以减少偏见、减少敌意,消弭隔阂,消弭误解。"本月21日,学者袁伟时在《南方都市报》发表言论,《评〈甲申文化宣言〉》,对其中一些地方提出批评与建议。这一争论,在很大程度上,可以视为"读经"风波的精神延续。

2. 《北京娃娃》在北美大陆走俏。春树小说《北京娃娃》于9月在美国出版英文版,这是"80后"写作首次登陆异国。英文版《北京娃娃》(Beijing Doll)有如是介绍:"《北京娃娃》一书新颖地描写了中国的摇滚次文化,采用一个少女的日记的形式,把读者带到北京街头。在那里,不满的一代人藐视传统,崇尚自我表达、激情、摇滚。"据报道,此书在美国引发的争议与中国类似,都表现在对青春与生命的态度上。青春是否是灰色的,反叛是否意味着年轻,也许是超越国界的话题。

3. 中国首位"驻校诗人"诞生。"驻校诗人"制度是国外著名大学里的一种常见的文学与教育沟通互补的方式,国外的众多名诗人都以"驻校诗人"的身份在大学里进行阶段性研究与创作。本月15日,中国首位"驻校诗人"诞生。青年诗人江非作为第二届华文青年诗人奖获奖者,被首都师范大学选入。对此事件,意义自然被充分肯定,但诗歌界也有异议声音浮起,如评论家张闳便毫不客气地表示,江非的水平与影响力都不足以享受这一荣耀。此外,他还认为,因为校方每月提供给江非的款项只有1000多元,仅是生活花费,所以这根本不能算是"驻校诗人"制度,只能说是一个客座研究或是写作资助计划——国外的"驻校诗人"的待遇与教师同等,可以衣食无忧。

4. 首届"北京文学节"开幕,地域文学"包装面市"。本月19日,第一届"北京文学节"开幕,这也是首个地域文学节。首届"北京文学节"口号是"激情、理想、创造",其组成版块分为"全城文学讲坛","终身成就奖"、"文学创新奖"、"北京作家最喜爱的华语作家奖"大奖评选等。最终评出,"终身成就奖"得主为王蒙,"文学创新奖"得主为刘恒,"北京作家最喜爱的华语作家奖"得主为白先勇。25日,"北京文学节"以"文学之花,香满全城"的盛况落幕。

10 月

1. **耶利内克荣膺今年诺奖。**瑞典时间 10 月 7 日,2004 年度的诺贝尔文学奖揭晓,奥地利女作家艾尔弗雷德·耶利内克(Elfriede Jelinek)折桂。瑞典皇家科学院的颁奖词为:"她用超凡的语言以及在小说中表现出的音乐动感,显示了社会的荒谬以及它们使人屈服的奇异力量。"耶利内克,这个饱受争议的女人的作品,为中国读者所声闻的,或许只有《钢琴教师》了。

2. **先锋人面未老,文学桃花依旧。**10 月上旬,当年"先锋派"文学的大将格非先生,推出 10 年的第一部长篇小说《人面桃花》。此书自 1995 年开始动笔,为他所计划创作的系列作品的首篇。这一古典风味十足的小说,在很大意义上,是一个关于理想主义和浪漫主义的寓言,它的叙事近乎完美。从徐星到格非,先锋作家的回归,可以说是 2004 年文学景象里最绚丽的一处。可问题在于,昔日的"先锋",到了现今,是否还有足够的魅力来引领写作的潮流? 有批评家恳言:先锋老狗们正在努力与时间和潮流作战,以证明自己没有老去。但没有人能够抗拒岁月的清洗。与其勉强维持当下的弱势书写,不如让昔日的强势作品永生,这才是缅怀先锋文学的最佳方式。

3. **迟到了 20 年的研讨:上海重拾先锋诗歌。**一个题为"诗意城市"的上海先锋诗歌研讨会,本月在上海师大举行。谢冕、洪子诚、朱大可、徐敬亚、默默,陈东东、郁郁等诗人、批评家和学者出席并作了重要发言。上海是中国先锋诗歌的摇篮之一,20 世纪 80 年代兴起的"海上诗群"、"撒娇派"、"城市诗"在全国诗坛有较大影响,但都因遭到打压而逐渐凋零。在上海文化日益退化的今天,此举难免给人恍如隔世之感。

4. **《人民文学》创刊周年纪念酒会自娱自乐。**本月 26 日,《人民文学》杂志纪念创刊 55 周年,在中国现代文学馆举行了纪念酒会,邓友梅、刘庆邦、刘恒等作家出场表示祝贺。酒会上,杂志社向四名《人民文学》的老读者和特殊友人赠予了"荣誉读者"的称号,同时,颁发了以"茅台杯"冠名的 2004 年度人民文学奖:映川《不能掉头》等获中篇小说奖,莫言《月光斩》等获短篇小说奖;于坚《火炉上的湖泊》等获散文奖;雷抒雁组诗《明明灭灭的灯》等获诗歌奖。《人民文学》一直是官方文学的旗舰,但 90 年代以来影响力日益衰退。

5. **评论家程文超英年早逝。**本月 27 日,中国现当代文学研究专家程文超病逝,享年 49 岁。自 12 年前发病以来,程便一直与恶性肿瘤抗争,承受着常人无法想像的苦痛,其间仍笔耕不辍。他留给后人的学术著作有:《意义的诱惑:中国文学批评话语的当代转型》、《寻找一种谈论方式》、《1903:前夜的涌动》、《百年追寻》、《反叛之路》、《20 世纪中国文学中的现代性问题》等,被誉为"当前中国最有影响的批评家之一"。

11 月

1. **华裔女作家张纯如离奇自杀。**本月 9 日,以《南京大屠杀》一书闻名于世的华裔女作家张纯如自杀身亡,年仅 36 岁。张纯如是第一个将南京大屠杀的罪恶介绍给英语国家的人,一本《被遗忘的大屠杀——1937 年南京浩劫》,向这个世界宣告了中华民族曾经经受过怎样的人间浩劫,又饱尝着如何难以形容的刻骨铭心之痛。张纯如说:"忘记屠杀,就是第二次屠杀。"美国评论家威尔说:"由于张的这本书,她终结了日本对南京的第二次强暴。"对张纯如自杀原因有多种猜测,有人说是因为不断收到日本右翼人士的恐吓信和电话,有人说因为严重抑郁症,也有人说是工作压力过大所致。

2. **"80 后"跃入文学批评视野。**"80 后写作"成为 2004 年中国文学的关键词。本月上旬,中国作协理论批评委员会召开"2004 文学理论与批评回顾"研讨会,众多文学评论家都对流行的"80 后"文学现象表示了忧虑和反思,如张志忠指出,对于"80 后"的年轻作家,批评界似乎只有一种广告宣传式的赞扬,而缺乏对文本的严肃解析与批评,这不是好的态势。22 日,在中国当代文学研究会与北京语言文化大学联合主办的"走近'80 后'研讨会"上,批评家们与"80 后"作家进行面对面交流,并发生关于"秋意写作"的争论。曹文轩认为,在"80 后"作品中,秋意太重,满纸苍凉,过于颓废。而到场的"80 后"作者却反驳,不能用"秋意写作"对他们进行整体评价,他们中的不少人是坚持"阳光写作"的。也有评论家指出,作为"还未成熟的果子","80 后"还需要成长;反叛是必要的,可继承更为必要。

3. **"80 后"内战爆发。**11 月出版的《十少年作家批判书》是"80 后"内部爆发的战争。主要由在校大学生操刀打造的《十少年作家批判书》这一"酷评"文集中,"80 后"作家中最出名的如韩寒、郭敬明、李傻傻、张悦然、春树等十位全被"修理"一通。其中郭敬明被形容为"文学王国里的小太监",韩寒被批评为"一把破损的旧钥匙",春树更被讥讽为"性、谎言和没脑袋"。80后批评者的这种过度的语言暴力,遭到了来自媒体的普遍批评。

4. 又一"先锋老狗"北村重出江湖。"先锋文学"中的"先锋"北村先生的新作《愤怒》本月上市。如果说《周渔的火车》使北村面临着"堕落"的指责,那么《愤怒》开始还原他在人们心中的先锋形象。这部作品标志着北村的写作转型:直面悲惨的现实人生,并且超越言语的表层界限,直抵心灵与灵魂的深处。在该书的序言中,余杰对其中隐含的基督教精神给予了高度评价,但也有人批评该小说暗含19世纪西方人文书写模式,文学原创性有所不足。

12 月

1. 郭敬明抄袭案败诉。月初,吵嚷了一年有余的"80后"代表作家郭敬明的长篇小说《梦里花落知多少》涉嫌抄袭北京年轻女作家庄羽小说《圈里圈外》一事,在庄羽于去年12月向北京市第二中级人民法院提起诉讼之后,终于有了结果:一审判决郭敬明败诉,责令郭敬明赔偿原告庄羽20万元。可据事后报道,原告被告对这一判审结果都表示不满,一方认为罚金太低,另一方不服判决,都决定提出上诉。围绕这个事件无休止的争论,锁定的却仍是一个古老话题:人格与文品。

2. 金庸修改旧作引发批评。本月中旬,武侠作家金庸在接受媒体采访时透露,到明年中期,修订旧时作品一事可告完结——目前只剩下《鹿鼎记》与《笑傲江湖》还在修订之中。自金庸决定修订旧作这一消息传出以来,批评之声就没有停息过。不少"金迷"为此痛心疾首,认为金大侠晚年"昏庸",这一修订招式分明是"自废武功",一些金庸研究专家也认为大侠此次作为是"过了火"。"金庸活得不通透,不达观,很多东西放不下。"

3. 第三届鲁迅文学奖争议声中揭晓。本月25日,第三届鲁迅文学奖的获奖名单在一片争议声里出炉,该奖下设七个奖项:《玉米》(毕飞宇著)等4篇作品获全国优秀中篇小说奖,《上边》(王祥夫著)等4篇作品获全国优秀短篇小说奖,《中国有座鲁西监狱》

（王光明、姜良纲著）等 5 部作品获全国优秀报告文学奖，《野诗全集》（老乡著）等 5 部诗集获全国优秀诗歌奖，《贾平凹长篇散文精选》（贾平凹著）等 5 部散文杂文集获全国优秀散文杂文奖，《难度 长度 速度 限度——关于长篇小说文体问题的思考》（吴义勤著）等 4 部（篇）作品获全国优秀理论评论奖，《神曲》（田德望译）等 2 部作品获全国优秀文学翻译奖。可随之名单公布不久，便有人投书质疑，认为鲁迅文学奖中诗歌奖的评选不够公正。至此，我们也可以看到，2004 年的文学风云，以评奖开端，又以评奖收尾。总有一些荣耀之光翩然降临，慰藉日益衰弱的中国文学。

（尤宇 凌麦童）

美术事件

——展览、创作、艺术奖项

1月

1. **挑战国人禁忌，首个塑化人体标本巡回展。** 从1月开始，一场"塑化人体标本展"在全国各大城市巡回展出，该标本由大连医学院提供。所谓塑化，就是通过各种化学手段将人凝固后的尸体变成胶人，展出的标本包括6件完整人体标本和近200件器官标本，上至不同剖面的颅骨，下至足部每一根趾骨。心脏、脾、肺的外观形态，人的消化系统、神经系统都一览无余地呈现在观众面前，观众能从这些标本看到活生生的鲜明的红色血管、条理清晰的肌肉组织、圆瞪的眼睛里的瞳孔、关节处残留的黏液。这些原本只在小范围内才能看到的尸体塑化标在公共空间中展示，挑战了中国人传统禁忌、伦理道德甚至风俗习惯和心理承受力。

2. **惊诧之旅：西班牙多媒体艺术大师蒙塔达斯到京。** 蒙塔达斯从机场出来，就坐地铁直接到了天安门广场，因为那是他想像中神秘中国的象征。本月4日，他在798艺术新区的二万五千里文化传播中心举办讲座《知识越境的瞬间》，介绍自己从1971年到2003年的各系列作品，包括幻灯、录像和CD-Rom等，以及他1995年开始的重要作品《转译》。蒙塔达斯号称"在世界上第一个做出互联网实验艺术作品"。蒙塔达斯此番旅经北京，现在这里是世界上最有能量的地方。在他的旅行袋中有一本《A + U》，这一期的杂志介绍了外国设计师和中国本土设计师的惊人设计，这些建筑设计涉及的面积和预算之庞大令他吃惊。

3. "有一袋米倒在中国,但却无人问津。"耶卡特瑞娜和陈宇飞在德国和中国的任何场合遇到任何人都不厌其烦的述说这句德国格言。本月 30 日柏林时间 21:00—21:30 北京时间 1 月 31 日 04:00—04:30,耶卡特瑞娜在柏林剧院舞台上用装置、身体和语言进行表演,用移动电话与陈宇飞通话,观众等待着有一袋米倒在中国。北京时间 4 点 25 分陈宇飞在合肥银河一船上将一袋米(典型的旧式白棉布米袋和 25 公斤的米)推倒,此时,柏林剧院舞台上的信号灯闪亮,观众反应热烈;而此时在合肥的绝大多数人正沉睡在凌晨的香甜中。据称,该行为艺术旨在激醒今天人类已淡忘了的朴实情感和原始情绪。

2 月

1. 杨福东入选"Hugo Boss 当代艺术奖"候选人名单。本月 6 日,纽约古根海姆基金会公布了美国最重要的当代艺术奖——"Hugo Boss 奖"候选艺术家名单,共 5 名。中国艺术家杨福东名列其中,这是中国大陆当代艺术家首次进入此奖候选人。

2. 中国摄影师"荷赛"获奖。13 日,第 47 届"世界新闻摄影比赛"结果在荷兰阿姆斯特丹揭晓,中国有两名摄影师获奖:自由摄影师卢广拍摄的《河南艾滋村》获当代论题组的图辑一等奖,而被法庭判处造假的《武汉晚报》摄影记者邱焰拍摄的《非典时期的婚礼》则获得日常生活照片组三等奖。世界新闻摄影比赛(荷赛)由总部设在荷兰的世界新闻摄影基金会主办。是世界上规模最大、最有威望的新闻摄影比赛之一,宗旨是"促进信息的自由、不受限制的交流,鼓励高水平的专业新闻摄影标准",对世界新闻摄影事业有重要推动作用。中国自从 1959 年开始参赛以来,目前不到 10 位摄影家获得奖项,其中仅 3 人获得一等奖。不久,邱焰即因获奖作品卷入风波。

3. 《黑白宋庄》记录当代艺术家群落。自由摄影师赵铁林,驻扎在宋庄五年之久,这本《黑白宋庄》摄影画册,以几百幅充满张力的纪实图片记录了在这里生存的数十位艺术家的真实生活。赵铁林镜头的震撼来自于一种目光的平视,去掉艺术的光环,他所着力展示的是一代艺术家在精神与物质之间的挣扎状态。在书中,许多当今早已功成名就的艺术家:栗宪庭、方力钧等都本色出镜,赵铁林还用文字记录下他们现场拍摄时的言谈。

3月

1. 女性主义成为卖点,四川美院油画系毕业系列展"3·8"。"3·8展"是继 2 月 14 日 WC 展览后,四川美院油画系毕业系列展中的第二个展览。此展览对女性主义进行了貌似谄媚的讥嘲,称"女性主义,这样一个时尚、供人消费的词语已深入人心,我们的展览也只是在半梦半醒中跟随潮流罢了"。

2. 首届中国数码艺术博览会开幕。数码艺术潮流缤纷:实物图景数码化,如数码动画短片《樱桃》模拟了实物茶壶的动作。DV 摄影展映了北京电影学院、吉林艺术学院等院校学生拍摄制作的 DV 短片。其中,北影学生的 DV 作品《梦夜》,将镜头触及世纪初北京夜晚的各个角落:车流如河的高架路、霓虹闪烁的广告牌、排队候客的出租车司机、火车站瞌睡的旅途中人……以一个年轻人自己记录了这个时代的夜晚。还展出、展映了平面创意、广告影视创意、数字摄影等近年中外数码艺术的最新作品。

4月

1. 徐冰获首届"Artes Mundi 国际当代艺术奖"。著名中国旅美艺术家徐冰的新作品《尘埃》在英国获得了当今世界艺术界最大的奖项——"Artes Mundi 国际当代艺术奖",徐冰是第一位获此殊荣的中国艺术家。此次展览的作品《灰尘》是徐冰在纽约遭到 9·11 恐怖袭击后,从曼哈顿世贸中心废墟附近收集的一些极细微的尘埃为材料,在他的展览空间里以雾状的方式在空中喷洒,地面上有一行预先摆放的用 PVC 材料雕刻的英文(As there is nothing from the first, Where does the dust itself collect?),经过 24 小时的沉降,尘埃落定,取走那些字母后,展厅里只剩下地板上一层薄薄的灰尘和那字模下未被尘埃覆盖的痕迹,它的中文含义是中国人所熟知的一句著名的禅宗偈语:"本来无一物,何处惹尘埃。"在颁布奖典礼上,评委会主席、上届卡塞尔文献展策展人奥奎代表评委会评价徐冰是一位能够超越文化的界限,将东西方文化相互转换,用视觉的语言表达他的思想和现实问题的艺术家。

2. 为了描绘"盛世",北京美协欲做京版《清明上河图》。一幅高 2 米、长 55 米的画卷《新北京盛景图》将在国庆节前面世。在此画的开笔仪式上,北京市美协常务副主席傅家宝说,《新北京盛景图》以山水画的形式表现现代都市,"堪称北京版的《清明上河图》"。《新北京盛景图》由 55 位画家联合创作,是北京文化界向新中国成立 55 周年的献礼之作。主创画家之一郑山麓介绍,画卷内容将选择北京各个时期具有代表性的建筑,包括故宫、人民大会堂、国贸中心、世纪坛、建设中的国家大剧院和奥运场馆。《新北京盛景图》更加注重艺术效果,对各个建筑物之间的位置做了很大调整,"不具有地图的功效"。画家目前正在收集素材、设计草图阶段,预计《新北京盛景图》将在国庆节前与世人见面。整个过程预计投入资金 300 万元。

3. **大山子艺术节"惊险"开幕。**为期一个月的大山子艺术区艺术展示活动(DIAF2004)在大山子艺术区 798 厂内的时态空间开幕。开幕前,就在自发组织艺术节的艺术家和拥有产权的七星集团相持不下时,政府部门派出公安人员和综合治理办公室人员进驻大山子艺术区维护秩序,保证了艺术节安全举行。开幕式和表演吸引了 700 多人来到大山子,其中几乎一半是外国人士。

4. **"老顽童"黄永玉八十艺展。**2004 年八十岁的黄永玉选择举办画展度过其生日,从 4 月起画展在北京、长沙、广州、香港举办,展出了黄永玉自 1999 年以来的新作 100 余件,其中包括鲜为人知的雕塑、陶瓷作品。在北京开展的时候,老先生邀请比他老的老头和老头的遗孀,坐拥著名的万荷堂家中,举办酒会。同时,新书《黄永玉的柒柒捌捌》在长沙举行了一个时尚的首发式。出书、办画展、获奖,甚至成为畅销书作者,在同辈的艺术家中,80 岁的老顽童可谓精力旺盛。

5 月

1. **公共展馆免费向社会开放。**文化部、国家文物局于 3 月 19 日联合下发《关于公共文化设施向未成年人等社会群体免费开放的通知》。规定从本月 1 日起,全国文化、文物系统各级博物馆、纪念馆、美术馆要对未成年人集体参观实行免票;对学生个人参观可实行半票;家长携带未成年子女参观的,对未成年子女免票。对持有相关证件的现役军人、老年人、残疾人等特殊社会群体,也要实行门票减免或优惠。

2. **"地球的表面":维姆·文德斯摄影展展出。**在广东美术馆的展出创下了全球当代艺术展览日均参观人数第二位的纪录。文德斯是 20 世纪 70 年代"新德国电影运动"的代表人物之一,也是欧洲公路电影的杰出代表。在"地球的表面"中,这位熟知空漠和废墟的大师带给我们巨幅的古巴空疏的乡村、澳大利亚腹地荒漠中的无尽公路……习惯于拥挤的中国观众们得以在照片上拨开人群,看到自己所居住的地球本原面目。

3. **血腥演绎进化史,行为艺术再遭批评。**舒勇在深圳野生动物园进行了大型前卫艺术表演"看,进化的人"。据说,这是一场以动物为主题的环保活动。在烈日下,这位西装革履的"文化动物"绕过了囚在铁笼中的狮虎鳄鱼,缚在铁架上的孔雀、鹦鹉,悬在铁链上的已经死去多时的鸡、鸭、鱼,爬行在各种动物串成的"进化链"中。最终,他直立行走,然后钻进一个铁笼子,打开电视机……舒勇声称他在十多年前就脱离了"传统的前卫艺术圈",这些年来他一直围绕着环保、公众话题进行创作。有批评者认为舒勇的手法肤浅而生硬,完全是作秀。舒勇的一些作品还引致了社会事件,如早期的"大地环保"就曾经遭到居住地居民的驱逐。

4. **卡通雷锋绘画大赛弘扬雷锋精神。**以"终生为人民做好事"而著称的解放军战士雷锋,从 1962 年牺牲至今 42 年的时间里,全国各地纪念雷锋的活动层出不穷,但以卡通的方式来缅怀这位榜样,在中国尚属首次。大赛经初评后选出 164 件作品,作品里有挥舞双拳的地球超人、形象新潮的摇滚青年、头顶南瓜军帽的大头战士、脚底喷火的阿童木……这些憨态可掬的卡通人物形象就是当代少年儿童心目中的"雷锋叔叔"。大赛负责人说:"我们没有收到一幅丑化雷锋形象的作品。雷锋在孩子们心目中依然是一个值得尊敬和学习的榜样,只是孩子们有自己的理解。"

5. **苏州胥口建文化(美术)产业示范基地揭牌。**5 月 18 日,中国书画之乡江苏苏州吴中区胥口镇,"中国文化(美术)产业示范基地"揭牌,当代中国画名家邀请展开展,标志着该镇从中国书画之乡向全国文化(美术)产业示范基地迈出了重要一步。该镇从事书画产业的有 2000 多人,年销售书画额 3000 多万元,书画作品远销海外多个国家和地区。

6. **山西运城打造 78 米巨型关帝像。**由山西运城市关帝祖茔景区策划的关帝圣像工程全面启动,日前已进入工厂铸造阶段。该青铜圣像总高 78 米,其中立式提刀像高 59 米,底座高 19 米。据中国艺术铸造委员会初步认定,这是世界最高的关公像。巨型关帝圣像是运城市关帝祖茔景区的主雕塑,是运城开发"三关"旅游资源的新亮点。

7. 北京首届国际新媒体艺术展暨论坛开幕。由清华大学、德国艺术与媒体中心(ZKM)、荷兰艺术大展协会(V2-)主办的2004北京首届国际新媒体艺术展暨论坛于今天上午在中华世纪坛多媒体艺术馆隆重开幕。该展览将于6月3日结束。首届国际新媒体艺术展暨论坛是一为期两年的重大项目,2004年将围绕"引领前沿"这一主题展开。届时将有全球最大的媒体艺术中心,德国的ZKM,以及在欧美各国极具影响力的新媒体艺术机构如荷兰的V2-,奥地利的电子艺术中心Ars Electronica参加展览。国内十几所知名的艺术设计院校也应邀参加这一盛会。

6 月

1. **女性行为艺术首次进入国立美术馆。** 由中国艺术家何成瑶和香港艺术家梁宝山带来的行为艺术秀首次在上海多伦现代美术馆展现。据悉,这不仅是中国当代行为艺术第一次步入国立美术馆,同样也是上海演出的第一个女性行为艺术秀。何成瑶浑身包裹白色宽胶带表演了一套广播体操,梁宝山带来了"蜘蛛精之红线变奏版"。虽然是第一次近距离欣赏行为艺术,很多观众表示还有些看不明白,但他们仍然希望能够在上海看到更多、更好的行为艺术表演。

2. **"酷,爱身体"女性身体艺术作品展。** 该展在上海多伦现代美术馆展出期间,一位女艺术家"暴露身体"的作品,因主管部门的互联网"扫黄"行动而受牵连,被勒令撤除。

7 月

1. **"第2届大道现场艺术节"现身。** 在国际贸易中心对面的建外SOHO商业街举行艺术节是改变公众对行为表演看法的重要标志,给了SOHO的经理们一项荣誉,因为他们对中国新的具有挑战性的艺术实践所做的推动。但一些国外艺术家对场地感到失望,似乎觉得这不太符合他们最初对北京的想像。"大道现场艺术节"是在中国举办的国际性现场艺术活动,也是目前亚洲唯一的国际现场艺术节。

2. **中国美术馆全景展示当代普通人图像生活史。** 6月12日至7月10日,《中国人本·纪实在当代大型摄影展》在中国美术馆举办。展出的六百余件作品的时间跨度几乎涵盖了新中国半个世纪的历史,其中大部分出自改革开放以来的二十几年,可以说是迄今为止当代中国最为丰富,且最具规模的纪实摄影展。展览分为"生存"、"关系"、"欲求"、"时间"四部分。

8 月

1. **官方艺术家集体献艺,纪念小平百年诞辰。**中国文联于本月 13 日至 18 日在北京中国美术馆,举办《中国百名艺术家纪念邓小平百年诞辰书画展》,此次展览涵盖了国内文艺界全部 12 大艺术门类,堪称中国文艺史上的第一次。

9 月

1. **李颂华网络行为作品:"远程写生 – 2"展示。**执行现场有 A、B 两地,李颂华在 A 地裸身出场,在一块大镜子前,对照一台电脑显示屏上显现的从 B 地实时传过来的一位女性画家的裸身的影像画面,现场在镜子上写生作画,随着画作的进程,其镜子将逐渐被有裸身形象的画面所覆盖,直到最终把那块镜子全部覆盖上;而此时,远在 B 地的那位女画家也同样正通过对照远程传过来的李的裸身画面,把李的裸身形象也写生在她眼前的大镜子上……此次行为的全部过程大致需用时一个小时。此作品所利用的远程视频传输工具是当下普通的网络聊天通讯系统 MSN MESSENGER。

2. **赵半狄电视访谈片《中国华氏 911》杀青。**由赵半狄导演并主持的中国第一部另类电视访谈片《中国华氏 911》完成,而主题歌《熊猫人问伦敦 100 句》的作词者是先锋作家导演朱文。这是"熊猫人"——艺术家赵半狄导演的一部电视访谈片,全片中怀抱熊猫的赵半狄作为主持人访问了伦敦各个阶层中具有典型性的人物,他们包括:股票经纪人、无家可归者、教堂神父、同性恋伙伴、鱼店老板、著名芭蕾舞演员、发型师、女护士、房地产开发商、女救火队员、一个班的小学生、妓女、吸毒者等。通过大量的严肃和诙谐的提问及回答,勾画出了 911 之后西方社会不同人的不同疑惑和不同价值观。

3. **"影像生存",第五届上海双年展中秋开幕。**今年主题"影像生存"意在展示今日中国和国际视觉艺术中多媒体的创造性,以"影像"勾连从皮影、剪纸到今天的录影、网络艺术等多姿多彩的创造形态。参展的艺术家中最为知名的是已经 71 岁高龄的大野洋子,本届上海双年展上,大野洋子有两件装置作品和 4 部电影短片参展。其他参展艺术家包括著名摄影家辛迪·舍曼等。贾樟柯、王小帅、李扬等中国"第六代"先锋电影导演的实验短片也首次成为国内大型艺术展览的参展作品。

4. "文明与发展",平遥国际摄影大展举行。今年的大展重点展示中国、印度、埃及、巴比伦、秘鲁等文明古国的文明发展轨迹。来自五大洲 20 多个国家和地区的 150 多位摄影家的 80 多个摄影展将展示多种艺术风格的作品,其中 50 个外国摄影家的作品都是第一次在中国展出。

5. 蔡国强制造,金门碉堡艺术馆——18 个个展。由台湾金门县政府和历史博物馆联合主办的"金门碉堡艺术馆——18 个个展"于本月 11 日至 2005 年 1 月 10 日在金门举办。这个展览由著名旅美华人艺术家蔡国强先生策划,在金门 8·23 炮战遗址的 6 个战地碉堡群中同时举行,来自欧、美、日及两岸的 18 名重量级艺术工作者和金门的小朋友们共襄盛举参与创作。它以华人艺术家为主体,创造了不同华人的对话:两岸的华人,海外和本地华人,"真华人"和"假华人",混血和纯种的华人之间的对话。国际媒体对于本次展览活动予以高度的关注。过去的战争地点、当下的敏感地带转化为艺术展示空间,政治正在日益成为艺术上的卖点。

10 月

1. 运动中的艺术"@车艺术运动"在京发动。"@车艺术运动"力图以诗歌、行为、戏剧、录像、装置等艺术的集合,描绘中国人精神面貌的变迁。这是北京第一次以车、以环路为线索的亚文化艺术展。所有的作品在运动中诞生,所有的观众在运动中观察。名义上是和车有关,但显然车背后支撑的东西更让艺术家着迷。这和整个城市的迁徙,和艺术无奈的流动有关。运动包括:本月 1 日《诗歌@二环》,使用工具:地铁,作品执行:杨黎(北京站),李亚伟(崇文门),狗子(前门),张万新(和平门),竖(宣武门)……;2 日《摇滚@机场辅路》,使用工具:拖拉机,美好药店,木推瓜乐队制作,要求:骑自行车参观;3 日子夜 0:00 时《琴@四环》,使用工具:解放 130 货车,云皓作品,要求:开车或乘车参观;4 日《戏剧@三环》,使用工具:北京吉普切诺基,田建平、肖旭驰作品,要求:开车或乘车参观;5 日《影像@五环》,使用工具:130 搬家专用车,中外艺术家 VIDEO 作品,要求:开车或乘车参观;6 日《论坛》,使用工具:大型巴士,十几位著名学者、诗人、艺术家等在移动的大巴车上进行学术研讨;7日,《终点站@艺术东区》,现场 PARTY:诗歌,摇滚,戏剧,行为,影像,装置。

2. 提醒社会关注孩子功课过多恶弊,一男子喷涂上海双年展作品。该男子中等个头,戴着眼镜,穿着黄色夹克走到参展艺术家邱世华的巨幅油画作品前,突然拿出油漆喷罐,向画面上胡乱喷涂上深灰色的油漆。该男子后被警方带走。据悉,这名男子是上海人,他说自己的目的就是做一件轰动的事情,以提醒社会关注孩子功课过多的问题。

3. "法国印象派珍品展"在中国美术馆开幕。"法国印象派珍品展"在中国美术馆开幕,11日起至27日对公众开放。作为中法文化年中最重要的展事,它集中了法国印象派代表人物莫奈、马奈、毕沙罗、雷诺阿、西斯莱、德加等诸位大师的51幅原作,展览规模空前。印象派已成西方美术在中国公众中最具影响力的招牌。

4. 中国最大的私人美术馆——艺兰斋美术馆在古都南京兴建。此举开创了中国私人创办现代美术馆的先河。正在紧张施工的艺兰斋美术馆投资近1.5亿元,占地9.67万平方米,总建筑面积为3万多平方米,远远大于江苏省美术馆。为建造一个上规模的美术馆,艺兰斋美术馆的投资者已耗巨资收藏近20年。艺兰斋收藏明清字画二三千件,国宝级二十余件。外形朴素、风格内敛的艺兰斋美术馆出自曾设计了梵高美术馆等著名建筑的世界建筑大师黑川纪章之手。

5. "厦门—根特:跨越距离"艺术展。本月16日,正当远搁重洋的比利时根特艺术节拉开序幕时,吴明晖、朱路明、曾焕光等艺术家,在厦门的一个普通家庭通过互联网 MSN 系统进行行为表演(如搓麻将、吃五香卷等),同步远程参加了艺术节。中国与比利时有7小时的时差(冬季),策划活动的朱路明长年旅居比利时,他将中国"展区"的部分命名为"跨越距离"。

6. 假新闻照骗国际奖作者败诉。武汉市中级人民法院18日就摄影作品《非典时期的婚礼》造假案作出终审判决,判处刊发照片的《武汉晚报》向原告道歉及支付2万元人民币精神赔偿。5月初,《武汉晚报》摄影记者邱焰以《非典时期的婚礼》获得第47届世界新闻摄影比赛3等奖。不久照片中的"新郎"爆料称,作品中人物与场景是邱焰制造出来的,并非参赛所宣称在街头捕捉的场景。刊发该照片时也未按照其要求说明该图片情况及模特姓名。陈英多次与邱焰协调未果后,随即将邱焰与《武汉晚报》告上法庭,并求偿人民币 15 万元。终审判决并未对该图片的摄影师作出处罚。

7. "升级西部"当代艺术展在成都举行。"第四届成都国际电脑节"于 2004 年 10 月在成都举行,以 IT 文化及数字化生存为背景的——"升级西部"当代艺术展——也将同期开展。成都的科技动势与文化动势都很强劲,它担当着牵引西部地区全面发展、全面升级的重要历史使命。

11 月

1. 圣保罗双年展中国国家馆参展作品被指"抄袭"。在几家国内艺术网站上纷纷出现名为《撞车还是抄袭?》的署名文章。作者翁志娟认为圣保罗双年展中国国家馆的唯一参展作品——由艺术家渠岩创作的《流动之家》与年初在京展出的西安艺术家岳路平的《分道》"极为相似"。渠岩为圣保罗双年展中国馆创作的作品《流动之家》是一件采用蒙古包形式的跨媒介作品,由装置、录像和霓虹灯三部分组成。在一个经过改造的蒙古包的顶部中央安装投影机,将古今中外不同民族、不同时期的流动生存状态的影像资料投射在地面上。而西安艺术家岳路平今年 3 月展示的《分道》作品,则是在现场搭建的蒙古包中用影像、灯箱、声音等元素展示他在西北小程村发掘的一个古匈奴人居住过的窑洞等相关影像资料。双方都已将各自的观点在网站上发表,无论是《流动之家》还是《分道》都在争论中受到来自各方的怀疑目光。

2. 首届深圳国际文化产业博览会。本月 18 日,由国家文化部、国家广电总局、新闻出版总署、广东省政府主办,深圳市政府承办的首届深圳国际文化产业博览会在深圳开幕。这是中国举办的首个综合性、国际性的文化产业博览盛会,共设 60 多个涉及文化和产业的博览、交易、论坛、活动项目,有 700 多家境内外企业参展,其中的数字广播电视产业展、国际动漫画及卡通游戏展、中外文化艺术精品展、中国世界文化遗产暨历史名城展等展览引来了海内外众多参观者的瞩目。

12 月

1. 全国第十届美展"吸引力"成为问题。全国美展是中国美术界的招牌菜,从 1949 年开始至今已是第十届了。这个由文化部和中国美术家协会共同主办的美展包括中国画、雕塑、油画、艺术设计等多个门类,在全国多个城市举行,美术院校参加,权威评奖,不管是规模还是综合性都仍可称为中国美术界第一展。但随着近年中国各种展事的丰富及国内外文化交流的增加,全国美展对民众的吸引力已大不如前。

2. "印象派"来到上海,"请勿靠近"不绝于耳。9日,总价值高达53亿欧元的《法国印象派绘画珍品展》在上海美术馆掀开盖头。由于观众过多,每幅名画前,都有1.2米的安全线。一旦超过这条安全线,不管是头、手,还是任何物品,都会引起报警装置自动发出"请勿靠近"的警告。参观过程中,"请勿靠近"不绝于耳。

3. "芬·马六明":马六明作品十年回顾展。披着长发,化着女妆,赤身裸体,马六明的舞台形象,活脱脱代表着一个阴阳人,可是马六明并不是性别转换的最终产物,而是继续在两种性别之间游移。换言之,马六明处于"未分化状态"。在这种状态下,他看起来既是一个男人,同时又是一个女人。男人身体上的化成女妆的面孔,这个模棱两可的第三者——芬·马六明,即是马六明塑造的缥缈人物。

4. 法国里昂推出"里里外外中国当代艺术展"。中法交流年中国文化年的展览《里里外外——中国当代艺术》,是有史以来在欧洲美术馆内举办的最大规模的中国当代艺术展览。展览策划费大为提出:"策展人往后撤,艺术家向前推。"费大为强调这是一个由作品而非由观念构成的展览,是一个展现艺术家而非策展人的展览,是否定国内某些把作品纳入某种固定理论框架的先入为主的策展方式。展览包括:卢杰等的集体计划《长征———一个行走中的视觉展示》、庄辉的《带钢车间》、隋建国的《农纹研究》系列等。

5. 蔡国强"占领"美国最大展馆。当代最负国际声誉的华人艺术家蔡国强的个展"不合时宜"在美国马萨诸塞州当代美术馆开幕。这将是蔡国强至今最大型个展。而马萨诸塞州当代美术馆被称为美国最大的展览馆。在本次展览上,蔡国强的新作震撼人心。如《舞台No.1》,他使用9辆汽车创作了一辆汽车在自杀爆炸中的翻滚定格过程。"不合时宜"展试图创造这个不安世界里的意像如恐怖主义及文化冲突。蔡国强为中国艺术家寻求世界话语、打入国际市场提供了样板。

(殷罗毕)

音乐事件

——流行音乐、专业音乐

1月

1. **位于北京女人街的新豪运开业。**位置偏僻的老豪运随之关闭,结束了它作为北京最稳定摇滚乐演出场地的历史。新豪运很快接纳了从无名乐队到摇滚巨星到流行新人的不同风格,甚至也向实验音乐和电子乐张开了怀抱。英文名字是"beer house"的新豪运,既是中产中年出没的西餐吧兼 KTV,又是地下文化的节点,称得上是今天典型的北京文化风格。

2. **刀郎的《2002年的第一场雪》发行。**最近两年大陆歌坛刮起了一股复古风,许多经典的老歌被重新包装和演绎,其中以刀郎为代表的民歌新唱最为突出。这个名叫罗林的刀郎,将少数民族经典民歌加上现代的配器手法,再用那粗砺、平板、冷漠、近乎单调的流行唱法进行演绎。他的"第一场雪"奇迹般地窜红为本年度的饭馆、K 厅中最热门的歌曲。这在唱片业低迷、盗版猖獗的大陆市场无疑是一个奇迹。但对于刀郎近乎业余水准的歌曲在全国范围的高烧流行,众多资深音乐人都拒绝作出任何评论。

3. **王西麟与郭文景激烈交手。**《人民音乐》杂志今年首期刊登了北京歌舞团作曲家王西麟的评论文章《由《夜宴》《狂人日记》到对"第五代"作曲家的反思》,对中央音乐学院作曲系教授郭文景等"第五代"作曲家的创作提出严厉批评。随后,《人民音乐》第四期发表了郭文景针锋相对的文章《谈几点艺术常识,析两种批评手法》。这场争论点燃了音乐界罕见的口水大战。

2 月

1. "打开天空"音乐会打开新时尚。14 日,上海多伦美术馆在资深乐评人孙孟晋的协助下,举办了有 Aitar、B6.cy、丰江舟、李剑鸿、MHP 和王凡参加的"打开天空"音乐会,这是艺术商业/学术体系外的新音乐第一次集体被国内艺术机构接纳,但并非作为艺术活动的一部分,而是以时尚为题,期待为场地吸引更多关注,向公众树立开放、娱乐的消费性形象。随后多伦美术馆开始持续举办类似活动,发生在上海各艺术机构的新音乐活动也逐渐增多,显示出这个资本社会主义都市的文化整合和改造能力。

2. 台湾 SHE 专辑《奇幻旅行》发布。其中的主打歌曲《波斯猫》迅速成为少男少女日常生活的背景音乐。三个台湾女生组成的 SHE 以电子音乐风格的舞曲在去年征服了港、台,现在她们来到了大陆,散布着一种消费时代的新人类轻松、自信的气氛。

3 月

1. 年度最大音乐官司爆发,唱片公司状告上万家卡拉 OK 厅。北京、上海、成都等地 1 万多家卡拉 OK 厅陆续收到国际唱片业协会委托北京两家事务所发送的律师函。函中要求卡拉 OK 经营者停止擅自使用环球、华纳等国内外近 50 家大型唱片公司的音乐电视(MTV)、音乐录影(MV)、卡拉 OK 作品的侵权行为,并支付赔偿金。此次 MTV 维权风暴的导火索在于知识产权保护相关法规的空白和模糊,以致在法律界人士内部也掀起激烈的辩论,但法律界公认的一点是,一个国家知识产权保护水平的高低首先是要适应国情。到目前为止,世界上其他国家尚无将卡拉 OK 给予电影作品水平的保护先例。

2. 民乐组合女子十二乐坊的专辑《辉煌》在日本上市。第一周销量第一,在日荣获杰出艺人奖和年度唱片销量奖。

3. 欢歌 2004——刘欢个人演唱会。3 月 19 日刘欢在北京首都体育馆举行了"欢歌 2004——刘欢个人演唱会"。虽然刘欢迄今为止只出过两张个人专辑,也从未举办过个唱,但他在很多中国老百姓的心中早已成为了流行乐坛的一面旗帜。演唱会在《好汉歌》、《少年壮志不言愁》、《心中的太阳》、《再也不能那样活》、《怀念战友》、《千万次的问》等老歌的递进中前行,1.8万人的体育馆成了K歌的舞台,首体变成了中老年歌迷的天下。

4. **第4届百事音乐风云榜颁奖。**本月28日,第4届百事音乐风云榜颁奖盛典于深圳罗湖体育馆举行。年度最大奖风云大奖被2003年度华语乐坛表现亮眼的周杰伦夺走,朴树何韩红分获2003年度内地最佳男、女歌手大奖,而2003年度港台及海外华人最佳男、女歌手大奖则落入陈奕迅和王菲手中。

4 月

1. **英国老牌摇滚乐队Deep Purple(深紫)登陆沪京广。**这是国内第一次迎接巨星级别的摇滚乐队,尽管多数观众无旧可怀,但演出仍然是轰动一时。崔健担任了暖场嘉宾。

2. **宋飞怒揭艺术招生黑幕。**本月5日,中央电视台《新闻调查》播出节目"命运的琴弦"。中国音乐学院教师、青年二胡演奏家宋飞告诉记者,中国音乐学院器乐系在她担任评审的2004年二胡专业高考招生考试中存在着严重的不公正现象。节目播出后引起强烈反响。9日,《中国青年报》就此事专访中国音乐学院副院长朱卓建。朱称,《新闻调查》的报道不完全真实,且"置一级组织于不顾,有悖于新闻的客观、公正",因此扰乱了学校的正常秩序。这一争端使艺术类院校高考弊端问题成为话题焦点。艺术类高校文化要求较低,专业考试又带有明显的主观色彩,易于进行操作,艺术高考黑幕重重已经成为一层勉强遮光的薄纸。宋飞的一捅,迫使艺术类院校高考制度变革逐渐开始。

3. **零点乐队涉毒。**本月10日,零点乐队成员在青岛酒吧嗑药,被突击检查的警方抓走。4月14日,零点乐队的大毛和朝洛蒙正式承认尿检结果一阴一阳。随后,大毛当众宣布:退出零点乐队,以求挽回乐队名誉。歌手和乐队普遍嗑药,已经是中国乐坛尽人皆知的事实,但如此被抓个"现行",还是罕见。

5 月

1. **上海国际爵士周还魂殖民地风格。**集中了欧洲,尤其是北欧新爵士乐明星阵容的上海国际爵士周2~6日举行,Terje Rypdal/Ketil Bjornstad二重奏、Nils Petter Movaer、Sidsel

Endressen、Erik Truffaz、Matthew Herbert 大乐队等艺人引起了新音乐乐迷的小规模狂热，不少外地乐迷前往观看。但主办方对此次活动的前卫姿态感到不满，甚至对艺人提出"请唱得好听一些"的要求，并表示下一届会回到传统和大众的风格上去。

2. 武汉朋克乐队"死逗乐"在欧洲 10 国驾车巡演。40 天左右演出 40 场，深入了欧洲地下朋克生活和演出的世界。因成员意见不合，归国后乐队宣告解散。贝司手麦颠编辑的独立杂志《冲撞·Chaos》随后发行第 4 期，作为国内唯一现存的朋克杂志，它报道了全世界的地下朋克和无政府主义文化。

3. 成都博客中国行。一个叫"博客公社"的房地产项目赞助了 3 支成都乐队的全国 10 城市 5 月至 6 月的巡回演出，带队的是著名的小酒馆的唐蕾。越来越多的巡演，尤其是自费巡演，为各地的青年亚文化带来了更多的刺激，针对不同风格的乐队，各地乐迷已经分化成不同群体，并且体现出小而稳定的生态系统。

4. 第三届中国国际钢琴比赛如火如荼。该比赛于本月 6 日在北京中山公园音乐堂隆重登场，吸引了来自世界 25 个国家和地区的 100 多名选手报名。中国年仅 23 岁的许晨馨从国内外六位竞争对手中间脱颖而出，获得第一名，并同时获得"中国作品优秀演奏奖"。本次比赛中的奖金更是颇为丰厚，第一名获 2 万美元，再加上中国作品优秀演奏奖的 2000 美元，可谓名利双收。以色列选手曼里夫－艾尔伯特、俄罗斯选手库兹涅佐夫－塞尔盖分获第二、三名，而"肖邦作品演奏特别奖"空缺。

5. 上海个唱，"菲比寻常"风雨盛宴。媒体用茕茕孑立、孤芳自赏来形容天后王菲的本次出场。在堪称 5 月最重量级的王菲个人演唱会上，台下观众果真经历了一场"菲比寻常"的风雨盛宴，而主角王菲却始终一如既往地随风而立，除几句简单问候外，送上的唯有她宛若天籁般的低吟浅唱。虽然看到偶像的观众热情高涨，但多少因为风雨交加影响了自己的情绪，几首歌唱下来，台下观众反应平平，演出间隙不断有观众匆匆离场，天后的魅力终究还是无法抵挡风雨的摧残。

6. 用"歌颂"表现"南京大屠杀"，大型民族交响乐《和平颂》在京演出。今年是中国人民抗日战争胜利 60 周年，大型民族交响乐《和平颂》9 日晚在人民大会堂奏响，用民族特色的音乐语言讲述南京大屠杀那段不该被遗忘的历史。

6 月

1. **fm3 乐队应邀在巴黎卢浮宫演出。**该乐队随后又在欧洲进行了数月巡演,先后参加了 Garage、Impakt 等重要音乐节,并将在 Sublime Frequencies、Staalplaat、Bip-hop 等独立厂牌发表专辑。这是一支使用和转换了中国音乐元素的二人电子乐队,由四川人张荐和美国人老赵(Christiaan)组成。

2. **张惠妹绿星风波。**12 日,台湾歌手张惠妹在杭州为康师傅冰红茶做宣传。一群大学生因怀疑她支持"台独"而进行抵制,致使张惠妹登台献艺受阻。张惠妹在杭州遭抵制的主要原因是:网络上传言,她曾对歌迷公开表示"我是台湾人",及其支持泛绿阵营的政治立场。甚至配发经过修改的电视截图作为证据。不久,又有传闻称大陆早已准备好所谓的"绿色艺人"名单。这些传闻和举动引起台湾网民的反弹,称也将如法炮制,抵制中国大陆艺人。14 日,广电总局辟谣,称根本没有"绿名单"。

3. **广州最昂贵演出:"月光女神"演唱会门票拍出 6600 元。**"月光女神"莎拉·布莱曼今年 5 月、6 月在香港、北京、上海、广州等地举行巡回演唱会,演唱会的票价成为焦点:京沪两地最高票价突破 2500 元,最低也要 380 元,在较为冷清的广州市场也开出了 2000 元的最高价码。而且主办方还别出心裁地通过拍卖决定 10 张"钻石"门票价格,最贵的一张拍出了广州今年演出最高价 6600 元。

4. **"左麟右李"工体演唱会,老天王勤恳敬业娱乐观众。**"左麟右李演唱会"在北京工人体育场举行。在两个多小时的时间里,谭咏麟和李克勤这两位香港乐坛的天王级人物,共演唱了 20 多首歌曲。从正唱到搞笑的唱,从原唱到翻唱,从插科打诨,笑谈自己永远 25 岁的谭咏麟与李克勤或许没有达到他们最初设想的理想状态,但他们敬业的态度以及老辣的唱功还是给北京观众留下了深刻的印象。

7 月

1. **《音乐王国》杂志创刊。**这是一份由香港投资、在内地发行的摇滚乐杂志,协办是摇滚中国网站,内容以推介国内摇滚乐为主,并附送现场演出 VCD 一张。创刊号封面是重型乐队"痛苦的信仰"。

2. 中国内地年度音乐颁奖典礼。由中央电视台和 MTV 全球音乐电视台联合主办的中国内地年度音乐颁奖典礼第六届 CCTV – MTV 音乐盛典于本月 24 日晚在奥林匹克体育馆举行。27 项大奖在长达 3 个小时的盛典中一一揭晓。朴树、韩红再次显示出了超强人气,一举摘得"内地年度最受欢迎男女歌手"大奖。

3. 惠特尼 – 休斯顿唱热京沪。本月 22 日与 28 日晚,惠特尼 – 休斯顿分别上海虹口体育场和北京奥体中心举行了两场个人演唱会。

8 月

1. 蔡琴演唱会引发怀旧热潮。在 7、8、9 三个月里,蔡琴在上海、北京和广州先后举办了三场个人演唱会,场面热烈火暴,在中国歌迷中掀起了怀旧浪潮。

2. 摇滚吉他大师 Steve Vai 在京专场献艺。这是吉他中国网站和《现代乐手》杂志联合操办的民间演出活动,北京摇滚圈名人 5 日云集展览馆剧场的现场,新老吉他手为之狂热,表现出某种程度的 cult 文化——吉他英雄一直是主流摇滚文化中最重要的组成部分。

3. 票价高昂并最终赢利的贺兰山摇滚音乐节。6—8 日,该节在宁夏贺兰山附近举行,参加演出的有崔健、唐朝、黑豹、何勇、张楚、高旗与超载、爻释·子曰、二手玫瑰、左小祖咒等乐队或个人。活动是某房地产商赞助的,题为"中国摇滚的光辉道路",这种对革命话语方式的借用,也表明了摇滚乐先驱们功成名就之后仿效主流权力结构的"自传"心态——事实上,参加这次音乐节的艺人,已有很多早已不再从事摇滚乐了。

4. 真唱运动 2 周年纪念活动火热。6 日在北京枫花园汽车电影院举行,参加演出的有:崔健、脑浊、夜叉、沙子、病蛹、万晓利、美好药店、龙门阵团体。观众爆满,很多被崔健吸引来的年轻人也对其他乐队表现出了兴趣——这大概就是水涨船高理论的例证。中国流行音乐一直在假唱中饮鸩止渴,沉醉于虚假的商业性繁荣之中。

5. 位于工体北路的"愚公移山"重新开张。在被原路尚酒吧老板接手后,它由原来的桌球室改为时尚的现场俱乐部。不一定乐队每周三固定演出,各种实验、摇滚、电子演出、workshop、主题活动和跳舞活动开始密集举行。继 88 号、九霄之后,这里已经成为又一个隐秘的圈中据点,不同之处在于,它融合了时尚的消费气息和粗糙而丰富的音乐现场。

6. **毛宁再战江湖。** 本月18日毛宁复出。日本DAO株式会社和21东方唱片在北京昆仑饭店为毛宁举行了盛大的新闻发布会,宣布正式推出个人专辑《我》。这张唱片是毛宁继《了无牵挂》之后,5年来推出的全新专辑。自2000年11月22日晚被同性恋者扎伤后,毛宁精神受到重创,低调且闭口不谈复出,此次突然以高姿态形象出现,令人感到意外。

7. **女子十二乐坊第一张面向美洲专辑《东方动力》。** 该张专辑连续5周获得美国唱片工业协会国际类销售排行榜冠军,创造了亚洲民族音乐唱片有史以来在美销售的最好成绩。

8. **《七里香》发行,周杰伦转攻诗意音乐。** 有台湾歌迷称,"七里香"是台湾夜市上的煮鸡屁股。周杰伦的这首新歌也像鸡屁股一样,有人极度喜欢,但更多人不喜欢。早先台湾媒体曾爆出这张新专辑主打俄罗斯曲风,唱片公司开始预售时则称专辑主打中国风味的诗意情歌。合作者方文山也出来帮衬说,他这次是写诗而不是填词。而周杰伦表示:"用诗作曲是另一种挑战,不过很有诗意且感情丰富,而且给大家留下诸多想像空间。"不过歌迷并不喜欢周杰伦的新尝试,旋律的平淡、歌词的肤浅等,都成为这首主打歌曲的致命伤。

9 月

1. **电子乐为第5届上海双年展助阵。** 参加开幕表演的有B6、fm3、Laurent Lochoi、丰江舟、半野喜弘、DJ V-nut2,全部都是从后极简主义到噪音的电子乐,其中曾为电影《海上花》、《站台》配乐的半野喜弘,是一大焦点。尽管双年展本身并没有对当代音乐/声音艺术作出应有的反应,但开幕表演至少透露出了艺术体系的新趣味。

2. **本月娱乐天王——刘翔。** 香港众星汇演作配角,刘翔献唱"东风破"。刚刚获得奥运会跨栏金牌的刘翔炙手可热,9月7日举行的"奥运金牌大汇演"中,香港观众一睹了这位奥运英雄变身"K歌王子"。

10 月

1. **第 5 届迷笛音乐节在北京国际雕塑公园举行**,这是迷笛音乐节第一次在迷笛音乐学校以外的场地举办。1～4 日,45 支乐队参加了演出。尽管遭到了居民投诉,但在缩短演出时间之后,音乐节还是照常举行,并且得到了比以往更多的主流媒体关注。

2. **巴黎举办巨型艺术活动"不眠夜"**。本月 2 日,中国实验音乐家王长存、钟敏杰、李剑鸿在旅美台湾声音艺术家姚大钧的率领下参加了演出,fm3、武权、颜峻也以一个组合的方式参加了演出。在随后的布鲁塞尔的演出后,王长存得到比利时厂牌 Sub Rosa老板 Guy-Marc Hinant 青睐,将在该厂牌发表个人专辑。

3. **泥巴音乐策划"只有一个宁夏"北京站演出**。5～7 日,来自宁夏的苏阳乐队会合在京的宁夏艺人布衣、赵老大,以本土音乐集体的方式出现。他们的音乐风格包括民谣、摇滚乐和怀旧歌曲,有一种强烈的底层气质,也可以说是本土意识在音乐语言和行动方式上的双重体现。而宁夏只是中国外省文化的一个例子。

4. **法国合成器音乐家再现中国**。Jean Michel Jarre(让·米歇尔·雅尔)10 日在天安门一带举办专场演出。雅尔曾经是改革开放以来第一位在中国演出的西方流行音乐家,这是一次因中法文化年活动而举办的官方活动,规模宏大,浩资靡巨。

5. **野孩子乐队成员小索 30 日因癌症去世**。野孩子乐队是一支杰出的新民谣乐队,由来自兰州的小索和青海籍的张佺组建,他们后来创办的河酒吧,曾经是北京波希米亚风潮、背包流浪、后嬉皮文化、新世纪运动、新民谣和民间音乐、外省摇滚等地下文化的一个交集。小索去世后的纪念演出,从某种程度上展示和刺激了这个小众文化的进化。

6. **二胡演奏家闵惠芬狠批女子十二乐坊**。"艺术不是靠露肚脐眼的美女上阵蹦蹦跳跳包装出来的。"成立于 2001 年的女子十二乐坊终于在 3 年之后实现了满世界"全面开花",但就在她们如日中天之时,国内针对这支乐队的批评和质疑声不绝于耳。中央音乐学院一位教授也怒斥她们在演奏会上公然作假,严重损害了中国音乐艺术的纯洁性。

7. **中法文化年挺进音乐节**。十多位世界音乐大师云集北京国际音乐节。从 10 月 14 日到 11 月 5 日,在北京国际音乐节期间,包括交响乐、歌剧、独奏音乐会、室内乐等在内的 22 台 26 场精彩绝伦的演出竞相登场。此次音乐节最为中法文化年活动的一部分，甄选了一批优秀的法国音乐节目，其中有：作曲家古诺的歌剧《罗密欧与朱丽叶》，著名钢琴家蒂鲍戴的钢琴独奏音乐会，巴黎管弦乐团两场交响音乐会等。

8. *中国爱乐团演出中出现罕见失误。* 26 日晚在保利剧院举办的北京国际音乐节中一场重要的音乐会——勃拉姆斯协奏曲音乐会上，中国爱乐乐团个别声部在协奏曲演奏中出现了严重失误，令一些观众在演出结束后议论纷纷。晚上登场的是著名小提琴演奏家林昭亮、大提琴演奏家王健和钢琴家伊曼纽斯·艾克斯，由指挥家迈克尔·斯特恩指挥中国爱乐乐团担任协奏。三位独奏家都是世界著名演奏家。在与艾克斯合作勃拉姆斯第二钢琴协奏曲时，第一乐章刚刚开始就出现了圆号独奏的失误。在随后的乐队和钢琴先后进入音乐后木管声部并没有太多的改观，一段以木管为主的旋律竟然因为音准和音色缺乏统一而出现明显的不和谐的声音。据了解，演奏出现失误的原因是排练过少，演奏员练习的时间也不够。

9. *谭盾《地图》亮相北京国际音乐节。* 谭盾亲自执棒，开始了《地图》2004 年中国巡演。本月 31 日，这部作品亮相北京国际音乐节，它以"寻回消失中的根籁"为副标题，分九个乐章，为听众展开九段多姿多彩的湘西风土人情。它是古典大协奏曲与湘西民间音乐的多媒体结合，通过科技与传统的融合寻找一种新的对位观念。一方是谭盾多年以前采集的、原生态的、民间的多媒体声像纪录片，另一方为作曲家创作的、现时演奏的、音乐厅式的大提琴和乐队，从而形成跨时空对话。《地图》在纽约卡内基音乐厅的世界首演、2003 年 8 月在上海大剧院的亚洲首演，都甚为成功。

11 月

1. *美之瓜 9 + 2 乐队专辑现世。* 美好药店乐队和原木推瓜乐队成员组建的美之瓜 9 + 2 乐队，发表了他们的第二张专辑，乐队由 11 人组成，音乐是包括摇滚乐、迷幻乐、民间音乐和爵士乐在内的即兴音乐。尽管并不成熟，但考虑到他们越来越活跃的状态，以及不一定乐队的存在，一个即兴音乐的场景正在出现，这是一个正常乐坛形成的基础。

2. *"气与复杂性"国际研讨会。* 中央音乐学院中国电子音乐中心举办的这个研讨活动，了除研讨外，还包括 26 日这一天开幕的展览和演出。来自世界各国的以电子原音为主的音乐家和软件操作者进行了表演。

3. 第二届"第二层皮"音乐节展览实验音乐。27、28 日,杭州实验音乐厂牌 2pi 主办了第二届"第二层皮"音乐节。姚大钧、李剑鸿、林志英、Torturing Nurse、王凡、Ronez 等艺人参加了两天的演出,阵容包括中国实验音乐的大半壁江山,而观众除了凑热闹的文艺青年和媒体人,也有不少已经开始聆听次类声音的新乐迷。

4. "声之旅中国巡回演出"再现萨满教歌唱。居住在台湾的澳门人吴子婴策划了 Sainkho Namtchylak 的"声之旅中国巡回演出",包括上海、广州、深圳、台北、香港、澳门的一系列演出、合作和 workshop。旅居德国的图瓦音乐家 Sainkho,是结合了萨满教歌唱、传统喉鸣等不同技巧的实验人声艺术家,近年来在各国文艺青年中广为人知。

5. 女子十二乐坊以民族器乐突破格莱美防线。该乐队获得第 47 届格莱美综合类最佳新人奖与最佳世界音乐专辑奖两项提名候选。虽然冲击格莱美提名失败,但这是在这一奖项中,中国人的名字第一次与中国民族器乐而不是西洋器乐联系起来。

6. 香港词人黄霑去世。11 月 24 日,香港著名词曲作者、作家、主持人黄霑突然离世,享年 64 岁。黄霑去世是让华人世界震动的文化大事件,作为华人流行音乐的一代歌词宗师,黄霑的名字与上世纪八九十年代香港电影及流行音乐最为辉煌的时期密切相连,《笑傲江湖》主题曲《沧海一声笑》、《黄飞鸿》主题曲《男儿当自强》,乃至《英雄本色》、《倩女幽魂》主题曲等均出自他之手。但是随着这些作品演唱者张国荣、罗文等相继离世,黄霑又撒手人寰,一个时代正与我们渐行渐远。

7. 网络歌手杨臣刚的《老鼠爱大米》正式发行。杨臣刚虽然算不上专业歌手,但也是个混迹江湖多年的"老人"。他出道已有 8 年,创作了 300 多首歌曲,这首《老鼠爱大米》曲调简单,歌词平易,众多中小学生都能朗朗上口,一时间成为在低年龄段中最为流行的歌曲。"爱你就就像老鼠爱大米"也成为情侣间的流行语。杨臣刚的《老鼠爱大米》和刀郎的《2002 年的第一场雪》一起,让以唱片公司资本为运行基础的传统流行音乐界,感到了来自几乎零成本的网络界流行势力的巨大冲击。

8. 王杰,一场游戏一场梦。11 月 26 日,浪子王杰在北京首都体育馆为歌迷奉献音乐大餐,这也是王杰自上世纪 80 年代出道至今首次在北京举行自己的个人演唱会。这个孤傲的歌坛浪子,其执著、沉默和永不言败的生存方式,为流行歌迷们提供了精神快餐。

12 月

1. 中国新电子乐实验亮相法国。5 日,正在清华美院(原中央工艺美院)担任客座教师的王磊,在法国著名的 Transmusicales 音乐节上演出。在发表第 8 张专辑《馨》(由法国的 Bailong Music/Elephant 发行)之后,他更多地投入到了以 dub 为基础的新电子乐的实验中,他组建的泵乐队已经转变为一支 reggae 乐队,他个人也偶尔作为法国 High Tone 乐队成员参加演出。

2. 崔健在"新豪运"举行 6 年来第一个专场演出。在 1998 年的《无能的力量》之后,崔健已有 6 年多未推出新专辑,但在怀旧的追随者之外,一些青少年也开始加入他的歌迷行列,中国摇滚乐的弑父情结正在慢慢消散。

3. "魔岩三杰"之一何勇重出江湖。10 日,为纪念红堪演唱会 10 年,何勇在九霄俱乐部举办了个人专场演出。10 年前,中国火旗下何勇、窦唯、张楚、唐朝乐队在香港红堪体育馆演出,轰动一时,成为一个大陆/摇滚/新青年文化战胜港台/商业/主流文化的奇迹。10 年后的纪念演出只有何勇参加,几乎已经离开了舞台和创作的他,也正在为第二张专辑做准备。

4. 央视首次追认中国摇滚乐。13—17 日,中央电视台 10 套节目播出了 5 集新音乐回顾专题片,其中大部分内容是从崔健到舌头的中国摇滚乐回顾,这不是央视第一次涉及摇滚乐,但却是第一次以这样的规模,全面、客观报道了中国摇滚乐的来龙去脉。对新旧两代摇滚乐来说,这既是一次身后的追认,也是作为大众文化存在的开始。

5. 脑浊乐队开始全国巡演。20 日,新近增加了键盘手,又和日本公司签约的脑浊乐队开始全国巡演,其中包括为崔健广西贵港演唱会做暖场嘉宾;他们 2 月在波士顿录制的专辑《American Dream》即将由美国的 BYO 厂牌发行,而著名的 Epitaph 公司也在一张朋克合辑中收录了他们的一首单曲。

6. 首位夺得"隆·迪博国际钢琴大赛"第一大奖的中国人。"新一代欧洲古典乐坛的领军人物已经诞生了,他是个中国人!"法国电台评论员在"玛格利特·隆·迪博国际钢琴大赛"结束后如此惊呼。这个中国人就是旅法青年钢琴演奏家宋思衡。"玛格利特·隆·迪博国际钢琴大赛"是由玛格利特·隆和雅克·迪博两位音乐大师在 1943 年创立的,现成为国际五大钢琴赛事之一。宋思衡以优雅的气质、精湛的技巧、对音乐的缜密逻辑、深刻的思想(法国音乐大师让·法辛纳的评语),在4轮比赛中征服了所有乐迷及9位评委,以近乎全票的绝对优势,通过4轮比赛而夺得桂冠。

7. **露天摇滚音乐会超越商业模式。**31日,广州时代玫瑰园第2次举办露天摇滚音乐会。美好药店、爻释·子曰、张楚、王磊与泵等乐队参加演出,著名的瑞典硬核乐队国际噪音阴谋(The International Noise Conspiracy)、英国电子明星 Howie B 也将出现。广州的新音乐推动者们已经打破了只有第一届、没有第二届的中国特色,他们非商业性的目标、良好的媒体和社会关系和商业机构沟通的能力、非职业化的临时团队,似乎形成了一种高效的广州模式。

8. **张学友音乐剧《雪狼湖》。**由张学友担任主演及艺术总监的创意音乐剧《雪狼湖》,耗资逾亿、并由粤语版改编为国语版的音乐剧《雪狼湖》在北京首都体育馆连续六场公演,并随之揭开世界巡回演出的序幕。整场音乐剧历时三个小时,它的成功正在于:较之普通的演唱会更具内涵,相比传统的音乐剧更添魅力与亲和力。

9. **宣科(纳西古乐)名誉侵权案审判触犯众怒。**早在2003年9月,《艺术评论》创刊号就刊登了音乐理论家吴学源文章"'纳西古乐'是什么东西?",指出"申遗"所谓的"纳西古乐",是对观众的欺骗,是毫无音乐常识的胡言乱语和商业炒作行为,等等。2004年3月,宣科将吴学源和《艺术评论》告到云南丽江中级人民法院,指控吴学源"大肆诽谤,大搞人身名誉攻击"。2004年12月,法院判决认为,吴学源在文章中有借评论"纳西古乐"攻击、侮辱原告宣科的内容及言辞,已构成名誉侵权。此后,中国音乐学界五大权威刊物发表联合声明,对法庭判决公正性提出严重质疑。

(颜峻 殷罗毕 凌麦童)

电影事件

——影片、制作、发行、放映

1 月

1. **贾樟柯恢复导演资格。**凭借《小武》、《站台》、《任逍遥》等独立电影扬名海内外的中国"第六代"导演贾樟柯,接到电影局的正式通知,正式恢复了导演资格,从而摘下了"地下导演"的帽子。贾樟柯表示非常兴奋,希望观众能通过大荧幕看到其作品。有评论称这是中国"地下电影"被招安的戏剧性标志。

2. **华纳参与中国影院建设。**1 月 18 日,大连万达集团与华纳兄弟国际影院公司在北京人民大会堂正式签约共同创建华纳万达国际影院,该项目的启动同时标志着全球最大的文化传媒集团,正式进入中国文化市场。

3. **全国院线订立《北京宣言》封杀"抢跑碟"。**全国 35 家院线有 34 家院线正式签署《北京宣言》。《宣言》指出:从 2004 年 2 月 1 日起各院线公司采取统一行动,在与制片方洽谈"发行合同"时,将正版音像制品上市时间的约定作为重要条款列入合同,即正版影像制品的上市发行必须在电影首映日起 15 天之后;凡发现违约行为,在电影上映之前擅自发行正版影像制品的,院线公司将不再安排影院放映该影片;在电影首映日起 15 天之内擅自发行正版影像制品的,院线公司将通知影院立即停止放映该影片。

2 月

1. **中国电影柏林饱受冷落。**2 月 5 日,第五十四届柏林国际电影节正式拉开帷幕,在为期 11 天的电影节期间,来自世界五大洲的电影艺术家将为有"世界影迷"之称的柏林人献上 394 部影片。报名参加柏林电影节角逐的中国影片多达 60 部,但最后入选"参赛单元"的只有张艾嘉《20,30,40》一部。

2. **中国首部皮影戏电影杀青。** 由唐山市皮影剧团倾情出演的中国首部皮影戏电影《小康路上》摄制完成并获得通过。这是一部农村题材的现代戏,讲述了一位名叫周国良的乡长,带领乡亲们克服重重困难,最后走上小康之路的故事。这是第一次将皮影戏这种濒临绝境的艺术搬上银幕。

3. **首部中法合拍动画片开播。** 由中法合拍的 52 集动画长剧《马丁的早晨》日前在央视一套动画城栏目播出。这部由中国民营动画企业与海外动画公司联合拍摄的动画系列片未播先红,不仅入围了多个世界级动画节,还被二十多个欧美国家争相购买了其电视播放权。《马丁的早晨》一扫传统动画剧节奏缓慢,台词、故事成人化的弊病,讲述了善良、勇敢的 7 岁男孩马丁每天早晨醒来后,都会变成新的角色的有趣故事。

4. **"中国 10 大最有价值导演榜"出笼。** 世界 HR 实验室推出了"中国 10 大最有价值导演榜",在这个榜单中,张艺谋在人才市场上若被雇佣年薪应为 1 亿人民币,占据了导演榜首的位置,其后依次为:李安、吴宇森、王家卫、陈凯歌、冯小刚、杜琪峰、刘伟强、徐克、何平。在测评的过程中,该实验参考了世界品牌实验室(WBL)的品牌价值模型、目前产业的状况。若张艺谋导演被一家娱乐公司雇佣,他将给雇佣方带来品牌方面的提升、广告收入、电影拍摄的收入等,总计 1.4 亿至 1.5 亿元。

5. **动画片《梁祝》票房悲惨。** 虽然前期宣传热热闹闹,但是却在票房上摔了一个跟头。动画《梁祝》"兼容"了古老传说和流行元素,排出了刘若英、萧亚轩、吴宗宪,为"古典角色"配音;梁祝小提琴协奏曲和流行乐队 B.A.D 的 RAP 说唱,一起成为电影配乐;"十八相送"、"楼台会"、"化蝶",这些选段也因动画特有的思维方式而有所改变,浪漫喜剧的结尾,更淡化了"殉情"成分,但是人物元素的任意增添却令观众不满,学习迪斯尼使影片风格出现冲突和失调。

3 月

1. **首部 EVD 影片在华诞生。** 一部以 EVD 技术制作的影片《十月惊情》(又名《见鬼 2》)继在香港上映后,本周将陆续在内地部分数码影院放映。此举意味着拥有自主知识产权的 EVD 行业终于在片源方面取得了实质性的拓展。

2. 张艺谋姓名商业化。"张艺谋"谐音"张一摩",被人注册成日用化妆品的商标。

3. "无规则主义电影"被否认,导演控告母校艺术歧视。由北京电影学院教师胡小钉执导的影片《来了》由于艺术手法独特而命运多舛,这部号称我国第一部"无规则主义电影"在国内公开放映前,本想在本学院放映的计划却因校方干涉而意外搁浅。

4 月

1. 《电影传奇》由央视首播。4 月 4 日早晨 7 时 15 分,崔永元精心打造的 208 集系列片《电影传奇》在央视一套《东方时空·周六特别奉献》中开始播出。

2. 巴黎电影节《惊蛰》放异彩,女主角余男封后。4 月 7 日晚,在"第十九届巴黎国际电影节"的颁奖典礼上,余男一举获得最佳女演员称号。因为在片中精彩的表演和流利的法语,余男成了整个电影节的焦点,当地电影评论家在报纸上称余男是"中国新一代演员的代表"。

3. 香港国际电影节 4 月 21 日落幕,《云的南方》成最大赢家。在参加竞赛的电影当中,新锐导演朱文的胶片处女作《云的南方》一举夺得本次电影节设立的五项大奖中"火鸟大奖新秀竞赛"金奖和"国际影评人联盟奖"两项大奖。

4. 第四届华语电影传媒大奖揭晓。《卡拉是条狗》获"内地最佳电影奖",《手机》获得"内地最受欢迎电影奖",《无间道Ⅱ》和《无间道Ⅲ》成为大赢家,一举拿下"港台最佳电影"和"港台最受欢迎电影"大奖。葛优和刘德华双双成为内地和港台地区的影帝,章子怡、张柏芝则成为"华语电影大奖"内地和港台地区的新晋影后。

5 月

1. 《中华小子》未开拍样片赚回四千万,全球"抢购"国产动画片。只出了 5 分钟样片,正式拍摄还未开工,就已经向全球出售电视播映权而收回 4000 万元成本,还引来迪斯尼频道和福克斯儿童频道(Foxkids)的争购,这部未拍就火的中国动画片引发了海外动画界关注:这部电视动画片的质量水准近似动画影院片,绘画风格既不像迪斯尼,也不像日本片,而是一部令人耳目一新的中国片。

2. **广电总局严禁私播 DV。** 继发出涉案剧、红色经典改编剧等相关禁令后,广电总局又向全国各地职能部门下发通知要求:电视台、互联网站等信息网络机构和数字电影院,播放由社会机构和个人制作的各类 DV 片,必须事先送审。凡违反规定,或格调不高、内容导向存在问题的作品,一律不得播放和传播,而私播 DV 片的境内所有电视台等信息网络机构将受到严厉惩罚。

3. **研讨中国电影史,学者重整中国电影百年记忆。** 第 11 届大学生电影节重要学术活动之一"百年中国电影史重构研讨会"上,众多专家学者表示应该重新书写中国电影史,代表个人文化立场和学术立场的重新解读和叙述应该得到正名。

4. **张曼玉戛纳电影节封后。** 香港著名影星张曼玉,凭在法国片 *Clean* 中饰演主角夺得戛纳电影节影后荣衔,再度扬名国际影坛。这是张于 1992 年凭《阮玲玉》一片勇夺德国柏林影后以来再次扬威国际。

6 月

1. **第七届上海国际电影节在上海闭幕,各项大奖揭晓。** 由侯咏执导、章子怡主演的影片《茉莉花开》获得评委会大奖,最佳影片由伊朗影片《代价》获得,最佳导演奖由韩国影片《丑闻》导演李在容获得,最佳男主角由《校园规则》(瑞典)男主演安德鲁斯 – 威尔逊获得,最佳女主角由顾美华凭借在《美丽上海》中的出色表演获得。

2. **王小帅、贾樟柯、朱文、侯咏、李欣、李虹等"第六代导演"集体亮相。** 在上海国际电影节上,开幕式电影《自娱自乐》是李欣的作品,电影节特设了"亚洲新人奖",朱文凭借《云的南方》获得最佳导演奖,侯咏的《茉莉花开》几经周折姗姗来迟,但仍然捧回了金爵奖的评委会大奖,电影节还专门安排了中国年轻导演和国际资深影评人的对话。这批游离于旧有体制之外的"独立电影人"终于浮出水面。

3. **吴思远"炮轰"内地电影审查太严格。** 在"中国电影产业化与国际合作"的金爵国际电影论坛上,香港电影导演协会终身荣誉会长吴思远批评内地电影的最大症结在于保守。他还称,内地的各大电影制片厂可以不拍电影,调整为拍电影的服务机构。一时语惊四座,引来台下一片热烈的掌声。

4. **田壮壮《茶马古道》广获好评**。由著名的"第五代"导演田壮壮最新拍摄的电影纪录片《茶马古道》作为参展影片参加上海国际电影节,并获得了广泛的好评。本届电影节评委、法国著名导演阿历克斯表示,这是他看到的最优秀的电影。这部被田壮壮称为是"用生命换来的纪录片",从 1999 年开始准备资料及采访,历时 5 年拍摄完成。该片在北京、广州、云南、深圳等省市的艺术影院放映时颇受欢迎。

5. **首次恐怖电影创作研讨会在沪召开**。恐怖片《血风筝》被作个案分析,一直致力于恐怖片拍摄的导演阿甘称,中国没有所谓的恐怖片。

6. **《十面埋伏》被生产汽车冰箱的企业提前抢注成商标**。热门电影、电视剧的作品名被抢注的例子并不罕见,如《绿茶》被安全套抢注、《无间道》成了防盗门。这种层出不穷的现象其实是我国影视界赢利模式单一状况的缩影。

7. **国家大力扶持国产动画片**。国家广电总局研究制定了《关于发展我国影视动画产业的若干意见》,意在从体制、政策、市场管理上促进中国影视动画产业的发展。据悉,广电总局规定,少儿频道、动画频道每天要在黄金时段(19:00 至 22:00)安排播出一定时间的国产动画片;今后将支持有条件的省级电视台开办动画上星频道,允许动画上星频道播出一定比例的少儿节目,在每个播出动画片的频道中,国产动画片与引进动画片每季度播出比例不低于 6:4,即国产动画片每季度播出数量不少于 60%。

7 月

1. **对城市电影观众的最大规模调查正式启动**。本月 1 日启动的这项调查,采取问卷形式,问题涉及电影观看方式、观看动因、观看频率、观众属性、影院设施等方方面面,连媒体最近经常提及的"电影分级制",此次也通过问卷向普通观众征求意见。问卷形式分为入户调查和影院观众。前者的调查区域为全国范围内 30 个随机抽取的地级以上城市,包括北京、上海、广州等直辖市,调查对象限制为 14 周岁以上,后者在北京、上海、广州三地各 300 名观众中进行。

2. **文化部鼓励音像制品出口**。为使中国文化"走出去",文化部、商务部、海关总署表示,将鼓励和支持具备比较优势的各种所有制音像经营单位和个人主动参与国际竞争与合作,并为有条件的企业到海外建设营销网络等投资提供便利和信息服务,支持企业全方位、多渠道地开展国产音像制品出口业务。文化部还将建立国产音像制品出口奖励基金,对积极进行国产音像制品翻译、配音、字幕打印和出口业绩突出的单位和个人给予奖励;大力扶持出口业绩突出、信誉良好的单位在国内建立连锁、分销网络,积极支持其维护自身合法权益、打击侵权盗版的活动;鼓励音像经营单位利用从海外进口音像制品的机会以进带出,推动国产音像制品出口。

3. **风波不断的《十面埋伏》全球首映庆典在京举行。**国际歌坛巨星凯瑟琳·巴特尔以及刘德华、章子怡、李宗盛、童安格等表演嘉宾 7 月 10 日晚全部云集北京工人体育馆,六个分会场与北京主会场遥相呼应,共同掀起庆典狂潮。这次首映庆典的资金投入 2000 万元,舞台上的牡丹坊比影片中的牡丹坊大 1.5 倍,且全部为手工制造。这是一次不折不扣的奢侈表演。

4. **电影主管部门为张艺谋电影保驾护航。**7 月 26 日,国家广电总局电影局在北京召开新闻通气会,电影局局长童刚在谈到媒体热门话题《十面埋伏》时表示,要从振兴民族电影的大局出发,引导对影片进行客观公正的评价,为国产电影的产业化道路提供良好的舆论支持。此举显示张艺谋已升级为官方文化的重要代言人。

5. **独立电影《一百万》纽约获奖。**由南海影业公司摄制出品的故事影片《一百万》被 2004 美国纽约国际独立电影节评选为最佳外语片,组委会对《一百万》的评语是:以流畅动感的电影语言讲述了一个富于人性和想像力的故事。《一百万》是该电影节创办以来首次邀请参赛的中国影片,也是本届电影节上唯一的中国影片,也是在海外获奖的中国影片中少有的、以展示当代中国都市青年梦想和人性为题材的作品。

6. **冯小刚被评为美国《商业周刊》(*Business Week*)2004 年"亚洲之星"。**该奖项由国际上最有影响力的三大财经杂志之一的美国《商业周刊》设立,每年度授予"25 位走在亚洲巨变最前沿的先锋人物",之前获得这一荣誉的演艺界人士包括有"F4 之母"称号的台湾制作人柴智屏等。冯小刚的当选主要是基于《手机》一片在中国内地所造成的社会效应。周刊认为,没有人能像冯小刚那样抓住中国的时代脉搏。

8 月

1. **新天地影城"倒戈"。**8 月 1 日,香港影人吴思远投资的上海新天地国际影城退出中影星美院线,转而加盟上海联和院线。新天地影城的"叛离",表明中国电影院线之间的兼并整合正在加速进行,院线之间的竞争正暗流汹涌。院线变局最终能否将中国电影推上市场化轨道还属未知。

2. **首家地方电影审查中心建立。**经国家广电总局批准浙江省广电局电影审查中心正式落户横店。这标志着今后浙江广电局可以根据国家广电总局的授权和委托,对本省持有《摄制电影许可证》的部分影片进行审查。这是我国电影审查"权力下放地方"的重要一步。

3. **《英雄》北美首映,因暴力指数过高而被定为"儿童不宜"。**美国当地时间 17 日晚 7 点半(北京时间 18 日晚),被美国电影市场"雪藏"了近 2 年时间的张艺谋首部武侠片《英雄》举行首映典礼,该片被描述成"战争艺术和暴力的视觉大片",定级为 PG - 13 普通级,未满 13 岁的儿童要在父母的陪伴下观赏此片。制片人张伟平对此大为不满,认为老美的分级是多此一举。

4. **老美术片重新包装上市。**上海美影厂将《小蝌蚪找妈妈》、《牧笛》、《骄傲的将军》等经典水墨动画结集推出,8 月 22 日首次以精装 DVD 面市。其中收录的都是中国动画黄金时代曾轰动世界的影片,具有特殊的意义:世界上第一部水墨动画片《小蝌蚪找妈妈》,震惊世界动画界,国际获奖无数;第二部《牧童》更让国际刮目相看,受到国内外一致赞誉;《好朋友》是国内第一部国际获奖黑白美术片;而《骄傲的将军》则是中国"民族风格"动画第一炮,其中《山水情》、《好朋友》从来都没有音像制品面市,这回是首次和动画爱好者收藏者接触。整个套装中还包含早年没有公开过的水墨实验短片,而这些短片也已成为珍贵的史料。

5. **华表奖时尚包装现身。**8 月 28 日晚,第 10 届中国电影华表奖颁奖典礼在北京展览馆剧场举行。成龙、尊龙、章子怡、黎明、赵薇、张卫健、秦海璐、何平、冯小刚等众多大牌明星和导演出席了颁奖晚会,可是即便是星光熠熠,也掩盖不住本届华表奖的尴尬处境:试图在寻求商业肯定的同时又不愿失去政府电影奖的庄重与"主旋律"气质;希望对中国电影事业有所推进,掷重金奖励却又大而无当,相应的评选规则依旧是老态龙钟。本届华表奖依然在重要奖项上频生"双黄蛋",优秀导演奖获得者为郑洞天(《台湾往事》)、霍建起(《暖》),刘威(《疑案忠魂》)、周小斌(《刻骨铭心》)获优秀男演员奖,剧雪(《灿烂的季节》)、蒋雯丽(《台湾往事》)获优秀女演员奖;而优秀故事片更是达到创纪录的 10 部。华表奖作为权威的中国电影政府奖依然有"分猪肉"之嫌,主旋律电影的获奖优势依然不可置疑。

9 月

1. **央视推出"家庭影院频道"。** 9 月 1 日,央视正式开播全国首家先花钱再收看的数字付费电影频道——"家庭影院频道",收费标准为每月 20 元,考虑各地区的差异,在推广期内将会有不同程度的优惠价格;每晚 9:00 黄金时段首播一部最新鲜的影片,包括国内新近拍摄的电影、电视电影和引进版权的外国影片、电视电影等;该频道是央视电影频道推出的全国唯一一个以播映最新国内外影片、展示全球电影资讯的 24 小时播出的数字付费电影频道。

2. **电影局"解禁"《我十九》。** 本月 7 日,《我十九》剧本通过电影局审查,取得影片摄制许可证。这标志着"第六代导演"王小帅自《十七岁单车》被禁后,历经 4 年终于"解冻",官方开始有限度地认可"第六代"。至于所谓"解禁"的敏感话题,王小帅认为,以前怎样拍电影现在还是怎么拍,变化的其实是环境。

3. **《姚明年》照耀多伦多电影节。** 第 29 届多伦多电影节将在当地时间 9 月 9 日拉开帷幕,姚明第一部电影《姚明年》正式亮相。这是一部半纪实、半故事的影片,主要围绕姚明第一年在 NBA 打拼的经历展开,同时也介绍了由于文化语言的差异对于姚明和他生活的改变;当然,也同时表现了姚明对于美国人的影响。姚明越来越具有品牌效应。

4. **第 61 届威尼斯电影节完美闭幕。** 正如事先一些权威媒体所预料的那样,英国导演迈克 - 李指导的《维拉德雷克》最终获得最佳影片金狮奖,而被中国观众给予厚望的贾樟柯作品《世界》惜败水城,空手而归。《世界》是贾樟柯首部解禁电影,也是入围本届威尼斯电影节最佳影片的唯一一部中国电影。

5. **第 13 届金鸡百花电影节在银川落幕。** 21 个大奖顺利产生。金鸡奖方面,刘烨(《美人草》)、章子怡(《茉莉花开》)、郑振瑶(《美丽上海》)当选影帝影后;《美丽上海》被评为最佳故事片,而最佳男配角奖给了冯远征(《美丽上海》),最佳女配角奖空缺。同时出台的第 27 届百花奖,把最佳故事片奖的荣誉给了《手机》、《惊心动魄》和《暖春》;葛优

（《手机》）力夺最佳男主角奖,最佳女主角奖则由范冰冰(《手机》)夺得。

6. 《十面埋伏》在金鸡奖上全面溃败,无一斩获。这部呼声甚高的张艺谋新作,在国内市场首映时遭到观众和媒体强烈反弹,劣评如潮。在以"艺术"为指标的金鸡奖上也颗粒无收。制片人张伟平炮轰金鸡奖评得很"变态",认为电影评奖不把市场作为评选标准实在让人费解,电影评奖将会走向死胡同。

7. 徐静蕾西班牙电影节折桂。北京时间 9 月 26 日,西班牙第 52 届圣塞巴斯蒂安国际电影节举行闭幕仪式,徐静蕾凭借自编自导自演的影片《一个陌生女人的来信》获得最佳导演奖。广电总局副局长赵实、电影局局长童刚对徐静蕾表示祝贺。

8. 主旋律电影《信天游》高校首映。由冯小宁导演,改编自著名作家何建明的畅销长篇报告文学作品《根本利益》的纪实电影《信天游》在北京高校率先放映。某县纪检委书记梁雨润冒着丢官甚至失去生命的危险逆风而上,为了人民群众的根本利益而惩恶扬善、扶危济难的纪实故事令大学生深受感动。这是继《张思德》、《郑培民》之后,中影集团推出的又一部主旋律影片。

9. 2004 年度"新锐导演计划"出炉。由 Discovery 探索频道和上海文广新闻传媒集团联合举办的本年度"新锐导演计划"揭晓。6 位新人在 17 位入围者中脱颖而出,他们将以"迅速全球化的时代,富有中国特色生活方式的感人故事"为主题,分别拍摄一部 30 分钟的纪录片。Discovery 亚洲电视网制作总监维克瑞先生在谈到中国的纪录片时直言不讳地说,中国纪录片缺乏讲故事的能力。

10. 校园电影院线正快速形成。由中国电影集团公司负责实施建设的一条跨越省市、地区的少年儿童电影院线,正以"加速度"的态势迅速完善。北京地区首批 22 所中小学、全国农村 600 多个县级电影公司已经成为中影校园院线的签约伙伴,一条以北京为起点,向天津、河北、山西等地发展的全国校园院线网络正在形成。

10 月

1. 社会资本可注册电影公司。本月 10 日,广电总局和商务部联合发布《电影企业经营资格准入暂行规定》、《中外合资、合作广播电视节目制作经营企业管理规定》,前所未有地明确了包括外资在内的社会资本可以成立电影制片公司、电影发行公司、院线公司和电影技术公司,明确外资可以通过合资、合作成立电影制片、电影技术和广播影视节目制作公司。随后中影集团、时代华纳和横店集团成立的中影华纳横店影视有限公司,成为规定实施之后首家真正成立的中外合资电影制作、发行公司。同时,觊觎已久的外资机构获得了名正言顺的"采矿权"。到了11月25日,索尼影视国际电视公司总裁迈克·格里顿和中国电影集团总裁杨步亭联合发布新闻,宣布获官方批准并投入运营的中外影视制作公司华索成立。这些预示着外方资金将大量涌入,并将导致中国影视市场格局的剧变。

1. **上海首家汽车影院现身浦东。**汽车影院是一种在露天放映、观众坐在自己车中看电影的观影方式,在美国和欧洲历史悠久,但在国内只有在北京、广州等大城市受到欢迎。据专业人士分析,汽车影院的卖点就在于新奇、特别,能吸引不少观众,但它的进一步发展还有待于大量配套措施。

2. **纪录片版《自娱自乐》奥地利获奖。**在奥地利第32届易本希国际电影节上,郑大圣导演的纪实电视电影《一个农民的导演生涯》荣获银奖,并在"2003年北京首届DV国际论坛"作特别放映。该片记录了江西景德镇市城乡接合部文化站周站长和一群农民自编自导自演自拍武侠片的有趣故事。剧中的农民导演没有受过任何科班训练,片子也不做商业公映,只是刻成光碟在自己的社区中分发。

3. **作家刘恒担任编剧的主旋律电影《张思德》备受国家青睐。**中组部、中宣部本月12日发出通知,要求各级党委宣传部门、组织部门要认真组织广大党员、干部,尤其是县处级以上领导干部观看革命历史题材故事影片《张思德》。天津、河北、北京、山西、江西、湖南等地掀起了看《张思德》、学习《张思德》热潮。由于组织观看,部分省市票房达到1200万元,其中,北京以300多万元的成绩位居前位。

4. **万人签名力挺《可可西里》冲击奥斯卡。**没有明星大腕,没有铺天盖地的巡回宣传,也没有被疑为垄断市场的大量拷贝,《可可西里》上映10天席卷全国,各地观众强烈推荐其代表中国冲击明年的奥斯卡金像奖,并得到了北京《新京报》、南京《现代快报》、SOHU等媒体的支持。导演陆川"受宠若惊",感到惊讶不已,表示拍摄此片没有任何功利目的,只想告诉世界真实的生活。

5. **"妞妞"和网友之间"时差七小时"。**一个名叫"妞妞"的女孩,一度是深圳各媒体的宠儿。16 岁的时候,她留学英伦,后留学美国,23 岁的时候,她写了一本自传体小说《长翅膀的绵羊》;她的名下共拥有三家公司的股份。24 岁时,她的作品被著名香港导演阿甘看中,改编成耗资 2000 多万元的电影《时差七小时》,她还在该片中与陈冠希配戏,出演 16 岁的自己。深圳数个部门甚至联合发文,要求全市中学生集体观看该片,本月 19 日,这部据说是境外最大制作的青春校园片在京公映,但却在各大网站论坛上遭遇广泛非议。妞妞传奇般的经历及其家庭背景开始被人留意,从而掀起罕见的质疑风潮,"妞妞"一词,一时成为点击率最高的"关键词"。

6. 《可可西里》获得第 17 届东京国际电影节评委会特别奖。本月 31 日 18 时,第 17 届东京国际电影节闭幕式在东京涩谷文化村举行,此前夺冠呼声颇高的中国导演陆川凭《可可西里》获评委会特别奖及 2 万美元奖金。陆川认为,获奖属于意料之中,而对未能牵回"金麒麟"表示遗憾。另外,参与"亚洲之风"单元的《恋爱中的宝贝》、《茉莉花开》、《大事件》等国产影片惜败于韩国影片《可能的变化》。

11 月

2. "张艺谋及中国电影艺术研讨会"演成"缺席审判"。梁晓声、张熙武等几十位京城权威学者本月 10 日聚集一堂,对张艺谋的电影进行"帮助"。与会者毫不避讳地罗列出张艺谋近年作品种种弊病,并分成了对比鲜明的正反两方。正方观点主要有:张艺谋是重要的艺术家,超越了个别,张艺谋受制于政策机制,张艺谋应该骄傲,等等;反方则言辞激烈:张艺谋是文艺恋尸癖,丧失了文化令人伤心,过于关注形式却忽略了内容,等等。然而被"拯救"的对象张艺谋却未出席,新画面公司的代表也不见踪影,令研讨会几乎成了一场"缺席审判"。

3. 中国纪录片在意大利国际军事电影节获奖。第 15 届意大利"军队与人民"国际军事电影节 11 月 13 日在罗马闭幕,由中国人民解放军八一电影制片厂拍摄的纪录片《"联合2003"反恐演习纪实》荣获"共和国众议院议长"奖。

4. 上影厂成立 55 周年庆典自我陶醉。11 月 16 日举行的活动宣称,上海电影目前拥有三个全国第一:全国票房收入最高、院线票房全国成绩最好、影院票房全国收入最多。同时,上影集团向电影艺术家颁发了"杰出贡献奖",获奖者有汤晓丹、谢晋、张瑞芳、孙道临、秦怡、岑范、舒适、吴贻弓、于本正、黄蜀芹、胡雪杨、毛小睿等上海本土电影人。但有分析家认为,在这种自我表扬活动的背后,是上海电影业日益凋敝的严重现实。

5. 王家卫影片《2046》获西班牙电影节评委会大奖和最佳摄影奖。另外,本次电影节特意为中国电影举办了"中国第六代电影导演作品"展,除了《2046》外,张元的《绿茶》、徐静蕾的《我和爸爸》、李欣的《花眼》、管虎的《西施眼》等八部影片都颇受欢迎。

6. 纪录片《琵琶情》荣获国际奖。第24届夏威夷国际电影节上,上视纪实频道高级编辑冯乔追踪十年摄制而成的《琵琶情》获得"纪录片特别奖"。该片以同里小镇为背景,细雨红伞为色调,女孩忆芹讲述了她没有妈妈和外婆,却有两个养父的奇特故事。

7. 电影官员矢言中国绝不会出现"三级片"。第三届中国影视高层论坛暨第三届"学会奖"颁奖大会、中国高等院校影视学会第十届年会于11月26日在中国传媒大学开幕,电影局副局长张宏森表示,无论推出什么样的分级制度,都不可能取代电影审查制度。分级制绝不意味着可以出现"三级片"。

12 月

1. 冯氏贺岁片《天下无贼》亚洲票房一路飘红。本月在全亚洲同时上演的《天下无贼》,赢得了罕见的票房收入。但与高票房一起高歌猛进的却是恶评如潮,如影片特技粗糙,剪辑拖沓,合成痕迹明显等等,冯氏专学好莱坞的画虎之举遭到影迷谩骂。对于年底的市场和观众来说,冯小刚依旧是中国贺岁片的金字招牌,但对于正在走向产业化的中国电影来说未尝是件好事。

2. 《十面埋伏》入围金球奖。美国电影电视金球奖在12月13日凌晨公布了第62届金球奖提名影片名单,张艺谋执导的影片《十面埋伏》被列入最佳外语片提名。继该片获洛杉矶影评家协会最佳外语片奖和美国国家影评人协会杰出艺术指导奖后,张氏电影再次获得青睐。

3. 多层次电影票价体系3年内形成。广电总局电影局局长童刚12月15日在官方网站与公众在线交流时表示,多层次、适合不同观众收入水平的票价体系将会形成。

4. 周星驰新片《功夫》在上海首映。上映四天《功夫》已经在中国内地拿下了近7100万的票房收入,打破了国内以往最高纪录,并且为中国电影票房创造了全新纪录。该片与星爷旧作完全不同,但丝毫无损星爷魅力。

5. **周星驰受聘云南高校教授。**香港喜剧天王"星爷"接受西南民族大学艺术学院的聘书,成为该校教授,明星当"教授"热继续升温,各方评论褒贬不一。

6. **国内电影本年度票房超过15亿。**据全国36条院线的统计表明,2004年我国票房收入已经突破15亿元,其中国产电影市场份额占55%左右,比去年同期的9.5亿元增长50%以上。其中,人人喊骂的《十面埋伏》以1.53亿元的票房夺取了单片最高票房的桂冠,远远超出美国大片《指环王3》8600万元的进口片最高票房成绩。

7. **上影集团决计整体转型为企业。**12月30日,上海电影集团公司举行首届职工代表大会第二次全体会议,决定上海电影集团公司由企业化管理的事业单位整体转为企业。此举意味着上影集团内部的创作生产、经营管理及用工分配等体制的变革已经开始,并有望发展为多元所有制的股份制公司。这是该集团自我拯救的又一次"壮举"。

8. **美联社评2004年十佳影片,张艺谋电影两片上榜。**美联社的影评人选出了2004年度十佳电影,由著名女星伊莎贝拉·罗西里尼主演的《世上最悲伤的音乐》名列榜首,由张艺谋执导的华语电影《十面埋伏》和《英雄》则分列第五、六位。

9. **《新周刊》岁末掀起保卫张艺谋运动。**岁末一期的《新周刊》,大张旗鼓宣称"保卫张艺谋",红白双色的封面上,用木刻版画的形式刻画张艺谋形象,内文中有陈晓明等人的"保卫檄文",也有被硬装入"保卫"躯壳、而实质上属"颠覆"之列的朱大可文章《20年中国文化撒娇史》。该刊出版之后,在文化界引起强烈反弹,有人批评说,在张艺谋早已得到官方悉心保护的背景下,这个策划未免画蛇添足。但就吸引眼球和扩大杂志销路而言,这个口号倒是颇能煽风点火。《新周刊》以文化理念策划和引领时尚先锋为基本特色,在中国时尚界一直享有良好声誉。

(黄小鳄)

电视事件

——节目、制作、演播、技术、观众

1月

1. **赵本山一怒"炮轰"央视。** 4 日晚在首届 CCTV 喜剧小品大赛颁奖直播现场,赵本山两徒弟表演小品"二人转"《刘巧儿》,因当中有脱衣露背以及言词粗俗,被导演随即叫停。主持人德江上台以"我们怕你着凉"为由把演员的上衣拉回原状,同时顺势请出赵本山发言并表演一个节目,赵本山立即对刚才的事件表示不满:"你们别把演员的衣服往上拉,我们的节目没有任何违规的地方,我们知道这是中央电视台,如果有什么做的不对等演员下了台再说。"晚会尴尬收场。当着亿万观众指责央视终止二人转演员演出一事,成为娱乐新闻焦点,各种类似"央视考虑封杀赵"的传闻随之而来。

2. **新浪潮情景喜剧走俏。** 英达把情景喜剧引入中国已经 10 年,但是一直不景气。2004,情景喜剧的春天忽然来了。央视一套、八套黄金强档同时播出导演尚敬的情景喜剧《炊事班的故事 2》和《健康快车》。尚敬从 1996 年开始涉入喜剧领域,《炊事班的故事》奠定他的成名。尚敬将自己的情景喜剧定位为情节喜剧,放弃对语言的过分依赖,转而对剧情与人物进行"偏执"地精加工,传播性大增。目前,国内收视率较好的《新 72 家房客》、《中国餐馆》、《东北一家人》等作品,都是具有独特地域风格的喜剧作品,方言在其中扮演重要角色。

3. **张纪中《天龙八部》咸鱼翻身。** 张纪中拍金庸片可谓矢志不渝,《笑傲江湖》恶评如潮,《射雕英雄传》"天怒人怨",到了《天龙八部》,网上的雷声雨点渐小,有媒体称张纪中稍入"佳境"。据新浪网最新调查,近 4 万人投票,认为新版《天龙八部》好的占 76.63%,认为一般的占 15.68%,认为差和很不好的一共不到 9%。而在此前 20 万人参加的《射雕英雄传》调查中,71.09% 的人认为新版很差劲。

2 月

1. **悬疑剧昙花一现。**《聊斋》"鬼片"的惊悚感至今留下印记,它算得上中国恐怖悬疑片的开山之作。但悬疑惊悚片进入中国也是近几年的事情。国产片经历了古装戏说、警匪、反贪、言情四类题材后,反复雷同的剧情已经丧失了生命力。国产悬疑剧与国外同类型的制作相比,还存在不少硬伤,如:剧情拖沓、道具穿帮、悬念不足、镜头表现不到位、演员演技缺陷,等等。但像《一双绣花鞋》、《梅花档案》和《誓言无声》等几部戏,制作精良,故事悬念迭起,且前两部改编自文革时期著名的恐怖手抄本,在中年观众群里颇有影响。制片方看到悬疑剧的市场前景,纷纷趁热打铁,陆续推出新戏如《魂断楼兰》、《半个月亮》等。但也有人质疑恐怖悬疑题材过度渲染血腥暴力,将对青少年造成不良影响。

2. **历史剧《国宝》引起激烈争议。**央视的开年大戏《国宝》主要讲述故宫文物南迁事件全过程。不少观众认为,《国宝》有悖史实,而主人公范思成(赵文瑄饰)为运送国宝去台湾,向英国货轮下跪的情节有辱民族尊严。全国政协委员、香港书画家收藏家联合会主席、吴祖光之子吴欢也对媒体发表意见,称电视剧和历史记载有诸多不符。争议道出电视剧如何处理艺术和史实的协调,同时要考虑戏剧性等问题。

3. **《国家公诉》检察题材升温。**一段时间的警察题材热,让位于反腐,特别是检察题材暴热。周梅森同名小说改编的电视剧《国家公诉》,故事以发生在长山市某娱乐城的一场大火为主线,展示了腐败和渎职造成的触目惊心的灾难。斯琴高娃改变《绝地权利》中反派角色,扮演一身正气的女检察官。吕凉扮演的市长最到位,扮演了一位有城府有策略的官场人物,同生活中的既定形象反差很大,颇受称道。9 月,周梅森的另一剧作《我主沉浮》开机拍摄,主创人员沿用《国家公诉》班底。

3 月

1. **网络游戏、小说嫁接电视命运不济。**现今网络游戏和网络版小说流行广、传播快，制片方看重在青少人群的市场前景，要嫁接电视。海润看到网版小说的潜力，挑中了如今最为流行而搞笑的现代版射雕小说《此间的少年》，欲改编成电视剧。曾经在上世纪 90 年代风靡一时的经典游戏《仙剑奇侠传》被改编成 30 集的大型古装连续剧，因改编剧造型酷似游戏形象，不少老玩家最近又纷纷捡起《仙剑》"重温剑梦"。但由于广电总局在近日下发了网络游戏节目暂停播出的通知，制片方也保持低调关机，在电视剧拍摄、关机期间都没有做大规模宣传。

2. **《林海雪原》"歪说"杨子荣遭骂。**红色经典《林海雪原》重拍，原著人物、剧情有很大变动，来自百老汇的海归演员王洛勇出演杨子荣。有趣的是，剧中杨子荣不仅做了伙夫，还给安排了现代意义的"情人"。新版杨子荣引发极大争议，认为改编有损公众的怀旧情结。红色经典改编剧无疑是 2004 年荧屏最大热门，除了已经播出的《林海雪原》，接下来还将有《烈火金刚》、《小兵张嘎》、《红灯记》、《沙家浜》、《闪闪的红星》等陆续登场，而正在海南拍摄的《红色娘子军》更声称要拍成"青春偶像剧"。

3. **电视剧戏说"老字号"。**陈宝国主演的《大宅门》戏说"老字号"堪称绝活，今年电视连续剧《天下第一楼》以"福聚德"的兴衰为主线演绎民初老北京餐饮业的一段历史。话剧《天下第一楼》是北京人艺的经典，当年曾创下演出近 500 场的纪录。32 集电视连续剧《天下第一楼》以话剧为基础，讲述了主人公卢孟实个人奋斗直至楼起人空的命运，背景是老北京的独有饮食文化。作为话剧版导演夏淳的儿子电视导演夏钢，将话剧搬上荧屏，片中集结了夏钢、王姬、巍子、濮存昕、陈宝国等演员。随着电视剧的播出，也捧热了老字号。

4. **《一江春水向东流》重拍电视版。**1947 年由蔡楚生和郑君里合导的电影《一江春水向东流》云集了当时红极一时的明星白杨、陶金、舒绣文、上官云珠、吴茵等，该片被誉为中国电影史上第一部史诗式影片。3 月 18 日电视版《一江春水》在江南古镇水乡开机，由胡军、陈道明、刘嘉玲、袁咏仪等担纲主演。电视剧《一江春水向东流》总的故事走向和原著一致，不过叙事的纬度拉长，描写张忠良、素芬来上海之前，两人在家乡枫桥镇感情上遇到的考验和磨难。剧中又新添了一些新人物,以便为必须的长度注水。

5. **韩剧《人鱼小姐》登陆央视。**2002 年韩国九项大奖巨片《人鱼小姐》,开播时创下韩剧前所未有的 30% 收视率,后来随着续集的推出,收视率攀升到 42.6%。《人鱼小姐》讲述的是一个年轻的复仇女神,被爱情和家庭的温暖所救赎的故事。尽管该片安排在午夜档,但拥有很高人气,轻松温馨的家庭氛围,还激发了一批男性肥皂剧观众,韩国泡菜和生活百科在 2004 深入人心。

4 月

1. **涉案剧被逐出黄金档。**广电总局近期下发通知,要求全国所有电视台在观众收视最为集中的黄金时段,禁播渲染"凶杀暴力"的涉案题材影视剧,而代之以适合青少年观看的优秀影视剧。广电总局开始实施净化荧屏工程,要求涉案题材的影视剧,以及用真实再现手法表现案件的纪实电视专题节目,均安排在每晚 11 点以后播放。同时还要加大涉案剧的审查力度。据央视 – 索福瑞媒介研究公司《2003 年中国电视剧市场报告》显示,从全国范围内来看,中国观众收看涉案剧的时间最多,占了 17% 的收视份额。而不少涉案剧几乎采用纪录片的形式,逼真、细腻地再现了罪犯的作案过程,有人戏称之为"犯罪指南"。由于政策出台相当突然,也造成了制作机构此前准备的大量涉案剧的收购价格从原来的每集 3 万到 5 万元下降到 1 万元左右,涉案剧目前可谓奄奄一息。

2. **古玩剧市场出现大比拼。**一部由《人虫——古玩虫》原班人马创作班底制作、展现国粹京剧风采的古装大戏《人生几度秋凉》月初上市,该剧所描写的是民国初年,古玩行中几个"古玩人"为攀权夺势的命运沉浮,展现了一件件珍稀国宝的曲折命运。因为浓郁的"京味儿",在北京等地形成不错的收视群。稍后推出张国立导演的《五月槐花香》也讲古玩商的故事,题材近似,两部片子较劲古玩剧市场。《五月槐花香》作派更地道,《人生几度凉秋》制作场景讲究,而且内容上增添了京剧女旦。两剧目争相推出,使古玩一时成为坊间的流行话题。

3. **《三言二拍》搬上荧屏。**北京时代电影有限公司与央视电影频道斥资浩大,改变过去选取某些故事改编的方式,用"高清"的拍摄技术欲将《三言二拍》中的全部经典故事搬上荧屏,预计将拍摄 80 至 100 部。这种以电视电影的形式大规模地将《三言二拍》搬上银幕在国内尚属首次。有关拍摄《三》剧的消息一经传出,就在国内影坛引起轩然大波。有媒体揭出,改编者为迎合民众口味和市场需求,不惜斗胆"篡改"名著,以致经典被糟蹋"变味",很多观众和学者对此都深表担忧。

5 月

1. 《姐妹》大胆记录发廊妹生涯。一部表现"发廊妹"生活的 18 集纪录片《姐妹》最近在浙江、湖南等地引起了强烈反响。《姐妹》因为接触到中国"发廊妹"这一敏感群体,因题材的特殊性而备受关注。李京红作为一名男性摄像师,他历时三年,辗转五省七地,近距离拍摄 5 名发廊妹的原生态生活,后剪辑成 18 集纪录片《姐妹》。该片被《南方周末》评为 2004 致敬之年度现场报道,在全国几十家电视台相继播出后,引起很大反响,收视率超过了本年度最火暴电视剧,被媒体称为"中国第一部原生态纪实电视剧"。

2. 电视也有望采取分级制。广电总局官员透露,广电总局正在征求各方意见,争取在近几年内出台并完善电视剧分级制度。自从广电总局发出关于禁播凶杀暴力剧通知后,涉案剧已经被"挤"进了非黄金档。有关部门对"电视分级"的探讨早在两三年前就开始,目前已经进入了调研启动阶段。据称,电视分级不仅会考虑分出时段,可能还会出现专门的频道,属于成人频道,包括收费频道,但不会给三级片以生存空间。

3. 涉案剧《冬至》悄然而上。继《黑洞》之后,陈道明和导演管虎再度合作的电视剧《冬至》近日悄然在荧屏热播。陈道明的低调作风,《黑洞》之后蹿升的人气,使他成为国内个性演员的代名词。《冬至》里陈道明的形象转折颇大,从银行职员陈一平(陈道明饰)一次偶然的犯罪展开,细致的刻画了人性中善恶对比、好坏鉴别以及在利益冲突面前的痛苦挣扎,诠释了当今千姿百态的生活状态。

4. 2004'北京国际广播电视周本月在中华世纪坛开幕。在广播影视行业改革与创新的产业大背景下,该活动形成了包括广播展示交易会、广播电视论坛和有关综合性活动与三个部分组成的展会格局。据不完全统计,本届国际广播电视周的上会展示节目中,电视 141 部,共约 4000 集,其中,专题片 1222 集,其他包括动画、综艺栏目等节目约 224 部;意向成交额预计近 8 亿元,其中电视剧、节目、栏目的意向成交额近 5 亿元,电视周上招商、频道合作、资本合作意向签约额 3 亿多元。

5. **广电局看紧"红色经典"。**国家广电总局向各地下发《关于认真对待红色经典改编电视剧有关问题的通知》，声称目前在红色经典电影改编电视剧的过程中存在着"误读原著、误导观众、误解市场"问题，改编者没有了解原著的核心精神和时代背景，片面追求收视率和娱乐性。在英雄人物塑造上刻意挖掘所谓"多重性格"，在反面人物塑造上又追求所谓"人性化"，当原著内容有限时就肆意扩大容量，"稀释"原著，从而影响了原著的完整性、严肃性和经典性。此举被认为是对"文革样板戏"所作的一次含蓄的政治翻案。

6. **央视网络电视在北京开播。**央视网络电视本月 31 日在北京开播。在央视网络电视开播初期，只有北京网通的宽带用户能够点播节目，订阅央视网络电视点播服务。央视网络电视预计在 2004 年下半年，将陆续在广东、上海、江苏、四川、天津、山东等地开播。央视网络电视需付费收看，点播央视网络电视的用户需要先注册，并付费订阅。用户可以包月订阅，也可以按次点播。央视自成立以来积累了大量电视节目，每天新播出的电视节目大约 100 小时，央视网络电视打算将精选节目充实到点播库里。同时，还将广泛集成其他制作机构的优秀电视节目。

6 月

1. **政策扶持"青少年绿色影视文化空间"。**四川公安厅的有关专家日前公布了其对警匪片与犯罪影响方面的研究结果：过于宣扬暴力的视觉产品，在很大程度上是导致未成年人犯罪的直接诱因。国家广电总局为此接连发布了《关于禁止播出电脑网络游戏类节目的通知》，"黄金时段不得播放渲染凶杀暴力的涉案题材影视剧"的规定，以及要求各地电视台扩大播出动画片时段比例"为青少年绿色广播影视文化空间"的相关通知，以期减弱暴力对青少年的影响。

2. **刘晓庆《江山美人》浮出。**取保候审后的刘晓庆，热身排戏，坦言要维持生活。《江山美人》是刘晓庆复出后接拍的第二部戏，剧中她扮演皇帝的嫂子孟皇后，喜欢小叔的她为了爱情不顾一切，直到最后人性扭曲而疯掉。借着刘晓庆这个卖点，《江山美人》的 VCD 在碟市上还是非常受欢迎，许多影碟租赁店甚至出现断货。不过观众对刘晓庆的老扮相,与扮演皇帝的少男孙耀威之间差距有些难以接受。但复出后的刘晓庆还是戏约不断,接拍了电影《神兵》、电视剧《永乐英雄》、《谁主沉浮》等。

3. **武打戏《连城诀》显露真功夫。**根据金庸早期作品改编的同名武侠剧《连城诀》最近亮相,14 部金庸小说里该剧被改编成影视作品次数最少。《连城诀》没有张纪中金庸剧的大制作,但在武打场面上寻求真实感,力改张版金庸剧花拳秀脚之相。演员吴越、计春华、于承惠、六小龄童都对武术非常了解,会真功夫,而且都拍摄过多部动作片,富有打斗经验,其中有的演员还得过全国武术冠军,其中美猴王六小龄童以平实内敛、收放自如的表演首次诠释大反派花铁干,也是该剧的一大看点。

7 月

1. **原创动画《一万一绝对拯救》出炉。**深圳光彩文化公司出品的原创大型动画系列片《一万一绝对拯救》,7 月 1 日起在全国各地电视台开始播出。该片以环保理念为主题,通过 13 个栩栩如生的卡通形象,穿插展现世界所有动物知识。总制作将达到上万集,今年底计划推出 180 集。尽管目前中国动画制作公司非常多,但真正具有独立制作能力的中国本土动画企业只有寥寥数家。大部分的动画制作公司还是为日、美、韩等国的跨国动画公司"来料加工",在动画产业链上没有影响力。

2. **朱德庸漫画剧《醋溜族》开机。**继台湾漫画家朱德庸的《粉红女郎》大获成功之后,他的另两部作品《双响炮》和《摇摆女郎》也已经分别拍出了电视剧作品。时下,朱德庸四格漫画《醋溜族》被改编成 40 集青春偶像剧,本月 13 日正式在上海开机。佟大为、范玮琪、孔令奇、杨若兮、苏慧伦等海峡两岸偶像明星,扮演一群开放都市里的醋溜男女,展现新新人类的人情百态。

3. **青春偶像剧继续"阳光"。**海润影视公司继"阳光三部曲"中之《一米阳光》、《守候阳光》之后,其终结者《午夜阳光》顺利开拍。都市言情剧《午夜阳光》讲述的是一个云南知青的女儿回沪后与其哥哥、哥哥的朋友以及真正亲哥哥之间亲情与爱情的纠葛。《午夜阳光》继续由"三部曲"导演张晓光执导。该导演以画面优美著称,其演员阵容也相当强,香港的钟汉良、柯蓝以及台湾艺人艾伟都应邀加盟。

8 月

1. **历史巨制《成吉思汗》8年磨一剑。** 8月28日,被雪藏了5年的大型历史剧《成吉思汗》在央视一套黄金剧场与观众见面。这部耗资6000万元打造的作品,赢得了观众的一片叫好声,不少观众认为它是近年来少有的高质量佳作。对于电视剧的坎坷遭遇,制片人姜昆透露,剧本中涉及的错综复杂的宗教、民族、历史问题,令该片在央视播出的道路异常曲折。成吉思汗"西征"情节有被认为是"中国威胁论"之嫌,是该剧一再修改的重点。同时,《成》剧还在地方台遭到盗播,由此引出国内首例电视剧许可证伪造案,以及与此相关的连环经济骗案。

2. **《这里的黎明静悄悄》全俄阵容。** 为了迎合红色怀旧心理,在电视剧《钢铁是怎样炼成的》之后,同样由中国艺术家改编、全部由外国演员演出的《这里的黎明静悄悄》,本月开始拍摄。而随着剧组的拍摄日程的推进、俄罗斯演员的大批到场以及原汁原味的俄式村庄的落成,该剧在国内和俄罗斯引起了广泛关注。上世纪80年代初,电影版的《这里的黎明静悄悄》在中国播出,留下了华斯科夫准尉和5个女兵的经典形象。

3. **章子怡年。** 本月章子怡主演的《茉莉花开》在上海首映,她主演的《英雄》、《十面埋伏》和《紫蝴蝶》连续在北美上映;此后她又在美国拍摄斯皮尔伯格担任制片的《艺伎回忆录》。她是继巩俐之后唯一得到西方主流媒体认可的亚洲女星。

4. **电视剧"飞天奖"揭晓。** 本月27日晚,第24届全国电视剧"飞天奖"揭晓,陈建斌、侯勇分别凭借《结婚十年》、《大染坊》获得优秀男演员奖,剧雪、王茜华分别凭借《亲情树》、《当家的女人》获得优秀女演员奖,杨亚洲凭《浪漫的事》获得优秀导演奖。长篇电视剧一等奖:《延安颂》、《亲情树》;二等奖:《归途如虹》、《结婚十年》、《浪漫的事》、《好爹好娘》、《当家的女人》、《大染坊》。中短篇电视剧一等奖:《共产党员——张小民》;二等奖:《家和万事兴》、《烧锅屯钟声》。

6. **电视剧"双十佳"揭晓。** 第四届中国电视艺术"双十佳"评选结果于28日在贵阳揭晓。除《大染坊》的导演王文杰、《走出蓝水河》的演员斯琴高娃等各方看好的导演和演员位列其中外,一些有争议的艺人也榜上有名。在这届"双十佳"奖评选活动中,赵宝刚导演的《别了,温哥华》独得四奖,其中赵宝刚获导演奖,而剧中饰杨夕的李小冉、饰陆大洪的姜武以及饰任晓雪的赵琳,三位演员均获得演员奖。演员孙红雷在《军歌嘹亮》中饰演的高大山,被一些评论称为《激情燃烧的岁月》克隆版;演员黄奕在《还珠格格3》中扮演的小燕子,是一个有争议的角色。但在这一届评选中,两位艺人均获最佳演员奖。历时四届的电视"双十佳"奖一直坚持一个鲜明特点:完全观众票选,因而这个奖也被圈内人士称为"观众奖"。

9 月

1. **央视《读书》栏目无力挣扎。**本月 13 日中国教育台(CETV – 3)的一档读书类的电视节目《读书周刊》策划开播。首场新闻发布会上的样片,遭到了业内媒体质疑,认为选题偏离热点,内容庞杂不能提供有效信息,制作者有外行嫌疑,等等。同时,央视《读书时间》在开办 8 年后的今年 9 月,因无力抵御书业的严酷现状而宣布死亡,代之以新栏目《记忆》。国内电视读书栏目的这一现状引起了广泛关注,电视和图书能否并存成为热门话题。1996 年开播的央视《读书时间》是全国第一个读书节目,它的关闭预示着电视读书文化的大步衰退。

2. **日本漫画《中华小当家》电视搞笑。**日本漫画家小川悦司代表作《中华一番》改编的电视剧《中华小当家》由导演李力持在横店投拍。投资 3000 多万元的大制作云集了刘嘉玲、任达华、妻夫木聪、押尾学等一干明星,片中主角"小当家"则由影视新人萧正楠担当。导演李力持也会全力打造一部的饮食巨制,比拼《食神》。导演声称该剧除了特技效果、动作场面,应该融入更多的中国传统元素,其中包含大量饮食文化、制作工艺和经典菜式。

3. **中韩合拍片《情定爱琴海》制作成熟。**耗资高达两千万制作费的电视剧《情定爱琴海》无疑是本年度爱情剧中的巨作,本剧由苏有朋、何润东及韩国一线女花旦蔡琳出演,这也是蔡琳第一次来中国演出。浪漫迷人的希腊外景,霓裳靓妆的俊男美女,扑朔迷离的多角恋爱,令这部中韩合拍偶像剧在失败的《白领公寓》之后趋于成熟。

10 月

1. **两《民工》彼此撞车。**拍《神雕侠侣》的张纪中被央视抓去与《激情燃烧的岁月》的导演康红雷联手打造了反映民工题材的电视剧《民工》。而涉案剧导演管虎转型之作也选择民工题材,他的《民工》采用了原生态的拍摄方式,40多位非职业演员全来自于真正的民工群体。但因重名,管虎版《民工》被迫更名为《生存之民工》。这场撞车事件显示,电视制作人开始打民工牌以探寻新的市场盈利点。

2. 《梦想中国》国产"真人秀"。模仿美国式选秀节目,以娱乐形式继续《非常6+1》之后的造星运动,背后是全球最大的唱片公司之一的环球唱片公司,李咏的《梦想中国》打造中国式的"孔庆翔"。《梦想中国》号称要在有艺术梦想的普通平民中打造"中国平民偶像"。通过全国7大片区选拔出来的36组41位选手将一一登台展示其演唱才艺,最终产生1个"金蝶奖"和2个"银蝶奖",随着24日晚总决赛的落幕,来自上海的16岁女学生王思思以386175票的绝对优势,问鼎"金蝶奖",并成为环球唱片的签约歌手。

3. 央视大蛀虫冯骥落马。本月21日,继赵安事发后,央视另一大"蛀虫"——文艺中心副主任冯骥因受贿被判处有期徒刑11年,涉案金额60万元。

4. "象形城市"无疾而终,"开坛"一枝独秀。以市场为准绳的湖南卫视保留的唯一文化类栏目"象形城市",由于收视率始终不能达标而悄然退出银屏。该栏目由原先的"城市语文"转型而来,试图营造城市文化的视觉空间,但响应者有限,只能黯然收场。在"象形城市"和央视的"读书"栏目先后退出之后,全国电视文化栏目只剩下最后一个,那就是陕西台的时政谈话栏目"开坛"。该栏目打着"传统话语当下化,人文话语传媒化,精英话语平民化,正面表述对抗化"的旗号,邀请全国著名学者、专家、作家,共同探讨当下时政文化等焦点话题,其中不乏尖锐独到的见解,在中国电视圈实属罕见。它的存在,为以"没有文化"著称的中国电视,保留了最后一块思想飞地。

11月

1. 商家题材《龙票》演绎商界政治。《大宅门》的成功对影视剧有两大贡献:借重老字号的知名度,渲染它的传奇历史,同时也开辟了电视剧商贾题材,形成近来影视界一股商贾风潮。跟随着《大宅门》的成功脚步,《天下第一楼》、《大染坊》等同类剧集接踵而来。讲述山西晋商中的代表人物祁子俊传奇一生的44集电视连续剧《龙票》本月开播。剧名"龙票"暗含着主旨:龙指皇帝和政治,票指银票和商业,表明该剧指涉政治与商业的关系。《龙票》反思了中国传统的官商文化:成功的商人涉入政治,倚重政治来拓展商业,但祁子俊的悲剧却对这条道路予以否定,树立诚信为本,以德经商的本义,这一主题含沙射影,对当下世事颇有警醒作用。

2. **农村题材意外叫好。**18 集电视连续剧《当家的女人》,塑造了菊香这一新时代的"李双双",在清新、朴实的氛围勾画了一幅的农村人物百态图。该剧围绕着女主人公菊香的曲折人生经历,透过几个家庭错综复杂的矛盾纠葛,展现了中国农民在生存、生活、情感、观念上的变化。因采用轻喜剧的艺术样式和浓郁的生活气息,有较高收视率。2004 央视收视率排名中,几部小成本农村题材电视剧在收视率上大获全胜,《当家的女人》、《种啥得啥》与《欢乐农家》在电视剧频道竟然排名前三。

12 月

1. **电视"翻拍潮"虚火上身。**利用电影版的人气,翻拍电视剧,创收视率和知名度最近成就一拨电视剧。由电影版《我的兄弟姐妹》翻拍而成的同名电视剧正在北京电视台四套黄金时段热播,同时,根据电视剧重拍的《京华烟云》也正在紧张的拍摄之中,从而使近期电视剧作品的"翻拍潮"再度升温。海岩剧也是翻拍高手,2003 年《玉观音》、《拿什么拯救你,我的爱人》等颇具人气的作品继续改编拍摄。但电视与电影的互动运动,却颇多失败之作。

2. **《双炮响》只剩视觉快感。**《双响炮》几乎沿用了《粉红女郎》的原班人马,该剧在台湾首播后,收视率在台湾的中视、华视、台视均高居第一位。《粉红女郎》是爱情宝典,《双响炮》演绎婚姻喜剧。原著用幽默笔调描绘了一对中年夫妻女强男弱的婚姻危机,刘若英继出演丑女"结婚狂"后再度"自毁形象",饰演一位外貌美艳心眼却多的日本艺伎;陈好一反"万人迷"形象,饰演一位随母亲闯荡大上海的乡下丫头;而胡兵担纲"男一号"殷雄,与刘若英上演一段女追男的暧昧情缘,让陈好打翻醋瓶。夸张的人物形象,和搞笑的表演,搞笑片剩下的唯有视觉快感。

3. **《中国式离婚》形成公众效应。**婚姻是个沉重、新鲜而永不重复的话题,有关离婚的题材也层出不穷。社会伦理片《中国式离婚》因为独特的剧名引人关注,形成今年最热门的公众话题。该剧讲述一家三口人的婚姻生活,从幸福到麻木到背叛,以及背叛后的无奈,深度揭示了在婚姻契约下的夫妻之间的三种背叛:心的背叛、身的背叛和身心的背叛。这场没有第三者的脆弱的婚姻,不仅揭示当代中国的婚姻现状,更暴露了人与人之间的信任危机。

4. 《大姐》、《成吉思汗》2004收视榜排第一。央视2004电视剧收视率调查报告称,大型历史剧《成吉思汗》和亲情剧《大姐》以平均8.07%点的收视率并列冠军,且《大姐》还以最高10.9%点的单集收视率,创下去年央视电视剧的收视峰值。另外,《红旗谱》、《追日》、《香樟树》、《记忆的证明》紧随其后,依次跻身前五。

5. 电视剧"以点论价",让市场杠杆说话。以收视率决定电视剧的价格,形成电视台与制片公司的商业互动,以市场杠杆说话,杜绝滥片。这个举措,2004年由央视大力推动,北京台悄然试行,教育台紧随其后。以收视率论价,引发了业内人士的关注。专家认为,收视率不是单独的指标,还要参照收视群体的特点和市场反应等状况。"以点论价"迫使电视台审片人提前介入公司运作,对剧目提出删减要求,之后播出时,根据其质量再签约到黄金档,定下收视率的大局。

6. 上海炫动卡通卫视开播。上海炫动卡通卫视在上海国际新闻中心,本月26日举行开播仪式,这是全国首家"全年龄、全卡通"的电视专业频道,并被列为首批"国家动画产业基地"之一。作为国内3大卡通频道之一,卡通卫视每天播出18小时动漫节目,面向2岁至60岁的观众,开设了四个分别针对低幼儿童、青少年和上班族的剧场,另有来自美影厂以及国内动画制作公司的原创作品,观众可以各取所需。卡通频道的开通,将推动中国原创动画的发展和动漫产业链的形成。

7. 东方网络电视诞生,互动式消费任重道远。由上海文新集团创办的东方网络电视(WWW.ONTV.SH.CN)本月28日在上视大厦开播。东方网络电视以小区局域网为支撑,目前已开通了《电视剧场》、《经典电影》、《音乐频道》、《法制频道》、《动漫俱乐部》等点播节目,从此宽带用户可以随时通过视频点播收看各种数字电视节目,且能享受到网络浏览、竞价购物、心理咨询、收发电子邮件等个性化的增值服务。

（蓝丹）

戏剧事件

——话剧、戏曲、音乐剧、行为表演

1 月

1. 网民回顾 2003 年,十部最受欢迎的话剧难凑齐。天涯社区的舞台艺术板块中,关注戏剧的网友们难以为 2003 年找全十部好戏。他们提到的有:《火脸》、《恋爱中的犀牛》、《赵氏孤儿》、《四川好人》、《哥本哈根》、《早安夜车》、《收信快乐》、《备忘录》,其中的大部分是往年创作的作品和西方现代经典。2003 年似乎是一个戏剧匮乏的年头。

2 月

1. 第二届《青年剧作展》征集原创剧本。由林兆华戏剧工作室策划推动的第二届《青年剧作展》面向全国进行剧本征集,选取进行演出的剧本主题以原创、当代为主。《青年剧作展》由北京人艺文化发展基金会支持,林兆华戏剧工作室制作执行,每年 9 月于北京人艺实验剧场进行社会公演。

3 月

1. 大型音乐话剧《半生缘》演绎时尚精神。本月 18 日至 27 日在首都剧场推出的该剧,主演为台湾著名艺人刘若英和廖凡,导演是香港的胡恩威和林奕华,戏剧指导孟京辉。由于刘若英的加入,这部话剧成为了电视娱乐节目的热点,颇受观众关切。

4 月

1. 《林兆华导演话剧集》。北京文化艺术音像出版社推出《林兆华导演话剧集》(DVD 8 碟)。其中包括:《哈姆雷特》、《普罗路斯大帝》、《浮士德》、《棋人》、《三姐妹·等待戈多》、《故事新编》、《理查三世》和《林兆华采访专集》。这几乎是对自上世纪 80 年代以来的北京小剧场戏剧历程的一次回顾。

2. **国家话剧院打造雨果**。法国大革命史诗《九三年》是国家话剧院成立以来演出规模最大、舞台人数最多的一出戏。话剧《九三年》于本月 23 日在新落成的海淀剧场首演。作为今年国家话剧院的重点剧目,除了巨大的投入,四十多人同台的场面,在话剧舞台上并不多见。

3. **音乐剧"大片"《猫》来了!** 受去年"非典"影响,《猫》剧姗姗来迟。《猫》是百老汇历史上上演时间最长的作品之一,其中有大师安德鲁·洛伊德·韦伯所谱的音乐和 T.S.艾略特所作的歌词。此外,《猫》特殊的视觉效果也大大吸引了观众:剧中总共有 2000 到 2500 个道具,在任何一个座位上,观众都能以自己的角度看到剧中垃圾处理场上 1500 个超大型的牙膏筒、碎碟子、碎卡通和其他各种垃圾。《猫》在北京的演出地点是人民大会堂,其票价由 180 元至 1680 元不等。继《悲惨世界》、《瓦依达》等剧之后,百老汇大型音乐剧再次席卷了中国文化消费市场。

5 月

1. **实验话剧亮相大山子**。"现场创作"作品《时间·空间》在大山子 798.SPACE 时态空间演出。这个演出作品是"大山子艺术展示活动(DIAF2004)"中的一个项目,也是在 798 工厂"时态空间"环境中的现场创作。创作者声称:"现场创作"意味着一切都是从"不确定"中开始,参与者的不确定,表达内容和主题的不确定。并要从这个有 50 年历史的老工厂车间(798 工厂)出发,寻找和过去的关系,寻找和变迁中的现在的关系,寻找和集体、和个人的关系……"寻找"成了这个作品创作的一条主线。演出现场没有通常的舞台和观众座位,演出将在"时态空间"这个环境中的任何地方发生,观众也将在行走中开始观看,同时也和演出者一起进行"寻找"。

2. 第六届全国舞蹈大赛在厦门拉开帷幕。经过 11 场复赛和 6 场决赛的激烈角逐，本届大赛评委会在 83 个进入决赛的独舞、双人舞、三人舞、群舞节目中，评出创作、表演、作曲、服装、灯光、组织等共 183 个奖项，其中获得创作、表演一等奖的有 20 个。自 1995 年第三届全国舞蹈比赛起，该赛事规范为每三年一届。

6 月

1. 北大剧社公演存在主义名剧《苍蝇》。原著：萨特，改编和导演：何叶。地点是北京大学办公楼礼堂，任何人都可直接进入观看，无需门票。存在主义戏剧，一直是中国先锋实验圈的不倦主题。

2. 多媒体话剧《大风歌》强势出击，挑战电影大片。多媒体话剧《大风歌》以令人炫目的视觉体系和中国戏剧元素挑战目前的大制作国际电影。讲述的是两千多年前项羽、刘邦楚汉相争的老故事，不过在传统的故事之上，剧组人员却对这出戏进行了前卫包装。在上海戏剧学院小剧场，通过三个巨大黑色纱幕的多媒体投影，再现万马奔腾的历史动荡；而人物则在三层纱幕之间穿梭演出，与木偶、人影等古老的艺术载体等共同构成时空交错的异质空间。虽然《大风歌》有一个炫目先锋的"外壳"，不过导演洪彬却表示，这部戏骨子里是非常经典的中国文化——天地人和，"我们要表达的是一个'天下'的概念"。

7 月

1. 大型历史剧《正红旗下》反响热烈。2004 上海话剧艺术中心赴京展演的还有：根据王安忆同名小说改编的大型话剧《长恨歌》、法国当代喜剧《艺术》(编剧：雅丝米娜·雷札、导演：谷亦安)、百老汇经典名剧《蝴蝶是自由的》(原著：雷伯德·杰希、改编：陈敢权、导演：李铭森)。此次展演，上海戏剧显示了其全球化的脆弱梦想。

2. 北京现代舞团的现代舞剧《逆光》。在北京中山公园音乐堂登场的《逆光》的创作灵感来自英国著名摇滚乐队 Pink Floyd《迷墙》(*The Wall*)。编舞者借助音乐的内涵，来创编舞蹈动作，通过演员的表演，描绘了人们生存于千篇一律、重复沉闷的环境之中，慢慢失去了对世界的观察能力和自我反省的勇气，希望在布满迷途的人生路途上，重新挖掘人性中的一点敏锐感觉。

3. **新民间实验:二人转 + 话剧**。北京北兵马司小剧场上演二人转 + 话剧,法中文化交流年作品《他和她》现身。在某种巧合之下,法国喜剧《心心相印》与中国的古典戏曲《女店主》的嫁接成为了一个新的实验戏剧作品。《女店主》选择了东北二人转的版本,因为与《心心相印》的二人舞台形式有着某种质的契合,主题的展现是爱情及理想与现实。做一个有关中国传统戏和一个法国剧目嫁接的小剧场演出,据创作者称,一是献给"法中文化年"的礼物,二是创作者试图对文化进行比较和思考。

4. **先锋戏剧家张献宣布进行社会表演**。由张献策划的先锋活剧《我疯故我在》源自张献的一个构想:上台演出一场"真实"的戏剧《等待明年疯狂的我》,设想自己处于不能肯定自己是否有神经病的状态下,在舞台上等待观众的反应。张献以此为起点来记录有关文化精神病的感想,并把这个问题社会化。张献认为:演出往往不是戏,是戏的残骸,尸体,他企图将戏成为死的东西之前的那部分呈现出来。将整个反戏剧、反角色的我作为戏剧的存在,而将以往的戏作为戏中戏、戏中戏中戏来读解。2004 年 7 月他宣布"要开始做社会表演,或反表演",今后各种生活场合、公共环境都是他的剧场,谈话或通信都是戏的一部分。他把八九十年代以来不断在各种场合重复的言论有意识地收集、整理成文字,不定期以跟帖形式贴上网络 BBS,总帖子名为《我疯故我在》。

8 月

1. **2004 中国大学生戏剧节在京开幕,"孟京辉就在我们中间"**。来自浙江大学黑白剧社的学生们,以一出网络小说改编的话剧《同行》,拉开了 2004 中国大学生戏剧节的帷幕。著名戏剧导演林兆华、王晓鹰、查明哲、过士行、田沁鑫、孟京辉以及史可、郭涛、陈建斌等出席了开幕式。当主持人介绍嘉宾说到孟京辉的名字时,观众一片骚动,但孟京辉并没有像其他嘉宾一样起立致意,主持人圆场说"孟京辉就在我们中间",现场顿时掌声欢呼声四起。此次戏剧节 13 省市 28 所高校 31 台剧目进北京。大学生话剧题材多样,其中有反映大学生生活的《暗香》、《毕业那天我们一起失恋》;也有根据革命历史小说《红岩》改编而来的《热血》以及历史剧《嵇康》、《陈涉世家》、《我的李白》等;更有反映伊拉克战争的《骑士之死》与《大梦》等对当下社会问题做出反思的新剧。

此次戏剧节象征性地收取低票价,反响热烈,部分场次门票脱销。

2. "以戏剧为生活方式",在集体中自我治疗。北京青年学者陶子评论大学生戏剧节时,提出了"集体生活"和"自我治疗"的问题。她认为,戏剧作为一种不单纯为着利益,同时也是为着表达的艺术行为,给了大学生在集体中生活与成长的最好契机。集体生活,是一种在集体中矫正自己的生活方式,是一种学会与他人友善相处、一种不单独为自己的生活状态。她认为最关键的不在于一年看了多少戏,而在于有没有认识到戏剧的集体性,有没有认识到戏剧就是一种集体参与、一种在集体中的自我治疗。

3. 德国当代喜剧《皮脸》让观众们"胆战心惊"。上海话剧艺术中心 – D6 空间上演的德国当代喜剧《皮脸》(原名《带嗡嗡嗡电锯的皮脸》),是一出在当代德国引起轰动的话剧,讲述一对德国年轻恋人的绝望生活:男女主人公为反抗压抑的日常生活而照电影里的样子买来皮制面具和电锯,期望以此作为反抗的工具。观众们都看得胆战心惊,而演员们也感觉分外吃力。

9 月

1. 第五届华文戏剧节在昆明举行。华文戏剧节不光是戏剧自身发展的需要,也是各华文地区通过戏剧进行相互对话、促进华文戏剧的互动与发展的需要。这一届华文戏剧节有来自大陆、香港、澳门、台湾地区和新加坡等地的剧团演出的 10 余台话剧。其中有:云南艺术学院的《黑白祭》(纳西族创世纪史诗话剧)、中国国家话剧院的《青春禁忌游戏》、中国煤矿文工团的《死亡与少女》、新加坡 FUN 剧场的《恋人物语》、广州话剧团的《白门柳》、香港戏剧协会的《金池塘》、澳门艺穗会的《小神仙初到凡间》、中华[台北]戏剧学会的《蛇——我寂寞》。可谓世界各地的华语戏剧的代表大会。

2. 林兆华导演契诃夫经典戏剧作品《樱桃园》。这是国家话剧院国际戏剧季"永远的契诃夫"的一部分。契诃夫的语言魅力独一无二,如何表现却令人关注。《樱桃园》是契诃夫的绝命作,首演于 1904 年 1 月 17 日。2004 年是契诃夫的逝世一百周年,也是《樱桃园》诞生一百周年。一百年来没有间断过《樱桃园》的演出,这是《樱桃园》的奇迹。

3. 2004 北京世界魔术大师邀请赛在京开幕。本月 27 日,数千名观众欣赏了来自世界各国的八位世界著名魔术大师的精彩表演。

10 月

1. **第六届"金狮奖"全国杂技大赛高调出炉。** 本月1日,广州市民看到了一场顶级的中国杂技盛宴。共有来自全国45个杂技团体的1000多名杂技精英,参加了在这四年一届的全国最高水准杂技赛事参赛,展示高空、地面、滑稽、魔术四大门类的杂技。

2. **不是演出,是观摩话剧录像。** 北京的某些酒吧里,观摩话剧录像的活动成为流行。他们的主要节目有:人艺单元:《茶馆》、《天下第一楼》、《推销员之死》、《哗变》;台湾戏剧单元(表演工作坊):《暗恋·桃花源》、《绝不付账》、《我和我和他和他》、《台湾怪谈》(独角戏);林兆华单元:《鸟人》、《狗儿爷涅槃》、《故事新编》、《红白喜事》;国家话剧院单元:《生死场》、《伐子都》、《恋爱的犀牛》、《死无葬身之地》。戏剧开始以录像复制的方式在中高端文化圈加速扩散,而不再局限于较低传播律的现场一次性的展示。

3. **《厕所》的香气赢得观众欢心。** 由林兆华导演、过士行编剧的《厕所》首次将"厕所"这一隐讳题材赤裸直观地搬上了舞台,以其幽默的剧情和演员生动的演绎赢得了深圳观众的欢迎。布景写实,上世纪70年代的灰砖蹲坑厕所、80年代的收费厕所、90年代的五星级豪华厕所,不同年代的厕所都被搬上舞台,就连每位演员蹲厕所的动作都非常逼真。在三个不同的厕所场景转换期间,三个时期的相声经典上来"救场"——上世纪70年代马季的《友谊颂》、80年代姜昆的《照相》、90年代牛群的《小偷公司》。

4. **《风帝国》剧组免费请北京市民看戏。** 本月8日张广天向首都市民散发传单,诚请大家回到剧场,给他和他的同事新的机会。几天来,这份传单在北京的大街小巷四处流传,掀起波澜。为此,他和剧组以及投资方商议决定,用更实际的行动来承诺传单,宣称从10月14日开始,连续3天免费邀请观众们到北兵马司剧场观看其新戏《风帝国》。

5. **"大河之舞"首舞中国。** 这个打动过全球数亿观众的音乐团体,本月在北京和上海演出。被称为爱尔兰国宝的《大河之舞》,以整齐划一的舞步、宛若天籁的合唱、梦幻般的舞美设计,赢得了两城观众的喝彩。

6. **老戏抢位,五部经典霸占今秋话剧舞台。** 秋天的话剧舞台并无多少新意,能看到的还是那几部经典老戏:北京人艺的经典《雷雨》、《我爱桃花》、《万家灯火》,孟京辉最著名的实验话剧《恋爱的犀牛》,还有陈佩斯的喜剧《托儿》。这再次标示了近年来戏剧原创力量的萎退。

7. 《金锁记》三才女演绎老上海故事。上海艺术节的重头戏——话剧《金锁记》在上海话剧艺术中心首演。话剧《金锁记》和此前上演的话剧《长恨歌》都出自王安忆之手,又都是海派大戏,而且都讲述着老上海滩的故事。打着张爱玲(原著)、王安忆(编剧)、黄蜀芹(导演)三才女旗号的《金锁记》成了艺术节的热门,以致一票难求。

11 月

1. 明星版话剧《雷雨》亮相第六届中国上海国际艺术节。作为 2004 年第六届中国上海国际艺术节的重点剧目,由电视主持人叶惠贤策划制作的明星版话剧《雷雨》正式建组开排。此次明星版《雷雨》汇聚了我国南北话剧界的老中青三代影视戏剧明星,其中有濮存昕、潘虹、达式常、田海蓉、方舒等。

2. 实验戏剧入主"国际小剧场"。本月 20 至 28 日,"上海第三届国际小剧场戏剧展演"在上海戏剧学院举行。9 台来自美国、法国、日本和我国香港、澳门、深圳等地区的实验戏剧将集中展演,探索"大众文化语境和高科技时代下的戏剧实验"。多媒体技术的运用和纯肢体语言的表达,成为此次"实验"的焦点。法国牛蒡剧团的《布朗小姐》,以短序列无声电影的形式讲述故事,通过相册的手法来展现人生。香港树宁·现在式单位的《独行侠与乱世佳人》则是一台充满歌舞和电影影像的演出。全剧几乎不设对白,也没有剧本。澳门晓角话剧研进社的《上帝说,有光,便有了光》,则把灯光和音效作为戏剧表达的主要手段。美国加州大学北岭分校戏剧系《黑暗中的洞穴》被定义为"HIPHOP 剧"。上海话剧中心的原创肢体剧《人模狗样》也再度上演。

3. 白先勇昆剧经典青春版《牡丹亭》动人心魄。这次在上海大剧院的演出,既保持了昆曲唱腔的原汁原味,又吸收了现代的各种新的舞台表现手段,更加符合现代人的审美要求。导演设计了精美的舞台语言,呈现出诗与剧和谐结合的戏剧场景。新版昆剧《牡丹亭》成功的原因在于,白先勇对于情欲和艺术的高度敏感。通过他的强烈的生命体验,古老的戏剧故事呈现为现代观众所能共享的经验。

4. 张广天放言:人艺早该解散了。在《娱乐周刊》就音乐剧《风帝国》采访导演张广天时,张语出惊人:"做这个戏最主要的是冲着体制改革来的。我对目前的文艺体制相当不满。根本就是消费,没有生产。我这样一个没有资源的人,一个民间的导演,比你们的十个导演,十个院团做的戏还要好。在我看来,把这些院团全部解散,就完了。"

5. **叶锦添任总设计,新版昆曲《长生殿》亮相苏州。** 由海峡两岸戏剧界携手制作的新版昆曲《长生殿》在苏州昆山亮相,传统的昆剧表演、台湾前卫设计师叶锦添的服饰舞美成为该剧的一大亮点。12 月 11 日起,这三本《长生殿》在北京保利剧院连演了三天,以此纪念《长生殿》的作者洪升逝世 300 周年。

12 月

1. **韦伯音乐名剧《剧院魅影》上海大剧院上演。** 曾荣获七项纽约托尼奖的《剧院魅影》,在全世界已有超过 5800 万的观众,本月来到了上海。《剧院魅影》讲述了一位在巴黎歌剧院地下生活的神秘人物,自称为"音乐天使",因为被毁容了,面目极为可怕,他对剧院的管理人实施着他的恐怖统治。后来他爱上了年轻的女歌唱家克里斯汀,并投身于将她捧为歌剧明星的行动之中。《剧院魅影》拥有国际知名设计师彼约森创作的华丽壮观的布景和超过 230 件的服装,还包括韦伯创作的最为著名的歌曲,包括《剧院魅影》和《夜晚的音乐》。每场演出有 230 件服装、14 位化妆师、120 个自动舞台效果、22 个场景转换、281 根蜡烛,要使用 250 公斤的干冰,还有 10 台烟雾器,制造了 2004 年度又一个时尚事件。

2. **《金大班的最后一夜》在沪召开发布会,刘晓庆曼舞出场。** 经过 20 多天的封闭排练,该剧已经顺利完成了全部戏剧框架的构建及粗排工作,主演刘晓庆也以一段舞蹈出现在媒体面前。《金大班的最后一夜》改编自白先勇的同名小说,作品着重表现了上海滩十里洋场的繁华和奢靡,成为"海上旧梦"追忆的一个缩影。全剧讲述了舞女大班金兆丽及"百乐门"四大美女的风月传奇和悲情姻缘。剧中以《何日君再来》、《花好月圆》、《夜来香》等怀旧金曲,作为贯穿全剧的主题旋律和乐章。此剧因复出的刘晓庆扮演舞女金大班而成为了娱乐新闻中的热点。

(殷罗毕 凌麦童)

建筑事件

——设计、房产、园林、城规

1月

1. **"2003 年度中国建筑设计行业十件大事"**。中国勘察设计协会、建筑时报社主办的"十件大事"揭晓。这十件大事是：(1)央视大楼引发设计新探索,北京开始成为国外建筑师的"梦工场";(2)"非典"引发业界对建筑健康问题的大反思;(3)建筑工程专业设计事务所全面放开;(4)贝聿铭设计苏州博物新馆因选址引发争议;(5)中国"土人景观"中标美国波士顿景观项目;(6)马国馨、彭一刚获第二届梁思成建筑奖;(7)香港与内地建筑师互认资格;(8)上海环球金融中心重启新方案;(9)我国出台勘察设计咨询业知识产权保护导则;(10)上海推出首届青年建筑师"新秀奖"。

2. **外滩 3 号,当下中国奢华生活的最高标本**。本月,筹备了一年多的外滩 3 号沪申画廊,在"超越界线"的首展中拉开帷幕,这同时也是外滩 3 号的开张大典。2002 年 4 月,外滩 3 号楼改建工程动土,世界著名建筑设计师 Michael Graves 主持改建工程,保持了他的清澈、明晰和尊重传统的风格。投资方来自新加坡。整个建筑物内包括一家画廊、四家餐厅、一个音乐沙龙、一个 Spa 水疗中心、男士理容和两层品牌专卖。该楼是 1916 年落成的新古典主义建筑,建筑面积 13 760 平方米,楼高 6 层,顶层上有巴罗克风格的塔亭,是上海第一幢钢框架大楼。半个多世纪前,当外滩 3 号楼还叫有利大楼时,它还只是"东方华尔街"一座普通银行,如今,尽管它低调地叫作 3 号楼,却已经取代"新天地",成了当下中国奢华生活的最高标本。

3. 《华尔街日报》惊呼:世界顶级建筑师蜂拥来华。对世界顶级建筑师来讲,中国已经从一个新兴市场迅速变为一个不可或缺的市场。

4. 《建筑时报》:一个国家同时在建这么多世界级桥梁实属罕见。目前中国在建的一批公路桥梁,无论是桥梁的数量还是工程规模、技术难度,都代表着当今世界的先进水平。这些桥梁主要有:苏通长江公路大桥,主跨1088米的斜拉桥,居世界第一;杭州湾跨海大桥,全长36公里,是世上在建最长的公路跨海大桥,还有南京长江三桥、润扬长江公路大桥、深圳湾跨海大桥等。

5. 山海关钟鼓楼复建工程开工。河北山海关恢复明清古城工程的第一个项目——钟鼓楼复建日前正式启动。复建钟鼓楼将投资450万元,计划于今年夏天完工。这座钟鼓楼将是恢复后的山海关明清古城的一座标志性建筑。山海关历史上的钟鼓楼为明代大将徐达创立山海关军事城防时始建,高二丈七尺,方五丈,穿心四孔,上建文昌殿,背魁星,前左右钟鼓。钟鼓楼在清代曾多次重修。1952年被拆除。

6. 西气东输穿黄工程告竣。3600米长的防腐蚀硅心管静躺在黄河底下,成为西气东输的"咽喉要道"。穿黄工程的全线竣工,将把塔里木的天然气输送到长江三角洲地区。

7. "鸟巢"瘦身减肥8万吨。国家体育场"鸟巢"方案的编织状钢结构造型十分独特,也相应地极大提高了施工难度和造价。一项名为"奥运场馆结构选型及优化设计关键技术"的课题,将通过大幅减轻建筑钢结构自身重量的方法为"鸟巢结构瘦身减负"。"鸟巢"初始方案的用钢量估计在13.6万吨左右,在"瘦身减负"过程中,"鸟巢"结构自重可降低至5.3万吨左右,减重8.3万吨,将大大降低建筑成本。

8. 沿河发现土家族古建筑群。贵州省考古专家在沿河土家族自治县发现了一处罕见的具有浓郁民族特色的土家族古建筑群。这个古建筑群位于沿河思渠镇北6公里的鲤鱼池村,全村30余户农家均为土家族。房舍依山而建,其构型迄今沿用土家传统干栏式吊脚楼。

2月

1. 上海世博集团正式亮相。由上海东浩集团、上海文广集团、上海国资经营公司和中国贸促会上海分会组成的上海世博(集团)有限公司日前正式成立。该集团总投资13.2

亿元,具体承担 2010 年上海世博会的建设、经营和管理。上海世博集团董事长戴柳表示,世博会是国家行为,现在的构架只是第一步,也不排斥今后在增资扩股时,吸纳一些具有各类国家行为的企业来参与。

2．上海为 12 个历史文化风貌保护区划出"红线"。2 月 4 日,上海官方宣布保护区的范围,它包括:外滩、人民广场、老城厢、南京西路、衡山路—复兴路、愚园路、虹桥路、山阴路、提篮桥、龙华、新华路、江湾等。

3．上海 F1 赛场设备安装进入冲刺。该工程中的能源中心、卡丁车比赛工作楼、物业管理楼三个单体的设备安装已基本完工。赛车场的弱电安装项目已完成工作量达 70%以上,主体设备 10 千伏变电站安装也将完工授电,同时冷冻机组、锅炉等设备将进入最后的调试阶段。整个工程中的各类通风设备安装也已完成 90%以上,为整个工程按期达到节点奠定了基础。

4．耗资 2.75 亿美元,美驻华新使馆破土动工。2 月 10 日上午,美国驻华新使馆工程在北京第三使馆区破土动工。该馆不仅为美国历史上造价最昂贵的使馆,同时也是美国务院海外规模最大的建筑工程。占地约 4 万平方米,由五栋主要建筑组成,之间由花园、院落、木桥、竹林和荷塘相连。

5．比巴黎的还要高,济南打造中原"埃菲尔"。一座总投资 30 亿元、高 500 米的大型观光铁塔——神州观光塔,2 年后将矗立在山东济南的西部,并将成为济南市和山东省的标志性建筑。神州观光塔高度为 499.9 米,比 320 米的法国巴黎埃菲尔铁塔还要高,结构外观跟埃菲尔铁塔极其相似。

6．浦东国际机场二期工程启动,中国首条 F 级跑道今年建成。总投资约百亿元的浦东国际机场二期工程本月正式启动。其中今年开工建设的第二条机场跑道,为中国首条 F 级机场跑道,其承载量能比目前的 4E 级大 1 倍,将成为欧洲机型"空中客车 A380"的专用跑道。整个四期工程建设完工后,上海机场旅客年吞吐能力将达到 8000 万人次。

8．数码再现千年雄风,新加坡学者还原长安原貌。新加坡王才强教授运用电脑科技重筑唐代长安城,让长安跨越 1300 年的时空,再次展现在世人眼前。王教授将手绘的长安城市和建筑图输入电脑,着手制作多媒体光碟,将湮没在历史尘土中的长安城逐步

"还原"。这张光碟收录全球迄今最细致、最完整的长安城原貌,引起了英国、法国、希腊和美国多家博物馆的浓厚兴趣。

3月

1. **私有财产不受侵犯写入宪法。**十届全国人大二次会议通过的宪法修正案,是我国21年来对这部国家根本大法的第四次修改。它把"保护非公有制经济的合法的权利和利益","鼓励、支持和引导非公有制经济的发展"及"合法的私有财产不受侵犯"写入宪法,使私有财产权从一般的民事权利上升到宪法权利。这为深化国有建筑企业改革创造了良好的法律环境。

2. **香港2004年度建筑大奖揭晓,环保建筑倍受青睐。**该奖项由位于尖沙咀的环保商厦"北京道1号"夺得。"北京道1号"是香港第一家使用"三层不反光透明玻璃"新型外墙建造技术的商厦,除了不反光外,三层玻璃的设计既可以将阳光带入室内,又可以更好地隔热隔音节省能源消耗。

4月

1. **上海外滩源开发正式启动,洛克菲勒广场签约建设。**上海新黄浦集团与美国洛克菲勒国际集团正式举行签字仪式,共同开发上海外滩源项目,建设洛克菲勒广场并将洛克菲勒亚太总部迁至上海。外滩源项目建成后,这一城市中心黄金地段建筑总容积将不增反减。外滩源是指苏州河与黄浦江交汇处二十来万平方米的"风水宝地"。它现存14幢近代优秀保护建筑,是外滩轮廓线的源头,也是上海现代城市的源头。

2. **江阴斥资盖"外滩",上海外商抛绣球。**江阴市招商出新招,斥资20亿元打造江边"外滩"。消息传开,日前,上百家外商驻沪机构以及众多中外银团竞相预约赴当地考察。

3. **23国签署协定编织亚洲公路网。**在中国上海举行的亚太经社会第60届会议上,包括日本、韩国、印尼、泰国、哈萨克斯坦、越南、土耳其等23个成员国正式签署了《亚洲公路网政府间协定》。根据协定,亚洲公路网由亚洲境内具有国际重要性的公路路线构成。该公路网连接亚洲各国首都、工业中心、重要港口、旅游及商业重镇,覆盖除西亚外的几乎整个亚洲地区,入网公路里程超过14万公里。

4. 黄帝陵二期工程祭祀大殿竣工。升格为国家祭祀大典的甲申(2004)年公祭黄帝陵活动将在这里举行。黄帝陵二期工程位于黄陵县城东桥山凤凰岭南麓轩辕庙后,以祭祀大殿、隧道、三出阙、广场和绿化带等组成,总建筑面积1.4万平方米。

5. 上海将建成世界最大的极限运动主题公园。23日,上海投城和澳大利亚SMP(亚洲)公司正式签订在新江湾城中修建SMP极限运动公园的协议。建成后的极限主题公园,不仅是全国第一个以极限运动为主题的公园,而且也是世界最大的极限运动主题公园。极限公园用地面积27 000平方米,大大超出目前世界最大的占地9000平方米美国极限运动公园。上海,甚至整个中国正在投入一场建筑的极限运动。

5月

1. 磁浮项目完成与德方合同验收,线路所有岗位全部"国产化"。它标志着"高速磁浮列车"这一人类交通技术史上的大创举,在上海浦东的示范运营线上获得了全面意义上的成功。仍在现场服务的少数德方专家仅承担合同保修责任。目前上海磁浮的单位公里造价约为地铁的一半,且略低于轨道交通三号线的造价,但票价是地铁(2至3元)的几十倍(50元)。它已经成为现代化上海的科技标志。但这条超级铁路仍然处于严重亏损状态。由于线路过短,实用性不大,加上价格昂贵等原因,乘客寥寥无几。

2. 金茂大厦投保"恐怖主义险",责任险单项标的高达1.5亿美元。世界第三、中国第一高楼的上海金茂大厦日前签订了2004年的财产保险单,主承保单位由中国人民财产保险公司中山市分公司夺得,承保金额为6.3亿美元。目前,金茂大厦保单成为承保公司目前最大的单项保险业务,其中关于附加的恐怖主义责任险以单项标的最大而成为该附加险种的国内之最,限额高达1.5亿美元。

3. 世遗论坛永久落户双遗产地峨眉山。日前,投资13.5亿元的世界遗产论坛永久性会址——峨眉山国际会议度假中心及配套设施正式奠基。2005年10月,世界遗产论坛第一次大会将在这里举行。

4. 安德鲁投标"巨蛋"涉嫌舞弊,法国当局展开调查。法国巴黎检控官办公室于当地时间5月29日表示,负责设计戴高乐机场新翼客运大楼的总建筑师安德鲁,涉嫌在赢得中国北京国家大剧院("巨蛋")投标过程中舞弊,曾被法国当局进行初步调查。

12. 考古大发现:周公庙西周墓葬群。本月 7 日下午,周公庙考古队成员、北京大学副教授雷兴山在陕西周公庙凤凰山山梁上,发现了墓葬的某些遗存及盗洞,他意识到自己所发现的应是西周墓葬的墓道。随后,考古队对该墓所在的山梁进行了大规模勘探,目前已钻探出大型墓葬 19 座,其中首次发现带 4 条墓道的墓葬 9 座和带 3 条墓道的墓 4 座,另有两墓道者 4 座,单墓道者 2 座,陪葬坑 13 座。更多悬念尚待破解,陕西周公庙墓群成为海内外关注的焦点。有专家认为,陕西省岐山县周公庙遗址西周大型墓地的发现,从学术价值上说,堪与 20 世纪初安阳殷墟的重大考古发现相媲美,是新中国堪称第一的考古发现。

6 月

1. 拖欠民工工资恶意赖帐,沈阳两名欠薪工头被判刑。辽宁沈阳市一法院对拖欠民工工资且拒不执行法院还款判决的 2 名包工头送达了刑事判决,两人分别被判处有期徒刑一年,缓刑一年。这一因拖欠工资引发民事诉讼并最终导致被告被法院判刑的,在沈阳尚属首例,在全国也较为鲜见。

2. 长春欲造"东北第一高楼"遭质疑。在 6 月 14 日吉林招商洽谈会上,国内外投资商联合签署协议,将在长春建一座 60 层高的四季常春大厦,成为"东北第一高楼"。预计 2005 年 5 月开工,2010 年竣工。

3. 上海世博会建设规模将高达 3 千亿。立项规划两个月内报国务院审批。据上海市有关方面透露,初步考虑世博会相关建设规模将在 3000 亿元人民币左右,除了世博会的直接建设项目外,还包括动迁居民安置基地建设、轨道交通和浦东机场的扩建等。

4. 上海"外滩中心"获世界不动产联盟"特殊类最高推荐奖"。这是中国内地不动产项目首次获得该项殊荣。本次大会的主题是"探索不动产"。上海"外滩中心"由世界著名的约翰·波特曼事务所担纲设计,其位于 198 米高度的"皇冠屋顶"因其独一无二的特色而荣升为外滩地区的新坐标。

5. 故宫百年大修中轴线。该工程预计于 12 月 20 日完工。中轴线大修范围南起午门,北至坤宁门,包括太和门和三大殿中的中和殿。这是"故宫百年大修计划"中的一部分。

7 月

1. 世遗大会在苏州隆重闭幕。历时 10 天的第 28 届世界遗产委员会会议本月 7 日在苏州闭幕。会议通过了"苏州决定"等 200 多项大会决定,并发表了《世界遗产青少年教育苏州宣言》。在本届会议上,34 项遗产地新入选世界遗产名录,其中 5 个国家首次进入名录,另有 6 个现有遗产地的扩展项目被列入。新遗产地的入选使得世界遗产名录更加丰富和多样。至此,全球共有 788 处世界遗产。作为本次大会的另一重要成果,"苏州决定"对 2000 年"凯恩斯决定"做出了重要修改:2006 年起,《保护世界文化和自然遗产公约》每个缔约国每年申报的世界遗产项目从 1 项改为最多 2 项,其中至少包括一项自然遗产提名。《保护世界文化和自然遗产公约》现有 178 个缔约国。中国于 1985 年加入此公约。迄今,中国已有 30 处文化和自然遗产被列入《世界遗产名录》。作为文化遗产受破坏最严重的国家之一,世遗大会在中国举办,有其深远的战略意义,它将敦促中国官员重视自身的文化保护。

2. 开启世界第一门,苏州"东方之门"试桩开工。苏州金鸡湖畔将建起一座被称为世界第一门的"东方之门"。建成后的"东方之门"高达 278 米,约 68 层,分南、北双塔式格局,总建筑面积达 43 万平方米,将集文化、旅游、购物、休闲于一体,并有望于 2007 年 12 月竣工。

3. 京杭大运河也要跻身"申遗"行列。这是从最近召开的世界遗产大会上传出的消息。京杭大运河北起北京,南到杭州,全长 1794 公里,比苏伊士运河长 10 倍,比巴拿马运河长 20 倍,是世界上最长的人工河。目前,江苏、山东等地正配合南水北调工程进行必要的抢救性考古发掘工作。

4. 北京工地要打"安全牌"。5 万副安全扑克遍及施工现场。北京市建委将 5 万副图文并茂的"安全生产知识扑克",免费发放到建筑施工现场农民工手中。

5. 纽约建筑展现场出现 CCTV 新大楼。在纽约现代艺术博物馆这场名为"高楼林立"的展览中,共拮取了诞生于 1991 年至今的 25 栋各地的标志性建筑,而我国北京的中央电视台新大楼则是参展建筑群中最年轻的一个。

6. 阆中古城嫁接现代版"清明上河图"——城南天下主题公园。上海澳格携水乡周庄与阆中古城共同耗资 1 亿元人民币、完全再现阆中古城明清风格的阆苑·城南天下主题公园及旅游商业街正式奠基,12 月底工程完工后,现代版"清明上河图"将亮相阆中古城。

8 月

1. **国土部叫停 4150 个新项目。** 国土资源部有关负责人今月表示,今年以来,全国有 4150 个新上项目被停建。运用土地政策为宏观调控实施"点刹车"已显成效。

2. **城市照明要调低"亮度",2008 年有望节电 15%。** 为缓解城市照明的快速发展与电力供应紧张之间的矛盾,日前建设部批准实施《城市绿色照明示范工程》,改变我国大城市中普遍存在的"亮度过剩"问题。通过此举,到 2008 年,我国将实现城市照明节电 15% 的目标。

3. **推土机已逼近北京旧城的底线,专家联名上书联国教科文组织和世遗大会。** 北京市西城区今年正对旧鼓楼大街、鼓楼西大街进行拓宽改造。陈志华、梁从诚、徐萍芳等专家认为,旧鼓楼大街位于北京旧城中心区,对其拆除、拓宽,将破坏整个旧城的风貌格局。书中称"旧城保护的线划到哪里,开发商的推土机就拆到哪里"。新中国刚成立时,北京有大小胡同 7000 余条,到 20 世纪 80 年代只剩下 3900 条左右,北京的胡同正在以每年 600 条的速度消失。

4. **桂林山水面临"毁容",专家痛吁桂阳高速改道。** 正准备动工修建的被列为广西重点建设项目的桂林至阳朔的高速公路,由于将穿越该地峰林地貌,致使其完整性、原始性被彻底破坏,遭到当地专家的质疑。19 名环境、地质专家为此呼吁,希望该高速公路另行改道。

5. **北京奥运场馆"瘦身"继续蔓延,有人质疑"水立方"。** "鸟巢"要摘顶,"五棵松"要消屏,在这场奥运场馆"瘦身"运动中,"水立方"终于也听到了声音。首先,"水立方"的 ETFE 薄膜造价昂贵,价格高达每平米 2000 元左右,不仅导致成本上升,还使工程存在安全隐患。而且这种薄膜维修费用昂贵,每年的折旧费可能高达两三千万元。其次,在距离"水立方"1 公里之内还有一个面积 38 000 平方米的英东游泳馆,规模类似,这从规模和布局上来说都不合理。另外,"水立方"的室内高度确定为 30 米,从游泳和跳水比赛来看,也都不必要。该项目总投资大概是 10 亿元人民币,约合 1.2 亿美元。

6. 颐和园周围电塔林立,面临世遗除名窘境。由于被在建的几座供电铁塔割裂了园林景色,已经荣登《世界遗产名录》的北京颐和园正遭受可能被除名的尴尬。根据《世界遗产名录》相关规定,在列入名录的大约 5 年时间内,如果"世界遗产"周边有大规模公共或私人工程威胁到其历史背景和人文背景,世界遗产管理组织将会把其从《世界遗产名录》中除名。

7. 北京投资亿元遍建标准公厕。小厕所,大投资。从今年开始,北京市将投资上亿元资金新建改建 400 座公共厕所,到 2008 年该市主要供公众出行使用的公厕将达到 4700 座。

8. "样式雷"申请世界记忆遗产。13 日,"清代样式雷建筑图档展"在中国国家图书馆开展,在此之前,国图已启动了将"样式雷"建筑图档申请"世界记忆遗产"的工作。"样式雷"图档是指中国清代雷氏家族绘制的建筑图样、烫样、工程做法及相关文献。

9 月

1. 首届中国建筑双年展开幕,主题:反思和探讨中国当代建筑。首届中国建筑双年展于 9 月 20 日在北京举行。国家大剧院设计者安德鲁等中外建筑师出席了在人民大会堂举行的开幕式。会展期间出现了"北京不是世界建筑师的试验场"这一说法。

2. 中央电视台新台址建设工程动土。该工程于 2004 年 9 月 22 日上午 10 时宣布正式开工。中央电视台新台址位于北京市朝阳区东三环中路 32 号,在北京市中央商务区(CBD)规划范围内,用地面积总计 187 000 平方米,总建筑面积约 55 万平方米,最高建筑约 230 米,工程建安总投资约 50 亿元人民币。该方案由世界著名建筑设计大师库哈斯和舍仁担任主建筑师,其造型结构曾在中国民间引起激烈批评。

3. 房地产投资开始"退烧"。据建设部 9 月 20 日提供的最新信息显示,1 至 8 月份房地产开发投资 7184.6 亿元,同比增长 28.8%,比一季度回落 12.3 个百分点。房地产投资增幅明显回落,并逐步趋于稳定。

4. 嵩山少林寺整修竣工。素有"天下第一名刹"之称的嵩山少林寺经过半年的整修,全部竣工,现在可同时接纳 1 万人游览。今年 3 月份,郑州市政府筹资 5000 多万元开始全面对少林寺进行整修。整修内容除包括 5000 多平方米青石广场,290 多米长、7 米宽的甬道外,还包括寺院内地面砖的更换、消防通道的建设、恢复东西八座殿堂的历史原貌以及殿宇楼阁的重新粉饰添彩等工程。这次少林寺整修工程共铺设青砖地面近 1 万平方米，恢复建筑面积 1600 平方米，新建东僧房建筑面积近 1500 平方米，重塑了天下第一名刹的风采。

5. 广东推出"建工险"：意外死亡赔付 10 万。建筑企业若要开工，必须先为员工掏钱购买意外伤害保险，未投保的工程项目，将不颁发施工许可证。施工人员如若在施工期间意外死亡将获得 10 万元的基本保险。

6. "水立方"在 2004 年威尼斯国际建筑双年展上获"主题奖"。而在 8 项主题馆特别奖项中，由澳大利亚 PTW 事务所设计的北京奥运会场馆之一国家游泳中心"水立方"获得"氛围"（Atmosphere）主题单元的特别奖。

10 月

1. 福建厦门获"联合国人居奖"。这是中国 2004 年唯一获得"联合国人居奖"的城市。

2. 八成选民赞成扩大故宫"缓冲区"。故宫保护缓冲区大还是小两套方案网上评选 10 月 8 日结束，选择"大号"的超过了 80%。故宫保护缓冲区一旦确定下来，缓冲区内现有的胡同、四合院将受到严格保护，同时兴建新建筑的高度、体量、色调、风格都将受到严格控制。

3. 楼宇之巅重新排定，台北 101 大楼连拿 3 项第一。世界高楼协会 8 日颁发给台北市新地标 101 大楼"世界第一高楼"的证书，确认该大楼在世界四项高楼指针中，拿下三项世界第一。"世界高楼"的四项指针下，101 大楼拿下世界最高建筑物、世界最高使用楼层和世界最高屋顶高度三项世界第一。世界高楼协会的最新排名，世界十大高楼当中，我国两岸三地占 6 栋。

4. 西安古城复兴，城墙内将恢复唐明古街区。西安国际规划研讨会传出消息：今后几十年里，在城墙内 13 平方公里区域内恢复唐、明代古街区，让游人走进古城就像走进了历史。现在的交通要道城门也将成为历史性标志，城墙内以后将是更多的步行街。这些已进入规划程序，并将通过人大立法形式确定下来。

5. 阆中本月发现罕见徽派古建筑群。一处罕见的徽派古建筑群在阆中市古城区大东街 50 号被发现，经仔细考证和文物专家鉴定，此建筑群以前是一个姓胡的商人创办的钱庄,距今已有近 300 多年的历史。

6. **建设部出面驳斥中国地产泡沫论。**国家建设部以建设部政策研究中心主任陈淮博士牵头的课题组就此写出了一份报告,得出的结论是:中国地产泡沫论并不成立,中国房地产金融危机在可控范围内。

7. **俞孔坚惊人之语:"五千年未有之破坏"。**中国城市论坛北京峰会上,北京大学景观设计学研究院院长俞孔坚惊呼:"从 100 米高空拍下的杭州哪里还像人间天堂?简直像地狱!"并称当下中国的大兴土木为"五千年未有之破坏"。此言点破了中国城市化进程中的严重弊端。

11 月

1. **"世界第一高楼"工程再次启动。**上海环球金融中心工程总承包合同签约仪式 11 月 22 日在上海金茂凯悦大酒店举行。中建和上海建工组成联合体实施的上海环球金融中心工程总承包正式启动。竣工日期为 2007 年 11 月。从 1997 年 8 月工程奠基至今已满 7 年,而目前的工地现场依然悄无声息。但这次进入真正意义的复工期,而且主体高度由 460 米增至 492 米,比已建成的目前世界第一高楼台北 101 大厦高出 12 米,总投资也由最初的 7 亿美元增加到 11 亿美元。上海环球金融中心的发展商为上海环球金融中心有限公司,其真正投资商为日本的房地产发展商——森海外株式会社。上海夺取世界最高楼的图谋再次启动。

2. **消灭都市村庄,北京拆除违法建筑。**北京公布的《城市环境建设规划》及其《折子工程》规定:2007 年底前北京市将基本完成现有的 200 多个城市村庄的整治任务。北京市还将在重要区域、道路、场所设置充足的无障碍设施、盲道,并保持畅通。

3. **台湾建跨海大桥连接金门与厦门。**台湾金门继去年底研究在厦门与金门之间架设"金厦和平跨海大桥"后,金门本月又提出了由金门本岛至厦门大嶝岛的"金嶝大桥"方案,目前已经制定了工程可行性初期方案,调查了金门和大嶝基本数据等有关资料,预计整体方案明年 8 月完成。

4. **浙江公路建设民间"圈钱"遇寒流。**11 月 25 日正式结束的浙江省高速公路项目业主(投资控股人)招标报名中,由于四个项目的投标人少于法定人数,招标活动不得不暂时搁置。

5. 广州弃建世界第一高楼、第一高塔。广州已取消动工兴建全球最高大厦的计划,转而建造 400 米高的大楼,原有的 608.8 米的大楼方案被否决。广州兴建 600 米电视塔的计划也将取消,而改建只有 400 米的电视塔。负责这项工程的广州市城市规划局局长潘安本月初曾经告诉法新社,新广州电视塔竣工后将达 580 至 600 米,成为世界第一高塔。

6. 上海加紧开发地下空间。到 2010 年,上海初步规划建成地铁 300 公里,与地面 200 公里的轨道交通相连,构成 500 公里的城市轨道交通网络,成为地下轨道交通路程最长的世界十大城市之一。这是"2004 年世界工程师大会——上海城市建设的现在与未来"专场报告会传出的消息。上海未来 10 年开发利用地下空间将超过 1000 万平方米。

7. 北京宣布要新建 20 余个应急避难场所。这是正在制定的《北京市城八区地震应急避难场所的发展规划》中明确的。去年 9 月,北京市政府在朝阳区元大都城垣遗址公园建成了地震应急避难场所,这使北京成为全国第一个开展制定地震应急避难场所规划、地震应急避难场所建设和挂应急避难场所标志的城市。今年,结合旧城区改造和万米大绿地建设工程,在南中轴综合整治工程中又增加了紧急避难设施。

8. 把牌子做大,建筑师应邀会聚朱家角。"新江南水乡国际论坛"本月 23 日在江南古镇朱家角举行。以此为标志,上海青浦区以朱家角古镇为重点,正式全面启动古镇古迹保护开发。罗伯特·斯特恩、尼古拉斯·米之林、矶崎新、甘德松纳、葛利马、郑时龄、阮仪三、马清运等十几位来自美、日、法、意和中国的著名建筑师和规划师齐聚青浦朱家角,就新江南水乡的开发模式、建筑创作等主题畅所欲言。

12 月

1. 维修不可搞成破坏,苏州给古建维修立规矩。苏州市出台《苏州市文物古建筑维修工程准则》,给这个具有 2500 年历史、拥有大量古建筑的城市古建筑保护立下行规。这个行为在全国尚属首次。

2. 世博会建设明年全面启动,交通网络建设打头阵。其中轨道交通建设被列为重中之重,同时还有一系列重大工程建设及旧区改造、市容环境综合建设和管理等。上海将启动国际航运中心功能的建设。

3. 治病救桥,南京长江大桥欲新加公路桥惹争议。东南大学教授卫龙武建议在南京长江大桥公铁两用桥之间重新建一层公路桥,以缓解极其紧张的南北交通矛盾。事实上,长江大桥每年都整修,但因其枢纽作用突出,这样的整修只停留在时间短、强度小的桥面修复上。而他的方案要从根本上"治愈"大桥。所以一经提出,一时间,各个媒体上赞成和反对之声此起彼伏。有人表示,大桥是南京的名片,改动就是否定历史。

4. 国务院紧急叫停大型电站。国务院下发 32 号文件《国务院批转发展改革委关于坚决制止电站项目无序建设意见的紧急通知》,严格控制违规电厂的建设。自去年下半年以来,四川省有关部门就已清理出"四无"(即无规划、无审批、无资质、无验收)水电站100 多座。

5. 全国派出所建筑形象设计方案网上征集。公安部预计一年内统一全国公安派出所建筑外观。统一建筑形象是为了提高公安派出所整体形象,方便群众识别。征集意见稿与现有派出所建筑形象的最大区别是统一了门头、檐口、墙裙,分为带院落、单体平房、多层雨篷、古建筑等六大类型。

6. 暂停施工近 5 个月,奥运主体育馆"鸟巢"正式复工。10 月,北京奥组委新闻宣传部副部长邵世伟曾在澳门表示,今年 7 月 31 日"鸟巢"暂停施工,原因是奥组委要对设计方案进一步调整优化,在节约资源的同时,增强建筑结构的安全度,对"鸟巢"进度完全没有影响,"鸟巢"将按进度于 2007 年底前完工。

7. 中国公共卫生工程总投入已逾 200 亿元。已有 460 个血站血库建成并投入使用,936个疾控项目竣工在望,为农村增加了 1771 辆巡回医疗车并有 1037 个应急救治体系建设项目开工。我国用于这些公共卫生基础设施建设项目的总投入已超过 203 亿元人民币。

8. 高速公路迎来民间资本买断时代?浙江省又出大手笔,把金华—丽水—温州高速公路(金丽温),黄山—衢州—南平高速公路浙江段,诸暨—永嘉高速公路,龙游—丽水和丽水—龙泉高速公路近 500 亿元项目向社会公开招标,引起广泛关注。有媒体甚至评论,这意味着民间资本买断高速公路的时代已经到来。

9. 演绎东方神韵,上海世博会总体规划出炉。11 月 29 日,2010 年上海世博会组委会第二次会议通过了中国 2010 年上海世博会的总体规划方案。世博场地红线范围进行了调整，重新确定了南浦大桥和卢浦大桥地区之间、黄浦江两岸 5.28 平方公里的为世博会园区。上海世博会建设投资规模将达 300 亿元人民币，其中 100 亿将用于世博园内的场馆建设。预计世博红线区内拟建展览场馆总面积 80 万平方米。

10. **苏州建成全球最高瀑布大楼。**世界上最高的瀑布大楼在江苏苏州国际服装城封顶，这意味着苏州古城将诞生一个吉尼斯级的人造景观。这座瀑布大楼位于苏州相城区国际服装城的南端，楼高 110 米，建筑面积 19437 平方米。建成后，整个瀑布喷涌高度将达到 138 米，并全部由电脑控制，瀑布从上百米高处飞泻而下，伴着美妙音乐、和谐灯光组合成一百余种瀑布景观，并可放映水幕电影。市民在很远的地方都可观赏到"飞流直下"的精彩水景。据说，这是目前世界上最高的人工瀑布。

11. **北京大多数奥运场馆将推迟竣工。**这些场馆由原定 2006 年底前推迟至 2007 年下半年，部分场馆则推迟开工至 2005 年。推迟的主要原因是北京市政府在制订建筑规划时间表上出现误差。过早建造会导致场馆空置和严重浪费。推迟之举，乃是对先前冒进行为的一种纠正。

（殷罗毕）

媒体事件

——平面媒体、电视制度、网络文化

1月

1. **足协取消《足球报》采访资格。**本月7日,《足球报》发表《国资委阻击中国足球》一文,称:国务院国资委已将中国足球列为"不良资产"。不久,国资委有关部门核对后证实,之前国资委并未在其正式文件、会议简报和其他正式场合中,提到过"中国足球是不良资产和不良市场"。并要求《足球报》澄清事实,赔礼道歉,消除影响。之后,中国足协宣布,取消《足球报》对中国足协主办、承办的所有赛事和活动的采访资格。9日,《足球报》头版发《究竟谁该道歉?》,称要维护自己采访自由的权益。事实上此前,作为民间组织的中国足协,也曾经陷入类似的新闻纠纷中。北大法学院教授贺卫方对此事件评论称,中国足协的行为涉嫌违宪。

2月

1. **千龙新闻网"网特"调查风波迭起。**5日,中国官方新闻网站千龙新闻网络发表记者蒲红果的文章《美日高薪雇用"网特"占领 BBS 专事反华调查》,文章称"美国 CIA、日本都雇佣了一批人专门在中文网上张贴诬蔑攻击中国的文章和真假消息。"这篇文章的发表,将中文互联网上关于"网特"的争吵再次引向高潮。但也有人指出,这篇报道基本照抄中文网络长期流传的一篇指称"网特"的帖子。其中所引用的数据与知情者,都无从查考。16日起,《中国网友报》、《青年参考》等报纸相继刊发《"网特"? 由谁说了算?》、《中国"美日网络特务事件"报道出台真相》等文章,对蒲红果《调查》一文进行了反驳和澄清。经过这次风波,"网特"成为中文 BBS 上最常用的署人词汇之一。

2. 《南方周末》制造"仇和现象"。5 日,《南方周末》发表了一组关于宿迁激进改革的文章。中共宿迁市委书记仇和因此成为 2004 年中国最富争议的市委书记。上任 8 年以来,仇和以"酷吏"的身份,推行了一系列改革措施,其中一些还曾经被《南方周末》报道与批评。而这组报道对仇和基本给予了肯定的评价。这引起了读者激烈地讨论。一些读者以亲历者的口吻,对仇和在宿迁的作为提出了批评,甚至喊出"中国不需要仇和这样的干部"。也有批评者指出,《南方周末》记者张立采访报道中,看到的只是当地的表面情况,记者采访领导干部过程中的局限,导致了这组文章有失全面。

3. **广州宣传高官黎元江东窗事发**。12 日,原广州市委宣传部部长、《广州日报》社长黎元江涉嫌经济犯罪一案在广州中级人民法院开庭审理。接手《广州日报》集团后,黎元江进行了一系列大刀阔斧的改革,派生出新的媒体,并组建了中国第一个报业集团广州日报报业集团。《广州日报》在黎元江的手中达到顶峰。10 年内,由 10 万份的发行量、3 千多万的固定资产,发展成为 163 万份的发行量、40 亿总资产的巨型报业集团,其发行量在中国(包括港、澳、台地区)排第 2,仅次于《人民日报》。因为涉嫌经济犯罪,黎元江 2002 年 6 月被"双规",2003 年 8 月被正式逮捕。9 月 10 日,广州市中级人民法院以受贿罪判处黎元江有期徒刑 12 年,并处罚金 10 万元。

3 月

1. **"乙肝杀手"周一超以身殉"肝"**。2003 年 1 月,浙江大学学生周一超报名参加了嘉兴市秀洲区人民政府公务员招录考试。周在顺利通过笔试、面试后,于 4 月 1 日参加了体检,体检结果为"小三阳"。周在体检不合格后,在秀洲区人民政府楼内用水果刀杀死工作人员张文伟,刺伤干根华。2003 年 9 月 4 日,嘉兴市中级人民法院以故意杀人罪判处被告人周一超死刑。2004 年 3 月 2 日,周一超在嘉兴被执行死刑,并再次引发激烈讨论。有评论者认为,周一超事件的发生再次将中国1.2亿乙肝携带者的权益推到公众面前,并因此动摇了公务员招考中的相关不合理规定。更有论者认为,周一超以自己的生命,换来了乙肝携带者的平等就业权利,是一个为公众平等就业权利献身的人。

2. **老中医辟谷引发绝食浪潮。**4日，是年50岁的四川泸州个体医生陈建民在成都宣称，将于3月20日下午在碧峰峡利用"辟谷神功"连续绝食49天，冲击美国人大卫·布莱恩2003年10月创下的44天人类饥饿记录。陈建民称，他将在此期间充分运用中医养生理论来指导和调整自己。此后，陈在成都某公司的支持下，在碧峰峡景区进行绝食表演。批评者指出，没有任何第三方医疗机构能够证明绝食的可靠性，而且此举有明显的商业炒作痕迹。支持者则称这次表演充分发扬了中国传统医学的长处。不久，各地陆续涌现出一批绝食高手。据报道：8日，四川彭州九陇镇44岁舒龙康说，每年至少"辟谷"20天；上海打虎山路第一小学英语教师苏联飞说，正有一家单位为他筹划公开辟谷活动；4月29日，北京市民吴兴刚在山东诸城市障日山庄现场表演绝食；5月9日，广东某生物科技有限公司宣布，该公司董事长彭艺勇和来自新疆的医师许馨能将绝食60天。中国人似乎一夜之间又回到了神迹遍地的年代。

3. **马加爵追踪游戏演成大众狂欢。**2月23日中午，昆明市公安局接报在云南某大学学生公寓一宿舍的柜子内发现4具被钝器击打致死的男性尸体。经查，该校学生马加爵有重大犯罪嫌疑。25日，云南省公安厅刑侦总队发出A级通缉令，悬赏15万元捉拿犯罪嫌疑人马加爵。凶案和通缉令刺激着公众的神经。在马加爵潜逃期间，人们通过媒体网络将该案件变成了追踪游戏，一时谣言四起，有好事者以模仿马加爵为乐。3月15日晚大约7点30分，警方在三亚市将马加爵抓获。此后，他被判处并执行死刑。在被捕至行刑期间，关于其忏悔、写诗、自白、落网记等谣言，依然大量充斥各种形式的中文媒体。批评家朱大可指出，马加爵事件已超出了法律或道德事件的范畴，成了一场公共娱乐事件。

4. **西安宝马彩票案震动八方。**23日，西安市灞桥区街子村青年刘亮，在西安市五路口的即开型体育彩票发行现场摸到1辆宝马车外加12万奖金的最高奖。25日，在公证人员宣布他获奖2天后，工作人员忽然声称刘的奖券是伪造的。为了讨回宝马车，刘亮爬上路口10多米高的电线杆，威胁要自杀。时任陕西省体彩管理中心主任的贾安庆称体彩中心没有作假，甚至可以"用人头担保"。"宝马彩票案"爆发。5月底，陕西成立"3·25即开型彩票造假案"专案组彻查此案。6月5日，刘亮终于领到了他抽到的宝马车。贾安庆等 7 人被提起公诉。12 月 3 日,西安市中级人民法院判处贾安庆有期徒刑 13 年,彩票承包商杨永明有期徒刑 19 年。官办彩票的诚信度因该案而备受打击。

5. 张越"日之丸"围巾引火上身。29 日下午,中央电视台第一套播放了《半边天》2004 年的第 61 期节目。不久,就有好事者通过网络发布消息,称节目主持人张越在改期《半边天》节目中戴印有日本国旗的图案围巾出镜。文章附以视频截图,并要求张越本人,及中央电视台相关负责人进行公开道歉。不久,央视国际网站登出辟谣文章,指出,张越当时戴的丝巾为意大利产 BVLGARI 牌,与日本国无关。并且,该丝巾是大红底色并装饰有白底棕球图案,也与日本国旗无关。但群情激昂的反日青年对这一答复并不满足,依然对当事人大吐口水。

4 月

1. "女体盛"点燃民族主义怒火。本月 2 日,"女体盛"首次在昆明风村怀石料理餐厅亮相。从最初报道此事件的当地媒体延伸到国内的其他平媒,"愤怒"、"不尊重女性"、"反人类"等评价纷纷出现。而这场女体盛的真实情况却逐渐被唾骂掩盖了起来。多家未进入现场的媒体,通过整合主办方言辞、目击者描述与充满民族情绪评价进行的负面报道,也为批评者将此事上升到"中日之争"的高度推波助澜。当地传媒与传媒、传媒与企业间错综复杂的关系,引发了 2004 年中最激烈的一场民族主义口水仗。

2. 安徽阜阳惊曝"毒奶粉"事件。2003 年下半年,安徽阜阳陆续发生婴儿因严重营养不良死亡的事件。消息传开,各地媒体开始追踪造成"大头娃娃"集中出现的元凶劣质奶粉。媒体曝光后,国家食品药品监督管理局对此进行了调查。对当地 2003 年 3 月 1 日以后出生、以奶粉喂养为主的婴儿进行的营养状况普查显示,因食用劣质奶粉造成营养不良的婴儿 229 人,其中轻中度营养不良的 189 人。共有 12 人因食用劣质奶粉造成死亡。经查,阜阳市查获的 55 种不合格奶粉共涉及 10 个省(自治区、直辖市)的 40 家企业。另外,江苏、黑龙江、湖北、海南等省也出现了类似的"大头娃娃"病例。这被认为是 2004 年影响最大、后果最严重的一次有毒食品事件。至 2004 年底,此案件已有超过 20 人获刑,最长刑期达到 8 年。中国食品危机在该案中显露得淋漓尽致。

3. **"50省级政区规划"假新闻出台。** 4月底,中文网络出现一条被广泛转载的文章,文章称,民政部区划地名司司长戴均良在接受香港《文汇报》采访时,指中国行政区划改革将设50个省级政区。该文章还信誓旦旦地附了一张制作精细的"中国50省级政区规划图"。"看看你成了哪省人"一时成为网络点击热点。有部分平面媒体同时转载了这一消息。5月10日,戴均良通过新华社对此事进行了澄清。戴称"分省、缩省一直是学术界争论的焦点问题",但近期不可能分省或增设直辖市。所谓"中国将要设50个省区市"的报道,属严重失实。

4. **河南当局封杀非法记者站。** 4月23日,河南省市新闻出版管理部门对驻扎在郑州的多家非法记者站、联络处、编辑部、编委会进行了集中检查。共暂扣电脑、传真机3台,公章11枚、钢印4枚,并收缴了一批非法使用的记者证、招牌、票据等。执法人员发现,在其中一个机构中,同时挂有"最高人民检察院《方圆》杂志社河南工作站"、"《中国经济导报社》河南办事处"、"《法律与生活》河南记者工作站"、"《人民代表报》驻河南联络处"、"《民主与法制》社河南工作站"等5块牌子,并发现其从事广告、向有关单位收取调查费、采访费等多种行为。

5月

1. **假新闻登堂中学教材。** 5月2日,徐州风华园小区业主,中国矿业大学教授王培荣向《扬子晚报》报料,称发现江苏教育出版社出版的中学版教材《可爱的徐州》里,收录了一则与他所住小区有关的假新闻。这本2002年8月由出版社出版的中学版教材在第88页,提到该小区安装有"远程户外抄表系统"。但事实上,作为徐州市建设局政绩之一的这个设施,虽然经过大力宣传,却始终没有在该小区安装过。负责该书组稿的原徐州教育局教研室主任王兰柱承认,这段"假新闻"是一名组稿老师从2000年1月28日《徐州日报》上摘录的。

2. **《南京晨报》30万年薪招聘秀。** 13日,《南京晨报》发布广告,称"为适应进一步发展",招聘新闻业务部室主任8名,年薪30万。不久,《武汉晨报》等媒体也跟风开出了30万年薪的高价。新闻从业人员究竟价值几何成为业内讨论热点。支持者认为,传媒从业人员较低的薪水与这一行业相对较高的利润率极不相衬。但也有批评者指出,中国的传媒业市场化程度依然较差,其高利润率的来源存在问题。尽管争议颇大,30万年薪招聘事件最终不了了之。

3. **民族主义者掀起端午节保卫战。** 5月6日,端午节前夕,《人民日报》发表的一篇文章掀起了中国民族主义的一个新高潮。该文称,亚洲某国目前已将"端午节"列入国家遗产名录,很快将向联合国申报"人类口头遗产和非物质遗产代表作"。一场"中国传统文化保卫战"随即展开。岳阳市文化局局长沈继安随后表示,作为端午节的发祥地,"岳阳市将采取迅速采取行动,坚决捍卫属于我们的端午节!"尽管有民俗学者指出,作为一个民俗节日,端午的起源与屈原并无关系。韩国准备申请非物质遗产的"江陵端午祭"与端午节也并不完全一样。也有观察者指出,韩国准备将"端午祭"申报非物质遗产,与中国今年将"高句丽遗址"申遗成功有密切关系。

4. **李雪健"病故"假新闻满天飞。** 3月13日,自由撰稿人陈宽撰写了《好人未能长寿,李雪健因病逝世》一文,并发给了国内20家媒体,并在网上流传。不久,《新闻午报》4月30日发表消息,对李去世的消息进行辟谣,但称其所患鼻咽癌已经扩散。5月初,李雪健通过媒体对这一假消息辟谣,并对假新闻的始作俑者进行了措辞严厉的批评。随后,陈宽表示,自己只是新闻线索的提供者,真正的造谣者是恶意炒作此事件的另两家媒体,并声称可能起诉这两家媒体。如何处理与新闻线人之间的关系,由此成为媒体新闻运作的症结。

5. **《人民日报》等取消形象展示专版。** 5月10日,《人民日报》在头版发布消息,称从即日起,不再设置形象展示专版和专栏。不久,《光明日报》、《经济日报》相继宣布取消刊登形象广告。6月1日起,新华社社办报刊开始停办形象展示专版和专栏。形象展示专版由于多为地方政府部门或者企业自己提供,内容以自我吹捧和炒作为主,基本上不考虑读者的接受度,再加上媒体对这些内容缺少编辑和包装,导致刊登的内容与读者需要的信息出现严重的不对称性。形象展示专版受到了行业内外的普遍批评,但取消形象展示专版后,如何解决这些报刊的生存问题成为了难点。

6. **《新民晚报》改版与时俱进。** 5月18日,中国发行量最大报纸之一《新民晚报》改版。为了扭转发行量逐年递减的颓势,《新民晚报》一改往日逼仄的小市民报形象,以精明、灵敏的新形象开始一轮复苏试验。改版后的新民开始使用大标题、小文字和大面积留白,减少了阅读压力。图片与文章被拉大,版式更新颖活泼。原来见缝插针的小广告也被撤除。尽管新的版面让其传统读者普遍感到不适,但为争取年轻读者提供了空间。

7. **央视《每周质量报告》停播 1 期。**5 月 16 日中午,中央电视台新闻频道的观众惊讶地发现,原本应该播放的《每周质量报告》竟然被临时改为该频道另一个节目《本周》。这一事件受到公众密切关注。一媒体报道此事时,以"在央视的历史上是空前"形容这一突变。18 日,《东方早报》在报道此事时援引《每周质量报告》主编的话,称节目没有播出主要是技术原因。面对网民的责问,央视网站主持人透露,停播原因是这一期节目的内容存在争议。不久,该节目恢复了播出。复播的《每周质量报告》在揭露伪劣产品的同时,更加注重正规产品的生产过程、怎样鉴别伪劣产品等内容。

8. **体育记者集体转会。**5 月,《足球》挖走《体坛周报》的多位主力记者编辑。《体坛周报》国内部主任张路平出走,篮球部以主任苏群为首被连锅端掉,杨毅、孟晓琦、谢锐、易小荷等人集体离开《体坛周报》,转投《足球》。这构成了 2004 年传媒业最引人注目的转会事件。据称,《足球》为此次集体转会支付了至少 350 万费用,这次集体转会对《体坛周报》的版面质量产生了很大影响。

9. **任长霞被树为重大典型。**5 月 19 日,中宣部在其宣传协调会上,正式将任长霞列为"全国精神文明建设重大典型"。21 日,由 30 名中央级主要新闻媒体记者组成的采访团抵达郑州。6 月 3 日,任长霞事迹大型报告在北京人民大会堂举行。任长霞,河南省登封市公安局党委书记、局长,因车祸遇难。媒体报称 4 月 17 日,河南登封市数万群众自发为其送行。这是 2004 年中宣部树立的第一个典型。

6 月

1. **《南方人物周刊》创刊。**16 日,《南方人物周刊》创刊。该刊的创办使人物类媒体进入新一轮快速发展期。尽管出身名门,但《南方人物周刊》的创刊号依然受到了猛烈批评。陈旧的版式让这份杂志看上去更像是装订起来的《南方周末》。图片的选择也显得很不严格。创刊号以张曼玉为封面也使得这份杂志的定位与走势非常模糊。尽管如此,《南方人物周刊》还是迅速进入了状态,并且在短短的半年之内成为了本土人物媒体的领头羊。

3. **央视主持人苏晨被炒鱿鱼。**6月中旬,中央电视台在整顿主持人队伍的过程中,严格惩处了多名违反相关规定的主持人。其中,《半边天》主持人苏晨被开除。2003年,苏晨以怀孕为由申请休产假,声称自己在北京某医院生产。之后她到美国的华语电视台担任主持。在调查清楚实际情况后,央视对其作出除名的决定,并对各相关领导实行了批评和处罚。

4. **媒体恶炒马骅死亡事件。**6月20日晚,在云南省德钦县明永村小学任教的诗人马骅遭遇意外。他搭乘的吉普车落入澜沧江后被激流卷走。当地政府对遇难者进行了搜救,媒体也对此事进行了追踪报道。为了将其树立为典型,部分媒体在报道时,进行了刻意拔高,也有一些媒体报道失实。马骅的同学、朋友、诗友、网友近百人发表联名声明,对媒体不负责任的有违新闻真实性原则的报道表示愤慨。7月,云南省委宣传部、天津团市委、上海团市委等单位将马骅树立为典型,并号召青年向其学习。

5. **体育总局卷入审计风暴。**2004年6月23日,李金华再次向十届全国人大常委会第十次会议提交审计报告。报告显示,国家体育总局动用中国奥委会专项资金1.31亿元。7月6日,体育总局通过答《人民日报》记者问的形式辩称,一些媒体在报道中的说法是错误的,他们动用奥委会的资金,既不是滥用,也不是贪污。并希望全国人民齐心协力支持中国体育代表团出征雅典,为国争光。针对国家体育总局的说法,《深圳商报》次日刊发题为"为国争光与舆论监督何干?"的文章。文章说,"奥运精神"也好,"为国争光"也罢,都不能使其成为逃避监督的掩体。违规就是违规,体育代表团出征雅典为国争光,跟舆论监督违规违纪现象没有关系。

6. **媒体揭杨利伟访美商业内幕。**21日,《国际先驱导报》发表特约记者邢国欣的文章,文章称,之前曾被热炒的中国首位宇航员杨利伟应邀访问美国,并受到热烈欢迎的消息系不实报道。此前,国内多家媒体报道称,5月19日,包括杨利伟在内的中国载人航天工程代表团受美国参议员比尔·尼尔森的邀请,访问美国。杨利伟作为中国首位宇航员,将参观肯尼迪宇航中心,并受到联合国秘书长安南接见。代表团为中美拓展了航空合作的契机。《国际先驱导报》则称,杨利伟访美并非中美航天部门官方间的安排,而是由一地产商牵线,由一个美国参议员私人邀请的访问。此行也没有受到肯尼迪太空中心的接待,接待杨的仅是美国某州的航天机构。23 日,《中国青年报》发表评论,对此前国内媒体歪曲报道、吸引国内公众注意的行为进行了批评。

7 月

1. **华人大会"禁说中文"风波。** 4 日,《新民晚报》发表记者唐宁的文章称,在上海举行的第四届全球华人物理学家大会,从论文汇编到会议网站,从演讲到提问全用英文。而丁肇中则坚持以中文作报告,成为唯一反潮流者。这一报道,迅即被央视网站、人民网和新华网,以及新加坡《联合早报》等多家媒体转载,在华人世界引起轩然大波。该大会承办者乃至上海市民受到来自各个方面的猛烈抨击。不久,到会采访的《科学时报》记者王丹红发表《全球华人物理学家大会何时"禁说"中文?》揭露《新民晚报》报道与事实不符。文章称,尽管丁肇中报告时使用中文,但其幻灯片还是以英文书写的,他也不是唯一一个使用中文发言的与会者。"华人"大会并非只有华人才可以参加,以英语为官方语言无可厚非。最严重的是,该大会从未出现"禁说"中文的情况。

2. **"北大才子卖肉"。** 7 月底,西安《华商报》推出连续报道,称在西安市长安县有一个名叫陆步轩的北大毕业生,大学毕业后,长期找不到合适的工作,只得在街头操刀卖肉。消息传出后,"北大才子卖肉"的新闻引起了国内媒体的广泛兴趣。之后有媒体对此消息进行了澄清,陆步轩虽然毕业于北京大学,但学业一般,加之专业较普通,与"北大才子"的头衔有相当距离。毕业以后又没有继续进修,因此求职困难。陆步轩卖肉实属正常,而部分新闻单位的不恰当的恶炒才是引起风波的主要原因。

3. **30 个违规期刊被取缔。** 14 日,新闻出版总署、全国"扫黄"办公布了首批被取缔的利用境外注册刊号在境内非法出版、印刷、发行的期刊名单。这批被取缔的期刊包括:《WTO 与中国》、《中华医学论坛》、《中国教育论坛》、《中华之窗》、《新印刷》、《纸张行情》等 30 种。按照《出版管理条例》规定,凡未经新闻出版行政管理部门批准,擅自设立出版物的出版、进口、发行单位,从事出版、进口、发行业务的,为非法出版活动。

4. **"亿万富豪"广征"处女"。** 从 7 月初开始,一名自称身价过亿的上海富豪,通过某律师事务所不惜砸下百万资金在全中国百余家媒体登广告征婚。该征婚者自称目前居住在上海,未婚,70 年代生人,硕士学历,资产过亿。征婚条件是,年龄在 20 岁到 25 岁之间,大专或大本学历,在读学生更佳,并强调无性经历。这些条件引起了部分女读者的强烈不满。但该广告依然应者云集。到 15 日下午止,其征婚专设网站接到来自全国各地七八千位美女报名,年龄最小的仅 18 岁。不久此广告被与 2003 年同期,全国16 家媒体上出现的一则相似的征婚广告联系起来。因为两则广告都是通过同一律师事务所投放的,因此有人猜测这是该事务所的自我炒作。

5. **中国记者造假,连带美联社记者被炒鱿鱼。**7 月 14 日,陕西部分地区连降暴雨。15日,美联社刊用了一张中国陕西省西安市区水灾的新闻照片,后经确认此图片经过电脑处理。次日,美联社开除了提供照片的摄影记者。不久,有消息称,该图片实际上是由《三秦都市报》摄影部的专职摄影记者王卫东采集并修改的。王同时将这张照片发给了《中国日报》,而《中国日报》7 月 16 日第三版也刊登了这张照片。20 日,王卫东发表声明,坚称自己并没有制造假新闻图片,只是对照片进行了简单的处理,并不涉及夸大效果或提高水位。且该图片原始数据已经丢失,无法查证。

6. **廉政公署搜查多家港报。**24 日,香港廉政公署获得法庭搜查令,进入《星岛日报》等多家报社的办公大楼搜查,并拿走了大量文件和材料。多家报社要求取消搜查和取回文件。廉政公署则以"公众利益"为由拒绝了,《星岛日报》向高等法院提出诉讼,要求廉署查封和交回被带走的材料。这次事件在香港与国际间引起了强烈反响。被搜报社和一些新闻团体纷纷表示不满,并认为廉署的行动损害了香港的言论和新闻自由。香港高院法官夏正民 8 月 10 日裁定,撤销廉政公署早些时候获得的搜查令。

7. **赵燕美国被打演绎民族主义浪潮。**纽约州水牛城美加边境旅游胜地本月 21 日晚发生一起美国移民局警察殴打中国游客事件,从天津前往美国签约的"女商人"赵燕在参加纽约一美加边境大瀑布旅游团游玩美加边境时,遭多名美国移民局警察围殴,被送至当地医院急救。此事在中国披露后,引起媒体、互联网和中国官方的强烈反响,掀起新一轮民族主义的抗议浪潮。

8 月

1. **新浪网误报中国女排失利。**29 日凌晨,奥运会女排决赛在中俄两国球队间进行。开赛后,中国女排先连失两局。虽然扳回一局,但在第四局的最后关头,又以 21∶23 落后。这时,新浪体育频道突然出现一条标题新闻:"女排姑娘奋战不敌俄罗斯,20 年奥运冠军梦惜未能圆。"该标题持续了数分钟才被撤下。中国女排夺冠后,新浪才换上了获胜的标题。当天上午 10 时 17 分,新浪网向网友致歉称,这一失误是由于值班编辑对页面进行更新时,由于紧张出现操作失误,误将有关女排的模板预备代码一同发布,但否认这个失误是因抢新闻造成。

2. **第二代身份证制作拨开迷雾。**《国际先驱导报》8 月 20 日在一篇报道中称,中国 6 个试点城市的第二代身份证的印制业务将交由一家日本企业担任。24 日,《中国青年报》发表史世民的文章,将此新闻转述为中国第 2 代居民身份证将由日本企业制造。这一消息引起了广泛的担忧,有人担心可能因此带来的中国公民信息泄密。更有人基于狭隘民族主义立场认为这是一种耻辱。25 日,新华社对这一消息及其引发的争论进行了辟谣。公安部有关部门负责人认为,这一报道严重失实,是极不负责的新闻炒作。事实是,经公开招标,选用包括富士施乐、惠普在内的打印设备,用于第 2 代居民身份证表面照片和文字信息的打印,但所有的第二代居民身份证均由公安机关制证中心(所)印制,制证过程是在安全可控环境下进行的,不存在身份证由外国企业印制的问题。

9 月

1. **"恐怖分子冲过来了"。**本月 1 日上午,32 名身份不明的武装分子占领俄罗斯联邦北奥塞梯共和国别斯兰市第一中学,并劫持了 1 千多名人质。凤凰卫视记者卢宇光 5 个小时后被派往出事地点采访。3 日下午,卢在别斯兰市解救人质现场突遇俄特种部队强攻。绑匪向学校外突围,并四下开枪扫射。当时,卢宇光与另外两名外国记者正在距学校很近的现场拍摄,并发布了一段在战斗最前线的电话连线报道。报道进行中,卢突然说"恐怖分子冲过来了。向我们开枪",随即与总部失去了联系。1 个多小时后,联系恢复,与卢同行的两名外国记者先后中弹,卢则躲过子弹,安全撤离。"恐怖分子冲过来了"被认为是 2004 年中国传媒界最重要的声音。

2. **央视 4 套举办死亡有奖竞猜。**6 日晚,央视 4 套《今日关注》栏目在关于俄罗斯北奥塞梯别斯兰市人质危机的报道中,滚动播出有奖竞猜信息:"俄罗斯人质危机目前共造成多少人死亡？选项：A.402 人；B.338 人；C.322 人；D.302 人。答题请直接发短信至：移动用户发答案至×××；联通用户发答案至×××。"此举引起观众的极大愤慨，不少观众在网上留言指出"传媒应有道德底线，不应借人质事件发财"。6 月中旬，中国援阿富汗工地遭袭击一事发生后，东方卫视也曾犯类似错误。最终《今日关注》两名制片人被免职，另外，当班编辑因严重失职，被给予开除处分。不久，广电总局紧急通知，急停新闻类节目开设的手机短信竞猜环节，但此类事件仍然屡禁不止。

3. **新闻从业人员平均寿命 45.7 岁？** 26 日，《江南时报》刊发记者黄苏娟的文章，称在新华社江苏分社新闻信息中心主办的一场新闻从业人员营养与健康专题研讨会上，医学专家公布新闻从业人员平均寿命 45.7 岁。该消息一经刊发，即受到各方质疑。经查证，此数据来源于 2000 年第 6 期《新闻记者》杂志。据当时的一项调查，当时上海 10 家新闻单位已死亡的在职职工平均年龄仅为 45.7 岁。此后该数字就被讹传为新闻从业人员平均寿命。10 月 9 日，《江南时报》对这篇错误的报道进行了更正。

4. **孔子诞辰官方首次公祭，异议者网上反诘。** 2004 年是孔子诞辰 2555 周年，本月 28 日，纪念孔子祭祀大典在孔子故里山东省曲阜市孔庙举行。经历了长期的反孔批儒的政治运动之后，首次出现了官方公祭活动。曲阜市市长诵读了祭祀大典祭文。曲阜市政府官员、社会各界代表，以及来自海内外的孔、孟、颜、曾姓氏祭孔代表团及教师代表 3000 多人参加了祭孔仪式，并推出"读经"活动。同时，中国已向联合国教科文组织递交申请，设立"孔子奖"，并已进入联合国教科文组织审批程序。此项活动在互联网上引发激辩，有人认为，祭孔和崇儒无法从根子上阻止当下中国道德文化衰退的大势。

10 月

1. **《新周报》上市并遭闪电停刊。** 26 日，备受关注的《新周报》创刊。年初，湖北省妇联知音集团从广州《羊城晚报》高薪聘得赵世龙，筹备《知音周报》，后改名为《新周报》。该报声称要"打造一张一流品质的全国性综合类新闻周报"。观察者指，其市场定位与原《南方周末》非常接近。26 日，《新周报》头版推出"某师大陪舞丑闻"，对该校强迫女生为领导陪舞一事进行调查，引起极大轰动。短时间内，近百家中外媒体转载相关消息。新华社等多家重要媒体对此事进行了跟踪报道。此后每期《新周报》都势头凶猛。第6期又以一篇《女播音员死在副市长床上》再次挑动公众的感官神经。尽管有人指《新周报》格调不高,但凭借最初的几篇轰动报道,它在新闻周报市场迅速确立了形象。12月初,由于受到多方压力,《新周报》被迫停刊,社长冯小平、主编赵世龙相继辞职。

2. "中国最受尊敬大学"疑云重重。27日,《青年参考》刊出新闻:《洛杉矶时报》称,据"美国五十州高等教育联盟"问卷调查,西安翻译学院名列"中国最受尊敬大学排行榜"第十位,其院长丁祖诒位于"中国最受尊敬大学校长排行榜"第二。该新闻随即被新华网、新浪网、搜狐网等各大主流网站转载,但同时也受到了来自网民的质疑。11月8日《环球时报》记者唐勇发表《西安某校排名第十本报记者查无实据》一文对这一事件进行了梳理,称该榜实为自费刊登在美国《洛杉矶时报》上的广告。尽管如此,11月初至12月初,《科技日报》、《新华社每日电讯》、《人民日报海外版》、《西安晚报》《中国青年报》等媒体还是继续转载盛赞该学校的文章。12月10日,教育部新闻发言人澄清,"西安翻译学院在《洛杉矶时报》中国大学排行榜上名列第10"确是该报发的一则自费广告,所谓美国五十州高等教育联盟更是子虚乌有。

11月

1. 《第一财经日报》创刊。15日,《第一财经日报》终于在一片争吵声中出刊。《第一财经日报》由上海文广集团、北京青年报报业集团和广州日报报业集团三方投资共同主办,文广集团主管和控股。作为中国第一份真正意义上的财经日报,《第一财经日报》一度被业内外相当看好。其南北团队合作、电视平媒打通的操作方式,也曾经被认为将进一步加剧上海日报市场的竞争。但它的出刊历程却历经波折,首先是团队在磨合过程中摩擦过多;在处理原《上海经济报》旧人的过程中因消化不良惹出许多口舌;随后又未能如愿地将报纸设定为综合性日报,使之在与当地大报的对决中迅速落到下风;刊号长期没有落实也使创刊日期一拖再拖,引起诸多怨言。创刊之初,《第一财经日报》被讥为《21世纪经济报道》的日报版。有评论者称,从其需要重新整合的版面来看,该报离其最初宣称的"中国的华尔街日报"相去甚远,尚需加倍努力。

12 月

1. **广电总局紧急叫停性谈话节目。**13 日,广电总局下发《关于加强广播电视谈话类节目管理的通知》,紧急叫停"面罩"。此前,有多家媒体称,内地首个真正意义上的深夜性访谈电视节目"面罩"将从明年元旦起登陆内地 50 多个城市,节目将让嘉宾戴上面罩,讲述自己的性故事。广电总局则称该节目的制作公司,北京世熙传媒未取得"广播电视节目制作经营许可证",没有制作经营广播电视节目的资格。通知还要求各级广播电视管理部门对所属播出机构购买各类节目的情况进行全面检查,严格执行选题计划送审制度和播出审查制度,强调政治导向。

2. **《北京青年报》在香港挂牌。**22 日,"中国报业第一股"北青传媒在香港联交所挂牌上市,成为内地第一家获批在海外首发上市的媒体。此次海外上市,计划筹集资金 1 亿美元。北青报日发行量 60 多万。2003 年广告营业额 9 亿元人民币,号称国内第 2 大报。北青报上市的主体为北青传媒,所包含的资产为北青报一部分发行、全部的广告、印刷和物流,并包括北青传媒约 90% 的股份。在港上市成功后,北青传媒将在中国 A 股上市。

(徐来)

时尚事件

——理念、服饰、美容、休闲、选美

1 月

1. **波普风回归时尚领域**。2004 年成为时装节的主要流行风格之一,1960 年代明星头像和影视角色以及可口可乐商标,开始攀上顶极时装品牌的宝座。颠覆了经典的贵族时尚品位,电影海报和广告风格的美女像,这些都是具有大众化的"波普"风格,使得时装设计从贵族的围域中解脱出来。设计师们借着复古风的劲头,纷纷用 60 年代电影美女头像向当年的波普前辈致以最高的敬意。

2. **"欧莱雅"卓韵女性颁奖典礼在京举行**。此次活动自去年开始,得到了来自金融界、IT界、艺术界以及学术界多达 3000 多名时尚女性的响应。最后评出六名卓韵女性,包括北京香港国际医务诊所主治医师陈英等,她们认为女性应该在保持力量和智慧的同时,保持"水做的天性"。

3. **最受女人欢迎的休闲方式——瑜伽**。本年度,气功走向衰微,而印度瑜伽术变得风起云涌。你会在街头健身中心看到画面上有中国、印度、法国背景的瑜伽海报,西方瑜伽、高温瑜伽蜂拥而至。无论其姿势多么艰难,终究还是吸引了渴望身材矫健的大批时髦女郎。18 岁女生般的柔软形体,是引诱女人加盟的强大动力。

2 月

1. **首位外籍人士接受"胃肠重组"**。这位挑战美丽极限的是来自美国佐治亚州的画家赵雪柔女士,体重 120 公斤。在两个月的时间里,她需要减去近 50 公斤脂肪。减肥术在西方发达国家已成为解决肥胖问题的"终级"方式,但有一定的危险性,据悉在美国有 30%—40% 的肥胖症患者接受这种手术。

2. **中国掀起全民健康运动,炒红了健康顾问。**作为心血管病专家、北京安贞医院保健老年心理科主任洪昭光教授传授的琅琅上口的健康忠告,比如"一二三四五"、"红黄绿白黑"和"养心八珍汤",以及"一个中心,两个基本点,三大作风,八项注意"等,风靡全国。其健康理念,通过电视、报纸、录音、光盘、书籍、手抄本等各种形式亮相;仅民间"手抄本"就达 68 种之多,复印、通过邮件传递的更是不计其数;几十家出版社争先恐后谋取他的讲稿;500 多个单位团体等着邀请他去讲课。洪昭光健康理念正在影响着中国人的健康观念和生活方式。

3 月

1. **"陈逸飞杀入出版界"。**3 月 1 日,著名画家陈逸飞以大视觉的角度拉开了 3 月春暖花开的画面,一套"逸飞视觉"丛书经过上海等地的首发之后,终于进军到了北京。首批出版的第一系列"逸飞的选择"选取了伦敦、东京、米兰和布鲁塞尔 4 个最有活力的时尚之都:"从大视觉的角度来介绍四大城市,这是这套图书独特的地方,充分体现设计感和时尚味道。"陈逸飞说,"视觉产业是一个没有钱能够生出钱来的产业。"他指望能够借此开拓视觉产业的中国市场。但随后的发行情况并不尽如人意。

2. **第 10 届上海国际服装文化节拉开帷幕。**本届为了"十年大庆",将融合服装展会、服装设计大赛、论坛、设计师新品发布、流行趋势发布等多种活动于一体,成为十年来规模最大专业性最强的一次服装盛会。历时 9 天的展会期间,有十届"中华杯"国际服装设计大赛、国内外设计大师和著名品牌发布、2004 流行趋势发布、国际服装论坛、国际模特大赛以及多媒体时尚表演剧等活动,力图把上海打造成继巴黎、米兰、纽约、伦敦和东京之后的第六大时尚之都。但有论者讥讽这种节庆活动是临时拼凑的文化集市,根本无法开发出主办城市的文化原创机制。

3. **招商银行在国内推出 VISA MINI 信用卡。**该卡是国内首张袖珍信用卡,吸取 VISA 国际组织最新潮流卡片的设计理念,造型非常小巧玲珑,而且左下方独特的孔眼设计,可将卡片与手机、钥匙扣、项链等个性配件结合,成为人们一项贴身饰品。

4月

1. **国产设计师组团出巡**。30 日,中国服装设计师协会组团出席第 19 届法国耶尔(Hyeres)国际时装艺术节"欧洲时尚论坛",就"文化差异与知识产权保护"、"中国衣着消费市场与产业状况"等与欧洲时尚业人士进行了广泛的交流。作为欧洲时尚业界的高层峰会 20 年来首次邀请中国代表出席,表明中国地位的提升和中国元素对国际时尚影响力的扩大。

2. **功夫明星成龙打造个人时装品牌**。4 月 2 日,国际巨星成龙出现在香港时尚汇展的 JC Collection 成龙男装系列发布会上,这次他的身份不再是代言人,而是品牌的拥有者。明星任时装品牌代言人司空见惯,而亲自打造个人时装品牌却不多见。此次,成龙的男装系列与美国国际棉花协会、香港中央棉织合作,尤为重视面料的质地,并获协会更授予该品牌服装"COTTON USA"的优质纯棉认证。与其给人做嫁衣裳,不如亲自出马,以成龙的身份和名声打造个人品牌,自然引起了时尚界的轰动。

3. **环球小姐中国区大赛**。本月 23 日晚,2005 环球小姐中国赛区总决赛颁奖晚会在昆明民族村滇池大舞台举行。来自全国的 49 名选手参加了环姐的角逐。选手们分别以晚装、青春装、泳装亮相出场。比赛过程中逐步淘汰,最后决出前三甲。11 号选手陶思媛夺得冠军。她同时也是 2005 年度环球中国小姐,并将代表中国参加 5 月底在泰国举办的第 54 届环球小姐大赛。

4. **路易威登在港举行盛大庆祝派对**。国际名牌 Louis Vuitton 为庆祝成立 150 周年,耗资千万元在香港举办盛大派对,邀请了近 2000 位嘉宾出席,当中不乏名人红星,在布置成 LV 行李箱的巨型帐幕内狂欢至凌晨。应邀出席的嘉宾都配合主题,都以 LV 服饰为主,杨紫琼、何超琼、林熙蕾、黎姿、应采儿、郭富城、胡兵、李克勤等娱乐时尚界人士都盛装出席。

5. **《男人装》挺进中国**。4 月 23 日,《男人装》正式发刊。这是国际男性杂志市场的当红小生 FHM 与时尚集团合作的产物。作为英国 EMAP 集团旗下的著名男性杂志,《男人帮》(FHM)以性感热辣具挑逗性的图文及奇思异想的话题吸引着世界男性的眼球。

此前曾经在亚洲部分地区遭禁。《男人装》的推出打破了中国内地男性杂志由《时尚·先生》、《新视线》把持的僵局,并吹响了世界知名男性杂志进军中国的号角。有人称2004年为"中国杂志男性年"。但也有人指出,通常以性为核心卖点的男性杂志,很难在当下中国顺利发展。

5月

1. **卡地亚在上海炫示奇珍异宝**。展览上出示的古董作品包括卡地亚在20世纪30年代至60年底为温莎公爵夫人设计四款首饰,分别是"猎豹"胸针、"BIB"项链、"老虎"长柄眼镜和"鸭子头"胸针。以及1928年制作的世界上最大的钻石项链,它的主人原先是一位印度土邦邦主,2000年卡地亚公司购回并修复了这件珍品。这条项链共镶有2930颗钻石,重量接近1000克拉。项链的吊坠由7颗巨型钻石和红宝石组成,其中最大的黄钻为234.69克拉,是世界上第七大钻石。"卡地亚艺术珍宝展"是"中法文化交流年"中的一项活动,也是世界著名的卡地亚珠宝珍品首次来中国展出,此次共展出350多件珠宝首饰、冠饰、时钟、化妆盒等高级工艺品。

2. **"马可·波罗"为时尚领军人物颁奖**。20日,在北京钓鱼台国宾馆芳菲苑由中国国际人才交流协会、美国赫斯特杂志和《时尚》杂志社共同举办盛大的"马可·波罗"颁奖晚会,授予美国赫斯特杂志国际部董事长执行总裁乔治 J·格林先生"马可·波罗"奖,表彰他在中国的时尚文化发展以及中美文化交流事业中的杰出贡献。美国赫斯特出版集团是世界上最大的期刊出版商之一,赫斯特杂志分公司也是世界上最大的月刊出版公司。自1998年,中国《时尚》杂志社与其旗下 *Cosmopolitan*、*Esquire*、*Harper's Bazaar* 等陆续进行版权合作,出版并发行了《时尚·伊人》、《时尚·先生》等5家杂志,成功的运作模式推出内涵丰富的高档期刊,并促进了中国时尚文化的快速发展。

3. **女性消费引发科数码技产品时尚革命**。"谁是2004年度女性心目中时尚科技产品的赢家"评选活动开幕,鉴于女性对高科技产品使用不断增加,如何赢得女性消费者的青睐已经成为越来越受人关注的话题。从手机、笔记本电脑、PDA到数码相机,质量和功能不再是女性选择的唯一标准,时尚精巧的外观设计也起着至关重要的作用。

4. **轩尼诗百乐廷干邑亮相上海**。在刘海粟美术馆举行的"轩尼诗百乐廷干邑尽情璀璨之夜",邀请了著名主持人孟广美演绎一款尊贵的钻石晚装,让现场的嘉宾尽情享受了干邑的芬芳醇醇与稀世钻石晚装的迷人魅力。这款晚装由著名晚装设计大师Pamela Dennis 设计,2004 颗熠熠闪耀的名钻镶嵌在 42 条白金链坠上,价值超过千万的300 克拉名钻,令此款晚装显得华美珍贵。自诞生以来,此款晚装只在美国和韩国露过两次面,在第 72 届奥斯卡颁奖典礼上,美国著名主持人曾穿其亮相,引来一片惊叹。

5. **人造美女挺身维权。**本月 22 日,因整容而被突然取消 2004 年洲际小姐大赛决赛资格的"人造美女"杨媛和她的律师宣布要指控大赛组委会,并称这一做法是对整形人群的歧视。一场关于"人造美女"的纷争就此火暴开场。各大媒体争相报道,社会各界高度关注。该事件虽然以杨媛败诉告终,却直接催生了 12 月"人造美女大赛"的风云出台。

6. **第 16 届世界模特小姐加勒比佳丽荣获冠军。**28 日晚,第 16 届世界模特小姐大赛国际总决赛在杭州黄龙体育馆落下帷幕。来自加勒比特立尼达和多巴哥的 Aqiyla Gomez获得冠军,成为第 16 届世界模特小姐。中国选手马力获得亚军,季军是来自中国香港的张颖。此次决赛荟萃了来自 60 个国家和地区的冠军选手,除了常规服饰,而且要求选手自备民族服装,特别设置了"民族服饰表演"奖项,集异域文化、世界服饰、风土人情于一体,颇具创新性。

6 月

1. **2004BAZAAR 明星慈善夜。**25 日晚,北京嘉里中心云集了国内数百位重量级明星、社会名流、商界精英,包括 Dior、LV、Chanel、Tiffny、Versace、Cartier 等在内的 21 件限量版世界顶级品牌的奢侈品也都以高价拍出。这次拍卖活动筹集的善款,将捐赠给中国妇女发展基金会的"母亲健康快车"项目。与此同时,具有近 300 年历史的马爹利将其"马爹利非凡艺术人物"颁奖典礼在上海外滩隆重举行,授予了著名演员梁家辉、摄影家张耀、法国雕塑家奥迪亚和旅法画家方世聪四位文化艺术名人。

2. **国际旅游小姐冠军总决赛。**此项比赛是国际旅游时尚文化界的重大赛事。2004 年,国际旅游小姐大赛首次落地中国。本月 29 日,国际旅游小姐冠军总决赛在中国杭州落下帷幕,印度选手最终获得冠军,成为新一届的国际旅游小姐。

7 月

1. 2004 北京环球嘉年华火热登场。环球嘉年华被称为"巡回的迪斯尼乐园"。在一个占地 5 万多平方米的场地里集中了大型游艺机、技巧游戏、竞技游戏和餐饮美食等数百种娱乐项目。整个活动为期 52 天,其游艺设施全部由海外运抵,代表了全球游艺器械的最高科技水平。本月 2 日起在国际雕塑公园,北京人首次享用了这项民间性大型娱乐活动所带来的身体狂欢。

2. "东方印象"巴黎—中国时装周在巴黎开幕。这是三位中国著名时装设计师吴海燕、计文波和李小燕首次在巴黎举行时装专场发布会,丝绸、水墨、鸟笼、古代盔甲以及剪纸艺术等具有中国传统元素的时尚设计,引起了巴黎时尚界的关注。此次活动作为中法文化年重点项目,将为国内外一流企业创造相互了解与合作的机会,同时推动中法两国在服装领域的交流与合作。

3. 意大利生活节"衣食住行意大利"在京亮相。意大利大使馆、意大利商会共同主办的为时一个月的意大利生活节"衣食住行意大利"在北京举行,作为意大利政府在中国推进贸易合作的"马可·波罗"计划的一个环节。此次生活节共有 30 多家意大利品牌或机构参加,共分为"奢侈品展示"、"食品艺术节"、"居住艺术"、"意大利电影节"和汽车设计展示、艺术品收藏展等活动。目的在于增强中国人对意大利风格、创造、质量和设计等概念的理解,并促使人们在生活中加入意大利格调和元素。

4. 拍卖风暴席卷全国。2004 年拍卖风暴几乎席卷全国。本月 4 日,20 片安阳殷墟出土的甲骨文以 5280 万元的天价被一神秘买家拍走。而上月 26 日,南京天地集团董事长杨休在瀚海公司春季拍卖会上,以 6930 万元天价,买下陆俨少的《杜甫诗意百开册》山水画册,创中国书画拍卖价格世界纪录、中国内地艺术品拍卖价格纪录。此外,一幅曾被溥仪私运出故宫、长达 17 米的乾隆《钦定补刻端石兰亭图帖缂丝全卷》被以 3575 万元买走;一套吴昌硕的《花卉十二条屏》以 1650 万元被一位宁波企业家拍得;傅抱石的画作《云中君和大司命》,以 1870 万元被一浙江买家买走;等等。艺术品投资专家预计,作为时尚的字画收藏热,还将继续"高烧"不退。

8 月

1. 第十届中国国际美容时尚周在京开幕。为期三天的活动包括发艺、造型、化妆以及美甲的比赛和展示,如首届发型趋势发布会等,同时举行的还有美容行业论坛,比如"中医药美容在国内外最新动态"论坛,以及中国美容可持续发展论坛等,从各个方面探讨了中国美容产业的现状以及未来发展趋势。

2. "亚洲时尚"成立中国委员会。本月 19 日,由中日韩三方时尚协会共同发起、旨在传承东方文明推广亚洲时尚的亚洲时尚联合会中国委员会在上海长宁区举行了成立仪式,中国服装设计师协会主席王庆出任亚洲时尚联合会中国委员会执行主席。该委员会的成立不仅有利于中国文化、亚洲生活方式和东方文明成果的推广,而且将推进中国衣着品牌时尚化和时装设计师品牌化的发展。

3. 中国国际内衣博览会出炉。在北京中国国际展览中心,本月汇集了来自英国、德国、法国、意大利等国家和地区的 70 多家知名内衣品牌和面辅料参展,其中美国著名 Saralee 集团下的美国第一品牌、拥有百年历史的 Hanes 内衣借助本次内衣博览会正式进入中国市场,此外还举行了 2005 年春夏国际内衣流行趋势、设计师课堂以及法国 Promostyl 公司首次在中国发布 2005/06 秋冬内衣色彩及款式流行趋势等。随着 2005 年纺织品出口配额的取消,国内的内衣企业更需要这种平台以探寻发展途径。

4. "奥林匹克精选计时器"展览推销时间理念。斯沃琪集团在北京东方广场新天地中厅隆重举办了"奥林匹克精选计时器"展览,展出了 20 多件曾为奥运会以及其他运动项目担任过计时工作的精选(包括古董)计时器,包括 19—20 世纪初的手动计时器、20 世纪中期配合摄影技术的石英计时器,以及由 1972 年起沿用至今以电视屏幕显示比赛时间的直接传送计时器三大类等,展品由欧米茄、浪琴表和斯沃琪制作,让更多的人了解到了运动计时的演变及科技的进步。

9 月

1. "2004 全球时尚监测调查"登陆中国。该项调查由美国国际棉花协会(COTTONUSA)自 1998 年在全球范围实施,旨在详细剖析国际时尚潮流的发展趋势以及各地区各类纤维制品的消费倾向。此次调查结果显示,中国内地消费者和世界其他国家和地区的消费者一样,都非常关注"健康着装"的概念,推崇天然舒适的纯棉或毛织物服装。此外,对"流行"的喜爱远远大于"经典",这说明中国内地消费者有强烈的追逐时尚潮流意识,但自身着装风格还没有固定。从消费习惯上来讲,中国内地的消费者属于冲动型购物消费群,一方面是因为中国经济水平的提高,人们收入有保障;另一方面是因为中国内地消费者比较受服装店内陈设、橱窗展示影响。

2. **足金首饰唱响婚庆市场。**世界黄金协会在北京举办了喜福结婚金饰推广活动,并正式与北京主要零售店合作推出 2004 喜福结婚金饰系列产品。其主打产品为足金首饰,制作精巧、工艺讲究。重点结合中国传统喜庆符号和元素,融入更多现代设计理念,吸引了不少年轻人的目光,业内人士认为这将为火热的婚庆市场注入活力。

3. **F1 卷起上海狂飙。**与奥运会、世界杯足球赛并称世界三大赛事的 F1(一级方程式赛车)世界锦标赛今年在上海登陆。本月 26 日,首届 F1 中国大奖赛上,巴里切罗以 1 小时 29 分 12 秒 420 的成绩夺得冠军,并且荣膺本赛季世界锦标赛车手亚军。获得 F1 大奖赛举办权是继中国成功申办奥运会后的又一大事。尽管有人批评它是地方政府的文化作秀行为,但多数分析家则认为,这不仅是中国竞技体育史上的亮点,也蕴藏着诸多商机和经济效应。本次赛事开启了中国赛车经济的大门,预计将对中国体育赛事和区域经济产生一定影响。

4. **首届中国网球公开赛圆满闭幕。**本月 26 日晚在北京网球中心中央球场,随着市长王岐山将女单冠军奖杯颁发给美国选手小威廉姆斯,历经 17 天的首届中国网球公开赛在近万名观众的欢呼声中落下了帷幕。今年可谓是中国的网球时尚年。郑洁在法国网球公开赛中打入十六强,郑洁、晏紫在澳网和温网中进入女双前八,李婷、孙甜甜搭档夺得奥运冠军,为中国网球取得了前所未有的巨大突破。在这种背景下,中国网球公开赛应运而生,国际网坛的众多高手纷纷亮相北京网球中心中央球场,吸引了近 10 万网球爱好者到场观看,标志着中国网球公开赛有了良好开端。而网球健身运动也正在中国人的日常生活中升温。除此之外,高尔夫、室内滑雪、极限运动、野外生存训练等西方中产阶级运动项目,都已逐步渗透为国人的日常时尚。

10 月

1. **上海金贸大厦跳伞秀。**本月 5 日下午,上海金茂大厦伞花绽放,来自 17 个国家的 38 名跳伞高手从大厦的 89 层飞身跃下,为观众上演了一场高楼国际跳伞的视觉盛宴。数万名观众在主会场以及金茂大厦附近观看了这场精彩表演。

2. **雅诗兰黛集团乳腺癌防治运动在全球展开。**粉红丝带是全球乳腺癌防治运动的标志,由雅诗兰黛集团副总裁伊芙琳·兰黛和美国《自我》杂志主编彭尼女士共同于 1992 年在美国倡导发起,在国外,尤其是女性中有很高的声誉和认知度。她们佩戴粉红丝带,志愿发放乳腺癌防治宣传手册唤起女性对这一疾病的重视。"关爱自己、定期检查",每年的十月逐渐成为"世界乳腺癌防治月"。

3. **哑剧时装秀《狮子在那里》言说时尚真理。**13 日晚,一台集时装秀和荒诞剧于一体的哑剧时装秀《狮子在那里》,在北展剧场举行,来自罗马尼亚丹·布里克剧团的 27 位演员、模特和 300 多套各色服装亮相此剧。导演丹·布里克通过哑剧的风格,在 300 套服装中注入生活的元素,讲述了多个"时装"小故事,每个都包含着不同寓意,把炫惑人的时尚、女性的神秘感和他的插科打诨结合到一起。该剧将打破时装表演的常规,整台演出是服装、戏剧、舞蹈、音乐的综合,其主题是要把"时尚"从人们身上穿的服装中解放出来。

4. **第三届中国国际美容时尚周。**由《中国美容时尚报》发起主办 2004 第三届中国国际美容时尚周首次在京举行,美容周除了常规的展会和表演之外,多了对美容经济的深层探讨,内容涵盖中国美容化妆品产业高层论坛、科技、展会、竞赛、表演、教育及商务活动,是一次多层次、多元化、全方位、立体式的国际性行业盛会。在人民大会堂举行的"2004 中国美容经济论坛"以发展美容经济为主题,着重梳理美容业发展脉络和基本轮廓。20 日,四位新锐经济学家何帆、巴曙松、钟伟、赵晓在中华世纪坛联袂主持了"中国美容经济论坛",并发布中国美容业的第一份学术报告——《中国美容经济年度报告》。

11 月

1. **中国青年设计师的裘衣叙事。** 15 日,中国国际青年裘皮服装设计大赛暨 2005 国际裘皮协会(IFTF)设计大赛中国预选赛在北京昆仑饭店举行,该赛为 2005 国际裘皮协会(IFTF)设计大赛中国预选赛,前三名中国籍选手,将有机会代表中国参加 2005 年 2 月 25 日在米兰举办的国际裘皮协会(IFTF)设计大赛。大赛对裘皮服装业的发展具有鲜明的导向性,但同时也暴露了设计与人才培育方面的问题。

2. **中国国际时装周 2005 春夏系列发布会。** 19 日至 25 日,中国国际时装周 2005 春夏系列发布会在北京饭店和中国大饭店举行。本次时装周举办了专场发布会、专业评选(设计大赛)、时尚论坛、专题讲座、新闻发布等近 50 项活动,各类设计师品牌专场发布会达 30 场,期间还产生了各大奖项。来自法国、意大利、韩国、日本等国的时尚品牌将本届时装周打造得更加国际化。其中法国新锐设计师时装发布尤为精彩,曾在高田贤三、迪奥、爱马仕等国际大牌下担任过设计工作的 8 位法国新锐设计师带来精彩的 2005 春夏流行趋势。

3. **时装业也有了官方发展规划。** 本月 19 日,北京市人民政府和中国纺织工业协会联合发布《发展北京时装产业,建设"时装之都"规划纲要》,旨在向海内外宣布,北京要在构建现代化大都市基本框架的同时,支持、鼓励时装产业的发展,建设文化先进、科技领先、引领时尚的国际"时装之都"。《纲要》的发布不仅确立了时装业作为北京都市产业的发展地位和北京城市时尚化的发展目标,而且对中心城市产业结构调整和传统服装业转变增长方式也将产生积极的影响。

4. **安德烈·普特曼的北京秀。** 中国美术馆举行了法国著名设计大师安德烈·普特曼名为"成熟的低调"的设计回顾展。安德烈女士设计了大量著名时装设计师的品牌店,如圣洛朗、卡迪亚等,还推出了自己的香水。此次展览以普特曼家庭室内设计为主线:浴缸、双人床、造型奇特的沙发,周围再以海滩和礁石为陪衬,显示着设计师灵动的创造力和想像力。

5. **伯爵表扩张中国市场。** 世界著名腕表及珠宝品牌伯爵 Piaget 在北京赛特购物中心举行了新专卖店开幕仪式,这是伯爵继北京王府饭店、上海恒隆广场和哈尔滨新世界百货的专卖店后在中国开设的第 4 家专卖店,具有明亮、纯净和温暖的设计理念。中国已成为伯爵在亚太地区的第三大市场,其营业额占到伯爵全球营业额的 14%。此外,中国国内的营销网络也已初具规模,不仅在国内拥有了 4 家专卖店,还拥有超过 20 个分销点,明年更将再开设 2 至 3 间专卖店,增开 8 个分销点。

6. **莱卡风尚缠绕中国。** 2004 莱卡 Channel Young 风尚颁奖大典的主题是"超越中国,超越时尚",经过三年的成功举办,其国际影响力已经越来越大,此次更是继续把风尚的概念扩展到全球领域。大典不再限于中国艺人,还邀请日韩等亚洲国家艺人加盟,同时吸引了国际名模、著名设计师和众多顶级品牌。此外,主办方还特别安排了来自印度宝莱坞的表演。此次莱卡时尚盛典被定义为"中国时尚界的风向标"和"对中国时尚的年度总结",其意义已经超越了莱卡弹力面料本身。而据莱卡公司对"莱卡"与"时尚"关系的解释为:"我们的最终产品是一根人们无法看见和触摸的纤维,它就像基因一样存在于时尚的形式中。"

12 月

1. **世界精英模特大赛国际总决赛。** 世界精英模特大赛是全球规模最大、久负盛名的模特选拔大赛,目前已举办了 21 届,每年都会从全世界约 40 万名参赛者中选出近 80 名模特进入决赛。超级模特如辛迪·克洛弗、塔加纳·帕提兹、吉斯勒·班陈以及谢东娜、路易、岳梅、赵俊等中国超级模特都是从该项大中脱颖而出。今年世界精英模特大赛首次在中国举行国际总决赛,并选择上海作为主办城市。时尚辣妹维多利亚受邀担任了此次总决赛评委,她的到来也成为本次大赛的最大亮点。本月 2 日总决赛揭晓,来自荷兰、美国和丹麦的三个 14 岁少女分获冠亚季军;两名中国模特张琪和于琼进入前 20 名,她们也因此获得了"精英"的合约,有机会走上世界 T 台。

2. **"新锐榜"力挺体育明星。** 由《新周刊》主办的"2004 大盘点——中国年度新锐榜",本月 11 日晚在上海金茂大厦揭晓,呼声最高的田径明星刘翔夺得年度新锐人物称号。刀郎、陆川、吴思以及央视体育频道的张斌等人上台接受了其他各类"新锐"称号。2004 年无疑是上海男人最扬眉吐气的一年,因为这一年中最炫目、最性感、最热门、最名利双收的两个男人都是上海人:姚明和刘翔。他们看起来剽悍敏捷,与一般的运动员没有区别,可一开口就变成了典型的上海男人:精明细致、见多识广、滴水不漏,善于把握大局,更难能可贵的是,举手投足都相当时尚。

3. 2004年全国大学生街舞大赛圆满落幕。"动感地带"2004年全国大学生街舞大赛总决赛12月14日晚在北京大学百周年纪念讲堂举办。本次比赛汇集了从地区赛和南北对抗赛筛选出的17支大学生街舞团队。大赛分HIPHOP和BREAKING两部分进行。新疆大学获得了HIPHOP组的冠军,华东师范大学获得BREAKING组的冠军,而"风雷社"则因有不俗的表现获得了最佳组织奖。

4. "人造美女"大赛惊世骇俗。本月18日下午,在国内数百家媒体的见证下,在上千位观众的惊叹与欢呼声中,首届"人造美女"大赛总决赛在北京红馆落下帷幕。来自吉林的9号选手冯倩夺取桂冠,被授予"中国美容整形产业形象代言人"称号。2003年度,30万元整形手术打造的"人造美女"郝璐璐曾引起广泛关注。到了2004年,郝璐璐已不再形单影只,她在全国各地已经拥有大批"同道",她们不再羞于承认对自己的身体做过手脚,而是昂首挺胸地宣布:"我人造,故我美丽。"

5. 世界模特小姐大赛中国区总决赛。本月19日,第17届世界模特小姐大赛中国区总决赛在广西北海落下帷幕,江西选手刘静、河南选手张芳和山东选手刘文靖分获冠、亚、季军。总决赛冠军得主江西选手刘静将于2005年9月代表中国参加国际总决赛。2004年,各种各样的选美大赛数量之多,达到了近年来的高潮。在时尚业逐渐繁荣的中国,"美女经济"正一路走高。

6. "2004首届中国时尚年会"在上海举行。本次年会以"倡导时尚文化生活,推动中国社会时尚"为宗旨,内容包括"时尚中国颁奖盛典"、"国际时尚论坛"、"《对话》专题节目"以及上海国际时尚联合会首届会员会议等多项活动。在本次颁奖盛典上,组委会经过专家评选以及公众投票,共决出"2004中国年度时尚成就奖"、"时尚名人大奖"、"时尚音乐人大奖"等15个奖项。其中金茂大厦获"中国经典建筑设计大奖",F1上海站获"2004中国年度时尚运动大奖",上海美术馆"上海双年展·影像生存"则摘取了"2004中国年度时尚艺术展示大奖"。

(曲筱艺 凌麦童)

本书作者稿酬查询:bzb@bbtpress.cn